W0413211

Kommissarin Bettina Boll vom Ludwigshafener K11 ist seit langem daran gewöhnt, sich quer zur Konvention durchzuwurschteln: als Mordermittlerin, als Halbtagskollegin, als Teenagermutter – und neuerdings auch als Bewohnerin eines uralten Hauses, das sie abwechselnd mit seinem Charme einlullt und mit dunklen Schatten aus der Vergangenheit bedroht. Ihr Bauchgefühl sagt, Aufräumen hilft auch gegen Gespenster, und Spirituelles ist eh nicht so Bettinas Ding. Aber ausgerechnet darum geht es bei dem seltsamen Fall, den ihr Willenbacher als neuer Dienststellenleiter jetzt ans Bein bindet: um Glauben.

Ein Totenzettel mit dem Isenheimer Altarbild voller Dämonen. Ein zutiefst frustrierter Kollege, zurückgepfiffen, weil er nicht christlich genug ist. Ein tätowierter Sozialarbeiter mit undurchsichtiger Vorgeschichte, der nicht weiter befragt werden kann. Und schließlich ein seltsam verändertes Marienbild in der sehr alten Kirche des Vorzeigedörfchens Frohnwiller. Licht und Schatten in der Pfalz mit ihren ordentlichen Straßen und wuchernden Wäldern.

Bettina Boll, ganz gegenwärtig, forscht nach konkreten Interessen und Motiven, sucht den unsichtbaren Linien auf die Spur zu kommen, die Fehltritte in der äußeren Welt mit den inneren Dämonen der Beteiligten verbinden. Denn sie weiß, dass kaum jemand nichts zu verbergen hat. Und angesichts der heraufbeschworenen Monster fragt sie: Was wird anders, wenn man dem Schrecken Namen gibt?

In der momentanen Jetztzeit voll verdrängter Erkenntnisse, Inbrunst und Vertrauensschwund bei gleichzeitigem Informationsoverkill gelingt Monika Geier ein fein ziselierter, stimmungsvoll bildhafter und höllisch gewiefter Kriminalroman über Glaube und Bedeutung. Sie gewährt Einblick in die Abgründe ewiger Ansprüche, tiefer Konflikte und ganz normalen Irrsinns, und wie immer sind ihre Charaktere von furioser Präsenz – mit oder ohne Dämonen. In diesem Buch steckt unsere ganze Kultur drin, unsere ganze Ära samt Herkunft, Verknöcherungen und Verbiegungen. Und mein Lichtblick im Labyrinth trägt einen orangen Gartenpulli.

Else Laudan

Monika Geier

Antoniusfeuer

Ariadne 1270
Argument Verlag

the cake is a lie!
the cake is a lie!
the cake is a lie!
the cake is a lie …

Graffiti in *Portal*

1

Es regnete, aber nicht hier, sondern woanders, nicht weit weg. Das spürte sie am Wind. Freitagnachmittag, die Luft war warm und feucht, die Schatten schwach, die Bereitschaft vorbei. Feierabend. Wochenende. Bettina blickte hoch in das satte Laub der Baumkronen. Sie verbrachte zu viel Zeit im Garten. Daran durfte sie sich nicht gewöhnen. Denn sie würde diese alten Gehölze mitsamt dem Haus verkaufen müssen, und dann würde jeder Baum, in den sie sich jetzt verliebte, gerodet werden. Es war dumm, ihr Herz daran zu hängen. Sich von dem Haus zu trennen würde ihr leichter fallen, zumindest hoffte sie das. Und womit sie gar keine Probleme hatte, waren die vielen Altlasten, die das Grundstück zumüllten. Malerischer alter Schrott, rostige Gartengeräte, windschiefe Mäuerchen und Zäune, all das riss Bettina ein, sammelte es auf, packte es weg, fuhr es zum Wertstoffhof. Von morgens bis abends, in jeder freien Minute. Seit sie hier eingezogen waren.

Du räumst auf, sagte ihre innere Stimme ihr manchmal, wenn sie am Ende des Tages allzu zufrieden und müde im Sessel einnickte. Du richtest dich ein.

Ich bring nur den Müll weg, sagte Bettina sich dann. Aber das war gelogen.

Doch, echt, ich mach nur klar Schiff, damit das Grundstück schön aussieht und endlich einen Käufer findet.

Gelogen.

Andererseits ging es nicht, dass sie hier wohnten, wenn auch nur vorübergehend, und alles weiter vermodern ließen, also richtete sie das Anwesen her, was im Moment bedeutete, dass sie mit Gartenschere und Zimmermannshammer an der mutmaßlichen hinteren Grundstücksgrenze auf einem Stückchen Wiese stand und versuchte, in eine Rosenhecke einzudringen. Sie wusste, dass sich dort drin ein morscher Zaun befand, der vermutlich ihr Land zu einem anderen, an dieser Stelle ebenso verwachsenen begrenzte. Den Zaun hatte sie verfolgt und eingerissen bis zu dieser dichten Hecke. An dem Ende, in das der Zaun hineinführte, würde sich vielleicht ein Zugang finden. Bettina schnitt ein paar Ranken ab, hieb einen morschen Holzpfosten um, entfernte rostzerfressene Nägel, da klingelte ihr Handy.

Willenbacher. Sie erkannte ihn am Klingelton. *New Kid in Town*. Kleiner Scherz, musste sie unbedingt ändern, aber Willenbacher war noch nicht lange zurück, er war noch nicht lange Chef, und er nervte jetzt schon. Klar, die Abteilung hatte eine katastrophale Zeit hinter sich und wurde erst mal grundsaniert. Sie war Willenbachers einzige Vertraute und musste da einfach mithelfen, auch aus eigenem Interesse. Jetzt wurden Weichen gestellt. Andererseits war sie aber Halbtagskraft. Sie konnte nicht wie der neue Chef Tag und Nacht präsent sein, auch wenn das vielleicht nötig wäre. Beziehungsweise andersrum, es wäre nötig, dass Willenbacher mal Pause machte und jemand anderem die Verantwortung überließ. Konnte er nicht. Das Handy hörte auf zu klingeln und begann kurz darauf erneut.

Bettina ließ die Gartenschere ins Moos fallen. Am Morgen war ein neuer Fall reingekommen, da waren manchmal Rückfragen im Team nötig. Ein brisanter neuer Fall sogar. Politisch, wenn auch nur ein Selbstmord in der JVA Schifferstadt. Ich geh aber trotzdem nicht ran, Will.

Es klingelte weiter.

Das Brisante war nicht das tragische Geschehen selbst, sondern die Identität des Toten: Er war der Mörder der jungen Sophie, ein afghanischer Flüchtling, der mit seiner Eifersuchtstat das ganze Land in Aufruhr versetzt hatte. Gut möglich, dass dort in Schifferstadt jetzt spontane Kundgebungen abgehalten wurden und größere polizeiliche Präsenz nötig war. Doch dafür waren die Kollegen von der Bereitschaft zuständig. Und nach allem, was Bettina so den Tag über gehört hatte, hatte der Selbstmord bislang erstaunlich wenig mediale Hysterie erzeugt.

Es hörte auf.

Bettina zog ihre Gartenhandschuhe aus, warf sie zu der Schere ins Moos und holte das Handy aus der Hosentasche. Es blieb stumm.

Sie legte es vorsichtig auf einen Stein in der Nähe.

Nix.

Sie drehte sich um und ging langsam Richtung Handschuhe.

Schweigen.

Sie zog die Handschuhe an.

Pling. Eine Whatsapp. Das Display leuchtete auf, sie sah Willenbachers kleines Profilbild, einen roten Punkt, dann gleich noch mal und noch mal. Dann schwieg das Handy wieder.

Oh, verdammt. Bettina pfefferte die Handschuhe fort. Okay, erst mal war da ein Bild, Tatortfoto konnte es kaum sein, das verschickten sie nicht über freie Nachrichtendienste und nur übers Diensthandy. Also was Privates. Sie klickte auf Runterladen und las die Textnachrichten: Sagt dir das was?, lautete die eine und die andere: Ruf mich an!

Morgen vielleicht, dachte Bettina, und dann poppte das Bild auf. Sie sah nicht viel. Ein paar Fratzen. Es war das Foto eines alten Gemäldes, das ihr irgendwie bekannt vorkam, bunte Farben, eine Ruine, ein Gebirge, davor seltsame Schreckenswesen aller Art, ein Vogelkopf, mehrere Drachen, ein leidender Mensch in der Ecke, und über allem schwebte weit oben in einer fernen Sonne ein kaum erkennbarer Gott.

Sagte ihr das was?

Nein.

Nein, tippte sie ein.

Dann fluchte sie und rief Willenbacher an.

»Endlich«, sagte der zur Begrüßung. Er hörte sich müde an, im Hintergrund redeten mehrere Personen.

»Was ist das für ein komisches Bild?«, fragte Bettina.

»Das war im Koran des Toten. Wusste ich doch, dass ich dich damit kriege«, sagte Willenbacher.

»Wie bitte? – Du hast das Foto eines Asservats über Whatsapp –«

»Natürlich nicht«, unterbrach Willenbacher gereizt. »Das ist ein Teil vom Isenheimer Altar. Was ich dir geschickt habe, ist ganz normal von Wikipedia, es geht nur ums Prinzip, der Tote hatte ein Andachtsbild mit genau diesem Ausschnitt drauf in dem einzigen Buch, das er laut Aufsehern und Mithäftlingen jemals angerührt hat.« Der Lärm im Hintergrund wurde lauter und verklang dann, offenbar hatte Willenbacher sich zum Telefonieren an einen stilleren Ort begeben. Dafür hallte seine Stimme jetzt. »Bolle«, sagte er.

Auch so ein Ding. Eigentlich redete er sie offiziell mit Tina an, aber wenn es ernst wurde, fiel Willenbacher in alte Gewohnheiten zurück.

»Komm hierher, einfach nur als Verstärkung. Das ist eine ganz blöde Sache.«

»Was ist denn los?«, fragte Bettina.

»Verdammter Mist«, fluchte Willenbacher plötzlich los, vermutlich nicht zu ihr, aber Bettina bekam trotzdem einen Schreck.

»Was sagt Tavanaianfar?«, fragte sie so nüchtern wie möglich. Tava war heute Morgen offiziell von Willenbacher mit der Ermittlung betraut worden.

»Nein«, sagte Willenbacher. »Ja, ganz recht, der Kollege wird das regeln. Einen Moment bitte, ich hab hier ein wichtiges Gespräch.«

Im Hintergrund grummelte etwas. Willenbacher seufzte tief.

»Will«, sagte Bettina. »Was sagt –«

»Er ist kein Christ«, sagte Willenbacher dumpf.

»Wie meinen?«

»Tavanaianfar ist kein Christ.«

»Hast du eine Macke?«, entfuhr es Bettina.

»Nicht in diesem Ton, Frau Boll«, schnappte Willenbacher sofort.

»Ich bin auch keine Christin.«

Willenbacher ließ sich nicht beirren. »Du bist anders keine Christin, als Tavanaianfar kein Christ ist.«

»Ich lege jetzt auf«, sagte Bettina. »Ich hab zu tun.«

»Bolle«, sagte Willenbacher da leise, und es klang echt verzweifelt, »das LKA ist hier. Das BKA interessiert sich. Der Fall ist total sonnenklar, der Junge hat sich erhängt, aber sein Anwalt stellt jetzt schon alles infrage und gibt lange Interviews. Das wird ein Spießrutenlauf. Und Tavanaianfar ist nun mal –«

»Polizist?«

»Afghanischer Abstammung.«

»Und?«

Willenbacher senkte die Stimme noch weiter. »Bolle. Die kommen damit nicht klar.«

»Weil er kein Christ ist oder was?«

»So ungefähr.«

»Wenn das ein Witz ist, dann finde ich ihn ganz schlecht.«

»Bolle«, sagte Willenbacher. »Komm.«

Dann war die Verbindung unterbrochen.

Über der Gretchenfrage hatte sie das Bild mit den seltsamen Tierwesen ganz vergessen, die fielen Bettina erst wieder ein, als sie auf den Parkplatz der JVA einbog. Es war der Zaun, der sie daran erinnerte, die Mauer und die Tatsache, dass es ein Jugendgefängnis war. Wenn es irgendwo einen Ort gab, an dem Monster aller Art zusammenkamen und schnell noch grellere zeugten, dann hinter diesem Zaun. Davor stand jetzt neben den Einsatzfahrzeugen der Kollegen ein einsamer Ü-Wagen des SWR, leer, Leute von der Presse waren nicht zu sehen. Besorgte Bürger auch nicht. Die Luft war diesig, der Himmel hing tief. Hierher kamen sie nicht, die Aufgeregten. Hier spürte man, wer die wahren Bedürftigen waren. Bettina parkte ihr Auto, stieg aus und klingelte am ersten Tor.

»Ah, Tina, heute mal in Farbe«, sagte Willenbacher zur Begrüßung und blickte stirnrunzelnd an ihrem orangen Gartenpulli hinab. Bettina dachte, dass sie Willenbacher inzwischen fast genauso gern hatte wie seinerzeit Härting, auch der hatte ausgiebig und unverschämt ihr Äußeres kommentiert. Wenn auch in der Sie-Form. Hatte was. Sollte sie bei Willenbacher vielleicht anregen.

»Ich war im Garten«, sagte sie kühl. »Du hast mich herbestellt. Dringend. Außerhalb der Bereitschaft. Ich bin gekommen. Was gibt's?«

Die Ansprache brachte Willenbacher in Verlegenheit. Zu viele Zuhörer, wie es schien. Sie standen im breiten Flur vor der Zelle des Verstorbenen, um sie herum werkelten mindestens zehn Kollegen, beschäftigt, aber auch nicht taub, und das hier war nicht mal der Tatort selbst. Der befand sich in der Zelle. Darin war der junge Mann abends um 20 Uhr eingeschlossen worden, und niemand hatte etwas Auffälliges bemerkt, bis er am Morgen um 6:34 Uhr beim Öffnen gefunden worden war. Er hatte sich mit einem verknoteten Hemd an einem Pfosten seines Stockbettes erhängt. Bettina wollte ihn nicht sehen, sie fand Selbstmörder gruselig. Bewusst blickte sie an der offenen Zellentür vorbei, vermutlich grundlos, sicher war die Leiche schon abtransportiert. Viel Zeit blieb ihr sowieso nicht, sich umzusehen, denn Willenbacher packte sie am Arm und zog sie fort.

»Ich erkläre es dir später genau«, wisperte er, als sie außer Hörweite der anderen Beamten ganz am Ende des Ganges an einer Gittertür standen. Diese versperrte ein Treppenhaus, doch die Luftbewegung konnte sie nicht verhindern, es herrschte leichter Zug, der davon kündete, dass rundherum noch viele andere unerreichbare Räume lagen, in denen Menschen eingeschlossen waren, die sie vielleicht nicht sehen, aber möglicherweise hören oder ihre Anwesenheit sonst wie spüren konnten.

»Nein, jetzt«, sagte Bettina. Sie wusste, dass ihr Ton ihn aufregte. Willenbacher war immer sehr statusbewusst gewesen, es musste ihn irritieren, dass sie mit ihm redete wie früher, als sie die Vorgesetzte gewesen war. Und sie sah an seiner Haltung, seinen Augen, den zusammengekniffenen Brauen, dass er das nicht ewig durchgehen lassen würde. Nur, im Moment brauchte er sie.

»Ganz kurz«, knirschte er. Dann tönte aus dem Treppenhaus ein gedämpfter Schrei, fröhlich, ein normales Geräusch in einem Haus, in dem Jugendliche lebten. Willenbacher griff sich an den Kopf und knetete seine Stirn. »Das hier ist ätzend«, sagte er dumpf.

Bettina wartete.

»Ich hab die Lage falsch eingeschätzt«, gestand er dann leise. »Ich dachte, offensichtlicher Selbstmord, politisch brisant, da schicken wir so viele Leute, wie wir können, und arbeiten haargenau nach Vorschrift. Viel passieren kann nicht, weil der Fall im Prinzip klar ist, wir dürfen nur keine unüberlegten Statements abgeben und die Routine nicht verändern.« Er seufzte.

Bettina bekam Mitleid. Gegen ihren Willen. »Und routinemäßig war Tava heute Morgen dran«, sagte sie.

Willenbacher sah auf. »Du warst dabei. Du hast es gehört. Hab ich ihn auch nur im Geringsten gemobbt? – Nein! Seine Herkunft ist mir scheißegal! Da hab ich nicht eine Sekunde dran gedacht! Dass er Afghane ist wie unser Toter, das haben die vom LKA mir gesagt.«

»Wir haben ihn eingestellt«, sagte Bettina. »Er ist Polizist.«

»Mit doppelter Staatsbürgerschaft.«

»Aber was wollen die denn jetzt überhaupt? Das LKA?«

»Die wollen gar nix. Die haben nur routinemäßig Migranten im Blick. Die Staatsanwaltschaft will. Und zwar auch die Routine einhalten, total genau sogar, aber mit einem gemischten Team auf unserer Seite. Wir sollen ganz ohne Änderungen am normalen Prozedere den Tatort aufnehmen, die Obduktion überwachen und dann einen Bericht schreiben, auf dem unten mindestens ein deutscher Name steht.«

»Dann unterschreib doch du.«

»Das ist nicht das normale Prozedere. Ich kann da morgen nicht mit zur Obduktion. Bolle, da soll, und das ist vielleicht sogar richtig, eine öffentliche Diskussion vermieden werden. Und vor allem diese irrsinnigen Verschwörungstheorien, die es zwangsläufig geben wird, wenn der leitende Ermittler einen ähnlichen Migrationshintergrund hat wie das Opfer. Im Normalfall ist das egal, aber hier …«

Bettina seufzte.

Willenbacher wurde lauter. »Du weißt, dass seit dem Mord an Sophie dort in Dings jedes Wochenende die Reichsflagge gehisst wird. Die Leute da sind durch. Die wollen kein Parteitagsgelände mehr sein. Wir wollen das auch nicht. *Du* willst das nicht, Bolle. Und jetzt stell dir mal vor, wir finden doch noch einen Hinweis auf Fremdeinwirkung. Dann ist aber Polen offen. Dann werden die einen sagen, dass Ausländer und Muslime in unseren Gefängnissen nicht sicher sind, und die anderen, dass der Kollege Tavanaianfar in der idealen Position war, die Beweise zu fälschen. Und dieser Anwalt von dem Jungen, der würde zur Not beides sagen. Vermutlich hat er das schon.«

Bettina sah ihn schief an. »Wenn du mich fragst, entsteht gerade hier die Verschwörungstheorie.«

Willenbacher blickte nach vorn zu den Kollegen, senkte die Stimme wieder, jetzt flüsterte er nur noch. »Tina, ich hab diesen identitären Schwachsinn nicht erfunden, aber ich will keinen Ärger deswegen. Das wäre nämlich echt viel Ärger. Außerdem ist da noch was. Thema Fremdeinwirkung. Warum wir eine Christin brauchen. Dieses Bild.«

»Ich bin keine Christin.«

»Pst!«, machte Willenbacher und sah sich nervös um.

Die Sache wurde immer schräger. »Will«, sagte Bettina laut.

Worauf Willenbacher sie am Arm packte und noch tiefer in die Ecke zog. »Da ist eine Sache, die weiß Al-Afghanis Anwalt noch nicht«, wisperte er, »und wir müssen es ihm nicht sagen, jedenfalls nicht sofort, denn wir ermitteln ja nicht gegen ihn, aber er wird es rauskriegen. Und dann müssen wir es geklärt haben. Das muss so schnell wie möglich passieren.«

»Was?«

»Pass auf, irgendwer hier muss dem Jungen einen Gesprächspartner vermittelt haben. Selbsthilfegruppe ›Die Wüste‹. Gekommen ist ein katholischer Sozialarbeiter aus irgend so 'ner kleinen Gemeinde in der Nähe. Die machen das aus persönlichem Engagement. Gefängnisbesuche.«

»Das ist doch schön.«

»Na ja. Diese Gruppe agiert bundesweit. Die sind nicht klein, und die sind auch nicht öffentlichkeitsscheu.«

»Und?«

»Und dieser Sozialarbeiter soll an Al-Afghani einen Exorzismus vollzogen haben. Oder sogar mehrere.«

»Was?«

»Teufelsaustreibung. Dämonen hatte der Junge vermutlich genug.«

Plötzlich war Bettinas Zorn verschwunden. Sie blickte auf den so ungewöhnlich belebten Gefängnisflur. »Und heute Nacht sind die Geister wiedergekommen und haben ihn mitgenommen.«

»Gefährlicher Hokuspokus. Das ist der Punkt, Bolle. Erstens, stell dir die Schlagzeilen vor, zweitens, da kann der Anwalt von dem Jungen alles reinlegen bis zum Mordversuch! Und dann ist es auch noch die falsche Religion.«

»Wieso falsch? War Al-Afghani überhaupt Moslem?«

Willenbacher schaute sie grimmig an. »Natürlich.«

»Woher weißt du das? Steht das irgendwo?«

»Gefängnisakte. Bolle, wir wollen nur wissen, was überhaupt passiert ist.« Er rieb sich die Stirn und sah einen Moment ungeheuer gestresst aus. »Die Gefängnisleitung ist zu der Ansicht gekommen, dass dieser Typ von der ›Wüste‹ sich von Al-Afghanis … Popularität angezogen gefühlt hat und dass das ein Grund für sein Interesse an dem Jungen war. Da war dann die Religion egal.«

»Und was soll ich jetzt machen?«

»Treib diesen mutmaßlichen Geisterjäger auf, die Personalien sind hier in der JVA archiviert. Besuch ihn, heute Abend noch, wenn's geht, frag ihn, was er genau gemacht hat, wie es dazu kam, wie Al-Afghani drauf war. Erklär ihm, dass er sich selbst und allen einen großen Gefallen tut, wenn er erst mal nur mit uns redet.«

»Was ist mit diesem Isenheimer Bild?«

»So sind wir drauf gekommen, das muss er Al-Afghani gegeben haben. Einer von den Vollzugsbeamten hat es erkannt. Die haben die Besuche auf der Überwachung beobachtet. Der Junge hat plötzlich angefangen zu stöhnen und zu brüllen. Das haben die dann unterbunden.«

»Hm.«

Willenbacher seufzte und sah sie eindringlich an. »Und. Der Kollege Tavanaianfar ist nicht der Erste, der vom Ergebnis deiner – äh – Befragung erfahren muss. Damit kommst du zu mir. In die Akte setzen wir es gemeinsam. Nach Absprache mit dem Staatsanwalt und dem LKA.«

»Moment mal –«

Willenbacher sah sie an, halb genervt, halb Hundeblick. Er war dicker geworden, fand Bettina. Und hatte Haare verloren. Seine Augen waren auch ein bisschen starrer als früher. »Und morgen, Bolle, wirst du bitte die Obduktion begleiten. Mit einem Random-Kollegen aus 'm großen Zimmer.« Im großen Zimmer waren die unteren Ränge zusammengefasst.

»Oh nein.«

»Du weißt genau, die Obduktion ist beim Suizid das Wichtigste. Und ich sag Tavanaianfar, dass du ihm damit assistierst.«

»Ich ihm?« Tava war keine dreißig und erst seit Willenbachers Ankunft in der Abteilung. Er war weniger als großes Zimmer. Er war Flur.

»Hör mal, Bolle, du wirst den Suizid feststellen und gut. Dann sind wir sowieso aus dem Fall raus. Den Kollegen erklär ich, dass es besser für Tavanaianfar ist, wenn er ein bisschen aus der Schusslinie kommt, und dass wir dich pro forma wegen deines Dienstalters und Rangs einsetzen und im Zweifelsfall der Öffentlichkeit präsentieren. Dass du aber außer der obligatorischen Obduktion nichts tust. Weil du eh Halbtagskraft bist und darum gar nicht in der Lage, eine Ermittlung zu leiten. Du bist keine Gefahr. Das werden alle akzeptieren.«

Gar nicht in der Lage. Keine Gefahr.

»Von mir aus nimm Müller mit«, ergänzte Willenbacher. »Den magst du doch.«

Bettina blickte kurz an ihrem orangen Pulli hinab. Ein Stängel mit vertrocknetem Rosenlaub haftete noch daran. »Apropos Rang«, sagte sie und pflückte den Stängel ab.

»Ich weiß, Härting hat deine Beförderungen verschleppt«, sagte Willenbacher mit nervösem Blick auf die Leute vorn im Gang, die Gedanken sichtlich woanders.

Bettina starrte ihn an.

»Das werden wir selbstverständlich korrigieren«, setzte er hinzu und fixierte sie ungeduldig. »Was …?«

»Nix«, sagte Bettina. Dieses überfällige Gespräch schob sie schon länger vor sich her. Und sie hatte es sich anders vorgestellt. Chefzimmer mit vielen schnörkeligen Wortgefechten. Emotional. Schrecklich. Und jetzt waren sie sich einfach einig?

»Ich hab mit der Gleichstellungsbeauftragten gesprochen«, holte sie ihr Hauptargument sinnloserweise doch noch hervor, nur, weil dieser Sieg ihr zu leicht vorkam. Tatsächlich hatte umgekehrt die Gleichstellungsbeauftragte mit ihr gesprochen. Und geschimpft. Fällige Beförderungen nicht einzufordern, das schadete allen Frauen, das senkte die Moral der Schwesternschaft.

»Ich auch«, sagte Willenbacher. »Aber dieser Stau betrifft nicht nur dich. Das hat Härting bei allen rausgeschoben. Im Grunde kriminell. Da kommt auch noch was auf uns zu. Also in der nächsten Runde Oberkommissarin, und dann vielleicht vorgezogen beim nächsten Mal gleich Hauptkommissarin, das werden wir sehen.«

»Also schön.« Sie kam sich überrumpelt und bestochen vor.

»Mit Tavanaianfar redest du am besten gar nicht, das mache alles ich. Wenn, dann soll er auf dich zugehen. Hat er aber vielleicht gar keine Lust zu.«

Das konnte Bettina sich auch nicht vorstellen. »Wo ist dieses Bild?«, fragte sie.

»Da vorne asserviert.«

»Kann ich es mitnehmen?«

»Aber unauffällig.« Willenbacher sah schon wieder so gestresst aus. »Und bitte krieg raus, wie sehr – ob dieser Typ überhaupt befugt war, so was durchzuziehen. Mit dem Segen der Kirche. Denn wenn dieser Möchtegernseelsorger das nur so inoffiziell als Hobby betrieben hat, was ich ja glaube, dann wird es für uns viel weniger kompliziert.«

»Ist es denn wichtig, ob es erlaubt war?«

»Natürlich! Und du weißt, wen man das fragen muss!«

»Den Papst?«

»Hör mal, Bolle, nimm das ernst. Es ist ernst. Du warst in einem katholischen Internat, das weiß ich. Also praktisch im Kloster.«

Weil ihre Eltern gestorben waren. Das war die schlimmste Zeit ihres Lebens gewesen. Das wusste Willenbacher.

Hör auf, dachte sie.

»Und du hast es überlebt«, sagte Willenbacher hart. »Muhammad nicht. Und wenn ich so drüber nachdenke, würde ich wirklich gerne wissen, warum.«

Sie sah sich das Bild an. Zwischendurch musste sie zwei, drei Hände schütteln, Staatsanwalt Flohr beäugte missfällig ihren Pullover und sagte: »Ah. Boll. Richtig, über Sie haben wir gesprochen.«

Und jetzt fragst du dich, ob Tava nicht am Ende doch der Bessere ist, dachte sie und schenkte ihm einen extrafesten Händedruck. Zwei Damen vom LKA nickten ihr nur zu, Dr. Lee lächelte kurz und geheimnisvoll in ihre Richtung und verschwand wieder in der Zelle. Dann entstand etwas Unruhe, als der Zinksarg angeliefert wurde, die Leiche war also doch noch nicht weg. Bettina rettete sich vor ihrem Anblick weiter raus auf den Flur, die beiden Plastiktüten mit dem Koran und dem Andachtsbild in der Hand. Der Koran war eine Billigausgabe in schwarzem Kunstleder mit Deutschübersetzung, er sah völlig ungelesen aus. Die Seiten hingen zusammen wie ein einziger Block, kaum vorstellbar, dass da mal was dazwischen gesteckt haben sollte. Und das Bildchen selbst war kaum handtellergroß, mit den Versuchungen des heiligen Antonius. Stand unten drauf. Aberwitzige Monster in einer wüsten, doch völlig überfüllten Landschaft … Gott saß mitten in der Sonne und schaute träge aus seiner Höhe in noch weitere Ferne …

Zu welchem Anlass verteilte man so ein Bild?

Bettina drehte es um. Auf der Rückseite stand groß und vorwurfsvoll: *»Wo warst du, guter Jesus, wo warst du? Warum bist du nicht dagewesen, um meine Wunden zu heilen?«* Darunter, in kleinerer Schrift: *Hochwürden Sebastian Amorth, 1930–1968, Waldstätten.* Und ganz klein darunter: *Waldstätten, den 30.4.1968, Friedhof zu St. Anton im Tale.*

Ein Totenzettel, dachte Bettina. Das Datum bezog sich vermutlich auf eine Beerdigung. Mit Beerdigungen kannte sie sich aus, im K11 kam man da nicht drum herum. Bettina schüttelte die Plastiktüte in der Luft. Sie war viel zu groß für das kleine Bild. Es verrutschte. Was war das Besondere daran?

Sie gesellte sich wieder zur Gruppe und schnappte sich den erstbesten Kollegen – den großen Mang von der Spusi –, um sich zu erkundigen, wer das Bild gefunden hatte.

»Ich glaub, das war der Otto«, sagte Mang abweisend, die Augen auf ein Klemmbrett mit einer Liste geheftet, die er durchging. Otto kniete daneben und sortierte Asservate.

»Otto«, sagte Bettina.

Er sah nicht auf. »Tina. Du auch hier?« Es klang wie ein Vorwurf, der wie keiner klingen sollte.

»Ja«, sagte Bettina.

»Weiß Tava, dass du hier bist?«, fragte Otto sotto voce. Die Augen ringsherum blieben gesenkt.

»Ich denke schon«, sagte Bettina.

Er richtete sich auf. »Orange steht dir gut.« Der Satz triefte. Vor undeutlicher, lauernder Bosheit.

»Danke, du, hör mal –«

»Und du bist jetzt extra aus ’m Garten hierhergekommen, Tina, um zu helfen?«

»Herbestellt worden«, sagte sie. Sagte der Pullover. Hoffentlich. Sie sah Otto an, er sah sie an. Immerhin. »Hast du dieses Bild in diesem Buch gefunden?«, lenkte sie ab.

»Jawollja.«

»An einer bestimmten Stelle?«

Otto kniff die Brauen zusammen. »Zwischen Deckel und Papier«, sagte er in unverändertem Ton.

Bettina reichte ihm die Tüte mit dem Koran, weil sie selbst keine Handschuhe trug. »Bitte zeig mir wo.«

Otto holte das Buch aus der Tüte, schlug den Deckel auf und hielt ihr das Ganze vor die Nase.

»Erste Seite oder letzte Seite?«

»Erste«, sagte er ohne Zögern.

»Gibt es ein Foto davon?«

»Das müssen wir auswerten.«

Also nein. »Danke«, sagte sie.

Otto ließ den Koran in die Tüte zurückfallen. »Brauchst du den noch?«

Sie schüttelte den Kopf.

»Und das Bild?«

Sie zögerte.

»Das Bildchen ist dokumentiert«, sagte Otto hellseherisch. »Keine Angst. Du kannst spätestens in einer Stunde alles in der Akte aufrufen und kontrollieren.«

Jetzt reichte es. »Wieso redest du so? Was glaubst du, was ich hier tue?«

Die Augen rundherum blickten bei diesem Ausbruch kurz und anklagend auf – hallo? Staatsanwaltschaft! LKA!

»Ich glaube, dass du hier nur deine Arbeit tust, Tina«, sagte Otto unfreundlich.

»So ist es!«

Er senkte die Stimme. »Tava ist ein Topkollege.«

»Ich weiß.«

»Der kann das allein.«

Die Ohren ringsherum waren gespitzt, die Stimmung gespannt, welche Art Statement die Kollegen bevorzugen würden, nicht ganz klar. Dass sie eins wollten, das schrien ihr die gesenkten Köpfe entgegen. Aber so einfach war das nicht. Sie konnte im Gartenpulli mit Laub im Haar erscheinen und Willenbacher in einer stillen Ecke persönlich beschimpfen, aber ihm in den Rücken fallen, das ging nicht.

»Ich bin schon fast wieder weg«, sagte sie nur.

»Und was ist mit Tava?«, fragte Otto.

»Nichts. Also, nichts, was sich geändert hätte.«

»Wieso ist das eigentlich so wichtig«, mischte Mang sich jetzt ein, »auf welcher Seite vom Koran dieses Bild war? Bearbeiten wir das hier als Tötungsdelikt?«

»Wir bearbeiten es genau«, sagte Bettina mit Seitenblick auf den Staatsanwalt. Man sah nur seinen Rücken. Er redete.

»Und jetzt mal ohne Scheiß, Tina, wenn da so 'ne Koranfrage ist, wieso wird dann nicht Tava gefragt, ist der Moslem oder nicht?«

»Weiß ich nicht«, sagte Bettina und spähte nach einem Fluchtweg.

Mang senkte sein Klemmbrett. »Also weißt du, ich bin echt kein Freund von diesen scheiß Ka–« Er verschluckte den Rest und setzte neu an. »Ich bin ja jetzt nun wirklich nicht, äh –«

Pause. Plötzlich waren alle da, die Köpfe erhoben, die Blicke offen und frei, sie sahen sich an. Niemand sagte was.

Mang holte Luft und kriegte die Kurve. »Aber das hier, Tina, das könnt ihr mit Tava nicht machen.«

Hach Mang, dachte sie. »Ich muss jetzt gehen«, sagte sie, fast bedauernd. Sie schob das Bild in ihren Ärmel, drückte sich an Mang vorbei, blendete die Kollegen aus, so gut es ging, und versuchte, trotz ihres orangefarbenen Pullovers unsichtbar zu werden und so schnell wie möglich zu verschwinden.

Als sie dann mit dem Betreuer redete, um sich die Personalien des Exorzisten raussuchen zu lassen, krachte ein ungeheurer Donner vom Himmel, so laut, dass sie die Schallwellen erst im Magen und dann in den Ohren spürte. Darauf setzte Hagel ein, der mächtig gegen das Dach und vor allem irgendein metallenes Bauteil hämmerte. »Mist, ein paar von den Jungs sind noch draußen«, sagte der Betreuer, kritzelte eilig einen Zettel voll, drückte ihn ihr in die Hand und verließ den Raum. Da erst dachte sie an Unwetter und Regen und den Garten. Doch sowie sie im Ausgangsbereich wieder natürliches Licht sah und schließlich draußen vor der JVA im Freien stand, war der Spuk vorbei. Von den Dachrinnen tropfte es, im Gully rauschte Wasser, doch über allem erschien jetzt groß und glänzend eine heiße Sonne, die zarte Nebelschwaden aus der Straße zog und das bisschen Hagelweiß in den Ecken zusammenschmolz.

Bettina schaute auf ihren Zettel. »Moritz Johann Hansen«, stand da sehr undeutlich, und eine Adresse in einem Ort namens Frohnwiller. Und hinter der Telefonnummer eine Abkürzung, die sie als JUZ entzifferte.

Was hatte sie sich vorgestellt? Einen von oben bis unten tätowierten, aus der Lederkluft nach Rauch stinkenden, silberbehängten Satanisten mit Lidstrich und langem Zopf? Wohl kaum. Wie sah ein katholischer Exorzist aus? Blass und streng und konservativ? Tatsächlich war Moritz Johann Hansen drahtig und sehr tätowiert. Indigofarbene Ranken und Buchstaben bedeckten seine Arme, außerdem trug er eine Madonna auf dem rechten Bizeps. Dazu kurzes Haar und Ohrringe in beiden Ohren. Er stand an der Tür zu einem malerisch zugewachsenen

Flachdachbau, dort verabschiedete er drei Jugendliche mit Gitarrenkästen, und er war es wirklich. »Moritz Johann Hansen?«, fragte Bettina, die Jugendlichen schauten belustigt, flachsten Unverständliches unter Erwachsenenradar, und Hansen grinste und nickte.

»Mojo«, dröhnte er in tiefstem Bass, ergriff ihre Hand, nach Rauch roch er auch. Sein Blick wanderte schnell, er besaß die nervöse Unschärfe der Musiker. »Herein«, sagte er und führte sie in einen Raum, der ganz mit alten Teppichen ausgehängt war. »Akustik«, kommentierte er mit Blick auf die Wände, das war wohl der Proberaum des hiesigen Jugendzentrums, es standen auch allerhand Mikrofone und Verstärker herum. Er wies auf eine sehr durchgesessene Couch im 80er-Volleiche-Stil und setzte sich in den zugehörigen Sessel. »Du bist Silas' Mutter?«, fragte er. »Wie schön, dass –«

Bettina schüttelte den Kopf. »Kriminalpolizei.«

»Aha.« Mojo Hansens Haltung änderte sich kaum, seine Augen wurden kurz schmal, dann legte er den Kopf etwas schräg. Um das linke Auge prangte ein veritables Veilchen. »Bist du jetzt echt noch mal wegen diesem Brief gekommen?«, blieb er beim Du. »So einen haben wir nie wieder gekriegt. Wir haben da auch dran gearbeitet, Seminar und alles. Ich würde für die Kiddies die Hände ins Feuer legen.«

Bettina lächelte. Das war eine der verrückten Seiten ihres Berufs: Sie bekam alles erzählt. Es rutschte den Leuten einfach heraus. »Was für ein Brief?«, fragte sie sanft.

»Drogen …?«

So. Bettina zögerte kurz. Du oder Sie? Autorität zeigen (was sie sollte) oder vielleicht noch mehr erzählt kriegen (was sie interessierte)? »Was genau meinst du?«

Er sah sie an und sein schwebender Blick wurde plötzlich klar. »Nicht so wichtig.« Sein Gesicht war hager, als hätte er schlagartig sehr viel abgenommen, aber schon vor längerer Zeit. Braune Augen, ein entschlossener Mund. Ein schönes, ernstes Gesicht. Mit einem Veilchen.

»Was war hier mit Drogen?«

»Jemand hat sich ein Päckchen irgendwas an die Adresse von der Pfarrei schicken lassen.« Hansen verschränkte die Arme. »Aber wir haben das besprochen.«

»Wer hat sich ›irgendwas‹ schicken lassen?«

»Wissen wir nicht und ist auch schon ewig her.« Jetzt sah er ein bisschen spöttisch aus.

Okay. »Tatsächlich bin ich wegen was anderem da. Ich hab Fragen zu Muhammad Al-Afghani.«

»Muhammad.« Hansen fuhr sich mit dem marienbewehrten Arm vom Nacken aus über den Kopf. »Zu dem hab ich leider keinen Kontakt mehr.«

»Er ist heute Nacht verstorben.«

»Was?«

Die Meldung war online, aber noch nicht lang. »Tut mir leid.«

Hansen sprang auf. »Was ist passiert?«

Bettina seufzte und sah ihn nur an.

Die Ranken auf Hansens Armen waren plötzlich fast schwarz, sein Gesicht grau. »Fuck. Oh Mann.« Er blickte auf. »Wieso – nichts gegen dich, aber wieso krieg ich die Nachricht persönlich überbracht?«

»Wir müssen möglichst schnell Diskretion anmahnen«, sagte Bettina. »Es ist momentan von allgemeinem Interesse, die Berichterstattung um Al-Afghani nicht unkontrolliert hochkochen zu lassen.«

Er starrte sie an. »Diskretion? Wieso? – *Was ist passiert?«*

»Das wird noch untersucht, aber wir gehen von Suizid aus.«

»Oh nein.« Hansen fiel in den Sessel, in dem es ihn gerade eben nicht mehr gehalten hatte.

Bettina beugte sich vor. »Und du hast bis vor einem halben Jahr Teufelsaustreibungen an ihm vorgenommen. Das wird viele Journalisten interessieren.«

Hansen sah auf, Augen schmal und düster, Fäuste geballt. »Diese Idioten. Diese bescheuerten, bornierten Idioten«, grollte er mit tiefer Stimme.

»Die tun auch nur ihre Arbeit.«

»JVA. Ich hatte Kontakt zu Muhammad. Wir hatten unsere Abmachungen, unsere –«

»Exorzismen?«

Er schüttelte den Kopf, als wollte er das Wort loswerden. »Was ist so schlimm daran? Wen soll das jucken?«

»Du hast gefährliche Psychosachen gemacht. Mit einem labilen Inhaftierten, den das ganze Land kennt. Wir können nicht vorhersehen, was so eine Info vielleicht auslöst.«

»Ich habe Muhammad geholfen. Mehr nicht.«

»Wir müssen verstehen, was da überhaupt passiert ist.«

»Muhammad ist tot!«

»Weil …?«

»Der Junge hatte Dämonen.«

Davon war Bettina überzeugt. »Aber waren die von ihm zu trennen?«

Hansen schnaubte nur.

»Der Betreuer in der JVA sagte, dieses – was auch immer ihr gemacht habt, hätte ihn belastet.«

»Das ist ein Arsch.«

»Machst du das öfter?«

»Was?«

»Dämonen austreiben.«

Er fuhr sich wieder über den kurzgeschorenen Schädel. »Wie hat er es getan?«

Bettina schüttelte den Kopf und hob die Hände.

»Oh fuck.« Hansen stand wieder auf, begann unruhig im Raum herumzutigern. »Niemand ist an Muhammad rangekommen. Nicht mal er selbst. Er hat nicht gewusst, wer er war, oder er hat so lange so getan, als ob er es nicht wüsste, dass er den Überblick verloren hat. Die Gutachter haben sogar seine Sprache analysiert, um rauszukriegen, wo er ursprünglich herkam und wie alt er war. Er war älter, als er behauptet hat. Das war mir klar. Er war aber auch fürchterlich getrieben.«

»Er war ein Mörder.«

»Ja.«
»Wie hast du ihn kennengelernt?«
»Die Wüste, eine Selbsthilfegruppe.«
»Für …?«
»Hauptsächlich gegen Suizidgedanken«, sagte Hansen flach. Er holte Luft. »Allerdings versuchen wir, das Wort und dieses ganze – Mindset nicht zu verwenden. Es triggert.«
»Es ist eine größere Gruppe?«
»Es gibt eine Dachorganisation und einzelne Zellen. Wir arbeiten mit Patenschaften. Manche Zellen bieten anonyme Treffen an.«
»Du bist da Aktivist?«
»Ich bin – war Muhammads Pate.«
»Ist das bei euch üblich, dass ihr Dämonen austreibt?«
Hansen blieb stehen. »In der akuten Phase ist erlaubt, was hilft.«
»Wieso hast du ausgerechnet mit ihm gearbeitet?«
»Es war bei mir in der Nähe und zeitlich machbar.«
»Es hatte nichts mit seiner Bekanntheit zu tun?«
»Was?«
»Der Betreuer hat gesagt –«
»Du meinst, wir hätten Muhammad ausgesucht, weil er in der Zeitung war?«
In der Zeitung war untertrieben. Al-Afghani war überall gewesen. Er war in den Köpfen der Menschen. »War es so?«
»Nein!«
»Okay, und wie oft hast du ihn besucht?«
»Dienstags nachmittags. Etwa ein Jahr lang.«
Bettina holte die Plastiktüte mit dem Totenzettel aus ihrer Tasche und hielt sie hoch, das kleine Bildchen hing in der Luft zwischen ihnen, die Seite mit den Dämonen auf Hansen gerichtet. Er zuckte zurück.
»Hast du Muhammad diese Viecher gegeben?«, fragte Bettina.
»Das war sein Notfalltool«, sagte Hansen leise, der Bass war fast ausgeschaltet, ein reines Flüstern.

»Wo warst du, guter Jesus, wo warst du, um meine Wunden zu heilen?«, las Bettina von der Rückseite vor. »Ist das die richtige Botschaft für einen Selbstmordgefährdeten?«

Er schnaubte. »Was glaubst du denn, wie man das Grauen loswird? Sagst dir: Gibt es nicht?«

»Sport«, sagte Bettina und hielt das Bild weiter hoch. »Arbeit. Sich suhlen hilft nicht. Meine Meinung.«

»Visualisieren ist manchmal die Rettung«, widersprach Hansen, den Blick starr auf die Dämonen gerichtet.

»Heißt es nicht: Du sollst dir kein Bild machen?«, fragte Bettina und dachte gleich darauf, dass das nicht wahr sein konnte, dass sie jetzt tatsächlich in Bibelzitaten sprach, ganz so, wie Willenbacher es wünschte. »Und ist das Bilderverbot im Islam nicht noch viel strenger? War Muhammad nicht Moslem?«

»Er war ein Mensch.«

»Okay«, sagte Bettina, »du arbeitest für die katholische Kirche, oder?«

»Ich bin hier Sozialarbeiter.«

»Und du bist ein, hilf mir, ausgewiesener, offiziell kirchlicher Exorzist?«

Hansen starrte sie an.

»Also quasi im Namen des Herrn unterwegs?«

»Ich habe mit Muhammad gebetet. Sonst nichts.«

»Bist du dafür ausgebildet? Weiß deine Kirche überhaupt davon?«

Er hob die Hand an den Nacken und ließ sie da, jetzt linste die Maria seltsam von seinem Bizeps herunter.

»Was ist, ja oder nein?«

»Niemand ist dafür ausgebildet!«

Sie legte den Kopf schräg.

»Jedenfalls nicht hier in Deutschland.« Er ließ die Arme sinken.

»Dann erklär mir doch bitte mal, was du da überhaupt gemacht hast.«

»Es ist ein spiritueller Kampf. Jemand hat etwas in sich, was er nicht behalten will, und das versucht ihr beide mit vereinter

Kraft aus ihm rauszustoßen.« Jetzt sah er sie mit dunklem Blick an: Glaub es oder nicht. »Dazu brauchst du keine besondere Konfession oder Religion, das ist einfach nur Überlebenshilfe.«

»Wie geht das, etwas aus jemandem rausstoßen?«

»Beten.«

»Was beten?«

»Du sprichst das Böse an und vertreibst es.«

»Also betest du zum Teufel?«

»Natürlich nicht«, sagte Hansen unwirsch. »Du schickst ihn weg. Das machst du so lange, bis er verschwindet.«

Muss ich mal probieren, dachte Bettina. So auf der Arbeit. »Dann hast du das getan, was ein echter Exorzist tun würde, nur, dass du dazu nicht befugt bist.«

»Ein befugtes Befreiungsgebet kriegst du in Deutschland sowieso nicht!«

»Warum nicht?«

»Weil es hier keine Dämonen gibt.«

Sie musterte ihn mit erhobenen Brauen.

»In Italien«, blaffte er, »wenn du Glück hast, macht das dein Gemeindepfarrer. Polen genauso. Geh nach Tschenstochau, da ist es kein Problem. USA, die schicken Priester nach Rom auf Lehrgänge. Nur hier in Mitteleuropa wird es nicht gemacht. Da musst du erst zum Psychiater. Und weiter kommst du nicht.« Er ließ sich neben ihr auf die Couch fallen und sah sie aus nächster Nähe direkt an. Braune Augen, ein bisschen starr, mit ein paar roten Äderchen drin. Bartstoppeln auf den Falten. Ziemlich dunkle Haut, deren Grundton gut mit dem Indigo von den Tattoos harmonierte. Und auch mit dem Veilchen.

»Hast du das mal versucht?«, fragte sie ihn.

»Was?«

»Psychologisch statt spirituell zu helfen?«

Hansen seufzte. Es klang fast amüsiert. Wo er so neben ihr saß und nach Rauch roch, bekam Bettina Lust auf eine Zigarette. Hatte sie schon ewig nicht mehr gehabt, aber Hansen, an dem roch es irgendwie gut. Jetzt beugte er sich vor, stützte die Ellenbogen auf die Knie und schaute in den Raum hinein. »Ich hab mal versucht, eine Gutachterin davon zu überzeugen, dass ich selbst besessen bin. Hat aber nicht geklappt.«

»Wie, da werden Gutachten gemacht? Über Besessenheit?«

»Ja«, sagte Hansen, sah sie plötzlich von der Seite an und grinste.

Sie reagierte mit einem Lächeln. »Schräg.«

»Wieso?« Sofort zog er die Brauen zusammen: Du respektierst meinen Glauben nicht.

»Immerhin weißt du jetzt, dass du clean bist. Von Teufeln. Sogar mit Nachweis.«

»Ganz so clean war ich nicht. – Das Gutachten konnte nicht fertiggestellt werden. Ich hab den Drogentest nicht bestanden.« Er sprang wieder auf, zu nervös, um lange zu sitzen. »Ich hatte nichts genommen. Ich hab noch nie LSD genommen. Aber der Test war positiv.«

»Hm«, machte Bettina.

»Wahrscheinlich die Jugendlichen«, sagte er widerstrebend.

»Die haben dir was in die Limo getan?«

»Das wollte ich nie wirklich glauben. Ich vertrau denen. Und es war direkt nach unserem Seminar. Da waren die eigentlich alle eingenordet.«

»Vielleicht war der Test fehlerhaft? Hast du ihn wiederholt?«

»Nein.« Er starrte sie einen Moment lang an, als sei ihm die Idee nie gekommen. Dann zuckte er die Achseln. »Wie auch immer, ich hab mit den Kids geredet. Wir haben es jetzt im Griff.«

»Okay«, sagte sie und stand auf. »Also. Meine Vorgesetzten werden sich höchstwahrscheinlich mit den Verantwortlichen aus der Diözese über deine Beziehung zu Al-Afghani austauschen. Katholischer Exorzismus an einem so kontroversen Straftäter, das hat leider Potenzial für einen großen Aufreger, das können die nicht unvorbereitet auf sich zukommen lassen. Die werden miteinander reden.«

Hansen nickte und sah plötzlich müde und alt aus. Das Veilchen leuchtete sehr violett.

»Kann sein, dass ich wiederkomme, wenn wir noch Fragen haben. Rede am besten sonst nicht darüber. Nicht mit Fremden.«

»Hatte ich nicht vor.«

Irgendwie hatte sie das Gefühl, das Gespräch sei noch nicht vorbei. »War das ein Dämon?«

Er blickte verständnislos.

Bettina deutete auf sein linkes Auge.

Er betastete die Stelle, furchte die Stirn und sah sie ernst an. »Würdest du mir eh nicht glauben«, sagte er.

Als sie heimkam, war es Abend, und die Abende in dem alten Haus in Grünstadt waren lang. Nachtessen, einen Freitagabendfilm für die Kinder finden, Bügelwäsche ignorieren. Dann saß sie irgendwann auf dem Balkon – auf dem ganz kleinen westlichen, der sich vor ihrem Schlafzimmer befand – und blickte hinaus in den dunkel werdenden Garten. Die Luft, die von dort aufstieg, war immer noch warm, darüber ein jetzt aufgeklarter Himmel mit blitzenden Diamantsternen. Noch mächtiger allerdings waren das Moos, die Feuchte und die alten Bäume. Bettina legte die nackten Füße auf das rostige Balkongeländer, schloss die Augen und versuchte, den Garten zu spüren. Was sagte ihre nackte Haut? Hieß es nicht, dass dort an den Fußsohlen alle Nerven zusammenkamen? Dass man da die Verbindung spüren konnte, zur Erde, zum Universum, zu den Wurzeln? Bettina fühlte nur ein schwaches Lüftchen und das raue, farbblättrige Geländer. Trotzdem schön. Sie öffnete die Augen, blinzelte in die Nacht – und sah ein Licht. Dort vorn, in den Baumkronen. Ein goldenes Viereck mit einer menschlichen Silhouette darin.

Sie blinzelte wieder, setzte sich auf und schaute genauer hin. Ein Fenster in den Baumkronen? Unmöglich. Schlief sie? Nein. Die Silhouette bewegte sich. Ein Mann. Er stapelte etwas.

Bettina erhob sich und beugte sich übers niedrige Geländer, um besser zu sehen. Wer war das? Wo war es? Von hier aus konnte man doch nur ins Laub sehen. Rechts und links von ihrem Grundstück, ja, da grenzten die Handtuchgärtchen der neuen Reihenhäuser an, aber geradeaus, da war nichts.

Außer diesem leuchtenden Viereck.

Der stapelnde Mann legte irgendwas Kistenähnliches in Augenhöhe ab, dann hielt er inne, hob den Kopf, schaute sich um. Bettina trat einen Schritt zurück, als sei sie beim Spionieren erwischt worden. Sie fragte sich, ob sie sichtbar war wie er. Licht hatte sie keins an, aber die Hauswand hinter ihr war hell.

Der Mann trat vor, er befand sich, wie Bettina jetzt erkannte, ebenfalls im Freien, vielleicht auf einem Balkon wie sie, er trat an eine Brüstung, halb aus dem leuchtenden Viereck, das wohl eine Türleibung war, nach vorn. Und blickte in den Garten. Zumindest vermutete Bettina das, sein Gesicht lag im Dunkeln, und die Gestalt war zu klein, um Details wie die Blickrichtung zu erkennen. Trotzdem sah sie an seiner Haltung, dass er suchte. Mich, dachte Bettina. Die Beobachterin, die er spürt. Sie trat noch einen Schritt zurück, während er sich gleichzeitig vorwärts über die Brüstung beugte. Tango, dachte sie. Du kannst mich nicht sehen, aber wir tanzen. Eine Weile standen sie so, und vielleicht trafen sich ihre Blicke irgendwo im schwer belaubten Geäst. Dann wandte der Mann sich ab, ging durch seine eckige Balkontür in den goldenen Schein zurück und das Licht erlosch.

Bettina sank auf ihren Stuhl zurück und dachte vage an eine Zigarette. Dann dachte sie, dass es wieder mal typisch für sie war zu glauben, dass die Welt an der Gartenhecke endete. Natürlich war hinter diesem Wald, diesen Dornen, diesem undurchdringlichen Gebüsch wieder Zivilisation. Ein Haus. Menschen. Goldener Schein.

In der Nacht träumte sie von einem gelborangen Leuchten, das magisch strahlte, aber trotzdem zu weit entfernt war, um einem in der Finsternis umherirrenden jungen Mann die Richtung zu weisen. Sie war der junge Mann, und sie starb. Da öffnete sich in der dunkelsten Tiefe eine eckige Luke mit einem warmen Licht und lockte sie, doch sie wollte nicht durchgehen. Wo warst du, dachte sie, als er gestorben ist. Als er seine Freundin umbrachte. Vergiss es. Ich komm nicht in dieses billige Glück. Ich bleibe hier bei ihm. Da schien das Schwarz zu ächzen und das Licht sich zu verflüssigen und sie erwachte. Frierend, obwohl die Nacht warm war und die Luft sich anfühlte, als sei sie aus dem goldenen Zimmer mit herübergeflossen.

Bettina erhob sich, suchte ihre runtergefallene Decke vom Boden, wickelte sich ein, entspannte kurz, konnte aber nicht mehr schlafen. Schließlich holte sie fluchend ihr Handy vom Nachttisch und googelte die Versuchungen des heiligen Antonius. Wann, wenn nicht in dieser Zwischenstunde kurz vorm eigentlichen Erwachen, konnte sie hoffen, den Isenheimer Altar zu verstehen? Also betrachtete sie die Vogel- und Echsenmonster, die prügelnden Teufel, den schrecklich kranken Mann mit dem aufgetriebenen Bauch in der Ecke. Er hat Entenfüße, stellte sie befremdet fest.

Ich bin nicht die Zielgruppe, dachte sie dann. Ich fürchte mich nicht. Am unheimlichsten noch fand sie den Heiligen selbst, der steif zwischen all den Monstern lag. Seltsam, wie lange sie gebraucht hatte, um ihn überhaupt zu sehen. Dabei war er doch der Gute.

Aber war er das wirklich?

Offenbar focht er in diesem starren Zustand einen Kampf aus, rang mit Dämonen um die schiere Frage, ob es sie gab oder nicht. Ja, sagte das Bild, schau sie an, sie sind doch da! Jeder hat ein Gesicht! Und: Nein, sagte das Bild, siehst du nicht, dass sie zu schrill sind? Das müssen Einbildungen sein! Das ist nur ein Teil von dir!

Und vielleicht war das der eigentliche Grusel: eingeschlossen zu sein innerhalb der Grenzen der eigenen Vorstellungskraft, zu wissen, dass es so war – und ihr trotzdem ausgeliefert zu sein. Das waren die Dämonen, die einen am Ende kriegten, ob sie echt waren oder nicht.

Sie schaltete das Handy aus und schaute aus dem Fenster. Draußen im Gewirr der Baumkronen ging die Sonne auf. Der Himmel darüber glühte gelborange. Gott, wenn es ihn gibt, will mich foppen, dachte sie. Sie stand auf, ging raus auf den Balkon und versuchte, zwischen den alten Bäumen hindurch das Fenster zu erkennen, das sie gestern Abend so deutlich hatte sehen können. Es musste zu einem Haus gehören, dem Haus auf der anderen Seite. Doch die aufgehende Sonne blendete zu sehr.

Foppen.

2

Lavendelwasser, so warm, dass es dampfte. Ein sauberer Mopp, doppelt ausgespült, Besen und Kehrblech. Der Schlüssel zur Kirche. Drei Schlösser aufsperren, das gewöhnliche Türschloss ganz oben, das zweihundert Jahre alte Kastenschloss in der Mitte, das Sicherheitsschloss darunter. Dann die schwere Tür aufziehen, kühle Luft von innen abfließen lassen. Brille absetzen, Augen umgewöhnen ans Dunkel. Eintreten. Putzen. Ja, putzen. Es ging Elle nicht darum, gefällig zu sein, Gutes zu tun, obwohl sie tatsächlich viel zu schlecht bezahlt wurde. Sie war nur einfach gern an diesem aufgeladenen Ort. Meistens schloss sie wieder hinter sich zu, weil es so schön war, allein zu sein in dieser Welt aus all den alten Sünden, die sich hier überall in die Ritzen gesogen hatten. Einfach arbeiten, ganz gewöhnlich schrubben neben dem Tabernakel mit den Goldkelchen, ums ewige Licht, in den Beichtstühlen. Wachs abkratzen unter dem großen Kerzenständer des Marienaltars. Nirgendwo sonst war die Zeit so zu spüren. Die frühgotische *Unsere Liebe Frau* war älter als jedes andere Haus im Ort, älter als jeder Weinstock in den Wingerten ringsum, ja sogar älter als jeder einzelne Baum im Pfälzerwald. Als diese Kirche gebaut wurde, gab es gerade mal dieselben Berge, Wege und Feiertage wie heute. Sie war eine Verbindung in jene fremde Welt, aus der die Gegenwart entstanden war, darum gehörte sie allen. Auch Elle. Obwohl Elle nie Katholikin gewesen war und es nie sein würde. Es war einfach ihr Recht als Mensch, in diese gewachsene Spiritualität einzutauchen, auch ohne knien und beten, befolgen und glauben. Also schloss Elle jeden Samstag- und Montagmorgen die Tür zu *Unsere Liebe Frau* auf und atmete tief den Geruch des alten Holzes ein, das jahrhundertelang mit Weihrauch und Kerzenruß und immer neuer Andacht imprägniert worden war.

Heute war aber etwas anders.

Es roch. Chemisch. Nach Renovieren. Hatte vielleicht endlich jemand die Holzvertäfelung der Sakristei gestrichen? Nötig wäre es ja.

Nein. Ein kurzer Blick in den vollgestopften Raum zeigte ihr: alles wie immer. Hier war der seltsame Geruch sowieso kaum noch wahrnehmbar. Vermutlich von außen mit hereingeweht. Elle vergaß ihn und legte los, wie immer zuerst in den Ecken um den Hochaltar herum, an den Stühlen für die Messdiener vorbei, dann bei dem Tisch für Wein und Wasser, dem Altar, den Stufen mit den Kniepolstern und der Glocke. Sie endete an der Osterkerze und der großen Vase. Dann hatte sie die Apsis durch und schleppte den Eimer ins südliche Seitenschiff vor den Marienaltar.

Da war dieses chemische Aroma wieder, diesmal stärker.

Ganz frische Farbe, irgendeine Art von Lack, beißend. Sie hob die Nase und schnupperte. Schaute auf das lebensgroße Marienbild, das überm Altar hing.

Nichts.

Merkwürdig, hier nahm die Intensität zu. Elle griff nach dem Schaber, der brav an seinem Platz neben der gusseisernen Spendenkasse lag, und inspizierte den Kerzenständer. Hundert Lichter passten drauf, drei brannten. War aber auch Samstagmorgen, und freitags wurde nicht viel gebetet. Keine Wachsreste auf dem Boden. Sie sammelte die paar leeren Teelichthalter ein und sah sich noch mal um. Der Geruch ging nicht weg. Also gut: Der Kerzenständer war definitiv nicht frisch gestrichen. Was war mit dem Marienaltar? Darauf lag eine weiß gestickte Decke und da stand die blaue Porzellanvase, heute mit Margeriten. Alles wie am Montag. Oder? Nein, gewöhnlich befanden sich die Blumen weiter rechts. Damit sie ganz genau unter der Stelle des großen Marienbildes standen, wo das Jesuskind zu sehen war.

Aber es war weg.

Bild noch da, Kind weg.

Das Schrägste an der Sache war: Es dauerte eine ganze weitere

Minute, bis Elle erkannte und verstand, dass dieser Jesus nicht einfach aus dem Bild spaziert und verschwunden war. Jemand hatte ihn schwarz übermalt. Daher der Geruch. Aber die Farbe war so deckend, so exakt auf das Kind aufgetragen und so matt, dass sie das Gemälde nicht verschandelte. Es war keine hilflose Schmiererei. Es war ein Statement. Irgendwer hatte in *Unsere Liebe Frau* in Frohnwiller in der Nacht der Sonnenwende den Jesus am Marienaltar geschwärzt.

Elle machte ein Foto. Die Maria dort oben lächelte ihr freundlich und eine Spur komplizinnenhaft zu, ein schwarzes Bündel im Arm, sich keines Verlustes bewusst.

Da erst erschrak Elle wirklich.

Denn im Grunde war die Sache sehr einfach. Es gab zwei Schlüsselsätze für die Kirche. Seit dem Unfall des Pfarrers verwahrte einen davon die Gemeindereferentin Ina, den anderen der Sozialarbeiter Mojo. Ina war fast eine Freundin, eine oft hadernde, wunderbar unkonventionell denkende Katholikin, die irgendwie in dieses Leben geboren war. Sie sah entwaffnend spießig aus und funktionierte immer tadellos. Mojo wirkte dagegen ziemlich verrückt, zuweilen sogar pubertär und obercool. Er hatte ein bewegtes Leben hinter sich, über das keiner das Geringste wusste. Und seine erste Amtshandlung hier war vor sechs Jahren (oder sieben?) ein Graffitiworkshop mit der Jugend gewesen. Wenn es also um illegales Malen ging, wer würde da wohl in Verdacht geraten?

Elle mochte Ina (die es echt nicht gewesen sein konnte), war aber grundsätzlich auf der Seite des Protests (wenn er nicht total destruktiv war), und sie wollte nicht, dass Mojo Ärger kriegte. Er war ein Mensch. Selbst wenn er beschloss, einen Jesus zu schwärzen (was ihr nicht ganz unmöglich vorkam), würde er dafür einen Grund haben. Keinen vernünftigen, klar, aber einen Grund. Sie blickte ihr Handy an: Hatte sie Mojo als Kontakt eingespeichert? Nein, aber das Jugendzentrum. Sie drückte auf »Verbinden« und wartete. Die Maria schickte ihr weiter dieses heitere, unbehelligte Lächeln herunter. Mir geht's gut, sagte es. Besser als je. Kinder können auch eine Last sein.

Verrückt ist es trotzdem, antwortete Elle, Schwester zu Schwester. Warum den Jesus schwarz anmalen?

»Jugendzentrum *Unsere Liebe Frau*!«, meldete sich Mojo etwas atemlos, sein Bass dröhnte durchs Telefon.

Er ist da, dachte Elle sofort erleichtert. »Hallo, Mojo, Elle Kling hier, ich bin in der Kirche, kannst du grade mal rüberkommen? Hier ist was passiert.«

»Leider bin ich nicht hier, bitte hinterlasse deine Nachricht nach dem Ton.«

Witzbold.

Eine halbe Stunde später waren dann zumindest ein paar wichtige Leute da: Ina, die Bullen und drei Damen vom Rosenkranz, die zufällig vorbeigekommen waren.

»Also dann erklären Sie mal von Anfang an«, sagte ein Polizeioberkommissar Barolo. Der andere, der mehr nach Praktikant aussah, schrieb mit.

Elle erklärte. Die anderen Anwesenden betrachteten etwas ratlos das Bild. Am wenigsten erschüttert wirkte Ina. Sie hatte beim Anblick der Maria nur kurz die Brauen gehoben und schien jetzt mit den Gedanken schon wieder woanders. Vielleicht bei ihrem anstrengenden Familienleben. Sie hatte eine schwierige Tochter, die in Berlin herumgammelte, eine ebenso ferne und sehr kleine Enkelin und zu Hause einen erwachsenen Sohn, der ständiger Pflege bedurfte. Sie sah oft müde aus. Manchmal sogar böse, streng und übernächtigt, so wie jetzt.

»Wer hatte denn den Schlüssel?«, fragte eine der Rosenkranzdamen scharfsinnig.

»Da müssen wir Mojo fragen, der hat auch einen Satz«, sagte Ina eine Spur abweisend. Und zu den Polizisten: »Mojo Hansen, unser Sozialarbeiter hier. – Also unseren hatten wir die ganze Nacht im Pfarrhaus am Schlüsselbrett. Wie immer.« Sie seufzte und sah plötzlich erschöpft aus.

»Sie hatten die Schlüssel die ganze Zeit?«, fragte Barolo. Das Gesicht dieses Bullen kam Elle zunehmend bekannt vor. Vermutlich hatte sie mit dem schon zu tun gehabt.

»Gut, vorhin hab ich den Bund an Frau Kling hier gegeben, die zum Putzen gekommen ist.«

»Sonst war niemand da? Die ganze Nacht nicht? Niemand kann den Schlüssel genommen haben?«

»Nein, aber, wie gesagt, Mojo Hansen besitzt auch einen Satz«, sagte Ina, jetzt fester, sodass der Gedanke im Raum verharrte und einen Verdacht gebar. Kaum aber war diese Niederkunft abgeschlossen, formierten sich die Rosenkranzdamen zu einem Chor, der energisch Mojos Vertrauenswürdigkeit bekräftigte. Sie kannten ihn, er war zuverlässig, und dass er nicht ans Telefon ging, war ein klarer Pluspunkt, zeigte es doch, dass er seine Arbeit ernst nahm und nicht ununterbrochen am Handy hing wie andere Leute. Vermutlich rettete er irgendwo ein Leben und hatte auf jeden Fall Besseres zu tun.

Elle amüsierte es, dass Mojo mehr Rückhalt im konservativen Teil der Gemeinde hatte als vermutet. Als Barolo nachfragte, ob der Herr Hansen nicht schon Jugendcamps mit Graffitikursen veranstaltet hätte, entstand ein richtig peinlicher Moment. Denn die Graffiti konnte keine bestreiten, und außerdem wusste jede hier: Falls der Kirchenschlüssel wirklich verlegt, heimlich verliehen oder benutzt worden war, um nachts einzubrechen, konnte eigentlich nur Mojo verantwortlich sein. Wie aber das ansprechen, ohne es zu sagen? Schließlich fand eine der Rosenkranzdamen einen Ausweg: Der Täter hatte sich wahrscheinlich einschließen lassen. Denn die Kirche stand tagsüber allen Gläubigen offen. Da konnte jemand hereingekommen sein und sich versteckt haben. Gelegenheit dazu gab es ganz sicher, denn schon morgens nach dem Putzen ließ Elle die Tür unverschlossen, und erst abends nach Andacht, Rosenkranz, Gottesdienst oder Anbruch der Dunkelheit wurde wieder verriegelt. Von Ina, meistens, die wohnte ja direkt nebenan. So auch gestern, nicht wahr?

»Ja«, sagte Ina. Eine steile Falte auf ihrer Stirn wurde tiefer.

»Aber eins stimmt, Mojo war gestern Abend ziemlich komisch«, sagte sie zögernd. »Ganz ehrlich, ich hab mich über ihn geärgert, denn er weiß genau, dass ich dieses Wochenende nicht kann und dass aber einer von uns beiden den Sonntagsservice machen muss. Das war seit Ewigkeiten geplant! Dann sagt er irgendwas von diesem Mörder von Sophie, ihr wisst schon, der jetzt plötzlich bedauert werden muss, weil er ein Selbstmordopfer sein soll, und ist ab. Ganz kurz vorm Wochenende.« Sie schüttelte den Kopf und warf einen genervten Blick auf die bemalte Maria. »Also ehrlich, ich weiß langsam nicht mehr, was ich denken soll.«

»Das war er nicht«, sagte eine sehr kleine alte Frau mit Silberlöckchen kategorisch. Sie schien kurz nachzudenken. Dann wandte sie sich an Elle und musterte sie von oben bis unten. »Frau, äh, Kling, seit wann heute Morgen sind Sie eigentlich hier?«

Augen richteten sich auf sie. Die Bullen schauten auch plötzlich so aufmerksam. Die waren ja lustig.

»Sie kriegen den Schlüssel, wann immer Sie ihn wollen, oder?«, fuhr Silberlocke fort. »Und manchmal auch bei Mojo?«

Elle holte Luft, doch bevor sie dieser kleinen Alten Bescheid stoßen konnte, griff Ina ihr an die Schulter.

»Bitte, Frau Grimm. Unsere Frau Kling kann es nicht gewesen sein, die hat den Schlüssel kaum eine Stunde, und hier ist geputzt, das wäre allein von der Zeit gar nicht gegangen.«

»Danke«, sagte Elle.

Ina sah sie nicht an.

»Dann hat sich vielleicht wirklich einer einschließen lassen«, sagte Barolo unschlüssig.

»Genau«, knurrte Ina.

»Den sollte die Frau Kling aber doch heute Morgen bemerkt haben, als er rauslief?« Grimm ließ nicht locker und fixierte Elle mit hochgezogenen Brauen. »Haben Sie?«

Elle schüttelte den Kopf.

»Du hast die Kirche nicht verlassen?«, sagte Ina in Elles Richtung. »Du hast sofort die Polizei gerufen, mit dem Handy, genau wie mich?«

»Ja.«

»Dann müsste derjenige ja noch hier drin sein, denn in der Zwischenzeit konnte er kaum ungesehen wieder rauskommen.«

Sie schauten sich um.

Eine Sekunde der Stille.

Niemand stürmte plötzlich aus dem Beichtstuhl.

»Lass uns nachgucken«, sagte Barolo zu seinem Kollegen.

Sie begannen die Kirche abzusuchen. Elle wäre sehr gern dabeigeblieben, doch sie musste fort, einen Kurs geben. Genau genommen musste sie ihn in fünf Minuten schon geben, und, Mist, nicht jede zahlte zwanzig Euro die Stunde für *Anders atmen im Wingert*, diese Schüler*innen durfte sie nicht verlieren. Sie stürzte also los. Draußen merkte sie, dass sie in all der Aufregung tatsächlich die Kirchenschlüssel noch einstecken hatte. Sie holte den Bund aus der Handtasche, warf einen kurzen Blick drauf, erstarrte: Auf dem Bart des langen Schlüssels fürs Kastenschloss befand sich ein schwarzer Punkt. Ein kleiner Tropfen matte Farbe saß rund und frisch auf dem rostigen Eisen. Sie berührte das Pünktchen. Es hatte locker gesessen und fiel ab. Elle starrte die Stelle an und fühlte einen kurzen und sehr beunruhigenden Schwindel. Schwarze Farbe?

Auf diesem Schlüssel …?

Ich mag Elle, das weißt du. Ich beneide sie sogar. Ihr hat nie einer zu erklären versucht, warum das Weib in der Kirche schweigen soll: wie übertragen das alles gemeint ist, wie differenziert man das sehen muss, welche Vorteile das für eine Frau hat. All den Mist hat Elle nie gehört. Die kann dich anschauen wie eine Schwester. Und wenn es sie interessiert, dann kann sie auch mal eben dein Kind wegschwärzen und gucken, was passiert. Einfach so.

Eine Frechheit.

Ich weiß nicht, was ich dazu sagen soll, Maria. Es ist eine Zumutung. So unnötiger Stress. Typisch Elle. Ich weiß auch nicht, wie sie es gemacht hat, wie das irgendwer hat machen können, im Grunde muss es gestern Nacht passiert sein und nicht heute Morgen, als Elle den Schlüssel hatte. Mojo hätte es machen können, Drama würde zu ihm passen, aber der war es nicht, kann nicht sein, der hat sich noch nie für Frauen interessiert ... Na ja, Elle ist künstlerisch begabt, die gibt Farbseminare! Die hat das vielleicht in Minuten hingekriegt ... Ich werde mit ihr reden. Ich klär das, aber nicht vor der Polizei, und nicht jetzt. Jetzt kümmer ich mich erst mal um meine Kinder und meine Enkelin. Tut mir leid, Maria, aber die Lebenden gehen vor. Und Elle wird sich zu dieser Verrücktheit bekennen. Falls sie es war.

* * *

Neun Uhr in Mainz, das hieß um halb acht losfahren, weil sie noch tanken musste. Das musste sie jetzt öfter. Bettinas neues Auto besaß keine Tankanzeige. Also, keine, die funktionierte. Den alten Taunus hatte sie wegen eines kaputten Fensters, das nirgendwo mehr zu kriegen war, und noch einiger anderer Macken erst mal in der Remise abgestellt, wo er sich optisch super einfügte. In der Zwischenzeit fuhr sie einen weißen Audi aus dem Fuhrpark, der eigentlich auch nicht viel jünger als der Taunus war, aber immerhin noch Fenster hatte. Und es war ein Kombi. Keiner von den Kollegen wollte ihn, warum das Auto überhaupt noch da war, wusste sie nicht, das hatte wahrscheinlich was mit Privilegien irgendeines Oberbullen zu tun, der diese Lieblingskarre durch sämtliche Erneuerungskampagnen für Zivilfahrzeuge gekriegt hatte und jetzt vielleicht versetzt oder pensioniert war oder sonst was. Jedenfalls fuhr der Audi noch und war immer verfügbar. Bettina fand ihn praktisch, auch wegen der Fahrten zum Wertstoffhof, und darum lieh sie ihn sich fast jeden Abend aus. Das mit der Tankanzeige war erträglich, das musste sie auch gar nicht bei den erneuerungswütigen Werkstattleuten zur Sprache bringen, die würden nur am Ende das gute alte Stück ganz stilllegen, und das musste echt nicht sein.

Sie holte Müller ab, er lebte in Eisenberg. Sein Haus war anders, als sie es sich vorgestellt hatte: dreckig. Ein gedrungener, unübersichtlich gebauter Mietsbunker mit verschiedenen dunklen Eingängen. Im zugigsten, zugemülltesten fand sie Müller, der dastand und auf sie wartete. Zur Begrüßung blickte er auf die Uhr.

»Ich musste noch tanken«, bekannte Bettina, die nicht mehr wusste, wann sie verabredet gewesen waren, also: wann genau. Sie wusste nicht mal genau, wie viel Uhr es jetzt war.

Müller blickte sie an – kurz –, dann schüttelte er abweisend den Kopf und lauschte. Zumindest sah es so aus.

»Tut mir leid«, setzte Bettina vorsorglich hinzu.

Kopfschütteln.

»Können wir dann gehen?«

Müller lauschte intensiver. Mit noch abweisenderem Gesicht.

Bettina verschränkte die Arme und wartete.

Schließlich schlug eine Kirchturmuhr. Müller entspannte sich. »Hallo, Tina«, sagte er.

»Hallo, Müller«, sagte sie.

»Pünktlich«, sagte er. »Genau acht Uhr fünfzehn.«

Und es war seltsam, aber sie freute sich wirklich über seinen anerkennenden Blick.

Mit Müller im Auto fühlte sich der Wagen anders an. Dreckiger. Mit Müller in der Nähe fühlte sich alles dreckiger an, nicht weil er selbst übertrieben sauber gewesen wäre, stellte Bettina jetzt fest, da er ohne den üblichen weißen Overall direkt neben ihr saß, sondern weil er sich so spürbar ekelte. »Hast du einen Hund?«, fragte er naserümpfend, nachdem er sich mit spitzen Fingern angeschnallt hatte.

»Das ist ein Dienstwagen.«

»Ja genau«, sagte Müller streng.

Sie fuhren ein Stück.

»Hast du einen?«, fragte Müller dann.

»Was?«

»Hund.«

»Nein«, sagte Bettina.

»Hier riecht es so«, erklärte Müller. Er hielt sich am Türgriff fest und sah aus, als rechne er damit, jederzeit bei voller Fahrt aus dem Wagen springen zu müssen.

»Vielleicht wurden damit mal Polizeihunde transportiert«, sagte Bettina.

»Nein«, sagte Müller.

»Äh –«

»Keine Polizeihunde«, präzisierte Müller. »Den Wagen hat die Drogenfahndung für Observierungen angeschafft, aber schon seit Jahren nicht mehr benutzt.«

»War dann wohl zu bekannt, die alte Schaukel«, sagte Bettina liebevoll.

Müller nickte bedächtig. »Und außerdem ist ein Obdachloser hier drin gestorben.«

»Was?«

»Da warst du aber auch schon beim K11«, nörgelte Müller.

»Wann?«

»Vor dreizehn Jahren, ganz junger Mensch, eigentlich nur ein Ausreißer. Ich hab es als Asservat gekriegt und bearbeitet. Drogen.«

»O mein Gott.« Bettina musste abbiegen und hätte dabei fast den Motor abgewürgt. Gespenster und Dämonen, dachte sie und fühlte sich tatsächlich ein bisschen unbehaglich in dem schönen Wagen, den sie eben noch so gemocht hatte. »Glaubst du an Geister?«, fragte sie etwas abrupt.

»Nein«, sagte Müller gleichmütig. Er dachte eine Weile nach und fragte dann: »Haben deine Kinder einen Hund?«

Auf den letzten paar Kilometern nach Mainz wurde sie von Willenbacher mit Anrufen traktiert. Was denn jetzt bitte mit dem Exorzisten sei? Wie sah er aus, was machte er für einen Eindruck, würde er schweigen? Und dass es außerdem, wenn er sagte, sie müsse den Suizid feststellen, natürlich nicht hieß, dass sie nicht ergebnisoffen untersuchen sollten. Im Gegenteil, sie müsse darauf achten, dass jeder Millimeter Haut des Toten untersucht werde, sie müsse vom Schlimmsten ausgehen und falsifizieren.

»Ich hab Müller dabei«, sagte sie nur, und außerdem mische ich mich in Obduktionen niemals ein, setzte sie im Geiste hinzu.

»Es muss ganz klar sein, dass wir alles getan haben.«

»Das wird es.«

»Wir brauchen die gesamte Toxikologie, das komplette Screening. Egal welche Droge der in sich hatte, wir müssen es wissen.«

»Okay.«

»Sagt das Dr. Lee.«

»Machen wir.« Vielleicht konnte Dr. Lee sogar Dämonen finden.

»Achtet auch auf die soft, äh, facts. Den Gesichtsausdruck. Die Hautfarbe. Euer Gefühl.«

Bettina blickte kurz das Handy an, dann Müller, der höflich schwieg, dann bog sie von der Autobahn ab. Achtet auf euer Gefühl …? »Und was ist mit dem LKA, machen die jetzt mit oder gucken die nur?«

»Halten sich bedeckt«, sagte Willenbacher. »Suchen Verbindungen ins Drogenmilieu. Das wär noch was, das uns Schwierigkeiten machen könnte. Weil Al-Afghani in der Richtung belastet war.«

»Haben wir einen konkreten Verdacht?«

»Eher nicht, aber ich weiß nicht, ob ich alles weiß, was das LKA weiß.«

»Ah.« Eine Pause entstand, in der Bettina einerseits versuchte, die richtige Auffahrt zu erwischen, und andererseits, das Thema Tavanaianfar noch mal aufzugreifen und in die richtigen Worte zu kleiden.

»Der Kollege Tavanaianfar ist übrigens suspendiert«, sagte Willenbacher etwas steif in dieses bewegte Schweigen.

Bettina vergaß, dass sie abbiegen wollte, zog abrupt auf die linke Spur und erntete ein Hupkonzert. »Was?«

»Ich sag's dir hier am Telefon, damit du später kein Theater machst, erfahren wirst du es ja sowieso.«

»Warum?«

»Kann ich dir nicht sagen.«

»Weil er afghanische Wurzeln hat?«

»Es hat nichts mit seiner Verwandtschaft zu tun.«

»Er hat die falsche Religion.«

»Lass diesen Mist«, fauchte Willenbacher.

»Ihr habt gestritten.«

»Nein.«

»Er hat sich von dir gemobbt gefühlt, hat dich angegriffen, und du hast ihn beurlaubt.«

»Hör mal, Bolle«, knirschte Willenbacher, »das geht dich gar nichts an, aber so wie den kann ich hier keinen mit mir reden lassen. Und jetzt will ich Ergebnisse. Ich will einen hundertprozentigen, zweifelsfreien, unwiderlegbaren Suizid! Auf Wiedersehen!«

Die Verbindung war unterbrochen. Bettina fasste es nicht. Und fasste es immer noch nicht, als sie merkte, dass sie inzwischen in Wiesbaden waren.

»Bei Härting hat's wenigstens keine fadenscheinigen Suspendierungen gegeben«, schimpfte sie, neben dem Seziertisch mit der Leiche auf und ab tigernd, sie war mit Dr. Lee und Müller allein und musste drüber reden.

»Es war nicht alles schlecht«, antwortete der große Koreaner mit erhobener linker Braue. So nüchtern er auch sprach, so wenig Zweifel ließ er doch an der Ironie seiner Worte.

»Oh!«, sagte sie. »Ich weiß, ich weiß, Härting kann kein Vorbild sein, aber seit wann sind wir denn Religionspolizei? – Und hier, jemandem Verantwortung geben, dann wieder entziehen, dann zugucken, wie er sauer wird, ihn wahrscheinlich noch provozieren, damit er ausfällig wird, und das dann als Lösung verkaufen! Das hätte Härting nicht getan!«

Dr. Lee streifte Handschuhe über und inspizierte den Gerätewagen. »Stimmt.« Er deckte den Toten mit einem eleganten Schwung ab. »Ihr neuer Chef ist nicht in Übung. Der alte –

Härting – hat Kollegen Tavanaianfar gar nicht erst ins Team geholt. Oder?«

Bettina blieb stehen und starrte den Arzt an.

»Das ist richtig«, bestätigte Müller von der Seite. Er stand weiß umhüllt neben der Leiche wie ein großes Ausrufungszeichen. »KK Tavanaianfar hat eine Ausbildung zum Kriminalkommissar gemacht und gehört daher in den gehobenen Dienst. Trotzdem hat er die letzten Jahre auf der Wache gearbeitet.«

»Hm«, gab Bettina zu.

»Ein Bergführer, der Gruppe aus großer Gefahr rettet, kommt in Zeitung«, sagte Dr. Lee, nahm einen Schwamm und tauchte ihn in eine Schale mit Wasser. »Ein Bergführer, der Gruppe gar nicht erst in Gefahr bringt, bleibt unbeachtet. Erfolgreicher in der Sache ist er trotzdem. Das ist ein Prinzip der Weisheit. Und funktioniert auch im Bösen.«

Bettina verschränkte die Arme. »Ich will Härting nicht zurück, glauben Sie das ja nicht!«

Dr. Lee lächelte. »Wer weiß, vielleicht ist Chef Willenbacher nur einer von den Guten, die in die Zeitung kommen. Dann ist das jetzt Katastrophenszenario und später rettet er Kollege Tavanaianfar vor schlimmer Diskriminierung.«

»Ja«, sagte Bettina, »und bekommt einen Integrationspreis.«

Sie sahen sich an.

»So, wollen wir dann anfangen?«, fragte Dr. Lee.

Der tote Muhammad Al-Afghani sah so jung aus, dass es Bettina die Kehle zuschnürte. Doppelt, weil er ein Selbstmörder war. Kinder, die sich selbst töteten, waren der blanke Grusel. Wobei Muhammad ja vermutlich volljährig, wenn nicht schon Mitte zwanzig gewesen war. Seine Identität war immer fraglich geblieben, und gerade sein unbestimmtes Alter hatte zu heißen Debatten Anlass gegeben. Nun lag er auf dem Edelstahltisch, und Dr. Lee tupfte mit dem Schwamm seine Füße ab. Dabei diktierte er das Erscheinungsbild des Jungen in ein über dem Tisch hängendes Mikrofon. (»Haarfarbe: dunkelbraun, Augenfarbe: braun, athletischer Körperbau, circa sechzehn bis dreiundzwanzig Jahre, männlich, trainiert, leicht untergewichtig, Gewicht sechzig Komma sieben Kilo bei Größe von einem Meter achtundsiebzig, Schambehaarung im Genitalbereich rasiert, Präputium entfernt, Achselhaare unrasiert, Bartwuchs spärlich, unrasiert, Schnittnarben an beiden Handgelenken und den Innenseiten der Oberschenkel, Nägel ungepflegt, keine Tattoos.«) Danach wurde der Tote umgedreht. Sie sahen schweigend auf einen vernarbten Rücken.

»Alte Verletzungen«, sagte Dr. Lee schließlich in die Runde, »Peitsche, nehme ich an.« Dann inspizierte er das Narbengewebe und begann zu zählen und zu messen und Latein zu reden. An der Stelle stieg Bettina aus. Sie wollte sich nicht vorstellen, wie ein Kind blutig geschlagen worden war, und erst recht nicht, was das Strangulieren mit Muhammads Zunge gemacht hatte. Sie war absolut sicher, dass Müller und Dr. Lee auch ohne sie in jede noch so kleine Falte gucken würden. Also zog sie sich langsam Richtung Wand und Asservatetisch zurück, dem Tisch, auf dem sie am Ende immer saß. Mich zu einer Obduktion zu schicken, dachte sie, grenzt an einen Ermittlungsfehler. Ich kann das nicht mitdenken, all dieses Kaputtgehen und Aushauchen und Zerschneiden. Dr. Lee sprach weiter in sein Diktiergerät, während ein Assistent mit einem Rollwagen kam und Müller sich über die Leiche beugte. Bettina war ihm dankbar, auch dafür, dass er ihr die Sicht versperrte. Eine Weile betrachtete sie Muhammads Kleidung, die fertig eingetütet für die Spusi auf dem Asservatetisch lag, aber auch die sagte ihr nichts und machte sie nur traurig. Blaue Jeans, schwarzes Sweatshirt, braune Socken, graue Unterwäsche. Funktional, langweilig, unbedeutend. Sie dachte an den heiligen Antonius, der ein Einsiedler gewesen war und allein in seiner Klause wohl auch keinen Wert auf besonderen Style gelegt hatte. Wobei er auf dem Andachtsbild unglaublich gut gekleidet war, in leuchtend blauen, fleckenfreien und kostbaren Samt. Bettina nahm ihr Handy heraus, um das Bild noch mal anzusehen. Was war mit Antonius geschehen? Am Ende? Hatten die Dämonen ihn gekriegt, so wie Muhammad?

Diesem Gedanken konnte sie nicht weiter folgen, denn jetzt hob Dr. Lee den Kopf, die Brauen und die Rechte, darin hielt er ein Skalpell. Muhammad lag wieder auf dem Rücken. Ich fang an, hieß das.

Bettina nickte, zog sich ganz weit in die hinterste Ecke des Raums zurück und schaltete den Bildschirm ihres Handys an.

Nachrichten. Klar.

Eine von Tava. Sein Profilbild auf Whatsapp: verschwommenes Familienfoto mit Kind. Seine Nachricht: Hallo, Frau Boll. Darf ich Sie anrufen?

Er siezt mich, dachte Bettina. Dann ist es schlimm.

Na klar, tippte sie.

Keine Minute später klingelte ihr Telefon.

Draußen auf dem Flur hing ein Bild mit einem Baum, und dieses Bild, dachte Bettina vage, kenne ich besser als die ganzen Bestecke und Schränke und Rollcontainer da drinnen. Alte Rinde, junge Blätter vor Sonnenuntergang. Eine Linde. Aufgemotzt im schwarzen Lackrahmen. Nicht hübsch, fast albern. Ein Bild, das mein Leben begleitet, Jahr um Jahr, ohne dass es mir bisher je aufgefallen wäre.

»Tina«, sagte Tavanaianfar, seine Stimme klang fest.

»Tava«, sagte Bettina. Ihre Anrede war ungeklärt, weil sie kaum miteinander zu tun hatten. Aber jeder sagte Tava zu Tavanaianfar.

Er machte eine Pause, ob erfreut oder unangenehm berührt, konnte sie nicht heraushören. Sie fragte sich sofort, ob es nicht besser gewesen wäre, den richtigen Namen zu benutzen. Wahrscheinlich.

»Ich arbeite am Fall Al-Afghani nicht weiter«, sagte er schließlich.

»Hab ich gehört.«

Wieder eine Pause. »Das ist jetzt Ihr Fall.«

»Es tut mir leid«, sagte Bettina. »Ich hab mich nicht darum beworben, ganz echt nicht –«

»Ich weiß«, schnitt Tavanaianfar ihr das Wort ab.

Jetzt machte sie die Pause.

»Bei der Obduktion werden vielleicht Drogen in Muhammad Al-Afghanis Blut gefunden.«

»Welche denn?«

»Das weiß ich nicht«, schnappte Tavanaianfar. »Ich spreche von dem, was wahrscheinlich ist, nicht von dem, was ich weiß. Al-Afghani war psychotisch, verhaltensgestört und hatte eine Suchtkarriere. Die Anstaltsleitung der JVA hat in der Zeit seines Aufenthaltes mehrere Drogenfunde registriert. Selbst wenn Sie nichts in seinem Körper finden: Auf irgendeine Art hatte er Zugang dazu und hat sicher auch konsumiert.«

»Wir haben doch gar keine Substanzen bei ihm entdeckt«, sagte Bettina.

Tavanaianfar knurrte. »Nein.«

»Oh. Aber wenn jetzt was in seinem Blut ist –«

»Dann ist das komisch bei einem Selbstmörder in einer sauberen Zelle«, sagte Tavanaianfar gepresst. »Aus der ich selbstverständlich nichts heimlich entfernt habe, dachte nie, dass ich das mal extra dazusagen muss.«

Oh Mann, dachte Bettina. »Hattest – hatten Sie deshalb Streit mit Willenbacher? Weil Sie nicht gefunden haben, was er finden wollte?«

Tavanaianfar schwieg. So lange, dass Bettina dachte, er hätte zwischendurch aufgelegt.

Schließlich sagte er beherrscht: »Ist es wahr, dass meine vermeintliche Religionszugehörigkeit Ihre Mitarbeit nötig gemacht hat, Frau Boll?«

Scheiße, Will.

Tavanaianfar schnaubte. »Alles klar.«

»Konnten Sie mit den anderen Jugendlichen reden?«, versuchte sie abzulenken. Doch sie hörte nur noch das Freizeichen. Der Kollege hatte die Verbindung unterbrochen.

Im Gang stand ein Stuhl, Bettina setzte sich drauf. Musste sie. Mal kurz. Denn: Hatte dieser Irrsinn Methode? Oder war das nur Willenbacher, der sich auf dem neuen Posten ganz übel verrannte? War Tavanaianfar zu empfindlich? Im Grunde war seine Arbeit doch getan, er musste nur noch den Bericht schreiben und fertig, ein Suizid kam nicht vor Gericht, diese Akte würden sie mit der Obduktion schließen. Aber davon mal abgesehen und überhaupt: War Al-Afghani wirklich religiös gewesen? Ein christliches Heiligenbildchen in einem ungelesenen Koran, ein Exorzismus mit einem Katholiken, sprach das nicht für eine eher unbestimmte Haltung nach dem Motto: Doppelter Seelenfrieden hält besser?

Sie blickte die Linde in dem Lackrahmen an, als ob die eine Antwort hätte. Hatte sie nicht.

Geh wieder rein, sagte das Bild. Tu deine Arbeit, so wie ich. Glaubst du, es ist lustig, das Kitschdings in der Pathologie zu sein?

Glaubst du, ich finde die Antwort, wenn ich Muhammads Körper von innen betrachte?, fragte Bettina zurück.

Die Linde schwieg.

Und Bettina ging nicht wieder rein, sondern raus an die frische Luft.

Sie hatte ihr Laptop mit Zugang zur Akte nicht mit, aber sie wollte über Muhammad reden, also rief sie Mojo Hansen an, den Menschen, der ihn vielleicht am besten gekannt hatte. Doch Hansen ging nicht dran. Und in seinem Jugendzentrum sprang nur der altmodische AB an. Sie war enttäuscht. Ob er wirklich an böse Geister glaubte? Was wurde anders, wenn man dem Schrecken Namen gab?

Bettina rieb sich die Stirn. Das Einzige, was für sie in die Nähe von Dämonen kam, waren Drogen. Und die schienen rund um Hansen tatsächlich gehäuft vorzukommen. Gut, ein JUZ ohne entsprechende Delikte gab es vermutlich gar nicht, aber diese seltsame Geschichte von dem Befund, der angeblich

Hansens Besessenheitstest gesprengt hatte …? Mal abgesehen vom schrägen Grund für diese Untersuchung: Konnte er wirklich ohne eigenes Wissen und Zutun LSD im Blut gehabt haben?

»Gibt es eine Möglichkeit, LSD zu konsumieren, ohne dass man es merkt?«, fragte sie in das meditative Schweigen im Obduktionssaal.

Niemand antwortete. Dr. Lee grub in der inzwischen aufgeschnittenen Leiche und sprach dann leise ins Mikro, Müller spiegelte ihn auf seine sphingenhafte[1] Müller-Art und der Assistent reichte Bestecke zu. Alle hochkonzentriert.

War Bettina egal. »In einem Medikament? Hustensaft? Einem Tee? Was zu essen?«

Dr. Lee, wenn auch sichtlich mit den Gedanken woanders, antwortete obenhin: »Spätestens Wirkung merken Sie, Frau Boll.« Er schenkte ihr einen kurzen Blick. »Gibt immer mal wieder so Derivate, die sich erst im Magen zu LSD umbauen, frei erhältlich, meinen Sie das?«

»Nein, ich meine, dass man es wirklich aus Versehen einnimmt.«

»Parkinsonmedikamente«, sagte Dr. Lee und sah seinen Assistenten an. Der entfernte soeben ein sehr dunkelrotes Organ aus Al-Afghanis Bauchhöhle.

»Aber die sind verschreibungspflichtig«, wandte Bettina ein. Der offene Körper schrie ihr entgegen, lange würde sie seinen Anblick nicht ertragen können. Nicht so nah. »Oder?«

»Natürlich.«

Der Assistent hob das tropfende, schwärzliche Gewebe in ihre Richtung. »Also wir hatten tatsächlich so einen Fall.« Er hatte bisher noch nie geredet. Nicht in all den Jahren.

»Echt?«

»Ich glaube nicht, dass ihr das auf dem Tisch hattet, wurde als Unfall abgelegt. Der Fluch des Pfarrers.«

»Wie bitte?«

»Mutterkorn.« Der Assi legte das Organ auf die Waage.

»Tausendachthundertdreiundsiebzig Gramm«, las Dr. Lee ab. Dann sagte er: »Ah. Doch. Hab ich gehört. Claviceps purpurea.«

»Ungewöhnlich«, sagte der Assi andachtsvoll.

»Faszinierend.« Dr. Lees Augen bekamen etwas dunkel Strahlendes. Die beiden Männer gerieten stumm ins Schwärmen. »Hätte Ihnen auch gefallen, Frau Boll«, sprach der Arzt. »Ergotismus. Sehr selten.«

»Was ist das?«, fragte Bettina.

»Pilzvergiftung. Früher häufig, heute extrem ungewöhnlich. Ausgelöst durch Ergotamin, ist normalerweise in, wie gesagt, Parkinsonmedikamenten, wurde früher auch gegen Migräne eingesetzt, aber wirkt nur kurz, weswegen Patienten manchmal überdosiert haben. Erst Triptane haben Ergotamin mit den riskanten Nebenwirkungen abgelöst. Kommt aber auch natürlich vor in einem Parasiten, der auf Getreide wächst. Hat im Mittelalter ganze Landstriche entvölkert. Langes, lilaschwarzes Ding. Schmeckt scharf. Sie nennen es auch Mutterkorn. Vergiftung heißt Antoniusfeuer.«

»Genau.« Der Assi grinste unter seiner Vermummung. »Und jetzt kommt die fiese kleine Pointe, der Tote war ein Pfarrer. Daher der Fluch.«

Stumme Heiterkeit. Ziemlich schadenfroh. Vor allem der Assi schien noch eine kleine Rechnung mit der Geistlichkeit offen zu haben.

»Im Anfangsstadium treten Halluzinationen auf«, erklärte Müller, der sich zwar selbst nicht erkennbar amüsierte, aber zumindest Bettinas Irritation bemerkte. »Auch, äh, erotische. Das hat die Leute im Mittelalter auf die Idee gebracht, die Krankheit müsste eine Sündenstrafe sein. Sie haben den Zusammenhang zu dem Pilz nicht erkannt.«

»Klassische Schuldumkehr«, bemerkte Dr. Lee trocken.

Der Assistent hob ein blutiges Werkzeug und deutete damit auf Bettina. »Im Verlauf wird es richtig eklig. Mit Glück erwischt man eine letale Dosis. Ansonsten faulen erst mal nur Arme und Beine ab.«

»Und dieser Pfarrer ist dran gestorben? Hier bei uns?«

»Nein, er hatte einen Autounfall. Ist auf gerader Strecke mit überhöhter Geschwindigkeit frontal gegen einen Alleebaum geprallt. War allein im Wagen. Keine Zeugen, keine Spuren eines anderen Fahrzeugs. Dort ist ein Wildwechsel. Die Kollegen sind davon ausgegangen, dass es kein Selbstmord war, also ist er vermutlich einem Reh ausgewichen.«

»Aber die Vergiftung!«

»War nicht offensichtlich. Wir sind nur drauf gekommen, weil das obligatorische Drogenscreening positiv auf LSD angeschlagen hat. Das war dann schon seltsam, ich meine, der Mann war ein angesehener Gemeindepfarrer und stockkonservativ. Keine sichtbaren Laster. Eine Leber wie ein junges Mädchen. Aber der Befund war da. Wir konnten es nicht glauben. Dr. Blandfort hat weitergesucht. Und sie fand –«

»Kreuzreaktion«, sagte Dr. Lee ahnungsvoll.

Der Assi nickte. »Der erste Test hat angeschlagen, dabei lag eigentlich eine Mykotoxikose vor. Der Mann muss wirklich den Pilz gegessen haben, da drin ist ein ganz ähnlicher Wirkstoff wie im LSD.«

»Ich war im Urlaub«, sagte Dr. Lee aufrichtig bedauernd.

»Und Sie wissen nicht, wie der Pfarrer das eingenommen hat? Das haben Sie nicht untersucht?«

»Die Dosis war viel zu niedrig. Muss verdorbenes Essen gewesen sein. Wir haben beschränkte Verkehrstauglichkeit bescheinigt, sonst nix. Drei Bier wären gefährlicher gewesen.«

»Sie haben das als Lebensmittelvergiftung eingestuft?«

»Ja, das Zeug wächst halt auf Getreide, auch heute noch. Wenn's nicht gereinigt wird, oder in Bioprodukten und vor allem in so chinesischen Gesundheitstees, da kann das schon noch drin sein.«

»Ich denke, war Fluch«, sagte Dr. Lee sehr ernst und wandte sich wieder der realen Leiche zu. »Erste Theorie ist meistens richtig.«

»Diese Akte will ich sehen«, sagte Bettina. »Wie hieß der Mann?«

Der Assi stützte sich zum Nachdenken auf den Metalltisch. »Der hatte so 'nen lateinischen Namen, ich komm jetzt nicht drauf, aber der war Pfarrer in einem Örtchen hinter Speyer, Moment – Frohnwiller.«

»Was?«

»Frohnwiller, das ist –«

»Frohnwiller wie Frohnwiller?«

»Ja ...?«

»Ich hab dort gestern seinen«, Bettina deutete auf Muhammads Körper, »Sozialarbeiter getroffen, der hat mir erzählt, dass ihm einer ohne sein Wissen LSD verabreicht hat. Ernsthaft. Er musste einen Drogentest für ein Gutachten machen, da hatten sie auch diesen unerklärlichen Befund!«

Sie sahen sich an, alle vermummt, alle weiß oder grün bekittelt, nur die Augen sichtbar.

»Fluch«, sagte Dr. Lee fatalistisch. Er fuhr sich mit dem Handgelenk über die Schutzhaube. Auf seinen Latexhandschuhen trocknete das Blut Al-Afghanis, und es hinterließ einen winzigen Schmierfleck auf dem weißen Gewebe der Haube, knapp vor dem Scheitelpunkt.

»Ich werd mit Willenbacher drüber reden«, sagte Bettina, mehr zu sich selbst, und prompt klingelte das Telefon.

»Zufall«, sagte Willenbacher, er klang müde.

Sie saß wieder draußen im Flur unter der Linde. »Du hast gesagt, ich soll auf die soften Fakten achten. Und dass ich Drogen entdecken muss. Hab ich.«

»Du hast gute Arbeit geleistet, Tina, es ist wichtig für uns zu wissen, dass Hansen unautorisiert gehandelt hat. Mit seinen Vorgesetzten rede ich. Jetzt brauchen wir nur noch das Screening –«

»Da sind im selben Ort zwei Männer vergiftet worden, die sich gut kannten!«

»Nicht vergiftet worden, Tina. Der Pfarrer hat wahrscheinlich mit seinem Jugendleiter zusammen gefrühstückt. Wir schicken den Bäckern dort mal die Lebensmittelaufsicht vorbei.«

»Aber –«

»Du darfst dir den Hansen als Belohnung gern noch mal angucken, aber jetzt brauchen wir erst den Bericht, und zwar einen Bericht, Tina, so schön, wie du ihn noch nie gemacht hast. Und vor allem Al-Afghanis Drogenscreening.«

»Also im ersten Test ist alles sauber und negativ.«

»Super.« Willenbacher klang tatsächlich erleichtert. »Also dann –«

»Sag mal, Will, wo wir grade über Religion reden, was passiert eigentlich, wenn jetzt Tavanaianfar mit seiner Geschichte an die Öffentlichkeit geht?«

Stille. Dann sagte Willenbacher sehr gefährlich: »Welche Geschichte?«

»Na, dass er –«

»Es gibt keine Geschichte, Bolle.«

»Ich hab mit ihm geredet. Er hat mich gefragt, ob seine Religionszugehörigkeit was mit deinen Entscheidungen zu tun hat. Weißt du, was das heißt, Will?«

Schweigen.

»Nein«, fügte Bettina an. »Er sagte, seine *vermeintliche* Religionszugehörigkeit. Kannst du überhaupt wissen, ob Tavanaianfar Moslem ist? Wo steht das?«

Willenbacher schwieg immer noch, sie hörte ihn schlucken. Dann sagte er: »Halt dich da raus, Bolle, das ist mein voller Ernst, das geht dich überhaupt nichts an, und es wird dir leidtun, richtig leid, wenn du dich einmischst.«

Eingemischt hast du mich, dachte Bettina, aber bevor sie das sagen konnte, hatte Willenbacher die Verbindung schon unterbrochen.

* * *

Sie war fertig. Aber so was von. *Total* k. o., wie immer nach dem Samstags-Atemkurs. Denn Elles Schüler*innen (ein Mann im Kurs, immerhin!) waren Neulinge und unentspannt. Es war so mühsam, ihnen auch nur *einen* tiefen Atemzug zu entlocken, dass Elle bei allen drei Terminen bisher das Gefühl gehabt hatte, sie müsste sich diese zaghaften verknöcherten Wesen mal richtig körperlich zur Brust nehmen und ihnen höchstpersönlich von Mund zu Mund mehr Leben einhauchen. Oder nächstes Mal echt den Shiatsu-Kurs zur Aufnahmevoraussetzung machen. Andererseits, das Geld … Elle versuchte den Gedanken zu verdrängen, denn an Geld denken machte sie hungrig, und sie hatte nicht *ein* vernünftiges Lebensmittel mehr im Haus, nur noch die Sünden, die Chips, die Schokolade, die Weißmehlkekse. Daran denken war nicht gut, denn nach all dem aeroben Support an ihre ängstlichen Flachatmer*innen fühlte sie sich so leer und hohl wie der Kühlschrank. Höchste Zeit, einkaufen zu gehen. Da konnte sie Ina auch gleich den Kirchenschlüssel zurückbringen.

Zuerst kriegte sie ein Stück Kuchen. Dinkelvollkorn und Rohrohrzucker mit Johannisbeer. Ina war so, die hatte immer alles da, auch wenn sie noch so müde aussah und fast mit dem Kopf auf dem Tisch lag: funktionierte trotzdem. Und hatte es auch irgendwie schön, das Steingutgeschirr, der Holztisch, die Mullgardinen: fast wie Elles Einrichtung, aber viel harmonischer. Elles Farben, Bilder, Tischdecken passten nie richtig zusammen, bissen sich, schrien sich an, brauchten haufenweise Kontraste. Ina dagegen kriegte es hin, Tiefe mit Ausgewogenheit zu erzeugen, wie im Dotpainting: Erdfarben, die aufregendere Effekte erzielten, als es mit grellen Tönen überhaupt möglich war. Und Ina konnte jederzeit den passenden Kuchen anbieten, selbst während sie halb schlief.

Dass sie nicht ganz da war, merkte frau nur an ihrer Haltung und daran, dass Ina den Vorfall mit der Maria von heute Morgen völlig vergessen zu haben schien. »Ich fahre trotzdem«, sagte sie dumpf. »Ich seh das überhaupt nicht ein, dass ich mir vom Rankenmann meine Pläne durchkreuzen lasse.«

Elle ließ die Gabel sinken. Ina musste sehr verärgert über Mojo sein, denn das Wort »Rankenmann« verwendete sie sonst nur im Flüsterton hinter vorgehaltener Hand. Jetzt richtete sie sich ächzend auf und warf einen Blick auf ihren großen Sohn Manuel, der auf der anderen Seite des Tischs vor einem leeren Teller saß. »Alice, Manuel. Morgen hole ich Alice.«

Manuel nickte zitternd. Er war mager, groß, hohlwangig, bleiche Haut, seltsam dünnes Haar, nur wenige blaue Flecken auf den Armen. Ein normaler junger Mann um die zwanzig mochte in diesem Zustand ein Bild des Jammers abgeben, aber tatsächlich fand Elle, dass sie ihn selten so wohlauf gesehen hatte. Er saß mit am Tisch, nicht in dem Rollstuhl, den er sonst benutzen musste, er gab keine dumpfen Töne von sich, wutzte nicht mit dem Essen herum, hatte nicht diesen weggetretenen Gesichtsausdruck und sonderte keinen Speichel oder Schlimmeres ab. Nein, er sah einfach wach und normal aus. Nur das Zittern kriegte er wohl nicht ganz weg. Und er schwitzte, obwohl er nur ein dünnes schwarzes T-Shirt trug. Ein Tropfen lief seine Wange hinab. »Ist dir warm?«, fragte Elle mitleidig.

Sein Blick flutschte in ihre Richtung. »Nein, wieso?«

Sie hob die Hände. Es war immer schwierig, ihm gegenüber den richtigen Ton zu treffen. Er wollte ganz klar nicht bedauert werden, sah aber oft zum Erbarmen aus. Meistens versuchte sie, seine Aura zu erfassen, um einen Anhaltspunkt zu haben, aber auch das war eigentlich ein müßiges Unterfangen, denn er strahlte hauptsächlich dünnes fahlgraues Rosa ab, das kaum zu sehen war und nur das verriet, was ohnehin überdeutlich war: physische Krankheit.

»Nebenwirkungen von diesem neuen Medikament«, sagte Ina indessen. »Er kriegt gleich was dagegen, aber er muss es noch ein bisschen aushalten, wir sollen uns da haargenau an die Zeiten halten.« Sie tätschelte Manuels Hand, mit der er langsam die Tischkante entlangfuhr. Er zog sie weg. Einen winzigen

Moment sah Ina verwirrt aus. »Ich hab doch erzählt«, fuhr sie dann fort, »dass ich dieses Wochenende nicht da sein kann, weil ich Alice hole, oder? Ich hab das wirklich kommuniziert, schon seit vierzehn Tagen, rundherum, an jeden, sogar den Briefträger, dass ich meine Enkelin aus Berlin hole und dass das ein wahnsinnig wichtiger Termin ist, nicht nur für mich, sondern einfach global gesehen, weil da eine Zweijährige sitzt und wartet? Hab ich es gesagt oder hab ich es nicht gesagt?«

»Du hast es gesagt«, sagte Elle und nahm sich noch ein Stück Johannisbeerkuchen.

Manuel verfolgte ihre Bewegungen interessiert.

»Möchtest du auch?«, fragte Elle ihn.

»Nein danke.«

»Aber der ist toll«, sagte Elle in Inas Richtung. Und zu Manuel: »Du verpasst was.«

»Ich faste«, sagte Manuel.

Elle sah auf, holte Luft – *du fastest?*

Da sagte Ina schnell: »Der Zucker verträgt sich nicht gut mit den Medikamenten. – Später probieren wir es mal, Schatz, okay?«

»Ja«, sagte Manuel.

Ina seufzte und wandte sich wieder Elle zu. »Gibt ja genug Helfer aus dem Rosenkranz und meinetwegen auch Gebetskreis, die einspringen im Sonntagsservice, und ist auch nicht so, dass die Welt untergeht, wenn mal der Kindergottesdienst ausfällt, aber«, ihr dunkles Haar fiel ihr in die Stirn, Ina sah jetzt aus wie ein ganz junges Mädchen, tiefer Blick, empörter Gesichtsausdruck, »weißt du, was er gesagt hat?«

»Nein«, sagte Elle.

»Dass er keine Rücksicht nehmen und nicht bleiben kann, weil dieser Muhammad, der diese Sophie umgebracht hat, zufällig ein Mitglied in seiner Selbstmordgruppe war und er so betroffen davon ist, dass er jetzt selber Beistand braucht.« Ina verdrehte die Augen. »Als Sophie gestorben ist, hat er keine Auszeit gebraucht.« Sie schnappte sich einen Lappen und begann auf dem Tisch herumzuwischen. »Da fragst du dich doch echt, wo die Prioritäten liegen. Bei den Opfern jedenfalls nicht.«

»Und dann das mit der Maria in der Kirche«, sprach Elle, die zum Thema kommen wollte.

Ina warf ihr einen grimmigen Blick zu. »Also das«, sagte sie warnend, »das hat mich sehr geärgert. Ich bin für Frauenrechte, ich bin für kreativen Protest, ich glaube, die Kirche hat ihn bitter nötig. Aber dieses Bild ist über hundert Jahre alt und es bedeutet den Leuten hier was. Wenn du irgendwas damit zu tun hast, dann gib es gefälligst zu und ertrag den Skandal. Den wird es nämlich geben, und ich seh nicht ein, dass ich wieder alles allein abkriege.«

Elle fühlte sich kurz schrecklich schwindelig. *Du verdächtigst mich?*, dachte sie und musste die Arme verschränken, um sich selbst Halt zu geben. »Was?«

Ina sah sie an.

»Du glaubst wirklich, dass ich das war?«

Ina machte die Augen schmal, dann seufzte sie. »Okay. Ist ein bisschen viel gerade. Ich musste 'ne halbe Stunde mit dem Generalvikar reden, hat sich angefühlt wie meine erste Beichte, der war not amused, echt nicht. Aufklärung kann die Kirche bei so einer Sachbeschädigung nicht selbst leisten, aber das Bild ist hinüber, die Gemeinde wird sich aufregen, es wird böses Blut und fieses Aufsehen geben, die Zeitung war schon da, und die Sache hat halt einfach nicht viel Sinn.«

»Ganz ehrlich«, sagte Elle darauf etwas schrill, »eigentlich hatte ich dich im Verdacht.« Sie legte den Schlüsselbund auf den Tisch.

Sie starrten sich an.

»Den hab ich aus Versehen vorhin mitgenommen. Das ist doch deiner, oder?«

Ina schüttelte den Kopf, wieder die Frau um die fünfzig, die sie war, mit einem ergebenen Was-kommt-jetzt-noch-Gesicht.

»Da war ein schwarzer Farbfleck drauf.«

»Wo?«

»Auf dem langen Schlüssel.« Der lange Schlüssel lag oben, aber der Fleck war nicht mehr sichtbar.

»Ich seh nichts«, sagte Ina müde.

»Er war drauf, so ein kleiner Tropfen, selbe Farbe wie bei der Maria. Vor der Tür draußen ist er abgefallen.«

Ina schloss die Augen. »Entschuldige«, sagte sie, »aber weißt du, wie das klingt?«

»Hat Mojo seinen Schlüssel vielleicht zu dir gebracht? Als er sich bei dir abgemeldet hat?«

»Nein … Moment.« Ina öffnete die Augen, erhob sich und lief aus dem Raum. Kurz darauf kam sie mit einem zweiten Bund wieder und legte ihn auf den Tisch.

Die beiden Schlüsselsätze waren identisch. Soviel Elle wusste, konnten damit sämtliche Schlösser in und an der Kirche und die Vordertür des Jugendhauses geöffnet werden. Sie blickten stumm die beiden Bunde an.

»Wo kommt der zweite her?«, fragte Ina schließlich sich selbst und in die Runde.

»Heute Morgen war er noch nicht da?«, fragte Elle.

»Ehrlich, das kann ich dir nicht sagen. Die Nacht war schrecklich.« Inas Blick fiel auf Manuel. »Krämpfe«, flüsterte sie. Und wieder laut: »Heute Morgen hab ich nicht viel gesehen, ich kann mich kaum noch dran erinnern, dass du da warst und Putzwasser geholt hast. Und wo der Schlüssel war …« Sie schüttelte den Kopf.

»Ist Mojo vielleicht zwischendurch noch mal da gewesen?«, fragte Elle in Richtung Manuel.

Der schaute seine Mutter an. »Nein«, sagte er dann.

»Manuel war den ganzen Morgen unten«, sagte Ina. »Es geht ja trotz allem ganz gut mit diesem neuen Mittel. Er kann sich viel besser bewegen.«

»Du siehst auch viel besser aus«, sagte Elle freundlich.

Manuel betrachtete sie mit diesem irritierten Gesichtsausdruck, den er manchmal hatte.

»Übermorgen bin ich mit Alice wieder da, dann klären wir

das mit dem Bild. Aber das lass ich mir jetzt echt nicht nehmen. Nicht von Mojo oder sonst wem. Meine Enkelin ist meine Enkelin.«

Elle nickte. »Was ist inzwischen mit dir?« Sie sah Manuel an. »Soll ich mal vorbeigucken?«

Ina schüttelte sofort den Kopf. »Vielen Dank, aber wir kommen klar.« Sie schenkte Elle einen tiefen Blick und sagte leise: »Wir wollen das nicht. Wir sind inzwischen erwachsen.«

»Oh, okay.«

»Manuel kriegt sein Mittel und ein Notfallpack und lecker Essen.«

Elle fand, dass er hungrig aussah. *Fasten!* »Na schön. Und das mit dem Schlüssel –«

»Ich geh dem nach«, versprach Ina. »Vielleicht hat Mojo den Schlüssel sonst jemandem gegeben, einem von den Jugendlichen, und die haben das ausgenützt und unser Marienbild bemalt. Und dann haben sie sich doch irgendwie hier reingeschlichen, es ist ja nicht so, dass bei uns im Pfarrhaus alles verriegelt und verrammelt wäre.«

»Stimmt.« Elle stand auf. »Vielleicht war es sogar Mojo selbst.«

Sie sahen sich an. Ina wirkte plötzlich sehr erschöpft. »Aber wieso?«

»Fragen wir ihn«, sagte Elle.

Ina seufzte nur und verdrehte die Augen. Manuel betrachtete sie, Elle erwartete fast, dass er etwas sagen würde. Doch er schwieg.

»Also dann«, sagte sie schließlich und klopfte auf den Tisch.

»Willst du Kuchen mitnehmen?«, fragte Ina automatisch.

Maria mit dem Kindlein lieb, uns allen deinen Segen gib –

Kannst du dich da noch dran erinnern, Maria? Wie ich dich gehasst habe für den Mist, den ich jeden Abend beten musste, wie ich meine Mutter gehasst habe, die mich gezwungen hat, zu knien, und meinen Bruder, weil er es einfach gemacht hat? Ich dachte immer, wenn es dich wirklich gibt, dann musst du doch größer sein, viel, viel größer als dieser rührselige gehirnamputierte Kitsch. Du musst eine Frau sein wie wir. Ich wusste nichts über dich, Maria.

Weißt du noch, wie ich mit dir gekämpft habe? Wie wir über Abtreibung gesprochen haben? Ich muss da in letzter Zeit wirklich oft dran denken. Manuel ist so schwierig wie in seiner allerersten Krankheitsphase, du weißt schon, als er einsehen musste, dass der Stuhl notwendig sein wird, um zu überleben. Leider ist Manuel inzwischen viel größer. Und so in sich gekehrt. Ich kenne ihn kaum noch.

* * *

Bettina hatte die Kleiderasservate und Müller in den Audi gepackt und fuhr heim. Zwischendurch dachte sie darüber nach, in Frohnwiller haltzumachen und den Alleebaum anzugucken, den der Pfarrer angefahren hatte, aber die Sektion hatte gedauert und sie waren ziemlich k. o., außerdem wollte sie heute Abend – also sehr bald schon – mit ihrer Tochter Sammy auf ein Konzert. Kirchenkonzert, sogar. Also flog Bettina, in Gedanken, etwas zu schnell über die Schnellstraße, und Müller blickte starr nach vorn, vielleicht, um ihre nicht ganz vorhandene Aufmerksamkeit von der Seite her aufzustocken.

»Neulich«, sagte er schließlich, als der Verkehr etwas ruhiger wurde, »hatten wir auch fünf Exemplare von Claviceps purpurea im Labor.«

»Darum kanntest du dich so gut mit der Geschichte aus.« Bettina versuchte, einen BMW zu überholen, der Fahrer sah sie, ihr altes Vehikel, und zog an.

»Ja.« Müller klammerte sich wieder so am Türgriff fest. Ende des Gesprächs.

Sie ließ den Audi zurückfallen. »Was war damit?«, fragte sie ungeduldig.

»Das wissen wir nicht, wir können nur mutmaßen. Allerdings haben wir eine plausible Theorie. Die Substanz war in dem Musterkoffer, den das K12 sichergestellt hat.«

»Oh! Das?«

»Ja, der Drogenfund. Diese neue Gruppe. *Lonely Larry* heißen die. Schon gehört?« Jetzt sah Müller zum ersten Mal von der Straße weg und sie an.

Bettina machte einen unabsichtlichen Schlenker. »Nein«, log sie schwach. Sie hatte gedacht, *Lonely Larry* sei eine Person, ein einzelner Dealer. Nicht die neue heiße Gang, die alles aufmischte.

»Vorsicht.« Er nahm seine Sicherheitsblickrichtung wieder auf, sprach aber weiter. »Die sind ganz jung. Onlinevertrieb und dann Schüler als Endverkäufer. Die haben viele verrückte Sachen. Halblegales. Medikamente. Kräuter. Tollhonig.«

»Cannabis?«, fragte Bettina und trat aufs Gas.

»Klar. Die hatten aber auch drei verschiedene Sorten Salbei.«

»Was?«

»Zwei dieser Sorten fallen unters Betäubungsmittelgesetz. Das ist kein Scherz«, sagte Müller ernst.

»Salbei?«

»In Bioqualität.«

»Woher weißt du das? Mit dem Bio?«

»Das stand auf der Verpackung.«

»Oh Mann«, sagte Bettina zu der Straße, die ihnen entgegenschoss wie ein weites Maul.

Müller packte den Türgriff fester. »Darum gehen wir davon aus, dass dieses Claviceps purpurea einen ähnlichen Käuferkreis ansprechen soll.«

»Als was?«

»Naturbelassenes LSD?«

»Ach komm.«

Müller schwieg und sah auf die Straße. Auffordernd.

»Echt jetzt? Ist das nicht tödlich? Hat Dr. Lee nicht eben was von entvölkerten Landstrichen gesagt?«

»Es ist ja nicht so, dass die anderen Substanzen gesünder wären.«

»Hm.« Sie fühlte sich ertappt und mies, weil sie einerseits mehr über *Lonely Larry* wusste, als sie zugeben konnte, und andererseits offenbar immer noch viel zu wenig. »Hast recht, die müssen ja wie alle mit der Zeit gehen. Wie diese Zigaretten im braunen Papier. Schadstofffrei. Dass ich nicht lache.«

»Ich dachte, du rauchst nicht mehr«, sagte Müller irgendwie pikiert, und das rührte Bettina.

»Tu ich auch wirklich nicht«, sagte sie ruhiger und wechselte auf die rechte Spur. »Okay, und wie weit sind die Zwölfer mit ihren Ermittlungen?«

»Nicht weit«, sagte Müller bedauernd. »Der Koffer war ein Zufallsfund. Eigentlich müsste das sowieso unter Cyberkriminalität fallen, denn die maßgeblichen Vorgänge passieren online. Wie der Name auch sagt. *Lonely Larry*, weißt du, woher das kommt?«

Bettina seufzte. Natürlich wusste sie das. *Lonely Larry* hatte ihr Leben verändert. Seinetwegen lebte sie seit einigen Wochen in Grünstadt. Und nicht mehr in der schäbigen Plattensiedlung in Ludwigshafen, wo die Kinder jederzeit bei Larry »Stoff« kaufen konnten. Das durfte sie aber jetzt nicht erzählen, und den Vorfall mit Enno erst recht nicht. Der war in der Schule beim Dealen mit Gras erwischt worden. Und rausgeflogen. Seine Ausreden hatte Bettina ihm sogar geglaubt: dass er eben in einer Gegend wohnte, wo das Zeug leicht und billig zu beschaffen war, und dass seine Mitschüler das wussten und Bestellungen aufgegeben hatten. Nach dem Vorfall hatte Bettina nicht gezögert, dort alle Brücken abzubrechen, aber stolz war sie nicht drauf. Die anderen Jugendlichen, die keine leerstehende Villa in Grünstadt als Zweitwohnsitz in Reserve hatten, die konnten nicht einfach weglaufen, die mussten in diesem Sumpf weiterleben. Ihn trockenlegen, am besten. Bettina dagegen, die Polizistin, die eigentlich für Recht und Ordnung zuständig war, die hatte augenblicklich alles gepackt und war verschwunden. Obwohl sie nicht einmal sicher sein konnte, dass Enno wirklich nur Bote gewesen war. Jetzt lebte sie mit ihren Kindern auf vierhundert Quadratmetern im Grünen und musste ihnen bessere Freunde suchen. Aber Lonely Larry findet dich überall, dachte sie beschämt, während sie vor Müller die Kenntnis seiner Existenz leugnete.

»Lonely Larry ist eine *urban legend*«, sprach der indessen fachkundig. »Ein Geist. Ein Mann, der kein echtes Leben hat, treibt sich im Hintergrund von Filmen und Youtube-Videos herum, und wer ihm einmal in die Augen blickt, der befreit ihn aus dem Film, und dann verfolgt Lonely Larry dich in der realen Welt und findet dich überall.«

»Ich kenn die Geschichte«, antwortete Bettina schwach. »Ich hab Kinder.«

3

»Ah«, sagte der Schatten direkt hinter Bettina, »die Konkurrenz.«

Sie wandte sich um und sah einem Mann ins Gesicht, der sie anlächelte. Es war ein wölfisches Lächeln, aber ein hübscher Mann, und er stand sehr nah. Viel zu nah, dafür, dass sie nicht wusste, wer er war. Und dass sie sich hier in einer Kirche befanden. Einer modernen, hell ausgeleuchteten und momentan mit fröhlichen Menschen gefüllten Kirche, aber trotzdem.

»Hallo«, sagte sie und trat einen Schritt beiseite, womit ihre Fluchtmöglichkeiten aufgebraucht waren, denn jetzt stand sie halb in einem Beichtstuhl.

»Frau Nachbarin«, sagte der Mann und reichte ihr die Hand.

»Boll.«

»Julius.«

»Nachbar von welcher Seite?«, fragte Bettina. Ihre Hand hielt sie hin, ihren Vornamen behielt sie für sich, solange dieser Typ ihr so auf die Pelle rückte. Der Tänzer konnte das nicht sein. Und sie hatte jede Menge Nachbarn. An ihr dekadent großes Grundstück grenzten rechts und links die vielen kleinen Handtuchgärtchen der modernen Siedlung, das waren, soviel sie wusste, acht Stück auf jeder Seite, die gegenüberliegende Straßenseite und rückwärtige Grenze noch gar nicht mitgerechnet, wer da wohnte und wie es dort überhaupt geländemäßig weiterging, hatte Bettina noch nicht ganz raus, so verwachsen war alles.

»Von hinten«, sagte Julius prompt. »Unsere Grundstücke gehen ineinander über.«

Nein. Hatte sie den Kopf geschüttelt? Das war der Mann vom Balkon?

Er lächelte wieder, und irgendwie hatte Bettina das Gefühl, dass sie etwas Anzügliches sah, das er gar nicht meinte. Den Tänzer von gestern Abend hatte sie sich anders vorgestellt. Körperlicher. Weniger bebrillt. Nicht so gepflegt.

»Wieso Konkurrenz?«, fragte sie reserviert. Tatsache war, der Typ klebte fast auf ihr und sie konnte nicht weg, der Beichtstuhl war im Weg.

»Das war vielleicht falsch ausgedrückt, das Leben ist ja kein Wettbewerb«, sprach er sofort, »und ich bin froh, dass Sie eingezogen sind, und hoffe auf eine sehr gute Nachbarschaft, gerade für unsere Töchter ist das toll, zumal sie offensichtlich denselben Geschmack haben. Und sie gehen gut damit um.« Er wies mit dem Kinn nach vorn in den Altarraum. Dort bauten *Tuareggae*, die inspirierteste Band der ganzen Welt, die Anlage für den Konzert-Gottesdienst auf, ein Jahrhundertereignis, jedenfalls was Bettinas Tochter Sammy betraf. Die stand auf den Gitarristen. Außerdem stand sie jetzt gerade vor dem hell erleuchteten Altarraum unter einer Marienstatue neben ihrer neuen Freundin Konstanze, beide kicherten und sahen sehr verbündet aus.

»Sie sind Konnys Vater? Faffner Beerdigungen? Der Bestatter?« Letzteres platzte ihr etwas schroff heraus, weil sie immer noch rätselte, womit die Mädels gut umgingen. Wo war denn da Rivalität? Die Jugendlichen wirkten alle heiter und entspannt.

»Ja.« Er sah Bettina so freundlich an, dass ihr angst und bange wurde. »Allerdings«, fügte er nonchalant an, »gehört das Bestattungsinstitut meiner Frau. Damit habe ich nur am Rande zu tun.«

»Oh«, sagte sie abschließend. »Freut mich.« Vorn um den Altar wurden Kabel und Verstärker gerichtet, ein paar junge Männer schoben ohne sichtbare Ambition schweres schwarzes Gerät herum, alles irgendwie in Bewegung und trotzdem statisch, ab und zu platzte kehliges Lachen zwischen ihnen auf. Davor und drum herum einige Teenies, hauptsächlich Mädchen, die entweder betont geschäftig Zettel auf Bänke verteilten und Kehrgeräte schwangen oder in kleinen Grüppchen auf günstigen Beobachtungsposten in tiefe Gespräche verwickelt schienen.

Julius rückte tatsächlich noch näher. »Ich weiß, das ist ein Geheimnis«, wisperte er vertraulich, »aber es bleibt ja unter uns. Ich glaube, Ihre Tochter Samantha-Sue ist wegen Leon hier.«

»Wenn Leon der Gitarrist ist, ja«, sagte Bettina und presste sich weiter in den Beichtstuhl. Es war unbequem. Beichtstuhl eben.

Julius nickte und flüsterte: »Ich bin sehr erleichtert, dass Konstanze nicht die Einzige ist.«

»Sie ist auch ein Fan von Leon?«, sagte Bettina laut. Noch ein Millimeter und ich knall dir eine, dachte sie.

Julius seufzte und wich um ebenjenen Millimeter zurück. »Oh ja.«

Vorn machte sich jetzt einer der Jungs an einem Gitarrenkasten zu schaffen. Aus Julius' Blick schloss Bettina, dass es sich um Leon handelte. Sie hatte Sammys Schwarm nie gesehen. Kein Mensch, dessen Alter leicht zu schätzen war, dachte die Polizistin in ihr mit unbestimmtem Interesse. Kraftvolle Haltung, aber ein bisschen gebeugt. Schwebende Bewegungen, ein altersloses Gesicht, aufgeworfene Lippen, sehr kleine Augen, ziemlich starrer Gesichtsausdruck. Vermutlich nicht der Hellste. Eine Mütze. Nicht an sichtbaren Stellen tätowiert und nicht unsympathisch. Ein junger Mann, der Musik machte. In einer Kirche. Besser als das, was die Jugendlichen in ihrer alten Nachbarschaft so taten.

»Ich hab mir sagen lassen, die Band hieß bis vor kurzem noch *Maria Huana*«, sagte Julius grimmig in diese Betrachtung.

Bettina wandte den Kopf, so abrupt, dass Julius einen ganzen Schritt rückwärts machte. Er nickte.

Indessen nahm Leon seine Gitarre aus dem Kasten und schloss sie an. Die anderen Jungs regulierten Strom und Ton, während die Zuschauerinnen aufhörten zu reden und zu räumen.

»Sie haben sich für diese Kirchenkonzerte umbenannt, aber das kam nicht von Herzen, das war nur eine Vernunftsache.«

»Maria Huana?«

»Na ja, im Grunde ist das nur ehrlich, kennen Sie einen Musiker, der nicht kifft?«, sagte Julius mit Blick auf die Statue, unter der seine Tochter mit Sammy stand. »Ich glaube, vor allem fehlte eine Maria, das war ein Mitgrund für die Namensänderung.«

»Oh Mann. Zum Glück kann Sammy nicht singen.«

»Das dachte ich von Konstanze auch, aber Sie würden sich wundern, was Kinder in kurzer Zeit alles lernen«, widersprach Julius. »Trotzdem, darum geht's nicht. Diese jungen Männer wollen keine echte Frau. Jedenfalls nicht eine einzige. Und nicht in der Band.«

Sie blickten nach vorn. Irgendwas hatte sich plötzlich geändert. Spannung lag über der zuvor so lebhaften Gruppe. Die Mädchen standen mäuschenstill, die Bandmitglieder hörten auf zu flachsen. In diese Erwartung hinein hob der Gitarrist sein Instrument und spielte einen einzigen, makellosen Ton. Die Mehrzahl der Anwesenden hielt erst die Luft an und vibrierte dann mit.

»Das sind ja alles Fans von Leon«, flüsterte Bettina.

»Hmm«, machte Julius, jetzt seinerseits ziemlich laut, »aber soviel ich weiß, waren die nicht alle mit ihm auf dem Friedhof knutschen.«

Der perfekte Ton schwankte leicht, Konny machte eine unwillige Bewegung in Richtung ihres Vaters. Bettina lächelte vage. Und ein bisschen erleichtert. Diese Konny. Weit entwickelt für ihr Alter.

»Das waren laut meinen Infos nur Konstanze und Samantha-Sue.«

Bettina verschluckte sich, starrte den weiterhin tongebenden Leon an und versuchte ein zweites Mal, sein Alter zu schätzen. Resultat: Der Typ war viel zu alt und sah affig und unsolide aus. Riesiger Goldring im linken Ohr. Selbstverliebtes Gehabe auf der Bühne. Geschlossene Augen, entrückte Miene, eine ungute Aura wie ein dubioser Guru. »Der hat mit meiner Sammy geknutscht? Mit meiner vierzehnjährigen Tochter?«

Jemand aus dem Publikum zischte. War Bettina egal.

»Nicht so laut!«

»Woher wissen Sie das?«

»Konstanze.«

»War die etwa dabei?«

»Samantha-Sue hat es ihr erzählt.«

Bettina blickte die beiden Mädchen an, die unter den segnenden Händen einer Jungfrau in schönster Eintracht einen Typen anhimmelten, der sie beide offenbar, ja: verarschte. Und zwar miteinander.

»Wie alt ist er?«

»Keine Ahnung«, antwortete Julius. »Ich bin nur froh, dass unsere Kinder ihre Freundschaft höher schätzen als das Abenteuer. Das bedeutet, es wird schnell vorbeigehen.«

»Und wieso auf dem Friedhof?«

»Rituale …« Julius lächelte. »Quatsch, ich glaube, das war einfach der praktischste Ort dafür. Mühe verwendet der gute Leon, soviel ich weiß, hauptsächlich auf seine Diät. Angeblich lebt er von bitteren Aprikosenkernen und ungesüßtem Minztee. Aber wissen Sie, was mich wirklich beunruhigt?«

»Ich lass die nie mehr in die Kirche«, beschloss Bettina.

»Die Tochter.«

Jetzt kam Bettina nicht mehr mit. »Welche Tochter?«

»Die von Leon.«

»Dieser Typ hat eine Tochter?« Augenblicklich poppten fiese Bilder in Bettinas Kopf auf: Leon, wie er Sammy über einem Grabstein die Kleider vom Leib riss. Leon, wie er Sammy danach eine Zigarette anbot. Wie er sie zurückließ, noch eine Weile mit Drogen versorgte, unglücklich machte, schwängerte.

»Mindestens. – Ja. Eine verdrießliche Fünfjährige, die normalerweise bei so Anlässen wie heute dabei ist. Eloise. Die Teenies schmelzen trotzdem weg, wenn sie ihn mit ihr sehen.«

In einträchtiger Empörung starrten Bettina und ihr Nachbar Schulter an Schulter in Richtung Altarraum.

»Hat Eloise auch eine Mutter?«, fragte Bettina schließlich.

»Keine, die stören würde.«

»Das heißt, er ist minderjährig Vater geworden, instabile Familienverhältnisse, Drogenvergangenheit –«

Julius schüttelte den Kopf. »Muss Ende zwanzig sein. Angeblich ist er Physiotherapeut, wenn das stimmt, muss er ja zumindest eine abgeschlossene Berufsausbildung haben, aber den Beruf übt er natürlich nicht aus. Arbeitet stattdessen stundenweise an einer privaten Musikschule.« Er verschränkte die Arme. »Bezeichnet sich selbst als Nomade.«

Bettina schnaubte.

»Und wohnt bei seiner Mama.«

Sie sahen sich an.

»Das ist nicht komisch.«

»Sie haben gelacht!« Julius amüsierte sich.

»Nein.«

»Doch.«

»Ich geh jetzt meine Tochter holen.«

»Sie wird nicht mitwollen«, prophezeite Julius.

»Mir egal«, sagte Bettina, blieb aber stehen. Denn er hatte natürlich recht.

»Wir könnten solang einen Minztee zusammen trinken gehen«, schlug Julius vor, sein Lächeln hatte jetzt eindeutig etwas Dreistes. »Es sei denn, Sie wollen zu Leons Musik beten und sich spirituell öffnen lassen.«

»So weit wird es nicht kommen.«

»Draußen vor der Kirche ist eine sehr nette Eisdiele.«

Bettina schüttelte den Kopf. Sie war Sammys wegen hier und hatte vor zu bleiben. Aber sie ahnte, dass ihr neues Leben in der Villa in Grünstadt nicht leichter werden würde als das im sozialen Plattenwohnungsbau in Ludwigshafen.

Dass sie Sammys wegen hier war, hieß nicht, dass Sammy auch nur eine Spur Gemeinschaft mit Bettina suchte. Ihre Tochter brauchte sie nur als sichtbares Zeichen dafür, dass dieser Gottesdienstbesuch eine elterliche Anordnung war, denn *Tuareggae* hin oder her: Etwas so Uncooles wie eine Samstagabendmesse konnte sich keine Vierzehnjährige mit etwas Würde im Leib leisten, wenn sie es nicht schaffte, auch noch dem unbeteiligtsten

Betrachter klarzumachen, dass sie quasi in Ketten geschlagen und gegen ihren Willen hergeschleppt worden war. Sprich: Sie musste gemeinsam mit der Erziehungsinstanz eintreffen. Das reichte eigentlich schon. Genehm war dann auch, dass die Mutter sich im Hintergrund mit dem Nachbarn anfreundete, das erzeugte ein heimeliges Summen und eine hübsche Kulisse für die eigene Wichtigkeit. Aber dass sie nach der Veranstaltung mehr als drei Worte wechselten oder gar zusammen heimgingen, war völlig undenkbar. Verabschieden war schlimm genug, das musste aber sein, um das abendliche Zeitlimit festzulegen. »Neun Uhr!«, sagte Bettina laut, als sie Sammy kurz am Altar festnageln konnte. Sammy winkte nur kurz und ungnädig: Leon stand direkt neben ihr. Bettina warf ihm einen drohenden Blick zu, und dann machte sie sich selbst unsichtbar und sah, dass sie Land gewann, damit sie nicht am Ende den Abend mit einem allzu aufgeschlossenen Familienvater aus der Nachbarschaft in einer öffentlichen Eisdiele über einem Pfefferminztee verbringen musste.

Am ganz späten Abend saß Bettina wieder auf dem Balkon. Und obwohl sie jetzt wusste, wer auf der anderen Seite der Gärten wohnte, und mit diesem Mann (dem Bestatter!) nicht hatte ausgehen wollen, ertappte sie sich dabei, wie sie nach dem hellen Viereck Ausschau hielt. Aus der Ferne war der goldene Schein verlockender. Schon immer gewesen.

4

»Es klingelt«, sagte Sammy. Sie stand verschlafen an Bettinas Schlafzimmertür und blickte hinaus in die Weite des Flurs.

»Dann mach doch auf«, knurrte Bettina. Sie rollte herum und setzte sich. Ein Traumbild verschwand aus ihrem Kopf, irgendwas mit Bienen und einer Tür mit einem Mann darin.

»Ich?« Sammy sah an sich runter.

»Du hast mehr an als ich.«

Aber nicht das Richtige, sagte Sammys entrüsteter Blick: rote Jogginghose und schwarzes Nerdshirt. Darauf stand: *The cake is a lie*, was immer das bedeutete.

»Hopp«, sagte Bettina. »Dann guck wenigstens, wer es ist.« Das konnte man vom Klavierzimmerfenster aus. Wenn der Besucher sich nicht ganz fest an die Tür drückte. »Na los!«

Es klingelte wieder.

Sammy zog murrend ab und rief schließlich von unten: »Konnys Vater!«

Oh nein, dachte Bettina und blickte an sich runter, so wie Sammy es eben getan hatte. Mehr als Shirt und Jogginghose hatte auch sie im Moment nicht zu bieten, dazu ungekämmtes Haar und zerlaufener Kajal vom Konzertbesuch gestern Abend.

»Was will er denn?«, brüllte sie durch den Flur. Das Haus war groß. Hier musste man schreien. Ob man das draußen hören konnte, hatten sie noch nicht ganz raus.

Klingeln.

Mein Gott, dachte Bettina und ging die Tür aufmachen.

Er war eine Spur nervös, das erkannte sie an den Augen, doch seine Haltung wirkte locker, und insgesamt sah er aus, als sei er auf einem Eroberungsfeldzug. Einem Erfolg versprechenden.

Werden wir noch sehen, dachte Bettina und sagte hallo.

»Guten Morgen!« Er lächelte nach oben, zwischen ihnen lagen

drei Stufen. »Ich wollte nicht stören.« Sein Blick glitt für den Bruchteil einer Sekunde über ihre Jogginghose. »Oh Mann, ich weiß, es ist noch viel zu früh. Tut mir leid.«

»Alles okay«, sagte Bettina und bemerkte ihre nackten Füße. Mit absplitterndem Lack auf den Nägeln. *Red carpet*, so hieß die Farbe, hatte sie bei Sammy ausgeliehen. »Was ist denn los?«

»Also ich dachte, weil Konstanze schon seit einer Stunde mit Samantha-Sue chattet, dass ihr einfach wach seid.«

»Wir sind einfach wach«, sagte Bettina und gähnte. Dann musste sie lachen. »Möchten Sie einen Kaffee?«

»Ähm –« Wie verpackte man ›nichts lieber als das‹ in höfliche ergebnisoffene Unverbindlichkeit? Bettina wartete das Kunststück nicht ab, sondern hielt die Tür weiter auf.

»Also es geht um den Rasenmäher«, sagte Julius mit Blick über die Schulter, hin- und hergerissen zwischen Vorwand und Grund seines Kommens.

»Okay«, sagte Bettina, ging ins Haus und ließ die schwere Tür los. Sie fiel langsam, sehr langsam zu, und Julius kam schnell herein. Dann stand er in der Halle, sah sich um und atmete auf, als wäre er daheim. Und Bettina dachte, dass dieser Nachbar gar nicht wirklich mit ihr flirtete. Er meint nicht mich, dachte sie. Sondern das Haus.

Der Kaffee musste erst gekocht werden, also gingen sie in die Küche, die war groß und der schönste Raum im Haus, das heimliche Wohnzimmer. Die Fenster waren hoch und einfach verglast, aber es gab jeweils zwei pro Leibung, aus altem, etwas schlierigem Glas, eine der Scheiben hatte sogar ein paar Luftbläschen in der Ecke. Der Tisch in der Mitte war noch der von Tante Elfriede, jahrzehntelang benutzt und weißgeschrubbt, der Kühlschrank war klein und die beiden Vorratsschränke groß, und es roch nach Tee und Rosinen. Der gebraucht gekaufte Kaffeeautomat stand direkt auf dem riesigen Kohleherd neben dem Wasserkocher und ein paar ungespülten Töpfen. Zum Glück nicht zu dreckig, dachte Bettina und wünschte, sie hätte irgendwann nach dem Aufstehen mal in den Spiegel geguckt. Aber wenn sie nicht gemeint war, dann musste sie auch nicht schön sein. Julius saß am Ende des Tisches und sog den Raum ein, so sah es jedenfalls aus. »Wie früher«, sagte er andächtig. Und: »Hier hat sich nicht viel verändert.«

»Waren Sie schon öfter hier?«, fragte Bettina, Kaffeebohnen in die Maschine füllend.

»Ja, ich kenne die Häuser.«

»Häuser ...?«

»Das hier ist ziemlich baugleich zu unserem. Die Familien waren befreundet und hatten dieselbe Baufirma.« Er blickte auf zu der staubigen Jugendstillampe. »Die hatten schon in der Gründerzeit so was wie Fertighauskataloge. Hübsch, oder? Die Fensterläden, die Gesimse, die Treppe – alles wie bei uns.«

Und hast du auch einen Brunnen im Keller, in dem kürzlich ein Skelett gefunden wurde, dachte Bettina. Sie sagte es nicht, aber Julius schien ihr die Frage anzusehen.

»Bis auf den Keller«, sagte er leichthin. »Ich glaube, der hier ist älter.«

»Sie wissen von dem Fund?«, fragte Bettina. Die Kaffeemühle begann zu mahlen. Laut. Natürlich wusste er von dem Knochenfund in ihrem Keller. Er war ein direkter Nachbar. Und es hatte in der Zeitung gestanden.

Er nickte. »Ein Kind im Brunnen.«

»Wir wissen nicht, wer es ist«, sagte Bettina und holte Zucker aus dem Schrank.

»Es ließe sich vielleicht rauskriegen.«

Bettina stellte ihm eine Tasse Kaffee hin. »Wie?«

»Elfriede«, sagte Julius tiefsinnig. »Ich würde wetten, dass sie wusste, wer das war.«

Da wäre Bettina sofort mitgegangen, aber Tante Elfriede, die Vorbesitzerin und für lange Zeit einzige Bewohnerin dieses Hauses, lebte nicht mehr. Und die Art, wie Julius »Elfriede« sagte, fand sie frappant. So als hätte die Tante, die sie eigentlich nur mit ihren boshaften und rassistischen Ansichten gequält hatte, irgendwo ein echtes, vernünftiges Leben gehabt. Eines, in dem echte, vernünftige Menschen ihren Namen mit Achtung aussprachen. Ihren Vornamen noch dazu. Bis vor noch zwei Sekunden hätte sie gedacht, dass Tante Elfriede niemanden geduzt hatte, der nicht mit ihr verwandt war, und auch dann nur ungern.

»Sind Sie von hier?«, fragte sie. Und überlegte, ob sie diesen Mann etwa bei Tante Elfriedes Beerdigung übersehen hatte.

»Unser Haus gehörte schon immer meiner Familie«, sagte Julius, legte den Kopf schief und lächelte.

»So wie dieses meiner«, sagte Bettina.

Julius lächelte weiter und nahm einen Schluck Kaffee.

»Sind wir uns schon mal begegnet?« Bettina fasste ihren Nachbarn schärfer ins Auge. Schmaler Mensch, relativ groß, obwohl er nicht so wirkte, saß irgendwie verkrampft, als ob er ein Hüftleiden hätte, das er aber verbergen wollte, dunkles, graumeliertes Haar, Brille, düstere Jack-Wolfskin-Ausstattung in der teuren Superlangweiler-Version, dazu seltsam schicke, enge und vielleicht sogar maßgefertigte Lederschuhe. Langweilig ist er nicht, dachte sie, jedenfalls nicht jetzt, denn er hat eine Mission. Er beobachtet mich. Und er will irgendwas.

»Bestimmt«, sagte er vage. »Ich war früher manchmal hier in den Ferien. Und an vielen Sonntagen.«

Bettina auch, aber sie konnte sich an fast nichts erinnern. Nach dem Tod ihrer Eltern war ihre Welt auf einen Bruchteil ihrer selbst zusammengeschnurrt. Es hatte Sonntage gegeben, das wusste sie, hier in diesem Haus und Garten, aber davon waren ihr keine Bilder geblieben. Oder fast keine.

»Ich war früher nicht gern hier«, sagte Bettina.

»Und jetzt gehört Ihnen das Haus.«

»Ich bin die Letzte aus dieser Familie.«

»Sie wollten es verkaufen, nicht wahr?«

»Will ich eigentlich immer noch.«

»Wieso?«

»Es ist zu groß für uns.«

Julius sah sich um und sagte: »Sie könnten vermieten.«

Bettina seufzte und rührte Zucker in ihren Kaffee.

»Da war ein Mädchen mit blondierten Haaren«, sagte Julius träumerisch und nippte an seinem Kaffee. »Punkig. Wütend. Schwarze Sachen an. Die hab ich hier manchmal im Garten gesehen.«

»Das war meine Schwester Barbara.«

»Und die –?«

»Ist tot«, sagte Bettina kurz.

Julius stellte die Tasse ab. »Oh. Das tut mir leid.«

»Sie hatte Krebs. Enno und Sammy sind ihre Kinder.« Sie spürte plötzlich den Boden unter den nackten Füßen, das alte, abgeschabte Linoleum, ein bisschen kühl, ein bisschen rau. Die Sonne schickte Lichtspiele von draußen herein, Blätter, die grünliche Schatten warfen, tönten die Strahlen und malten helle Kringel an die Wand. Vögel sangen. Bettina sah all das und fragte sich, wie sie diesen Raum je hatte hässlich finden können. Weil alles, was schön ist, sagte eine Stimme, die ausnahmsweise nicht Barbas war, sondern ihre eigene, dir irgendwann voll eine reinhaut. Weil es schrecklich ist, wenn du mit niemandem mehr teilen kannst. Weil alle immer weggehen. Weil du dann alles vergessen musst, was jemals gut war, weil du sonst auch stirbst.

Und was, wenn ich aber nicht alles vergessen will?, dachte sie, plötzlich rebellisch. Was, wenn ich nicht sterbe?

»Ich müsste renovieren«, sagte sie, mehr zu sich selbst.

»Warum?«, fragte Julius.

»Gespenster.«

Er nahm die Tasse, trank einen Schluck und sah sie dann offen an. »Also wir haben renoviert.«

»Das hört sich an, als ob Sie es bereuen.«

»Ich bin mir nicht sicher.«

»Ist es nicht schön geworden?«

»Doch«, sagte er ohne Begeisterung. »Oh doch.«

Sie trank etwas Kaffee, er war viel zu süß. Sie hatte sich mit dem Zucker vertan. »Es wird allein schon am Geld scheitern. Ich kann kaum die laufenden Kosten abdecken. Kredit krieg ich nicht, als Alleinerziehende, also kann ich nicht investieren. Also muss ich verkaufen.«

»Und wenn Sie es so lassen?«

»Wie, so lassen?«

»Ich meine, was funktioniert denn nicht?«

»Ich kann nicht mit ’nem Kohleherd kochen«, sagte Bettina. »Zum Beispiel.« Eigentlich konnte sie gar nicht kochen, jedenfalls nicht mehr als Spaghetti und Rührei, aber auf dem Kohleherd war selbst das Utopie, den hatte sie noch nie angefeuert. Obwohl der Schornsteinfeger Tränen in die Augen bekommen hatte angesichts des guten alten Stücks und ausführlich die Segnungen des Bestandsschutzes gepriesen hatte.

»Stellen Sie sich doch einfach ’nen kleinen Elektroherd daneben, bis Sie es können.«

»Das wäre ja dann quasi renoviert.«

»Den können Sie jederzeit wieder rausschmeißen. Ich würde es als Trainingsphase betrachten.«

»Hm.«

»Manchmal frag ich mich, ob es nicht ein Segen ist, wenn man einfach nicht das Geld hat, um alles neu zu machen.«

Sagte der Typ mit den maßgefertigten Schuhen. Bettina stellte ihre Tasse ab und verschränkte die Arme.

Er sah auf. »Entschuldigung.«

»Wir haben eine Mikrowelle«, sprach Bettina sanft. Wer solche Klamotten trug, kochte vermutlich zu Hause auf sechs Gasflammen mit zusätzlichem Dämpfofen und temperiertem Weinschrank.

»Das reicht doch«, sagte Julius ernst.

»Ehm –«

»Entschuldigung«, wiederholte er. »Ich, äh – das war mal wieder –«

»Nein, Sie haben vollkommen recht.«

»Tut mir leid.«

»Es ist nicht nur das Geld«, sagte sie. »Es sind auch die Gespenster. Das Kind im Brunnen.«

Im Keller hatte es einen versteckten Raum gegeben. Bettina hatte ihn gefunden, als sie das Haus übernahm, und den Brunnen untersuchen lassen. »Das müsste echt geklärt sein, bevor wir uns hier niederlassen.«

Julius hielt sich die Tasse vors Gesicht und linste sie über den Rand hinweg an. Dann stellte er sie weg, als sei die Zeit der Spiele vorbei. »Möchten Sie meine Theorie hören?«

Bettina zog sich einen Stuhl heran und setzte sich.

Enno stürmte zur Tür herein.

»Guten Morgen«, sagte Julius.

Enno musterte ihn unverhohlen von oben bis unten, quetschte sich ein »Moin« aus dem Mundwinkel und hielt dann Bettina anklagend ihr Handy entgegen. »Hast du Bereitschaft?«

»Nein.«

»Wieso klingelt es dann die ganze Zeit?«

Weiß ich nicht, dachte sie. »Wer ist es?«

»Weiß ich nicht«, sagte Enno und knallte ihr das Ding vor die Nase.

Es klingelte. *New kid in town.*

Julius saß da und betrachtete sie.

Sie drückte Willenbachers Anruf weg. »Ihre Theorie?«, fragte sie.

Das Telefon klingelte wieder. Bettina killte Willenbacher ein zweites Mal.

»Theorie worüber?«, fragte Enno und klapperte mit der Kaffeemaschine.

»Kennst du eigentlich unseren Nachbarn?«, fragte Bettina. »Julius, äh –?«

»Julius«, sagte Julius lächelnd.

Cäsar?, sagte Ennos Gesicht. Im Moment konnte man ihm haargenau ansehen, was er dachte.

»Faffner«, fiel es Bettina ein.

»Wie Cäsar«, bestätigte Julius.

Jetzt kam eine Whatsapp. Tina, ruf mich an. Bettina stand auf. »Tut mir leid. Ich muss da mal dran.«

»Was kann wichtiger sein als der Bericht, den ich gerade schreibe?«, flötete Bettina, nachdem sie das Telefon raus in die Halle gebracht und sich auf die Treppe gesetzt hatte. Selbst kontaktieren musste sie Willenbacher nicht, es war wie Paternoster fahren: Man nahm einfach den nächsten Anruf, der kam.

Er knurrte etwas, das sich nach »Verarschen kann ich mich alleine« anhörte, dann bellte er ins Telefon. »Tina!«

»Ja!«

»Kannst du mal kurz kommen, der Staatsanwalt will mit uns reden!«

»Warum?«

»Tut mir leid, Bolle, ich hab ihm gesagt, dass du Familie hast, aber er will dich sehen.«

»Nur mich?« Nicht auch Tavanaianfar?, dachte sie, sagte es aber nicht.

»Es geht nicht um unsere Interna«, knurrte Willenbacher als Antwort – doof war er ja nicht –, »sondern um Verbindungen zwischen Al-Afghani und anderen Fällen, du musst dann aber nicht gleich das mit deinem Pfarrer bringen, ich glaub, er will auf was anderes raus.«

»Was denn?«

»Juristische Probleme wegen der Härting-Affäre.«

»Und das besprechen wir heute am Sonntagmorgen?«

»Ich glaube, der Staatsanwalt ist ein bisschen nervös, weil dieses Teufelsaustreibungsding ihm echt Angst vor der Presse macht, und da hat er jetzt die ganze Nacht überall in seinem Büro nach Nahtstellen zu anderen Fällen gesucht und das gefunden.« Das klang echt böse.

»Aber was hat das mit mir zu tun?«

»Du hast nun mal unseren Härting abgeschossen.«

»Aber –«

»Halbe Stunde, Bolle, hier bei mir im Büro.« Dann war Willenbacher weg.

Und sie sah mal wieder das Telefon an.

»Ich muss leider gehen«, sprach Bettina, als sie in die Küche zurückkam. Julius erhob sich.

»Ist jemand gestorben?«, fragte Enno lässig, ohne aufzusehen. Er saß am Tisch vor einer Schüssel Müsli und blickte auf sein Handy.

»Nein«, sagte Bettina. »Aber ich muss trotzdem weg.« Sie sah Julius an, der groß und unschlüssig im Raum stand. »Lassen Sie uns dieses Gespräch ein andermal fortführen.«

»Sehr gern«, sagte Julius.

»Tja, also dann vielleicht bis –«

»Heute Abend?«, schlug Julius rasch vor. »Ich bring eine Flasche Wein mit.«

Enno blickte auf. Hauptsächlich auf Bettina.

»Äh – das hört sich gut an, aber ich muss auch noch einen wichtigen Bericht schreiben«, wiegelte die ab.

»Wir haben da einen ziemlich guten Tropfen«, insistierte Julius.

Enno ließ den Löffel ins Müsli sinken.

»Wie wäre es mit«, Bettina überschlug im Geiste die annehmbaren Möglichkeiten, »die Woche mal so am späten Nachmittag? Tee im Garten? – Irgendwann werden sie mir freigeben müssen.«

»Sie arbeiten bei der Polizei, nicht?«

»Ja.« Sie hatte sich schon abgewandt, als ihr gerade noch einfiel, höflich gegenzufragen: »Und Sie sind, äh, also nicht …?«

»Nein. Das Spannungspotenzial des Bestattungswesens hat seine Grenzen.«

»Und was machen Sie dann?«

»Also studiert hab ich auf Lehramt.«

»Sie sind Lehrer? Hier am Gymnasium?« Enno schaute zweifelnd.

»Geschichte, wette ich«, sagte Bettina.

»Nein und ja«, sagte Julius lächelnd. »Geschichte stimmt. – Wir können ja wegen des Teetrinkens über Konstanze und Samantha-Sue kommunizieren. Wie es aussieht, betreiben die eine Standleitung.«

»Gut«, sagte Bettina und schritt zur Tür.

»Ach so, und der Rasenmäher, den hab ich vor die Tür gestellt. Der gehörte Elfriede, den hatte sie uns mal geborgt, aber in der letzten Zeit vor ihrem Tod war es nicht so leicht, sie zu erreichen.«

Bettina dachte kurz darüber nach, wie es wohl dazu gekommen sein konnte, dass ein dermaßen organisiert aussehender Mensch einen Rasenmäher ausborgen musste und dann jahrelang behielt. »Ich bring Sie an die Tür.« Sie trat in den Flur.

»Ich finde allein raus.«

Ich will nur sichergehen, dachte Bettina und sagte: »Geschichte und –?«

»Altgriechisch.«

»Ach du Gott«, entfuhr es ihr.

»Das ist nützlich«, sprach er grinsend. »Und Sie müssen jetzt an ihrem freien Sonntag raus, weil das Verbrechen wieder zugeschlagen hat?«

»So ungefähr.«

»Und wenn Sie rausmüssen, ist es ernst, denn Sie sind die Mordkommission.«

Was weißt du eigentlich alles über mich, dachte Bettina. »Kapitalverbrechen«, sagte sie knapp. »Wir machen, was so anfällt.«

»Da ist sie ja.« Staatsanwalt Flohr stand auf, um ihr die Hand zu schütteln. Er war ein langer blasser Mann mit schmalen Händen und akkurat gestutzten Locken in einem Braun, das irgendwann ohne Drama in Grau übergehen würde. Aber Locken, immerhin. Er wies auf den freien Stuhl.

Bettina setzte sich. Willenbachers Büro kam mit nur drei Sitzgelegenheiten aus, mehr waren nicht nötig. Denn, dachte sie frustriert, sie hatten sowieso keine normalen Teambesprechungen mehr, es wurde nur noch in kleinen Grüppchen konspiriert. Auch so ein Vermächtnis der Härting-Affäre. Dessen Riesenbüro war jetzt ein ungenutzter Meetingraum.

»Schön, dass Sie es einrichten konnten, obwohl Sonntag ist«, sagte Flohr indessen zu Willenbacher, obwohl er vermutlich Bettina meinte, schließlich war sie soeben reingekommen. »Wir müssen wirklich versuchen, alle Eventualitäten rund um Al-Afghani im Blick zu behalten, ich kann Ihnen gar nicht sagen, wie wichtig das ist. Die Presse darf uns auf keinen Fall überholen. – Wie war die Obduktion?« Er sah sie kaum an.

»Blutig«, sagte Bettina nach einem winzigen Zögern. Willenbachers Gesicht verwandelte sich sofort in ein einziges Warnschild. Versuch bloß nicht witzig zu sein, Bolle.

»Das Drogenscreening haben Sie natürlich überprüft?«

»Jawohl«, sagte Bettina.

Flohr wartete. Obwohl er das Ergebnis ganz sicher kannte.

»Negativ«, beeilte sie sich zu sagen.

»Sehr gut. Sehr gut. Und dieser Exorzist?«

»Hansen heißt er. Katholischer Sozialarbeiter in einem Ort namens Frohnwiller. Macht einen vernünftigen Eindruck, aber ob er sich trotz Warnung mit der Presse einlassen wird, kann ich natürlich nicht voraussehen. Ich hab ihm jedenfalls deutlich gesagt, dass es keine gute Idee wäre und dass er die Angelegenheit vertraulich behandeln muss.«

»Gut.« Jetzt musterte Flohr sie direkt. So lange, dass sie anfing, unauffällig an sich runter zu schielen, ob irgendwas mit ihr nicht stimmte.

»Sie«, sagte er schließlich mit fast so etwas wie Unglaube in der Stimme, »sind eine der wenigen erwiesenermaßen integren Personen aus der alten Härting-Belegschaft.«

»Danke«, murmelte Bettina argwöhnisch.

»Das stellt Sie vor eine Aufgabe«, erklärte Flohr sofort.

Bettina schwieg, um nichts Falsches zu sagen. Willenbacher sah nur noch finster aus.

»Grundsätzlich betrifft es die Fälle, die Härting verantwortlich begleitete, also alle aus Ihrer Abteilung, aber speziell auch diejenigen, die Ihr krimineller Kollege Ackermann bearbeitet hat. Da werden Urteile anfechtbar.«

»Oh.« Bettina erschrak. »Das sind viele.«

»Allerdings. Zum Glück haben Sie, Frau Boll, häufig mit dem Herrn Ackermann zusammengearbeitet, sodass Sie gegebenenfalls als unbelastete Zeugin auftreten können.«

»Okay.«

»Könnte sein, dass gar nichts passiert«, sagte Flohr, jetzt wieder Richtung Willenbacher. »Könnte aber auch sein, dass da eine ganze Welle auf uns zukommt, das wird dann Arbeit. Seien Sie also vorbereitet.«

»Alles klar«, antwortete Bettina.

»Schön«, sagte Flohr. »Und dann wären da noch Fälle, die Ackermann unter Härting begonnen, aber nicht abgeschlossen hat.«

»Ich war nicht bei allen dabei«, warnte Bettina. »Ich arbeite halbtags.«

»Und ich dachte«, sagte Flohr, ohne darauf einzugehen, »wir beginnen sofort mit dem, der möglicherweise eine Verbindung zum Al-Afghani-Fall hat, dann sind wir auf der sicheren Seite, falls es überraschende Erkenntnisse gibt. Exorzismus in der JVA, Frau Boll, das wäre eine Schlagzeile, die wir nicht brauchen. Haben Sie das Dr. Hansen wirklich sehr deutlich eingeschärft?«

»Natürlich.« Sie war verwirrt. Dr. Hansen? »Er hat mir gestern erzählt, dass ihm jemand ohne sein Wissen LSD verabreicht hat«, sagte sie. »Meinen Sie das?«

Willenbacher schüttelte wütend den Kopf, Flohr starrte ihn an. »Wie bitte?«

»In dem Ort scheint es eine Lebensmittelvergiftung mit Mutterkornpilzen gegeben zu haben«, sprach Willenbacher. »Das ergibt beim LSD-Test Kreuzreaktionen. Ich hab es schon weitergegeben, die schicken die Aufsicht hin.«

»Gut zu wissen«, sagte Flohr ernst. »Danke, Frau Boll.«

»Bitte«, sagte Willenbacher grimmig. »Ich glaube aber, der Herr Staatsanwalt wollte über eine andere Sache reden.«

»Ganz recht. Frau Boll, ist Ihnen der Name Dr. Katerina Polanski ein Begriff?«

»Ähm, ja, das war vor etwa drei Jahren, Dr. Polanski ist morgens zur Arbeit gefahren und nie wiedergekommen. Sie war ... Psychiaterin oder so. Ihr Ehemann hat sich als ein echtes Ekel entpuppt. Er wurde auch verdächtigt, mit dem Verschwinden zu tun zu haben, allerdings befand er sich zu dem Zeitpunkt irgendwo im Ausland, mit seiner Geliebten.«

»Südfrankreich«, sagte Flohr. »Im Urlaub.«

»Genau. Dieses nette Pärchen hatte ein gemeinsames Alibi, aber soviel ich weiß, haben sich die beiden im Lauf der Ermittlungen dann gegenseitig öffentlich beschuldigt, Polanskis Tod gewollt oder initiiert zu haben. Mediengeile Typen. Furchtbare Leute.«

»In der Tat, Frau Boll. Und das Verschwinden konnte nie geklärt werden. Unter anderem, weil mein Vorgänger zusammen mit Ihrem Härting und Ackermann zu der Ansicht kam, dass Polanski wegen ihrer schlechten Ehe Grund hatte, freiwillig zu verschwinden.«

»Hm«, machte Bettina, nicht überzeugt von dieser Altherrentheorie. »Aber was hat das mit Al-Afghani zu tun?«

»Mit ihm selbst vielleicht nichts, aber Dr. Polanski kannte Dr. Hansen.«

Ach was. »Woher?«

»Er war ihr Klient. Und sie war für die Praxis Rotenmorgen tätig, die auch ein Gutachten über Al-Afghani gemacht haben.«

»Hat Polanski etwa auch Al-Afghani untersucht?«, fragte Bettina und begann zu rechnen. Der Fall Sophie war jetzt gut sechs Jahre her.

»Nein. Sie war spezialisiert auf Kirchenrecht. Aber, und das ist bemerkenswert, am Tag ihres Verschwindens muss sie morgens in Frohnwiller gewesen sein.«

»Was? Bei Hansen?«

»Das wissen wir nicht«, sagte Flohr. »Sie hatte nur einen handschriftlichen Eintrag in ihrem Kalender, ein Wort, den Ortsnamen. Sie hatte sich in der Praxis abgemeldet, allerdings ohne konkret zu sagen, was sie vorhatte. Laut GSM-Ortung war ihr Handy vormittags tatsächlich in der betreffenden Zelle des Funknetzes eingebucht. Aber wir konnten niemanden finden, der sie dort gesehen hatte. Auch Dr. Hansen nicht. Für meine Begriffe wurde diese Spur vernachlässigt. Er taucht in den Befragungen nur mit wenigen Sätzen auf. Mittags muss sie dann nach Speyer zurückgefahren sein, dort wurde ihr Auto gefunden, und das Handy lag drin. Dr. Hansen stand nicht in ihrer Kontakteliste. Angerufen hat sie auch niemanden. Danach verliert sich jede Spur.«

»Hatte sie Urlaub genommen?«, fragte Bettina. »Für diesen Tag? Oder länger?«

Willenbacher und Flohr tauschten Blicke, Willenbacher zuckte kurz die Achseln.

»Keine uninteressante Frage, Frau Boll«, sagte Flohr.

»Und weswegen hat Hansen sie konsultiert?«

»Wissen wir nicht«, sagte Flohr. »Dr. Hansen hat sich damals dazu nicht geäußert, und leider haben Ihre Kollegen keine Akten von Dr. Polanski eingesehen. Es gab nicht einmal einen Durchsuchungsbeschluss. Vielleicht, weil Dr. Polanski fast ausschließlich Eheannullierungen gemacht hat. Da gibt es zu den Klienten kaum Kontakt.«

»Zu Hansen hatte sie«, warf Willenbacher ein.

»Genau. Das wenigstens wissen wir aus Befragungen des Praxispersonals: Ein halbes Jahr vor ihrem Verschwinden hat Dr. Polanski Dr. Hansen mehrfach in der Praxis empfangen. Diese Präsenztermine waren ungewöhnlich.«

»Wieso?«, fragte Bettina.

»Eheannullierungen sind Schriftverfahren.«

»In der Kirchenjustiz läuft es ein bisschen anders als hier«, sagte Willenbacher.

»Furchtbar langweilig«, sprach Flohr. Er redete jetzt wieder ausschließlich in Willenbachers Richtung. »Würde mich verrückt machen. Die Gutachten sind schriftliche Analysen von vorhandenen Aussagenprotokollen. Reine Büroarbeit. Kein Zusammentreffen mit den Menschen, um die es geht.« Mitleidiges Seufzen.

So wahnsinnig gesellig siehst du aber auch nicht aus, dachte Bettina, hielt jedoch den Blick gesenkt, damit man ihr den Gedanken nicht ansah. Falls sie jemand ansah.

»Heißt, mehrere Termine mit einer einzelnen Person sind die absolute Ausnahme. Es muss was ganz Spezielles gewesen sein.«

»Ja, denn außerdem«, sagte Willenbacher trocken, »war Hansen nie verheiratet.«

»Ich denke, er wollte eine Dämonenbefreiung«, warf Bettina ein.

Jetzt blickten beide Männer sie an.

Sie holte Luft. »Also mir hat er erklärt, dass man hier in Deutschland so etwas nicht kriegt, außer man geht vorher zum Psychiater und lässt sich da ein Gutachten machen. Da wäre die Polanski die logische Wahl gewesen, oder? Wo, wenn nicht bei einer kirchlichen Gutachterin, soll er so was in Auftrag gegeben haben?«

Flohr hob eine Augenbraue.

»Könnte was dran sein«, sagte Willenbacher widerstrebend.

»Und dann muss er dort auch seinen Drogentest gemacht haben.« Bettina warf ihrem neuen Chef einen trotzigen Blick zu. »Hansen behauptet, dass ihm jemand ohne sein Wissen LSD verabreicht hat. Er will es erst mit dem Test bei dieser Untersuchung erfahren haben. Erstaunlicherweise starb im selben Ort der Pfarrer mit einer Mutterkornvergiftung, die zu schwach war, um die Angehörigen mit der Info zu behelligen, aber stark genug, um im LSD-Test anzuschlagen, und vielleicht sogar stark genug, um indirekt an der Todesursache beteiligt gewesen zu sein.«

»Nein«, wehrte Willenbacher ab, »dann wäre der Vorfall von uns untersucht worden.«

»Sieh an«, sprach dagegen Flohr erfreut, »da haben wir ja einen aussichtsreichen Ermittlungsansatz. Sehr gut, sehr gut.« Er erhob sich und rieb sich zufrieden die Hände. »Reden Sie mit diesem Dr. Hansen, und lassen Sie sich vor allem von Rotenmorgen die Polanski-Akten geben. Ich möchte, dass Ihr

Kommissariat das übernimmt. Nach fast drei Jahren unbekannten Verbleibs können wir, denke ich, grundsätzlich ein Kapitalverbrechen annehmen.«

»Jawohl.«

»Und, Herr Willenbacher, noch was anderes.« Der Staatsanwalt senkte die Stimme. »Wir wissen alle, dass Sie nichts dafürkönnen, dass Ihr Vorgänger Stammgast in einem Kinderbordell war, aber der Ruf dieser Abteilung hat gelitten.«

Willenbachers Miene rutschte ins Ausdruckslose.

»Sie brauchen innere Erneuerung – und auch äußeres Empowerment, wie man so schön neudeutsch sagt! – Positive Schlagzeilen. Ein frisches Image.«

»Äh –«

»Sie haben Verantwortung«, sagte Flohr streng. »Also, ich habe mir erlaubt, Ihre Abteilung für die diesjährige städtische Toleranzmedaille vorzuschlagen.«

Da er in Willenbachers fahlem Gesicht so wenig Widerhall fand, schaute er jetzt ausnahmsweise Bettina an. »Ich mach das sonst nicht, aber, auch weil es im Fall Al-Afghani vielleicht Irritationen gegeben hat, da waren eben alle sehr nervös … ich auch … Und Sie leben hier ja wirklich große Diversität, ich nenne nur den Herrn Müller, Ihren, äh –«, er zögerte kurz, denn was immer er über Müller wusste, durfte er nicht aussprechen, »… dann der Herr Aisun, ist der nicht Thailänder? – Der Herr Markov, der Herr Tavanaianfar, und, äh, nicht zu vergessen die Frau, äh, Boll, unsere –«

Sag Frau, dachte sie. Los, sag es.

»Alleinerziehende Halbtagskraft«, kriegte Flohr die Kurve. »Sie haben das Potenzial schon da. Sie können diese Behörde zu einer Vorzeigebehörde machen, Herr Willenbacher.«

5

Sie saß im Sonntagsgottesdienst. Mutter Kirche hatte es geschafft: Elle wollte wissen, was das für Leute waren, die da beteten, und wie es sich anfühlte. Natürlich fühlte es sich merkwürdig an, jetzt, zum ersten Mal. Seltsam genug, dass sie all die Räume und Dinge in der Kirche kannte und sie doch nie benutzt gesehen hatte. Viel schräger noch aber fand sie, dass dort vorn am Altar ein total verkrampfter Mann stand und von Liebe redete. Im normalen Leben wurde dieses Thema anders performt!

Aber vielleicht lag darin sogar das Geheimnis? Hier gab es keine gleißende Empathie, der misstraut werden musste wie in der Waschmittelwerbung. Hier ging es um ewige Wahrheiten, und die galten auch, wenn sie flach und leiernd vorgetragen wurden. Persönliche Wärme war nicht maßgeblich. Elle kam es so vor, als würde dieser Priester sie geradezu bewusst ausblenden. Er war um die sechzig Jahre alt, grau und in dem tiefgrünen Messgewand als Person kaum wahrnehmbar. Sie kannte ihn nicht, die anderen Kirchgänger wohl schon, er musste aus irgendeiner Nachbargemeinde kommen. Vor dem Gottesdienst hatte sie Gesprächsfetzen aufgefangen: »Wird nicht darauf eingehen«, hatte es geheißen, »zieht immer sein Ding durch«, »hat letztes Mal wieder nur fünf Minuten gepredigt«, und »wo ist eigentlich die Gemeindereferentin?«. Ina und Mojo fehlten. Während der Messe gab es dann auch Irritationen, zum Beispiel nahm der Geistliche an einer Stelle den großen Goldkelch und schaute erwartungsvoll gen Decke, als müsste von dort oben Wein herabfließen, doch nichts passierte. So stand er eine Weile, und seine Miene versteinerte langsam, bis die beiden noch sehr kleinen Ministranten nervös wurden und suchend in der Apsis herumliefen. Unruhe entstand auch in den Reihen der Leute, die mit Kindern gekommen waren, und schließlich erbarmte sich irgendein Erwachsener, huschte in die Sakristei und kam mit zwei kleinen gefüllten Kännchen wieder. Inzwischen improvisierte die Organistin ein Kirchenlied, das sich ein bisschen nach der englischen Nationalhymne anhörte. Die Kännchen wurden auf einem Tablett arrangiert und anschließend von einem der Messdiener sehr vorsichtig zum Altar befördert, wobei alle den Atem anhielten, weil der Kleine vor Aufregung zitterte und alles gefährlich rutschte. Nur der Priester stand stoisch in seiner wartenden Besinnung und schien Wein und Wasser erst zu bemerken, als sie tatsächlich auf dem Altar angekommen waren. Dann ging es weiter. Der bemalte Jesus am Marienaltar wurde nicht mit einem Wort erwähnt, der einzige Kommentar dazu war die recht argwöhnisch vorgebrachte Freude des Priesters über die zahlreichen Gläubigen, die heute den Weg in die heilige Messe gefunden hatten. Elle, die keine Gläubige war, sich aber angesprochen fühlte, lächelte dem Pfarrer an dem Punkt sehr freundlich zu, doch sicher bemerkte er das nicht. Er las die seltsame Geschichte eines Mannes, der nackt und gefesselt in einer Höhle lebte und von so vielen Dämonen besessen war, dass er sich selbst »Legion« nannte. Elle driftete ab und bekam den Rest nicht mit, weil sie an Mojo denken musste, der gehörig nerven konnte, aber mehr Drive im kleinen Finger hatte als dieser blässliche Mensch dort vorn in all seiner kalten Ergriffenheit. Am Ende hob er segnend die Hände, und Elle ertappte sich, wie sie sich spontan wegduckte. Dann war der Gottesdienst vorbei, der Priester verschwand in der Sakristei, die Gemeinde atmete auf und versammelte sich zum spannenderen Teil des Events: vor dem Marienbild.

* * *

Als Flohr das Zimmer verlassen hatte, starrte Willenbacher Bettina erst drohend an, dann nahm er seine Tasse vom Tisch, blickte hinein, seufzte und trank, was drin war.

Bettina erhob sich und streckte die Hand aus. »Kaffee?«

Er reichte ihr den leeren Humpen.

»Wir werden K11 des Monats.« Sie ließ das Lächeln frei, das sich zuvor bei dem Wort »Toleranzmedaille« spontan in ihrem Bauch gebildet hatte.

Willenbacher knetete seine Stirn.

»Wusste der Flohr von dir und Tava –?«

»Milch und Zucker, bitte!«

Bettina grinste. »Müssen wir dann alle auf die Bühne und werden als der Autist, die Ausländer und die Frau vorgestellt?«

»Das wird nicht passieren«, knurrte Willenbacher. »Bolle, ich sag's nicht noch mal: Halt dich da raus –«

»Immerhin haben wir einen neuen Fall«, lenkte Bettina ab.

»Hm«, machte Willenbacher ungnädig und begann zu tippen.

»Aber da rennen wir jetzt nicht sofort los«, bat Bettina. »Ich hab noch so viel im Garten zu tun. Und meinen Bericht muss ich auch noch schreiben.«

Willenbacher ging nicht darauf ein. »Die Frau ist seit drei Jahren verschwunden.« Er blickte auf. »Dieser Hansen, den hast du nicht überprüft, bevor du ihn besucht hast, oder? Du wusstest nicht, dass er einen Titel hat, das hab ich gesehen.«

»Der sieht halt überhaupt nicht intellektuell aus.«

»Darum geht es nicht, Tina«, sagte Willenbacher, ließ es dann aber gut sein und las: »Dr. Moritz Johann Hansen, geboren 1968. In Waldstätten, ledig, keine Kinder, fünfmal umgezogen – oh! Der hat eine Lücke im Lebenslauf.«

»Wann?« Bettina stellte die Tasse ab und kam gucken.

»Hier, bevor er nach Frohnwiller gezogen ist, war er zwei Jahre lang nirgendwo gemeldet.«

»War vielleicht im Ausland.«

»Hm. Okay, er ist promoviert, arbeitet aber als Sozialarbeiter.«

»Wieso nicht? Ist das so ungewöhnlich?«

»Es ist ein Bruch«, sagte Willenbacher und tippte weiter. »So. Dr. Katerina Polanski. Geboren 1973 in Paderborn, verheiratet, keine Kinder, ähm, eins, zwei, siebenmal umgezogen, keine Lücke. Hat nie im selben Ort wie der Hansen gewohnt. Wie's aussieht, hat sie in Heidelberg und er in Tübingen studiert, also da sind sie sich nicht begegnet.«

Bettina nahm die Tasse und wandte sich wieder zur Tür.

»Ihr Büro und Frohnwiller sind die einzigen Orte, die die beiden gemeinsam haben.« Er hackte erneut auf die Tastatur ein. Las. Räusperte sich. Schnaubte. »Bolle«, sagte er dann.

* * *

Das Bild war riesig, ein Zwei-mal-drei-Meter-Schinken von 1868, so stand es auf dem verschnörkelten Rahmen. Der fehlende Jesus fiel Elle auch jetzt kaum auf, sie sah auf dem Gemälde nur eine bezaubernde Jugendliche, die sich vergnügt nach neuen Herausforderungen umsah. Zwar leuchtete sie sehr standesgemäß von innen heraus und schwebte sittsam vor einem schaurigen Gehölz, doch ihrem Blick zufolge würde diese Einöde nicht die Endstation in ihrem Leben bleiben. Inzwischen sonnte sie sich im plötzlichen Interesse der Gemeinde. Vermutlich war sie in den letzten hundertfünfzig Jahren nicht mehr so aufmerksam betrachtet worden. Elle hätte schwören können, dass die Heilige ihr verschwörerisch zulächelte.

Die Gemeindemitglieder waren natürlich nicht begeistert. Die Herkunft des Werkes wurde diskutiert, leider wusste niemand den Namen des Malers, und daher ließ sich der Schaden nicht einmal ansatzweise abschätzen. Das Thema musste bald aufgegeben werden zugunsten der Frage, wer um Himmels willen so etwas tat. »In der Zeitung hat gestanden, dass es wahrscheinlich Jugendliche waren«, sagte Forell, ein kleiner und sehr alter Herr. Er trug den Kirchenschlüssel, den Ina ihm anvertraut hatte, wie eine Kommunionskerze vor sich her.

»Welche Zeitung?«, fragte Elle. Heute war Sonntag.

»Der Live-Ticker der *Rheinpfalz*«, sagte Forell würdig.

»Immer uff die junge Leit«, mischte sich Frau Belsnickel, die Bäckersfrau ein. »Dass die do nimmie in die Kersch geh, des is doch klor.«

»Des worn net die Junge, des wor der Jugendwart«, sagte ein schlanker, attraktiver Familienvater im Anzug, der ein wunderbar ruhiges kleines Mädchen an der Hand hielt.

Zwei ältere Damen erhoben Einspruch und lobten Mojos Spiritualität. Darauf spaltete die Gruppe sich in zwei Lager: hier Familien mit kleinen Kindern, die dem verrückten Mojo nicht über den Weg trauten, eben weil er bei der Jugend so beliebt war, auf der anderen Seite die Alten und Alleinstehenden, die keine Angst vor seinem Charisma hatten und sich gern von ihm beseelen ließen.

»Ein wahrhaft Suchender«, schwärmte eine nicht ganz so alte Dame.

»Ogäwwer«, entgegnete einer der Familienväter verächtlich. »Isch guck jo net, wie äner aussieht, awwer der, echt, der dut doch beschdimmt selwer als ebbes inwerfe! Was wor denn do mit dere Razzia – im Jugendhaus! – des sacht doch alles!«

»Des is awwer schun her.«

»Trotzdemm. Und dann die Musigg!«

»Wir sollten mal mit ihm reden.«

»Der is doch widder gar net do!«

»Stimmt, der hätte heute Kindergottesdienst machen müssen.«

»Merksche was: Die Maria is ogemolt und der is weg.«

»Wo ist er überhaupt?«

»Er wollte kurz verreisen, in einer wichtigen persönlichen Angelegenheit«, meldete Elle sich zu Wort. »Hat sich auch ganz korrekt abgemeldet bei unserer Ina, aber die ist heute auch nicht da, deswegen war es wohl insgesamt ein bisschen chaotisch.« Sie dachte an die rutschenden Kännchen.

»Chaotisch«, bestätigte Forell und klapperte mit dem Schlüssel. »Wenn wir noch einen Pfarrer hätten …!«

»Stimmt.«

»Jo.« Jetzt waren sich wieder alle einig.

»Wenn ihr wollt, können wir ja mal im JUZ nachgucken, ob da vielleicht Malutensilien herumstehen«, schlug Forell vor. »Reinkommen würden wir, auch wenn Mojo nicht da ist.«

Das fanden die Leute mit den Familien prinzipiell toll, aber inzwischen begann selbst das ruhige kleine Mädchen zu hampeln, die anderen Kinder spielten längst Fangen in den Gängen, und außerdem wartete zu Hause das Mittagessen. Man setzte sich noch gemeinsam in Bewegung, doch draußen vor der Kirche schrumpfte der Kreis der Neugierigen auf einen sehr kleinen und harten Kern zusammen: Forell, Bäckersfrau Belsnickel, zwei vorher unsichtbar gebliebene Jugendliche, ein gewisser Füßgus vom Pfarrgemeinderat und ein paar alte Damen vom Rosenkranz. Und Elle. Füßgus nickte Forell auffordernd zu. »Ja? Was waade mer? Ich wollt längschd emol sieh, wie des do drin aussieht.«

* * *

»Eine Maria angemalt?«

»Wie es aussieht, nur den Jesus.«

»Lass mich mal gucken«, sagte Bettina und rückte unverschämterweise den Bildschirm ihres Chefs so, dass er nicht mehr spiegelte. Willenbacher lehnte sich im Stuhl zurück und machte eine ziemlich finstere Miene.

»Meldungen«, las sie. »Sachbeschädigung: In der Nacht von Freitag auf Samstag wurde in der katholischen Kirche *Unsere Liebe Frau*, 66874 Frohnwiller, ein Gemälde beschädigt. Das Bild (ca. 200 x 300 cm, Öl auf Leinwand, 1868, Künstler unbekannt) hängt über dem Altar des rechten Seitenschiffes. Es stellt eine Madonna mit Kind dar. Letzteres wurde vollständig mit schwarzer Farbe bedeckt. Dem Geruch nach handelt es sich um ein lösungsmittelbasiertes Produkt, mutmaßlich Tafelfarbe. Wert des Werks und Umfang des Schadens müssen durch Fachgutachten ermittelt werden. Einbruchsspuren waren nicht festzustellen, ebenso wenig entsprechendes Werkzeug oder Farbreste. Das Kirchengebäude wurde abends gegen 19 Uhr verschlossen und morgens gegen 7:30 Uhr von Gabriele Kling, Putzhilfe, zum Zweck des Reinemachens geöffnet. In der Kirche bemerkte sie keine weiteren Personen. Aller Wahrscheinlichkeit nach benutzte die Täterperson einen Schlüssel, um in das Gebäude zu gelangen. Einen solchen besitzen jeweils Ina Rotas, Gemeindereferentin, und Dr. Moritz Hansen, Sozialarbeiter. – Schade, dass kein Bild dabei ist.«

»Frohnwiller«, sagte Willenbacher.

»Und Hansen«, sagte Bettina. »Letzteres wurde vollständig mit schwarzer Farbe bedeckt«, wiederholte sie. »Was bedeutet das? Schwarze Magie?«

Willenbacher starrte einen Moment den Computer an, dann nahm er seine Tasse, schaute noch mal rein, knallte sie auf den Tisch und stand auf. »Diesen Ort müssen wir uns ansehen.«

»Ich soll noch einen Bericht schreiben«, wiegelte Bettina ab.

Er sah sie an, vielmehr zu ihr auf, kleiner war er noch immer. »Das hättest du doch eh nicht vor heute Abend gemacht.«

* * *

Forell schloss auf, Füßgus beaufsichtigte das ungeduldig, dann verteilte sich die Gruppe im Jugendzentrum, Farbe suchen. Nur eine rundliche ältere Dame – die Christel, wusste Elle – liebäugelte schon im Eingangsbereich des JUZ mit einem Besen. »Sieht des aus!«, rief sie. »Do is jo seit Johr nimmie gekehrt werr.«

»Dann wollen wir nicht heute damit anfangen«, sagte Elle.

Die Christel grinste. Und seufzte. »De Mojo weeß net, wo's Wasser is.« Sie tätschelte den Besen zärtlich, ließ ihn aber stehen. »Is jo schunn bissje meschugge, unser Mojo«, sagte sie, womit klar war, wen sie für den Maler hielt.

Ein Jugendlicher stürmte an ihnen vorbei und rief mit hochrotem Gesicht Richtung Treppenhaus: »Freitagmittag hott er noch die Probe abgehall.« Er klang ein bisschen patzig, als ob er hier wäre, um Mojo zu verteidigen.

»Awwer gere gesieh bei de junge Leit«, setzte die Christel nachsichtig hinzu.

»Hat er denn niemandem gesagt, wo er hinwill?«, fragte Elle.

»Nee, des isses jo«, sagte die Christel tiefsinnig.

Füßgus stapfte schon wieder vorbei zum Ausgang und rief: »Genuch gesieh! So en Chaot! Was der sich dodebei denke dut!« Dann erblickte er Elle, blieb stehen und sagte: »Sie sin doch die, die –«

»Elle Kling.«

»Die esoderisch Butzfraa!«

Elle verschränkte die Arme.

»Kennte Sie dene Sauschdall do neddemol grundreinische, bevor die Bud völlisch zusammeschimmele dut?«

»Da müssten wir erst ausräuchern«, sagte Elle ernst.

Kurzes Blickemessen, dann schnaubte er: »Enfach nur butze! Ken Kokolores! Dodeferr wern Sie vun de Kersch bezahlt, unn ich als Vertreter –«

»Für Geld tu ich alles«, unterbrach Elle. »An wie viel zusätzliche Stunden hätten Sie gedacht?«

»Herr Füßgus, nein, das soll der Mojo machen«, mischte sich der kleine alte Herr Forell ein.

»Demm schicke mer die Rechnung«, schäumte Füßgus, drehte sich auf dem Absatz um, drohte: »Do redde mer noch driwwer«, und nahm beim Rausgehen vor Rage fast die Tür mit.

Die Übriggeblieben sahen sich an.

»Tja, de Mojo is weg«, fasste die Christel zusammen.

»Und er geht nicht ans Handy«, sagte Herr Forell.

»Der wor gischtern Owend halwer acht es letschte Mol auf Whatsapp online«, sagte der Jugendliche mit dem roten Kopf.

»Vielleicht war er's doch«, sagte Forell unglücklich.

»Nein. Unser Mojo würde unserem Herrgott und unserer lieben Frau nichts tun.« Das war die alte Frau Grimm, zittriges Stimmchen, energischer Geist dahinter. Die anderen sahen nicht so überzeugt aus, blickten zu Boden, schüttelten betreten die Köpfe. Belsnickel seufzte laut.

»Wenn unser Pfarrer noch wäre«, sagte Forell fatalistisch.

»Jo, der hätt des geklärt, awwer dieser Pfarrer Ludes, der redd net mit de Leit«, sagte die Christel anklagend. »Zack, weg, den hot heit noch neddemol des mit dere Maria intressiert.«

»Ich versuch noch emol, de Mojo se erreiche«, sagte der rote Jugendliche und zückte sein Handy.

»Wär halt schön, wenn wir wüssten, wo er hinwollte.«

»Er wollte wegfahren«, sagte da eine leise Stimme. »In die ›Wüste‹.«

Elle, die Bäckerin, Frau Grimm, Herr Forell und noch zwei andere drehten sich synchron um und schauten nach, wer das gesagt hatte. Eine junge Frau, sehr jung, sah Elle. Fast noch ein Kind. Lange fahlblonde Haare, ein Band hineingeflochten wie zu der Zeit, als es noch keine Gummis gab, zerfetzte Jeans, selbstgemachtes Oberteil, schätzungsweise aus einem Sofakissen.

»Wüste?«, wiederholte die Christel misstrauisch. »Hoscht du ne losfahre gesieh?«

»Nein, ich wollte hier rein, aber dann hab ich ihn draußen am Pfarrhaus getroffen, da kam er gerade raus.«

»Was hott er gesacht?«

»Dass er wegfahren will«, wiederholte das Mädchen geduldig. Sie wickelte eine Haarsträhne um ihren Finger und kaute dann auf den Spitzen.

»Die ›Wüste‹«, sagte die alte Frau Grimm, »ist, soviel ich weiß, eine Art Verein, in dem er tätig ist.«

»Seine Selbstmord-Selbsthilfegruppe«, sagte Forell.

Sie sahen sich an.

»Sie meene, er hot sich – umgebracht?«, flüsterte die Christel. »Aber des ist doch en –«

»Todsünde«, sagte Forell.

»Es Auto is awwer weg«, sagte der Jugendliche. Das Auto stand immer auf dem Parkplatz neben der Kirche. »Der is echt gefohr.«

»Wieso geht der do net ans Telefon?«, fragte die Christel.

Schweigen.

Schließlich hob Forell den großen Schlüsselbund. »Vielleicht kommen wir damit in seine Wohnung?« Mojo lebte im Jugendhaus, er hatte eine kleine Einliegerwohnung im Zwischengeschoss.

»Des kenne mer net mache«, sagte Belsnickel.

»Ich glaube, da ist gar kein Schlüssel für seine Wohnung dran«, sagte Elle.

»Ich vermute, es liegt einer unter seiner Fußmatte«, sagte die alte Frau Grimm. Alle blickten sie an.

»Stimmt!«, rief der Jugendliche mit dem roten Kopf, bevor sich irgendwer wundern konnte.

»Awwer des kenne mer net mache«, wiederholte die Bäckersfrau.

»Mir hon e Verantwortung fier e verirrtie Seel«, sagte die Christel fest.

»Wir würden uns große Vorwürfe machen«, bekräftigte Forell, »wenn er noch zu retten gewesen wäre …«

»Lasst uns gucken«, entschied Elle.

* * *

Sie fuhren schweigend, beziehungsweise Willenbacher telefonierte den Rest der Abteilung durch und verteilte Aufgaben, während Bettina sein Privatauto von innen betrachtete. Ein Toyota, jetzt doch, obwohl er früher immer so über die Langweiler geschimpft hatte, die ein Lehrerauto fuhren. Hybrid und ausgepolstert wie eine begehbare Couch. Dann waren sie auf der Autobahn und Willenbacher sagte: »Kannst du mal den Hansen anrufen und uns ankündigen, vielleicht können wir ja gleich jetzt mit ihm reden.«

»Hab ich schon, der geht nicht ans Telefon.«

»Hm.«

»Ist das eigentlich echt so«, lenkte Bettina ihn von seiner Hyperorga ab, »beim Kirchengericht, die machen nur Ehescheidungen?«

»Annullierungen. Und Seligsprechungsverfahren, aber da muss der Anwärter schon tot sein.«

»Was ist mit Missbrauch?«

»Weiß ich nicht genau«, sagte Willenbacher, der jetzt nur noch müde aussah. »Ich glaube, dass es ein Straftatbestand im Kirchenrecht ist, aber ist ja auch so, Bolle, dass es da keine richtigen Strafen gibt. Und vor allem keine Tätersuche. Die haben für so was einfach keine Standardverfahren.«

»Nur für Ehescheidungen.«

»Annullierungen.«

»Was ist der Unterschied?«

»Oh«, sprach Willenbacher grimmig. »Der ist riesig. Du kannst nicht einfach sagen: Es war schön, aber jetzt geht es nicht mehr, sondern du musst vor einem Richter erscheinen und schlüssig beweisen, dass es niemals schön war.«

Es nahm ihn mit. Er regte sich auf. »Ich dachte, das ist ein Schriftverfahren?«, fragte Bettina vorsichtig.

»Danach schon.«

»Wie kannst du beweisen, dass es nicht schön war?«

»Das ist die Challenge«, sagte Willenbacher, starr auf die Straße blickend.

In einem früheren Leben hätte sie ihn jetzt gefragt, ob er Eheprobleme hatte.

»Ich hab drüber nachgedacht«, sagte er da.

»Du willst dich scheiden lassen?«, fragte sie erschrocken.

»Ich hab mich informiert. Würden wir kaum durchkriegen. Wir haben Kinder. Und die wollten wir beide.«

Das hatte Bettina anders in Erinnerung, aber: »Wie wär's einfach mit einer normalen Scheidung?«

Er schüttelte den Kopf und sagte: »Die brauchst du davor sowieso. Es ist kompliziert.«

»Hm«, machte Bettina, gerührt von so viel Vertrauen, aber auch ohne Rat.

»Es geht um Spiritualität«, sagte Willenbacher, und die Säure, in der dieses Wort schwamm, hätte einen weniger bedeutsamen Begriff sicher sofort zerfressen. »Wenn du dich nur scheiden lässt, dann bist du noch lange nicht wirklich frei.«

»Ist das deine oder Annettes Meinung?«

Er sah sie von der Seite kurz an. Was sie gerade am erstaunlichsten fand, war, dass er nicht einfach das Gaspedal durchtrat, was sie sicher getan hätte. Tempomat, dachte sie dann. Lehrerauto. Beruhige dich.

»Katholische Ehescheidung«, sagte er beherrscht, »bedeutet, dass du mit Hilfe von Zeugen nachweisen musst, dass deiner Ehe der Fortpflanzungsaspekt fehlte, dass es also niemals zu echten Intimitäten gekommen ist und du das auch nicht wolltest – oder dass du bei der Hochzeit psychisch krank warst, oder so labil und fremdbestimmt, dass du zu keiner freien Willensäußerung fähig warst.«

»Die wollen dich kriechen sehen.«

Willenbacher nickte kaum merklich.

»Die und – Annette?«

»Es geht ihr darum, zu beweisen, dass sie von Anfang an getäuscht wurde«, sagte Willenbacher flach. »Sie will von ganz oben bestätigt haben, dass sie guten Willens, reinen Geistes und mündig war – und nicht schuld.«

»Also warst du schuld.«

»Nein, ich war nicht zurechnungsfähig.« Jetzt trat Willenbacher das Gaspedal doch durch.

Sie schnaubte. »Wer ist das schon bei seiner Hochzeit?«

»Man muss Zeugen dafür anbringen«, wiederholte er. Er sah sie an. Plötzlich bittend. »Freunde. Von damals.«

»Will …«

»Nur für den Fall, dass es so weit kommt«, sagte er leise.

Sie schuldete ihm Geld, immer noch. Er war ein Freund, auch wenn er jetzt der Chef war. Aber das … »Ich dachte immer, diesen Blödsinn braucht man nur, wenn man seinen Job bei der Caritas behalten will«, wiegelte sie ab. »Und soviel ich weiß, arbeitest du nicht für die.«

»*Sie* ja auch nicht!«, schnarrte Willenbacher. »Ich sag doch, es geht um was anderes, um –«

»Sie hat einen hübschen Pfarrer kennengelernt!«

Pause.

»Er ist nicht hübsch«, knurrte Willenbacher dann.

Oh Mann. »Sag bloß, du brauchst die Erlaubnis von, von –, um dich frei zu fühlen?«

»*Ich* will das doch nicht!«, rief Willenbacher und hieb aufs Lenkrad, dass das Auto einen Schlenker machte. »Ich will mich nicht mal scheiden lassen!«

Siehste, dachte Bettina, und darum geh ich auch nicht mit dir zum Kirchengericht. Aber das dachte sie nur. Und dann schwiegen sie bis Frohnwiller.

Ein kleiner, ein freundlicher Ort. Er lag nicht mehr in den Wingerten, aber auch noch nicht in der Haardt, die Gegend war ein bisschen hügelig, nicht sehr waldig, man konnte einigermaßen weit gucken und sah dann alte bäuerliche Anwesen, eher solide als prächtig, Bach und Flur, ein paar Neubauten in einem Wohngebiet, mehrere Betriebe am Ortsrand, Brücke, Autobahnzubringer und ein altes Güterbahngelände, darüber ein Kirchlein neben einer schönen Lindenallee. Willenbacher hielt neben einem kleinen Sandsteinhäuschen mit einer Metallrampe am Eingang und schaltete den Motor aus. »Frohnwiller«, sagte er, dabei blickte er hinaus, als sollte er dieses Land neu besiedeln.

»Na komm«, sagte Bettina. Der Tag wurde ja nicht jünger.

Er kannte alle Details zu ihren Fällen, die irgendwie aus den Infodiensten rauszuziehen waren, so war Willenbacher immer schon gewesen. Nur: Jetzt wäre das eigentlich Bettinas Rolle. Dem Chef erklären, wo sie gerade standen. Zum Beispiel, dass dieses Sandsteinhäuschen, vor dem sie parkten, das ehemalige Wohnhaus von Pfarrer Lux war, der hier bis zu seinem Tod mit seiner Schwester Ina Rotas und seinem Neffen Manuel gelebt hatte: hätte sie höchstens raten können. Oder dass die beiden Rotas immer noch dort wohnten, oder dass Mojo Hansen nur einen Steinwurf entfernt in dem Haus lebte, in dem auch das Jugendzentrum untergebracht war: Solche Sachen standen im EWOIS oder auch einfach frei im Netz, aber Willenbacher checkte irgendwie einfach automatisch alles und hatte es dann präsent. »Hier hat dein Pfarrer gewohnt«, sagte er also nach einem kurzen Orientierungsblick. »Der mit dem Unfall.« Sie sahen das Häuschen an, es lag friedlich in der Mittagssonne.

»Mit seiner Schwester?«, fragte Bettina, leicht irritiert von so viel konkretem Leben. Irgendwie hatte sie sich das Dasein des Pfarrers anders vorgestellt, weniger eingebunden. Ohne Familienanschluss. Erst recht, da er an so einer ungehörigen Sache wie Antoniusfeuer gestorben war. »Was ist das für ein komisches Geländer?«, fragte sie mit Blick auf den Eingang.

»Rollstuhlrampe.«

»Oh«, machte Bettina. Wieder so ein Detail, das sie irritierte. »Ich glaube nicht, dass Pfarrer Lux im Rollstuhl gesessen hat«, sagte sie. »Das hätte der Pathologieassi sicher erwähnt.«

»Hat er auch nicht«, sagte Willenbacher. »Der Neffe ist der Rollstuhlfahrer.«

»Woher weißt du das?«, konnte Bettina sich nicht verkneifen zu fragen. Das stand definitiv nicht im EWOIS.

»Lichtbilder im Internet.«

»Ist ja auch ein komisches Leben, deinem Bruder, dem Pfarrer, den Haushalt führen.«

Willenbacher musterte sie von der Seite. »Vielleicht war es umgekehrt und er hat ihr mit dem eingeschränkten Sohn geholfen.«

»Hm.« Katholischer Pfarrer, der häusliche Pflege betrieb?

»Wir können ja nachher einfach fragen«, sagte Willenbacher, »jetzt will ich erst mal den schwarzen Jesus sehen.«

Die Kirche war offen, es waren sogar Leute drin. Die standen vor dem Marienaltar und redeten, aber offenbar nicht über das Bild. Sie sahen aus, als hätten sie sich nur hier versammelt und wären mit einer weit ernsteren Angelegenheit befasst als einem bisschen neuer Farbe auf dem alten Ölbild. Es war auch kein Vandalismus, fand Bettina, jetzt, da sie die Sache vor Augen hatte. Es war nicht mal sehr auffällig. Wirklich nur der Jesus war bemalt worden. Seine Mutter Maria stand lächelnd in ihrer Patina aus Kerzenruß und altehrwürdiger Anbetung und nahm das neue Schwarz lässig hin. Es störte nicht, wirkte fast wie ein Schutz für das Kind, so exakt und liebevoll waren alle seine Körperteile mit Farbe bedeckt, auch die mutmaßlichen Kleidungsstücke und sogar der kleine Heiligenschein. Dass diese Tat irgendwas mit Satanismus oder schwarzer Magie zu tun hatte, bezweifelte Bettina sofort, wobei –

»Es könnte ja schon eine Geisterabwehr oder so was sein«, sagte eine schlanke alte Dame und blickte hoch zur Maria, »dann hat er gemerkt, dass er zu weit gegangen ist, und ist verschwunden.«

»Da brauchen wir ihn aber auch nicht zu suchen«, wandte eine andere ein.

»Wen suchen Sie denn?«, rief Willenbacher in die Runde. »Kripo Ludwigshafen, wir haben gehört, Sie hätten hier eine ungewöhnliche Sachbeschädigung …?«

Die Leute nickten und wiesen auf das Bild, waren aber mit den Gedanken bei ihrem anderen Problem. »Das Schlimme ist«, fasste ein sehr kleiner, sehr dünner und sehr alter Herr zusammen, »dass wir keinen Pfarrer mehr haben.«

»Wir haben Ina«, widersprach eine Dame mittleren Alters ungeduldig.

»Ist denn Ihr Jugendleiter, der Dr. Hansen, hier irgendwo unterwegs?«, unterbrach Willenbacher. »Könnten wir den mal sprechen?«

Schlagartig hatte er die gesamte Aufmerksamkeit der Gruppe.

»*Doktor* Hansen?«

»Er meint Mojo.«

»Meinen Sie Mojo?«

»Der is verschwunn!«

»Wir suchen Mojo auch überall.«

»Aber er wollte weg.«

»Sein Auto ist fort, der ist einfach mal rausgefahren.«

»Meene Sie werklich unsere Jugendwart?«

Eine sehr kleine alte Dame mit silberlockigem Haar drängte sich nach vorn und baute sich vor Willenbacher auf. »Wir haben Grund zur Sorge«, sagte sie. »Der Herr Hansen handelt manchmal impulsiv. Und er ist Mitglied in einer Selbstmordgruppe.«

»Selbstmordgruppe«, wiederholte Willenbacher fasziniert.

Die alte Dame holte Luft, da stürmte von außen eine rundliche Frau um die fünfzig herein und füllte sofort den ganzen Raum. »Ich hab sie erreicht«, rief sie laut, »aber Ina weiß auch nicht mehr –« Sie brach ab und blickte Bettina und Willenbacher an.

»Polizei ist da«, dröhnte der kleine alte Herr.

Die Frau sah einen Moment erschrocken aus. Sie hatte sehr kurzes hennagefärbtes Haar und trug eine ganze Reihe Ohrringe in jedem Ohr, dazu schwere schwarze Stiefel. Im Sommer. Bettina blickte auf ihre eigenen Cowboyboots und fühlte sich heimlich verbunden. Ging doch nichts über die sichere Erdung eines festen Schuhs.

»Ist was passiert?«, fragte die Hennarote indessen angstvoll. »Haben Sie Mojo … gefunden?«

»Die sin wesche dere Maria do.«

Die Frau atmete auf und reichte Bettina die Hand. »Gabriele Kling. Ich bin hier die –« Sie stockte, tauschte Blicke mit den Umstehenden, schloss: »Ich helfe in der Kirche.« Und zu den Leuten gewandt: »Sollen wir Mojo als vermisst melden?«

Ein erwachsener Mann, der sich verabschiedet hatte, dessen Auto fehlte, der kaum achtundvierzig Stunden nicht ins Handy geguckt hatte, den konnten sie definitiv nicht als »vermisst« einstufen. Egal wie erreichbar er sonst war. Dass Selbstmord im Spiel sein konnte, war da schon eine andere Nummer, das mussten sie ernst nehmen. Daher lobte Willenbacher den Einsatz der Leute und verlor kein Wort darüber, dass sie etwa unberechtigt in Privaträume eingedrungen waren. »Im Zweifelsfall ist Nachgucken besser als Nichtstun«, erklärte er wohlwollend. »Hat er denn irgendwas hinterlassen? Eine Nachricht? Vielleicht sogar einen Abschiedsbrief?«

Hatte er nicht.

»Hat er Angehörige, die wir kontaktieren können?«

Das wusste niemand, Mojo war Single und hatte nie Besuch von außerhalb.

»Und wo wollte er überhaupt hin?«

»Die ›Wüste‹ heißt das«, sagte Kling. »Deswegen machen wir uns ja Sorgen, das ist eine Selbsthilfegruppe für Suizidgefährdete.«

»Lass uns da mal anrufen«, sagte Willenbacher zu Bettina, und die begann im Handy nach einem Kontakt zu googeln.

»Hier«, sagte sie nach kurzer Zeit und hielt Kling eine Seite mit einer sehr schön ockerfarbenen Sanddüne hin, »ist es das?«

»Kann sein«, sagte Kling, »also ehrlich gesagt –«

»Ja, das ist es«, sagte die kleine alte Dame mit Silberlöckchen, die sich wie durch Zauberhand plötzlich neben Bettina materialisiert hatte. »Genau das.«

»Danke.« *Dein Leben hat einen Sinn!*, stand in fetten Lettern über der Düne. *Ruf uns jetzt an!*

Und das tat Bettina. Das Gespräch kam schon nach dem ersten Klingeln zustande. »Hallo, ich bin Sascha von der Wüste«, sagte eine angenehme Männerstimme. »Wer bist du?«

»Bettina Boll, Kriminalpolizei«, sagte sie.

»Hallo«, machte Sascha und klang jetzt reservierter.

»Wir würden gern was über den Verbleib eines Herrn Hansen, Moritz Johann, genannt Mojo, erfahren«, sagte Bettina. »Er ist ein Mitglied Ihrer Gruppe und angeblich vor zwei Tagen zu Ihnen gefahren. Jetzt meldet er sich hier in seiner Gemeinde nicht mehr, und die Leute machen sich Sorgen.«

»Da kann ich Ihnen natürlich keine Auskunft geben«, sagte Sascha kategorisch.

»Das ist kein Spaßanruf. Wir wollen nur wissen, ob er wohlauf ist.«

»Das weiß ich nicht«, sagte Sascha. »Es tut mir leid. Mehr kann ich Ihnen nicht sagen.« Damit unterbrach er die Verbindung.

»Hm«, machte Bettina.

Und Willenbacher fragte: »Sie haben gesagt, Sie haben den Schlüssel zu seiner Wohnung?«

Mojo Hansen wohnte beengt. Er besaß nur ein einziges schlauchartiges Zimmer, das auf der einen Seite von einer unglaublich hässlichen Eichenschrankwand beherrscht wurde, auf der anderen von einem riesigen *Pirelli*-Straßenplakat mit Carl Lewis drauf. Carl stand in Läufer-Startposition, trug rote High Heels und über ihm hieß es: *Power is nothing without control.* An der Stelle, wo Carls Fingerspitzen den Boden berührten, befand sich ein sehr schmales Bett, am Kopfende des Raumes ein großer unordentlicher Schreibtisch. Außerdem hatte Hansen noch ein privates Bad und einen breiten Flur mit Kleiderschrank zur Verfügung, das war's.

»Wie hat er bloß diese Schrankwand hier reingebracht?«, sagte Bettina zu Willenbacher.

»Wahrscheinlich haben sie das Haus drum herum gebaut«, war die Antwort. Ihr Chef stand stirnrunzelnd vor dem Bett, die Laken waren zerknautscht, scheußlich blau und rochen ganz leicht nach Mann. Nichts deutete auf überstürzten Aufbruch, andererseits sah es auch nicht aus, als ob Hansen eine längere Abwesenheit geplant hätte. Bettina begann vorsichtig, den Schreibtisch zu untersuchen, der lag voller Papiere, daneben Bildschirm, Computer, Kaffeetassen, Aschenbecher, ein paar staubige Muscheln und eine vertrocknete Topfpflanze.

In diesem Moment erschien die silberlockige Dame, ungeachtet der Enge hatte sie es irgendwie an Willenbacher vorbei geschafft. Sie nahm sanft Bettinas Arm und sagte würdig: »Ich hab mich hier vorhin ein wenig umgesehen.«

Bettina ließ von dem Tisch ab.

»Die interessanten Sachen sind im Schrank«, erklärte die Dame und zog Bettina mit sich. »Das Fach rechts unten.«

Bettina öffnete die Tür und fand das Fach vollgestopft mit Kinderbildern, selbstgemachtem Bastelkram und kleinen Spielzeugen, dies war offensichtlich das Grab, in dem Hansen alle Kindergeschenke versenkte.

»Drunter«, sagte Silberlöckchen. »Hinten.«

Bettina kniete sich hin, hob das ganze Zeugs heraus und fand an der Rückwand stehend einen Bilderrahmen mit einem Foto drin, das zeigte einen untersetzten jungen Mann im formalen Anzug mit Krawatte und Manschettenknöpfen, der eine etwas ältere Frau anlächelte. Die beiden befanden sich im Freien vor einer mächtigen Tür, wahrscheinlich einem Kirchenportal. Ein hübscher Schnappschuss, der Freude und Zuneigung einfing, ein sonniger Tag, der ein Strahlen um die Menschen legte.

»Das ist Mojo«, sagte Silberlöckchen. »Da sieht er ganz anders aus als heute.«

»In der Tat«, sagte Bettina langsam. »Woher wussten Sie von diesem Bild?«

»Ich war vorhin hier dabei, als wir nach Mojo gesucht haben.«

Bettina sah den ausgeräumten Schrank an, die ganzen welligen Wasserfarbenbilder und Bastelsachen, die jetzt auf dem Boden lagen. »Da haben Sie das gesehen?« Sie drehte den Rahmen um, ein gewöhnliches billiges Ding mit herausnehmbarem Papprücken. Erstaunlich war nicht so sehr das Bild, fand Bettina, als vielmehr der Ort, an dem Silberlöckchen es gefunden hatte. Und dass sie dort gesucht hatte.

»Wir mussten uns einen Überblick verschaffen«, sagte die Frau und tippte auf das Bild. »Da hat er nicht ein einziges Tattoo!«

Bettina drehte es wieder um. »Und ist mindestens vierzig Pfund schwerer.«

»Sie kennen Mojo?«

»Ich hab ihn am Freitag getroffen. Wissen Sie, wer die Frau auf dem Bild ist?«

»Nein, aber ich würde sie für seine Mutter halten.«

»Können wir das mitnehmen?«, fragte Bettina ihren Chef. Der schüttelte den Kopf, etwas abgelenkt, weil er die Schreibtischschubladen durchging.

»Gut, dann mach ich ein –«

»Bolle! Hierher.«

Sie traten zum Schreibtisch und schauten über Willenbachers Schulter. Er hatte einige Briefe ausgeräumt, sodass sie erkennen konnten, was ganz unten auf dem Boden der obersten Schublade lag: Er war mit Andachtsbildchen bedeckt. Lauter gleiche, mindestens ein Dutzend. Und auf allen war der heilige Antonius inmitten seiner Dämonen abgebildet, auf allen standen dasselbe Datum, derselbe Name und derselbe Spruch, den sie schon von Al-Afghani kannten: »Wo warst du, guter Jesus, wo warst du, um meine Wunden zu heilen?«

Willenbacher ging raus, telefonieren, Rechercheaufträge verteilen. Bettina schaute in das Kaleidoskop aus Fratzen und Tierleibern in der Lade und fragte sich, wo in dieser verträumten Ortschaft die Dämonen hausten. Sie nahm eins der Bildchen heraus. Dann wurde ihr bewusst, dass die kleine alte Dame sie aufmerksam von der Seite betrachtete.

»Wissen Sie, was diese Totenzettel bedeuten?«, fragte Bettina.

Silberlöckchen nahm das Papier und sagte: »Hochwürden Sebastian Amorth. Kenne ich leider nicht. – Aber Mojo scheint ihn gekannt zu haben«, setzte sie hinzu.

Ihn oder die Typen auf dem Bild, dachte Bettina, die wieder von der Darstellung der Monster gefangen wurde. Dann blickte sie auf und fragte etwas unvermittelt: »Wie ist Ihr Name?«

Alle anderen hatten sich vorgestellt, nur diese Frau, die ungefragt (und unerlaubt!) mit in Hansens Wohnung gekommen war, die lief irgendwie unterm Radar.

»Edith Grimm«, sagte sie bereitwillig. Ihre Präsenz nahm stetig zu, es war, als würde sie wachsen, ihr Abwarten, ihr intelligenter Blick, das strich die Umgebung aufs Mindestmaß zusammen: Carl Lewis und seine roten Schuhe, das war nur eine pubertäre Tapete, Bettina ein chaotischer Hippie mit Polizeimarke, die gerade überlegte, ein Beweisstück zu klauen, Hansens Wohnung ein hilflos eingerichtetes Versteck und er selbst ein Abgestürzter im weiteren Sinkflug.

Bettina versenkte das Bildchen in ihrer Hosentasche und musterte ihrerseits die Frau. Die war winzig, wog allerhöchstens achtzig Pfund, trug einen grauen Rock, eine braune Bluse, eine Perlenkette und Spangenschuhe. Ihr Lächeln war ein bisschen spöttisch, ihre Augen klug. Wenn eine weiß, wo hier die verbotenen Substanzen lagern, dann du, dachte sie. »Sagen Sie mal, hat der Herr Hansen denn keine Küche?«

Tatsächlich enthielt das kleine Apartment weder Kühlschrank noch Herd.

»Ich glaube, im Flur hat früher so eine Kochzeile gestanden«, sagte Grimm. »Aber ich denke, Mojo hat einfach die Küche unten im Jugendraum benutzt. Die ist viel größer.«

»Unten?«, sagte Bettina und bewegte sich zur Tür.

»Genau.« Grimm folgte und brachte Bettina eine Treppe runter in einen offenen Raum, der mit alten Sesseln, einem kleinen Billardtisch und einem großen Tischkicker möbliert war. Große Glastüren gaben den Blick auf eine weite Wiese frei, und eine Seite wurde von einer langen Küchenzeile eingenommen. Dort befanden sich auch Herd, Mikrowelle, Kaffeemaschine, Kühlschrank. Alles alt und ziemlich klebrig, aber offensichtlich regelmäßig genutzt.

»Aha.« Bettina öffnete die Schränke.

»Was suchen Sie?«, fragte Grimm.

Bettina antwortete nicht direkt. »Der Herr Hansen, hatte der Streit mit irgendwem?«

»Das weiß ich nicht«, sagte Grimm indigniert.

»Er hatte ein blaues Auge, wissen Sie etwas von einer Prügelei?«

»Nein!«

»Hm. Sie hatten hier mal eine Razzia? Alle Jugendlichen wurden befragt, weil sich jemand Drogen an diese Adresse hat schicken lassen?«

»Da kam nichts dabei heraus«, sagte Grimm wegwerfend. »Das muss ein Irrtum gewesen sein.«

»Haben Sie hier im Ort je mit einer Lebensmittelvergiftung zu tun gehabt? Verdorbenes Brot?«

»Auch nicht«, sagte Grimm. Ihre Augen sahen aus wie kleine blanke Monde.

»Hat Mojo Hansen je eine Vergiftung erwähnt?«

Grimm schnaubte nachsichtig. »Er leidet ein bisschen unter Verfolgungswahn«, antwortete sie.

»Und wie stand er zu Pfarrer Lux?« Bettina schaute in eine Mehltüte: Mehl.

»Gut.«

»Der Pfarrer war wohl mehr so die konservative Fraktion, oder?« Bettina sah Grimm an und erkannte, dass die Frage andersherum hätte gestellt werden müssen. »Oder sagen wir so: Mojo Hansen war hier ein bisschen der Verrückte?«

»Bei uns ist jeder Christ willkommen«, sagte Grimm würdig.

»Schön.« Bettina hatte das Gewürzregal gefunden. *Langes, lilaschwarzes Ding. Schmeckt scharf.* »Aber was ist eigentlich mit Ihrem Pfarrer Lux passiert?«

»Er hatte einen Autounfall.«

Bettina öffnete ein Schraubglas und schnupperte: Paprika oder so. Natürlich waren auch die Gewürze in lauter verschiedene Gefäße, Tüten, Gläser verpackt, es war eine Riesensammlung. »Hat Pfarrer Lux denn gern – gefeiert? War er ein fröhlicher Typ?«

Diese Frage schien Grimm eine Spur zu frivol zu sein. »Er war ein Geistlicher«, sagte sie fest.

»Aber er hat sich mit den Leuten gut verstanden?«

»Er war den Menschen hier ein großer Beistand«, sprach Grimm.

»Und selbst?«, fragte Bettina. »War er vielleicht auch mal traurig?« Im Grunde, dachte sie, war auf gerader Strecke gegen einen Baum fahren ja schon eine klassische Selbstmordsituation. Nur schien auf die Idee keiner gekommen zu sein.

Grimm schüttelte den Kopf.

»Er hatte also mit der ›Wüste‹ nichts zu tun? Sie hatten nie den Verdacht, dass er selbst –«

»Auf keinen Fall!«, unterbrach Grimm. »Pfarrer Lux hätte nie Hand an sich gelegt.« Sie musterte Bettina von oben bis unten. »Das ist eine Todsünde.«

»Es ist eine Krankheit«, sagte Bettina, »und man sieht es den Leuten nicht an.«

Da nickte Grimm plötzlich, die strenge Spannung fiel von ihr ab, und sie sah aus wie ein uraltes winziges Mütterchen. »Ich weiß.«

Bettina wandte sich wieder den Gewürzen zu und öffnete eine Tüte mit bunten Pfefferkörnern. »Also der Pfarrer lebte hier mit seiner Schwester? Und die ist immer noch da?«

»Ja, zum Glück für uns, aber es ist schwer für sie. Wenn sie aus dem Pfarrhaus rausmuss, und das wird passieren, wird es schlimm, denn ihr Sohn Manuel hat es gut hier, und anderswo würden sie vielleicht gar nicht zurechtkommen.«

»Manuel ist beeinträchtigt?«

»Behindert. Er hat Hypophosphatasie. Er hätte ja noch eine Schwester, die helfen könnte, aber die ist leider schwierig. Und auch nicht mehr da.«

»Aha?« Bettina nahm eine Pfeffermühle zur Hand.

Grimm senkte die Stimme. »Kaum volljährig, aber eine zweijährige Tochter. Dabei war sie früher so ein braves hübsches Mädchen.«

Bettina ließ die Mühle sinken.

»Der Pfarrer hatte selbstverständlich nichts damit zu tun«, sagte Grimm prompt und ziemlich feindselig, »der – äh – andere Beteiligte war ein junger Mann aus dem Ort.«

»Ach so«, sagte Bettina so neutral wie möglich. Offenbar war die Zweijährige ein Reizthema, zu dem es bereits feste Angriffs- und Verteidigungslinien gab. Und in diesen Krieg wollte sie sich lieber nicht stürzen.

»Ina, die Mutter, hat sogar einen Vaterschaftstest durchgesetzt«, sagte Grimm kühl. »Ist alles erwiesen.«

»Hm«, machte Bettina. Die Mühle klemmte.

»Aber der Pfarrer konnte natürlich trotzdem nicht mit einer Minderjährigen und ihrem unehelichen Kind unter einem Dach leben. Bei den Skandalen momentan.«

»Wie haben sie das gelöst?«

»Pia ist mit dem Baby in ein Mütterheim gegangen.«

Jetzt sah Bettina doch auf. »Ein was?«

Grimm blickte Bettina groß an. »Ein kirchliches Heim für ledige Mütter. Eine sehr gute karitative Institution.«

»Das gibt es ...?«

Das unhörbare »noch« überhörte Grimm. »Der Bedarf ist wohl gar nicht so klein«, sagte sie maliziös.

Okay. Das Wort Abtreibung sparte Bettina sich, aber das musste sie fragen: »Und der Kindsvater, musste der auch ins Heim?«

»Pia musste nicht, sie wollte«, sagte Grimm missbilligend. »Und der Alex, der geht hier ganz normal in die Schule.«

Sie wollte, dachte Bettina. Klar. Dann zog sie mit einem Ruck das Mahlwerk ab. Schwarze Körner schossen über die gesamte Arbeitsplatte. Direkt vor ihr blieb etwas liegen, das anders aussah. »Oh, hallo, meine Süßen.«

Grimm beugte sich vor.

»Kennen Sie das?«, fragte Bettina. »Wissen Sie, was das ist?« Sie zeigte auf zwei längliche schwarze Gebilde, größer als die schwarzen runden Körner und nicht so hart. Eher ein bisschen schwammig.

»Pfeffer?«, sagte Grimm.

»Nein«, sagte Bettina und langte in ihrer Tasche nach einer Plastiktüte. »Haben Sie schon mal –«

Doch Grimm packte sie überraschend fest am Arm und begann plötzlich zu glucksen. Vergnügt. Sie sah ganz reizend aus, plötzlich jung und lustig. »Das ist Hühnerkorn!«, rief sie.

»Was?«

»Hühnerkorn!« Leichte Verlegenheit mischte sich in Grimms Freude. »Das wächst im Roggen und früher haben wir – haben die großen Jungs das im Sommer gesammelt und den Hühnern vom Nachbarn hingeworfen. Die haben sich dann ein bisschen verrückt aufgeführt.«

»Das heißt so? Hühnerkorn?« Bettina sammelte alles sorgfältig ein.

»Ja, natürlich, kennen Sie das nicht?«

Ich hab gehört, es hätte Landstriche entvölkert, dachte Bettina. »Sagen Sie mal, dieser Raum hier, der ist allen im Ort zugänglich, oder?«

»Ja, alle sind willkommen.«

»Hier wird auch gekocht und zusammen gegessen?«

»Na ja, so wie Jugendliche eben kochen«, sagte Grimm nachsichtig.

»Aber der Pfarrer hat da ab und zu teilgenommen?«

»Ja, sicher.«

Bettina schüttelte die Tüte mit ihrer Beute: viele Pfefferkörner, ein paar dunkle Krümel, etwas mutmaßliches Mutterkorn. Sehr gut möglich, dass dies wirklich ein Lausbubenstreich gewesen war. Aber suchten die Jugendlichen heute wirklich noch Felder nach ›Hühnerkorn‹ ab? Bunkerten die nicht alle stattdessen nur noch *Magic Potions* und *Healing Points*? Und was war dann mit Hansen?

»Frau Grimm«, sagte Bettina, »das hier ist nicht harmlos. Wenn diese Substanz das ist, was wir beide glauben, dann ist sie für Menschen sehr giftig. Und sie ist auch … berauschend. Sie beeinträchtigt die Fahrtüchtigkeit. Jemand, der das isst, könnte sehr wohl plötzlich von der Fahrbahn abkommen und gegen einen Baum fahren.«

Grimm wurde blass. Sie starrte Bettina sekundenlang an. Dann sagte sie: »Aber nein, das ist einfach nur Hühnerkorn.«

»Haben Sie irgendeine Idee, wie das in die Pfeffermühle gekommen ist?«

Grimm runzelte die Stirn.

»Gibt es irgendwelche Leute hier, mit denen sich Mojo gar nicht versteht?«, fragte Bettina.

»Ich glaube, die größte Gefahr für Mojo ist er selbst«, sagte die alte Dame streng.

»Wieso?«

Grimm hob die Hände.

»Er ist selbstmordgefährdet?«

»Ich hab ihm gesagt, dass es eine Krankheit ist«, sagte Grimm mit sichtlicher Missbilligung und Überwindung. »Natürlich dürfen wir das Geschenk des Lebens, das der Herrgott uns gegeben hat, nicht wegwerfen, aber ich weiß, es ist wirklich wahr, dass manche Menschen in ihrem Kopf sehr krank sind und nichts dafürkönnen, diese Versuchung zu spüren. Für die ist es schwierig. Es ist eine Prüfung.«

»Ja«, sagte Bettina, etwas irritiert von dem frommen Gesicht, das Grimm machte. Sie dachte nach. »Heißt das, der Herr Hansen glaubt gar nicht, dass es eine Krankheit ist?«

Kopfschütteln.

»Was glaubt er denn?«

Grimm sah sie an. Sie brachte es nicht über die Lippen.

»Er fühlt sich besessen?«, half Bettina.

Grimm senkte die Stimme. »Vor einiger Zeit war ich sogar seine Zeugin.«

»Ein Besessenheitsbeweis«, sagte Bettina zu Willenbacher, als sie draußen unter den Linden standen und alle, alle Leute gegangen waren. »Wir hatten recht. Das war es, was Mojo Hansen von Dr. Polanski wollte.«

Willenbacher sah sie an und schüttelte den Kopf.

»Wir haben eine Zeugin, Will. Im doppelten Sinne. Diese kleine alte Dame ist vor vier Jahren mit Mojo Hansen nach Speyer in die Gutachterpraxis gefahren und hat dort mit Katerina Polanski über Hansens Seele gesprochen.«

Willenbacher sah sie dunkel an. »Warum?«

»Er wollte seinen Exorzismus.«

»Er muss verrückt sein. – Die machen das wirklich nicht mehr, Bolle. Ich hab gestern eine Stunde mit dem Sektenbeauftragten telefoniert, es gibt niemanden in Deutschland, oder zumindest hier im Bistum Speyer, der Teufelsaustreibungen macht. Never ever. Das ist Geschichte.«

»In Italien wird es gemacht«, sagte Bettina. »Hat Hansen mir gesagt. Und wenn die es da machen, dann kann es hier in Deutschland nicht ganz und gar unmöglich sein.«

Er starrte sie an. »Wahrscheinlich hat dieser Irre darum die Maria angemalt und ist auf Nimmerwiedersehen verschwunden! Damit sich zumindest noch ein paar alte Damen um ihn sorgen!«

»Und das Mutterkorn hat er selbst in seine Pfeffermühle getan?« Sie hob die Tüte, die sie immer noch in der Hand hielt, und schüttelte sie vor Willenbachers Nase.

Er schubste das Teil weg. »Ich hätte ja zu gern mal in seinen Computer geguckt, aber der ist passwortgesichert.« Bei einem Suizidgefährdeten konnten sie Gefahr im Verzug annehmen und die Wohnung öffnen, aber mehr auch nicht. »Na ja, zumindest hab ich bei der ›Wüste‹ doch noch jemand sprechen können, der mir Auskunft geben wollte. Hansen hatte Privatnummern von Mitgliedern in seinem Notizbuch stehen. Bei denen ist er aber nie gewesen. Jedenfalls nicht dieses Wochenende.«

»Merkwürdig«, sagte Bettina. »Alle hatten den Eindruck, dass er da hinwill.«

»Ja … In eurem Gespräch, hat er da unsere Dr. Polanski erwähnt?«

»Nicht persönlich, nein.«

»Weil, die hat ja fürs Kirchengericht gearbeitet.«

»Und?«

»Rate, was Hansen früher war, bevor er hierhergekommen ist und ›Jugendwart‹ wurde.«

»Mönch?«

»Nicht ganz. Ich hab diese Neue, diese Juno Hamm drauf angesetzt, die war ziemlich fix. Ergebnis: Doktor Moritz Johann Hansen war, bevor er hierherkam, Offizialatsoberrat in Regensburg.«

»Was ist das?«

»Hohes Tier. Hauptamtlicher Kirchenrichter.«

»Was!«

»Ja, ein altes Foto von ihm steht noch auf einer Beratungsseite für Ehenichtigkeitsverfahren. Mit allen Titeln.«

»Und wie ist er hierhergekommen, weiß die Hamm das auch?«

»Nein, die Spur verliert sich. Lücke im Lebenslauf. Dann taucht er vor sechs Jahren hier wieder auf.«

»Tätowiert, abgemagert und besessen.«

»Besessen wovon?«, fragte Willenbacher.

6

Zu Hause, dachte Bettina, als sie etwas später die Tür zum Grünstadter Haus aufmachte. Die Eingangshalle war herrlich kühl und ihr Holz irgendwie organisch-beweglich, einfach anders als der feste Stein, der andere Häuser von innen zusammenhielt. Und dieser feuchte Film, der früher alle Oberflächen so widerlich gemacht hatte, schien nie da gewesen zu sein, dafür zeichneten ein paar Lichtstrahlen hübsche Muster aufs Parkett. Überzeugt war Bettina trotzdem nicht von dieser Heimat, konnte sie gar nicht, sie würde das alles hergeben müssen, so oder so. »So oder so«, sagte sie laut in die Eingangshalle, die antwortete mit beredtem Schweigen.

Dann suchte sie ihre Kinder, die waren aber ausgeflogen, ein Zettel auf dem Küchentisch sagte ihr, dass Sammy drüben bei Konstanze war und Enno »in der Stadt«, außerdem stand da eine Flasche Wein mit der lapidaren Notiz, die habe Konnys Vater gebracht.

Bettinas erster Impuls war, sie wieder zurückzubringen, dann dachte sie, dass dieser Typ ja nur darauf wartete, dass sie bei ihm vor der Tür stand, dann sah sie sich das Etikett an – irgendeine überkandidelte Dornfelder-Edelabfüllung –, dann öffnete sie die Flasche und probierte. Und dann schüttete sie das Zeug in den Ausguss und machte einen Portugiesen auf. Sonne, dachte sie, war das Geheimnis von trinkbarem Rotwein und sonst nix. Sie nahm die Flasche, ein Glas, die Tüte mit den trockenen Brötchen von gestern und ihr Laptop und setzte sich auf ihren kleinen Balkon in die Baumkronen. Dort prostete sie dem Nachbarhaus zu, das jetzt gerade nur aus einer Dachfläche und winzigen farbigen Wandabschnitten zwischen dick belaubten Ästen bestand. Sie schrieb einen kurzen Bericht über Al-Afghanis Obduktion, ahnend, dass Willenbacher einen Roman wollte, aber überzeugt, dass dieser Bericht so wenig Interpretation wie möglich zulassen sollte. Die Paranoia, die alle Verantwortlichen wegen des unglücklichen jungen Mannes befallen hatte, fand sie irrsinnig. Zumal sich die Öffentlichkeit weit weniger dafür interessierte, als sogar sie selbst geglaubt hatte: Ein kurzer Artikel in der Rheinpfalz, ein paar Notizen in den Überregionalen, einige Kommentare in diversen Foren, mehr gab der Pressespiegel aus dem Polizeiintranet nicht her. Sie hatte zweimal nachgeguckt, weil sie dachte, sie hätte die Hämmer übersehen, aber da war nichts. Keine langen Analysen, kein Aufschrei der Kampfbereiten für eine einfache Welt ohne den Glauben der anderen. Was sollten die aber auch schreien? Gut gemacht, Muhammad?

Als sie mit dem Bericht fertig war, hatte sich das Licht geändert und die Vögel sangen ein anderes Lied. Der Abend brach an. Sammy schickte Nachrichten, sie bleibe bei Konny, Enno teilte auf Anfrage mit, er habe morgen frei und sei auf einer Party, so musste sie kein Essen kochen. Sie inspizierte die Brötchentüte, fischte eine trockene Kümmelstange heraus und biss hinein. Krümel überall.

Es wurde dunkel auf ihrem Balkon, die Bäume erfüllten den Garten mit schwerem Duft. Sie hob den Blick und sah drüben auf der anderen Seite wieder den Lichtschein aus der Tür. Ein Schemen – Julius – wurde golden umstrahlt. Er bewegte sich nicht, stand nur da, in gespannter Haltung. Sie hätte schwören können, dass er sie anschaute. Dann hob er die Hand.

Bettina klappte vor Schreck das Laptop zu und presste ihr Telefon auf den Bauch. Licht aus, dachte sie.

Julius winkte. Dann machte er kehrt, verschwand in seiner eigenen Aura wie in einem Kaninchenloch, und der Schein erlosch. Sofort fühlte Bettina sich beunruhigt. Das hatte alles so entschlossen ausgesehen, als wäre das Winken kein Abschied, sondern eine Begrüßung gewesen.

Recht gehabt: Kaum hatte sie das Laptop und sich selbst nach drinnen befördert, klingelte es an der Tür. Sie hatte keine Lust aufzumachen. Vergiss es, dachte sie.

Es klingelte wieder.

Andererseits war Sammy drüben bei Konny, und sie konnte einen Nachbarn, der ständig ihre Tochter mitverpflegte und außerdem genau wusste, wie sehr sie da war, nicht gut ignorieren. Also begab sie sich widerwillig ins Klavierzimmer und schaute runter auf die dunkle Eingangstreppe. Ein Schemen, der nach Julius aussah. Würde er aufgeben?

Nein, er schaute hoch zu ihrem Fenster. Und sah sie. Bettina seufzte und machte das Fenster auf. »Ja?«

»Hi«, rief er. »Ich dachte, Sie sind noch auf.«

»Eigentlich schlafe ich schon«, log Bettina. Und gähnte. Falsch, aber egal. Er musste es nicht glauben, er musste es nur schlucken.

Trotzdem sah er aus, als ob er hereinkommen wollte, und dann sah er aus, als ob er nach Worten suchte. Unwahrscheinlich, bei diesem Mann. Sie wartete das Ergebnis nicht ab. »Wofür war der Wein?«, rief sie. Ein Danke brachte sie aber nicht über die Lippen.

»Im Grunde genommen für Elfriede«, antwortete er erleichtert, »als Leihgebühr für den Rasenmäher, das hab ich heute Morgen total vergessen. Aber das ist das Mindeste.«

»Er hätte ihr bestimmt geschmeckt«, sagte Bettina aufrichtig.

»Schmeckt er denn Ihnen?«

»Haben Sie mich am Balkon gesehen?«

»Sie sitzen da manchmal, nicht?«

»Und Sie stehen da manchmal.«

Er schüttelte den Kopf und lächelte. So sehr, dass es sogar von hier oben sichtbar war.

»Gute Nacht«, sagte Bettina. »Ich muss jetzt echt.« Und machte das Fenster wieder zu.

In der Nacht fühlte sie sich zum ersten Mal, seit sie hier eingezogen war, allein. Die Kinder waren nicht da, niemand war da – weit und breit! Tief unten im Keller wartete außerdem ein ungelöstes Rätsel, doch den Mann, der willens war, es mit ihr zu lösen, hatte sie weggeschickt. Und das alte Gemäuer, das ihr sonst so schamlose Avancen machte, schien irgendwie anderweitig engagiert. Ihr Schlaf war unruhig, die Bettwäsche klamm, das Kissen klumpig, und dann träumte sie von knarrenden Dielen, verstohlenen Schritten und Augen, die sie beobachteten. Wer ist das?, fragte sie ihr Haus im Schlaf. Warum tust du nichts dagegen, glaubst du, so kannst du bei mir Gutwetter machen? Möchtest du nicht, dass ich hierbleibe?

Aber wirst du das?, fragte das Haus zurück.

Darauf konnte Bettina nichts antworten, darum wachte sie auf, total in die Bettdecke verknotet. Die Luft im Zimmer war schwül und drückend, sie fror trotzdem. Und irgendwo im Haus quietschte etwas, wie eine Tür.

Es dauerte Sekunden, bis Bettina das richtig erfasst hatte, und dann lag sie ganz still und fragte sich, was sie gehört hatte. Das Haus? Einen Einbrecher? Sie lauschte angestrengt und hatte das Gefühl, dass gar nicht weit weg irgendwer genau dasselbe tat. Als sie schließlich wieder kurz vorm Wegdämmern war, knarrte es draußen im Flur. Sie schrak auf, plötzlich hellwach. Erhob sich. Stieg aus dem Bett. Riss die Tür auf.

Na gut, machte die Tür auf, langsam, aber entschlossen. Ihre Hand zitterte, merkte sie. Und an der Klinke war wieder dieser feuchte Film.

Dann schaute sie hinaus in den Flur: natürlich nichts außer Finsternis. Sie hätte gern das Licht angeschaltet, das ging aber nicht von der Tür aus, weil die Flurlichtschalter (es gab nur zwei) zehn Meter weiter vorn am Treppenhaus angebracht waren, altes Haus eben. Und hatte sich dort nicht etwas bewegt? Da war doch eine Veränderung, der Schatten eines Schattens, der die Treppe hinunterglitt? Müsste die dann aber nicht knarren? »Hallo?«, sagte Bettina in den langen, dunklen Flur.

Es klang ängstlich und klein.

Wieder schien sich dort vorn etwas zu bewegen. Sie musste nachsehen, das wusste sie, doch einfach ungeschützt in die Gefahr hineinlaufen, das ging auch nicht. Wenn dort wirklich jemand war, dann brauchte sie eine Waffe. Zumindest Licht. Also zurück in ihr Zimmer. Wenigstens die Taschenlampe musste sie doch hierhaben, das Problem mit den Schaltern hatten sie ja nicht erst seit gestern, und für nachts aufs Klo, da hatten sie doch – genau.

Sie griff die Taschenlampe, knipste sie an, eilte zur Tür, zum Treppenhaus. Dort war niemand. Aber in der Luft stand ein Geruch, den sie kürzlich erst gerochen hatte. Irgend so was Kerniges, Siegesgewisses. Ein Männerparfüm.

Am Morgen wusste sie erst einmal nicht, wo sie war, so fremd kam ihr das Bett vor. Dann fuhr sie hoch, voller Angst, ohne zu wissen, woher das Erschrecken kam: Hatte sie etwa verschlafen? Wo waren die Kinder? Schließlich wurde ihr klar, dass sie in einem hell erleuchteten Zimmer im alten Grünstadter Haus lag. Es war Viertel vor sechs, der Wecker würde in zehn Minuten klingeln. Die Kinder waren nicht in Gefahr. Niemand hatte sie entführt oder ihr Haus angezündet. Sie war warm, trocken und sicher. Und jetzt musste sie aufstehen und zur Arbeit gehen.

7

Montagmorgen: Putzen. Daran würde sich natürlich nichts ändern. Elle stand auf dem Kirchplatz, hatte gerade aufgesperrt, schaute in den ziemlich grauen Himmel, klimperte mit den schweren Schlüsseln, die ihr der alte Forell gestern anvertraut hatte, und roch den wunderbaren Duft der Linden. Er kündigte Regen an. Sie mochte den Platz. Er war eine Blase in der Zeit: Kirche, Lindenallee, Pfarrhaus. Letzteres sah heute ein bisschen leer aus, aber es war hübsch wie immer, der Garten lässig verwildert, die Pforte einladend angelehnt, doch die Fenster, dachte Elle plötzlich, sind dunkel.

Ob sie nicht doch mal nach Manuel schauen sollte?

Seine Einschränkungen waren nicht geistig, das hatte Ina ihr oft auseinandergesetzt. »Nicht geistig« bedeutete aber keineswegs, dass es keine Krisen gab. Der Geist konnte auch durch psychische Probleme, anatomische Ausfälle oder eine aggressive Medikation lahmgelegt werden. Es war arrogant, zu glauben, man müsste den Patienten nur auf eine Almwiese stellen und dann würden die Gesellschaft eines Landkindes und die gute Bergluft den Rest besorgen. Tatsächlich waren Kranke mit Hypophosphatasie schwierig, das Leiden grausam und eventuell irgendwann tödlich. So weit, so furchtbar, dachte Elle, während sie das heute so merkwürdig stille Haus von außen betrachtete. Aber was tat Manuel eigentlich, wenn er nicht einfach nur krank war?

Sie betrat den Vorgarten, die Treppe, klingelte.

Nichts.

Sie klingelte wieder.

Hinter der Tür tat sich etwas. Geräusche.

Sie klopfte.

Die Tür schwang nach innen auf. Es wurde nicht geöffnet, es war nur einfach nicht richtig zu gewesen. Elle tat einen Schritt in den dunklen Flur. »Manuel?«

»In der Küche«, rief er. »Wer ist da?«

»Ich bin's, Elle Kling, ich wollte nur mal sehen, wie es dir geht.« Sie betrat die helle Küche und erkannte schemenhaft Manuel, der am Tisch saß.

»Ich lebe noch«, sagte er ernst. Elle fragte sich sofort, die Hundertwievielte sie war, die hier vorsprach. Vermutlich waren alle Möchtegernkrankenschwestern des Ortes in den letzten beiden Tagen in diesem Haus vorstellig geworden.

»Brauchst du was, soll ich dir irgendwas bringen?« Jetzt, da sie an das Licht gewöhnt war, sah sie, dass Manuel vor einem Buch saß, schwarz gebunden mit Goldschnitt, ein Liederbuch, vermutlich das Gotteslob.

»Nein danke.« Er schaute hinein, summte kurz, besann sich dann und schaute Elle an.

»Und, was gibt's Neues von Gott?«, fragte sie freundlich.

Er wirkte ruhiger als gestern. Nach kurzem Zögern sagte er: »Gott will nicht, dass Alice hierherkommt.«

»Oh«, sagte Elle. »Aber du – ich denke, die ist echt süß. Und sie braucht euch jetzt. Ihr seid ihre Familie.«

»Nein«, sagte Manuel. »Pia ist ihre Familie.«

»Soviel ich weiß, ist die momentan krank, aber das wird sie ja nicht immer bleiben.«

Manuel blickte in das Buch, als ob er dort etwas nachläse. Dann sagte er kategorisch: »Alice soll hier nicht hinkommen.« Plötzlich sah er überhaupt nicht mehr aus wie der bedauernswerte Junge, den sie kannte, sondern wie ein altersloser, ja – Heiliger, ein asketischer, leidenschaftlicher Spiritueller mit einem eindringlichen Blick, der den Grund ihrer Seele erfassen und die womöglich in Stücke reißen konnte. Hammer.

Elle nahm sich einen Stuhl etwas weiter von Manuel entfernt, als sie vorgehabt hatte. Seine Aura war heute fast zudringlich und changierte beunruhigend von Grünlich-Silbern nach Tiefschwarz. »Alice wird sich freuen, dass sie einen Onkel wie dich hat«, sagte sie vorsichtig und versuchte ein Lächeln. »Freust du dich denn nicht auf sie?«

Manuel seufzte. Er saß kerzengerade. »Natürlich.«

»Aber?«

»Gott will nicht, dass sie hierherkommt.«

»Warum nicht?«

Jetzt tastete er unwillkürlich nach einer Plastiktüte, die neben dem Buch auf dem sonst leeren Tisch lag.

»Vielleicht hast du Gott nicht richtig verstanden«, gab Elle zu bedenken.

»Doch«, sagte Manuel fest. Sein Blick brannte in ihrem.

»Okay … also wenn Alice trotzdem kommt – was kann schlimmstenfalls passieren?«

»Der Teufel kann sie holen.«

Der Teufel. Elle starrte ihr Gegenüber kurz an. Er meint es ernst, schloss sie dann. »Wie soll er das machen?«

Manuel schwieg, schaute weg und ins Buch.

Die Reaktion gefiel Elle nicht. Sie beugte sich zu ihm vor. »Sag mal, wie doll könnte der – Teufel Alice was tun?«

Er schaute auf. Sah sie wieder so eindringlich an. Schwieg, aber nicht mehr gleichgültig. Und schwieg noch mehr.

Ich muss mit Ina reden, dachte Elle. Aber so was von. »Er darf ihr nichts tun«, sagte sie fest und stand auf.

»Ja«, sagte Manuel lahm. Die fiese Aura verblasste.

Elle betrachtete ihn unschlüssig. Eigentlich konnte sie so nicht gehen, aber was sollte sie sagen? Sie griff nach der Tüte, ein schmuddeliges altes Ding, gehörte in den Müll.

»He, brauch ich!«

Sie ließ die Tüte los, blieb stehen, suchte nach Worten, um weiterzureden. »Okay, das wollte ich eh noch fragen: War Mojo vielleicht inzwischen da?«

Manuel schüttelte den Kopf.

»Aber am Freitagabend war er hier?«

»Ja.«

»Hat er irgendwas gesagt, wo er hinwill?«

»Nur, dass er wegmuss.«

Elle legte den Kopf schräg. »Wann genau hast du ihn zuletzt gesehen?«

»Zuletzt … ich weiß nicht, wie spät es war. Ich konnte nicht sehen, wie hell es ist.«

»Wieso nicht?«

»Das war in der Krypta.« Manuel sah auf und schien fast erschrocken über seine eigenen Worte.

»In der –«, Elle hätte sich fast wieder gesetzt, »– und Mojo war da auch?«

Hastig zog Manuel die Plastiktüte an sich.

»Manuel?«

»Ich muss aufs Klo«, sagte er, plötzlich in einem anderen, viel jämmerlicheren Ton. Seine gerade Haltung war dahin, die Flecken auf seiner Haut auf einmal viel deutlicher, die Haare eklig dünn und fettig. Er begann zu zittern, schien ein anderer zu sein.

»Moment mal –«

»Schnell.« Er erhob sich mühsam.

»Okay, soll ich –«

»Nein.«

»Gut, dann …«, sagte Elle, frustriert von der Wendung des Gesprächs.

»Tschüss«, sagte Manuel und ihr Ekel war so groß, dass sie wirklich sofort das Haus verließ – schnell, bevor sie Zeugin eines Malheurs wurde.

Draußen dachte sie, dass sie, Klo hin oder her, diese Kryptasache nicht einfach so auf sich beruhen lassen konnte. Mojo in der Krypta? Wann? Aus welchem Grund? Und Manuel schlich im Kirchenkeller herum wie der Glöckner von *Unsere Liebe Frau* …?

Beherzt kehrte Elle um und wollte das Haus erneut betreten, doch jetzt war die Tür verschlossen.

Oh Göttin. Elle rief, klingelte Sturm und hieb gegen die Tür, mehrfach, doch es tat sich nichts mehr. Schließlich ließ sie ab und erkannte, dass sie nur eins tun konnte: in der Krypta nachsehen.

Die frühgotische *Unsere Liebe Frau* besaß an der Nordseite der Apsis ein kleines Nebengebäude, in dem sich Sakristei, Zugang zu Dachboden und Turm und die Tür zur Krypta befanden. Dieser Anbau war etwas windschief und verwinkelt und insgesamt seltsam, zum Beispiel ragte ein schwarz angelaufenes uraltes Bleirohr in Augenhöhe unerklärlich aus der Sakristeiwand. Gleich daneben war vor Jahrhunderten eine Tür zugemauert worden. Das Ganze lag, von außen sehr unauffällig, im schattigsten Teil der Anlage. Hier stank es manchmal nach Urin, ab und zu musste Müll weggesammelt werden, und alles war mit grünkühlem Efeu überzogen. Einen direkten Zugang zur Sakristei gab es wegen der vermauerten Tür nicht mehr, aber eine – eigentlich sehr schöne – Holztür zur Krypta.

Der Schlüssel zu dieser Tür musste irgendwo an dem dicken Schlüsselbund hängen. Elle fand ihn und schloss auf. Knarrend schwang das alte Holzblatt unter dem Druck ihrer Hand nach innen und gab drei Stufen in eine pechschwarze Finsternis frei.

Taschenlampe, dachte Elle und kramte ihr Handy aus der Gürteltasche, während die Tür wieder zuschwang. Sie versuchte, das schwere Blatt innen irgendwie zu fixieren, doch das war unmöglich. Wegen des Höhenunterschieds hätte sie einen riesigen Keil oder Stein gebraucht. Schließlich gab sie auf, ließ die Tür hinter sich zufallen und leuchtete sich mit ihrer fahlen Handyfackel einen Weg ins Dunkle. Vor einigen Jahren hatte sie mitgeholfen, hier zu entrümpeln, und war jetzt sehr dankbar für die Leere, denn sie fand, dass dieser Keller auch ohne mannshohen Plunder und gefährliche Stolperfallen schon unheimlich genug war: Es gab keine elektrische Beleuchtung, sie musste ständig aufpassen, dass sie sich nicht an den Graten der niedrigen Decke stieß, zudem konnte sie jederzeit, was ihr misshagte, einen Schritt auf eine der drei historisch interessanten Grabplatten setzen, weil die einfach zum Bodenbelag gehörten. Am gruseligsten aber war, dass ihr kleines Licht nicht bis ans Ende des großen Kellers reichte. Die Schatten tanzten über die Wände, hinter jedem dicken Stützpfeiler mochte ein Wesen, ein Versteckter, ein Mojo sitzen. Zunehmend fahrig schritt Elle alles ab: kein Mojo.

Nichts wie raus hier, dachte sie schließlich.

Sie rannte fast zur Tür.

Da erkannte sie aus den Augenwinkeln in der Ecke, wo es hoch zur Sakristei ging, eine versteckte Treppe.

Diese Treppe hatte ihr damals keiner gezeigt. Und sie selbst hatte nicht nach Geheimgängen gesucht. Dabei war dieser Aufgang bei näherem Hinsehen gar nicht mal so schmal, nicht vergleichbar mit der Stiege hoch zum Turm, wo sich eine vernünftig ernährte Frau in den Fünfzigern an beiden Seiten die Ellenbogen stieß und Beklemmungen kriegte. Nein, auf dieser Treppe konnte sie bequem stehen. Ihr Handylicht zeigte rötliche Sandsteinstufen, die an einer Holzwand endeten.

Sonst nichts.

Das konnte ja nicht sein. Elle warf einen Blick auf die Akkuanzeige ihres Handys und erschrak. Wenn da was war, dann musste sie es schnell finden. So betrat sie den seltsamen Aufgang und erwartete fast, dass wieder irgendetwas hinter ihr zufiel, doch alles, was sich änderte, war die Akustik. Sie merkte es an ihrem lauten Atmen. Diese Treppe hörte sich jetzt doch eng an. Und das Holz vor ihr … war eine Tür.

Bingo.

Da links an der Seite befanden sich Scharniere und rechts in Griffhöhe ein unauffälliges Loch.

Elle probierte die Schlüssel durch.

Der dritte passte.

Sie musste die Tür in ihre Richtung ziehen, was umständlich war. Und dann wäre sie fast die Treppe runtergefallen, weil … da plötzlich jemand vor ihr stand. Jemand ohne Kopf. Und noch einer, und ein dritter. Dürre, glitzernde Gestalten. Goldfäden schimmerten an ihren Umhängen …

Elle wich rückwärts die Treppe runter, voll Angst, dass ihr Licht plötzlich ausging, den Blick immer auf die dürren Figuren gerichtet, die sie am Ende verfolgen würden. Erst am Fuß der Treppe erkannte sie, dass es nur Kleidungsstücke waren.

Messgewänder.

An einer Kleiderstange.

Dies war der Schrank in der Sakristei. Was hatte sie erwartet?

Ihr Licht verlosch.

* * *

Die Praxis Rotenmorgen war viel weniger imposant, als Bettina sie sich vorgestellt hatte, kein kühler Businessbetrieb mit supergediegener Ausstattung, eher ein bisschen verwinkelt in einem alten Stadthaus in Speyer, hübsche Dielenböden, altmodische Kunstplakate in längst vergriffenen IKEA-Rahmen, ein Wartezimmer mit vielen Kinderspielsachen. Dass hier siebzehn verschiedene Psychologen und Psychiaterinnen sicher sehr einträglich praktizierten, zeigte sich eher an der Adresse (Fußgängerzone mit Blick auf den Dom) und den diskreten Schildern, die auf verschiedene Abteilungen innerhalb der Praxis hinwiesen. Und an dem großzügigen Eingangsbereich. Der Empfangsmensch, ein freundlicher Mann mittleren Alters, war auch keineswegs geschockt von dem unangekündigten Besuch zweier Kripobeamter und zweier Uniformierter. »Da gehen Sie am besten gleich rein zu Dr. Rotenmorgen«, sagte er umstandslos. Dann streifte er die uniformierten Kollegen mit einem nachsichtigen Blick und fragte: »Kommen die mit?«

Die Psychiaterin Dr. Eva Rotenmorgen stand zur Begrüßung nicht auf, sondern blieb ruhig hinter ihrem Schreibtisch sitzen, eine untersetzte Frau mit schönem, sehr glattem weißem Haar, das sie in einem schicken kinnlangen Schnitt trug. Ihr Raum war klein und stand voller Pflanzen, »und ich habe keine Couch«, sagte sie lächelnd. »Wir analysieren zwar, aber wir sind keine Therapeuten. Und ich selbst hab sowieso nur noch ganz wenige Termine. Eine muss ja auch Verwaltung und Öffentlichkeitsarbeit machen.« Sie blickte Bettina und Willenbacher freimütig an und sah aus wie eine vormals gefürchtete, jetzt altersmilde Schuldirektorin.

Willenbacher sagte von Chef zu Chefin, das kenne er. Niemand erwähnte die beiden Uniformierten, die draußen darauf warteten, eine Akteneinsicht durchzusetzen und im Zweifelsfall Schränke mitzunehmen. Dann erklärte Willenbacher, dass sie an Dr. Polanskis Akten müssten und einen Durchsuchungsbeschluss hatten.

Die weißhaarige Ärztin nahm das Dokument und las sehr genau. »Es wird eine Zeitlang dauern, das abzurufen, die Akten sind inzwischen alle archiviert«, sagte sie und setzte freundlich hinzu: »Wenn Sie angerufen hätten, dann hätten wir sie vorbereiten können.«

Darauf ging Willenbacher nicht ein. »Wir würden Sie gern zu Dr. Polanski befragen, wenn das möglich ist«, sagte er.

»Natürlich«, war die Antwort. »Wissen Sie inzwischen, was mit ihr geschehen ist?«

»Darum sind wir hier.«

»Wie ich Ihre Kollegen damals verstanden habe, wollten Sie den gewalttätigen Ehemann verhaften, konnten ihm aber nichts nachweisen?«

»Es gibt neue Aspekte«, sagte Willenbacher kurz.

»Na gut – möchten Sie ihr Arbeitszimmer sehen?«

»Ja«, machte Willenbacher irritiert, er hatte mit viel mehr Widerstand gerechnet.

Rotenmorgen sah ihn aufmerksam von der Seite an, dann schob sie sich in einem Rollstuhl, der vorher überhaupt nicht aufgefallen war, um ihren Schreibtisch herum an die Tür. »Kommen Sie?«

Sie mussten raus in den Hof (wunderschön) und über eine Rampe in einen kleinen Fachwerkanbau, in dem noch zwei Büros untergebracht waren, beide mit offenen Türen, in einem saß ein Mann und telefonierte, das andere war unbesetzt, aber dass dort regelmäßig gearbeitet wurde, war auf den ersten Blick erkennbar. Ordentlich sortierte Papiere, Stifte und Ablagekörbe warteten auf ihren Einsatz.

»Das ist unsere Kirchenabteilung«, sagte Rotenmorgen ohne Spott. »Drüben der Herr Zubrot, hier leider nur Vertretungen. Die haben wenig Laufkundschaft, daher konnten wir sie ein bisschen abseits unterbringen, wo sie ihre Ruhe haben.«

»Sie arbeiten viel für die Kirche?«

»In Speyer gibt es fast mehr Bedarf als Kapazitäten. Hier befindet sich ein Kirchengericht.«

»Und in diesem Zimmer hat Katerina Polanski gearbeitet?«, fragte Bettina und schaute zweifelnd auf die Papiere.

»Jetzt ist natürlich alles längst umgeräumt, aber ehrlich gesagt sind wir da momentan unterbesetzt. Katerina fehlt uns, wir hatten große Hoffnungen in sie gesetzt. Diese Arbeit erfordert ein gewisses – Gespür, das nicht jeder mitbringt. Tatsächlich ist es nicht leicht, den Posten langfristig zu besetzen, aber wir wünschen uns das. Kontinuität.« Die Ärztin seufzte.

»Man muss katholisch sein, um das zu tun?«, fragte Bettina.

»Absolut nicht, aber es ist von Vorteil, wenn Sie die spezielle Logik verstehen, die hinter dem Kirchenrecht steht. Es ist ein hermetisches System.« Rotenmorgen sah offen in Willenbachers zunehmend verschlossenes Gesicht. Sie grinste kurz. »Ja – wenn Sie mir als Studentin gesagt hätten, dass ich mal für die arbeite, dann hätte ich Sie ausgelacht. Echte altlinke Salonsozialistin. Aber wie das so ist – mit ein bisschen Interesse merkst du, dass es überall auf der Welt noch andere Wahrheiten gibt. Katerinas Vorgängerin war eine beeindruckende Persönlichkeit. Sie hat mich überzeugt, dass wir Menschen wirklich helfen können, auch spirituell, wenn wir sie befähigen, ihre Kirchenprozesse auszufechten.«

»Hm«, machte Willenbacher.

»Also Scheidungen?«, übernahm Bettina.

»Ehenichtigkeitsverfahren. In der Hauptsache, ja.«

»Und in der Nebensache? Wir interessieren uns für einen

bestimmten Klienten Dr. Polanskis. Der war nicht verheiratet, hatte aber mehrere Termine bei ihr. Persönlich. Hier. Ein Herr Doktor Moritz Johann Hansen?«

»Natürlich«, sagte Rotenmorgen ohne das geringste Zögern. »Ein interessanter Typ. Ich erinnere mich gut an ihn.«

»Warum?«

Rotenmorgens Blick flutschte zur Tür. »Würden Sie gerade mal zumachen?«, bat sie Willenbacher.

Der sah Bettina an.

Alles klar, Chef, dachte die und erhob sich. Vor dieser Rotenmorgen brauchen wir also Bestätigung. Sehr wohl. Sie schloss die Tür.

»Wir besprechen unsere Fälle eigentlich im Team, aber erstens nicht alles und zweitens ist der Herr Zubrot Externer«, sagte Rotenmorgen, die Bettinas Bewegungen mit leicht spöttischer Miene folgte. »Also. Sie haben ja Akteneinsicht – übrigens hatte ich den Herrn Hansen damals auch Ihren Kollegen gegenüber erwähnt.«

»Als persönlichen Klienten von Dr. Polanski.«

»Genau.«

»Und was wollte er?«

»Haben Sie ihn das nicht gefragt?

»Wir werden ihn noch einiges fragen.« Willenbacher beugte sich zu ihr. »Unter anderem zu diesem Besessenheitsbeweis, den er von Ihnen wollte.«

Sie sah ihn an. Bestritt es nicht.

»Wie beweisen Sie Besessenheit?«

»Es gibt kein Standardverfahren. Hansen war unser erster derartiger Klient.«

Willenbacher begann unruhig mit dem rechten Bein zu zucken. »Und wie sind Sie herangegangen?«

Die Ärztin holte Luft. »Sie können das alles nachlesen –«

»Können Sie es uns nicht einfach erklären?«

»... aber ich kann Ihnen auch einen kurzen Überblick geben.« Sie lächelte ein Direktorinnenlächeln, das sich gewaschen hatte.

»Bitte«, knurrte Willenbacher.

»Sie müssen verstehen, dass Teufelsaustreibung in Deutschland nicht mehr üblich ist. Das würde voraussetzen, dass es Teufel gibt. Konkrete Wesenheiten, die sich Ihrer bemächtigen, die Sie besetzen, die Sie quälen und die andere durch Sie quälen.«

»Ist das so weit hergeholt?« Willenbacher sah ungeduldig aus. Er war echt nicht in Form.

»Das Böse an sich würde wahrscheinlich kein Katholik anzweifeln. So wie die wenigsten Polizisten.« Diesmal blieb Rotenmorgens Lächeln fast unsichtbar. »Es geht um die Art, wie es sich manifestiert. Je konkreter Sie es sich vorstellen, desto leichter ist die Vorstellung zu missbrauchen. Wenn Sie erst mal in irgendwem einen Teufel ausgemacht haben, dann ist es nicht weit bis zur Verfolgung dieser Person. Es gibt sehr gute Gründe dafür, dass in Deutschland keine Dämonen mehr ausgetrieben werden. Allerdings lindert das nicht die Not derjenigen, die sich besessen fühlen.«

»Hansen fühlte sich besessen?«, warf Bettina ein.

»Zumindest hat er es hier eine Weile gut gespielt.« Die weißhaarige Ärztin hob die Hände. »Ich bin eine Zweiflerin. Katerina hat ihm geglaubt. Und sie war die mit der Expertise. Sie konnte von innerhalb des Systems urteilen, das ist mir unmöglich.«

»Wieso denken Sie, dass er gespielt hat?«

»Er ist promovierter Kirchenjurist. Mein ketzerischer Verdacht ist, dass er mit unserer Hilfe einen Präzedenzfall ausfechten wollte. Nur dass es ihm dann am Ende doch zu anstrengend war.«

Präzedenzfall? »Haben Sie ihn mal getroffen?«, fragte Bettina.

»Ja natürlich. Er ist ein optisches Ereignis.«

»Ich konnte kaum glauben, dass er einen Doktortitel hat!«

Feines Lächeln. »An diesem Punkt hat auch Katerina angesetzt. Hansens Leben weist einen tiefen Bruch auf, und Katerina sah darin Hinwendung, Hadern, eine übermächtige persönliche Verstrickung.« Ihre Augen funkelten. »Ich fand es eher faszinierend, was für ein Sprengpilz der Glaube sein kann. Hansen, der katholische Überflieger, hat sein Damaskuserlebnis – paff!«, sie hieb die rechte Faust in die Linke, »und der Hansen, den wir kennenlernen, ist ein zutiefst spiritueller Mystiker, der sich von aller Bildung befreien will, jeder Wissenschaft misstraut und sich aus freien Stücken in die Unterwelt begibt.«

»Aber ist es da nicht seltsam«, hakte Bettina ein, »dass er erst mal Ihre Meinung einholt? Also quasi um Erlaubnis bittet? Für ein – ist es nicht nur ein Gebet …?«

»Er wollte nicht die Erlaubnis, sondern den Exorzisten. Den muss der Bischof ernennen. Und das würde der extrem ungern tun.« Rotenmorgen krauste die Stirn. »Die offizielle Linie der deutschen Kirche ist da ganz klar: Dämonen mag es geben, aber wir haben noch keinen getroffen. Die halten sich bedeckt. Die Rechnung hat ja auch Hansens Gemeindepfarrer bezahlt.«

»Wer, der Pfarrer Lux?«

»Ja, genau. Lateinischer Name. Der war mal hier. Es war fast rührend. Ein in seinem Glaubenskosmos ganz wunderbar aufgehobener Geistlicher … Sein Vertrauen auf Hansens Charisma war groß. Und er wollte alles richtig machen.« Rotenmorgens Blick glitt ins Weite.

»Sie meinen, er wollte ein guter Hirte sein und vorbeugen, damit Hansen keinen Ärger mit der Kirche kriegt? Hat sein Schäfchen deshalb zu Ihnen in die Praxis gebracht?«

»Nein. Hansen war die treibende Kraft. Aber Sie haben recht, ich hab mich tatsächlich gefragt, ob der Lux auch eigene Absichten hegte. Wir haben ja schon unsere Preise …«

»Wie, er hatte ein persönliches Interesse?«

»Der Exorzismus ist ein mächtiges spirituelles Werkzeug. Ich denke, Lux wollte es zur Verfügung haben. Vielleicht einfach aus Machtbewusstsein. Eventuell aber auch für jemand anderes aus seiner Gemeinde, der nicht so frech und eloquent wie Hansen ist.«

»Also das –«

Sie wurde von Willenbacher unterbrochen. »Wie würde so ein Fall denn korrekt ablaufen?« Sein Bein zuckte immer noch, und er schien vom geschlechtsspezifischen Ungleichgewicht in den

Redeanteilen gereizt. »Wer würde es beauftragen, wer würde es bezahlen, und was würden Sie überhaupt untersuchen?«

Die Ärztin musterte ihn vage amüsiert. »Zahlen würde jedenfalls nicht der Gemeindepfarrer aus seiner Privatschatulle. Wer genau es übernehmen würde, weiß ich ehrlich gesagt gar nicht, vielleicht sogar die Krankenkasse des Betroffenen, je nachdem, ob da eine psychiatrische Indikation vorliegt. Nur deswegen konnte Katerina ja diesen Auftrag annehmen: weil sie Ärztin war. Ansonsten zahlt der, der bestellt, dann vielleicht der Patient selbst oder sogar das Ordinariat, je nachdem, wie wichtig es denen ist.«

»Lux war es wichtig«, mutmaßte Bettina.

Rotenmorgen nickte. »Hansen auch. Und vor allem war er derjenige, der wusste, wie es geht. Wir sind die Ersten, die überzeugt werden müssen. Nur wenn wir einen Dämon nicht ausschließen, werden wir eine entsprechende Empfehlung an den Bischof ausstellen, und dann fängt der überhaupt erst an, über Handlungsbedarf nachzudenken.«

»Und wie *genau*«, fragte Willenbacher mit verschränkten Armen, »schließen Sie den Dämon nicht aus?«

Rotenmorgen schenkte ihm ein kleines Lächeln. »Ganz einfach. Die katholische Kirche hat klare Kriterien für Besessenheit. Sie kennt drei Nachweise: Der *Energumene*, also der Besessene, spricht und versteht fremde Sprachen, außerdem kennt er streng gehütete Geheimnisse – oder er entwickelt Kräfte, die über seine Fähigkeiten und am besten gleich über die Naturgesetze hinausgehen. Eins davon muss mindestens gegeben sein.« Ernst fügte sie an: »Einmal überm Bett schweben und Nägel kotzen, und Sie sind dabei.«

»Das hat der Hansen hier performt?«, fragte Bettina.

Rotenmorgen grinste. »Sie kriegen die Gesprächsprotokolle. Ob Ihnen das was bringt, weiß ich allerdings nicht, denn im Grunde war es ein theologisches Ringen.«

»Also der Hansen hat dagesessen und – was gemacht? Um sich geschlagen? Altgriechisch geflucht?«

»Mit dem Altgriechisch könnten Sie richtig liegen … Nein, wir haben natürlich keine Dämonen beschworen. Und nach allem, was ich gelernt habe, ist ein gewöhnlicher katholischer Exorzismus, wie man ihn vielleicht in Italien oder Polen oder den USA praktiziert, keine so ungeheuer spektakuläre Sache. Es ist, wie Sie sagen, ein Gebet. Mit einer Sitzung ist es auch oft nicht getan, teilweise wird das über Jahre wiederholt … Das Ungeheuerliche ist eher der Glaube, dass es nötig ist.«

»Aber was passiert konkret?«

»Na ja, Sie gehen mit dem Exorzisten, der muss Priester sein, in einen geweihten Raum, am besten eine Kirche, oder eben in das Zimmer, das der Exorzist eigens dafür unterhält. Er braucht ein Kreuz, Heiligenbilder, vielleicht einen Rosenkranz, Weihwasser. Normalerweise haben Sie einen Zeugen dabei, dann setzen Sie sich hin und der Priester spricht eine Befreiung aus dem *Rituale Romanum* über Sie. Das ist alles.«

»Und wo ist der Dämon?«

»Den sollten Sie in diesem Moment parat haben, damit er vertrieben werden kann.« Rotenmorgen sah auf und seufzte. »Ich spotte.« Sie beugte sich vor. »Wenn Sie etwas mit sich herumtragen, das ganz und gar unaussprechlich ist, so schlimm, dass Sie es niemandem beichten oder vorwerfen können, ohne sich selbst völlig zu demontieren, dann kann ein Exorzismus eine lebenserhaltende Maßnahme sein. Er ist ja gerade keine Beichte und auch kein Zeugenstand. Sie fluchen meinetwegen wirklich und schlagen um sich, Sie gehen völlig aus sich heraus, altgriechisch oder sonst wie, können sagen, was immer Sie wollen, aber Sie müssen nicht an das rühren, was Sie zerstören würde. Oder: Sie sind suizidgefährdet. Natürlich wissen Sie: Es ist eine Krankheit, es ist Ihr Gehirn, es geht vorbei, aber bis Sie sich das alles erklärt haben, sind Sie in der akuten Phase längst vor den Zug gesprungen. Wenn Sie dagegen in diesem Moment die böse Fratze sehen können, die Sie lockt, dann mobilisieren Sie viel schneller Widerstand und haben einen Überlebensvorteil. Das Gleiche gilt, weniger drastisch, auch für andere Zwangsvorstellungen. Da geht's manchmal um Sekunden, da kommen Sie mit dem Intellekt nicht hinterher, da brauchen Sie Bilder. Für all das sind Teufel gut.«

»Hat Dr. Polanski das auch so gesehen?«

»Nein, sie war geneigt, an echte Dämonen zu glauben. Am Ende vielleicht sogar mehr als Hansen selbst.«

»Wie das?«

»Sie war die Hüterin ihres Systems. Hansen dagegen … Sie sagten es: Er ist kein Mensch, der eine Erlaubnis braucht. Ich glaube, am Ende hat er beschlossen, dass es einfacher ist, selbst der Exorzist zu sein. Katerina dagegen wollte alles so lange drehen, bis es in ihr Bild passte. Ihr Hauptargument war, dass so eine feindliche Entität erst einmal um Anerkennung kämpfen müsste, damit sie im Diesseits etwas ausrichten kann. Ein Dämon in unserer Welt würde den Dialog mit der Kirche nicht fliehen, sondern suchen. Und nicht nur das.« Rotenmorgen seufzte. »Katerina *wollte* diesen Dialog führen. Ich glaube, sie dachte, sie hätte ein Fenster ins Jenseits entdeckt. Sie war vielleicht ein bisschen zu allein bei uns. Es ist eben schon ein Unterschied, ob Sie einen Glauben nur tolerieren oder wirklich teilen.«

»Kann es dann nicht sein, dass sie privat Kontakt zu Hansen gesucht hat?«

»Nein. Sie wollte ja gerade in ihrem Rahmen bleiben.«

»Als Dr. Polanski verschwand, hatten Sie da den Verdacht, dass Hansen etwas damit zu tun haben könnte?«

»Nein, der Eklat mit Hansen war im April, und Katerina haben wir im Oktober darauf zuletzt gesehen. Das lag zeitlich weit auseinander.«

»Ein Eklat?«

»Katerina hat einen Drogentest mit ihm gemacht. In diesem Fall war das unbedingt angezeigt. Und der war positiv.«

»Auf LSD«, sagten Willenbacher und Bettina. Unisono.

Rotenmorgen blickte auf. »Genau! Dann wissen Sie sicher auch, was er uns vorgeworfen hat.«

»Nein?«

»Wir hätten den Test gefälscht, seien vom Bistum oder sogar einer geheimen synodalen Splittergruppe bezahlt, die sich nicht anders zu helfen gewusst hätten, als uns zu kaufen.« Blick zur Decke. »Er hatte definitiv keine Lust mehr. Wir haben keine Empfehlung zugunsten einer Teufelsaustreibung bei ihm oder sonst wem ausgesprochen, Katerina hat nicht einmal das Gutachten fertiggestellt. Sie kriegen das alles zum Nachlesen.«

»Wie hat Dr. Polanski auf die Anschuldigung von Hansen reagiert?«

»Sie war auch wütend«, sagte Rotenmorgen mit einer Spur Mitleid in der Stimme. »Und tief enttäuscht. Dieses Testergebnis war so trivial, seine Vorwürfe so haltlos – das passte nicht zu ihrem hochfliegenden Duell mit dem Teufel.«

»Wie hat sich ihre Wut geäußert?«

»Im Gesichtsausdruck.«

»Danach ist sie einfach zur Tagesordnung übergegangen?«

»Nein, sie hat sich zurückgezogen. Im letzten halben Jahr vor ihrem Verschwinden war sie sehr in sich gekehrt. Sie hat extra darum gebeten, ihre Fälle von den internen Besprechungen auszunehmen. Das war mir nicht recht, weil sich aus diesen Gesprächen interessante Ansätze ergeben, außerdem bleibe ich so auf dem Laufenden. Aber ich glaube, sie fühlte sich von Hansen vorgeführt. Klar, Exorzismus, das war bizarr, die Kirchenabteilung war nie so gefragt! Das hat sie ein bisschen genossen und war dann umso frustrierter.«

»Haben die beiden sich vielleicht von früher gekannt?«

»Theoretisch möglich, aber davon weiß ich nichts, und Katerina hätte es sicher erwähnt.«

»Hatte sie Freunde unter den Kollegen? Jemanden, mit dem sie so etwas besprechen würde?«

»Sie können gerne alle fragen. Das haben Ihre Beamten allerdings bereits vor drei Jahren schon einmal gemacht.«

»Ist Dr. Polanskis Ehemann auch ein so gläubiger Katholik?« Der Mann war Geschäftsführer eines Reifengroßhändlers. Seine

Konfession war in der Akte vermerkt – rk –, aber das musste ja nicht viel heißen.

»Das weiß ich leider nicht«, sagte Rotenmorgen. »Er muss eine Pest sein, aber das haben wir erst nach Katerinas Verschwinden so richtig mitbekommen. Die öffentlichen Äußerungen zu seiner Frau kennen Sie sicher besser als ich.«

»Oh ja … Und der Tag, an dem sie verschwand. Da hatte sie sich freigenommen?«

»Ja.«

»War das ungewöhnlich?«

»Ja.«

»Hat sie irgendeine Begründung angegeben?«

»Nein, aber ich hatte auch nur den Zettel auf dem Tisch und hab genehmigt.«

»Hm«, machte Willenbacher.

»Ich finde es gut, dass Sie den Fall wieder aufnehmen«, sagte die weißhaarige Ärztin jetzt ernst. »Ich wüsste sehr gern, was Katerina widerfahren ist. Vor drei Jahren waren wir alle schockiert von der Hölle, die ihre Ehe gewesen sein muss. Niemand hat davon etwas geahnt. Das und diese unsäglichen Äußerungen ihres Gatten danach – es hat alles überstrahlt. Auch für mich. Aber inzwischen bin ich mir gar nicht mehr so sicher, ob ihr nichtsnutziger Ehemann für Katerina wirklich lebensbestimmend war. Sie war Katholikin. Sie hat ihn ertragen wie eine Krankheit. Und hat ihr Ding trotzdem gemacht.« Sie sah Willenbacher an. »So ist Religion.«

* * *

So ist Technik, dachte Elle, von der Dunkelheit um sich wie geblendet, in düsterstes, finsterstes Schwarz gehüllt. Zu ihrem Erstaunen fühlte sie eher Ärger als Angst. Da sie gar nichts sah, war ihr erster Impuls, die Wand zu berühren. So stand sie nun und hielt Verbindung. Der enge Treppenaufgang spendete Geborgenheit, diesen Ort würde sie nicht verlassen, nicht in der nächsten Zeit. Besser auf die Atmung konzentrieren. Wobei Konzentrieren und Beobachten beim Atmen natürlich grundfalsch waren, frau musste es so hinkriegen, dass der Atem ruhig floss, wie er sollte, aus purer Gewohnheit und aufgrund solider holistischer Lebensführung. Aus und ein, aus und ein.

Ewig hierbleiben konnte sie allerdings auch nicht.

Elle schüttelte ihr Handy, als wäre es ein bewusstloser Lampengeist. Es blieb dunkel. Sie steckte es frustriert weg und sagte sich, dass die Krypta zwar gruselig, aber nicht gefährlich war. Hier gab es keine Geister, denn Geister gab es sowieso nicht, und auch die finsteren gehörnten und bekrallten Schattenwesen, die sie vorhin unweigerlich hinter jedem einzelnen Stützpfeiler imaginiert hatte: Die wohnten nur in den Augenwinkeln. Es war einfach ein weiter Raum. Sonst nichts. Elle schauderte.

Sie musste da durch.

Vielleicht spendete irgendein Spalt in der Tür genügend Licht, um sich zu orientieren?

Sie wandte den Blick kurz der Krypta zu und sah: nichts.

Und das, obwohl sie ihre Augen bereits ans Dunkel gewöhnt hatte. Die Sandsteinwände besaßen ein anderes Schwarz als die Holztür, und die Messgewänder –

Da war ein Lichtschimmer. Im Schrank.

Mit drei Schritten stand Elle in dem mannshohen Einbau zwischen den steifen muffigen Gewändern. Ja, natürlich, die Schranktür! Die hatte Spalte, da war Licht! War sie vielleicht sogar offen?

Nein.

Und der Schlüssel steckte von außen.

Elle fluchte laut und fing fast an zu weinen vor Enttäuschung, bis ihr die Idee kam, den Schlüssel rauszustoßen. Sie brauchte nur etwas, das sie unter dem Türblatt durchschieben konnte. Und voilà, an der linken Schrankwand stand ein Stück Pappe. Das bequem unter den Türspalt passte.

Elle schob die Pappe unter die Tür, stieß den Schlüssel von innen mit ihrem Schlüsselbund heraus, zog die Pappe mit dem Schlüssel zurück und schloss auf.

Licht. Atmen.

Sie stellte die Pappe wieder an ihren Platz und trat aus dem Schrank heraus.

Atmete.

Und dann drehte sie sich wieder um, riss die Schranktür auf und schaute die Pappe an. Wozu stand die eigentlich da? So maßgenau zurechtgeschnitten und gleichzeitig unauffällig? Welchen anderen Zweck konnte dieses Ding haben als den, zu dem sie es eben benutzt hatte?

Nachdenklich schloss sie auch die Sakristeitür auf. Hatte sie noch nie gemacht. Wer würde den Weg durch die Krypta in die Kirche nehmen? Brauchte die Person nicht trotzdem einen Kirchenschlüssel, und war es dann nicht leichter, einfach die Vordertür zu benutzen? Diesem Mysterium konnte sie momentan aber nicht weiter nachgehen, denn im Kirchenraum stand ein Unbekannter am Altar und blätterte im Messbuch.

Sie fragte sich ja immer, was Jesus tun würde, wenn er in so eine Kirche kam. Würde er als Zimmermann erst mal den Dachstuhl begutachten? Oder würde er die Bilder ansehen, den Kreuzweg, die Heiligen, und vielleicht sagen: Moment mal, das war aber anders? Um erklärt zu kriegen, dass seine Version weder belegbar noch kanonifiziert sei? Würde er sich überhaupt erkennen? Würde er lesen, so wie dieser Mann dort vorn? Hatte er das überhaupt gekonnt?

»Kann ich Ihnen helfen?«, rief sie laut.

»Da ist wer!«, warnte eine Frauenstimme, und der Unbekannte sah auf. Er war nicht die Inkarnation eines Gottes, befand Elle sofort, und sie bedauerte, die Vordertür aufgesperrt zu haben. Dieser Typ blickte vor allem abschätzig, war dick, hemdsärmlig, bebrillt, kein Geistlicher, eher ein akademischer Freiberufler. Steuerberater oder so. Vielleicht schon in Rente, vielleicht in Urlaub. Einer, der alles anfasste, weil er studiert hatte.

»Ah«, sagte er als Begrüßung. »Das ist doch hier, oder? Der geschwärzte Jesus. Ich hab es in der Zeitung gelesen. Aber ich hab es mir größer vorgestellt.«

»Das Bild ist nicht im Messbuch«, sagte Elle kalt.

Der Typ zog die Brauen hoch und blätterte noch eine Seite um. Die Frau gesellte sich rasch zu ihrem Mann. Sie war dünn, ganz hübsch, hatte aber eine nervige Stimme. »Wer sind Sie?«, fragte sie schrill.

»Und Sie?«, entgegnete Elle.

»Wir sind einfach nur interessiert«, sagte der Mann gespielt belustigt und hob die Hände. »Freuen Sie sich denn gar nicht, wenn mal jemand kommt? Wir hatten sogar den Verdacht, Ihr schwarzer Jesus wäre ein Werbegag. Mit Diversitätsbezug … Sie gehen mit der Zeit!«

Jetzt reichte es. Elle straffte ihre Schultern und setzte ihre gut siebzig Kilo in Bewegung. »Dieser Bereich ist für die Öffentlichkeit nicht zugänglich. Ich muss Sie also bitten.«

»Wir wollten doch nur mal gucken«, quietschte die Frau.

»Immer noch alte Schule, wie?«, spottete ihr Mann.

»Bitte verlassen Sie den Altarraum, hier wird gleich gearbeitet.« Jetzt stand sie vor ihm.

»Jawoll!« Der Mann rührte sich nicht.

»Raus«, sagte Elle.

»Jetzt komm«, wechselte die Frau in die Defensive. »Du weißt doch, mir wird in Kirchen immer schlecht.«

»Wir sind extra hierhergefahren, Karin«, sagte der Mann zu seiner Frau, aber in Elles Gesicht. Und er war so nah, dass sie seinen Atem riechen konnte.

»Du hast es dir kaum angeguckt!«, rief Karin.

»Ja, na ja, ein schwarzer Jesus ist letztendlich auch nur ein Jesus, nicht?«

Er grinste fies, grüne, blasse Iris hatte er. Schaute starr. Elle fragte sich, welchen Kampf er mit ihr auszufechten versuchte.

Sie selbst konnte nicht gemeint sein. Sie nahm einen langen, einen tiefen, einen stärkenden und aufrichtenden Atemzug. Hielt den Augenkontakt. Verzichtete auf das Femininum, das ihn nur abgelenkt hätte. Sagte leise: »Gott liebt dich.«

Sein Blick flutschte weg, eine Sekunde sah er erstaunt aus, dann wurde er rot.

»Franz!«, tadelte die Frau. »Kommst du jetzt?«

»Warte!« Franz fuhr ärgerlich zu seiner Frau herum.

»Sie müssen jetzt gehen«, sagte Elle sanft.

»Warte«, wiederholte er, auf den Vierungspfeiler starrend.

»Also ich bin vor der Tür«, erklärte die Frau.

»Warte doch. Hier ist noch eine«, sagte Franz triumphierend.

»Noch eine was?«, rief die Frau.

»Maria ohne Kind.«

Diesmal kam mehr Polizei. Es kamen auch mehr Gemeindemitglieder. Außerdem ein Typ von der *Rheinpfalz* und Bürgermeister Brecht. Und Lanz, der Gemeindearbeiter vom Friedhof. Alle Damen vom Rosenkranz. Forell, Frau Grimm und sogar die bärbeißige Organistin. Außerdem wollte Füßgus vom Pfarrgemeinderat extra Urlaub nehmen, war aber noch nicht da, genauso wie Pfarrer Ludes aus der Nachbargemeinde, der gestern die Messe gehalten hatte. Die mussten jetzt alle auch mal nach dem Rechten sehen.

»Voller als bei jedem Gottesdienst«, raunte der Lanz launig in Elles Ohr. Er stand neben ihr in der Apsis und sah aus, als ob er in einem Grab übernachtet hätte: von oben bis unten voll Erde. Gemeinsam verfolgten sie die fünfzehn Minuten des Herrn Dr. Franz Schmitt: wie er mit seiner geschätzten Frau von Frankfurt aus auf Wochenendausflug »in die schöne Pfalz« gefahren war (für lange Urlaube hatte er bei seiner Tätigkeit keine Zeit), wie er vorher die Lokalzeitungen studiert hatte, um sich vorzubereiten und Interessantes abseits der Touristenpfade zu finden, wie er auf diese nette Geschichte mit der Madonna ohne Kind gestoßen war, wie enttäuscht er gewesen war über das harmlose Marienbild, wie er aber dann trotzdem die kleine alte Kirche habe besichtigen wollen und schließlich seine eigene bemalte Madonna entdeckt hatte: die Marienstatue am linken Vierungspfeiler, dem ohne Kanzel. Er hatte es sofort gesehen. Seine Gattin und die, tja, Raumpflegerin hätten den evidenten Sachverhalt minutenlang verkannt, obwohl der Geruch geradezu penetrant sei, dann habe er einmal von der Lektüre aufgesehen und die Sachlage erfasst: Die hölzerne Maria drückte statt eines Jesuskindes nur noch ein mattschwarzes Bündel an sich. Kaum zu erkennen, dass sie je ein Kind gehalten hatte, so fügte sich die dunkle Farbe in das Kunstwerk ein.

»Was für eine ›Lektüre‹?«, fragte der Lanz laut und feindselig.

»Er hat das Messbuch gelesen«, sagte Elle im selben Ton. Beide standen Schulter an Schulter mit verschränkten Armen im Hintergrund. Wie Waldorf und Statler, fuhr es Elle durch den Kopf, die komischen Alten. Das waren sie jetzt.

»Was hat der daran verloren?«, ranzte der Lanz indessen. »Für so was geht man sonntags in die Kirche!«

Ein paar Umstehende nickten, und Elle ertappte sich dabei, dass sie das freute.

»Dem ging es doch nie um Andacht, der ist hier reingekommen wie Pontius Pilatus ins Glaubensbekenntnis!«, rief Lanz so laut, dass Schmitt aufsah und den Anwurf hörte, wenn er ihn vermutlich auch nicht verstand, denn er runzelte bloß irritiert die Stirn.

Lanz nickte befriedigt. »Überhaupt«, fuhr er, jetzt leiser, zu Elle gewandt fort, »einer Maria das Kind wegmachen!«

»Hm«, antwortete sie. Diese Heilige wirkte nicht so durchtrieben wie die Maria auf dem Gemälde, blickte insgesamt besorgter, sah amputierter aus ohne Kind. Ihrem Bildhauer war es offensichtlich nicht um weibliche Schönheit gegangen, sondern um Mutterliebe, und die hatte nun kein Objekt mehr.

»Das war garantiert so 'ne scheiß Abtreibungsemanze.« Lanz wurde wieder laut. Elle rückte ab. Sein politischer Impetus war berüchtigt. Wenn er loslegte, hielt sie sich immer geistig die Ohren zu. Denn andererseits kannten sie sich halt schon lange. Hatten Blumenzwiebeln getauscht und Heilkräuter und Zaunpfosten.

»Denen ist nichts heilig. Verbrecher. Grüne. Das war ein Grüner.«

»Nee, der hätte sich mit drangepappt, und dann wüssten wir jetzt wenigstens, wer's war«, sagte der Typ von der *Rheinpfalz* launig.

»Unser Herrgott wird hoffentlich ein Auge auf diesen Verwirrten haben«, sagte die alte Frau Grimm nicht laut, aber deutlich und ein wenig tadelnd in Richtung Lanz.

»Wir alle werden ein Auge auf ihn haben«, sagte der großspurig.

»Da müsste die Polizei den Mojo erst mal finden«, sagte Forell.

»Mojo?«, fuhr Lanz auf. »Wer hat das denn behauptet, natürlich war das nicht Mojo!«

»Er ist seit Freitag verschwunden«, sagte Forell. »Wusstest du das nicht?«

»Nein«, sagte Lanz. »Der ist auf der Antoniwiese im Wald.«

»Wo – in der Kapelle?«

»Weiß ich nicht.«

»Wieso weißt du dann, dass er da ist?

»Ei, weil der doch in den Sommerferien da ein Camp machen will. Mit Konzert und allem. *Tuareggae*, ganz bekannte Band. Ich war vorletzte Woche schon mit ihm da. Der ist bestimmt dort, das alles vorbereiten.«

»Davon hat er niemandem was gesagt. – Hat er dir was gesagt?«

»Direkt nicht – vielleicht wollte er mal seine Ruhe«, knurrte Lanz mit Blick auf die Menschenmenge am Altar. »Aber jedenfalls steht sein Auto dort draußen an der Bushaltestelle, wo's hoch zur Hütte geht.«

* * *

»Will«, sagte Bettina, als sie wieder draußen in der breiten Fußgängerzone standen, über ihnen ein tiefer Himmel, der Regen und Gewitter ankündigte, »in Frohnwiller haben sie noch einen Jesus angemalt. In derselben Kirche.« Sie scrollte durch die Nachrichten auf ihrem Handy.

Willenbacher dagegen schaute hinauf zum Dom, der dunkler und mächtiger war als jede Wolke. Er seufzte. »Ich müsste eigentlich ins Büro«, sagte er träumerisch. »Und einkaufen. Annette hat morgen Geburtstag.«

Er hatte den Fall Polanski noch nicht an einen Teamleiter vergeben, darum waren sie beide hier zusammen unterwegs, quasi in Vorbereitung. Denn es eilte ja nicht, und wie es im Moment aussah, war es sowieso nicht opportun, kurzfristig neue Teamleiter zu ernennen. Die Sache mit Tavanaianfar schien die Kollegen zu beschäftigen. Bei der Morgenbesprechung hatte es ein paar Bemerkungen darüber gegeben. Über Al-Afghani dagegen: nichts. Keine weiteren Anweisungen von ganz oben. Kein Besuch vom Staatsanwalt oder der Landespolizei. Und keine neuen Berichte oder Spekulationen in den Zeitungen. Der Fall schien sich ganz still von allein zu verabschieden. So hatte die vermeintliche Krise überhaupt erst das wirkliche Problem geschaffen: Tavanaianfars Suspendierung. Und das würde Willenbacher zuerst lösen müssen. Er seufzte wieder.

»Na komm, dann fahren wir heim, aber beeilen wir uns, bevor das Gewitter losgeht«, sagte Bettina.

»Hier gibt es keine Gewitter«, widersprach Willenbacher vage. »Das ist Speyer.«

Er sah müde aus, fand Bettina. Sehr müde. Und niedergedrückt. »Aha«, sagte sie. »Schön, ich müsste auch mal nach den Kindern –«

»Na gut – dann gucken wir halt mal ganz kurz in Frohnwiller vorbei.«

»Bist du sicher?«

»Ja.«

»Okay«, sagte Bettina. »Sag mal, Will, was soll das eigentlich heißen, hier gibt es keine Gewitter?«

Willenbacher sah zum Himmel auf, er war düster, schwer. Windböen trieben Papierfetzen übers Pflaster. Aber es regnete nicht. »Das ist so«, sagte er. »Speyer. Das Wetter zieht da immer nur drüber. Hier regnet es nie.«

In Frohnwiller dagegen schüttete es wie aus Kübeln, sie mussten sich einen Schirm teilen und waren beide nass, als sie das Innere von *Unsere Liebe Frau* betraten. Dort in der Kirche war es kühl und düster, Bettina fröstelte in ihrem T-Shirt, vielleicht auch, weil sie sich vorzustellen versuchte, wo hier die Geister hausten. Willenbacher eilte sofort nach vorn zum Altar, um alle Anwesenden zu begrüßen und den neu bemalten Jesus anzusehen, sie sah zur Decke auf, versuchte in den Wölbungen, Graten und Bögen einen Hinweis zu finden, da tippte ihr jemand auf die Schulter. Sie fuhr herum.

»Müller!«

Er sah sie nicht an, jedenfalls nicht so lang, dass man es Blickkontakt hätte nennen können. »Tina«, sagte er mit seiner monotonen Stimme.

»Wo kommst du denn her?«

»Wir sollen für die Schutzpolizei hier aus dem Ort tätig werden, weil die schwere Sachbeschädigung der Jesusbemalung sich an diesem sakralen Ort bereits wiederholt hat.« Er blickte ziemlich ungeduldig zum Altar. »Beziehungsweise, vielleicht haben wir es sogar mit einer Beschimpfung von Bekenntnissen nach Paragraf 166 zu tun, das wäre mein erster derartiger Fall. Auf jeden Fall soll das genau untersucht werden. Nur müssten eben da vorne diese ganzen Leute weg.«

Oje, dachte Bettina, da fuhr Müller fort: »Deswegen haben wir in der Zwischenzeit die Umgebung abgesucht und draußen aus einem Gebüsch einen Farbeimer mit schwarzem Tafellack, einen Schraubendreher, zwei Pinsel und ein Paar Arbeitshandschuhe gesichert.«

»Wunderbar! Das wird die Kollegen freuen.«

»Ja.«

»Kannst du schon was über Fingerabdrücke sagen?«

»Der Nutzer der Pinsel und der Farbe hat mit großer Wahrscheinlichkeit während des Malvorgangs die Handschuhe benutzt. Möglicherweise war er aber unvorsichtiger beim Kauf. Es ist nämlich schon ein älteres Gebinde, das Mindesthaltbarkeitsdatum ist seit einem halben Jahr abgelaufen. Womöglich wurde der Lack zu einem anderen Zweck besorgt.«

»Sehr schön«, sagte Bettina zufrieden. »Dann such die Fingerabdrücke.«

»Ja. Da ist noch was, ein Herr Lanz hat ein Auto gefunden, das vermutlich diesem Dr. Hansen gehört.«

»Was, sein Auto, wo?«

»Es soll am Ortsausgang an einer Bushaltestelle stehen. Da fahren die Busse nach Landau ab. Und dort in der Nähe befindet sich auch eine Kapelle, die Dr. Hansen ab und zu besucht.«

»Ist er da? Wir müssen mit ihm reden!«

»Wo er ist, weiß ich nicht, aber zwei Leute aus dem Ort sind hoch zur Kapelle gefahren. Eine Frau Kling und dieser Herr Lanz.«

»Wann kann man damit rechnen, dass die sich melden? – Nein, warte, ich ruf sie an, Kling, die Nummer hab ich.«

Müller zuckte abschließend die Achseln, blieb aber vor ihr stehen wie ein großes Fragezeichen.

Bettina ließ irritiert das Handy sinken.

»Tina, die Kollegen von der Schutzpolizei Landau haben den Wunsch geäußert, dass wir die Marias zur Untersuchung mitnehmen.«

»Wie, die ganze Skulptur?«

Müller nickte. »Und das Bild.«

Bettina sah zweifelnd nach vorn zum Altar und setzte sich in Bewegung. »Ich glaube nicht, dass das nötig ist.«

»Quatsch«, schimpfte Willenbacher direkter, er sah sehr rot im Gesicht aus. »Ihr habt den Farbeimer, das ist doch toll! – Und das reicht. Was sollen wir eine dreihundert Jahre alte Madonna ins Labor bringen, die fällt uns beim Transport auseinander! Jetzt bleibt mal auf dem Teppich, das hier ist immer noch nur eine Sachbeschädigung!« Seine Laune hatte sich definitiv nicht gebessert. Vielleicht reizten ihn die vielen Zivilisten, die großäugig um die Marienstatue mit dem geschwärzten Jesus herumstanden und sich gemeint fühlten. Vielleicht war er auch einfach nur durch.

»Nee, vielleicht hemmers do mit enere Straftat no Pargraf hunnertsechsesechzisch se du«, hielt ihm einer der Kollegen aus Landau leicht befremdet und viel ruhiger entgegen. »Un außerdemm wollemer des werklisch kläre.« Die Landauer Schupos waren zu dritt, zwei in Uniform, einer in Zivil, sie machten ernste Gesichter. Und sie verstanden Willenbachers Laune nicht, konnten sie ja gar nicht. Für sie musste er ein zickiger unfähiger Kriminaler sein, der sich wegen seines unverständlich hohen Rangs so dämlich aufführen konnte, wie er wollte.

»Des is kee ogemoldie Parkbank«, setzte der Kollege hinzu.

»Sakrileg!«, rief eines der Gemeindemitglieder.

»Blasphemie!«

»Alles kein Straftatbestand«, sagte Willenbacher mit erhobenem Kinn in die Runde.

»Mir nemme des ernscht«, entgegnete der Kollege ungehalten. »Mir sehn hier den öffentlichen Frieden gefährdet, Herr, äh, Erschder Hauptkommissar Willenbacher, unn wenn's dann vielleicht a nur e Sachbeschädischung is: Mir in Landau dun unsere Bürger die geweihte Stätte beschütze. Wo kumme mir sunscht hie?«

»In einen Gottesstaat«, zischte Willenbacher mit mehr Streitlust als Logik. Er sah völlig fertig aus. Und als würde er sich trotzdem am liebsten gleich prügeln. Bettina bemerkte, wie er die Fäuste ballte. Die Leute wurden unruhig und schauten sie feindselig an. Außer dem alten Forell war niemand dabei, den sie kannte, alles Menschen, die vermutlich von irgendeiner Arbeit extra hergekommen waren. Dies war wie ein Elternabend, wie eine Ratsversammlung.

»Mach das mal in einer Moschee, da wäre längst der Verfassungsschutz da!«, rief ein Mann mit rotem Kopf und schmalen Augen.

Zustimmung und Murren.

»Gut, lassen Sie uns also jetzt den Altarraum räumen, damit die Spurensicherung mit der Arbeit beginnen kann«, sagte Bettina nüchtern. »Wir nehmen das natürlich sehr ernst –«

»Sind Sie dafür zuständig, diesen Irren zu fangen, der das gemacht hat?«, unterbrach der Rotkopferte.

»Do sin mir hier alle zuschtännisch«, sagte der Landauer Kollege mit einem strafenden Seitenblick auf Willenbacher. »Die Kolleschin hot recht, bitte verlasse Sie mit uns die Kersch, damit die Schbezialischde schaffe kenne.« Er blickte Willenbacher ironisch an.

Der sah einen Moment todmüde aus, dann wandte er sich einfach ab. »Müller«, sagte er zu Müller. »Die Marias bleiben in der Kirche.«

»Gut. Ich hol unsere Sachen.«

»Und, Bolle?«

»Will?«

»Krieg raus, wo dieses Auto steht. Ich will den Hansen sehen.« Er drehte sich um und marschierte aus der Kirche hinaus.

Und Bettina hatte die wunderbare Aufgabe, drei total angepissten Kollegen unter den feindseligen Blicken einer aufgewiegelten Gemeindeversammlung eine verständliche Wegbeschreibung zu entlocken.

»Was war das denn?«, fauchte sie Willenbacher draußen an. Nach dieser Szene konnte sie sich gut vorstellen, wie der Streit mit Tavanaianfar abgelaufen war.

Doch Willenbacher war auf diesem Ohr gar nicht mehr erreichbar. Er sah glatt durch sie hindurch und wiederholte nur: »Auto. Sofort.«

Der Wald dampfte. Aller Regen hatte sich in feuchten Nebel verwandelt und schien sich jetzt aufwärts zu bewegen. Auf der Straße standen Pfützen, die Sicht war kurz, das Auto, das Hansen gehören sollte, tauchte fast unvermittelt vor Willenbachers Toyota auf. Er zog erschreckt zur Seite und wäre fast im Graben gelandet.

Du musst heim und schlafen, dachte Bettina. Dann stiegen sie aber aus, um zu arbeiten.

Zunächst mal staunten sie den Wagen an. »Ein CX«, sagte Willenbacher und wachte ein bisschen auf. »Kombi! Der Volksleichenwagen! – Von wann ist der?«

»Achtziger«, schätzte Bettina. »Kein H-Kennzeichen. Aber noch ein paar Stunden hier im Graben, dann ist der weggerostet.« Sie berührte eine Schramme an der Stelle, wo der linke hintere Kotflügel halb übers Rad reichte.

»Schnittig«, lobte Willenbacher.

»Abgeschlossen«, sagte Bettina und spähte ins Innere. Es war nicht chaotisch, eigentlich sogar sehr ordentlich, aber so alt und überall ein bisschen kaputt, dass man es nicht gepflegt nennen konnte: Auf der Rückbank war das Polster durchgescheuert, am Fahrersitz vermutlich auch, da hing aber ein uraltes Schaffell drüber. Auf der Ladefläche lagen ein paar Kabel, ein Werkzeugkasten und eine Decke, auf dem Beifahrersitz eine Jacke. Sie probierten alle Türen und die Kofferraumklappe: zu.

Dann betrachteten sie das Haltestellenschild und den Fahrplan. Freitags abends fuhr hier tatsächlich ein Bus nach Landau ab, um 20:49 Uhr. Das war wohl der Bus für die Leute, die ausgehen wollten. Nur dass diese Haltestelle außerhalb des Ortskerns lag.

»Da gibt es doch sicher im Dorf noch eine, die fußläufig zu Hansens Wohnung liegt«, sagte Willenbacher kopfschüttelnd.

»Egal wieso er hier war, wer an dieser Stelle einsteigt, den merkt sich der Busfahrer vielleicht«, sagte Bettina.

»Da fragen wir nach.«

»Möglicherweise war er vorher in der Kapelle«, sinnierte Bettina.

»Oder er ist noch da und macht dort Exerzitien.«

»Ich ruf noch mal oben bei der Frau Kling an. Am Ende haben sie Hansen ja inzwischen getroffen.« Dann konnten sie heimgehen. Oder zumindest ins Trockene.

»Wäre halt schön, wenn wir mal mit ihm reden könnten«, schnarrte Willenbacher.

»Ich frage«, sagte Bettina. Der Weg, der hoch zur Kapelle führte, sah steil und matschig aus. Dann hatte sie Kling am Ohr.

»Nein – wir sind überall herumgelaufen und haben gerufen«, rief die knisternd durch die brüchige Verbindung. »Kann höchstens sein, dass er noch tiefer im Wald ist. Der Lanz glaubt das.« Ihre Stimme, die bei dem vorigen Telefonat froh und aufgeregt geklungen hatte (»Wir haben sein Auto! Er lebt!«), hörte sich jetzt matter und nachdenklicher an. »Es ist komisch«, sagte sie. »Hier liegt eine Mütze, die ihm gehört. In der Kapelle. Die hat er oft an, so ein Häkeldings ... irgendwie ist das seltsam. Wenn man sich in der Kapelle aufhält und nur mal kurz in den Wald geht, dann würde man das vielleicht liegen lassen. Seh ich ein. Aber er ist hier nirgendwo.«

»Ja«, sagte Bettina und trat einen Schritt zurück, um nachzusehen, ob Willenbachers Toyota Allwetterreifen draufhatte. Nein. Natürlich nicht.

»Ich finde es unheimlich, hier ist auch keine frische Feuerstelle und nix. Alles kalt und einsam. Der müsste ja schon drei Tage im Wald sein, und ich glaube nicht, dass der hier wirklich geschlafen hat.«

»Alles klar«, sagte Bettina und seufzte innerlich. »Wir sind unten am Auto. Kommen wir mit einem normalen PKW zu Ihnen hoch?«

»Na klar, wir sind mit 'nem Golf hier«, war die Antwort. »Aber passen Sie bei der zweiten Kurve auf. Da ist eine Quelle über den Weg, und da geht's ganz schön bergauf.«

»Gut, lassen Sie alles, wie es ist, wir sind gleich da.« Bettina unterbrach die Verbindung und sagte zu Willenbacher: »Ich brauche deinen Autoschlüssel.«

Es war ein zäher, aber kurzer Kampf, Bettina gewann. Sie hatte gut zwanzig Jahre Erfahrung mit ihrem Taunus, jetzt außerdem mit dem Audi und den schrägsten Dienstwagen, sie konnte mit zwölf Gängen fahren. Es war keine Schande, Bettina die Autoschlüssel zu geben.

So setzte sie sich ans Steuer des Toyota und ließ den Frontantrieb im Matsch aussehen wie Allrad. Willenbacher zuckte bei jedem Schalten und hielt die Augen so lange geschlossen, bis sie an der Hütte waren.

»Das hättest du auch gemacht, Will, war gar nicht so schlimm«, log sie, als der Wagen elegant auf dem nebelverhangenen Grasplatz vor einem kleinen merkwürdigen Gebäude ausrollte.

Er öffnete die Augen und sagte: »Sind wir da?«

Es hätte auch ein Getreidespeicher sein können, das Haus im Nebel, die Form war äußerst schlicht: ein hoher schmaler Bau mit einem einfachen, nur schwach geneigten Satteldach, das an Kirchen in Italien erinnerte. Doch er stand so unverhohlen inmitten der weitläufigen Wiese, dass er einfach etwas Besonderes sein musste. Durch das sorgfältig gekürzte Gras führte ein kaum erkennbarer Steinpfad zu dem Gebäude. Es besaß ein weit übermannshohes, schmales und vorkragendes Eingangsportal aus rostigem Cortenstahl, eine nahtlos dort hineinpassende schwere Eichentür und ein paar kleine rechteckige Fensteröffnungen oberhalb der Türhöhe. Die Wände waren mit weißen Kalksteinplatten verkleidet, und nicht zuletzt ihretwegen würde dieses merkwürdige Haus ewig ein Fremdkörper in dieser Gegend bleiben: Alles Wichtige wurde hier sonst aus rotem Sandstein gebaut.

Bettina fühlte sich von der schönen Strenge des Gebäudes sofort angezogen und wollte eintreten, doch da näherte sich ein drahtiger Mann in Arbeitsklamotten und rief von weitem: »Der ist hier nicht.« Er kam näher und stellte sich als »der Lanz« vor. »Die Elle ist noch da am Wegkreuz, die kommt«, sagte er, und: »Wir haben die Mütze, aber nicht den Mann.«

»Was ist das?«, fragte Bettina mit Blick auf das Haus.

»Die neue Kapelle. Hat der Herr Eisengrind aus dem Ort bauen lassen. Weil sein Sohn … Drogen.« Lanz spuckte aus, es wirkte aber nicht wie ein verächtlicher Kommentar, sondern wie pure Gewohnheit. »Da drin liegt die Mütze.« Jetzt klang er etwas ratlos. »Ah. Und da ist die Elle.«

Gabriele Kling brauchte mehr Worte als der Lanz, sie war aufgeregt und besorgt. »Da stimmt was nicht«, rief sie. »Wieso hier im Wald übernachten, wenn er unten im Ort ein Haus und ein Bett hat?«

Dem Lanz, so schien es, war ein solches Verhalten vertraut. Aber er hielt den Mund.

Sie betraten die Kapelle. Von innen war sie ein mystischer Ort. Ein rundes Fenster in der Frontseite ließ Licht und ein spektakuläres Naturpanorama herein. Drei hölzerne Stufen führten auf die erhöhte Ebene zu dem wundervollen Ausguck. Die einzigen Einrichtungsgegenstände bildeten eine breite lehnenlose Bank und eine runde Feuerschale. Aus den rechteckigen Fenstern weit oben an den Seitenwänden fiel gedämpftes Bunt auf die hellen Kalksteinwände. »Toll«, sagte Bettina. »Das ist wunderschön!«

Kling lächelte ihr zu, der Lanz blieb nüchterner. »Dort ist sie«, sagte er zu Willenbacher und wies auf einen dunkleren Bereich neben der Tür. Dort, auf der unteren Ebene, befanden sich ein Holztisch mit ein paar Teelichten zum Verkaufen und ein altmodischer gusseiserner Spendenstock. In der Wand über dem Tisch war ein verwitterter Sandstein eingebaut, in den ein T eingemeißelt war. Und unter diesem Sandstein stand klein und schlicht in die weiße Kalksteinverkleidung gehauen: *pondus pueri.*

»Was heißt das?«, fragte Bettina. Niemand konnte Antwort geben. Sie machte ein Foto.

»Da«, sagte der Lanz indessen. »Ganz hinten am Tisch lag die Mütze. Wir haben sie wieder hingetan.«

»Hm«, machte Willenbacher, hob die gehäkelte olivfarbene Mütze hoch, legte sie zurück und sah sich um. Beugte sich über den Tisch. Betrachtete den Opferstock, ein schweres Eisenteil in Form eines hüfthohen schmalen Quaders mit einem hübsch geschwungenen Einwurfschlitz oben.

»Diese Kapelle steht immer offen?«, fragte Bettina.

»Jetzt im Sommer ja«, sagte der Lanz. »Wird ja viel kaputtgemacht, aber der Stifter will es so, und er zahlt auch die Grünpflege und alles, er darf mitbestimmen.«

»Also könnte Hansen sogar hier übernachtet haben«, sinnierte Bettina. Nicht gerade bequem, aber der Holzboden auf der oberen Ebene sah recht einladend aus. »Und dann ist er jetzt draußen unterwegs.«

»Der ist sicher ganz tief im Wald«, sagte der Lanz träumerisch.

»Ich weiß nicht«, widersprach Kling. »Was macht der drei Tage bei Regen im Freien? Ohne Handy?«

»Beten«, sagte der Lanz ein bisschen unwirsch. »He!«, rief er dann automatisch abwehrend, als Willenbacher sich plötzlich am Opferstock zu schaffen machte. »Mehr war hier nicht!«

»Abwarten.« Willenbacher hob die Hand. »Ich war Ministrant. Ich kenn diese Dinger.« Damit wuchtete er das schwere Eisenteil herum. Er brauchte drei Anläufe, um es ganz zu drehen. Schwitzte. Fluchte.

»Wieso machen Sie das?«, fragte der Lanz misstrauisch, ohne zu helfen. »Was suchen Sie denn?«

»Das«, sagte Willenbacher befriedigt und schwer atmend und wies auf die Rückseite des hohen Kastens. Sie wurde fast komplett von einer schmucklosen Metalltür eingenommen. Zum Geldherausholen konnte diese Tür nicht gedacht sein, denn dafür war auf der Vorderseite eine mit Vorhängeschloss gesicherte Klappe angebracht. »Dort auf dem Boden«, sagte Willenbacher. »Sehen Sie die Spuren? Dieses ganze Ding wird regelmäßig nach vorn geschoben.« Auf dem schönen Holzboden waren tatsächlich mehrere tiefe Schrammen zu sehen. Er blickte den Lanz an. »Oder bewahren Sie da drin etwa Putzmittel auf?«

Der Lanz schüttelte stumm den Kopf.

Willenbacher öffnete die ungesicherte Tür und schaute in das Versteck, das sich unterhalb der Geldlade befand. »Bingo.«

Er holte ein schwarz gebundenes Buch heraus. Dann ein Kruzifix und eine Sprühflasche. Eine Kette. Und ein gerahmtes Foto, auf dem ein bärtiger Mann zu sehen war, der jeweils einen Punkt auf den Handrücken hatte.

Kling schob sich nach vorn. »Was ist das?

»Die Sachen, die hier fehlen«, sagte Willenbacher und sah sich in dem Raum um.

»Als da wäre?«, fragte der Lanz rebellisch.

Willenbacher ging nicht darauf ein und schüttelte die Sprühflasche. Es gluckerte. »Der Typ auf dem Bild ist, wenn mich nicht alles täuscht, Padre Pio, ein Heiliger. Da hätten wir einen Rosenkranz«, er hob die Kette hoch und legte sie auf den Tisch, »und ein«, er schlug das Buch auf, »*Rituale Romanum*.«

»Alt«, sagte Kling, den Rosenkranz ergreifend. Die Kette bestand aus fünfmal zehn schwarzen durchbohrten Steinen, dazwischen jeweils schön ziselierte, aber abgegriffene silberne Perlen und ein silbernes Kreuz. »Onyx und Silber, ungewöhnlich.«

Willenbacher sah Bettina an. Auf dem Vorsatzblatt des Buches war ein Exlibris-Stempel aufgebracht. Sehr gerade, sehr sorgfältig. Darunter stand der Name *Sebastian Amorth*.

»Also das …«, sagte Bettina, doch Willenbacher wartete den Rest des Satzes nicht ab. Er legte das Buch auf den Opferstock und begann in seiner Hosentasche zu kramen. »Das ist der Hochwürden von unserem Antoniuszettel!«

Willenbacher nickte und hörte auf zu graben. »Haben Sie diese Sachen schon mal gesehen?«, fragte er den Lanz und Kling.

»Nein«, sagte Kling.

Der Lanz schüttelte, immer noch streitlustig, den Kopf. »Wieso meinen Sie, dass hier was fehlt?«

Vom Lanz ließ Willenbacher sich nicht reizen. Er wirkte auch nicht mehr so erschöpft, vielleicht hatte er das Tief überwunden. Oder sein Fund hatte ihn belebt. »Ist das eine katholische Kapelle?«, fragte er nüchtern. »Geweiht?«

»Benezidiert«, sagte der Lanz mit schmalen Augen. Was immer das war.

»Wo ist der Altar?«

Der Lanz zeigte auf die Bank.

»Das Kreuz?«

»Da«, sagte der Lanz und wies auf einen kubischen Kerzenhalter, der neben dem runden Fenster von der Decke hing und dessen vier Seiten jeweils von einem Metallkreuz gebildet wurden. »Und bevor Sie fragen, da ist das Weihwasser.« Neben der Tür war sehr unauffällig ein winziges Becken in die Wand eingelassen. »Maria und die Heiligen.« Die bunten Rechteckfenster zeigten sehr vage Darstellungen von menschlichen Antlitzen.

»Okay«, sagte Willenbacher. »Es ist halt sehr abstrakt. – Was glauben Sie, wem gehören diese Sachen? Gibt es hier eine Familie Amorth?«

Das wusste Kling nicht, die lebte erst seit zehn Jahren hier, aber der Lanz verneinte heftig, und er kannte alle.

»Gut«, sagte Willenbacher mit einem Blick durch den ungewöhnlichen Raum, »da hat jemand ein modernes Heiligtum mitten in den Wald gestellt, aber ein anderer, der hier auch betet, kann auf die alten Hilfsmittel nicht verzichten. Jemand, der es so will, wie es früher war.«

Das Thema schien der Lanz zu mögen. »Früher«, griff er erfreut das Stichwort auf, »war hier ein Klosterhof mit Antonitern. Ganz früher, natürlich. Vierzehntes Jahrhundert. Das waren so Heilkundige, die hatten in Landau das große Kloster und hier einen Hof mit Laienbrüdern. Längst alles abgebrochen, die Franzosen haben das in der Revolution plattgemacht, aber die Kapelle ist vor ein paar Jahren erst bei ’nem Sturm umgefallen. Da ist der Stein noch her.« Er wies auf den Sandstein mit dem T. »In der Schule hatten wir immer am 17. Januar ’ne Prozession hier hoch, oh! Das war vielleicht kalt manchmal! Darum hat es der Pfarrer Müller, der vor unserem Lux, dann in den Juni verlegt, da gibt’s auch ’nen Antoniusfeiertag, aber von ’nem anderen Heiligen!« Voller Empörung blickte der Lanz in Bettinas Gesicht. Sie sah jede Narbe, jede Runzel, ein etwas starres, blutunterlaufenes Augenpaar, dessen Blick sich grimmig in den ihren bohrte. Dann wandte der Lanz sich Willenbacher zu. »Können Sie sich das vorstellen? Hat einfach die Heiligen vertauscht, weil's ihm im Winter zu kalt war! Und die Kapelle verfallen lassen!«

»Hm«, machte Willenbacher vage und mit den Gedanken sichtlich woanders.

»Was ist in der Flasche?«, fragte Bettina. Sie schüttelte das blaue Plastikdings, es gluckerte wieder. Sie sprühte kurzerhand etwas von der Flüssigkeit auf ihren Handrücken. Roch daran. Hielt es Willenbacher hin. Und Kling und dem Lanz. Alle rochen: nichts. Da leckte Bettina den Handrücken ab, zuckte die Achseln und sagte: »Wasser.«

Willenbacher fragte den Gemeindearbeiter: »Sie kennen sich gut aus – halten Sie sich manchmal länger hier auf?«

»Na ja, ich mach die Außenanlagen«, sagte der Lanz, jetzt wieder reserviert.

»Und fegen hier auch mal durch?«, fragte Bettina. »Sieht so gepflegt aus.«

»Der Eisengrind ist ein feiner Mensch, der zahlt mir das extra.«

»Der Eisengrind wird aber kaum Heiligenbildchen in seiner eigenen Kirche verstecken. Wer kommt sonst noch hierher?«

Der Lanz holte Luft. »Ehrlich gesagt«, sagte er, »mehr schwule Kunstheinis als echte Gläubige.«

»Also die Leute aus dem Ort nehmen das nicht so an?«

Der Lanz zuckte bedauernd die Achseln. Liegt nicht an mir, hieß das, ich geh mit der Zeit und hab das Haus längst adoptiert, egal wie schräg es aussieht. Benezidiert ist benezidiert.

»Also wenn jemand beten will und seine Ruhe haben, dann wird er hier wahrscheinlich nicht gestört?«

»Wenn jemand beten will und seine Ruhe haben«, ätzte der Lanz, »dann kann er in jede beliebige Kirche gehen, was glauben Sie, wozu die da sind?«

»Aber wenn es ein besonderes Gebet ist?«, fragte Bettina. Sie nahm das Buch mit dem schwarzen Einband in beide Hände und ließ es aufklappen. Die sich spontan öffnenden Seiten zeigten einen eindrucksvollen schwarzweißen Druck von Jesus, der einen Gehörnten in die Schranken wies, und den Text: *Titulus XI, Caput 1, DE EXORCIZANDIS OBSESSIS A DAEMONIO.*

»Exorzismus!«, rief Kling, die über Bettinas Schulter spähte.

»Zufall«, fuhr der Lanz seine Mitstreiterin an. »Hätte jede Seite sein können!«

»Niemals«, sagte Kling mit der Autorität einer erfahrenen Esoterikerin. »Was so aufschlägt, das ist die Stelle, die wichtig ist.«

»Mojo Hansen ist öfter mal hierhergekommen?«, fragte Willenbacher dazwischen.

»Ja«, knirschte der Lanz. »Der arbeitet ja auch für die Kirche! Genau wie Ina, die wollen hier sogar 'ne Jugendfreizeit machen, ein Konzert, die müssen ab und zu mal hier sein!«

»Und wer kommt sonst noch?«, fragte Bettina sanft.

»Ich«, sagte der Lanz und verschränkte die Arme.

»Zum Beten?«

Er hätte beinahe auf den schönen Boden gespuckt. Stattdessen schüttelte der Lanz den Kopf und schluckte runter. »Das da«, sagte er wegwerfend in Richtung des Buches, »hab ich noch nie gesehen. Und sonst geht Sie mein Glaube überhaupt nichts an.«

Sie nahmen alle Fundstücke mit, überließen den verrückten Opferstock dem Lanz und gingen. Denn es war schon fast Abend, unglaublich, aber wahr. Bald würden die zweiundsiebzig Stunden seit Hansens Verschwinden um sein. Und dann?

Kling lief ihnen auf den Grasplatz nach. Ihre hennaroten Haare waren der einzige feurige Farbtupfer in der fahlen Stimmung hier draußen, der Nebel sog alle Kontraste aus den Dingen und ließ eine graue Suppe übrig, in der sich nur das störrische Henna behaupten konnte.

»Was werden Sie tun?«, rief sie. »Werden Sie Mojo suchen?«

Willenbacher blieb stehen und blickte in den Dunst. »Na ja, er könnte ja wirklich eine Auszeit im Wald machen«, sagte er fast neidvoll. »Es ist Sommer. Sonnwende sogar.«

»Die ist vorbei«, widersprach Kling entschieden. »Und Mojo – das wissen Sie doch – ist psychisch nicht stabil.«

»Sie meinen suizidgefährdet?«

Kling nickte.

Willenbacher sah Bettina an. Die schüttelte langsam den Kopf. Gut, man konnte es nie wissen, aber diese Rotenmorgen, die hatte so gar nichts Derartiges erwähnt – und das mit der Selbsthilfegruppe, klar, da ging man nur hin, wenn man es nötig hatte, aber alles in allem stellte es sich eher so dar, als ob Hansen die Hilfe inzwischen nicht mehr brauchte, sondern spendete.

»Tja, ich hoffe, es wird Sie beruhigen«, sagte Willenbacher also, »wenn ich Ihnen sage, dass er andere betreut.«

»Was soll das heißen?«, fragte Kling verwirrt.

»Dass die Wahrscheinlichkeit eines Selbstmords nicht sehr hoch ist.«

»Aber dass er so verschwindet, ist merkwürdig!«, rief Kling.

»Ich verspreche Ihnen«, sagte Willenbacher und sah plötzlich wieder müde aus, »dass wir morgen früh als Allererstes die Spezialisten von der Vermisstenabteilung hinzuziehen und den Fall mit denen durchgehen.«

»Durchgehen?« Kling baute sich vor ihm auf und sah jetzt mindestens so beeindruckend aus wie der Lanz. »Das heißt, Sie fangen nicht mal sicher an zu suchen?«

»Wir reden hier von einem Mann, der sich regelmäßig in der Gegend aufhält, der sich auskennt, der selbst hergekommen ist und sich sogar abgemeldet hat. Der an einer Bushaltestelle geparkt hat, von der zur betreffenden Zeit ein Linienbus abfährt. Diese Umstände müssen wir berücksichtigen. Und dann müssen auch mindestens zweiundsiebzig Stunden vergangen sein, seit er zum letzten Mal ein Lebenszeichen von sich gegeben hat.«

»Aber wenn«, sagte Kling mit Blick auf das Buch, das Willenbacher in Händen hielt, »er hier eine Kraft beschworen hat, die er nicht kontrollieren konnte? Was, wenn diese, diese Macht ihn – mitgenommen hat?«

Willenbacher schloss die Augen. »Wohin?«, fragte er.

Kling sah in den Nebel hinaus. »Das ist ein seltsamer Ort«, sagte sie. »Verrückt, aber ich war davor noch nie in der Kapelle. Dabei ist sie so – schön.« Sie schüttelte den Kopf. »Liegt wahrscheinlich an der Geschichte. Der Sohn von diesem Eisengrind, der ist gestorben. Ich kenne die Leute nicht, aber für mich war das Unglück groß genug, dass ich nie herkommen wollte.« Sie sah sich um. »Keine gute Energie.«

Bettina dachte an ihren Audi. Den gestorbenen Junkie. »Davon darf man sich nicht beeinflussen lassen«, sagte sie fest. »Übrigens, sagt Ihnen der Name Katerina Polanski etwas?«

»Nein, wer ist das?«

»Eine Person, die wir in diesem Zusammenhang tatsächlich suchen. Seit drei Jahren schon. Haben Sie je von ihr gehört? Oder gibt's vielleicht eine Geschichte über eine Fremde im Ort?«

Kling starrte sie an. »Nein, aber vielleicht weiß das der Lanz.«

Der schob gerade das Tor zur Kapelle behutsam zu. Dann schloss er sich ihnen an. Auch er hatte nie von einer Polanski gehört. *Fremde im Ort* war aber offenbar auch ein Lieblingsthema. Beziehungsweise ein Aufreger. »Wie soll ich da eine Einzelne im Kopf haben? Wissen Sie, *wie* viele Fremde wir hier inzwischen haben? Einmal mussten wir die Turnhalle –«

»Wir gehen jetzt«, unterbrach Willenbacher abrupt und wandte sich dem Toyota zu. Und diesmal war Bettina völlig mit ihm d'accord.

»Stopp mal kurz«, sagte er, als sie unten an dem CX ankamen. Der war auch so ein Fremdkörper in der Landschaft: ein breites, mattschwarzes Vehikel mit einer einzelnen roten Tür und völlig unmodernen Kanten, ein Fahrzeug, dessen Blechmantel eigentlich zu dünn war für die ausladende Form und das so schief im Graben hing, dass es aussah, als könnte es jeden Moment auseinanderbrechen.

»Hast du eigentlich die Akte Polanski gelesen?«, fragte Willenbacher jetzt, ohne die Antwort abzuwarten, die ihn vermutlich doch nur ärgern würde. Denn: Wann hätte sie Zeit dazu gehabt?

Gestern Abend, als sie den Bericht schreiben musste? Sie wusste nicht mal, stellte Bettina fest, wie die Frau ausgesehen hatte. »Weil«, fuhr er fort und schnallte sich ab, »da war es ja ähnlich, ihr Auto wurde bewegt, nachdem sie zuletzt gesehen wurde.«

»Du glaubst, der Hansen ist nicht selbst hierhergefahren?«

»Ich hab keine Ahnung.« Willenbacher öffnete seine Tür. »Ich sag nur, es ist ähnlich. Die Polanski hat morgens kurz mit der Nachbarin gesprochen, als sie aus dem Haus und zu ihrem Auto gegangen ist. Wir wissen, dass sie nach Frohnwiller wollte und dort auch war. Tatsächlich gefunden hat man das Auto aber nach einigen Tagen auf dem Festplatz unterm Speyrer Dom. Wahrscheinlich hat der Härting deshalb damals die Frohnwiller-Spur nicht so ernst genommen. Die haben ab Speyer gesucht.« Er stieg aus und begann den CX zu umrunden.

Bettina folgte ihm.

»Hier ist es ähnlich. Eigentlich wollte Hansen ja wohl zu seiner Selbsthilfegruppe. Aber dann steht sein Auto beim Wohnort an einer Kapelle.«

»Nicht direkt an der Kapelle«, sagte Bettina.

»Mit diesem Auto kommst du da nicht hoch«, sagte Willenbacher.

Nach kurzem Zögern gab Bettina zu: »Zumindest willst du es nicht versuchen.«

»Also. Es parkt so nahe wie möglich an einem Ort, der typisch für ihn ist.«

»Es steht aber auch an einer Bushaltestelle.«

»Wäre er wirklich hier eingestiegen? Doch eher im Dorf.«

»Vielleicht hatte er Gepäck dabei, wollte es nicht schleppen und konnte hier besser parken. Wir müssen den Busfahrer fragen, alles andere ist Spekulation.«

»Hm.« Willenbacher stellte sich an die Beifahrertür, presste seine Nase ans Fensterglas und schaute in den Wagen hinein. Dann holte er sein Handy aus der Tasche, machte die Taschenlampe an und wiederholte das Ganze mit Licht. »Kannst du sehen, ob da ein Handy liegt?«, fragte er.

»Nein«, sagte Bettina.

Willenbacher betrachtete das Fenster mit der Miene eines Mannes, den eine lächerliche Glasscheibe nicht aufhalten konnte.

»Polanskis Handy war in ihrem Auto«, sagte Bettina in die unausgesprochenen Einbruchsgedanken hinein.

»Genau.« Er seufzte. »Was haben die beiden gemeinsam? Hansen und Polanski?«

»Fragen wir ihn, wenn er wieder da ist«, sagte Bettina und rasselte mit dem Autoschlüssel des Toyota. Na komm, dachte sie. Du verpasst sonst echt die Geburtstagsparty von deiner Frau. Bist eh schon spät dran.

»Sie hatten dieselben fundamentalistischen Ansichten«, spann Willenbacher weiter. »Sie könnten dieselben Leute verärgert haben.«

Bettina hörte auf zu rasseln. »Welche Leute? Was meinst du?«

Willenbacher schloss die Augen und knetete seine Stirn. »Vergiss es. Ich glaube, wir sollten fahren.«

Das glaubte Bettina auch.

Unten in Frohnwiller kam ihm aber die Idee, dass sie Hansens Wohnung …! Und die Schwester vom Pfarrer …! Bettina saß am Steuer und fuhr weiter. Nach Ludwigshafen. Dort auf dem Parkplatz der Dienststelle blieb Willenbacher dann einfach auf dem Beifahrersitz, als wäre ihm sogar das Aussteigen zu viel.

»Soll ich dich heimfahren?«, fragte Bettina.

»Quatsch«, fuhr Willenbacher auf. Aber rührte sich nicht.

»Musst du noch ein Geschenk besorgen?«, fragte sie. »Für Annettes Geburtstag?«

»Sie kriegt einen Saphirring mit passendem Collier.«

»Wow.«

»Hab ich geerbt und aufarbeiten lassen.« Willenbacher sah sie an. »Das Ding ist: Ich weiß, was sie sagen wird, und ich hab keine Lust, es ihr zu schenken.«

»Was wird sie denn sagen?«, fragte Bettina.

»Dass ich nur den Schmuck und nicht das Haus geerbt habe.«

Aha. »Wolltest du denn das Haus?« (Welches auch immer ...)

»Nein.«

»Annette wollte das Haus«, riet Bettina.

»Auch nicht«, sagte Willenbacher. »Aber es würde mehr bringen, wenn man es verhökert.«

»Wird sie diesen Schmuck verhökern?«

»Nein! – Vielleicht. Nein, sie wird ihn ins Schmuckkästchen legen und nicht angucken.«

»Dann schenk ihn ihr nicht.«

Willenbacher lehnte sich zurück und schloss die Augen. »Tina«, sagte er dann, »du schuldest mir dreitausend Euro.«

Bettina erschrak. Genau genommen waren es fünftausend. »Äh – klar«, sagte sie. »Brauchst du die jetzt sofort ...?«

Er holte tief Luft. »Ich möchte dein Haus dafür mieten«, sagte er.

Bettina sagte nichts mehr. Besser abwarten, wie sich das entwickelte.

Willenbacher öffnete die Augen wieder und sah sie an. »Nicht das ganze natürlich«, sagte er. »Ein Zimmer.«

»Will«, sagte Bettina.

»Ich hab gehört, du hättest ein oder zwei frei.«

»Ich bin nicht WG-tauglich«, wiegelte sie ab.

»Das wird nur eine Übergangslösung«, sagte Willenbacher. »Wenn die Dreitausend aufgebraucht sind, ziehe ich aus. Und du entscheidest, wann das ist.«

»Nein. – Was werden die Kinder sagen?«, fragte Bettina. Um nicht die Nachbarn oder Kollegen oder das Finanzamt bemühen zu müssen.

»Bringen die nie Gäste mit?«

»Will, das ist keine gute Idee.«

Er sah sie an und schüttelte den Kopf. »Gut, ich hab's mir überlegt, ich brauche dann morgen mein Geld.«

»Willst du mich erpressen?«, fragte Bettina mit aller Empörung, die eine notorische Schuldnerin aufbringen konnte.

»Tina«, sagte Willenbacher erschöpft. »Bitte.«

»Jetzt sofort, auf der Stelle?«

»Das ist der Hauptpunkt an diesem Deal.«

»Dann steig aus.«

»Was?«

»Du fährst schön mit deinem Auto, ich fahr mit meinem. Ich hol mir mein eigenes. Ich will nicht auf eine Mitfahrgelegenheit bei dir angewiesen sein.«

»Aber das ist Umweltverschmutzung«, protestierte Willenbacher.

»Wir werden im Garten was finden, womit du das ausgleichen kannst«, sagte Bettina, öffnete die Tür und machte den Fahrerplatz frei.

Was brauchte man, wenn man fliehen musste? Willenbacher nichts, er sah aus, als ob er gleich im Gehen wegnicken würde. Jetzt, da er eine Entscheidung getroffen hatte, fiel die Anspannung von ihm ab, und der Will, der endlich schlafen musste, taumelte über ihren Flur und schaffte es kaum die Treppe hoch.

Bettina lotste ihn trotzdem ganz hoch auf den Speicher, »da hast du ein Stockwerk für dich«, sagte sie. Besser, sie steckten von Anfang an die Reviere ab. Nicht dass Willenbacher am Ende jahrelang auf ihrer Wohnzimmercouch campierte, nur weil sie am ersten Abend zu viel Mitleid hatte. Dort oben im Speicher war er aus dem Weg und hatte Platz, da hatte die Familie eine kleine Wohnung ausgebaut, in der während der französischen Besatzung kurz nach dem Krieg sage und schreibe siebzehn Menschen gelebt hatten. Alte Küchenschränke, winzige Kabuffs mit Betten, teils als Matratzenlagerplatz genutzt, teils hübsch bezogen mit irrsinnig aufwändig bestickten Zierkissen, verstaubt und klamm und möglicherweise unter der Oberfläche vermodert, das alles wartete dort seit Dekaden auf Entscheidungen über den weiteren Verbleib. Oder auf einen Untermieter.

Bettina führte ihren Chef in ein Räumchen, das Enno *master bedroom* nannte, das war noch am ehesten nutzbar. Sie erklärte ihm, wo das Bad war, und sagte, dass er vorläufig aus dem

Kühlschrank unten in der Küche essen konnte, was er wollte. Willenbacher sagte zu allem ja und danke, schaute sich ab und zu zweifelnd um, als befände er sich in einer Kulisse, die morgen eh verschwunden sein würde, setzte sich auf das Bett und sagte: »Ist schon bezogen, das reicht.«

»Wirklich?«, sagte Bettina.

Willenbacher streifte seine Schuhe ab und rollte sich auf den Decken zusammen. »Ich muss mal ganz kurz ausruhen«, sagte er. Und schlief ein.

Der Balkon war Bettina heute zu nass und ungemütlich, auch hier hatte es geregnet, und sie war vom langen Herumstehen im Nebel ganz durchgefroren. Außerdem musste sie die Kinder, auch wenn sie jetzt gerade unsichtbar waren, zum Essen und Reden zusammenbringen. Was also kochen? Schon wieder Nudeln mit Tomatensoße?

Sie beschloss, dass sie erst mal ein Glas Wein verdient hatte, da tauchte Enno auf und erklärte, er habe genug von Mikrowellenessen und werde jetzt den Herd anfeuern. Bettina wollte diesen gefährlichen Irrsinn untersagen, dann sah sie, dass er Holz und Kohlen aus dem Schuppen geholte hatte. Das Herdfeuer würde zumindest die Küche wärmen. Also räumte sie Kaffeeautomat und Wasserkocher von der großen Kochplatte und sah zu, wie Enno versuchte, in der tiefen, aber schmalen Brandstelle ein Feuer zu bauen, und machte es schließlich selbst. Dann saßen sie zusammen am Ofen und Bettina sagte: »Ein Freund von mir wohnt ab jetzt ein paar Tage im Speicher.«

»Da haben die Waschbären endlich Gesellschaft«, sagte Enno. Das war ein alter, halb ernster Spruch von ihnen, seit sie hier wohnten: Dort oben rumorte es manchmal wie von großen Tieren. Wie die reinkamen, war nicht ganz klar, denn Elfriede hatte alle Türen immer hübsch verschlossen gehalten, und sie machten es nicht anders, aber so ein großes Haus mochte unbekannte Löcher und Zugänge haben, zumal für nichtmenschliche Einbrecher.

Und apropos Einbrecher: »Ich hab gestern Nacht geträumt, es wäre jemand im Treppenhaus«, sagte Bettina.

»Erzähl das nicht Sammy, die glaubt, dass es hier spukt«, sagte Enno.

»Was?«

»Was meinst du denn, warum die ständig dort drüben bei Undertakers übernachtet?«

»Bei wem?«

»Faffners. Scheint ganz gut zu laufen, das Beerdigungsinstitut«, sagte Enno. »Warst du mal drüben und hast gesehen, wie das Haus aussieht?«

»Nein.«

»Luxus«, sagte Enno, öffnete die Ofentür und stocherte mit einem Holzstecken in der Glut. »Die haben sogar einen Pool.«

»Hör auf damit, der brennt doch!« Bettina wies in die Ecke neben dem Herd. Dort hing neben Kehrblech und Besen ein Schürhaken. Enno schnappte sich das Ding und setzte seine Feuermeditation damit fort. Dann sah er plötzlich misstrauisch auf. »Aber das ist nicht dieser Julius, der jetzt bei uns wohnt?«

»Niemals, der würde seinen Pool vermissen«, sagte Bettina. »Wir haben ja nicht mal ein richtiges Badezimmer.«

»Gestern Morgen hat er so ausgesehen, als ob er bleiben wollte.« Enno blickte sich um. »Hast du übrigens den Wein gesehen, den er gebracht hat? Der war richtig enttäuscht, dass du nicht da warst, und hat gesagt, er will hier drin auf dich warten.«

»Hast du ihn gelassen?«, fragte Bettina alarmiert, ohne genau zu wissen, was sie fürchtete.

»Natürlich nicht, ich hab auch gesagt, dass du nicht trinkst«, sprach Enno mit einem vorwurfsvollen Blick auf ihr Weinglas.

Sie lächelte.

»Aber jetzt im Ernst, die Sammy hat voll Angst, hier allein zu sein. Die ist nachts schon zu mir ins Zimmer gekommen, weil sie sich Geräusche einbildet. Und ich glaube, so toll findet sie diese Konny gar nicht. Sammy sucht nur Gesellschaft und einen sicheren Ort.«

»Vielleicht ändert sich das jetzt, wo wir noch einen Mitbewohner haben.«

»Ist dein Freund schon da? Kenn ich den?«

»Willenbacher. Am Ende ist es doch ganz gut, wenn da oben nicht alles leer steht.«

»Hat der kein Zuhause?«

»Im Moment nicht. Ist kompliziert.«

»Mhm«, machte Enno. Dann hörten sie Schritte vom Flur, und Enno sagte: »Da ist Sammy. Ich koche jetzt.« Er sah Bettina auffordernd an. »Ich brauche einen Topf.«

»Stimmt«, sagte Bettina, wohl wissend, wo die Töpfe standen. Enno wusste das schließlich auch. Er starrte sie sekundenlang an, dann erhob er sich und begann, Schänke aufzureißen und mit Geschirr zu klappern. Ohrenbetäubend.

»Ich geh mal kurz nach oben«, beschloss sie.

»Wo ist denn der Knoblauch?«, rief Enno ihr hinterher.

»Hiiii«, sang Sammy, die eine Wolke undeutlicher Musikfetzen aus ihren Kopfhörern mit hereinbrachte. Und: »Ohhhh, Feuer!«, und: »Gibt's heut Nudeln mit Tomatensoße?«

Als sie dann am späten Abend allein auf ihrem Bett saß, fühlte sich Bettina trotz der vorgerückten Stunde unruhig und hellwach. Am liebsten hätte sie mal nach Willenbacher gesehen, denn der fühlte sich so gar nicht. Eine Schnapsidee, ihn da oben auf dem Speicher einzuquartieren, wo sogar sie sich nachts verirren würde. Da konnte sie nicht mal eben vorbeischauen und an der Tür lauschen, ob alles in Ordnung war. Sie war nahe dran, trotzdem hochzugehen (er hatte wirklich übel ausgesehen) und ihm zumindest ein Handtuch zu bringen, da klingelte ihr Telefon.

Unbekannter Anrufer, sie sah nur die Nummer.

Konnys Vater, war ihr erster Gedanke. Sie hatten sich seit Stunden nicht gesehen. Und es war ein Leichtes für ihn, ihre Nummer über eins der beiden Mädchen herauszukriegen. Und er klingelte so hartnäckig. Sollte er.

Da fiel ihr als Zweites ein, dass sie vorhin noch alle möglichen Leute, vor allem den Lanz und Kling, darum gebeten hatte, sie unbedingt auf dem Laufenden zu halten, ob Hansen zurückkam. War er etwa wieder da? Jetzt …?

»… Boll!«, rief sie ins Telefon.

Pause.

»Entschuldigung«, sagte da eine unbekannte Frauenstimme.

»Wer ist da?«, fragte Bettina.

»Kommissarin Juno Hamm, ich wollte nicht stören.«

»Sie stören nicht«, sagte Bettina leiser. Juno Hamm, das war diese ganz Neue im Team, relativ junge Frau, sehr sportlich und ein bisschen laut. »Was gibt's?«

»Ähm, es ist so, der EKHK Willenbacher hat gesagt, ich soll über diesen Dr. Hansen recherchieren und weitermachen und dürfte ihn jederzeit anhauen, wenn ich was Wichtiges gefunden habe, aber er geht nicht ans Telefon.«

»Der hatte heute einen langen Tag«, sagte Bettina und seufzte innerlich. Sie ja nicht. »Was haben Sie denn Wichtiges gefunden?«

»Du bist die Frau Boll, oder?«, fragte Hamm. »*Die* KK Boll?«

»Persönlich«, sagte Bettina irritiert.

»Also das muss ich dir jetzt echt mal sagen, ich – und nicht nur ich – war voll beeindruckt, wie du ganz allein die Affäre Härting aufgerollt hast. Wirklich. Du warst mindestens ein halbes Jahr lang unsere Heldin. Du hast echt als Feministin gehandelt. Also da mal Gratulation und alle Achtung.«

»Danke«, sagte Bettina misstrauisch. Wer war diese Juno Hamm noch mal? Selbsternannte Ehren-Gleichstellungsbeauftragte? Wieso sagte die so was? Und dann gleich auf Du?

»Bitte. Also dieser Dr. Hansen.«

»Ja.«

»Der war mal eine große Nummer. Kirchenrichter!«

»In Frohnwiller ist er als Sozialarbeiter angestellt«, sagte Bettina.

»Genau«, sagte Hamm. »Das ist mein Punkt. Er hatte eine hohe

Position und war Geheimnisträger. Und gibt das ganz plötzlich auf.«

Bettina dachte an das funkelnde Interesse in Rotenmorgens Augen. »Ist schräg«, bestätigte sie.

»Der hatte mit Sicherheit die eine oder andere heikle Personalie auf dem Tisch.«

»Ich glaube, Kirchenrichter machen hauptsächlich Ehenichtigkeitsverfahren.«

»Nein. Ich hab mich erkundigt. Die Kirche hat ein eigenes Strafrecht. Außerdem noch eine Verwaltung, die Verstöße gegen die eigenen Leitlinien und Grundsätze regelt.«

»Das ist nur eine Schattenjustiz.«

»Es geht nicht um die Ahndung, sondern darum, dass die verhandeln. Auch wenn die keine Strafen verhängen – oder nur unwirksame –, haben die eben doch Vorgänge. Und Vorgänge erzeugen Akten.«

Bettina seufzte. Wohl wahr.

»Und diese Akten«, Hamm senkte die Stimme, »werden archiviert und lagern dann ewig in diversen Ablagesystemen mit verschiedenen Geheimhaltungsstufen. Wenn man die raussuchen und auf einen Haufen schmeißen müsste, wär das ein Riesenberg.«

»Tja … Warum sollen die es besser haben als wir?«

Hamm schnaubte ein kleines Lachen und fuhr fort: »Normal wachsen wahrscheinlich irgendwann eigene Biotope drauf, weil keiner mehr reinguckt. Aber! Da hat es in jüngster Zeit eine totale Ausnahme gegeben. Eigentlich sogar zwei. Da mussten alle diese Schriftstücke komplett gesichtet werden, und zwar von Leuten wie Dr. Hansen.«

»Welche Ausnahme?«

»Sind dir die Münchener Missbrauchsgutachten ein Begriff?«

»Nicht sehr«, sagte Bettina. »Da gab es Vorfälle, Moment, an dieser Schule –«

»Mehrere Schulen, viele Missbrauchsopfer«, jetzt klang Hamms Stimme sehr streng, »aber darum geht es nicht. Es geht darum, was das ausgelöst hat. Die haben bundesweit Gutachten in Auftrag gegeben. Ist natürlich schon krass, dass die Kirche gegen sich selbst ermittelt«, hier triefte Hamms junge Stimme vor Ironie, »aber die wollen halt allein entscheiden, ob sie schuldig sind oder nicht. In Bayern wurden zwei von diesen Gutachten erstellt. Das eine ist bekannt und veröffentlicht, das von 2020, das hat Papst Ratzinger in Bedrängnis gebracht. Es gibt aber noch ein anderes, früheres, das von 2010. Und das ist bis heute unter Verschluss.« Der letzte Satz klang sehr unheilschwanger.

»Oh.« Bettina ließ sich in die Kissen zurückfallen. Geheimpapiere in der katholischen Kirche. Anruf mitten in der Nacht. »Eine Verschwörung.«

»Vielleicht«, sagte Hamm ernst.

»Aber was hat es mit Hansen zu tun? Glaubst du, er wurde missbraucht?«

»Das jetzt eher nicht –«

»Ich dachte, dass es darum geht?«

»Nee, das erste Gutachten umfasst nur weit zurückliegende Vorgänge bis in die späten Sechziger, da war der Hansen gerade mal geboren.«

»Für Missbrauch ist das kein Ausschlusskriterium.«

»Stimmt, ja! Leider … aber … meine Theorie geht anders. Es gibt so viel, das er gesehen haben könnte! Und er hat es gesehen!«

»Wie kannst du das wissen?«

»Weil«, Hamm holte Luft, »Hansen 2010 an der Aktensichtung maßgeblich beteiligt gewesen sein muss. Das Gutachten wurde von einer externen Anwaltskanzlei angefertigt, aber es basiert auf diesem Aktenberg. Die Papiere wurden davor von Mitarbeitern der Kirche gesichtet, zusammengestellt und übergeben. Hansen als oberster Kirchenrichter in Regensburg, der muss da nicht nur beteiligt gewesen sein, sondern der war wahrscheinlich auch einer der wenigen mit Zugang zu den ganz heiklen Sachen.«

»Okay …«, sagte Bettina.

»Und«, schloss Hamm triumphierend, »jetzt kommt's: Im selben Jahr, also kurz nachdem er die Sachen angucken musste, schmeißt er hin, gibt den Posten auf und verschwindet.«

»Wow«, sagte Bettina, jetzt tatsächlich überrascht. Dann setzte sie hinzu: »Könnte Zufall sein.«

»Glaub ich nicht«, sagte Hamm selbstbewusst.

»Aber was kann er entdeckt haben?«

»Alles. Es muss einen Grund geben, warum dieses erste Gutachten nie veröffentlicht wurde.«

»Wenn das nur alte Fälle sind, dann sind die vielleicht einfach verjährt?«

»Oder es ist was total Krasses. Was der Kirche so richtig schaden könnte. Was sie vernichten würde.« Jetzt hörte Hamm sich ziemlich vergnügt an.

»Hm«, machte Bettina. »Weiß nicht. Das müsste ja noch krasser sein als Kindesmissbrauch.«

»Kindstötung? Satanismus? In organisierter Form? Eine interne Sekte mit ganz viel Macht? Die Kinder frisst? Einem Dämon opfert?«

»Nein«, sagte Bettina. *Einem Dämon …?*

»In Irland haben Nonnen hunderte uneheliche Kinder einfach getötet!«

»Ja, aber deswegen wird dort der Katholizismus nicht abgeschafft.«

Hamm holte Luft.

»Das Ding ist doch«, sagte Bettina rasch, »dass Hansen gar nicht aufgehört hat, für die Kirche zu arbeiten. Er ist nur kein Richter mehr.«

»Weil er fiese Sachen gesehen hat!«

Bettina seufzte. »Weißt du denn, wohin er gegangen ist, als er gegangen ist? Er war zwei Jahre lang nirgendwo gemeldet.«

»Auf seiner Facebookseite sind ein paar Fotos aus der Zeit von einer Kirche, die so in den Fels gehauen ist. Wahrscheinlich war er in Äthiopien und im Nahen Osten unterwegs.«

Naher Osten. Damaskuserlebnis, so hatte Rotenmorgen es genannt. Klang nicht nach Revolution, Umsturz und Vernichtung, sondern eher nach einer Wallfahrt und persönlicher spiritueller Umkehr. Konnte aber natürlich von einer schockierenden Erkenntnis ausgelöst worden sein. Die Hamm mochte recht haben, wenn auch vermutlich nicht mit dem Impact auf die Kirche, den sie sich wünschte. »Weißt du, was«, sagte Bettina darum, »vielleicht hast du wirklich was Wichtiges entdeckt. In die Richtung sollten wir weiter ermitteln. Du.«

»Ja, gern!«

»Wir haben eine offene Frage, die zu deiner Recherche passt. Ein Name. Ist uns jetzt schon zweimal begegnet. Hochwürden Sebastian Amorth. Wir haben seinen Totenzettel, der ist in der Akte Al-Afghani abgelegt, und dann noch ein Buch, das ihm gehört hat. Das war in Hansens Umfeld. Hansen hat eine ganze Schublade voll von diesen Totenzetteln, das muss bedeuten, dass es da irgendeine persönliche Verbindung gibt, denn diese Votivbilder kriegt man nicht zu kaufen. Die werden von den Angehörigen bestellt und bei der Beerdigung verteilt, und wenn jemand sehr viele davon hat, dann –«

»Ist er mit dem Toten verwandt!«

»Oder hat die Beerdigung organisiert«, schwächte Bettina ab. »Oder hat sie danach eingesammelt, weil ihm das Bild so gut gefallen hat … Aber das ist eine konkrete Richtung. Da brauchen wir mehr Infos.«

»Okay«, sagte Hamm eifrig, es klang wie: Aye, Ma'am.

»Gut«, sagte Bettina und schaute die Mohnblumensträuße auf ihrer Tapete an, »also wenn du sonst nichts mehr hast –«

»Was ist denn drauf?«, fragte Hamm.

»Wo drauf?«

»Auf dem Totenzettel.«

»Oh«, sagte Bettina. »Dämonen.«

Hamm schwieg eine Sekunde lang. Beredt. Dann sagte sie: »Alles klar.«

* * *

Elle fror. Die Küche war kalt, und sie konnte nicht schlafen. Höchstwahrscheinlich hatte sie sich im nassen Wald einen Schnupfen geholt. Der Lanz hatte aber auch echt nicht mehr heimgewollt. Sollte sie Feuer machen? Im Juni?

Erst mal Teewasser.

Sie schaufelte Gänseblümchenblüten (noch nicht ganz getrocknet) in ihre Tasse, setzte sich an den Tisch und dachte, dass sie zum Glück heute am Montag keinen Kurs gehabt hatte, denn bei der Aufregung hätte sie ihn abgesagt, und das konnte sie sich nicht leisten. Schlimm genug, dass hier nicht aufgeräumt war, denn übermorgen hatte sie die Kräuterfrauen da, und die kamen von weit her, drei übernachteten sogar oben auf ihrem Dachboden. Dieser Kurs war am einträglichsten, da musste alles picobello sein, keine sterile Ordnung natürlich, sondern schräges Chaos, kantige Gefäße, alte Protestplakate, üppige Pflanzendeko, bunt zusammengewürfeltes Silberbesteck und die alten Leinenservietten. Dauerte viel länger als Putzen, und Essen war auch inbegriffen. Bettseechergelee und Vollkornpasta mit Wiesenkräuterpesto. Müde betrachtete Elle die Chipstüte auf dem langen Holztisch. Das Wasser kochte. Sie nahm eine Handvoll Chips zu dem Gänseblümchentee: Abendessen.

Was war mit Mojo geschehen?

Er war nicht in Köln bei seiner Selbsthilfegruppe, aber auch nicht im Wald, dessen war Elle sicher. Sie hatte persönlich jeden Tannenzapfen umgedreht. Und dass sich jemand in dieser seltsamen Kapelle niederlassen mochte, das konnte sie sich immer noch nicht vorstellen.

Wo aber war er dann?

Tja, irgendwie sah es fast so aus, als hätte er sich unsichtbar gemacht, um in Ruhe Anschläge gegen seinen Gott ausführen zu können. Freitagabend hatten sie ihn zum letzten Mal gesehen, Freitagnacht war das Marienbild geschwärzt worden. Wieso auch immer. Es musste eine Botschaft dahinterstecken, nicht für die Leute aus der Gemeinde, sondern für eine höhere

Macht oder zumindest ein überregionales Publikum. Dazu war aber mehr Aufsehen nötig, und darum hatte Mojo die Aktion gestern mit einer anderen Maria wiederholt. Mit Erfolg – die Leute kamen schon aus Frankfurt!

Ergab das irgendeinen Sinn?

Elle trank einen Schluck Tee. Nein, kein Sinn.

Irgendetwas passte da nicht, störte, kratzte an ihrer Erinnerung. Sie stellte die Tasse ab, setzte sich gerader hin, Füße fest auf den Boden, Hände locker auf die Knie, Augen zu. Sie nahm einen tiefen Atemzug.

Der Schlüssel, dachte sie dann und ließ die Luft ganz langsam aus den Lungen hinaus. Der Schlüssel mit dem Farbtupfer. Damit stimmt irgendwas nicht.

Noch ein Atem… Sie schlug die Augen auf und hieb auf den Tisch, sodass die Tasse mit dem Tee umfiel und die Chips überschwemmte. Der Schlüssel, natürlich. Gestern Nacht, als die zweite Madonna bemalt wurde, da hatte sie selbst einen der beiden Schlüsselbunde verwahrt, der alte Forell hatte ihn abends fast nicht hergeben wollen. Die Kirche war abgesperrt gewesen, das wusste sie genau, Mojo war weg gewesen, Ina auch, und der einzige Mensch, der in dieser Nacht außer ihr selbst Zugang zu einem Kirchenschlüssel hatte, war –

»Rotas«, sagte Ina munter, sie ging ans Festnetz, war also wieder in Frohnwiller. Im Hintergrund weinte ein Kind. »Ich komm, Ally«, rief sie. »Wer ist da?«

»Elle«, sagte Elle. »Die Kleine ist endlich da? Alles gut verlaufen?«

»Ohhh …« Ina lachte und stöhnte gleichzeitig. »Die Fahrt kannst du dir nicht vorstellen, wir haben drei Stunden in Köln gestanden. Aber jetzt sind wir da. Ich bin so froh. – Ja, mein Schatz!« Das Weinen hörte auf.

»Sag mal, Ina«, sagte Elle in die Pause, »hast du das gehört mit dem zweiten Jesus?«

»Das ist verrückt«, sagte Ina seufzend.

»Ina, der Manuel, der kann sich in letzter Zeit richtig gut bewegen, oder? Er hat ja sogar mit am Tisch gesessen, als ich da war, und er sieht auch viel besser aus als früher.« Und unheimlicher, setzte Elle im Geiste hinzu.

»Worauf willst du hinaus?«, fragte Ina, plötzlich hart.

»Ina, der einzige Mensch außer mir, der gestern Nacht einen Schlüssel hatte und in die Kirche konnte, war Manuel.«

»So.« Das klang wie ein Peitschenhieb.

»Ja.«

»Dann scheinen wir ja zu wissen, wer den Jesus bemalt hat.«

»Und der Schlüssel mit dem Farbfleck –«, begann Elle, doch Ina unterbrach sie.

»Das wirst du nicht auf meinen Sohn abwälzen«, sagte sie leise und kalt.

»Ich will gar nichts –«

»Der andere Schlüssel war bei dir?«

»Die ganze Nacht. Und ich war dabei, als abgesperrt wurde.«

»Dann ist die Sache eigentlich klar«, sagte Ina grimmig. »Es gibt nur eine einzige Person, die den Jesus bemalt haben kann: du.«

Okay. Eine Sache ist, dich anzumalen. Finde ich nicht toll, Maria, versteh das nicht falsch, aber wenn wir eine lebendige Kirche sind, dann gibt es Glaubenskämpfe. Auch verrückte. Und wenn Elle sich bei uns engagiert, dann darf auch sie mit uns hadern. Ertrag ich. Sie ist meine Freundin. Für mich gehört sie dazu. Schließlich und endlich hab ja sowieso nur wieder ich den Ärger damit, also kann ich auch entscheiden, ob ich mich über ein bisschen Farbe auf einem Kitschschinken und einer verstaubten Statue aufrege oder nicht. ABER das zu machen und es dann meinem Sohn anzuhängen, also das – das geht nicht.

Ich müsste belegen können, dass es Elle war. Ich müsste ihre Wege nachzeichnen. Ihre Farbe finden. Ich brauche Indizien. Beweise.

Oder …? Kann es am Ende doch Manuel gewesen sein, Maria? Sagen wird er es mir nie.

Nein, er war es nicht. Ich glaube es nicht.

Weißt du, Maria, was wir in dieser Kirche gar nicht haben: Tätersuche. Es ist so schwierig, den Glauben für das Wissen aufzugeben. Wäre aber vielleicht notwendig. Manchmal. Denn wie man an dir und deinem bemalten Zustand sieht, Maria, haben schlimme Dinge, die passieren, Urheber. Und sie lassen das Opfer nicht unversehrt zurück. Klingt total logisch, aber die Kirche denkt anders. Wer sündigt, der versündigt sich gegen Gott. Ein Zölibatärer, der ein Kind missbraucht, vergeht sich nicht am Kind, sondern am Zölibat. Steht so im Kirchenrecht. Wird so geglaubt. Das Opfer hat keinen Schutz. Den braucht es nicht. Wozu? Es ist per se im Zustand der Gnade. Heißt es nicht: Die Letzten werden die Ersten sein? Selig, die ihr jetzt weint? Wieso dem Opfer helfen, wenn Opfer die angestrebte Daseinsform ist?

8

Sie hatte so tief geschlafen wie lange nicht mehr, dann erwachte sie mit einem Ruck, weil sie dachte, sie hätte den Wecker überhört. Und dann merkte sie, dass es wieder erst fünf war und einfach hell. Sie sah sich in ihrem Zimmer um und fand es so schön, dass dieses grünliche Gartenmorgenlicht alles durchflutete wie in einem selbst angelegten Aquarium, dass die Decke so hoch war und auf der Tapete kleine vergilbte Mohnblumensträuße abgebildet waren, dass der Schrank aus einem dunklen Holz war, das solider aussah als das ganze restliche Zimmer, dass sie diesen Kokon aus alten Dingen gefunden und Räume hatte, die ihr gehörten.

Sie stand auf, um die Kinder zu wecken. Eine knappe Woche noch, dann waren endlich Ferien. Sie warf ihren Bademantel über und ging hinunter, Kaffeemaschine anmachen, und als sie gerade überlegte, dass sie Willenbacher einfach schlafen lassen würde, wenn er nicht aufstand, sah sie, dass er im Halbdunklen auf der Treppe saß. Und schnarchte.

»Will?«

Er war angezogen, die Schuhe standen neben ihm, offenbar war er auf dem Weg nach unten an irgendeiner Idee hängengeblieben und dann wieder eingeschlafen. Sein Handy konnte Bettina nicht sehen.

»Will«, sagte sie lauter.

»Ichgehnichheim«, murmelte er.

»Das musst du nicht.«

»Ichgehechtnich.«

»Ja. Komm, steh auf.«

»Neinichbleib.«

»Du sollst nur auf die Couch, verstanden?«

»Bolle?« Er blinzelte sie an.

»Komm, steh auf, Will.«

Er erhob sich und schwankte, wäre beinahe gefallen.

»Die Treppe ist nicht gut zum Schlafen«, ächzte Bettina, auf die er sich jetzt stützte. Sie hätte schwören können, dass er betrunken war, dabei hatte sie ihm keinen Alkohol gegeben. So viel Zeit war gar nicht gewesen. »Na komm.«

Sie brachte ihn ins untere Wohnzimmer, platzierte ihn auf der Couch und deckte ihn mit einer alten Decke zu. Es sah nicht aus, als ob er bald aufstehen würde.

»Da bleibst du heute mal zu Hause, Will«, sagte sie.

Er antwortete nicht.

Auf der Dienststelle wurde sie bereits an der Eingangsschleuse gefragt, wo Willenbacher sei. »Chef schon unterwegs?«, rief ihr Habermeyer munter entgegen. Bettina lächelte bloß, ihm musste sie nur rhetorisch antworten, doch schon auf dem Gang begegnete sie Meier II.

»Hast du eine Ahnung, wo der Willenbacher ist?«, fragte er, sichtlich in Eile und auf einem Handy herumtippend.

»Ich glaub, der ist krank«, sagte Bettina vage.

Meier II blieb stehen und musterte sie. »Krank.«

»Gestern waren wir zusammen in Frohnwiller, du weißt schon, diese seltsamen Sachbeschädigungen in der Kirche, und er hat gar nicht gut ausgesehen. Wir waren auch ewig im Wald und da war es saukalt. Ich glaub nicht, dass der heute kommt.«

Meier II zog die Brauen zusammen und sagte nichts: seine berühmte Verhörtaktik.

»Wolltest du mit ihm sprechen?«, fragte Bettina.

»Ich nicht.« Meier II wandte sich wieder seinem Handy zu. »Aber unsere Personalrätin, die Auermann. Und Tava ist auch da.«

»Oh.«

»Ja.« Meier II blieb stehen, steckte sein Handy weg und beugte sich zu ihr runter. »Hast du irgendeine Ahnung, was Willenbacher zu Tava gesagt hat, Tina? Was ist da passiert?«

»Ich glaube, die hatten eine Auseinandersetzung.«

»Ich glaube auch«, sagte Meier II. »Und ich glaube, die Auermann will deshalb kommen, die wollte nämlich nur mit Willenbacher selbst reden.«

»Oh.«

»Ja.« Meier II sah sie an und zog die Brauen noch dichter zusammen.

»Ich weiß nur eins«, floh Bettina nach vorn, »nämlich dass der Staatsanwalt Flohr vorhat, unsere Abteilung für die Integrationsmedaille der Stadt vorzuschlagen, weil wir eine diverse Besetzung haben und es schaffen, mit den daraus entstehenden Konflikten vorbildlich umzugehen.«

Meier II sah ihr sekundenlang in die Augen. Ist das ein Witz?, war seine stumme Frage.

Bettina zwang sich, ruhig und standhaft zurückzublicken. Nein, ist mein Ernst. Sie wusste, dass Meier II Auszeichnungen liebte. Für so eine Medaille würde er mehr als jeder andere tun. Auch wenn Integration vielleicht nicht sein größtes Anliegen war.

»Dieses Jahr?«, fragte er.

»Ja.«

»Also jetzt bald.«

»Genau.«

»Ich rede mit Tava«, sagte er.

»Find ich gut«, sagte Bettina erleichtert.

»Hast du schon mit ihm gesprochen, hat er irgendwas zu dir gesagt?«

»Nur über den Fall.«

Meier II schaute wieder so kritisch.

»Ich muss, ich hab vielleicht 'nen Vermissten«, sagte sie.

In ihrem Büro hatte sie das Gefühl, dass hier langsam alles verwaiste und verstaubte, so selten war sie da. Am anderen Tisch saß eben auch niemand, seit der Härting-und-Ackermann-Affäre war dieser Platz unbesetzt. Sie schaltete den Computer ein, nahm das Telefon zur Hand und hatte soeben die Nummer von Grohs aus der Vermisstenabteilung herausgesucht, da stand er in der Tür.

»Frau Boll!« Er blickte geradewegs auf die Fensterbank, wo ein zurückgelassener Drachenbaum vor sich hin dorrte. Kein schöner Anblick.

»Herr Grohs«, sagte sie. »Der Chef kommt heute voraussichtlich nicht, Morgenbesprechung fällt aus, ich wollte Sie grade anrufen. Wir müssen jemanden suchen.«

Grohs betrat den Raum. Er war drahtig und alt – Härtings Generation –, und er hatte ihr früher immer süße, überkandidelte Honoratiorenkomplimente gemacht, *Darf ich Ihnen sagen, Frau Boll, dass Sie heute besonders frisch aussehen?,* doch nach den Ermittlungen gegen Härting hatte das aufgehört. Er war auch einer der wenigen Kollegen gewesen, die ihr nicht wenigstens pro forma gratuliert hatten. Jetzt wirkte er irgendwie befremdet, vermutlich von ihrem Büro. Sein Blick tanzte über ihre Ablage. »Ich bin im Bilde, ein Herr Hansen. Landau hat uns angefragt.«

»Oh, die waren aber schnell«, sagte Bettina.

»Ja«, sagte Grohs. »Willenbacher ist verhindert?«

»Momentan ja.« Bettina wollte das nicht vertiefen. »Ich hab hier übrigens ein Kleidungsstück von Hansen, wenn Sie das für die Hunde möchten, das haben wir in einer Kapelle dort bei Frohnwiller sichergestellt.« Sie holte ihren Rucksack unter dem Tisch hervor und dankte dem Schicksal, dass sie die Mütze und die Sachen aus dem Opferstock gestern schon eingetütet hatten. Schlimm genug, dass sie jetzt ein Asservat aus ihrem privaten Rucksack ziehen musste. Sie fand die Tüte mit der Mütze und reichte sie Grohs, doch der nahm sie nicht, so legte sie alles auf den Tisch. »Zwei Zeugen haben bestätigt, dass dieses Teil Herrn Dr. Hansen gehört.«

»Bringen Sie's in mein Team, der Recke macht das«, sagte Grohs.

Oookay … »Es gibt da übrigens eine Verbindung zum Fall Polanski«, sagte Bettina. »Sie wissen sicher noch, die Psychiaterin aus Speyer. Die war Hansens Gutachterin.«

»Polanski?«, ließ Grohs sich aus der Reserve locken. »Für die hab ich noch 'ne Rechnung in der Schublade liegen. Kompletter Sucheinsatz für 'nen kleinen Identitätswechsel! Die ist nicht tot. Die sitzt irgendwo in der Karibik und sonnt sich den Bauch. Diese Frau ist raffiniert, die ist organisiert, die ist abgehauen.«

»Flohr glaubt das nicht mehr«, sagte Bettina, »und ich hab gestern mit ihrer Arbeitgeberin gesprochen, die hat gesagt, dass Frau Polanski ihre Arbeit nicht im Stich gelassen hätte. Auch nicht, um dem schrecklichen Ehemann zu entkommen.«

Grohs schnaubte, dann schien er erst die Tragweite des Gesagten zu erfassen. »Sie haben *was*?«

»Für uns kam es auch plötzlich, aber der Staatsanwalt Flohr stuft den Fall jetzt doch als mögliches Kapitalverbrechen ein und möchte weitere Untersuchungen.«

Grohs stemmte die Arme in die Seiten. »Haben *Sie* ihm das eingeredet?«

Au contraire, dachte Bettina, ich musste meinen Sonntag für Flohrs konspirative Besprechung opfern. »Wie kommen Sie darauf, dass ich das könnte?«, fragte sie, inzwischen selbst gereizt.

»Na sonst haben Sie ja auch keine Probleme, sich hier zu exponieren. Und Ihr neuer Vorgesetzter ist ein alter Freund, wie praktisch für Sie.«

Bettina schwieg. Was sollte sie dazu sagen?

»Aber Sie brauchen nicht zu glauben, dass Sie hier weiter heimlich das Zepter schwingen können. Der Willenbacher muss mal auf seine Verantwortung aufmerksam gemacht werden. Und Sie sind, soviel ich weiß, nur eine Halbtagskraft.«

»Aber eine vielbeschäftigte«, sagte Bettina, die ihre Sprache wiedergefunden hatte, schnappte sich die Tüte mit der Mütze und stand auf.

»Geben Sie schon her«, schnarrte Grohs.

»Nein danke«, sagte Bettina. »Ich wollte eh noch mit dem Herrn Recke reden.«

Wollte sie eigentlich gar nicht, aber es war das Einzige, was ihr eingefallen war, um Grohs zurückzuärgern: Schulterschluss mit einem Kollegen aus seinem Team. War sowieso grundsätzlich nicht verkehrt. Also suchte sie Reckes Büro – natürlich war es das aufgeräumteste, noch dazu haargenau unter ihrem eigenen, sodass der Unterschied besonders ins Auge stach. Recke, schlank, sportlich, olivgrün gekleidet, stand an seinem Schreibtisch und telefonierte.

Bettina trat ein und winkte, er lächelte und nickte und deutete auf einen Stuhl. Dieser Schulterschluss schien gar nicht so schwierig zu werden, dachte sie erfreut. Er beendete auch sofort das Gespräch und setzte sich. »Tina!«

Sie wusste seinen Vornamen nicht. »Hallo«, sagte sie also vage, aber strahlend. »Ihr sucht jetzt unseren Dr. Hansen.« Sie legte die Tüte mit der Mütze auf den Tisch. »Das hat ihm gehört. Haben wir aus einer Kapelle im Wald, wo er vielleicht vor seinem Verschwinden noch war.«

»Danke«, sagte Recke. »Ich muss gleich los, vielleicht können wir uns später noch mal kurzschließen? Jetzt im Moment bräuchte ich nur 'nen kurzen Steckbrief. Du hast den Hansen persönlich gesehen?«

»Am Freitag noch. Eins fünfundachtzig, schlank, Mitte fünfzig, sehr kurzes graubraunes Haar, starker Raucher, an beiden Armen und wahrscheinlich noch sonst wo tätowiert«, sagte sie. »Schwarze Jeans und schwarzes Tanktop. Und ein ziemlich schräger Vogel, er arbeitet für die Kirche, der könnte im Zweifelsfall auch im Kloster untergetaucht sein. Oder in irgendeinem Kiez.«

»Okay«, sagte Recke. »Wir fangen trotzdem ganz klassisch rund ums Auto und die Wohnung an. Muss ich sonst noch was wissen?«

»Er hat ein Veilchen, linkes Auge, vielleicht hatte er eine Auseinandersetzung. Ah. Und wäre vielleicht hilfreich, den Busfahrer zu finden, der am Freitagabend um 20:49 Uhr von der Haltestelle Kapelle in Frohnwiller nach Landau gefahren ist. Da steht nämlich sein Auto. Da könnte er in den Bus gestiegen sein. Und in der Kirche, neben der er wohnt und arbeitet, sind zwei Heiligenbilder von Unbekannten schwarz bemalt worden. Die Leute da sind deswegen sehr aufgeregt, ärger die nicht.«

»Nee«, sagte Recke und erhob sich wieder. Dann stockte er. »Aber ich dachte, das wäre geklärt, die Spurensicherung hatte einen Match, die Landauer befragen doch schon jemanden deswegen. Haben die mir eben gesagt.«

»Echt? Wen?«

»Eine Frau mit Schlüssel zur Kirche. Ihre Fingerabdrücke sind auf dem Farbeimer, den die Spurensicherung sichergestellt hat. Die Kollegen dort kennen sie.«

Bettina stand auch auf. »Kennen sie weswegen?«

»Macht wohl gern Ärger. Und gibt so Eso-Kurse. Atmen. Kräuter. Farbmeditation.« Er sah Bettina an und lächelte ein Lächeln, das nur in den Augen saß. »Dabei dachte ich immer, Schwarz wäre gar keine Farbe.«

Farbmeditation.

Es kostete Bettina drei Anrufe, um rauszukriegen, dass Gabriele Kling für zehn Uhr dreißig in Landau einbestellt war, das war die nächste größere Polizeidienststelle zu Frohnwiller. »Ja, die kennen wir gut«, sagte ein Kriminalkommissar Tatzel, mit dem Bettina zuletzt telefonierte. »Ruhestörerin. Die haben wir schon vom Rathausdach geholt, weil sie irgend so ein Banner gegen den B10-Ausbau aufgehängt hat. Und erwähnen Sie niemals das Wort Jagd.«

»Hat sie eine Akte?«, fragte Bettina und öffnete gleichzeitig das entsprechende Programm auf ihrem Computer.

Tatzel schnaubte. »Nein, die flutscht immer durch. Eingestellte Verfahren. Schafft es jedes Mal, den Leuten am Ende Mitleid einzureden. Wie ein prügelnder Ehemann. Diese Frau nervt, und ich hoffe, dass sie diesmal nicht so leicht davonkommt. Schwere Sachbeschädigung oder sogar Beschimpfung von Bekenntnissen in einer Kirche, das wird die Gemeinde nicht einfach so hinnehmen.«

»Hm. Kann ich bei dem Gespräch dabei sein?«

»Selbstverständlich, sehr gern, Frau Kollegin. Melden Sie sich bei dem Kollegen Barolo.«

Die Angelegenheit fand in einem Büro statt, ein schmales Ein-Mann-Zimmer, das Bettina sofort gefiel: An der Wand hing ein altes Poster von *The Police*, auf dem Tisch stand ein Gerät, das ein ausgemustertes Pedal für eine elektrische Gitarre sein mochte, und der befragende Beamte Barolo war ein junger, etwas untersetzter Kollege mit dunklem Haar und freundlichen Augen. Er schien davon auszugehen, dass *sie* das Gespräch führen würde, hatte ihr Fotos und Aussagenprotokolle gegeben und ließ sie reden. Wobei momentan hauptsächlich Gabriele Kling redete. Sie war aufgeregt und laut, ihr rotes Haar leuchtete vor der weißen Wand und dem Bild vom jungen Sting, sie trug Ringe an jedem Finger, außerdem einen einzelnen langen Ohrschmuck mit einem großen Türkis im linken Ohr neben vielen kleinen Steckern, und sie hatte ihre Augen dick schwarz umrandet: Das war wohl die Kampfmontur. Auf der Suche nach Mojo Hansen hatte Kling nur halb so viel Kraft ausgestrahlt. Jetzt war das Zimmer nicht ansatzweise groß genug für ihre Person, sie fuhrwerkte mit metallbewehrten Fäusten in der Luft herum und beteuerte ihre Unschuld: »Ich mag ja gottlos sein, und das aus Überzeugung, aber ich würde nie eine Religion verhöhnen! Ich bin tolerant, ich bin mehr als das, ich putze in dieser Kirche! Für fast nix!«

»Frau Kling, zunächst einmal möchten wir einfach nur wissen, wie Ihre Fingerabdrücke auf den Farbeimer gelangen konnten.« Bettina legte ein Foto vor ihr auf den Tisch, das Müller rübergemailt hatte.

»Er gehört mir«, sagte Kling angriffslustig. So what, sagten ihre Schultern.

»Diese Farbe ist die Farbe auf den Jesussen.«

»Das mag sein. Ich erinnere mich, ich habe diese Farbe zu Mojo ins Jugendhaus gebracht, weil er die Wand hinter dem Herd streichen wollte. Vor Jahren! Tafelfarbe. Ist abwaschbar. Und bei mir hat sie eh nur rumgestanden. Ich benutze hauptsächlich natürliche Pigmente und Pflanzenölbasen.«

»Wo hat Dr. Hansen den Farbeimer aufbewahrt?«

»Im Abstellraum vermutlich.«

»Ist der in seiner Wohnung oder im Jugendbereich?«

»Neben der Jungstoilette.«

»Gut, was anderes, Sie geben auch Kräuterkurse?«

»Ja?«

»Kennen Sie einen Getreideschädling, Claviceps purpurea?«

»Mutterkorn. Klar.«

»Haben Sie das jemals für irgendwas verwendet?«

»Nein. Das benutzte frau früher für Abtreibungen. Jetzt gibt es da weniger fiese Mittel.«

»Haben Sie es gesammelt? Es besessen?«

»Nein.«

»Hat sich mal jemand bei Ihnen danach erkundigt?«

»Nein. – Was soll die Frage?«

»Kennen Sie den Begriff Hühnerkorn?«

Kling schüttelte den Kopf.

»Oder Antoniusfeuer?«

»Sicher, so heißt die Vergiftung.«

»Für wie giftig halten Sie die Substanz?«

»Tödlich«, sagte Kling mit schmalen Augen.

»Haben Sie irgendeine Idee, wie dieser Pilz in die Pfeffermühle Ihres Jugendzentrums geraten konnte?«

»Wie bitte, in die –?«

»Haben Sie?«

»Nein.«

»Na schön. Dann lassen Sie uns über Farbmeditation reden.«

Kling warf ihr einen spöttischen Blick zu, entspannte sich aber ein wenig und sagte: »Ich weiß nicht, worauf Sie hinauswollen, aber Schwarz ist keine Farbe.«

»Ich will darauf hinaus, dass Sie sich auskennen, also versuchen Sie mal zu deuten: Was soll uns das Schwarz auf den Jesussen sagen?«

»Eine christliche Deutung kann ich Ihnen nicht bieten. Das bin ich nicht.«

»Ich nehm auch die Heidendeutung.«

Kling funkelte sie an. »Bin ich erst recht nicht.«

»Die der Farbexpertin.«

Kling rollte die Augen und sagte: »Ich als Frau und Mensch hab in der Madonna nie eine Heilige gesehen und in Jesus nie einen Gott. Für mich war das immer schon eine Mutter mit Kind.«

»Aber warum das Kind schwarz machen? Und nicht etwa die Mutter?«

Kling starrte sie an, dann richtete sie sich auf, haute mit der Rechten auf den Tisch, dass die Ringe knallten, und sagte: »Gute Frage.«

»Haben Sie eine Antwort?«

Kling biss sich auf die Lippen, dann hob sie die düster geschminkten Lider und sah Bettina durchdringend an. »Vielleicht.«

* * *

Konnte sie ihr vertrauen? Dieser Boll, der Polizistin mit den Boots, den Jeans und diesen unglaublich karamellrotbraunen Haaren, eine Naturfarbe, für die manch eine einen Mord begangen hätte? Dass ihre Besitzerin sie nur strähnig im Nacken zusammengerollt trug, war, ja, entwaffnend. Da saß eine sommersprossige Hippie, oder nein, Bikerin …? Jedenfalls eine Frau in einem ausgewaschenen schwarzen T-Shirt und blickte sie aus ihren grünbraunen Augen so entschlossen an, dass es fast unfreiwillig komisch wirkte. Elle fand, dass sie nicht wie ein Bulle aussah, doch das mochte täuschen. Wahrscheinlich war sie die Linientreueste von allen, diejenige, die immer die Gute spielte, die vorgeschickt wurde, wenn Bulle mit den Freaks reden musste. Gestern war sie viel mehr Teil des Teams oder: Mama ihres kleinen Kollegen gewesen, weniger präsent, nachdenklicher, nicht so angriffslustig. Der Frau von gestern hätte Elle vertraut. Andererseits, war das am Ende nicht egal?

»Ich finde unheimlich, *wie* die Figuren bemalt sind«, sagte sie, immer noch zögernd. Sie hatte noch nie jemanden bei den Bullen verpfiffen. Noch nie.

»Wieso unheimlich?«, fragte die Boll.

»Weil«, Elle fasste sich ein Herz, »die Kinder einfach weg sind. Sie wurden ausradiert. Und das steigert sich. Erst ein Bild, dann eine Skulptur, was kommt als Nächstes?«

»Was denken Sie?«

Elle holte tief Luft. »Ich will nicht, dass passiert, was ich denke, darum erkläre ich Ihnen jetzt was.« Tapfer sprach sie weiter: »Wir haben zwei Sätze Kirchenschlüssel. Einer gehört Mojo, der andere Ina, unserer Gemeindereferentin. Die mit dem beeinträchtigten Jungen. Am Samstagmorgen war ich putzen. Da hab ich Inas Schlüssel von ihr bekommen und damit die Kirche aufgesperrt. Auf diesem Schlüssel war ein kleiner schwarzer Farbfleck.«

Boll starrte sie an. »Auf dem Schlüssel von Ina Rotas?«

»Das ist nicht ganz klar, denn als ich ihr den Schlüssel zurückgebracht hab, hat sich herausgestellt, dass Mojos Bund auch bei ihr war. Der Fleck ist nicht so aussagekräftig, etwas anderes dagegen umso mehr.«

»Was?«

»Ich hatte die ganze Nacht von Sonntag auf Montag einen Schlüsselbund bei mir. Diesen Bund hat Ina Rotas sonntagmorgens früh, bevor sie weggefahren ist, an den Herrn Forell gegeben, weil der beim Sonntagsservice helfen sollte. Am Abend haben der Forell und ich damit alle Türen an der Kirche abgesperrt. Und ich – das glauben Sie mir jetzt einfach – hab nichts bemalt. Der andere Schlüssel muss im Pfarrhaus gewesen sein. Ina war nicht da. Also ist die einzige andere Person, die es getan haben kann …« Elle konnte es nicht aussprechen.

Aber die Boll kapierte es nicht. Sie blickte verständnislos.

»Manuel Rotas!«

»Der Junge? Der sitzt doch im Rollstuhl.«

»Nicht immer.«

»Was hat er denn?«

»Eine Stoffwechselkrankheit, bei der man sich auf keinen Fall verletzen darf.«

»Also er kann laufen?«

»Als ich ihn zuletzt gesehen habe, schon, ja, da hatte ich den Eindruck, dass er sich neuerdings sogar ganz gut bewegen kann. Er soll sich nur nicht stoßen oder fallen, darum der Rollstuhl.«

»Ach so«, sagte die Boll und sah sie an, jetzt wieder nachdenklich. »Und kennen Sie einen Grund, warum Manuel Rotas Jesuskinder anmalen wollte?«

»Ich kann mir einen vorstellen.«

»Echt?«

Elle breitete ihre Hände aus und schaute ihre Ringe an. Zwei wichtige Talismane, der Opal und der kleine Ring von ihrer Oma, der Rest einfacher Silberschmuck zum Auffüllen, sie war iced out, das hier war wichtig. Ja, sagte die Oma. Wichtig. Und es ist richtig, dass du mit der Polizei sprichst. Diese Ina, deine Freundin, die war ja nicht eben zugänglich, die wollte nicht hören, die hat dich sogar lächerlicherweise beschuldigt, aber irgendwem muss es gesagt werden. Du verrätst nicht. Du hilfst.

»Manuels Familie«, sagte Elle also leise, »kreist um ihn. Auch davor, als seine Schwester Pia noch da war und der Pfarrer, da hat er schon alle Energie auf sich gezogen. Er war der Pflegefall. Das ewige Kind. Der Auserwählte, wenn Sie so wollen.«

»Und?«

»Und jetzt musste Ina am Wochenende ihre Enkelin zu sich holen, deswegen war sie in Berlin. Das ist nicht nur ein Besuch, Pia ist in einem Drogenentzug, das Kind soll bleiben. Alice. Ein zweijähriges Mädchen. Die wird Manuel von seinem Thron stoßen. Hat sie im Grunde schon.«

»Sie denken, dass Manuel sich selbst meint und dass er die Kinder auf den Darstellungen – ausradiert hat?«

Elle sah der Boll direkt in die Augen. Grün und Gold, ein Blick, der verstand. »Oder«, sagte sie in diesen Blick, »er hat Alice gemeint.«

* * *

Wen anrufen, wenn Willenbacher offensichtlich schlief (weil er ewig nicht mehr online gewesen war) und alle anderen aus der Abteilung nichts mit dem Fall zu tun hatten? Die Neue? Juno supereifrig Hamm?

Bettina tigerte ein wenig draußen vor Barolos Zimmer auf dem breiten Gang herum und überlegte, wen sie aufgrund der Geschichte einer freiberuflichen Esoterikerin (Farbmeditation …), die noch dazu als Täterin selbst sehr plausibel war, zu einer Befragung mitnehmen konnte. Oder reichte es, wenn sie einfach diesen Barolo bat, mitzukommen, war ja im Grunde sowieso sein Fall?

Sie erreichte das Treppenhaus, da hörte sie feste Schritte hinter sich. Drehte sich um. Ein sehr kompakter Polizist in tadelloser Uniform und mit millimetergenau geschnittenem Haar kam auf sie zu. »Frau Boll«, rief er, musterte sie und schien sie freundlicherweise in die Kategorie »Zivilbeamtin, darf das« einzuordnen. »Tatzel. Ich freu mich, Sie mal zu sehen, ich hab schon so viel von Ihnen gehört.« Er packte ihre Hand, sah ihr in die Augen und senkte die Stimme. »Der Erste Kriminalhauptkommissar Härting, hm? Wer hätte das gedacht?«

»Haben Sie ihn gekannt?«, fragte Bettina.

»Ist schon Jahrzehnte her. Hätte ich nie geglaubt.«

»Ich auch nicht«, sagte Bettina von Herzen, und das schien ihr Tatzels Sympathie einzubringen. »Konnten wir Ihnen helfen mit der Frau Kling? Können wir sie diesmal festnageln?«

»Vielleicht«, sagte Bettina vage. »Wir müssten da allerdings noch was in Frohnwiller überprüfen. Ich dachte, ich fahr einfach jetzt noch schnell mit dem Herrn Barolo raus –«

»Natürlich«, rief Tatzel sofort, trat auf Barolos Büro zu und riss die Tür auf. »Rollo! – Ah, du hast noch zu tun!« Er nickte

Bettina zu. »Wenn die Frau Kling das Protokoll unterschrieben hat, fährst du mit der Frau Boll nach Frohnwiller, Rollo. – Warum?« Er sah Bettina an, wartete die Antwort aber nicht ab. »Ist wichtig«, sagte er zackig.

Und Bettina nickte.

»Die Frau Kling«, sagte Barolo, als er neben ihr auf dem Beifahrersitz des Audi saß und sie losfuhren, »ist eine sehr fantasievolle Frau.« Das sagte er so vorsichtig, als wüsste er nicht genau, wie sehr er Bettina mit der Wahrheit belasten durfte. »Wir hatten schon mehrfach mit der zu tun.« Er krallte sich nicht fest wie Müller, sondern sah sich eher entspannt um: netter Oldtimer.

»Ist sie unzuverlässig?«, fragte Bettina. »Lügt sie?«

»Die ist sehr schnell dabei, Anzeige zu erstatten, wenn's um ihre Lieblingsfeindthemen geht. Jagd. Ein Maiskolben zu viel auf einer Äsung, ein Holzwurm in einem Hochsitz, und die verbringt den halben Tag bei uns auf der Wache.«

»Macht sie Falschaussagen?«

Barolo dachte nach. »Nein«, sagte er schließlich. »Aber sie übertreibt«, fügte er an.

»Würdest du ihr zutrauen, eine Jesusfigur in der Kirche anzumalen?«

»Absolut«, antwortete er sofort.

»Und traust du ihr auch zu, das anschließend zu leugnen und es einem Behinderten anzuhängen?«

Er zögerte. Aha. Mit Barolo war sie sofort per Du gewesen, der sagte zwar wenig, war aber sympathisch. Und aus der Gegend.

»Sag mal, kanntest du den verstorbenen Pfarrer Lux?«

Barolo schüttelte den Kopf. »Nicht richtig. Das war so einer, der schon immer da war.«

»Irgendwelche Skandale?«

»Nein.«

»Was war mit dieser Nichte, Alices Mutter, die minderjährig schwanger wurde?«

»Oh, ja, ich glaube, da war was … aber das war nicht er. Das war ein Junge aus dem Ort. Die ist ja dann auch weg.«

»Jetzt ist sie im Entzug … ist die davor schon mal wegen Rauschmittelbesitz aufgefallen?«

»Nein.«

»Und Mojo Hansen, ist der mal bei euch aufgeschlagen?«

»Nee«, machte Barolo, »aber das mit den Drogen, doch, da war mal was. Da musste ich sogar mit 'nem Kriminaler aus Ludwigshafen nach Frohnwiller, so 'nem Irren.« Er musterte Bettina von der Seite. »Lederhose und Kampfname, da wär ich echt nie drauf gekommen, dass das ein Kollege ist.«

»Mezkal«, riet Bettina und bekam sofort ein flaues Gefühl, allein bei dem Namen. Mezkal war der einzige Kollege, der von Ennos Eskapaden wusste. Einem hatte sie es beichten müssen, darauf hatte die Schule bestanden.

»Genau«, sagte Barolo munter. »Das war 'ne verrückte Sache, da hat sich einer was ans Jugendhaus schicken lassen, und rate mal, wie die drauf gekommen sind.«

»Das Paket ging nicht ans Jugendhaus, sondern ans Pfarrhaus.«

»Nein. Die haben eh nur einen Briefkasten. Und es war ein Brief. So 'ne Modedroge, Tilidin. Der Brief war ans Jugendzentrum adressiert, und als Absender stand da ein Laden aus, ich glaube, Mannheim, türkischer Name, den Laden gibt's wirklich, die verkaufen Lebensmittel. Jedenfalls, aus irgendeinem Grund ging die Sendung zurück an den Absender. Die machen ihn auf, finden das Tilidin, schnallen, was los ist, und bringen das Zeug als ehrliche Staatsbürger zur Polizei.« Barolo trommelte einen kleinen Tusch auf seine Seite des Armaturenbretts. »Ist halt schon fies vom Händler gewesen, so Ausländer-Drogen-Vorurteile zu bedienen, mit dem Brief wäre nicht jeder zu uns gekommen.«

»Hm«, sagte Bettina. »Und was ist bei der Untersuchung herausgekommen?«

»Hier bei uns nicht viel, wer das Zeug bestellt hat, konnten wir nicht ermitteln, das hätte ja das halbe Dorf sein können.

Aber die von der Drogenfahndung waren glücklich und haben gesagt, dass es sie weiterbringt.«

»Könnte dieser Manuel es bestellt haben?«

»Ja, klar.« Barolo, der aufrecht gesessen hatte, ließ sich in den Sitz zurücksinken und sah sie von der Seite an. »Denk ich aber nicht. Ganz ehrlich: Was diese Kling erzählt, davon kannst du nur die Hälfte glauben. Ich hab Manuel schon ein paarmal gesehen, und der war nie sehr beweglich.« Er verzog das Gesicht. »Der ist wirklich krank.«

Sie klingelten im Pfarrhaus, drinnen hörten sie leise jemanden singen. »Nett hier«, sagte Bettina, die sich an ihren eigenen verwilderten Garten erinnert fühlte, wenn sie in die zu groß gewordenen Hecken guckte. Dann näherten sich Schritte, und die Tür wurde geöffnet. Eine dunkelhaarige Frau in einem schwarzen T-Shirt blinzelte ins Helle. »Ja?«

»Boll, Kriminalpolizei«, sagte Bettina. »Ina Rotas?«

»Bin ich.«

»Könnten wir kurz mit Ihrem Sohn Manuel sprechen?«

Rotas trat vor die Tür. »Warum?« Ihre Gesichtszüge waren sehr weich im Vergleich zum übrigen, eher eckigen Körper. Sie roch nach Vanillezucker, und auf ihrem T-Shirt befanden sich Mehlspuren. Die Frau war hübsch, sie wirkte energiegeladen, aber ihre Augen sahen aus, als hätte sie seit Jahren nicht mehr richtig geschlafen.

»Wir wollen nur kurz mit ihm reden.«

»Er ruht«, sagte Rotas. »Wissen Sie inzwischen, wo Mojo ist?«

»Leider nein. Können wir dann mit Ihnen reden, Frau Rotas?«

Sie lächelte schwach. »Ich weiß nicht. Beide Kinder schlafen.«

»Beide – Kinder?«

»Alice und Manuel«, sagte Rotas. »Alice ist meine Enkelin.« Sie sah Bettina an und grinste ein bisschen verschwörerisch. »Hätte nie gedacht, dass Omawerden so schnell geht.«

»Wir können auch kurz hier im Garten reden«, sagte Bettina darauf.

Rotas seufzte. »Na gut, kommen Sie rein, aber leise, bitte, es hat so lang gedauert ...«

Sie betraten einen dunklen Flur und kamen in eine helle Küche, Mullgardinen an den Fenstern, Holztisch in der Mitte, hübsches buntes Steingutgeschirr und ziemlich lässige Ordnung. Es sah nach einem sehr lebenswerten Ort aus, fand Bettina. »Schönes Haus«, sagte sie anerkennend.

»Danke.« Rotas räumte eine Backschüssel voll Teig vom Tisch, setzte sich und wies vage auf zwei Stühle. Dann sprang sie wieder auf. »Wollen Sie einen Kaffee?«

»Danke«, sagten Bettina und Barolo gleichzeitig.

»Es gehört der Kirche«, sagte Rotas bedauernd und setzte sich wieder. »Ich miete es nur, und die kommen mir wirklich entgegen, aber das ist auch das Problem, denn eigentlich ist dieses Haus für den Gemeindepfarrer bestimmt. Meine Miete ist jetzt zwar niedrig, aber im Zweifelsfall kriegen sie mich raus, wenn sie einen neuen Geistlichen für die Stelle finden.« Sie seufzte. »Na ja, irgendwas ist immer. Wir schaffen das schon. Auch mit Rollstuhlfahrer.«

»Ihr Sohn Manuel ist – krank?«, fragte Bettina vorsichtig.

»Er bereichert mein Leben«, sagte Rotas fest.

»Aber er ist fordernd?«

»Er selber nicht.« Rotas nickte und betrachtete ihre Hände. Die waren ganz rau und rot. »Aber ja«, gab sie leise zu, »natürlich ist ein solches Leiden fordernd.«

»Was hat er denn?«

»Die Grundkrankheit ist Hypophosphatasie.« Sie verdrehte die Augen. »Eigentlich nur ein winziges Stoffwechselproblem! Aber es bewirkt, dass verletzte Stellen im Körper nicht regenerieren. Oder falsch, sie regenerieren zu sehr, sie verhärten. Verkalken. Drücken auf die umliegenden Organe. Funktionieren nicht mehr richtig. Das ist grausig, denn jeder Sturz kann das Ende bedeuten. Darum braucht Manuel eine aggressive Medikation. Die Nebenwirkungen machen das Gros seiner Beschwerden aus.«

»Er kann sich aber eigentlich bewegen? Laufen? Und er kommt so im normalen Leben zurecht?«

Rotas seufzte. »Er – wir – müssen immer abwägen: einmal rennen und vielleicht hinfallen und sterben – oder alles schöööön langsam …« Sie rieb die bemehlten Hände übers Gesicht und sah danach ein wenig gepudert aus. »Erzählen Sie mal einem kleinen Kind, einem Jugendlichen, einem Mann, dass er nicht aufstehen darf! Wir hatten Zeiten, da war er fixiert, und wir hatten Zeiten, da war er ruhiggestellt.« Seufzen. »Wir haben unsere Hilfsmittel, die Ruhehaube, den Stuhl, aber es gab wirklich Momente, da wusste ich nicht mehr, was ich machen soll.« Jetzt sah sie sehr müde und fast selbst krank aus.

»Ruhehaube?«, sagte Bettina.

Rotas sah auf. »Ja, klingt gruselig, wie? Ist aber sehr wirksam, wie bei einem Falken, oder Scheuklappen beim Pferd, wenn die Augen keine Reize mehr kriegen, dann beruhigt sich das Kind viel schneller.« Sie seufzte. »Not macht erfinderisch.«

»Aber in letzter Zeit«, sagte Bettina, »konnte Manuel sich ganz gut bewegen, hab ich gehört.«

»Sie haben mit Elle Kling gesprochen.«

»Und die hat gesagt, Manuel könnte laufen und hier am Tisch sitzen.«

Rotas musterte sie sekundenlang schweigend. »Natürlich macht er das. Schon immer. Hier im Haus kann er herumlaufen, das ist doch klar.«

»Geht er auch manchmal alleine raus? Luft schnappen? Oder rüber ins Jugendhaus? In die Kirche?«

»In Begleitung«, sagte Rotas. »Was hat Elle Ihnen gesagt? Dass Manuel unsere Marien in der Kirche angemalt hat?«

»*Kann* er das denn getan haben?«

Rotas erhob sich, wandte sich ab, lief in ein anderes Zimmer, kam mit zwei dicken Ordnern zurück und knallte sie vor Bettina auf den Tisch. »Das alles«, rief sie, »ist mein Sohn Manuel. Das sind die Diagnosen. Die Zähne, der Magen, die Leber, die Nieren … Alles Komplikationen, Nebenwirkungen! – Ja, er ist in der Lage, selbständig zu gehen, ja, das macht psychische Probleme, aber nein, er ist nicht verrückt und er hat die Figuren nicht angemalt! Ich weiß, Elle hat mich angerufen und mir irgendwas von einem Schlüssel erzählt, aber Tatsache ist, Elle hat selber Zugang zu den Schlüsseln, Elle hat verdächtigerweise beide Male die Sache brühwarm entdeckt, und Elle ist zwar leider nur eine mäßige Putzfrau, aber eine große Diva! Die liebt ein gutes Drama, und wenn ihr wirklich langweilig ist, würde sie bestimmt auch selbst eins erfinden!«

Barolo nickte kaum merklich. Bettina betrachtete die beiden Ordner. Auf den einen waren außen Fotos eines kleinen Jungen im Rollstuhl geklebt. Manuel lächelnd mit einem jüngeren Mädchen, Manuel blass in einem bunten Rollstuhl, ein Babybild, das an der Seite abgeschnitten war, als sei eine andere Person entfernt worden. »Können wir Manuel nicht einfach mal wecken?«, fragte sie. »Ich meine, es ist Mittag, er ist zwanzig …«

»Ich musste ihm was geben.« Rotas' Wut war verflogen, jetzt wirkte sie nur noch müde, aber bestimmt. »Er hatte Krämpfe, als ich weg war, wir haben ein neues Mittel aus einer alternativen Praxis, das so die Grundkonstitution ein bisschen verbessert, nicht sehr belastend, das ist das Gute, aber halt an der Grenze zum Placebo, das will er jetzt immer haben, da wird ihm nicht so schlecht. Ist ja eigentlich gut, aber in der Zeit, in der ich nicht da war, hat das nicht gereicht. Jetzt hat er ein Notfall-Oxycodon und ein Schlafmittel, und ich werde ihn nicht wecken.«

»Was für ein Schlafmittel?«, fragte Bettina.

»Dolo-Zoplicon.«

Sagte ihr nichts. »Wie steht Manuel zu seiner Nichte Alice? Hat er sich auf sie gefreut?«

»Natürlich!«

»Wie hat sich das geäußert?«

»Wie bitte?«

»Wie redet er über Alice?«

»Er hat sie sofort umarmt, als sie gekommen ist.«

»Ein Kleinkind wird sehr viel Beachtung einfordern, ist Manuel das klar?«

»Was meinen Sie?«

»Sie haben Alice nicht nur zu Besuch hier, oder? Die soll jetzt erst mal bei Ihnen bleiben.«

»Ja.«

»Werden Sie das überhaupt schaffen? Eine Zweijährige und einen Pflegebedürftigen und Ihre Stelle hier in der Pfarrei?«

»Ich hab Hilfe«, sagte Rotas. »Die Menschen hier sind toll.« Irgendwo im Haus begann ein Kind zu weinen. »Und Manuel ist ein guter Junge«, sagte sie fest. »Wir sind eine gute Familie. Es ist nicht leicht für uns, aber wir schaffen das.« Sie sah Bettina ins Gesicht, schien neue Energie zu schöpfen und lächelte sogar wieder ein bisschen. Das Schreien im Hintergrund wurde lauter. »So, jetzt entschuldigen Sie mich bitte, ich muss mal zu Ally.«

»Können wir –«, begann Bettina, doch Barolo zupfte sie am Ärmel.

»Okay«, sagte sie, irgendwie unzufrieden. »Wir finden allein raus.«

Es gibt keine Freiheit für mich, Maria: Du bist immer da, du warst und du bist und du wirst immer sein – in meinem Kopf. Andere nennen das Glauben und würden mich beneiden. Es ist wie ein ewiges Lourdes, sie würden sterben dafür, mit Lilie in der Hand und eingewickelt in einen blauen Mantel. Aber was, wenn ich nicht mehr mit dir reden will, Maria? Wenn ich nicht mehr glauben will? Wenn ich es wirklich schaffe und stumm bleibe und du aus meinem Kopf rausmusst? Wer von uns beiden ist dann weg? Du oder ich?

Vielleicht sollte ich einfach anfangen, mit einer echten Frau zu reden. Nur so zum Vergleich. Mit Elle zum Beispiel. Kein guter Zeitpunkt, weiß ich, Maria, ich bin stinksauer auf sie. Die war bei der Polizei! Dabei ist überhaupt nicht raus, wer dich bemalt hat, es gibt keinen Beweis, dass es Manuel war! Sie kann es ebenso gewesen sein, wahrscheinlich sogar! Wie soll Manuel diese Statue überhaupt erreicht haben?

Vor der Tür standen sie einen Augenblick wie benommen, überrascht, dass draußen die Welt viel heller war. Das Haus kam einem gar nicht so dunkel vor, aber es war halt alt, Pfälzer Sandstein, und die Fenster klein.

»Und jetzt?«, fragte Barolo.

»Du lädst Manuel vor.« Es war nicht wirklich Bettinas Fall, aber sie hätte diesen Manuel trotzdem gern mal gesprochen. Daher die Unzufriedenheit. »Redest mit ihm. Ohne seine Mutter. Der ist erwachsen.«

»Und die Kling?«

Bettina zuckte die Achseln. »Ich glaube, sie hat recht, aber sie übertreibt. Sagst du ja selbst. Ich würde behaupten, das Risiko für Alice hält sich in Grenzen. Egal, was für Probleme Manuel hat, Jesusse anmalen ist was anderes, als ein kleines Mädchen – ja, was soll er mit ihr machen? Sie umbringen?«

»Das wär krass.«

»Und ich glaube, die Mutter hat den Laden im Griff. Da ist Platz für zwei Kinder. So groß kann die Eifersucht eigentlich nicht sein.«

»Ja«, sagte Barolo zögernd, »aber geh mal vom Kostenfaktor aus.«

»Was meinst du?«

»Wenn er's war, hat Manuel sein Leben riskiert, um der Maria die Kinder wegzumalen.«

»Ja.«

»Also, wenn er bereit ist, sich selbst zu opfern, dann könnte er bei Alice sehr wohl denken: lieber erst mal du.«

Sie sahen sich an.

»Wenn er es war, dann war es ihm jedenfalls ernst«, fügte Barolo an.

»Oh Mann«, sagte Bettina. »Komm, lass uns noch mal nach den Marias schauen.«

Die beschädigten Kunstwerke standen unverhüllt an ihren Plätzen. Bettina sah sie lange an, vor allem die Skulptur. Schwer zu erreichen, dachte sie. Der Maler hatte zwar eine Leiter zur Verfügung gehabt, die nach wie vor in einer Ecke des Gebäudes am Emporenaufgang lehnte, aber die musste auch erst mal vor der Maria aufgestellt werden. Und das war kompliziert, denn die Füße der Figur befanden sich knapp über Bettinas Kopfhöhe auf einem Podest, das sehr weit auskragte. Es wurde von einem Vierungspfeiler getragen, vor dem eine Bankreihe stand, die nicht zu verschieben war, sodass die Leiter nur an einer eher ungünstigen Stelle aufgebaut werden konnte. Nicht unmöglich, da mit einem Farbtopf zu balancieren, aber doch eine sehr wackelige Angelegenheit.

»Ist das wirklich eine Drohung?«, fragte sie Barolo, der sich eine Weile am Kerzenständer aufgehalten hatte. Vielleicht hatte er ein Licht spenden wollen, doch es schien schwierig, noch einen Platz dafür zu finden, so viele Kerzen strahlten und funkelten dort um die Wette.

»Ich weiß nicht«, antwortete Barolo. »Ich finde, es sieht traurig aus.«

»Es könnte eine Anklage sein«, sagte Bettina. »So: Gott ist fort und war nie da.«

»Nee«, sagte da eine sehr junge Stimme aus dem Off. »Ich glaube, es heißt, dass Jesus mal Urlaub braucht.« Das klang fröhlich.

Bettina drehte sich um und sah eine junge Frau knapp unter zwanzig, vielleicht noch ein Teenager, in einem merkwürdig blumigen Oberteil aus sehr steifem Stoff und langen, zu Zöpfen gebundenen Haaren. Dazu trug sie gewagten mintfarbenen Lidstrich bis fast zu den Ohren und jeweils einen pinkfarbenen Strassstein in den Augenwinkeln.

»Und wo fährt er hin?«, fragte Bettina. Die Deutung gefiel ihr bisher am besten.

Die junge Frau zuckte die Achseln und grinste. »Vielleicht irgendwo surfen?« Sie zog ihren Rucksack höher, es sah aus, als wäre sie gerade aus der Schule gekommen.

»Bist du von hier?«, fragte Bettina, umstandslos per Du.

»Ja, ich wollte mal sehen, wovon die alle reden.« Blick nach oben. »Sieht gar nicht sooo fies aus.«

»Gehst du manchmal hier ins Jugendhaus?«

»Nicht mehr. Ja, vor paar Jahren.«

»Du kennst Mojo Hansen?«

»Na klar. Stimmt es, dass er das hier gemacht hat?«

»Das wollen wir rauskriegen«, mischte Barolo sich ein. Die junge Frau schaute ihn an. Augenblicklich fiel ihr das Lächeln aus dem Gesicht. Weil er Uniform trug ...?

»Ist aber eher unwahrscheinlich«, sprach Bettina und betrachtete die mutmaßliche Surferin interessiert. Eine Hübsche, Aufgeweckte. »Kennst du jemanden, dem du das zutrauen würdest?« Sie wies auf die bemalte Madonna.

»Außer Mojo?«

»Ja.«

»Ich weiß nicht.« Achselzucken. »Da muss man ja schon irgendwie irre sein, oder?«

»Hm«, machte Bettina. »Kennst du Manuel Rotas, hier von nebenan?«

»Klar. Hab ihn aber schon lang nicht mehr gesehen. Früher war er mehr draußen.«

»Wann früher?«

Die junge Frau zuckte die Achseln. »Als Svanni noch da war, da waren wir öfter hier. Dann nicht mehr.«

»Wer ist Svanni?«

»Die war mit Manuel zusammen.«

Bettina sah überrascht zu Barolo, der starrte seinerseits die junge Frau an. »Svanni, also Svantje? Svantje Noor? Das war deine Freundin?«

»Echt? Manuel war mit jemandem zusammen?«, fragte gleichzeitig Bettina.

Die Strasssteine glitzerten, als die junge Frau von einem zur anderen blickte. Dann kehrte sie Barolo den Rücken und beugte sich zu Bettina vor. Senkte die Stimme. »Na ja, Svanni war nicht richtig mit ihm zusammen, aber sie war in ihn.«

»Und wer ist Svanni?«, fragte Bettina ebenso verschwörerisch.

»Eine Jugendliche, die auf der Wiese einen Unfall hatte«, antwortete Barolo laut aus dem Hintergrund.

»Was für einen Unfall?«

»Sie ist beim Campen in ihrem Zelt, äh, verbrannt.«

»Was?«

»Ja«, sagte die junge Frau anklagend über die Schulter zu Barolo.

»Wie ist eigentlich dein Name?«, fragte Bettina.

»Lea Andrie.«

»Und was ist da genau mit Svanni passiert?«

Lea schaute Bettina ernst an. »Soll ich es Ihnen zeigen?«

Wieder war es draußen überraschend hell, wieder fand Bettina, dass noch Fragen offen waren. Aber diesmal hatte sie jemanden dabei, dem sie die stellen konnte.

»Wo gehen wir hin?«, war die erste.

»Da unten auf die Wiese«, sagte Lea.

Barolo wies quer durch die Lindenallee zum Jugendzentrum. Dort an der rechten Seite begann eine schmale, ziemlich bröckelige und von Büschen gesäumte Betontreppe. »Da runter.«

»Was ist das für eine Geschichte?«, fragte sie ihn halblaut. »Verbrannt?«

»Ein Unglück«, antwortete der Kollege. »Riesenschock für alle. Es war ein altes Zelt. Ohne Beschichtung. Das stand neben einem Holzstapel, und der lag zu nahe an einer Feuerstelle. Keine Anzeichen für Fremdeinwirkung. Wir haben uns das wirklich alles haarklein vom Brandgutachter erklären lassen. Bei Svantje Noor ist«, er sah sich nach Lea um, die etwas zurückgefallen war, und senkte die Stimme, »ziemlich viel schiefgelaufen. Deswegen wollten wir nichts übersehen und haben viele Leute befragt. Die Umstände waren tragisch.«

»Wieso hat die da überhaupt gecampt?«

»Das war so eine Jugendfreizeit in den Sommerferien, vor, warte, ich glaub sechs Jahren, das war, als ständig Demonstranten wegen Sophie aufmarschiert sind. Und ich glaub, es war sogar Hansen, der hat das auf der Wiese unten organisiert, da sind die alten Bahnschuppen. Vierzehn Tage Feuerchen, Gitarre spielen, abhängen. Muss eine coole Sache gewesen sein. Aber dann waren die Sommerferien vorbei. Die Kids sind wieder heim. Bis auf –«

»Svantje Noor.«

»Ja, und –«

Lea hatte wieder aufgeholt. »Genau, da runter. Achtung, die Brombeeren.«

»Okay, oh, wow«, machte Bettina unwillkürlich. Sie hatten den Fuß der engen Treppe erreicht. Die plötzliche Weite riss den Blick nach oben. Alles war viel heller und wärmer als auf dem Kirchenvorplatz, eine völlig andere Welt: ein riesiges, summendes, ungepflegtes Stück Grasland, das nahtlos in eine locker bewachsene Industriebrache mit ein paar überwucherten Gleisen und verlassenen Backsteingebäuden überging. Nichts hübsch, alles eher verlassen und staubig, aber hier wirkte die Welt unendlich. Und voller eigensinniger Pflanzen. So, als ob die Natur noch eine Chance hätte.

»Abenteuerland«, sagte Barolo düster.

»Wo war das Camp?«, fragte Bettina.

»Wir durften sprayen«, sagte Lea. In ihrer Stimme schwang jetzt Begeisterung mit, als sie durchs hohe, heiße Gras stapfte und sich um trockene Dornennester herumlavierte. Die Strasssteine in ihren Augenwinkeln blitzten rosa bei jeder Bewegung im hellen Licht, und der mintgrüne Lidstrich gab ihrem Gesicht etwas Elfenhaftes. »Es war cool. Wir hatten jede Menge Farbe, Dosen, *Montana Black*, hat echt der Pfarrer spendiert, also, *echtes*! – und wir haben eine ganze Wand bemalt.« Sie sah auf und deutete auf ein langes Backsteingebäude mit einer Rampe an der Seite. »Dort. Da war es. Aber dann hat der Pfarrer auch alles wieder überstreichen lassen.« Sie rollte die Augen.

»Was?«

Lea nickte und zuckte die Achseln: verrückt, hieß das.

»Warum?«

»Angst vor der Magie«, war die lapidare Antwort.

Bettina wandte sich fragend an Barolo, dessen Gesichtsausdruck sie allerdings im Gegenlicht kaum erkennen konnte.

Er hob die Hände: keine Ahnung.

»Wem gehört das Grundstück?«

»Ein hiesiger Bauunternehmer, der sich aber um nix kümmert«, war die Antwort. »Der hat das Camp mehr oder weniger stillschweigend geduldet.«

»Wie alt wart ihr?«, fragte Bettina Lea, die ihr vorauslief.

»Ich zwölf«, rief sie.

»Svantje war älter«, sagte Barolo dumpf und holte auf. Er schwitzte sichtlich in seiner gepflegten blauen Uniform. Die Luft über ihnen flirrte.

»Drei Jahre über mir, Svanni war fünfzehn«, rief Lea, die jetzt nur noch ein Schemen in der blendenden Helligkeit war.

Je weiter sie in die Wiese kamen, desto heißer wurde es und desto kürzer die Sicht. Photonen bestürmten sie von allen Seiten. Es war, als seien sie sehenden Auges in eine gleißende Anderwelt marschiert. Gab es nicht irgendwo diese Sage von der Geisterfrau, die sich im Licht der Mittagsstunde versteckte und die Leichtsinnigen mitnahm, die zu dieser Zeit über die Felder spazierten? »Warum ist Svanni nach der Freizeit hiergeblieben?«, rief Bettina nach vorne.

»Wegen Manuel …« Leas Stimme hörte sich an, als ob ein paar rosa Herzchen über ihr tanzten. »Sie wollte in seiner Nähe sein!«

Manuel. Bettina blieb stehen, drehte sich um, beschattete die Augen mit der Hand und versuchte, sein Wohnhaus auszumachen: unmöglich. Von hier aus war der Ort nur eine dunkel ummauerte Festung. Einzig die Rückfront des JUZ starrte ihr mit spiegelnden Fenstern entgegen. Ansonsten hielt die lange Sandsteinmauer, die an den Kirchhof grenzte, das gesamte Dorf mitsamt Kirchturm und Linden zurück, so sah es jedenfalls aus.

Dort der tiefe kühle Schatten, dachte Bettina, hier die heiße Freiheit.

»Das mit Manuel«, sagte Barolo, der neben ihr stehen geblieben war, halblaut, »ist die freundliche Deutung.«

»Was ist die unfreundliche?«, fragte sie im selben Ton.

»Der Vater.«

»Oh.«

»Svantje war schwierig. Sehr prekäre Verhältnisse zu Hause. Alleinerziehender Vater, keine feste Arbeit, dem wurde sogar wegen irgendwas der Waffenschein entzogen. Seitdem ist er wütend.«

»Was hat das Jugendamt gesagt?«

»Die hatten die Familie, glaube ich, auf dem Schirm, aber Svantje hat sich wohl nie gegen ihren Vater geäußert, höchstens Andeutungen gemacht. Sie wollte keine anderweitige Unterbringung. Wahrscheinlich wäre es aber dazu gekommen.«

»Und ihr?«

»Wir wussten von dem Problem. War zwar viel los, diese ganzen Demonstrationen wegen Sophie, das war die Hölle, wir hatten Sonderschichten zu der Zeit. Aber wir haben auch Svantje mehrfach heimgebracht, weil, die hat ja andere Jugendliche angezogen, das war Ruhestörung, da konnten wir ansetzen. Die hatten Partys, es gab Drogendelikte. Ich glaube, eine Kollegin hat auch mal mit Svantje allein geredet.«

»Es hat nichts genützt?«

Barolo seufzte leise. »Das war alles so vorhersehbar. Svantje wollte nicht nach Hause, aber sie war noch viel zu jung. Deswegen haben sich danach wohl doch ein paar Leute Vorwürfe gemacht.«

»Wer?«

»Na ja, alle halt. Svantjes Zelt stand ja praktisch hier genau vorm Jugendhaus. Wenn der Hansen aus dem Fenster geguckt hat, muss er sie gesehen haben. Aber sie hat die Leute auch gegen sich aufgebracht. Ich sag ja, die war vorlaut.«

»Hier, hier ist es!«, rief Lea von weiter vorn.

»Und die anderen Jugendlichen haben ihr geholfen«, sagte Barolo mit Blick in Leas Richtung. »Das hat die Eltern nicht gefreut.«

Ein dunkler Fleck auf dem Boden, mehr war von Svantjes Tragödie nicht übrig. Bettina hätte nicht einmal eine Feuerstelle erkannt, so überwachsen und unwegsam war alles. Doch Lea fand unscheinbare Landmarken (»Der schiefe Baumstumpf! Die drei Birken!«) und erkannte ihren ehemaligen Zeltplatz sofort wieder. Sie pflanzte sich daneben und warf Barolo feindselige Blicke zu. »Hier war der Holzstapel«, sprach sie. »Damals war das alles frei. Da war die Feuerstelle, da das Zelt, und Svanni hatte überall – ah genau.« Sie wies auf eine krüppelige Birke, an der ein zerfetzter Traumfänger aus verblichener Wolle und Glasscherben hing. »Sie hatte überall hier ihre Wicca-Symbole aufgehängt.«

»Das ist ein Wicca-Symbol?«

»Na ja, wir wussten im Grunde nichts darüber, aber Svanni war voll auf dem Eso-Trip, und sie dachte, sie könnte eine Heilerin werden.« Lea sah Bettina an und die mintgrünen Linien über ihren Augen schienen sich noch weiter aufwärts zu bewegen.

»Die Eltern haben sich beschwert«, kommentierte Barolo nüchtern. »Lauter albernes Zeugs haben die da gemacht, Charlie Charlie, Ouija-Board. So Sachen. Mutproben. Das kippt schnell und dann wird es gefährlich.«

Lea schnaubte und ließ ihren Rucksack zu Boden fallen. Dann kniete sie sich hin. »Svanni fühlte sich hier gut. Sie dachte, dass die Magie sie schützt.« Wieder so ein Blick. Die Strasssteine blitzten, das Mintgrün tanzte.

»Ihr habt ihr Essen gebracht, damit sie euch aus der Hand liest«, sagte Barolo vorwurfsvoll.

Lea funkelte ihn an. »Ja, und die Polizei hat ihre Sachen kaputtgemacht und jeden Abend die Feuerwehr bestellt.« Sie bleckte ihre Zähne in seine Richtung. »Gut, dass die Jungs da schon bei der Freiwilligen waren und wussten, was Schikane ist.«

»Ihr habt den Zustand nur verlängert«, erwiderte Barolo ärgerlich. »Da war es Herbst. Es war kalt. Kein Wunder, dass sie ständig Riesenfeuer gemacht hat. Das konnte ja gar nicht gut gehen!«

»Ach, jetzt sind wir schuld.« Lea sprang auf. »Svanni wollte einfach nur frei sein. Und helfen. Sie hat sogar versucht, Manuel zu helfen.«

»Manuel war dabei?«, fragte Bettina zweifelnd.

»Manchmal, ja. Also, natürlich nur bei der Jugendfreizeit. Wir haben ihm sogar Bohlen in die Wiese gelegt, damit er mit dem Rollstuhl rausfahren kann.«

»Und die beiden waren echt zusammen?«

»Na ja, ich war jünger, ich hab noch nicht ganz so viel mitgekriegt, aber ich hab schon gehört, wie Svanni vor uns anderen Mädels von Manuel geschwärmt hat. Am Anfang fanden wir, dass er eklig aussieht, aber eigentlich ist er cool. Er kann ganz trocken sein, fast witzig, und Svanni war total geflasht von ihm. Sie hat ihn superspirituell gefunden, wie ein Medium. Das wollte sie von ihm lernen.«

»Ein Medium zu sein?«

»Ja, der sitzt ganz ruhig und hört stundenlang zu, und dann sagt er einen Satz, der alle zum Nachdenken bringt. Und er konnte so Praktiken.«

»Was für Praktiken?«

Jetzt schlug Lea tatsächlich die Augen nieder. »So Sachen mit ’ner Plastiktüte, Sie wissen schon.«

»Nein?«

»Also – wie man high wird, wenn man sich ’ne Tüte übern Kopf zieht. Es macht auch – also – man wird nicht nur high davon, sondern auch geil. Hab ich zumindest gehört.« Sie starrte Barolo drohend an: Ein Wort, Alter, hieß das, und du kriegst ’ne Ansage.

»Das hat Manuel hier – vorgeführt?«

»Svanni hat erzählt, dass er ihr erklärt hat, wie es geht.«

»Und wie ist dann das mit dem Brand passiert?«

»Ihr Zelt stand zu nah an dem großen Holzstapel«, antwortete jetzt Barolo, »Oktober, da hatte es Minusgrade, nachts. Sie hat ihr Zelt näher an ihre Brandstelle gerückt, und die näher an den Holzstapel. Der hat dann Feuer gefangen.«

»Hm«, machte Bettina. »War sie denn an dem Tag ganz allein hier?«

Barolo sah Lea fragend an.

Die erhob sich. »Ja, war sie wohl, eigentlich komisch, wo die Polizei doch sonst ständig hier rumgeschlichen ist«, sprach sie anklagend in seine Richtung.

»Ich will die Akte«, sagte Bettina, ertappte sich dabei, wie sie mit dem rechten Fuß auf dem dunklen Fleck Kreise malte, und trat einen Schritt beiseite. »Vor allem das Brandgutachten.«

»Find ich gut, dass da mal ein Profi draufguckt«, sagte Lea zu Barolo.

Der betrachtete sie grimmig.

»Und was waren das für Sachen, die gesprayt und dann überstrichen wurden?«, fragte Bettina.

»Das haben wir in der Freizeit gemacht«, sagte Lea und hob ihren Rucksack auf. »Die waren da vorn.«

Als hätte jemand ein vielköpfiges Monster notdürftig eingepfercht. So sah es aus, oben auf der Rampe, zu der Lea sie führte. Hier musste einst ein Vorposten der Hölle gewesen sein, auf der Backsteinwand hatten Graffiti geprangt, die vermutlich sämtliche wichtigen Geschöpfe der Unterwelt enthielten. Jetzt waren sie übermalt. Allerdings war die Säuberung nur halbherzig bis in Kopfhöhe ausgeführt worden. Über der grauen, mannshoch auslaufenden Farbe glotzte ein Augenpaar, drohten Flügel und aufgestellte Schuppen. Das war gruselig, womöglich gruseliger als zuvor. Zumal auch der Boden teilweise besprüht war, mit rätselhaften Schatten, mit Teilen von Klauen, mit rotem Schein aus der Tiefe. Es sah aus, als könnten diese halbverborgenen Wesen jederzeit das dünne graue Farbband sprengen, als sei es weniger ein Schutz für die

Menschen davor als vielmehr ein Beobachtungsposten für die Kreaturen dahinter.

»Was war das alles?«, fragte Bettina, wieder die Hand über der Stirn, um besser zu sehen. Sie standen am Fuß der Rampe an einer kleinen Treppe, davor überall Dornengestrüpp, im trockenen Gras glitzerten zerfetztes Alu und zerbrochenes Glas wie Irrlichter aus der Anderwelt.

»Da, Harry Potter«, sagte Lea und sprang leichtfüßig die Stufen hoch auf die Rampe, in den Schatten. Einen FCK-Teufel konnte sie auch noch lokalisieren, außerdem einen Yokai, eine Schlange, weitere unbekannte, aber eindrucksvolle Unwesen. »Und hier«, sie klopfte gegen die Wand, »da war meine Lilith. War nicht so großartig wie die anderen Bilder, ich war halt auch die Jüngste, durfte nur mitmachen, weil mein Bruder dabei war.«

Bettina folgte ihr auf die Rampe. »Wer ist Lilith?«

»Eine Dämonin.« Lea bleckte die Zähne, und in dem plötzlichen Dunkel des Schattens wirkte es einen Moment, als ob die leuchteten. »Oder Göttin. Aus der Urzeit.«

»Du warst zwölf und hast eine altertümliche Göttin gemalt?«

»Na ja, eine Frau mit Flügeln, ich hatte damals ein Computerspiel, da war die drin, und mir hat der Name gefallen.« Lea grinste. Die pinken Steinchen an ihren Augen blitzten. »Und Svanni fand die auch voll toll, die hat ganz viel von ihr erzählt, dass die Macht hat und so, das war so 'n Wicca-Ding. Aber ich fand nur die Figur schön. Lange Haare und so.«

»Was hat Svanni gemalt?«

Lea klopfte auf die Stelle gleich neben der verborgenen Lilith. »Ein Pentagramm und so ein Mondsymbol. Mojo hat das geärgert, wir sollten eigentlich Personen malen, und Svanni hat gesagt, dass die Person noch kommt, dass sie die drum herum malt, aber als das Pentagramm fertig war, hat sie nicht mehr weitergemacht.«

Bettina starrte die Wand an. »Und wieso ist das alles überstrichen worden?«

Lea seufzte. »Ich hab es nicht kapiert. Ich fand es bescheuert.«

»Wer hat es überstrichen?«

»Wir«, sagte Lea. »Also, nicht ich, ich hab da nicht mitgemacht, aber die andern schon. Das war so: Der Pfarrer Lux hat uns zusammengerufen, an Svannis Beerdigung, da waren wir so ziemlich alle da und fertig, und –«, sie holte tief Luft, »ich kann mich kaum dran erinnern, ich wollte da nicht sein … Jedenfalls, er hat irgendwas gesagt. Dass wir was unternehmen müssen. Für Svanni.« Sie schüttelte den Kopf. »Svanni hat es froh gemacht, Wicca zu sein. Ich dachte sogar, dass wir vielleicht ihre Symbole auf ihr Grab machen sollen oder so. Aber das wollte niemand, die anderen dachten, dass ihr das alles Unglück gebracht hat. Und sie wollten unbedingt was tun. Ein Zeichen setzen.« Sie wandte sich ab.

»Und Manuel? Was hat der gesagt?«, fragte Bettina nach. »Wie hat er sich überhaupt bei der Nachricht von Svannis Tod verhalten?«

»Ich glaub, der war gar nicht bei der Beerdigung. Nur seine Schwester und seine Mutter.«

»Wie haben die reagiert? Auf Svannis Tod? Auf die Bilder?«

»Kann ich nicht mehr sagen. Ist auch schon voll lange her. Die Pia, die Schwester, war immer still, aber ganz nett … Und Manuels Mama, die fand das, glaub ich, auch dämlich, dass wir unsere Bilder übermalen sollten. Aber die Leute wollten halt was tun, egal was, und dann ist denen nix Besseres eingefallen.« Lea blickte sie an und tippte sich an die Stirn. »Untergang des Abendlandes! – Totaler Quatsch. Das waren Harry Potter und Figuren aus Spielen und Memes.«

»Zauberer«, sagte Bettina. »Dämonen.«

»Genau«, sagte Lea mit vernichtender Ironie. Sie schaute auf ihr Handy. »So, ich muss heim. Bin aber froh«, sagte sie zu Bettina, »dass Sie sich das hier angeguckt haben, weil das damals echt komisch gelaufen ist mit Svanni und den Bildern.« Sie packte ihr Handy in die Tasche und wandte sich zum Treppenabgang. »Was da grade in der Kirche passiert, fühlt sich irgendwie ähnlich an.« Sie schob sich an Bettina vorbei. »Ciao.«

»Halt!«, rief Bettina. »Wir brauchen deine Adresse!«

»Frag ihn.« Lea warf Barolo einen feindseligen Blick zu, steckte einen kleinen Kopfhörer in ihr Ohr, wandte sich noch mal um und ließ zum Abschied die Strasssteine blitzen. Weg war sie.

»Lea hatten wir schon mal auf der Wache«, sagte Barolo leise, als die junge Frau die Wiese erreicht hatte und summend durch das hohe Gras Richtung Ort stapfte.

»Wieso?«

»Sachbeschädigung.«

»Was hat sie gemacht?«

»Die Wand am Pennymarkt mit Farbe besprüht, die hatten da immer Probleme und dann eine Kamera installiert. Damals war sie noch minderjährig. Mama war entsetzt, die Sache wurde fallengelassen, Lea kam auch nie wieder, aber ich erinnere mich an sie.«

»Sie sich auch an dich«, sagte Bettina. Sie sah sich auf der Rampe um: Ob da noch mal jemand gewesen war, nach der Monsterentsorgungsaktion? Sah nicht so aus. In den Ritzen wuchsen schon die Dornen.

Barolo schnaubte. »Ist eigentlich nicht mein Ressort, aber der Kollege, der die Jugenddelikte macht, der will sie alle kriegen. Bei manchen ist's ja auch nötig.«

»Ja«, sagte Bettina einsilbig. Und: »Aber jetzt sag mal, wie konnte das passieren, ein Zelt und ein Holzstapel …? Hatten wir das in Ludwigshafen auf dem Tisch, um Verdacht auf Tötung auszuräumen?«

»Es waren Kriminaler da, ja.« Barolo verschränkte die Arme. »Lea hat wirklich recht, die Leute haben komisch reagiert. Wir waren nicht glücklich mit der Sache, ich meine, sowieso nicht, das war ein furchtbarer Todesfall! Aber es war so – es war uns einfach nicht geheuer. Nur, das Brandgutachten kam zu demselben Schluss wie wir: dass es ein Unfall war.«

»Okay«, sagte Bettina.

»Beziehungsweise«, fügte er an, »dass eben einfach keine Brandstiftung nachgewiesen werden konnte.«

Da war ein Unterschied.

Er löste die Arme und lehnte sich gegen irgendein verborgenes Monster. Wenigstens konnte sie hier auf der Rampe, im Schatten, sein Gesicht richtig sehen. »Wir haben es probiert«, sagte er leise. »Denn, ich hab Svantjes Zelt angeguckt. Danach. Es war so klein.«

»Oh Mann.«

»Ein Freund hatte einen ähnlichen Holzstapel, auch so bisschen locker geschichtet, der stand oben im Wald, wir haben da Feuer nebendran gemacht und gewartet.«

»Und?«

»Nix. War nicht ganz dasselbe, das Holz hier war vermutlich viel trockener. Mein Kumpel bei der Feuerwehr, der hat gesagt, du kannst es schon legen, natürlich kannst du es legen. Auch ohne Brandbeschleuniger, denn das ist es hauptsächlich, was die beim Gutachten untersuchen. Brandbeschleuniger heißt Absicht. Die Glut von hier nach da schieben, das ist hinterher dagegen kaum noch festzustellen. Könnte aber passiert sein. Wobei, wenn du jemanden wirklich töten willst, ist das eine verdammt unsichere Methode. Allein deshalb kannst du kaum von Absicht sprechen.«

»Okay … du meinst, jemand hat die Glut von Svantjes Feuer unter den Holzstapel geschoben, und so hat sich der entzündet?«

»In den Stapel. So mitten rein. Dass es wie Funkenflug aussieht. Ja. Haben wir bei uns auch gemacht. Unser Stapel hat sich aber nicht entzündet.«

»Wie konnte es dann überhaupt geschehen?«

»Im Gutachten stand, dass das Holz in der Nähe des Feuers viel trockener war als weiter hinten, vermutlich deshalb, weil es da eben über Wochen ständig heiß war.«

»Und dann ist die kleine Hexe verbrannt«, sagte Bettina in die helle Wiese hinaus.

Barolo nickte. »Ich denke, das war es, was die Leute so nervös gemacht hat.«

»Dass sie erst fünfzehn war und keine Chance hatte?«

»Nein«, sagte Barolo, »dass sie Svantje heimlich Hexe nannten und die dann prompt so endete. Als hätten sie alle zusammen das Mädchen verflucht.«

Kaum hatten sie den schützenden Schatten verlassen und standen wieder auf der Wiese, klingelte Bettinas Diensttelefon und hörte wieder auf, bevor sie es aus der Tasche gefischt hatte. Nachrichten waren auch drauf, also schaute sie die an, zumindest versuchte sie, in dem hellen Licht etwas auf dem Bildschirm zu erkennen: Keine von Willenbacher. Drei von Meier II *(»Tava will jetzt doch mit W. reden!!!« »Hast du heute schon mit W. gesprochen?« »Weißt du, wann er wiederkommt?«)*, eine von Müller, dem sie heute Morgen die Fundstücke aus der Kapelle und den Inhalt der Pfeffermühle gebracht hatte *(»Schwarze Substanz ist wie vermutet Claviceps purpurea.«)*, und von Grohs *(»Fr. Boll, brauchen sofort Ihren Bericht über Hansen!«)*. Die interessanteste und längste aber stammte von Recke, und da musste sie den T-Shirt-Saum übers Handy halten, um alles lesen zu können: *»Herkunft des Veilchens bislang unbekannt. Handyortung ergibt Frohnwiller als letzten Aufenthaltsort. Letzte Ferngespräche mit Nummern in Köln und Berlin am späten Freitagnachmittag mit Selbsthilfegruppe W. und psy. Fachklinik. Busfahrer von 20:49 ab Kapelle gesprochen, hat Hansen nicht einsteigen sehen. Hunde ohne konkrete Spur. Suchen noch weiter am Auto und direkt an der Kapelle wg. Regen gestern, aber fraglich, ob er dort in den letzten Stunden war. Stellen Suche dort ein, falls wir heute nichts finden.«*

»Hansens Auto steht am Waldrand, aber vielleicht hat er es nicht selbst hingefahren«, sagte sie zu Barolo. Jetzt hatte sie sich in einem Ginsterbusch verhakt. Auf dieser Wiese durfte man nicht chatten, die verlangte absolute Konzentration. Barolo schwitzte wieder. »Langsam ist das unheimlich«, fügte Bettina an, während sie an den stacheligen Ästen fummelte.

»Glaubt ihr denn nicht sowieso, dass er getötet wurde?«

Bettina ließ von dem Busch ab und sah ihn an.

»Ich meine, ihr seid Kapitalverbrechen, oder? Ihr müsst doch annehmen, dass ihm was passiert ist, sonst wärst du gar nicht hier.«

»Eigentlich«, sagte Bettina und riss ihr T-Shirt kurzerhand mit einem Ruck aus den zudringlichen Zweigen, »sondiere ich hier nur die allgemeine Lage für einen alten Fall, der wiederaufgerollt werden soll und in dem er ein wichtiger Zeuge wäre.« Sie überlegte, ob sie mit Barolo drüber reden sollte – offiziell ermittelten sie ja noch gar nicht, oder doch? Echt nervig, dass dieser Willenbacher keine klaren Anweisungen gab – oder viel zu viele – und jetzt auch noch zu Hause ihre Couch belegte, statt sich da einzubringen, wo er gebraucht wurde. »Und vielleicht passt da ja auf irgendeine schräge Art dieser seltsame Fund dazu, der mir eben bestätigt wurde. Als wir hier am Sonntag zum ersten Mal nach Hansen gesucht haben, da haben wir – ich – habe in der Pfeffermühle im JUZ ein Gift entdeckt.«

Barolo sah sie an und machte die Augen schmal.

»Ein Pilz, der scharf schmeckt und Hallus auslöst. Mutterkorn. War wirklich drin, hat eben die Spusi bestätigt. Und du wirst es nicht glauben, aber Pfarrer Lux hatte genau diese Substanz im Blut, als er seinen tödlichen Unfall verursachte.«

»Nein.«

»Hansen hat das Zeug auch eingenommen, wahrscheinlich genauso unwissentlich. Er hat mir von einem Test erzählt, der positiv auf LSD angeschlagen hat.«

»Und du meinst –?«

»Ich bin nicht sicher, was ich meine, aber dieser Drogenbrief, den ihr sichergestellt habt, wie lang ist das her?«

»Länger. Das muss auch schon … das wird fünf Jahre her sein. Ich such dir die Akte raus.«

»Das wär gut, weil … warte … der Pfarrer ist vor zwei Jahren gestorben, und Hansen hatte seinen Test … weiß ich nicht, müssten wir gucken, aber das kann auch nicht länger als drei, vier Jahre her sein, also dann –«

Ihr Telefon klingelte. Das Diensthandy. Schon wieder. Bettina blieb stehen. »Moment.«

Es war Juno Hamm. »Stör ich?«, fragte sie, diesmal nicht ganz so ehrerbietig wie beim ersten Mal.

»Was gibt's?«, fragte Bettina und blinzelte in den hellen Himmel.

»Ich wollte nur fragen, wie dringend wir wissen wollen, wer Hochwürden Sebastian Amorth war.«

»Äh – hast du noch nichts gefunden?«, fragte Bettina leicht irritiert. Das konnte ja gar nicht sein, auch von Pfarrern, auch in Bayern, musste es Meldeunterlagen geben.

»Doch, und ich hab jetzt eine Theorie, aber um sie zu beweisen, müsste ich tiefer recherchieren.«

»Was ist denn deine Theorie?«

»Amorth ist vielleicht keinen natürlichen Tod gestorben.«

»Sondern?« Jetzt klingelte Bettinas Privathandy. *Muppet-Show*-Theme, das musste eins von den Kindern sein.

»Unfall, heißt es. Er soll von einer Brücke gestürzt sein.«

»Aha?«

»Aber da gibt es Ungereimtheiten.«

»Welche?«

»Ich hab hier einen alten Schriftsatz gefunden, einen Gemeindebrief, in dem eine Frau beschuldigt wird, seinen Tod verursacht zu haben.«

»Welche Frau?«

»Das steht da nicht, ist auch sehr schwurbelig formuliert, der Text zielt darauf ab, dass sie ihn verhext hat.«

Bettina seufzte.

»Total perfides frauenfeindliches Zeug, reines Mittelalter, aber aus den sechziger Jahren, wir sind da einem gemeinen Rufmord auf der Spur.«

»Wenn der Name nicht genannt wird, ist es kein Rufmord.«

Das Handy klingelte hartnäckig.

»Die Leute, die diesen Gemeindebrief bekommen haben, wussten mit Sicherheit, wer gemeint ist«, sagte Juno Hamm.

Das Klingeln hörte auf und begann sofort von neuem.

»Gibt's da auch eine Verbindung zu Hansen?«, fragte Bettina ungeduldig.

»Das ist noch unklar, deswegen frage ich ja, ob ich weiter recherchieren soll.«

Klingeln.

»Okay, recherchier. Ich meine – zumindest wenn wirklich Hansen mit drinhängt –«

Wieder Klingeln. Die Kinder riefen sie so gut wie nie an, und schon gar nicht dermaßen ausdauernd.

»Das geht wahrscheinlich nur vor Ort«, gab Hamm zu bedenken.

»Krieg einfach raus, wo die Verbindung zwischen Amorth und Hansen ist, und sag es mir im Büro«, sagte Bettina. »Ich muss, ich werde angerufen.« Sie unterbrach die Verbindung und erwischte Enno am anderen Telefon.

»Endlich«, sagte er in einem seltsamen Ton.

»Gibt's was Dringendes?«

»Ja, Tina … dein – Will. Ich bin jetzt aus der Schule zurück, und der liegt immer noch genauso auf der Couch. Ganz still.«

»Schläft er?«

»Ich weiß nicht«, sagte Enno unbehaglich.

»Kannst du seinen Atem hören?«

Pause.

»Enno!«

»Nein.«

»Okay –«

»Tina, ich glaube, der ist –«

»Hat er die Augen zu?«

»Ja.«

»Zieh sie auf. Was machen die Pupillen?«

»Ich weiß nicht –«

»Konzentrier dich!«

»Ich glaube, die haben sich bewegt.«

»Halt dein Handy an seine Nase. Ob es beschlägt.«

»Nein, also –«

»Jetzt!«

Pause. »Ich weiß nicht, Tina, ich seh da nichts!« Enno hörte sich plötzlich panisch an.

Bettina fischte mit der freien Hand das Diensthandy aus der Tasche, entsperrte es und reichte es Barolo. »Notruf«, sagte sie zu ihm und »okay« zu Enno. »Gib ihm eine Ohrfeige.«

Es klatschte.

»Und?«

Enno atmete nur laut.

Barolo hatte indessen schon Verbindung und sah sie mit hochgezogenen Brauen an.

»Bleib bei ihm«, sagte Bettina zu Enno, »achte auf Lebenszeichen, ruf die 112, die sagen dir, was du machen sollst, und wenn es klingelt, machst du sofort die Tür auf. Ich bestell einen Notarzt.«

»Okay, mach schnell, Tina«, sagte Enno. Und war aus der Leitung verschwunden.

Sie ließ Barolo in Frohnwiller auf der heißen Wiese und raste nach Grünstadt, um dort gerade noch einen Krankenwagen unter ihrer dicken Eibe abfahren zu sehen.

»Und?«, herrschte sie Enno an, der im unteren Wohnzimmer neben der Couch den Boden aufwischte.

»Auch hallo«, sagte ihr Sohn. »Sie hoffen, dass er durchkommt. – Achtung, setz dich da jetzt nicht hin.«

Bettina hatte nicht vor zu sitzen. »Was hat er? Wie geht's ihm?«

»Sie dachten, dass er einen Herzinfarkt hatte, aber dann haben sie gesehen, dass er hier gekotzt hat, halt nur Spucke, hatte nix im Magen, und jetzt glauben sie, dass er falsche oder zu viele Medikamente eingenommen hat.«

»Medikamente? Gegen was?«

»Weiß ich nicht«, sagte Enno, »aber auf der Treppe hat ein

Tablettenblister gelegen, den hab ich ihnen mitgegeben. Irgendwas Fieses. Die haben mich gefragt, ob er depressiv war.«

Oh Mann. »Welches Krankenhaus?« Das war deine dämliche Annette nicht wert, Will, dachte Bettina. Also echt nicht.

Im Krankenhaus wurde sie nicht in Willenbachers Zimmer vorgelassen, es nützte noch nicht mal was, die Polizistinnenkarte zu ziehen und mit dem Ausweis zu wedeln.

»Sind Sie Angehörige?«, war die Killerfrage, auf die sie nicht die richtige Antwort hatte. »Mitbewohnerin« zählte nicht und »Kollegin« schon mal gleich gar nicht. »Er ist nicht ansprechbar und braucht Ruhe«, war die einzige Info, die Bettina kriegen konnte. Und: »Außerdem ist seine Frau bei ihm drin.« Dazu ein Blick von oben bis unten aus kalten Krankenschwesternaugen. Und ein fast amüsiertes Mundzucken, als sich weiter hinten im Flur eine Tür öffnete. »Ah. Da ist sie ja.«

Annette Willenbacher war eine Frau mit Naturlocken, flachen Schuhen und Halstuch, Bettina kannte sie seit Willenbachers Hochzeit, und schon da hatte Annette so ausgesehen, als ob sie sich zu viel mit ihrer Verdauung beschäftigte. Eine Frau, für die man sich umbrachte?

»Tina«, rief sie in einem Ton, der die Krankenschwester enttäuscht zu ihren Akten greifen ließ: zu wenig Drama, zu wenig Konkurrenz.

»Annette. Was ist passiert? Wie geht's ihm?«

»Er sagt, er hat es aus Versehen eingenommen.«

»Er ist wach?«

»Seit zehn Minuten.«

»Was hat er aus Versehen genommen?«

Annette stoppte nicht, sondern setzte ihren Weg fort. Das hatte Bettina schon früher irritiert: Diese Frau bewegte sich wie ein abgeschossener Pfeil. Eine Unterhaltung war nur möglich, wenn man sich ihrem Tempo anpasste. So folgte Bettina ihr in ein zugiges, hallendes Treppenhaus.

»Ein Schlafmittel. – Weißt du«, Annette blieb auf dem ersten Absatz stehen und schaute Bettina bedeutungsvoll an, »das ist eine glatte Selbsttäuschung, dieses Versehen. Er lügt sich seit Jahren selbst in die Tasche.«

»Ähm«, machte Bettina. Oben fiel die Feuertür krachend ins Schloss.

Annette begann auf dem Treppenabsatz herumzutigern, drei Schritte vor, drei zurück. »Er kann einfach nicht zugeben, dass es ihm schlecht geht. Nicht mal jetzt! – Weißt du, dass er niemals mit mir redet?«

Ähm, dachte Bettina.

»Ich sag ihm seit Ewigkeiten, dass es ihm nicht gut geht, ich weiß, dass es ihm nicht gut geht! Verstehst du?« Annette blickte wieder so eindringlich, wartete aber die Antwort nicht ab. »Und natürlich«, klagte sie voller Empörung, »geht es uns damit auch nicht gut! Das strahlt doch aus! Das ist doch klar!«

»Ja«, machte Bettina. »Was für ein Schlafmittel?«

Annette sah sie stirnrunzelnd an. »Irgendwas mit Dormo… Haben die gesagt. – Hast du mir eigentlich zugehört?«

»Sehr genau«, sagte Bettina. »Ich frag mich ja auch, was mit Will los ist.«

Jetzt wurde Annettes Gesicht misstrauisch. »Was willst du damit andeuten?«

»Dass ich wissen will, was los ist«, sagte Bettina scharf.

Der Ton ließ Annette zurückzucken. Sie funkelte Bettina an.

»Hat er echt gesagt, dass es ein Versehen war?«, fragte Bettina, wieder verbindlich.

»Was geht dich das eigentlich an?«, fauchte Annette.

»Ja oder nein?«

»Ja, und das war die dümmste Ausrede, die ich je gehört habe«, rief Annette aufgebracht. »Er sagt, er hat die Tabletten gefunden, neben seinem Bett!« Sie fasste Bettina schärfer ins Auge. »In deinem Haus!« Sie furchte die Stirn und schien überhaupt jetzt erst zu begreifen, was die Krankenschwester davor mit einem Blick erfasst hatte: die Zweideutigkeit der

Situation. »Was hat er bei dir eigentlich gemacht?«, fragte sie mit blankem Gesicht. »Ich dachte, er schläft auf der Arbeit, wie schon mal.«

»Er hat sich bei uns im Dachboden eingemietet«, sagte Bettina, so nüchtern sie konnte. Sie hoffte, dass Annette ihr glaubte, obwohl sie selbst fand, dass es wie eine Lüge klang. Zu erklären, dass Willenbacher ihr Liebhaber war, wäre sicher viel aufrichtiger rübergekommen. Weil es den Druck wegnahm und das Ungeheuerliche zumindest ausgesprochen wäre.

»Warum?«, fragte Annette, plötzlich kleinlaut.

»Weil es ihm nicht gut geht«, sagte Bettina ernst.

»Das gibt er aber nicht zu!« Sofort war die blanke Wut zurück. Annette trat einen Schritt rückwärts, musterte Bettina von oben bis unten, ganz wie zuvor die Krankenschwester. »So lasse ich mich nicht erpressen.« Sie wandte sich ab und ergriff das Treppengeländer. »Ich muss viel egoistischer sein. Ich hab schließlich auch ein Leben.«

Als sie heimkam, war es Abend, aber noch hell. Die Kinder saßen vor ihren jeweiligen Computern und lernten nicht, weil bald Sommerferien waren. Sammy guckte Musikvideos (*Tuareggae*), Enno googelte Medikamentenlisten.

»Was tust du da?«, fragte Bettina, angezogen von dem Bild auf dem Schirm, als sie in Ennos Zimmer guckte.

»Ich wollte mal sehen, was das war, was er genommen hat«, sagte Enno. »Ist ja schon krass, dass der in unserem Haus Selbstmord begeht.«

»Gemach«, sagte Bettina und warf sich einen von Ennos Pullis über, die hier in großer Zahl über den Boden verstreut lagen, »erstens ist er nicht gestorben, und zweitens war es keine Absicht.« In diesem Haus war es immer kälter als draußen.

»Ach echt? Ohne Absicht Tabletten einnehmen?«

»Ich kenne Willenbacher. Schon ewig. Dass der sich umbringen will …« Du hast ihn aber lange nicht gesehen, widersprach eine innere Stimme. Die Situation hat gepasst. Und kann man überhaupt jemals einen Menschen kennen? »Das hat er nicht gemacht«, sagte sie trotzdem.

»Also«, widersprach Enno, »da hast du ein uraltes Schlafmittel von der Oma, das muss der gehortet haben für den Ernstfall, die fetten Hämmer von früher, und dann nimmst du fünf Stück davon, geht das ohne Absicht?«

»Woher weißt du eigentlich, was Will eingenommen hat? Und wie viel?«

»Dieser Blister mit Tabletten auf der Treppe. Fünf Stück haben gefehlt. Den Rest haben die Sanis mitgenommen, aber ich hab das Ding vorher fotografiert, weil ich dir ein Bild davon schicken wollte.«

»Und ...?«

»Und es gibt im Internet so Foren, wo sich Leute drüber austauschen, was wie abgeht«, sagte Enno ohne jede Verlegenheit.

»Wie bitte? Was machst du in diesen Foren?«

»Mich weiterbilden«, sagte Enno. »Damit ich der Polizei nützliche Tipps geben kann.«

»Enno, ich sag dir eins, wenn –«

»Ich nehme keine Drogen«, sagte er so genervt, dass Bettina ihm glaubte. Glauben musste, wenn sie das Gespräch weiterführen wollte.

»Jetzt guck halt mal, die Seite hier heißt *Omas Bonbonladen*, da geht's darum, was man mit den alten Sachen machen kann, die man bei seinen Verwandten im Medizinschrank findet – oder die man einfach erbt.«

»Erbt.«

»Nicht jeder macht brav die Packung leer, bevor er ins Nirwana rüberwechselt.«

Der Tag war zu lang gewesen für diese Art Ulk. »Und was ist das, was Will genommen hat?«, fragte Bettina schlicht und zog sich einen Stuhl heran.

Enno navigierte durch ein Thema mit dem Titel *Alt, aber hui*, bis er auf ein Foto stieß, das einen Tablettenblister zeigte. »Genau so was hat auf der Treppe gelegen«, sagte er. »Die sagen hier, dass das Zeug seit zwanzig Jahren nicht mehr hergestellt wird, es war zu stark und hatte blöde Nebenwirkungen, Schwindel und so, hat Migräne ausgelöst. Und hoher Suchtfaktor.«

»Wofür ist das?«

»Ein Schlafmittel. Wirkung von dem Zeugs, wenn du es jetzt einnimmst, unbekannt, einer hier hat's probiert, ist nicht wirklich exemplarisch, weil, kommt immer auf die Lagerung und so an, aber der Typ schreibt, er hat eine davon genommen, war eine Nacht lang weg und den Vormittag darauf im Nebel und dann noch Kater, also Daumen nach unten.«

»Wie, die machen da Produktbewertungen für abgelaufene Medikamente?«

Enno sah sie an und rollte die Augen.

»Und genau das hatte Willenbacher dabei?«

»Ich hab es auf der Treppe gefunden. – He, wo willst du hin?«

»Er hat gesagt«, sagte Bettina, schon in der Tür, »es hätte neben seinem Bett gelegen.«

Enno erhob sich, nicht willens, dieses Rätsel allein Bettina zu überlassen. »Meinst du, es war von uns? Von Elfriede?«

»Ich weiß nicht«, sagte Bettina aus dem Flur, »ich dachte immer, dass Tante Elfriede jede Art von Medizin verabscheut.«

Es war, als sähe sie das Zimmerchen zum ersten Mal. Ein winziges Fenster in einer kleinen Gaube erhellte ein Sammelsurium aus platzsparend zusammengerückten alten Möbeln, selbstgezimmerten Wandregalen und Kisten. Das Prunkstück war ebenjenes Bett, das Willenbacher gestern Abend so umstandslos in Besitz genommen hatte, ein schweres dunkles Möbel voller solide aussehender Kissen.

»In dem Ding könnte ich nicht schlafen«, sagte Enno sofort und begann, die Kisten zu öffnen, mit denen hier jeder Winkel vollgestopft war. »Schau mal, wir sind reich.« Er hatte eine Schachtel mit Inflationsgeld aus den 1920er Jahren geöffnet. Reichsmarkscheine, die gestempelt waren mit Fantasieaufdrucken wie *Eine Million*.

»Hier ist aber sonst nichts«, sagte Bettina, die erst die Flächen abscannte und dann einfach das Bett abräumte. Fest gestopfte Federkissen, gestickte Bezüge, drei zusammengelegte Wolldecken, zwei Plumeaus, die beim Anheben Niesanfälle auslösten, noch drei Kissen und dann zwei Lagen jeweils dreiteilige Strohmatratzen in wild gemusterten Satinbezügen.

»Ein Boxspringbett ist nix dagegen«, sagte Enno mit Blick auf das ganze Zeugs, das jetzt sein Volumen verdreifacht hatte und das Räumchen fast komplett ausfüllte.

»Da ist gar kein Lattenrost drin, die haben einfach alles vom Boden aus aufeinandergestapelt.« Bettina nieste.

»Aber ein Medizinschrank oder so ist hier nicht«, sagte Enno. »Vielleicht hat er gar nicht hier geschlafen.«

»Wo denn sonst, er hat sich da sofort reingelegt und ist eingepennt.«

Enno sah zweifelnd den Haufen müffelnder alter Polster an. Und nieste. »Vielleicht ist er irgendwann wieder aufgewacht und woandershin gegangen.« Er sah Bettina an. »Also weißt du, Tina, das ist auch echt – wir haben so viele Zimmer und Betten in diesem Haus, und du schleppst den armen Kerl hier hoch!«

»Ich weiß«, sagte Bettina reuig und nieste.

»Also wenn er hier weg ist, wo ist er dann hin?« Enno kletterte über den Kissenberg und öffnete die Tür – ja, es gab eine Tür, ein schwaches schmales Ding aus Pappe. Sie blickten in den Dachboden hinaus, der noch weitere Winkel und Räume besaß. Die waren aber viel ungemütlicher, weil sie keine Gauben und somit kein natürliches Licht besaßen. Direkt neben ihnen zum Beispiel waren ein altes Küchenbuffet, ein schwerer Kleiderschrank und ein Waschtisch mit Marmorplatte zusammengerückt und bildeten in dem kühlen Dämmer eine Burg mit engem Durchgang. Im Zimmer davor hatte irgendwer altes Geschirr in konzentrischen Kreisen auf dem Boden angeordnet, wahrscheinlich ein schräges Mülltrennungssystem von Tante Elfriede. Und hinter all dem –

»Tina, hier brennt Licht!«, rief Enno plötzlich. Er hatte sich in Richtung Speicher bewegt, dem Raum, der unausgebaut und leer noch die Hälfte des Geschosses einnahm, ein schöner, scheunenartiger, dämmriger Dachstuhl mit drei, vier bemoosten Glasziegeln als Beleuchtung. »Guck mal!« Er hielt einen dunklen Samtvorhang hoch, der behelfsmäßig zwischen einem hölzernen Stützpfeiler und einer undefinierbaren Sperrholzwand befestigt war. Schummriges Licht fiel auf die stumpfen Bodendielen. »Da ist noch ein Abteil. Mit Stromanschluss!«

Ein richtiges kleines Zimmerchen, Kabuff mit Schrank, diesmal Feldbett. Der Schrank war wunderschön, mit Intarsien verziert, aber Bettina hatte den Verdacht, dass er wegen seiner Stabilität und Größe benutzt worden war, um die dünnen Pappwände und sogar eine Deckenverkleidung an ihm zu befestigen. Daneben das niedrige aufgeklappte Feldbett, auf dem eine Decke und Willenbachers Jacke lagen. Und ein weiterer Stützpfeiler, an dem eine uralte elektrische Leitung verlief, mit einer Bakelitsteckdose. Davor ein Stuhl, der einem Schläfer als Nachttisch dienen mochte, und darauf eine funzelige zeitgenössische IKEA-Leuchte, die brannte.

»Hat er die Lampe selber mitgebracht?«, fragte Enno und betrat den Raum, womit der voll war.

»Quatsch.«

»Was macht die dann da?«

»Vielleicht hat Tante Elfriede die gebraucht?«

»Wofür?«

Bettina drängte sich an Enno vorbei und öffnete den Schrank mit dem Schlüssel, der steckte. Er quietschte ein bisschen.

»Leer«, kommentierte Enno.

»Halt mal das Licht hoch«, befahl Bettina.

Enno tat es. »Immer noch leer«, sagte er trocken.

»Stimmt«, sagte Bettina. »Siehst du hier irgendwo Staub?«

Der Schrank sah innen sehr proper aus.

»Vielleicht verstauben Schränke nur von außen«, sagte Enno, bei dem Thema gelangweilt.

»Nein.« Bettina tastete alle Böden ab. Nichts. »Enno«, sagte sie, »hast du auch schon mal nachts Geräusche im Haus gehört?«

»Muohaha«, machte Enno. »Klar, die Waschbären.«

»Hm«, machte Bettina. Und suchte noch unterm Schrank, unterm Bett und unterm Stuhl. Aber da war nichts. Es war nur irgendwie sauberer als der Rest des Dachbodens.

Das Abendessen (Nudeln von gestern mit Rührei) widmete Bettina einer Ansprache über die Gefahren des Drogenmissbrauchs, worauf ihre Kinder eine Spur zu lässig und zu genervt reagierten, offenbar war es in dem Alter einfach unmöglich, Rauschmittel offen uncool und gefährlich zu finden, ein bisschen Geflachse und leuchtende Augen waren da immer dabei, egal wie sehr das Zeug schadete und ihnen vielleicht tatsächlich schon geschadet hatte. Darum konnte Bettina auch nicht hundertprozentig glauben, dass Enno diese unglaubliche Bonbonschrank-Seite heute erst gefunden hatte und an all dem nur theoretisch interessiert war. Wer hatte schließlich den Blister gefunden? Wer hatte das Räumchen mit dem Feldbett entdeckt? Wer war der Einzige hier, der die nächtlichen Geräusche vom Speicher als Naturphänomen abtat? Und wer hatte, verdammt noch mal, auf dem Schulhof Cannabis vertickt?

Nachdem die Kinder in ihren Zimmern verschwunden waren, rief Bettina Willenbacher an. Hatte er sein Handy überhaupt dabei? Egal, er ging nicht ran. Sie war kurz davor, einfach irgendwen aus der Drogenabteilung auszugraben (die hatten doch Hunde, die würden finden, was da war!), und dann dachte sie, dass sie irre und überreizt war, und dann nahm sie sich ihre Diensttaschenlampe und ging noch mal auf den Speicher.

Es war gruselig. Sie machte alle Lichter an, drei vergitterte Schiffsleuchten an diversen Balken, die erahnen ließen, wie die Raumaufteilung vor dem verwinkelten Ausbau ausgesehen hatte. Unter deren fahlem Schein schimmerte das konzentrische Geschirr im sonst leeren Porzellanzimmer wie ein seltsames Bodenlabyrinth, Bettina fand es schauerlich. Alles Gläserne und Marmorne sprang hervor, alles Hölzerne verschwand im Dämmer, die Proportionen waren unwirklich, und in den Ecken saß die Finsternis. In dem Raum mit der Gaube herrschte noch die heillose Unordnung, die Bettina beim Entstapeln des Bettes verursacht hatte. Sie schichtete alles wieder übereinander und dachte dabei, dass sie nirgendwo unter all diesen Sachen die störende Erbse gefunden hatte, die Willenbacher um den Schlaf gebracht hatte. Wie war ihr Chef von hier in das Räumchen mit dem Feldbett gekommen? Das lag nun wirklich sehr versteckt, der Vorhang verschwand optisch völlig in den Einbauten. Selbst bei Tag. Würde er wirklich mitten in der Nacht einen finsteren Speicher durchstöbern? Auf der Suche nach was?

Sie wechselte in das niedrige Vorhangzimmer und machte die IKEA-Lampe an. Fühlte sich sofort geschützter im hellen Schein. Setzte sich auf das Bett. Betrachtete den Schrank. Sie hatte nicht das Gefühl, ihn heute zum ersten Mal zu sehen (nichts in diesem Haus gab ihr so ein Gefühl). Kurz nach ihrem Einzug hatten sie eine Tour durchs Gebäude gemacht, um die Inhalte aller Schränke zu sichten, aber es waren so viele gewesen, einige davon abgesperrt, manche ohne Schlüssel. War dies nicht ein solcher Schrank gewesen? Sie konnte sich nicht mehr richtig erinnern. Waren sie hier überhaupt drin gewesen? Sie hatte damals so viel anderes im Kopf gehabt, Ennos Rausschmiss, die Geldsorgen. Bettina fühlte sich plötzlich schrecklich müde. Sie legte sich probehalber auf das Feldbett. Ganz gemütlich, sicher besser als das Prinzessin-auf-der-Erbse-Monstrum. Sie guckte an die Decke, den Schrank, den Stuhl, die Wand. »Elli ist doof«, stand dort in das Holz geritzt. Bettina musste grinsen. War damit etwa Tante Elfriede gemeint? Sie setzte sich wieder auf. Wer hatte wohl damals in diesem Abteil gewohnt? Und wer in dem anderen? Gab es hier Aufzeichnungen über die Geschichte ihrer Familie?

Sie begab sich wieder rüber ins Gaubenzimmer. Welche Geheimnisse schlummerten hier noch? Bettina öffnete eine Holzkiste, die neben ihr auf dem Regal stand: Zinnsoldaten. Noch eine: Stricknadeln. Das ist Arbeit für ein Wochenende, dachte sie müde. Und dann: Du bist Polizistin, stell dich nicht so an.

Tatsächlich hatte sie nach einer Stunde und einigen heftigen Niesanfällen alles durch. Ausbeute: ein paar Fotos, Silberbesteck, Christbaumschmuck, eine Echthaarperücke, ein Chapeau claque, Lupen, das Inflationsgeld, Briefmarken, Briefpapier, mehrere Stapel Weißwäsche, ein Mikroskop, ein Fernrohr und eine Kiste voller Rabattheftchen, Lebensmittelmarken und Durchhalteparolen mit Hakenkreuzen auf Blech. Keine Drogen und keine persönlichen Aufzeichnungen. Nichts also. Bettina setzte sich wieder auf das Bett, sie war jetzt todmüde. Und legte sich hin und schlief ein.

Als sie nach maximal fünf Minuten Sekundenschlaf wieder aufwachte, erkannte sie, wie Willenbacher das andere Zimmer gefunden hatte. Gefunden haben musste. In der Wand, die das Bett begrenzte, war in Augenhöhe ein Loch. Klein genug, um aus jeder anderen Perspektive nicht aufzufallen, aber groß genug, um hindurchzuspähen auf die andere Seite.

Sofern dort Licht brannte.

* * *

Morgen kamen die Kräuterfrauen, und alles war fertig. Nicht allzu sauber in Elles altem Haus, aber überall ein Sträußchen, ein Zweiglein, ein Bändchen, ein Schildchen, alles aus Pappe, Sisal, Leinen, Holz, alles geölt, gepflegt, benutzt, in Arbeit. Ein Werkstattbesuch. So sollte es aussehen, und das tat es. Oben waren zwei Zimmer gerichtet, die Betten mit gestickten Bezügen, die Fenster raus ins Weinlaub zum Lüften geöffnet, und überall Kunstwerke, nicht modern, aber auch kein Kitsch, von Unbekannten, Amateuren, Hauptsache original und ein bisschen schräg und provozierend. Jetzt müsste sie dringend ausruhen und schlafen gehen, doch Elle saß da und wartete. Auf Inspiration. Beziehungsweise darauf, dass die störende Logik, Mörderin einer jeden Vision, sich endlich ausschaltete und Platz ließ für eine Idee, die alle Vorfälle der letzten Tage zu einem annehmbaren, freundlichen Bild verband: unmöglich. Notorisch wies ihre kleinliche Vernunft sie auf Folgendes hin:

1. Manuel MUSSTE die Jesusse bemalt haben.

2. Manuel war folglich mobiler, gewitzter, verrückter, kurzum: GEFÄHRLICHER als allgemein angenommen.

3. Manuel riskierte mit dieser Aktion seine Gesundheit und das Wohlwollen seiner Gemeinde.

4. Auf beides war er existenziell angewiesen.

5. Ergo ging es für Manuel UM LEBEN UND TOD.

6. Mojo Hansen war der einzige direkte Nachbar, den Manuel hatte.

7. Wenn irgendetwas Seltsames in der Kirche vorging, würde es Mojo wahrscheinlich mitkriegen.

8. Es WAR etwas Seltsames in der Kirche vorgegangen.

9. SEITDEM war Mojo spurlos verschwunden.

10. Und: ER WAR DER EINZIGE, DER FREITAGABEND NOCH EINEN KIRCHENSCHLÜSSEL GEHABT HATTE …

* * *

Nachdem Bettina alle Lichter auf dem Speicher gelöscht hatte, stand sie einen Moment in totaler Finsternis, der Schalter für die Lampe im Treppenhaus war von hier aus nicht erreichbar. Sie spürte schon eisigen Hauch und Krallen in ihrem Nacken, als sie sich an ihre Taschenlampe erinnerte. Und die anmachte. Der plötzliche Schein war so hell, dass es blendete, und die Treppe runter in den Wohnbereich viel steiler als die normalen Treppen im Haus, sie stolperte und floh. Dann fand sie ihr Zimmer, ihr Bett, legte sich angezogen hinein und überlegte, wieder voll Adrenalin, welcher Bereich des Speichers sich direkt über ihr befand. Das Gaubenzimmer? Der leere scheunenartige Trockenspeicher? Der große Schrank mit der quietschenden Tür? Hatte sie nicht so ein Quietschen neulich Nacht gehört?

Unwahrscheinlich. Denn der Raum über ihr, erkannte Bettina jetzt, war das Porzellanzimmer mit den konzentrischen Kreisen am Boden. Und sie hätte nicht sagen können, wieso, aber das fand sie am gruseligsten von allen.

* * *

Ins Bett, sagte sich Elle, ohne dass es die geringste Wirkung hatte, du musst schlafen. Sie war hellwach, so sehr, dass es sie nicht mehr auf dem Stuhl hielt. Nur um beschäftigt zu sein, setzte sie Teewasser auf, sie musste laufen, sich bewegen. Ihre Unruhe wuchs, ohne dass sie verstand, wieso, irgendetwas war zu tun, jetzt, doch sie wusste nicht, was. Elle sah auf die Uhr. Halb vier. Hatte überhaupt keinen Sinn, jetzt noch ins Bett zu gehen. Da konnte sie genauso gut mal rausfahren und versuchen, den Kirchplatz mit Manuels Augen zu sehen.

Der Himmel wurde schon grau, doch unter den Linden herrschte kühle, fast greifbare Finsternis wie unter einer fest installierten Regenwolke. Nur der schwache Blütenduft kündigte den Tag an. Elle schritt den Platz ab und leuchtete mit ihrem Handy, wenn es ihr zu dunkel wurde. Vorn auf der Straße fuhr ein Auto vorbei, danach setzte ein Vogelkonzert wieder ein, das sie davor gar nicht wahrgenommen hatte, erstaunlich bei der Sangesfreude dieser Tiere. Die Welt war schön, so unberührt und frisch, sie sollte wirklich öfter mal um die Zeit hier sein. Im Ayurveda tat frau das sowieso: aufstehen vor Sonnenaufgang. Elle summte vor sich hin, während sie ohne rechtes Ziel über den Platz stapfte, einfach um ein Gefühl zu kriegen, eine Aussicht, eine Idee zu finden. Oder: ihre Idee zu falsifizieren. Darum ging es doch, sich zu beweisen, dass dieses Verbrechen, das sie sich in Gedanken ausmalte, niemals stattgefunden hatte, dass es eine bessere und freundlichere Erklärung gab. Denn es war ihr zuwider, dass sie mit ihrem Verdacht schlechte Gedanken auf die Erde herabbeschwor. Ihr Karma versaute. Dem Bösen eine Brücke baute. Nur um diese Brücke wieder einreißen zu können, ließ sie sich auf das Thema ein und stand hier, um, ja, den Platz zu finden, an dem eine Leiche versteckt sein könnte – aber dann hoffentlich nicht war! Genau, du suchst eine Leiche, dachte sie, gewöhn dich dran. Leiche, Leiche, Leiche. Wohin mit einer Leiche, wenn man kaum je das Haus verlassen hatte, wenn man gerade mal die Kirche kannte, wenn man zwar vielleicht jung, aber ganz sicher nicht kräftig war, wenn man wenig Zeit hatte und kein Aufsehen erregen wollte?

Vielleicht hat Ina ihm geholfen, sagte die fiese Vernunft zu Elle, doch diesen Gedanken stellte sie hintan. Das half jetzt gerade gar nicht weiter. Überhaupt ging es hier nur um den toten Körper. Der war vermutlich nicht in der Kirche und nicht im Jugendhaus. Dort war nämlich schon gesucht worden, sogar in der Krypta, von ihr persönlich. Blieb: das Pfarrhaus.

Elle blickte hinüber zu den dunklen Fliederhecken, die das Häuschen verbargen. Schon klar, ein Toter war immer am sichersten im eigenen Keller aufgehoben, aber das war auch der verräterischste Ort. Außerdem setzte das Versteck Inas Mitwissen voraus, und davon war Elle nicht überzeugt. Ina würde lügen, das wohl. Sie würde sich für Manuel prügeln und sich eventuell mit tödlicher Hingabe für ihn in ein Schwert stürzen, aber den ermordeten Mojo im eigenen Haus verstecken …?

Zudem war diese Option momentan nicht nachprüfbar.

Elle sah sich um. Wäre als Letztes: die große Wiese.

Sie trat an die Mauer, die den Kirchhof nach unten zur Wiese und dem Bahngelände begrenzte. Der Ausblick war wunderschön: ein rosa Himmel, Weite, die zerfallenen schäbigen Bahngebäude malerisch überwachsen und romantisch verklärt im

Dämmerlicht. Eine Lerche flog auf und stimmte in den großen Vogelkanon mit ein.

Na gut, dachte Elle. Da unten sind Verstecke ohne Ende. Aber es ist schwierig, hinzukommen. Was würde ich mit einem toten Körper tun?

Ich würde ihn über die Mauer werfen und auf der Wiese verbuddeln. Unter eine Dornenhecke betten. Ihn in einen von diesen vielen Schuppen zerren.

Das hätte aber alles Spuren hinterlassen.

Systematisch gesucht hatten sie nicht, aber Schleifspuren, aufgegrabene Erde, ramponierte Büsche – das wäre schon aufgefallen. Sie blinzelte, wie um die Farben zu erfassen und alles Verdächtige zum Vibrieren zu bringen. Herrliches Graurosa, ein paar goldene Spitzen in den Wipfeln –

Und ganz plötzlich sah sie es. Die Stelle, die Elle selber ausgesucht hätte: Rechts von ihr, genau da, wo oben die Fliederhecke des Pfarrhauses begann und ein zugewuchertes uriges Treppchen vom Pfarrgarten aus hinunter auf die Wiese führte, stand eine überwachsene alte Fertiggarage direkt an der Mauer. Schäbiges altes Ding, aber solide kastenförmig. Das Dach halb mit Efeu bepelzt und unter diesem Bewuchs eine Art Decke –

Mit wenigen Schritten war Elle an der breiten Jugendhaustreppe zur Wiese. Atmete unten mit einem Zug den goldenen Morgen ein und schlug sich durchs Gebüsch zu dem unscheinbaren kleinen Bauwerk. Aus der Nähe sah es noch schäbiger aus, baufällig fast, aus dem Inneren kam ein kalter Hauch, es stank durchdringend nach Urin. Ein großes Spinnennetz versperrte den Weg hinein. Zum Glück wollte sie da aber gar nicht hin. Sondern aufs Dach. Fieberhaft prüfte sie die dicken Efeuranken an der Seite, konnte sie denen trauen? Würden die sie halten? Wie stark war die Pflanze?

Nicht stark genug.

Vielleicht gab es in der Garage einen Stuhl? Viel brauchte sie ja nicht, musste nur draufgucken, irgendein Gerümpel würde sich schon finden. Sie dachte an die Spinne und zog die Kapuze ihres Pullis über. Vorn, wo die stinkende Öffnung gähnte, holte sie ihr Handy raus, um das Licht anzuknipsen. Kriegte nicht gleich die richtige Taste zu fassen. Hörte einen Vogel schreien und sah auf. Und spürte plötzlich einen Blick auf sich ruhen.

Eine schwarze Silhouette, ein kompakter Schatten mit Augen, der sich in den weichen Grauschleiern der schwindenden Nacht verbarg. Elle konnte sich nicht erinnern, je so erschrocken zu sein, es war ein langsamer Schrecken, ihr Herz klopfte in mächtigen Schlägen, das Blut rauschte in ihren Ohren, sie musste sich festhalten. An der Garagenwand. Das brachte sie wieder ein wenig zur Besinnung, denn das Material unter ihren Händen fühlte sich feucht und rau an, sehr echt, sehr präsent.

Die Augen. Sie blickten nach wie vor interessiert in ihre Richtung. Das zugehörige Wesen war wie ein schmaler Hügel, es musste vor der winzigen hölzernen Pforte zur überwachsenen Pfarrhaustreppe sitzen. Angriffslustig sah es nicht aus, nur aufmerksam. »Hallo«, sagte Elle unsicher. Reden war immer besser als wegrennen.

»Hallo«, sagte das Wesen.

Sie trat näher. »Manuel!«

Er nickte kaum erkennbar, seine dunklen Jeans verschmolzen mit dem Hintergrund, sein Gesicht lag unter der Kapuze seines Hoodies im Schatten, er sah fast aus wie ein Teil des Bewuchses.

Elle stieg über ein paar Dornen. »Was machst du hier?«

»Ich warte«, sagte Manuel ruhig. Seine Aura war nicht feststellbar beziehungsweise tiefschwarz.

»Worauf?«

»Den Sechs-Uhr-neunundvierzig-Bus nach Landau.«

»Hier auf der Wiese?«

»Es dauert noch ein bisschen bis dahin«, sagte er und schaute auf eine Armbanduhr, die nicht ganz zu ihm passte, sie war schmal und hellblau, ein Damenmodell.

»Wieso nicht zu Hause?«, fragte Elle. Schön ruhig bleiben. Atmen.

»Wir sind schon mal losgegangen, damit wir den Bus nicht verpassen«, sagte Manuel ernst.

»Wir?«, fragte Elle und dachte erst, dass Manuel vielleicht einen schrägen Pluralis Majestatis benutzte. Oder so was wie seinen Freund Harvey meinte. Aber inzwischen war es heller geworden, und außerdem hatten sich ihre Augen so weit an das Dämmerlicht gewöhnt, dass sie auf Manuels Schoß jetzt einen weiteren Schemen erkennen konnte. Bewegungslos.

Sofort begann ihr Herz wieder laut zu pochen. »Du und –?«

»Ally«, sagte er mit Blick auf das Bündel auf seinem Schoß.

Alice. Bei Manuel. Auf der Wiese. Wieso bewegte sich das Kind nicht? War ganz still?

»Schläft sie?«, wagte Elle kaum zu fragen. Sie trat näher, obwohl sich alles in ihr sträubte.

»Weck sie nicht«, sagte Manuel ziemlich scharf.

»Ich will nur sehen, wie es ihr geht«, sagte Elle.

»Bleib weg. Es ist viel schwieriger, wenn sie wach ist«, sagte Manuel drohend.

Genau das war ja Elles Sorge. »Ich muss –«

Das kleine Mädchen auf Manuels Schoß rührte sich, quengelte kurz, er steckte ihr einen Schnuller in den Mund, worauf sie sich wieder beruhigte und weiterschlief.

Elle war so erleichtert, dass sie sich beinahe in die Dornen gesetzt hätte. Mitten hinein, ganz egal. Sie atmete durch. Dann sagte sie. »Du – ihr wollt wegfahren?«

Manuel nickte.

»Wohin?«

»Zu Allys Mama.«

»Aber die ist im – in der Reha.«

»Wir müssen zu ihr«, sagte Manuel ernst.

»Komm, wir gehen besser alle zusammen woandershin«, sagte Elle. »Das ist kein guter Platz zum Warten.« Sie zupfte eine Ranke von ihrem Ärmel. »Alles dunkel und voller Dornen.«

Manuel schüttelte den Kopf.

»Du könntest dich verletzen. Kommst du denn draußen ohne Rollstuhl überhaupt klar?«

»Ja«, war die knappe Antwort.

»Okay … aber sobald Allys Mama aus dem Krankenhaus zurück ist, werdet ihr Ally sowieso wieder nach Berlin schicken. Dann wird alles wie vorher.« Und du bist wieder der Mac, dachte Elle.

»Nein«, sagte Manuel.

»Sollen wir nicht doch mal gucken, ob die Bäckerei schon aufhat? Ich geb euch einen Kakao aus.«

»Nein danke.«

Elle stand einen Moment unschlüssig. »Die Frage ist halt auch«, sagte sie dann, »wie kommt ihr dahin, nach Berlin? Habt ihr genug Geld?«

Manuel nickte, sah aber eine Spur verunsichert aus.

»Weiß Ina davon?« Dumme Frage, musste aber gestellt werden. Allein um die Antwort zu hören.

Manuel sagte nichts und starrte sie nur an.

»Manuel«, sagte Elle. »Deine Mutter wird sich schlimme Sorgen machen, wenn du einfach so mit Alice verschwindest.«

Nicken.

»Wir müssen echt hochgehen und mit ihr reden. Dass sie es zumindest weiß.«

Kopfschütteln.

»Okay«, sagte Elle und zog sich langsam Richtung Garage zurück. »Dann gute Reise.«

»Danke.«

Sie zwang sich, nicht zu rennen, bis sie am Fuß der JUZ-Treppe war. Von dort aus rief sie Ina an.

Aber die ging nicht ans Telefon.

9

»Boll«, sagte Bettina ins Diensthandy, es war halb fünf. Sie hatte gefühlt zwanzig Minuten geschlafen. Draußen sangen Vögel. Es dämmerte.

»Kling hier, ich brauche Hilfe!«

Bettina stöhnte innerlich und setzte sich auf. »Was?«

»Manuel Rotas sitzt mit seiner Nichte Alice auf der Wiese unter dem Pfarrhof und weigert sich, da wegzugehen, und ich erreiche seine Mutter nicht.«

Schläft noch, dachte Bettina. »Noch mal bitte, wer ist wo?«

»Ich bin Elle Kling aus Frohnwiller. Es geht um Manuel Rotas.«

»Ja.«

»Der sitzt unten auf der Wiese neben der Garage.«

»Neben einer –?«

»Egal, unterm Pfarrhaus, da ist dieses große Bahngelände, eine Wiese, eine Brache, da ist Manuel. Der die Jesusse angemalt hat. Weil er ein Problem mit seiner Nichte hat.«

»Ja, okay, ich weiß, wen Sie meinen.«

»Gut, und jetzt sitzt Manuel unterm Pfarrgarten in dieser Wildnis, und zwar *mit* seiner kleinen Nichte.«

Bettina blickte ihr Telefon an. »Wieso?«, fragte sie dann ergeben.

»Er möchte Alice zurück nach Berlin bringen.«

»Oh.«

»Ich sag doch, er hat ein Problem mit ihr. Er sagt, er hat schon mal das Haus verlassen, um ungestört zur Bushaltestelle zu kommen.«

»Okay.« Ein plötzlicher Gedanke ließ Bettina auffahren. Sie setzte sich. »Ist das Kind okay?«

»Ich hab sie gesehen. Sie hat sich bewegt. Es scheint ihr gut zu gehen. Aber die kann da auf keinen Fall bleiben.«

Korrekt. »Was ist mit der Mutter? Frau Rotas?«

»Ich hab versucht, sie anzurufen, ich hab bei ihr geklingelt, aber keine Reaktion.«

»Ist halt auch noch früh«, sagte Bettina. Sie dachte kurz nach.

»Sie müssen wirklich kommen, schnell, ich hab Angst um Alice.«

»Ich schicke jemanden aus Landau«, sagte Bettina.

»Können Sie nicht selber, also … die Landauer, die – die mögen mich nicht.«

Bettina seufzte. »Die sind viel schneller bei Ihnen als ich. Und die müsste ich sowieso bestellen, denn allein kann ich einen solchen Einsatz nicht machen.«

»Bitte.«

Bettina holte Luft. Das wäre ja noch schöner, wenn sich jeder seinen Lieblingspolizisten aussuchen könnte. »Frau Kling, ist es Ihnen möglich, in Manuels Nähe zu bleiben und Alice im Auge zu behalten?«

»Ja, natürlich, aber –«

»Dann möchte ich Sie bitten, genau das zu tun. Wenn es geht, reden Sie mit ihm, aber regen Sie ihn nicht auf. Können Sie mir die Telefonnummer von Ina Rotas schicken?«

»Klar –«

»Das wäre hilfreich. Gut, Sie bleiben in der Nähe, Kollegen kommen.« Sie senkte die Stimme. »Ich guck mal, ob ich zumindest den Barolo für Sie loseisen kann. Der mag Sie.«

»Echt? – Also ich –«

»Bis bald, Frau Kling.«

* * *

Regen Sie ihn nicht auf. Hieß das, dass sie nicht über den Rollstuhl, nicht über Ina, nicht über Alice, nicht über die Jesusse und vor allem nicht über Mojo Hansen reden durfte? Also worüber mit Manuel sprechen?

Sie kämpfte sich durch die Dornen zurück, erreichte ihn und sagte: »Du vermisst deine Schwester Pia auch, nicht wahr?«

Der dunkle Schemen sah sie an. Alice bewegte sich ein wenig.

»Habt ihr viel Kontakt? Schreibt ihr euch? Auf Whatsapp?«

»Nein.«

»Erzähl mir von ihr.«

»Von Pia?«

»Ja.«

»Sie ist nicht krank.«

»Jedenfalls wird es ihr bald wieder besser gehen«, sagte Elle hoffnungsvoll.

»Pia muss nicht in den Rollstuhl.«

Ungerechte Welt. »Ihr mögt euch trotzdem, oder?«

»Sie wollte mich mitnehmen«, sagte Manuel. »Nach Berlin.«

»Das hat sie sich für dich sehr gewünscht, nicht wahr? Dass du gesund bist?« Vielleicht solltest du sie wirklich besuchen, dachte Elle. Vielleicht müsst ihr beide euch gegenseitig beistehen.

»Nein«, begann Manuel, doch in dem Moment sahen sie über sich in der Luft blaues Licht blinken und hörten Stimmen.

»Was ist das?«, fragte Manuel irritiert und misstrauisch.

»Die werden uns helfen«, sagte Elle und schob sich, so langsam sie konnte, rückwärts in Richtung Treppe, den Beamten entgegen.

Sie hatte noch nie einen Menschen gesehen, dessen Haltung so viel inneren Widerstand bei totaler äußerer Folgsamkeit ausdrückte. Es war fast gruselig, wie ergeben Manuel den Anweisungen der Polizisten folgte, offenbar überwältigt von der Präsenz ihrer Uniformen, aber andererseits mit jeder Faser Unwillen ausstrahlte. Seine Miene zeigte entschlossene Aufmerksamkeit. Er lernt, dachte Elle, die jetzt etwas abseits in den Dornen stand und zusah. Das nächste Mal wird er nicht mehr so fraglos mitgehen. Er wird seinen Geist und seinen Körper benutzen und – ja, was? Um sich schlagen? Jemanden verletzen?

Dann schloss sie sich dem kleinen Zug an, der jetzt die Treppe in Angriff nahm.

Manuel und Ally zu Hause abzuliefern, war nicht ganz einfach, denn Ina ging nicht ans Telefon und öffnete nicht die Tür.

»Die wird noch schlafen«, sagte Barolo mit Blick auf das dunkle Pfarrhaus. Inzwischen war es richtig hell geworden, die Morgensonne hatte alles Rot und sogar das Orange abgelegt. Die kleine Alice wirkte nicht mehr benommen, sondern hellwach, aber desorientiert und ängstlich. Barolo hielt sie auf dem Arm, sie umklammerte ihn ganz fest, vergrub ihren Kopf in seiner Halsbeuge und versuchte, nirgendwo hinzuschauen. Manuel sah schrecklich dürr aus, jetzt nach dem Marsch nach oben zitterte er und war ganz weiß im Gesicht. Verrückt, vor diesem Würstchen Angst zu haben, dachte Elle. Der klappt ja nach drei Treppen fast um.

»Hör mal«, sagte Barolo jetzt zu ihm, ganz freundschaftlich, tätschelte derweil Allys Rücken, »was ich dich fragen wollte, warum hast du in der Kirche die Jesusfiguren angemalt?«

Manuel runzelte die Stirn. »Das geht dich nichts an«, sagte er.

Elle war erstaunt, wie offen Manuel bestätigte, dass er es gewesen war, und wie ernst und klar er gleichzeitig Barolos Frage abwies. Ganz so schwach war er eben doch nicht.

Barolo schob Ally, die offenbar schwer wurde, mit einem Ruck höher. Sie drückte ihren Kopf fest an seinen Hals.

»Aber du warst es?«

»Ja.«

»Und deine Gründe sind privat?«, fragte Barolo nebenhin.

»Ja.«

»Weißt du«, sagte Barolo, »du musst mir nicht sagen, warum du es gemacht hast. Das musst du niemandem sagen, wenn du nicht willst. Mich würde nur interessieren, ob du es ganz allein warst.«

Manuel taumelte. Er sah aus, als ob er gleich umfallen würde. »Es ist nicht für dich gedacht«, sprach er und sah trotz seiner entschiedenen Worte so körperlich hinfällig aus, dass Barolos Kollegin, eine Frau in Elles Alter mit braungefärbtem Haar und ernstem Gesicht, ihn beim Arm nahm und stützte.

»Wir gehen besser rein. – Hast du denn keinen Schlüssel fürs Haus?«, fragte die Beamtin ruhig. Sie sah Manuel an. Der schüttelte den Kopf und wirkte sofort kräftiger.

»Sie?«

»Nein«, sagte Elle.

»Gibt es irgendeinen anderen Weg hinein?«, fragte Barolo.

»Ich glaube, da ist eine Hintertür«, sagte Elle. Manuels Blick traf sie, sie fühlte sich wie eine Verräterin. Kurz.

Die Hintertür war offen.

Sie fanden Ina über den Küchentisch gesunken, neben sich eine leere Tasse mit einem Teebeutel darin. Sie bewegte sich nicht, und sie sah so leblos aus, dass wieder so ein fieser Schrecken an Elles Herz griff. Kurzer und heftiger Schwindel erfasste sie, wie immer, wenn das Leben ihr zu doll kam. Sie konnte nur stehen und gucken, doch die Polizistin war mit drei Schritten bei der offensichtlich Bewusstlosen, fühlte Puls, prüfte Pupillen – und stolperte zurück, als sie ein unerwarteter Schlag traf.

Ina lebte, und sie hatte sich instinktiv gegen die Manipulation an ihrem Auge gewehrt. Stöhnend und benommen richtete sie sich auf.

»Frau Rotas!«, sagte Barolo.

»Ina«, rief Elle und stürzte auf ihre Freundin zu, ihr letztes unerfreuliches Telefonat vergessend, »Ina, was ist?« Sie packte Inas Schulter und sah, dass das Ekzem, unter dem Ina litt, große trockene Flecken um ihre Ellenbeugen gebildet hatte. Und die Wangen sahen weiß und rotfleckig aus, kein gutes Zeichen.

»Bitte, Frau Kling«, sagte die Polizistin.

Ina fasste die Tischkante, hielt sich fest, blinzelte. »Elle … Was …?«

»Ina, du siehst schlimm aus.«

Stöhnen.

»Hast du etwa hier am Küchentisch geschlafen?«

»Ich weiß nicht … wie – wer ist das?« Ina sah die uniformierten Polizisten an.

»Polizei«, sagte Barolo. »Kommissar Barolo und Kommissarin Hees. Wir bringen Ihre Kinder zurück.«

»Meine –?« Ina erschrak und erhob sich, fiel aber sofort wieder auf den Stuhl zurück.

»Frau Rotas, sind Sie krank?«

»Nein«, sagte Ina, blieb sitzen und sah kaum auf. »Wo ist Ally?«

»Ich hab sie, Frau Rotas.« Barolo versuchte das kleine Mädchen auf den Boden zu stellen, worauf die in mörderisches Geschrei ausbrach.

»Okay okay, alles gut, alles gut, Maus!« Es blieb ihm nichts anderes übrig, als Ally wieder hochzunehmen.

Ina ließ ihren Kopf auf den Tisch sinken.

»Ich bestelle einen Krankenwagen«, sagte Hees.

»Bitte nicht.« Abrupt richtete Ina sich auf, erhob sich und blieb schwankend stehen. »Das ist nicht nötig.«

»Aber –«

»Nein, wirklich nicht.« Sie atmete durch, fasste sich, ihr Blick wurde tatsächlich klar, ihre Stimme fest. Aber sie umklammerte die Tischkante so heftig, dass ihre Fingerknöchel hervortraten. »Das hab ich manchmal, ist echt nicht schlimm. Es geht mir gut. Würden Sie mir freundlicherweise helfen, Ally in ihr Bett zu bringen?«

Sie ließen Manuel mit der Polizistin in der Küche. Ina zog sich leicht schwankend die Treppe hinauf, Elle und Barolo folgten mit Alice. Oben legten sie das Mädchen in ihr Gitterbettchen, wo sie erst zu schreien begann, dann eine Stoffgiraffe nahm, sie in den Mund stopfte und hektisch daran saugte. Einen Moment betrachtete sie die Erwachsenen um ihr Bett mit großen, angstvollen Augen, dann wandte sie sich ab und schien einfach in Schlaf zu fallen.

»Okay«, sagte Barolo, der inzwischen heftig schwitzte. »Die Kleine war mit Manuel unten auf der Wiese.« Er betrachtete Ina. »Sie haben nicht gemerkt, wie die beiden das Haus verlassen haben?«

»Nein.«

»Wie geht es Ihnen, Frau Rotas, wollen Sie sich setzen?«

»Nein. Hören Sie, Manuel ist erwachsen. Er kann im Notfall auf seine Nichte aufpassen. Ich danke Ihnen für Ihren Einsatz, aber im Grunde war es nicht nötig. Die Kinder waren mal kurz vor der Tür, da müssen Sie echt nicht kommen.«

»Vor der Tür um vier Uhr morgens?« Barolo verschränkte die Arme. »Und Manuel ist doch behindert, oder? Kann er das wirklich? Auf ein Kind aufpassen?«

»Er ist beeinträchtigt«, sagte Ina scharf, »aber nicht geistig.«

»Außerdem«, sagte Barolo, »hat er eben zugegeben, in der Kirche die Figuren bemalt zu haben.«

Ina sackte ein Stück in sich zusammen.

»Wir müssen das klären. Wir brauchen seine Aussage.«

»Jetzt sofort?«

Barolo warf einen Blick auf die unglückliche Alice und knickte ein. »Na gut, wir rufen Sie an und machen einen Termin aus. Geht ja nur um eine Sachbeschädigung. Manuel ist nicht vorbestraft und schon geständig. Die Formalitäten müssten wir sowieso auf der Dienststelle machen.«

Ina entspannte sich. »Schön.«

Barolo änderte seine Haltung nicht. »Geht es Ihnen wirklich gut?«

»Ja.«

»Haben Sie Medikamente eingenommen?«

»Nein, hab ich nicht.«

»Aber du hast am Esstisch geschlafen«, mischte Elle sich ein.

Ina warf ihr ein warnendes Stirnrunzeln zu. »Ich war müde.«

»Machen Sie das öfter?«

»Ist schon vorgekommen«, sagte Ina. »Mein Leben ist anstrengend. Aber machen Sie sich keine Gedanken um mich.« Ich bin es gewöhnt, sagte ihr Ton.

»Ich habe Bedenken, Sie mit den beiden Kindern allein zu lassen.«

Ironischer Blick. Tiefes Luftholen. »Da sind Sie ein bisschen spät dran, denn das bin ich schon mein ganzes Leben lang! Und die zwei müssen schlafen. Ich auch. Wenn noch zusätzlich Fremde in Arztkitteln kommen, drehen die durch. Das ist zu viel, einfach zu viel.« Jetzt hörte sich Inas Stimme ziemlich schrill an.

»Ich kann hierbleiben und dir 'nen Tee kochen«, erbot sich Elle.

»Das ist eine gute Idee, Frau Kling«, sagte Barolo erleichtert.

»Danke, Elle, aber echt nicht. Wir gehen jetzt alle ins Bett.«

»Wirklich?«

»Ich hab das im Griff. Ich gebe Manuel sein Mittel, dann ist alles gut.«

»Sollen wir ihn irgendwohin bringen?«

»Er kann doch selber gehen«, sagte Ina leicht maliziös.

Heilige Maria, Mutter Gottes, hilf mir mit Manuel. Ich meine es ernst. Ich brauche deine Hilfe, sehr, er ist verrückt geworden. Er hat dein Kind bemalt. Und meins – mitgenommen. Und er … er –

Mir ist so schlecht … Wieso hab ich am Tisch geschlafen? Was war in diesem Tee?

Draußen standen sie ein bisschen unschlüssig herum wie nach einer Party, auf der es Krach gegeben hatte: Es war alles gesagt, aber nichts richtig gelöst, und die Übriggebliebenen stammten aus verschiedenen Lagern und hatten sich davor schon nicht gemocht. Barolo sagte: »Ich glaube, die Frau Rotas braucht langfristig doch Unterstützung – können Sie da heute im Laufe des Tages noch mal vorbeigucken? – Sie hat ja recht, Manuel hat in seinem Leben wahrscheinlich mehr Ärzte gesehen, als ihm lieb ist. Aber Sie sind eine Freundin?«

»Klar, kein Problem«, sagte Elle. Auf Manuel musste irgendwer ein Auge haben. Sie hatte zwar heute ihren Kurs, aber selbstverständlich würde sie noch mal vorbeischauen, schon um Ina ein bisschen Solidarität zu zeigen. Frauen, dachte sie und blickte stellvertretend die Polizistin Hees schwesterlich an. Wir müssen zusammenhalten.

Worauf die Polizistin ziemlich misstrauisch fragte: »Was haben eigentlich Sie um die Uhrzeit dort unten auf der Wiese gemacht?«

10

Sie war noch mal eingeschlafen, jetzt klingelte das Handy wieder, und Bettina sagte »nein«, denn sie träumte von einem nicht selbst gekochten Frühstück, nein, Brunch, mit allem, Kaffee und Rührei und die wunderbarsten, süßesten, duftendsten Tomaten in einem herrlichen saftigen Rot –

»Ich bin's«, sagte das Telefon. Mit Meier IIs Stimme. »Wo bist du, Tina? Wo ist der Chef?«

Bettina fand sich angezogen im Bett und schwitzte unter der Decke und war gerade mal froh, das Handy gefunden zu haben. »Ich –«, sagte sie, dann fiel ihr ein, wo Willenbacher war. Offenbar hatte Annette seinen Krankenhausaufenthalt nicht auf der Dienststelle gemeldet, Bettina hatte das auch nicht gemacht, und Willenbacher – erschien genau jetzt vibrierend als zweiter Anrufer auf ihrem Display.

»Warte kurz«, sagte sie zu Meier II. »Oder nein, pass auf, ich komme in 'ner halben Stunde, und Willenbacher ruft hier grad an. Ich sag ihm, er soll zurückrufen.«

»Sag ihm, es pressiert«, ranzte Meier II. »Oder er soll einfach mal ans Telefon gehen! Wir haben einen Fall, Tina, und dieser verdammte Grohs führt sich auf, als wäre es seiner, da muss irgendwer die Hand draufhaben!«

»Unser Vermissten-Grohs?«, fragte Bettina. Das Handy hielt wieder still. So schnell gab Willenbacher sonst nicht auf.

»Genau«, knurrte Meier II.

»Haben die den Hansen jetzt gefunden? Ist er …? Dann hat der Grohs an dem Fall eh nix mehr verloren.«

»Nein, Tina, unbekannte weibliche Tote dort in Frohnwiller, wo der Hansen nach wie vor vermisst wird.«

»Was, Tote? Wieso unbekannt?«

»Tina, weißt du, warum ich dich anrufe …?«

»Komme«, sagte Bettina und drückte Meier II weg. Zum Glück hatten sie den nicht zum Abteilungsleiter gemacht, dachte sie. Und rief Willenbacher an.

»Bolle«, sagte er.

Auweia, dachte Bettina. Bolle bedeutete Problem. »Wie geht's?«, fragte sie möglichst aufmunternd.

»Sag dem Meier II, dass ich komme und die Vermisstenleute im Griff hab«, sagte Willenbacher stöhnend. »Und er braucht mir nicht mehr zu schreiben.«

»Nein, jetzt im Ernst, Will, wie geht's dir? Was hast du da bei uns auf dem Speicher bloß gemacht? Diese Tabletten –«

»Ich kann mich nicht mehr erinnern«, ächzte Willenbacher.

»Du hast auf meinem Speicher übernachtet. Morgens hab ich dich auf der Treppe gefunden, du musst in der Zwischenzeit ein starkes Schlafmittel eingenommen haben.«

»Ich war so müde«, sagte Willenbacher und gähnte.

»Wo hattest du die Tabletten her?«, fragte Bettina.

»Tabletten?«

»Auf der Treppe lag ein Blister mit Tabletten. Uraltes Zeugs, wird nicht mehr verkauft, weil's zu gefährlich ist. Du hast bis zu fünf Stück davon genommen.«

»Genau, das haben die mich auch gefragt«, sagte Willenbacher. Seine Stimme wurde schwächer.

»Will, du bist noch im Krankenhaus, oder?«

»Bolle, ich brauch vielleicht noch 'ne halbe Stunde.«

Damit war die Verbindung unterbrochen. Und Bettina rief Meier II zurück und meldete ihm, dass Willenbacher im Krankenhaus war und noch mindestens einen Tag bleiben würde.

»Was hat er denn?«, fragte Meier II ungnädig.

»Wahrscheinlich nervöse Erschöpfung«, sagte Bettina, und Meier II schnaubte. Seine Art zu lachen. »Nein, ich weiß es nicht«, setzte sie hinzu. »Oh. Und ich muss noch die Kinder wecken. Aber ich bin in Kürze da.«

Sie fuhr bei Meier II im Auto mit, er hörte Abba. Beziehungsweise einen Sender, der Abba spielte, dabei hätte Springsteen viel besser zu ihm gepasst, dachte Bettina, guter alter patriotischer Whiteboy-Rock. Sie stand auf beides nicht und hatte auch eigentlich nicht in dieses Auto steigen wollen, aber Meier II hatte sie angewiesen, das Laptop mitzunehmen und ihn unterwegs zu instruieren. Er war der Dienstälteste, also Chef, wenn Willenbacher ausfiel. Schon nach der Härting-und-Ackermann-Affäre hatte er den vakanten Posten kommissarisch besetzt und vielleicht sogar damit gerechnet, selbst Abteilungsleiter zu werden. Dass er es nicht geworden war, machte ihn, der eigentlich ein altmodischer Draufgänger-Bulle war, in Situationen wie dieser plötzlich vorsichtig und überkorrekt. Er wollte die wichtigen Leute dabeihaben – also alle –, er wollte Absolutionen und Befugnisse vom Staatsanwalt, und er wollte ein Briefing, am besten von einer Kolleg*in*. Damit es sich mehr anfühlt wie *Master and Servant*, dachte Bettina boshaft, während sie zu den Klängen von jetzt Depeche Mode die Berichte vorlas, die Meier II vermutlich längst selbst gelesen hatte. Wobei sich die Situation in Frohnwiller noch etwas unübersichtlich darstellte. Die unbekannte Tote hatte bereits längere Zeit versteckt auf dem Wiesengelände an der Kirche gelegen, gefunden hatten sie zwei Schutzpolizisten aus Landau aufgrund eines Hinweises von Frau Elle Kling. Die Kollegen waren dort unterwegs gewesen, um zwei Ausreißer nach Hause zu bringen, nämlich Manuel Rotas und seine kleine zweijährige Nichte Alice.

»Die hab ich bestellt«, sagte Bettina. »Die Kollegen, meine ich. Diese Kling hat bei mir angerufen, um halb fünf Uhr morgens.«

»Was hat die da gemacht, auf einer Wiese? Und dieser junge Mann, wie kann der ausreißen, sitzt der nicht im Rollstuhl?«

»Es wäre besser für ihn, drin zu bleiben«, sagte Bettina. »Aber Laufen ist wohl nicht unmöglich. Es kann ihm nur sehr schaden.«

»Kein schönes Leben«, sagte Meier II obenhin. Die Art, wie er fuhr, machte sie nervös: Vollkaracho auf den Vordermann zu, dann abbremsen und drängeln. »Wieso hat er seine Nichte mitgenommen?«

Gute Frage. »Wir haben die Theorie«, sagte Bettina, »dass er eifersüchtig auf sie ist. Sie ist neu in der Familie und könnte ihm seine Sonderstellung streitig machen. Wir glauben, dass er ihretwegen die Jesusfiguren in der Kirche geschwärzt hat.«

Meier II sah sie an und fuhr deswegen beinahe auf einen Smart auf. Er war kein Täterversteher.

»Das sind so Mutter-Kind-Darstellungen«, sagte Bettina. »Wenn du da das Kind rausnimmst – ist schon ziemlich gruselig.« Sie schüttelte den Kopf. »Dort passieren überhaupt Sachen … Ins Jugendhaus werden ungewöhnliche Drogen bestellt. Der Pfarrer hat eine Mutterkornvergiftung und stirbt, eine Ausreißerin, die sich Wicca nennt, verbrennt in der Wiese. Die Nichte des Pfarrers wird minderjährig schwanger und muss das Haus verlassen. Und der verschwundene Jugendwart ist ein Exorzist. Hört sich an wie ein Fluch, oder?«

»Der Jugendwart ist was?«

»Teufelsaustreiber.«

Meier II schwieg, dann sagte er, wie um sich selbst zu trösten: »Na, jetzt haben wir immerhin 'ne Leiche.«

»Leider ist es die falsche«, sagte Bettina unzufrieden.

»Tina!«

»Tut mir leid, aber ich wüsste halt schon gern, was diesem Hansen widerfahren ist.«

»Vielleicht lebt er noch?«

»Vielleicht«, sagte Bettina und sah aus dem Fenster. Sie waren fast da. Dort in der Straße parkten schon die ersten blausilbernen Autos.

»Apropos Hansen«, sagte Meier II, »diese Kleine, diese Juno, hast du die nach Waldstätten geschickt?«

»Was?«

»Die ist mit 'nem Dienstauto nach Bayern gefahren. Und ich krieg heute Morgen 'nen Anschiss von Grohs, weil die im Fall Hansen – das ist ja immer noch seiner – ohne sein Wissen in einem anderen Bundesland ermittelt. Er wüsste von nichts. Ich wusste auch von nichts. Hatte nur ’nen Zettel auf dem Tisch, dass sie was recherchieren muss. Amtshilfeverfahren würde zu lang dauern, es wäre abgesprochen. – Mit dir?«

»Nein.«

»Tina, das musst du –«

»Nein! Okay – ich hab ihr gesagt, sie soll einen Namen überprüfen. Ich dachte, die ruft mal im letzten bekannten Wohnort an und lässt dort ins Meldesystem gucken.« Bettina kramte ihren Polizistinnenausweis aus der Tasche und fuhr das Fenster herunter, denn jetzt mussten sie gleich den ersten Checkpoint passieren. »Oh Mann, sie hat gesagt, sie muss vor Ort gucken, ich dachte halt nicht, dass die das wortwörtlich meint, da fährt sie selbst hin, ich fasse es nicht.«

»Wen überprüfen?«

»Also wenn sie das tut, was sie soll, dann schaut sie nach einem Hochwürden Sebastian Amorth, von dem wir drei Dutzend Totenzettel in Hansens Schublade gefunden haben und der angeblich verhext wurde.«

»Ach herrje.« Meier II winkte dem Wachposten zu, passierte die Absperrung und fuhr den Wagen mit Schwung auf den Kirchplatz. Vollbremsung und Aufseufzen: Wir sind da. Dann spähte er hinaus, vielleicht, um zu sondieren, ob Grohs sich hier irgendwo aufhielt. »Wie sehr wird dieser Hochwürden den Fall Hansen weiterbringen?«

»Na ja, er ist seit 1968 verstorben«, sagte Bettina.

Meier II sah einen Moment so aus, als wollte er nicht aussteigen. Dann sagte er: »Weißt du wirklich nicht, wann Willenbacher wiederkommt?«

»Nee, ich sag ja«, sagte Bettina. »Es ist wie ein Fluch.«

Der Kirchplatz wimmelte von Polizisten, viele in weißen Overalls von der Spurensicherung, andere uniformiert wie –

»Barolo!«, rief Bettina erfreut.

Der Kollege sicherte offenbar die Treppe am Jugendzentrum,

er stand wachsam davor und musterte jeden Passanten aufmerksam. »Tina«, sagte er umstandslos. »Da seid ihr ja.« Er beäugte Meier II etwas skeptisch, weil er ihn vermutlich für Bettinas Chef hielt, den mit dem Notfall. Und davon hatte er ja doch das Wesentliche mitbekommen, als Bettina ihn Knall auf Fall auf der großen Wiese stehen gelassen hatte. Vorsichtig streckte er die Hand aus und reichte sie Meier II.

»Wer ist die Tote?«, fragte der.

»Das wissen wir nicht, sie ist in schlechtem Zustand. Weiße Frau um die vierzig, das ist die vorläufige ungesicherte Schätzung. Liegt schon länger da.«

»Wie lang?«

»Das kann der Gerichtsmediziner noch nicht sagen. Monate. Vielleicht Jahre.«

»Und wo war sie?«, fragte Bettina.

»Auf einem Garagendach«, sagte Barolo. Er sah kurz an ihnen vorbei, gab irgendeinem anderen Kollegen Zeichen und führte sie dann ein paar Schritte Richtung Pfarrhaus. »Da.« Er trat an die Mauer, an der Stelle, wo keine Weißvermummten zugange waren.

Sie blickten hinunter auf die große Wiese mit den Bahnschuppen. Die Aussicht war so weit, dass alles direkt unterhalb der Mauer in eine Art toten Winkel geriet. Dort herrschte ewiger Schatten. Und in dieser düsteren Zone, etwas weiter rechts, unterhalb des Pfarrgartens und seines seltsam in die Mauer gewundenen Treppchens, stand eine alte verranzte Fertiggarage, halb mit Efeu bewachsen, jetzt von Gerätschaften und Menschen umstellt.

»Es ist ideal«, sagte Barolo. »Du hast keinen langen Weg. Du musst nicht stark sein, um die Leiche vom Kirchplatz in unerschlossenes Gebiet zu bringen. Keine Spuren in der Wiese, kein langes mühsames Herumwuchten von dem toten Körper in den Dornen. Du musst ihn nur einmal auf die Mauer kriegen und dann auf das Dach fallen lassen. Bisschen Efeu drüber. Fertig.« Er blickte angelegentlich zum Pfarrhaus.

»Wie seid ihr drauf gekommen?«, fragte Meier II anerkennend. So sah gutes altes Polizeihandwerk aus. Kein Fluch.

»Der Hinweis kam von Frau Kling, die heute Morgen hier Ausreißer entdeckt hat«, sprach Barolo. »Manuel Rotas und seine Nichte.«

»Was hat Frau Kling hier um die Zeit getan?«

»Die hat versucht, eigene Untersuchungen anzustellen, sagt sie zumindest, sie wollte nach Mojo Hansen suchen.«

»Und dieser Manuel saß mit einem zweijährigen Kind genau neben dem Leichenversteck …?«

»Die beiden saßen auf der Treppe, die von ihrem Garten aus runter auf die Wiese führt«, sagte Barolo. Zufall, schwang in seinen Worten mit. »Ich finde es eher bemerkenswert, dass die Frau Kling immer diejenige ist, die hier alles findet.«

Meier II sah Bettina an. Die zuckte die Achseln.

»Es ist so«, fügte Barolo an, »der tote Körper befindet sich, wie gesagt, schon seit längerem dort auf dem Dach. Ich will da gar nichts ausschließen, aber wenn Manuel die Unbekannte getötet hätte, dann müsste er sie schon vor einiger Zeit da deponiert haben. Frische Spuren waren von oben nicht erkennbar. Das Dach ist zwar unauffällig, aber gut einsehbar. Und es ist dreckig, bemoost und überwachsen. Da wir bei Hansen von einem zeitlich viel jüngeren Vorfall ausgehen, hätten wir auf diesem Dach wahrscheinlich nicht nach ihm gesucht. Insofern war es schon ein ziemlich seltsamer Zufall, wenn man so will, dass Frau Kling sich da engagiert hat.«

»Aber ihr seid dem Hinweis nachgegangen«, sagte Meier II.

Barolo nickte. »Ich hab dann halt mal nachgeschaut«, sagte er und wurde ein bisschen grünlich im Gesicht.

»Gut gemacht«, lobte Meier II und klopfte dem Kollegen kernig auf die Schulter. »Ich höre, die Gerichtsmedizin ist schon da?«

Die Gerichtsmedizin war unansprechbar beschäftigt, die Leiche wurde gerade erst geborgen. Währenddessen füllte sich der Platz. Bettina und Meier II sichteten die Örtlichkeiten vor der düsteren Garage, soweit sie herandurften. Zur Identität der Gefundenen konnte noch niemand etwas sagen, aber die mutmaßliche Tatwaffe war gesichert: ein zerfetztes weißes Stück Plastikfolie mit der Aufschrift *Peek & Cloppenb–*, das jetzt selbst in Plastik verpackt war.

»Das hat sie um den Kopf gehabt«, sagte die Spurensicherin, die ihnen das Asservat nur ungern in die Hand gegeben hatte und jetzt irgendwie nervös danebenstand, um es zu bewachen.

»Wie geht das?«, fragte Meier II. Er konnte die alte Walther PPK von einer P99Q am Knall unterscheiden, wusste Bettina. Wusste jeder. Bei Waffen machte ihm keiner was vor. Plastiktüten dagegen … Er schüttelte den Kopf.

»Es ist sehr wirksam«, sagte die weiß umhüllte Kollegin. »Erfordert allerdings Geschick, beziehungsweise Übung. Sie können davon ausgehen, dass diese Tüte genau zum Zweck des, ja, Überfalls ausgesucht und zurechtgeschnitten wurde. Sie ist alt, das Plastik dicker als bei den heute üblichen Produkten, sie ist weit, passt also gut über einen Kopf, und unten ist sie ein Stück beschnitten, dass dann nicht mehr allzu viel Luft bleibt, wenn sie erst mal sitzt. Der Angreifer muss es nur schaffen, sie beim ersten Mal ganz über den Kopf zu kriegen und im Nacken sofort zusammenzudrehen. Dann hat das Opfer keine Chance.«

»Das Opfer kann sich doch bewegen«, sagte Bettina, die den Asservatebeutel in die Luft hielt und von allen Seiten begutachtete.

»Nicht lange«, sagte die weiß vermummte Kollegin. »Drei Minuten ohne Luft, und Sie sind tot, aber davor werden Sie ohnmächtig. Der Kampf dauert nicht mal halb so lang. Dann macht der Täter einen Knoten und fertig.«

»Okay …?«, sagte Bettina, nicht ganz überzeugt. »Ich hab gehört, man benutzt das auch um … als Sexspielzeug?«

»Ob das hier so war, wissen wir nicht. Unser Opfer war aber vollständig bekleidet, Rock, Bluse, Kostümjacke, BH und Slip. Alles intakt und am Platz. Mehr können wir noch nicht sagen.«

Meier II sah immer noch ungläubig aus. »Was ist das für ein Material?«

»Normale Einkaufstasche aus PVC, aber wird wahrscheinlich so nicht mehr ausgegeben. Ich glaube, dass die jetzt Papier und dünnere Tüten aus Recyclingmaterial benutzen, das prüfen wir aber noch genauer.«

»Gut.«

»Und noch was«, sagte die Kollegin. »Das ist am schrägsten.«

»Was?«

»Sehen Sie das?«

Bettina sah schmutziges Plastik, verformt und eklig, Relikt eines Kampfs auf Leben und Tod und trotzdem ein Nichts.

»Diese Verfärbungen, die Aufwerfungen da am Rand, was aussieht wie Materialermüdung?«

»Ja?«

»Das *ist* Materialermüdung«, sagte die Spurensicherin triumphierend.

Bettina schaute Meier II an und dachte plötzlich, dass sie jetzt echt einen Kaffee brauchte und dass ihr Lieblingskollege Müller vermutlich gar kein Autist war, sondern einfach nur ein normaler Spurensicherer.

»Was bedeutet …?«, fragte Meier II ungeduldig.

»Diese Plastiktüte wurde früher schon für Ähnliches benutzt. Entweder zum Üben oder sogar –«

»Für einen anderen Angriff!«, rief Bettina.

»Das wissen wir erst, wenn wir alle DNS aus dem Asservat gesichert haben«, sprach die Kollegin und zog Bettina das wertvolle Stück aus der Hand. »Aber so viel können wir schon sagen: Dieses Ding war nicht zum ersten Mal im Einsatz.«

Eine Plastiktüte zum Üben.

Bettina entfernte sich ein Stück in die Wiese. Die wirkte ganz anders als gestern, weniger weit und viel belebter. Heute erzeugte das Licht des fahleren Himmels schöne satte Farben, scharfe Kontraste und deutlich erkennbare Details. Sie konnte sich auf der Freifläche wirklich einen Überblick verschaffen. Und nachdenken: Jemanden mit einem solchen Plastiktüten-Fähnchen zu ersticken, musste nicht nur Geschick erfordern, sondern große Entschlossenheit. Und vor allem Übung. So leicht, wie die Kollegin von der Spurensicherung es darstellte, konnte es nicht sein, zumindest musste man eine Ahnung haben, worauf es ankam, es schon einmal gesehen, erlebt, selbst gemacht haben.

Bettina dachte an Svantje und die Geschichte vom Tüte-über-dem-Kopf-High. Konnte die Frau vom Garagendach Opfer eines erotischen Spiels geworden sein? Und der Partner hatte sich schuldig gefühlt und die Leiche versteckt? Aber wer wäre dieser Partner gewesen?

Sie blickte zur Garage. Die war nun von mehreren Absperrungen umgeben und gleichzeitig mit eigens angekarrtem Equipment beleuchtet, zugänglich gemacht, vollgestellt. Irgendwo dort an der Mauer im Zentrum der Bemühungen war Dr. Lee mit der Leiche zugange, aber in diesen sensiblen Bereich würden sie momentan allerhöchstens Meier II vorlassen.

Bettina stolperte rückwärts über ein paar Dornen, schaute in den dunstiger werdenden Himmel und fragte sich, ob ihr heutiger Fund mit den anderen Todesfällen hier im Ort in Verbindung stand. Wenn ja, dann war das zwar traurig, aber doch ein Fortschritt, denn die Frau vom Dach, die war vermutlich wirklich getötet worden.

Der Pfarrer hingegen war nur gestorben.

Svantje Noor ebenso.

Die beiden hatten Unfälle gehabt. Menschen, die sich gut auskannten, hatten zwar jeweils Verdacht geschöpft – aber nach gründlicher Untersuchung echte Verbrechen ausgeschlossen. Niemand konnte hoffen, dass der Pfarrer das Zeitliche segnete, wenn er in die Pfeffermühle des Jugendzentrums etwas Hühnerkorn steckte. Niemand konnte davon ausgehen, dass ein Feuer im Holzstapel wirklich das Mädchen im Zelt daneben töten würde. Falls diese Tode wirklich und wahrhaftig so gewollt gewesen waren, dann waren sie nicht verzweifelt gewollt. Sie waren bloße Spiele, Machterprobungen, ein Schachern mit Gott.

Wer tat so was?

Und was war bei der Toten vom Dach anders gelaufen?

Bettina schaute in die blasse Sonne, ein schwach sichtbares Rund, das hatte keine Antwort. Da machte sie sich auf und suchte Barolo.

»Warst wirklich du selbst auf dem Garagendach?«, fragte sie. »Du hast sie gesehen? Angefasst?«

Barolo bewachte wieder seine Treppe, mit wesentlich weniger Elan inzwischen, denn der Kirchplatz war jetzt komplett abgesperrt, der Posten eigentlich unnötig – und nach so einer Entdeckung hätte er auch sowieso in die Ermittlungen eingebunden gehört.

Er nickte.

»Wie hat sie ausgesehen? Wie war sie versteckt?«

»Decke und Plastikplane«, sagte Barolo und rümpfte die Nase. »Mann, dieser Geruch, ich rieche das immer noch, das geht gar nicht mehr weg.«

»Also sie war in eine Plane eingewickelt? Was für eine?«

»So 'ne schwarze, gewebte, wie du sie im Garten hast. Und dann noch 'ne Decke drüber.«

»Was für eine Decke?«

»Malervlies«, sagte Barolo bedauernd. Eher wertlos als Spurenträger. »Das Ganze war unter den Efeu – tja, ich weiß nicht, ob geschoben. Jedenfalls war der drübergewachsen.«

»Also ganz offen vor aller Augen, aber weder von oben noch von unten zu sehen.«

»Ja.« Er sah sie an. »Noch was: Manuel Rotas hat zugegeben, dass er die Heiligenbilder in der Kirche angemalt hat.«

»Hey. Wie das?«

»Ich hab ihn gefragt. Aber seltsamer war seine Mutter.«

»Was ist mit ihr?«

Barolo schüttelte den Kopf. »Als wir da vorhin ins Haus sind, die Kinder zurückbringen, hat die am Tisch geschlafen und ausgesehen, als wäre sie neben der Schnapsflasche zusammengebrochen, wenn du verstehst, aber da war kein Alkohol und es hat auch nirgends danach gerochen, stand nur ein Teetässchen auf dem Tisch. Ich dachte, vielleicht hat sie Medikamente genommen.« Er kickte einen Stein aus dem Weg. »Aber dann – wir sagen, wir bestellen ihr ’ne Ambulanz, zack, wacht sie auf und ist total klar. Die wollte nicht mal, dass ihre Freundin, die Kling, bleibt.« Er schüttelte den Kopf.

»Habt ihr danach noch mal mit ihr geredet?«

»Klar. Aber da ging's dann schon um die Leiche.«

»Was hat sie dazu gesagt?«

»Dass sie nicht weiß, wer es ist.«

»Und was hat Manuel gesagt?«

»Dasselbe.«

»Wir müssen ausführlich mit ihm sprechen, unbedingt.«

»Ja.« Barolo sah ergeben auf die Treppe, die er zu bewachen hatte.

»Kannst du das hier kurz allein lassen?«, fragte sie ungeduldig.

»Du meinst –?«

»Ich meine, wir müssen mit ihm sprechen.«

»Oh! Kein Problem – muss nur Bescheid sagen.« So schnell hatte sie noch keinen Kollegen von seinem Posten verschwinden sehen.

Bettina lehnte sich zum Warten an die Mauer. Der Himmel hatte sich jetzt tief mit graumilchigem Dunst bezogen, die Sonne schimmerte kurz als gespenstische Scheibe durch eine kaum sichtbare Wolkenlücke und verschwand dann ganz. Eine Windbö bewegte die Lindenblätter in der Allee und trug schweren Blütenduft heran. Die Welt wirkte wie eine riesige Kulisse. Sie dachte an den Isenheimer Altar, das Bild, das sie vermutlich immer noch in der Hosentasche herumtrug. Den Heiligen unter den vielen Dämonen hatte sie zuerst gar nicht erkannt. Würde sie ihn hier erkennen? Gab es ihn überhaupt?

»Routine, wir werden wahrscheinlich genau dasselbe fragen, was ihr schon gefragt habt«, warnte sie, als Barolo zurückkam.

Das schreckte ihn nicht. Er sah so eifrig und froh aus, dass sie fast bedauerte, ihm keine Verfolgungsjagd bieten zu können.

»Aber wo wir grad hier stehen, möchte ich vorher noch ganz kurz was gucken.« War ja nicht weit, einmal ums Eck, und sie standen vor der niedrigen Glasfassade, die sich über die ganze Vorderseite des Jugendzentrums zog. Ein Uniformierter wachte davor und betrachtete Barolo misstrauisch. Eine der Türen stand offen. Bettina betrachtete alles genau: das Schild mit den Öffnungszeiten (nachmittags ab drei und samstags ab elf), das Schnappschloss, die Glasscheiben und die seitlichen Betonwände. »Kein Briefkasten«, sagte sie schließlich.

»Der ist vorne an der Säule«, sagte Barolo. »Du erinnerst dich an diese Geschichte mit dem Drogenbrief?«

»Ja, darüber denke ich gerade nach … Es ist seltsam … Die Frau Kling, wann arbeitet die noch mal hier?«

»Ich glaube, samstags- und montagsmorgens.«

»Hm.«

»Jedenfalls hab ich nach dem Vorfall hier eine Sicherheitsberatung gemacht. Daher weiß ich das. Die ganze Post für die Pfarrei kommt da vorn in einen Briefkasten.«

»Wo?«

»An der Mauer vom Pfarrhaus.«

»Zeig es mir.«

Barolo führte sie weg vom Jugendzentrum durch die Lindenallee an die Gartenpforte des kleinen Hauses. Die war von zwei Sandsteinpfeilern eingefasst. Einer war hohl und enthielt einen umfänglichen Metallbriefkasten mit einer ziemlich ausgeleierten Klappe.

»Katastrophe«, sagte Barolo und hob die Klappe. Sie wackelte in ihren alten Scharnieren hin und her. »Da kannst du ja immer noch alles rausholen, was du willst.«

»Hier kommt die ganze Post hin?«

»Genau. Und früher, vor dem Drogenbrief, hatten sie sogar

hinten die Tür offen.« Sie inspizierten den Pfeiler von hinten: große Metalltür, mit einem Riegel und einem kleinen Vorhängeschloss verschlossen. »Immerhin«, kommentierte Barolo. »Vor meiner Beratung war da kein Schloss. Da hätte sich echt jeder alles hinbestellen können. Das war wie ein unbesetzter Postschalter.«

»Hm«, machte Bettina mit Blick zum Haus. Die Fenster waren dunkel.

»Da steht auch immer alles offen«, sagte Barolo tadelnd. »Hab ich ihr damals gesagt, bisschen Sicherheitsbewusstsein ist manchmal gar nicht schlecht.«

»Wann kommt denn hier die Post?«

»Das weiß ich nicht. Vormittags, glaube ich.«

»Lass uns reingehen«, sagte Bettina.

Das Pfarrhaus lag einsam im matten Licht des fahler werdenden Tags. Tatsächlich war die Tür, wie Barolo angemerkt hatte, nicht verschlossen, sondern nur angelehnt. Im Inneren herrschte Dämmer.

»Hallo?«, rief Bettina. »Jemand da?« Sie wandte sich an Barolo. »Wo sind die alle?«

Barolo wusste es auch nicht. Sie versuchten sich in dem düsteren Flur umzusehen, da hörten sie Schritte, und ein winziger dunkler Schatten erschien am oberen Ende der Treppe. Bettina erschrak, weil sie dachte, dass sie die Zweijährige vor sich hatten, ganz allein, doch dann erkannte sie ein Paar altmodische Spangenschuhe und einen Rocksaum: Grimm.

»Wer sind Sie?«, fragte Grimm streng aus ihrer erhöhten Position.

»Kripo, wir kennen uns, Frau Grimm, wir haben schon miteinander gesprochen.«

Grimm stieg die Treppe herab – am Geländer festhalten musste sie sich nicht – und blieb stehen, als sie Bettina und Barolo in die Gesichter blicken konnte. »Hallo«, sagte sie. »Haben Sie Mojo jetzt gefunden?«

»Leider nein.«

Was dauert da so lange, sagte Grimms Miene, oldschool genug, um es durchblicken zu lassen, ohne es auszusprechen.

»Frau Grimm, was machen Sie hier?«

»Ich passe auf Alice und Manuel auf«, sagte die alte Frau würdig. »Ina hat mich drum gebeten. Die hat ja auch ihre Termine, und die Frau Kling, die das sonst machen würde, hat eine Veranstaltung. Ina musste mal einkaufen. Die Kleine schläft. Hat lang gedauert.«

»Ich möchte sie sehen«, sagte Bettina. Das war ein reiner Impuls, diese Rotas-Kinder schliefen ständig, man fragte sich, ob es sie überhaupt gab.

»Natürlich«, sagte Grimm und wies die Stufen hinauf. »Sie haben eine Tote gefunden?«, fragte sie dann mit leiser Stimme. »In der Wiese?«

»Ja – irgendeine Idee, wer das sein könnte?«

»Eine Streunerin«, sagte Grimm. »Dort in den Bahnschuppen sind manchmal Streuner.«

»So wie Svantje Noor?«, fragte Barolo von hinten.

»Die Hexe?«, fragte Grimm.

»Wie kommen Sie drauf, dass Svantje Noor eine Hexe war?«, fragte Bettina, plötzlich von Grimms Ton genervt. Im Obergeschoss konnten sie besser sehen, eine offene Zimmertür ließ Licht in den breiten Flur.

»Die Leute haben das gesagt.«

»Was soll das sein, eine Hexe?«

Grimm musterte sie von oben bis unten und sagte mit überlegener Vernunft: »Das Mädchen war wohl einfach ein bisschen schwierig. – Hier ist Alice.« Sie drückte die offene Zimmertür noch weiter auf und wies auf ein hübsches Gitterbett, darin ein Kind mit dunklem Haar, das süß und selig schlief.

Bettina zählte ihre Atemzüge mit. Bei zehn kam sie sich selbst eine Spur albern und trotzig vor, dann verließen sie den Raum, so still sie konnten. »Wo ist Manuels Zimmer?«, fragte sie draußen.

Es befand sich auf der gegenüberliegenden Seite des Flurs, war freundlich hell, hübsche Vorhänge, kleiner Tisch, Grünpflanzen, Regal mit Büchern, Fernseher an der Wand überm Bett, antiker Kleiderschrank, ein altmodisches Eisenbett, und: alle Wände bemalt. Also: bemalt bemalt. Da klebten Bilder, Zeitungsausschnitte, Selbstgemaltes, Fotografien, von Menschen, Gemälden, Häusern, von Leuten mit fröhlichen Gesichtern oder traurigen, eine Medusa, außerdem Texte, Formeln und immer wieder verschiedene Farbflächen, aus Wasserfarbe, aus Dispersion, vielleicht sogar Öl und Acryl. Manuel hatte dieses ganze Zimmer bis in Kopfhöhe bemalt und beschrieben, es war ein Kunstwerk. Bettina berührte ein aufgeklebtes Kalenderblatt, auf dem ein weiter Platz abgebildet war, und konnte sich endlich vorstellen, wieso dieser junge Mann Jesusse geschwärzt hatte: weil er sich offensichtlich so ausdrückte. Er malte. Und nur eine Mutter, die vor Liebe und Fürsorge blind war, hatte diese Übereinstimmung ignorieren können.

Sie sah Barolo an. Der schien Ähnliches zu denken. »Kannten Sie diesen Raum schon so?«, fragte sie die Grimm.

Die schüttelte gemessen den Kopf.

»Und wo ist Manuel selbst?«

»In der Küche«, sagte die alte Dame.

Tatsächlich war er dort nicht.

Auch nicht im Wohnzimmer, in Inas Büro, im ehemaligen Schlafzimmer des Pfarrers, im Bad, auf dem Klo, nirgends. Manuel war überhaupt nicht im Haus. Sein Rollstuhl stand einsam in der Küche, von dem jungen Mann selbst fehlte jede Spur.

Die Erkenntnis, dass sie ihren Schützling verloren hatte, brachte die zuvor so sichere Grimm völlig durcheinander. Sie ließ sich zitternd auf einen Küchenstuhl sinken. »Ich hab ihm doch noch einen Kakao gekocht«, sagte sie und blickte auf. »Er hat so verhungert ausgesehen … und er war so müde … ich dachte, er schläft gleich! – Oh, da ist der Kakao – er hat ihn ja gar nicht getrunken!« Sie blickte bange auf eine hübsche, volle Tasse, die vor ihnen auf dem Tisch stand.

»Weit kann er nicht sein«, sagte Barolo beruhigend.

»Und er ist ganz sicher nicht mit Frau Rotas Besorgungen machen?«, fragte Bettina.

»Nein, die hat mich doch extra gebeten, ein Auge auf ihn zu haben – um Gottes willen, wie schrecklich! Ich hab nicht aufgepasst!«

»Wahrscheinlich schnappt er einfach nur ein bisschen Luft im Garten«, sagte Barolo sehr beruhigend.

Doch auch im Garten fanden sie ihn nicht. Grimm sah inzwischen panisch aus. Und das Wetter passte zu ihrem Gesichtsausdruck: Düstere Wolken hingen jetzt über den Linden, hier draußen war es fast so finster wie in Rotas' Hausflur.

»Wir rufen die Mutter an«, beschloss Bettina und holte ihr Handy aus der Tasche, die Nummer hatte sie ja von Elle Kling. Doch sie bekam nur die lapidare Meldung, der Gesprächsteilnehmer sei momentan nicht erreichbar. Sie schüttelte den Kopf.

Barolo hob die Brauen. »Lass uns gucken, ob der Bangert echt nicht in der Nähe ist.«

»Wo?«

»An der Treppe? Auf der Wiese? In der Kirche? Aber, also weißt du, Manuel ist volljährig, den könnte man halt auch mal von der Leine lassen.«

Kaum dass sie den windgeschützten Pfarrgarten verlassen hatten, traf sie eine kräftige Bö. Der Duft der Linden hing penetrant in der Luft, doch an Stellen wie dieser blies der Wind das Aroma fort und ließ seltsame geruchsfreie Korridore zurück. Auf dem Kirchplatz schaute eine Gruppe Spurensicherer bedenklich in den Himmel. Vorn an der Treppe redete Meier II auf einen Kollegen ein und winkte sie zu sich. Der Kollege war Tavanaianfar. Im Gegensatz zu Meier II, der munter und ausholend gestikulierte, sah er unbehaglich und abwartend aus, als ob er hier nur auf Anstandsbesuch wäre.

»Hallo«, sagte Bettina. Und weil Meier II sich so freute: »Hansen …? Haben wir ihn gefunden?«

»Nein, aber Fortschritte!« Meier II klatschte aufmunternd in die Hände und sah aus, als wollte er Bettina unterhaken oder auf die Schulter klopfen oder Ähnliches. »Bei der Toten konnte ein Ausweis sichergestellt werden!«

»Katerina Polanski«, sagte Bettina nüchtern, womit sie erst einen langen Blick und darauf wirklich ein strammes Schulterklopfen erntete.

»Wie konntest du das wissen?«, fragte Meier II dann.

»Polanski war hier vor Ort. Am Tag ihres Verschwindens. Die galt ja als vermisst, aber Flohr hat sie uns auf die Prioritätenliste gesetzt.«

»Davon weiß ich gar nix«, sagte Meier II misstrauisch.

»War noch nicht offiziell, Willenbacher hätte es sicher heute bekannt gegeben. Ich weiß es nur, weil ich zufällig am Sonntag bei der Unterredung mit Flohr war.«

»Aha.« Meier II musterte sie kurz und nicht sehr freundlich: Spezi vom Chef, klar. Nicht die Botschaft, die Tava jetzt braucht. Dann begann er wieder Zuversicht auszustrahlen. »Das ist gut! Wir haben eine lange gesuchte Person gefunden und können ordentlich anfangen zu arbeiten!«

»Find ich auch, aber noch mal zu Manuel Rotas, der ist schon wieder nicht zu Hause.«

»Was, dieser Junge, der die Marias angemalt hat?«

Bettina nickte ungeduldig. Der Wind wurde stärker.

»Ist der etwa geflohen?«

Bettina und Barolo tauschten Blicke.

»Wovor?«, fragte Barolo.

»Wir bräuchten eine Ansage, wie wir mit ihm umgehen sollen«, sagte Bettina. »Ist er verdächtig? Sollen wir ihn vorläufig festsetzen?«

»Der ist doch behindert. Der braucht eh besonderen Schutz!«

»Also sollen wir ihn suchen, nach ihm fahnden oder ihn einfach nur brieflich zum Gespräch laden und abwarten?« Ein Tropfen fiel auf ihre Wange, ob Regen oder Lindennektar, hätte sie nicht sagen können. Die Bäume standen in vollem Saft und gaben alles. Vor dem Sturm noch schnell Insekten anlocken und fruchtbar sein, wer wusste schon, was danach kam.

»Bringt ihn her, ich will den mal sehen«, war Meier IIs typisch vage Antwort. Er deutete auf Tavanaianfar. »Außerdem dachte ich sowieso, wir spannen euch mal zusammen, und ihr versucht das hier gedanklich in einen Rahmen zu bringen und Brain zu sein, das ist nämlich bitter nötig in diesem Chaos, und dann werden wir –«

Er brach ab, als ein scharfer Windstoß durch die Allee fuhr und gleichzeitig ein Blitz über den Himmel zuckte. Donner krachte augenblicklich, Wolken knäulten sich über dem Kirchturm, der Wind zerrte an Bettinas Haar und verwehte Worte, die sie vielleicht erreichen sollten. Die Sicht wurde kurz.

Meier II rief irgendwas, sie hörte es nicht. Heftigster Regen. Ein kalter Sturzbach. Meier II rannte zum Jugendhaus, Tavanaianfar war längst dort, Barolo stand noch abwartend neben ihr.

»Kommst du?«, rief Bettina ihm zu.

Er schüttelte den Kopf, deutete nach hinten zur Kirche und rief etwas, das sie nicht verstand. Dann lief er in die entgegengesetzte Richtung. Bettina blickte ihm nach und sah eine düstere kleine Gestalt durch die Allee auf sie zueilen. Frau Grimm. Sie winkte und schrie etwas.

Bettina rannte los. Das Erste, was sie hörte, war der Name Alice. »Die Kleine, die Kleine«, rief Grimm atemlos. Barolo hatte den Arm um sie gelegt und versuchte, sie zu beruhigen. Tropfen sammelten sich im Lindenlaub, der Sturm heulte, Windstöße rissen ihnen gerade Gesagtes aus dem Mund. »Er hat Alice mitgenommen!«, brachte Grimm heraus.

»Wer?«

»Manuel! Er war im Haus!«

Das durfte ja echt nicht wahr sein. Bettina und Barolo tauschten einen Blick, dann schrien sie gleichzeitig gegen den Regen und den brüllenden Sturm an: »Wo ist er hin?«, »Welche Richtung?«, »Ist er bewaffnet?«, »Was ist mit der Kleinen?«

Bettina versuchte Meier II übers Handy zu erreichen, doch der Niederschlag spülte es ihr fast aus der Hand. Unmöglich, irgendetwas in ein Smartphone zu tippen. Barolo versuchte es erst gar nicht. Er eilte mit Grimm unters Kirchendach. Dort war es schnell ziemlich voll, fluchende Kollegen beklagten die Vernichtung ihrer Arbeit, Uniformierte trugen sensibles Gerät herbei, der Wind heulte und bog die triefenden, schwer belaubten Lindenäste gefährlich zu Boden. Eine Plane flog vorbei, ein riesiger Halbstamm fiel mit schauerlichem Knirschen mitten in die Allee. Blitze krachten gleichzeitig mit dem Donner herunter. Sie befanden sich unter entfesselten Naturgeistern und mussten um ihr Leben fürchten.

Zehn Minuten lang.

Dann war der Spuk vorbei. Die Bäume hörten auf zu tanzen, die Sintflut wurde zu einem normalen kräftigen Regen, und die Luft war um mehrere Grade abgekühlt. Überall lagen Laub und Zweige und Ausrüstungsgegenstände herum. Ein Spurensicherer blickte fassungslos auf das Chaos, während andere schon wieder raus in den Regen rannten. Ein letzter Blitz fuhr irgendwo in der Wiese in einen Baum, ein Windstoß riss noch einen Ast herab. Bettina erreichte Meier II.

»Er hat das Kind entführt?!«, schrie der ins Telefon. »Find es, Tina, aber sofort!«

Sofort.

Bei einem vermissten Kleinkind wurde alles Verfügbare mobilisiert. Bettina wies kurzerhand sogar die schockierten Spurensicherer an, bei der Suche zu helfen, denn so ein Winzling, das sahen alle ein, konnte sehr schnell lästig werden und dadurch in große Gefahr geraten. Allein damit sie schwiegen, waren schon viele Kinder gestorben.

Die alte Frau Grimm sah unglücklich aus, aber nicht so derangiert wie die meisten. Ihr Kostüm musste ebenso viel Wasser abbekommen haben wie Bettinas Kluft, wirkte aber gerade mal ein bisschen feucht, während Bettina sich fühlte wie Miss

Wet-T-Shirt und noch nie so dankbar gewesen war, morgens einen BH angezogen zu haben.

»Ich hab ihn auf der Treppe gehört«, sprach Grimm indessen. »Ich weiß nicht, wie er reingekommen ist, aber ich hab ihm gesagt, dass alles gut werden würde, und dass er ganz sicher nicht ins Heim müsste, und dass Gott ihn liebt.«

Ins Heim. »Was hat er gesagt?«

»Dass Gott ihm nicht glauben würde.«

»Und dann?«

»Ist er in Alices Zimmer gegangen und hat sie mitgenommen.« Grimm blickte streng. »Ich hab ihm gesagt, dass wir reden können, dass er alles sagen soll, und dass es ein großer Fehler ist, ein Kind zu entführen.«

Das war es in der Tat. »Und dann?«

»Wollte er trotzdem gehen.« Sie blickte empört. »Ich habe mich ihm natürlich in den Weg gestellt.«

»Hat er Sie verletzt?«

»Nein. Er ist ein Mann. Er kam so vorbei.«

»Ist er irgendwie bewaffnet?«

»Ich glaube, er hatte den großen Kirchenschlüssel. Ein Stofftier. Und meine Tasche. Die hat er mir gestohlen. Die lag noch unten in der Garderobe.«

»Was ist da drin?«

»Mein Portemonnaie mit fünfzig Euro, meine Ausweise und ein Taschentuch.«

Und ein Marmeladenbrot, schoss es Bettina durch den Kopf. »Und Alice? Hat die sich nicht gewehrt?«

»Sie war noch ein bisschen benommen vom Schlaf.« Grimm senkte die Stimme. »Ich glaube ja, Ina hat ihr ein Beruhigungsmittel gegeben, damit sie sich bei dem Trubel nicht so aufregt.«

»Und dann sind Sie ihm hinterher und dann kam der Regen.«

Grimm nickte.

»In welche Richtung ist er gelaufen?«

»Ich war nicht schnell genug«, sagte Grimm bedauernd. »Ich hab ihn nicht mehr gesehen.«

»Was hat er an?«

»Turnschuhe, eine schwarze Jogginghose und einen schwarzen Pullover mit Kapuze.«

»Gut, das geben wir weiter.«

Bettina überlegte, wie sie diese Info möglichst schnell unter die Leute brachte, als Meier II schimpfend und tropfend auf der Kirchentreppe erschien. »Wie konnte das passieren?«, schrie er sie an. Bettina wusste, dass er nicht sie meinte, sondern sich selbst, aber es hörte sich vorwurfsvoll an. Grimm betrachtete ihn indigniert, während Barolo erschreckt aussah und alle anderen in Hörweite sich duckten.

»Das Kind ist keine Viertelstunde fort, Manuel muss noch hier vor Ort sein«, sagte Bettina beruhigend.

»Ich hab das SEK bestellt«, rief Meier II, und man spürte genau, wie ungern er das getan hatte. »Wo ist diese Mutter?«

»Ich ruf sie an.« Bettina nahm ihr Diensthandy und klickte sich durch ein paar Menüs. Vielleicht ging Rotas ja diesmal ran.

»Bushaltestelle ist zwei Straßen weiter«, sagte Grimm würdig. »Falls Sie das interessiert.«

Meier II nickte, winkte tatsächlich einen Kollegen heran und bat ihn, die Bushaltestellen im Ort abzugehen.

»Frau Rotas?«, sagte Bettina indessen.

»Die weiß nicht, wo er ist, regt sich furchtbar auf und kommt gleich«, fasste sie zusammen, nachdem sie die Verbindung unterbrochen hatte.

»Habt ihr schon in der Kirche geguckt?«

»Nein, nur auf dem Kirchenvorplatz.«

Meier II sah sie an. »Ich möchte, dass ihr in der Kirche guckt. Gründlich.«

»Aber –«

»Weil ich das Gefühl habe«, jetzt blickte er grimmig, »dass wir hier ganz übel an der Nase herumgeführt werden. Dass dieser Pseudokranke irgendwo zwei Meter entfernt sitzt und uns auslacht. Und dass er da ist, wo er sich auskennt. In der Kirche.«

»Aber –«, sagte Bettina.

»Du und Tava«, sagte Meier II.

»Und Barolo«, sagte Bettina.

»Von mir aus nimm die Weinkönigin mit, aber findet dieses Kind!«

Heilige Maria, Mutter Gottes, ich muss ihn stoppen. Bitte hilf mir, bitte sag ihm, dass es so nicht geht, ich kann ihm dann nicht mehr helfen!

Die Leere drinnen im dunklen Gotteshaus wirkte seltsam nach all dem Trubel und dem Chaos draußen. Tavanaianfar schritt schnell vor zum Altar und blieb vor der bemalten Marienfigur stehen. »Meine Tochter ist auch zwei«, sagte er und blickte auf den bemalten Jesus.

»Ich hab einen Sohn, der ist vier«, sagte Barolo.

»Achtzehn und fünfzehn«, sagte Bettina. »Aber ich weiß noch, wie es war.«

Dann durchkämmten sie die Beichtstühle.

»Lasst uns auf dem Dachboden nachsehen«, sagte Bettina nach einer Weile allergründlichsten Suchens. Sie hatten unter jede Bank, jedes Deckchen und sogar in den Taufstein geguckt. Auf der Empore in die Orgelkästen, in der Sakristei in die Schränke.

Oben im Dach war auch nichts, nur ein schmaler Holzsteg über das von oben rau und unregelmäßig aussehende Gewölbe, darüber ein paar Balken und die Ziegeldeckung. Doch die Treppe hoch zum Dachstuhl zeigte, dass die dicken Mauern sehr wohl unauffällige kleine Räume verbergen konnten. Dieses enge Treppchen begann in der Sakristei direkt neben der Eingangstür, in einer Nische, die von der geöffneten Sakristeitür verdeckt wurde, man musste von innen die Tür schließen, um den Aufgang zu finden.

»Vielleicht ist auf der anderen Seite auch so was?«, sagte Bettina. »Ein geheimes Loch in der Wand?«

Auf der anderen Seite war keine Treppe. Sie klopften Stein um Stein ab. Dann hatte Tavanaianfar die Idee, in die Kanzel zu gucken, die hing in etwa zwei Metern Höhe geschlossen am rechten Vierungspfeiler, vermutlich war sie morsch und baufällig, denn einen Aufgang gab es nicht mehr. Wobei dort drin eine Person allerhöchstens liegen konnte, und wenn die Leiter nicht nebendran stand, gab es auch keine Gelegenheit, hinein- oder herauszukommen. Folglich konnte dort oben ein Kind eigentlich nur abgelegt worden sein. Sie holten trotzdem die Leiter. Tavanaianfar stieg hinauf und blickte in die winzige Rednertribüne.

Hielt sich plötzlich am Vierungspfeiler fest.

Sagte: »Seht euch das an.«

Nein, dachte Bettina sofort.

Aber Tavanaianfar sagte nicht: »Da liegt eine Kinderleiche«, sondern: »Das ist komisch.« Damit schwang er sich kopfüber in die Kanzel. Das alte Holz knarrte und knackte unter seinem Gewicht. Doch es hielt und er kam ächzend mit einer Blechdose in der Hand wieder hoch.

»Was ist das?«, fragte Bettina.

»Da ist noch mehr«, antwortete er und reichte ihr die Dose. Nach weiteren drei Tauchgängen hatten sie Folgendes beisammen: vier Spielzeugautos, ein winziger Lego-Yoda, ein aufgerissenes Päckchen *Yu-Gi-Oh!*-Karten, das Buch *Harry Potter und der Feuerkelch*, ein selbstgebastelter Traumfänger in Herzform, ein schwarzes Damen-T-Shirt mit einem regenbogenfarbenen Pi drauf und die besagte Blechdose. In der befanden sich gut zwei Dutzend klebrige und angetrocknete Tabletten und Medikamentenkapseln, die teilweise aussahen, als seien sie wieder ausgespuckt worden, ein sehr altes geöffnetes Päckchen Oreo-Kekse und fünf mit der Schere ausgeschnittene Fotografien. Vier davon zeigten ein unbekanntes Kleinkind, die letzte ein junges Mädchen, das auf diesem Bild das Pi-T-Shirt trug.

»Manuels Schwester heißt Pia«, sagte Bettina dazu.

Barolo trommelte einen Tusch auf eine Kirchenbank. »Krass.«

»Ein Versteck«, sagte Tavanaianfar. »Kinderversteck. Die Sachen liegen da schon lang. In – wofür ist das hier eigentlich gut?«

»Die Kanzel? Da haben die Pfarrer früher gepredigt. – Oh Mann.« Sie hielt Barolo den geöffneten »Feuerkelch« hin. Auf dem Vorsatzblatt stand: *Für Manuel von Svanni in love.*

»Die Sachen gehören ihm«, sagte Barolo und machte »Pst!«.

»Was?«

»Hört ihr das nicht?«

Sie lauschten. Die dicken Mauern dämpften alle Geräusche von außen, der hohe Raum besaß die hallende Stille alter Kirchen, ein unmerklich schwingendes akustisches Innen.

»Nein«, sagte Bettina.

»Pst!«, machte jetzt Tavanaianfar.

»Da!«, sagte Barolo.

Bettina hörte nichts.

»Da weint ein Kind.«

»Nein, es singt.«

»Jemand anders singt.«

Sie sahen sich an.

»Gibt es hier einen Keller?«, fragte Bettina.

Die Krypta war verschlossen.

»Das kann nicht sein«, sagte die Kollegin, die den Schlüssel verwaltete. »Ich war dabei. Wir haben extra alles aufgesperrt und so gelassen, damit nicht jede Gruppe wieder neu den Schlüssel suchen muss. Das ist unpraktisch. Es gibt nur einen. Und den geb ich auch nicht her.«

»Hallo? Manuel Rotas hat den zweiten und ist in der Krypta!«

Die Kollegin blickte immer noch zweifelnd, vielleicht missfiel ihr Bettinas nasses T-Shirt. Bettina, inzwischen auch etwas dünnhäutig, holte ihre Marke heraus, hielt sie der anderen vor die Nase und schnappte ihr den Schlüssel weg. Sie standen vor den Türen zum Jugendhaus, das SEK formierte sich soeben auf dem Kirchplatz. Meier II sah schrecklich grimmig aus. Dann stand Tavanaianfar neben ihm, und dann rannten plötzlich alle Richtung Seiteneingang der Kirche.

»Schlüssel«, sagte Meier II.

Bettina reichte ihm den dicken Bund. Sie hatten abgesprochen, dass Meier II erst mal klopfen sollte und ein Gespräch versuchen würde, schließlich war Manuel unbewaffnet und hatte keine Angriffslust geäußert. So hieb der Interimschef gegen die dicke Holztür der Krypta, rund um sie in einigem Abstand die Leute vom SEK in ihren schwarzen Kampfmonturen.

»Manuel?«

Nichts.

Klopfen. »Alice?«

Keine Antwort.

»Manuel, hörst du mich? Brauchst du Hilfe? Habt ihr Hunger? Willst du reden?«

Schweigen.

»Ich mach jetzt auf«, sagte Meier II darauf zu dem Einsatzleiter der SEK-Leute, worauf der ihm bedeutete zu warten und in ein Funkgerät sprach. Er schien nicht die Antwort zu erhalten, die er wollte, denn er redete länger. »Kirchentür vorne ist jetzt auch versperrt«, sagte er schließlich zu Meier II. »Das muss der Junge, sobald ihr draußen wart, von innen gemacht haben. Da müssen wir überlegen, wo wir reingehen.«

Die Vordertür war taktisch viel besser, aber dort steckte der Schlüssel von innen, und weil es ein Kastenschloss war, ließ er sich auch nicht so einfach rausstoßen.

Wie also zugreifen?

Die Vordertür würden sie aufbrechen müssen, wenn sie dort hineinwollten. Die Leute vom SEK waren dafür, Meier II zögerte. »Am Ende sind das nur ein Junge und seine Nichte, die Verstecken spielen«, sagte er. »Dafür brechen wir jetzt ein hunderte Jahre altes Kirchentor auf und stürmen bewaffnet bis an die Zähne auf einen Verwirrten los, das ist gefährlicher, als mit ihm zu reden!«

»Dann reden Sie«, sagte der SEK-Mann mit Blick auf die stumme Tür.

Was Meier II natürlich nicht freute. »Die müssen in der Kirche sein«, sagte er, »wenn sie die Tür von innen versperren konnten. Das heißt, wir können ganz easy erst mal in die Krypta und von dort aus wahrscheinlich in die Kirche, gibt's da einen Zugang?«

»Der ist aber eng«, meldete sich einer der Uniformierten zu Wort. »Wir haben ja hier nach diesem Hansen geguckt, da haben wir das untersucht. Geht, ist aber fast ein Geheimgang. Durch einen Schrank.«

»Geheimgang?«

Der Kollege schilderte den Weg durch den Schrank, was eine kurze Diskussion bei den SEKlern auslöste.

»Das ist nicht zu sichern«, war das Ergebnis der Beratung. »Da passt ja nur jeweils eine Person durch, da könnte sogar ein Bewaffneter angegriffen und niedergeschlagen werden.«

»Aber auf die Art kommen wir in Kontakt«, sagte Meier II.

Wieder Beratung. »Es ist Ihre Entscheidung«, sagte der SEK-Mann schließlich ziemlich spöttisch. »Wenn Sie Kontakt wollen, dann schicken Sie jemanden rein.«

Wen?

Sie sahen sich um, als ob sie jemanden extra für diese Aufgabe mitgebracht hätten. In dieses Zögern sagte eine brüchige, aber entschlossene Stimme: »Ich. Ich bitte Sie, lassen Sie mich rein.«

Unmöglich, sagte Meier IIs Miene, als er die Sprecherin erkannte, und »Vielen Dank, Frau Rotas, aber das wird nicht gehen«, sein Mund. Dann sagten seine Augen: Schafft die Zivilistin hier weg, und Tavanaianfar trat auf sie zu. Er wenigstens sah verbindlich und freundlich aus. »Frau Rotas«, sagte er.

Rotas schubste ihn aus dem Weg. »Hören Sie!«, rief sie. »Manuel wird Alice nichts tun! Und egal was er sonst getan hat, egal was er jetzt für einen Rausch verspürt, er ist krank! Seine

Knochen brechen wie Glas, die Bruchstellen verheilen nicht, sondern verkrüppeln und verhärten. Auch einfache Stöße, ganz normale kleine Verletzungen, das gibt bei ihm knüppelhartes Gewebe, das ihn dann irgendwann einfach erdrückt, wenn wir nichts dagegen tun!« Sie sah in die Runde, sah jeden an, begann plötzlich zu weinen. »Dieser Tag wird ihn umbringen! Er stirbt! Er braucht seine Medizin!« Wieder schaute sie in alle Gesichter. »Sie können ihn doch nicht einfach so verrecken lassen!«

»Das werden wir nicht«, sagte Meier II. Wenn er kooperiert, sagte sein Gesicht.

Da trat Rotas auf ihn zu. Es sah aus, als ob sie auf die Knie fallen wollte. Sie hob flehend die Hände, fasste seine Schulter. »Bitte«, sagte sie. »Bitte, bitte, nehmen Sie wenigstens die Spritze mit rein und geben Sie sie ihm.«

Meier II schien tatsächlich kurz nachzudenken – Spritze! Die konnte sonst nur ein Arzt geben, also musste vielleicht doch die Mutter …? –, aber dann schob er sie entschlossen von sich fort.

Währenddessen begann Rotas fiebrig in ihrer Tasche zu kramen. »Bitte. Er braucht es sofort. Ich beschwöre Sie.«

Meier II befreite sich mit einem Schritt rückwärts und sagte fest: »Das muss warten bis danach. Bitte verlassen Sie jetzt den gesicherten Bereich –«, und wehe dem, der sie wieder reinlässt, sagte sein Unterton, »Frau Rotas, es tut mir leid, aber Sie halten uns auf. – So. Ich hab entschieden, wer reingeht, falls er zustimmt, der Kollege Tavanaianfar hat selbst eine zweijährige Tochter, der hat auch als Letzter bei uns die Geiselschulung gemacht, Tava, würdest du …?«

In der Krypta fanden sie eine Packung Kekse und eine sehr abgeliebte Stoffgiraffe, beides kriegte Tavanaianfar als Gastgeschenke mit. Eine Waffe lehnte er ab, was Bettina klug fand, die anderen nicht so, aber sie handelten den Kompromiss aus, dass ihm ein Bewaffneter bis an die Schranktür und gegebenenfalls in die Sakristei folgen sollte.

Dann verschwand Tavanaianfar zwischen den Messgewändern, arbeitete sich einige Minuten lang an der inneren Schranktür ab, und dann vernahmen sie endlich seine Stimme über den Lautsprecher.

»Bist du Manuel?« Tavanaianfar klang fremd und kratzig.

Manuels Stimme hörten sie noch undeutlicher. Sie saßen gedrängt im Bus des Sondereinsatzkommandos und lauschten. »Ja«, antwortete er.

»Du hast keine Waffe bei dir.«

Meier atmete auf und machte einen Daumen nach oben in die Runde. Sofort geriet Bewegung in die SEK-Leute. Vermutlich sammelten sie sich jetzt einer nach dem anderen in der Sakristei.

»Warum sollte ich? – Komm zu mir, Ally.«

»Und du bist Alice?«, fragte Tavanaianfar freundlich. »Schau mal hier! Ich hab dir was mitgebracht!«

Das Mädchen schien zu lachen.

»Die hat draußen im Keller gelegen«, sagte Tavanaianfar. »Wie heißt sie?«

Lachen.

»Wir spielen Verstecken«, sagte Manuel ernst.

»Schön«, sagte Tavanaianfar.

»Wer hat dich geschickt?«, fragte Manuel.

Tavanaianfar zögerte. Dann sagte er: »Und was macht eigentlich ihr hier? Wieso habt ihr euch eingeschlossen?«

»Wir warten, bis die Polizei weg ist«, sagte Manuel nüchtern. »Dann fahren wir nach Berlin.«

»Mama«, sagte eine Mädchenstimme.

»Genau, Maus. Zu Mama.«

»Wie kommt ihr da hin?«

»Öffis«, antwortete Manuel obenhin.

Pause.

»Ihr beide mögt euch«, sagte Tavanaianfar schließlich wohlwollend.

»Natürlich«, sagte Manuel.

»Wollt ihr nicht kurz mit mir rauskommen? Ihr müsst doch Hunger haben.«

»Das geht nicht«, sagte Manuel.

»Warum nicht? Wir haben Kekse.«

»Haben wir auch. Ah … aber –«

»Ach die, ja, die hab ich gefunden«, rief Tavanaianfar heiter. »Die waren bei der Giraffe. Wie heißt die noch? Du hast es mir nicht verraten, Ally.«

Lachen.

»Möchtest du einen Keks, Ally?«

»Nein«, rief Manuel schnell und hart.

»Es sind eure!«

»Vielleicht sind sie trotzdem nicht mehr gut.«

»Soll ich mal probieren?« Knistern. »Mhmmm … hier, komm, du musst doch Hunger haben. So ist schön brav. – Und wie heißt jetzt die Giraffe?«

»… ira«, sagte eine sehr undeutliche Kinderstimme.

»Mira«, wiederholte Manuel leicht vorwurfsvoll. »Sie heißt Mira.«

»Was ein hübscher Name!«

»Jaaaa«, sagte die Kinderstimme.

»Hör mal, Manuel, was anderes, wir fragen uns alle, warum du diese, hm, Christusse? Jesusse? Warum du die angemalt hast.«

Schweigen.

»Das ist so sorgfältig … du musst irgendwas damit gemeint haben.«

Schweigen.

»Ist es eine Botschaft an Gott?«

»Ja«, sagte Manuel schlicht.

»Und –«

»Und geht dich nix an«, sagte Manuel.

»Okay.« Tavanaianfar schien zu überlegen. »Sag mal, so richtig fit siehst du nicht aus«, sprach er schließlich. »Meinst du, dass du die Fahrt nach Berlin echt schaffst?«

»Ich bin nicht krank!«

»Aber du hast diese – Sache, wegen der du im Rollstuhl sitzt.«

»Siehst du hier irgendwo einen Rollstuhl?«

»Ich hab gesagt gekriegt, du darfst dich nicht stoßen.«

»Meinst du so?« Es knallte.

»Tu das nicht«, bat Tava, hörbar erschrocken.

»Oder so?« Irgendetwas fiel krachend um. Das Kind begann im Hintergrund zu weinen.

»Hör auf damit! Du bringst dich um!«

»Nein«, sagte Manuel. »Mir geht's gut. Siehst du? Nichts. Ich stehe. Ich geh nicht mehr in den Rollstuhl.«

»Gut«, sagte Tavanaianfar.

»Nie mehr.«

Alice schluchzte. Laut.

»Ja.«

»Ich setz mich da nicht mehr rein.«

»Okay. – Jetzt aber mal im Ernst, also deine Schwester, äh –«

Das Kind weinte heftiger.

»Pia. – Ja, deine Mama, Maus. Wir gehen zu ihr.«

»Pia. Wir könnten euch vielleicht helfen, euch zu treffen.«

Das Weinen wurde schriller.

»Wir sind bald bei der Mama.«

»Wie wär's erst mal mit der Oma?«, schlug Tavanaianfar etwas nervös vor.

»Nein, Ally muss zu Pia«, sagte Manuel ernst.

»Soviel ich weiß, ist die gerade im Krankenhaus, und Ally ist deswegen hier.«

»Nein.«

»Doch, Manuel, das ist sie leider wirklich. Sie kann sich jetzt gerade nicht um Ally kümmern. Aber sie wird wieder gesund.«

»Pia ist Allys Mutter. Hier kann sie nicht bleiben.«

»Warum nicht?«

»Es geht nicht.«

»Stört sie dich?«

»Natürlich nicht! Wein doch nicht, Maus ... Hier ist der Nuckel.«

Das Weinen wurde zum Wimmern und verklang.

»Wieso soll sie dann nicht bleiben?«

Manuel senkte die Stimme. »Der Teufel.«

Jetzt machte Tavanaianfar die Pause. Räusperte sich. »Ach so …? Und, äh – was könnte der tun?«

Schweigen. Es dehnte sich, dann hörten sie Schritte. »Sag mal, Manuel«, sagte Tavanaianfar endlich, »als wir eben nach euch gesucht haben, da haben wir dort oben was in der Kanzel gefunden, guck mal, gehört das dir?«

»Du hast …?« Schritte und Poltern.

Meier II flüsterte: »Was ist mit der Kanzel?«

»Da waren Sachen drin«, flüsterte Bettina zurück. »Spielzeug. Alte Tabletten. Ein T-Shirt. Und Fotos. Eins von dieser Pia und noch welche von 'nem Kind. Vielleicht Manuel als Kleinkind.«

»Dieses Foto da, das ist doch Pia, oder?«, fragte Tavanaianfar indessen.

»Ja. Guck mal, Maus. Mama.«

»Mama«, sagte Alices Stimme erfreut.

»Und diese anderen Bilder, wer ist das? Du als Kind?«

Schweigen.

»Oder vielleicht Pia? Deine Mama, Ally?«

»Nein«, sagte Manuel tonlos. »Das ist Mira.«

»Wer ist Mira?«

Manuel antwortete nicht.

»Wer ist Mira?«, wiederholte Tavanaianfar, und Meier II fragte gleichzeitig: »Mira?«

Bettina zuckte die Achseln.

Auch Tavanaianfar erntete nur Schweigen. »Du kennst ihren Namen«, begann er erneut.

Keine Antwort.

»Da musst du doch wissen, wer sie ist.«

Nichts.

»Was –«

»Der Teufel hat sie geholt«, sagte Manuel da gepresst.

»Was?«

»Der Teufel hat sie geholt.«

»Öh – wie hat er das gemacht?«

»Ich weiß es nicht genau.«

»Was ist mit ihr geschehen?«

Schweigen.

»Sollen wir nach ihr forschen? Ich könnte meine Kollegen draußen fragen. Die können uns das sagen. Wir finden jeden. Wir sind die Polizei.«

»Niemand weiß, wo Mira ist. Der Teufel hat sie geholt.«

»Na ja, aber wir haben Fotos von ihr, oder?«

»Ja«, sagte Manuel zögernd.

»Schau mal, wir haben sogar dein Versteck in der Kanzel gefunden. Mit diesen Fotos kriegen wir raus, wer sie ist – und wo sie ist. Du kannst sie vielleicht bald mit Pia und Ally besuchen!«

»Das geht nicht«, sagte Manuel düster.

»Doch, das geht.«

»Nein, denn –«

»Ja, ich weiß, der Teufel, aber vielleicht ist sie ihm entkommen …?«

Du hast ja keine Ahnung, sagte das Schweigen, mit dem Manuel antwortete.

Dann hörten sie Tavanaianfar Luft holen und Manuel ihn unterbrechen: »Gut, such sie.«

»Öh – alles klar, machen wir.«

»Gehen wir dann jetzt raus?«, sagte Manuel gefasst.

Sie stürzten aus dem Wagen, sahen, wie sich die Kirchentür öffnete, alles, was Waffen hatte, hielt sie im Anschlag, eine Kollegin stand mit dem Rollstuhl bereit. Tavanaianfar schaute als Erster hinaus, winkte den Kollegen, die Waffen zu senken. Sie zogen sich einige Meter zurück, blieben aber in Habacht. »Kommt mit«, sagte Tavanaianfar über die Schulter. »Komm, Ally, wir rufen jetzt mal deine Mama an. Und dann sehen wir, was mit Mira ist.« Er schaute etwas nervös nach hinten und flüsterte, für sie übers Mikro hörbar: »Na kommt, sonst werdet ihr rausgetragen.«

Drinnen polterte es.

Dann erschien zögernd ein großer, knochiger, gebeugter junger Mann mit strähnigem Haar in der Tür. Er wirkte unsicher und blinzelte ins Licht, ein kleines Mädchen drückte sich an seine Beine. Sie war hübsch, er sah entsetzlich aus: mager wie ein Skelett, die Haut mit blauen Flecken übersät. Er trug eine schwarze Jogginghose, einen schwarzen Hoodie und billige Turnschuhe. Einen kurzen Moment schaute er wortlos in den Himmel.

Und brach einfach zusammen.

Die nächsten Minuten vergingen wie in Zeitlupe. In diesem Moment waren alle bloß Menschen und taten spontan Dinge, die erforderlich waren: die Waffen runternehmen, Tavanaianfar zunicken, das Kind beruhigen, eine Schulter, einen Schoß und Arme für es finden, den Kranken stützen, die Notärztin vorlassen. Wobei alle noch die Warnungen der Mutter im Kopf hatten: Nicht stoßen! Nicht fallen! Er stirbt!, doch dann setzte ihn eine beherzte Kollegin zusammen mit der Ärztin erst mal in den Rollstuhl, wo er wieder einigermaßen zu sich kam. Die SEK-Leute begannen, Schaulustige zu vertreiben, und so wurden sie alle wieder zu Polizisten. Und mit einer Art Aufschrei ging auch der Ton wieder an: »Manuel!«

Ina Rotas. Sie atmete schwer, sie wurde durchgelassen. Selbst Meier II, der jetzt laut telefonierte, ließ nur sein Handy sinken und starrte ihr nach.

Sie ging wie in Trance, schritt immer schneller auf die Kirchentreppe zu, wo Manuel gebückt im Rollstuhl saß. Dann stand sie vor ihrem Sohn, sah auf ihn hinab und sagte: »Maus, oh Maus.«

Manuel hob den Kopf und sah sie an.

»Gib mir deinen Arm«, sagte Rotas.

Manuels Haltung änderte sich nicht, nur sein Blick wurde etwas dunkler.

»Du stirbst«, sagte Rotas flehend.

Manuel rührte sich nicht.

Sie holte eine gefüllte Spritze aus der Tasche und entfernte eine Plastikkappe von der Nadel. Die Notärztin befand sich inzwischen einige Meter entfernt bei der kleinen Alice, redete mit einem Sanitäter und bewegte sich langsam mit den beiden zu einer Ambulanz.

»Warten Sie!« Bettina eilte die Treppe hoch, packte Rotas an der Schulter und wurde abgeschüttelt wie ein Tropfen von der Regenhaut.

»Dein Arm, Manuel.«

»Das geht nicht, das muss die Ärztin machen«, rief Bettina laut und schob sich vor Manuel, worauf Meier II sein Telefon wegsteckte und herandonnerte.

»Hören Sie auf«, rief er Rotas zu. »Kommen Sie da runter. Treten Sie zurück, oder wir müssen Sie entfernen.«

Rotas schüttelte den Kopf und sagte über die Schulter: »Er stirbt.«

Ihr Blick war düster und drohend. Sie richtete die Spritze auf Bettina. Die wich nicht von der Stelle und sah nur aus den Augenwinkeln, wie Meier II Barolo Zeichen gab, die Ärztin herbeizuschaffen. »Die Frau Doktor kommt«, hörte sie ihren Interimschef sagen. »Bitte treten Sie zurück.«

Rotas fuhr herum. »Aber verstehen Sie doch, er braucht es jetzt! Sofort! Ihre Frau Doktor ist ja keine Expertin, das hier hat unser Arzt verschrieben, und ich hab ihm das schon oft gespritzt! Wenn Sie mir nicht vertrauen, stirbt er!«

Meier II blickte sie an, jetzt verunsichert.

Rotas schnaubte, drehte sich um und machte eine blitzschnelle Bewegung an Bettina vorbei, sodass sie wieder vor Manuel stand. »Arm«, sagte sie.

»Manuel«, sagte Bettina.

»Arm.«

»Wer ist Mira?«, rief Bettina, mehr fiel ihr nicht ein. Mira, so hieß die Giraffe. Mira hatte die Tür geöffnet und Manuel und Alice aus der Kirche rausgebracht.

»Jetzt«, sagte Rotas, dann sah sie auf. Fixierte Bettina mit blanken Augen. Fasste die Spritze fester, gefährlich, wie einen Dolch. »Mira, ja?«, sagte sie zu Manuel.

Manuel nickte. Der Name vermochte ihn ein wenig aus seiner Starre zu lösen. Er blickte auf, der Himmel war grau, der Wind kühl, seine Hände umklammerten kurz die Lehnen des Rollstuhls, es schien so, als wollte er aufstehen, als wäre er überrascht, sich hier wiederzufinden.

»Jetzt gib mir endlich deinen Arm«, sagte Rotas streng.

»Nein«, sagte Bettina.

Manuel sah sie an, durch sie hindurch, und hielt seinen Arm hin.

11

Nichts war geklärt. »Wir können ohne hinreichenden Verdacht keine unbescholtene Frau festnehmen«, sagte Meier II. »Die nur mit bestem Wissen und Gewissen ihren Sohn retten wollte! Frau Boll, du hast eine verzweifelte Mutter niedergeschlagen!«

Es war eine unwürdige Szene gewesen: zwei Frauen, die um eine Spritze kämpften und die Kirchentreppe herunterstolperten, ja fielen, und dann aufs Pflaster rollten. Die Spritze war dabei kaputtgegangen, das Medikament herausgedrückt, es war fraglich, ob sie die genaue Zusammensetzung und Menge anhand der Überreste eruieren konnten. Somit gab es keinen direkten Beweis einer wie auch immer gearteten Absicht. Hätte es auch mit einer intakten Spritze nicht sofort gegeben. So eine Analyse konnte Tage, ja Wochen dauern. Je nachdem, was drin war. Es war Meier II nicht geheuer, niemandem war es geheuer, dass die möglicherweise lebensrettende Substanz nun verloren war und sie außerdem einen Grund brauchten, Ina Rotas festzusetzen, weil das alles sonst keinen Sinn ergab.

Da half auch nicht Dr. Lee, der noch rechtzeitig eingetroffen war, um die Prügelei mitzukriegen. Er sprach halblaut zu Bettina: »Sehenswerte Aktion, Frau Boll. Sicher hatten recht. Allerletzte Gelegenheit ist fast immer Betrug.«

»Optionen«, rief Meier II indessen nervös. Rotas wurde unten auf der Wiese in der Ambulanz versorgt, ihr Sohn hier oben in einer anderen, damit sie vorerst getrennt blieben. Die Luft wurde wärmer, der Himmel changierte von Regengrau zu Dunstweiß, und der Duft der Linden, vom Sturm verweht, füllte den Platz sachte wieder auf wie ein altes Thema, das sich leise ins Ohr zurückschlich.

Bettina saß auf der Kirchentreppe und hielt sich den Kopf, den sie sich beim Runterfallen gestoßen hatte. Alle anderen

Teilnehmer dieser informellen Besprechung standen um sie herum. Niemand hatte eine Option. Es war alles zu schnell gegangen. Bettinas Einsatz war eskaliert, sie war hemmungslos grob, ja fast persönlich geworden. Und persönlich, das ging nicht.

»Was um alles in der Welt hast du dir gedacht?«, fragte Meier II.

»Ich habe gedacht, dass wir sie aufgefordert hatten, die Spritze wegzutun, und dass sie sich geweigert hat«, sagte Bettina.

Abwägendes Gemurmel. So viel war klar: Bettina war völlig im Recht und hatte die Autorität der Truppe verteidigt. Allerdings hatte sie das so noch nie gemacht. Und sie hatte überhaupt nicht elegant dabei ausgesehen.

»Aber das war doch kein böser Wille! Tina, die Frau ist durch, die wollte nur ihr Kind retten!«

Sie hatten Mühe gehabt, die beiden zu trennen. Rotas flatterte um ihren erwachsenen Sohn herum wie eine aufgescheuchte Vogelmutter. Nach dem Kampf mit Bettina hatte sie sehr kurz die zerstörte Spritze beweint und war sofort wieder auf den Beinen gewesen, Manuel die Hand halten, den Kopf streicheln, ihm Dinge zuflüstern. Sie schrie, als man ihn in die Ambulanz brachte und sie nicht mitdurfte.

»Und wenn sie recht hat«, sagte Meier II unglücklich, »hast du ihn umgebracht, Tina.«

»Im Moment lebt noch«, sagte Dr. Lee trocken.

Bettina stand auf. Sie musste hier weg.

Meier II schüttelte den Kopf. »Er hat seinen Arm hingehalten. Er ist erwachsen. Er wollte die Spritze!«

Dr. Lee verschränkte die Arme. »Stoffwechselstörungen sind nicht mein Spezialgebiet. Nicht ausgeschlossen, dass Arznei dem Jungen geholfen hätte. Oder zumindest nicht geschadet. Aber Eile halte ich für übertrieben. Ich kenne kein Medikament, das bei Hypophosphatasie notfallmäßig gegeben werden müsste. – Holen wir doch Zweitmeinung ein.«

Er wandte sich der Ambulanz zu, in der die Notärztin mit Manuel verschwunden war. Jetzt kletterte sie aus dem Wagen und sah sich nach ihnen um. »Haben Sie Zugang zu seiner Akte?«, rief sie. »Oder zumindest zu aktuellen Befunden? Wer ist sein Hausarzt?«

»Die Ordner«, sagte Bettina zu Barolo. »Die Rotas hat uns Ordner mit Unterlagen gezeigt, erinnerst du dich? Kinderbilder drauf?«

Barolo nickte. »Ich hol sie.«

Meier II lief indessen auf die Ärztin zu. »Also was hat er? Was ist mit dieser Hypo-dingens? Konnten Sie ihm helfen? Wissen Sie, von was für einem Mittel die Mutter gesprochen hat? Können Sie es beschaffen?«

Die Medizinerin schüttelte den Kopf. Sie war eine untersetzte junge Frau mit einem hübschen strohblonden Zopf. »Die Mutter steht offenbar unter Schock, die konnte uns nur noch sagen, wer es verschrieben hat. Diesen Kollegen hab ich aber nicht erreicht. Ich hab einen Bekannten um Rückruf gebeten, der Spezialist auf dem Gebiet ist, der müsste sich jeden Moment melden. Wir werden Herrn Rotas trotzdem auf jeden Fall mitnehmen, denn dieser junge Mann ist wirklich krank, und er muss dringend in ein echtes Bett. – Die Befunde?«

»Sind unterwegs.«

Ein Sanitäter erschien und sagte der Ärztin leise etwas ins Ohr. »Schicken Sie sie mir nach«, rief sie darauf. »Aber nicht trödeln! – Unser Freund hier macht es ein bisschen eilig. Dem geht es nicht gut.«

»Moment, wir müssen mit ihm reden –«

»Später«, sagte die Ärztin, begann Anweisungen zu erteilen, und ein Sanni zog die Tür des Wagens zu.

Heilige Maria, Mutter Gottes, bitte für mich. Bitte. Ich brauche dich, Maria. Manuel stirbt. Mein Sohn stirbt. Du weißt, wie das ist, Maria, was soll ich tun? Hilf mir doch!

Ich muss ihn sehen, ich MUSS! Hier sitze ich in einem Krankenwagen …! Ich gehöre hier nicht hin! Siehst du meine Hände, Maria, sie reißen auf, siehst du meine Ellenbeugen, sie bluten! Ich will mich nicht kratzen, ich will es nicht, bitte gib mir Schmerz, Maria, damit das aufhört, oh, wieso ist Mojo weg? Bitte bitte hilf meinem Sohn!

Die Gruppe zerstreute sich. Sturmschäden mussten behoben werden. Meier II sah Bettina an, schüttelte vorwurfsvoll den Kopf und wandte sich dann an Tavanaianfar. »Gut gemacht. Du hast diese Kinder da rausgeholt. Ohne Waffe. Das war vorbildlich.«

»Es war ein Kind«, sagte Tavanaianfar. »Und Manuel ist ja von allein gegangen.«

»Genau das meine ich.« Meier II sah kurz aus, als wollte er Tavanaianfars Schulter bearbeiten, gab den Gedanken aber auf. »So. Und, Tina –«

»Wir müssen rauskriegen, wer diese Mira ist«, sagte sie.

»Tina –«

»Es ist mein Ernst. Hast du nicht gesehen, wie sie reagiert hat?«

»Na gut«, sagte Meier II müde. »Dich können wir eh jetzt nicht zur Rotas mitnehmen. Dann suchst du diese Mira, und Tava kommt mit mir. Vielleicht schafft er es ja, mit der Frau zu reden.«

Und was an Tavanaianfar dann echt sympathisch war: Er sah ziemlich unglücklich deswegen aus. Überhaupt nicht schadenfroh.

Mira also. Sie nahm die Asservate aus der Kanzel mit und setzte sich mit ihrem Laptop in den Spusibus. Dann meditierte sie erst einmal zum Runterkommen über den Dingen aus Manuels Versteck. *Harry Potter* mit Widmung, Oreo-Kekse, *Yu-Gi-Oh!*-Karten. Ein ganz normaler Kinderschatz. Bis auf die Tabletten. Die mussten zur Analyse, genau wie die kaputte Spritze … Diese Spritze: Was für eine unglaubliche Entschlossenheit im Blick der Rotas … aber wie irrsinnig, dass sie sich mit ihr geprügelt hatte! Und so heftig!

Irgendwer hatte ihr mal gesagt, ihre Intuition bestünde aus präziser Menschenkenntnis, aber momentan fühlte sie sich wie eine, die völlig haltlos persönlichen Eingebungen folgte. Ina Rotas war ihre Todfeindin gewesen – ganz plötzlich und unglaublich kurz. Sie konnte es nicht mehr spüren. Das Gefühl war weg. Oder der Grund dafür. Das verwirrte Bettina, es war ihr peinlich – und unheimlich. Denn so wie der Lindenduft nach dem Sturm beharrlich in die Atmosphäre zurückkroch, wurden auch ihre Empfindungen einfach resettet, ohne Änderung, ohne Katharsis nach der Krise: Dass sie sich am Boden gewälzt hatte, war schräg, warum es passiert war – nice to know, aber dann müsste sie sich mit ihrer eigenen befremdlichen Reaktion auseinandersetzen. Und wollte sie das?

Bettina rieb sich die Stirn. Mira.

Sie schaltete den Computer an und suchte eine Zeitlang im EWOIS herum, das aber keine Mira in Verbindung mit Ina oder Manuel Rotas ausspuckte, bis Bettina die glänzende Idee hatte, einfach Manuels Schwester Pia anzurufen. Dass die Stoffgiraffe der kleinen Alice Mira hieß, konnte eigentlich kein Zufall sein. Dieser Name bedeutete etwas, und die Mutter der Giraffenmutter musste einfach wissen, was.

Es dauerte eine Weile, bis sie die Nummer recherchiert hatte, nicht Pias Nummer allerdings, nur die der Zweigstelle der psychiatrischen Klinik, in der sich die junge Frau befand. Aber dort kam sie nicht weiter. Ob Pia nicht ans Telefon konnte oder wollte, erfuhr sie nicht, sie würde zurückrufen, hieß es nur, im Moment sei ein Gespräch nicht möglich.

Aha.

Eine Weile suchte sie ziellos nach einer weiteren Option, dachte, dass diese junge Frau ja wohl ein Handy haben musste und dass sie ganz sicher die Familienkontakte eingespeichert hatte und dass –

Der Vater.

Natürlich, diese Familie musste einen Vater haben. Auch nach ihm suchte sie erst eine Weile im Netz, dann hatte sie sogar ein Foto vor sich: properer Anzugtyp in Durchschnittspose, bisschen steif, billige Frisur und die zu gut gekämmt. Herrmann

Rotas hieß er, lebte in Mannheim zusammen mit Frau und zwei weiteren Kindern und war dort Verwaltungsleiter des St. Hildegardis-Krankenhauses. Neben dem Foto stand seine Durchwahl. Mal sehen, ob er dranging.

Tat er: »Rotas!«, sagte eine tiefe, angenehme Stimme.

»Boll, Kriminalpolizei, ich hätte ein paar Fragen an Sie.«

»Ja?«

»Sind Sie Herrmann Rotas, Exmann von Ina Rotas aus Frohnwiller?«

»Wen hat sie denn jetzt auf dem Gewissen?«

Oha. »Herr Rotas, darüber würde ich gern ausführlich mit Ihnen sprechen.«

Er schnaubte, vielleicht war das ein kleines Grinsen, es hörte sich entspannt an. »Tut mir echt leid – geht das nicht wann anders? Ich hab jetzt nicht viel Zeit.«

»Vorerst würde reichen, wenn Sie mir sagen könnten, ob Sie eine gewisse Mira kennen.«

Pause. Dann sagte die Stimme viel kühler: »Soll das ein Witz sein?«

»Wer ist Mira?«

»Meine verstorbene Tochter!«, ranzte Rotas.

Darum hatte sie nichts gefunden. Das EWOIS zeigte nur aktuelle Haushaltsmitglieder, keine Verstorbenen. Für die Toten brauchte man Umwege.

»Woran gestorben?«, fragte Bettina, so sanft sie konnte.

»Darmgrippe, sie war leider kränklich«, sagte Rotas. »Grundkrankheit Epilepsie. Eingeschränkte Lungenfunktion. Herzfehler. Hören Sie, wenn Sie da irgendwelche alten Geschichten ausgraben wollen, das werde ich nicht dulden, das sag ich Ihnen gleich.«

Alte Geschichten? »Wann ist sie –?«

»Das ist schon fast zwanzig Jahre her.«

»Okay, tut mir leid, danke für die Information.« Sie überlegte. »Haben Sie noch Kontakt zu Ihren anderen Kindern?«

Sie hörte den Mann Luft holen.

»Aus der Ehe mit Ina Rotas, meine ich.«

Rotas knurrte. »Pia hat uns früher über die Ferien besucht, Manuel ist leider zu eingeschränkt, um aushäusig zu übernachten.«

Klang das etwa ironisch?

»Also zu Manuel haben Sie überhaupt keinen Kontakt?«

»Wir wohnen im dritten Stock. Kein Aufzug. Der kann da mit seiner Muskeldystrophie nicht rauf oder runter.«

»Was ist mit Alice, Ihrer Enkelin, haben Sie da Kontakt?«

»Nein. Pia ist eigen. Pia möchte ihr Ding machen, seit sie vierzehn ist, und da gehört unsere Familie nicht dazu. Also dürfen wir auch Alice nicht sehen.«

»Sie wissen aber, dass Pia im Moment in Reha ist? Und Alice hier in Frohnwiller?«

Schweigen. Offenbar wusste er es nicht.

»Was ist Muskeldystrophie?«, fragte Bettina.

Das weckte Rotas wieder auf. »Du liebe Zeit, schauen Sie Manuel an! Er sitzt im Rollstuhl!«

Okay. »Pia ist in einem Drogenentzug«, sagte Bettina. »Wussten Sie das?«

»Woher soll ich das wissen, glauben Sie, die erzählen mir was? Außerdem ist sie volljährig!«

»Und Alice«, begann Bettina, doch Rotas hatte offenbar für einen Tag genug schlechtes Gewissen abgekriegt.

»Hören Sie«, schnarrte er, »ich hab hier wirklich zu tun. Falls es wichtig ist, können Sie mich gern noch mal kontaktieren. Frau Boll.« Er ließ ihren Namen ein wenig in der Luft hängen, um klarzumachen, dass er ihn sich gut gemerkt hatte. »Sie … oder vielleicht besser Ihre Vorgesetzten. Aber jetzt belästigen Sie mich bitte nicht mehr mit privaten Fragen.« Sprach's und unterbrach die Verbindung.

Bettina hielt das Telefon von sich und schüttelte sich. Schaltete den Computer wieder an und suchte nach Mira Rotas. Fand sie. Das Kind war im Alter von gut zwei Jahren gestorben.

Okay. Mira war so alt gewesen wie Alice jetzt. Und Epileptikerin. Kränklich, hatte Rotas gesagt. Lunge. Herz. Darum war sie an einer einfachen Darmgrippe gestorben. Für Manuel war kränklich gar kein Ausdruck, aber er lebte. Pia: vermutlich rebellisch, aber auch beeinträchtigt, weil im Drogenentzug. Der Vater: fern und verantwortungslos. Er wusste nichts über die Drogen, ja wusste offenbar nicht mal, was Manuel hatte. Bettina googelte den Begriff Muskeldystrophie und fand, dass es die Bezeichnung für eine Gruppe von Erbkrankheiten war, die mit Hypophosphatasie nichts zu tun hatten. Die einzige Übereinstimmung, die sie feststellen konnte, war, dass beide Krankheiten vererbt wurden. Was die Sache nur bizarrer machte. Sollte Manuel etwa zwei verschiedene seltene Erbkrankheiten haben? Oder hatte der Vater sie einfach in schnöder Ignoranz verwechselt? Ein Mann, der im Krankenhaus arbeitete? Der vor der Trennung jahrelang mit dem Kind zusammengelebt haben musste?

Bettina stand auf. Sie sollte längst zu Hause bei ihren eigenen Kindern sein, aber sie fühlte sich tatendurstig, ohne zu wissen, was sie unternehmen sollte. Die essenziellen Fragen würden alle durch simple wissenschaftliche Untersuchungen beantwortet werden: welche Krankheit Manuel hatte, welche Wirkstoffe in Spritze und Tabletten gewesen waren. Vielleicht konnten sogar Fingerabdrücke auf irgendeinem Asservat bei der Leiche von Katerina Polanski sichergestellt werden. Im Grunde konnte sie gehen, denn ohne diese Ergebnisse war gar nichts sicher. Trotzdem zögerte Bettina heimzufahren. Sie hatte ein Gefühl von Dringlichkeit, das sie sich nicht richtig erklären konnte. *There's a killer on the road*, dachte sie. Aber war das wirklich Ina Rotas?

Was war mit Hansens Veilchen, dem offenen Briefkasten an Rotas' Haus, dem Teufelsaustreibungsbesteck aus dem Opferstock in der Kapelle? Mit dem toten Kind, nach dem eine Stoffgiraffe benannt war? Dem jungen Mann, der Kinder schwärzte?

Oder *pondus pueri,* dieser Spruch in der Kapelle? Sie hatte ihn gegoogelt. Das Gewicht eines Kindes, hieß das. Es war ein Opfer, das man dem Antonius brachte: so viel von einem Gut, Weizen etwa, wie das eigene Kind wog, als Vorsichtsmaßnahme, um dem Unheil etwas in den Rachen zu stopfen und selbst verschont zu bleiben. Ein angetäuschtes Kinderopfer. Aber ob der Tod sich davon je hatte täuschen lassen?

Bettina kletterte aus dem Bus, sah sich um und schritt auf das Pfarrhaus zu.

Immerhin, davor stand inzwischen eine Wache.

»Wer ist alles drin?«, fragte Bettina den Uniformierten.

»Alice, die Kleine. Kollegen«, war die vage Antwort. Sie trat ein, hörte Stimmen aus der Küche und folgte ihnen. Dort erwartete sie ein seltsames Bild: Barolo stand mit verschränkten Armen vor einer Waschmaschine und sah ihr beim Schleudern zu. Zwei weißgekleidete Spurensicherer halfen dabei. Alle betrachteten das Gerät feindselig.

»Was …?«, begann Bettina, doch als sie Barolos Blick sah, schaute sie ihn nur noch fragend an.

Als Antwort nahm er einen leeren Ordner – Kinderbilder klebten vorne drauf – von der Maschine und hielt ihn hoch. »Kochwäsche. Verrückt, dass die Maschine das aushält – ah.«

Es piepste laut und durchdringend, dann begann das Display zu blinken.

»Das sind nicht Manuels Befunde?« Bettina schaute durchs Bullauge ins Innere: Die Maschine stand voll Wasser, einzelne Papierfetzen schwammen darin herum.

»Doch. – Ich hab das ganze Haus abgesucht«, sagte Barolo. »Blöd von mir, hätt ich mir denken können, wo die Ordner doch im Müll lagen.«

»Das ist alles vernichtet?«

»Und die Maschine ist auch hinüber«, mutmaßte Barolo. »Die ganze dicke Krankenakte: Pappmaché. Wir kriegen die Tür nicht auf. No go. Nicht bevor das Programm beendet ist. Auslaufsperre.«

»Das ist ja … Hat Manuel das getan?«

»Vermutlich. Jetzt ist jedenfalls nichts mehr da.«

»Weiß Meier II schon davon?«

»Wusste nicht, wie ich's ihm sagen soll«, sagte Barolo wütend und versetzte der Waschmaschine einen Tritt. Ein Kollege von der Spurensicherung zog den Stecker raus und hieb gegen die Tür. Der dritte ballte die Fäuste und sah mordlustig aus. Bettina nahm die Ordner an sich. »Sonst ist das Haus durchsucht?«

»Flüchtig«, antwortete Barolo zwischen zwei Flüchen.

»Habt ihr Medikamente gefunden? Mit oder ohne Etikett?«

Barolo sah auf und sagte: »Im ehemaligen Schlafzimmer des Pfarrers ist ein Schrank, der ist leer.«

»Aha?«

»Guck ihn dir an, da stehen noch ein paar Flaschen Hustensaft und Pflaster, sieht aus, als ob er ausgeräumt worden wäre.« Er hieb gegen die Frontseite der Maschine. Irgendetwas knackte wie ein brechender Knochen. Der größere Spurensicherer knurrte.

Bettina machte, dass sie fortkam. Bei dem folgenden Massaker wollte sie nicht dabei sein.

Draußen rief sie Meier II an und meldete, dass die Krankenakte in ihrer ursprünglichen Form nicht mehr existierte. Dann sah sie auf zum Obergeschoss. Schlafzimmer des Pfarrers.

Es sah aus, als wäre sein Bewohner nie weg gewesen. Das Bett war züchtig schmal, aber wuchtig, aus poliertem dunklem Holz, Decke und Kissen weißgestärkt bezogen und das Fußende mit einer dunkelroten Samtdecke hübsch eingeschlagen. An der weißen Wand über dem Kopfende des Bettes hing ein schwer gerahmtes Bild von einem Heiligen, der ein Gewässer überquerte. Der Rest der Wände war mit Holz vertäfelt. Es gab einen Schreibtisch mit ein paar ordentlich bereitgelegten Schreibutensilien und einen großen Einbauschrank, in dem muffige Altherrenkleidung neben ein paar religiös aussehenden Gewändern sehr akkurat hing und lag. Und tatsächlich war ein großes Regal knapp über Kopfhöhe eben nicht mit Kleidung belegt. Bettina zog sich den prächtigen hölzernen Schreibtischstuhl heran und stieg nach kurzem Zögern mit ihren Boots auf die Sitzfläche. Irgendwas an diesem frommen Zimmer reizte sie. Dann besichtigte sie das Fach. Es sah geplündert aus, denn es war leer, aber nicht ganz. Vorn standen hübsch aufgereiht drei Flaschen Fieber- und Hustensaft, da lagen auch Päckchen mit ASS und Paracetamol und diverse Verbandmittel und ein Packen Einwegspritzen und -nadeln, dann noch drei Ampullen und zwei Tablettenblister ohne Aufschrift und ein homöopathisches Präparat in einer Flasche. Aber alles in allem kam Bettina dieses Fach ungefähr so aufgeräumt vor wie der Schrank auf ihrem Speicher. Sogar hastiger aufgeräumt. Denn da war noch Staub, aber nur in den Ecken, da sah sie noch Ränder von Flaschen, die hier einmal gestanden hatten. Und ganz hinten, da, wo man vom Boden aus nicht richtig hingucken konnte, wölbte sich die Schrankwand leicht nach außen, sodass sich ein Spalt zwischen Boden und Wand gebildet hatte. Durch den ein Medikamentenpäckchen passen könnte –

Bingo. Bettina zog die Pullis im Fach darunter raus und hielt ein Pappschächtelchen in der Hand. *Subutex* stand darauf. *Buprenorphin-Hydrochlorid.* Davon hatte sie im Drogenseminar schon gehört, das war ein verschreibungspflichtiges Betäubungsmittel, ein Opioid, das zur Behandlung von Opioidabhängigkeit gebraucht wurde. Sie googelte es vorsichtshalber: stimmte. Die Seite sagte, dass es natürlich auch selbst abhängig machen konnte …

Das Haus musste unbedingt gründlicher durchsucht werden. Sie versuchte Meier II zu erreichen, doch der meldete sich nicht. Müller war vermutlich ebenfalls beschäftigt. Sie dachte, dass Barolo unten doch sicher noch ein paar Asservatebeutel haben musste, ließ die Tabletten und die Ordner, die sie hochgebracht hatte, kurz auf dem Schreibtisch des Pfarrers liegen und verließ das Zimmer, um nach unten zu gehen. Da hörte sie aus Alices Zimmer ein leises Glucksen.

»Sie hat ein Beruhigungsmittel bekommen«, sagte die uniformierte Kollegin, die hier Aufsicht führte, und das hörte sich in Bettinas Ohren ein wenig gruselig an. Dann sah sie auf dem Schaukelstuhl in der Mitte des Raums die alte Frau Grimm dösen und dachte kurz, dass die Kollegin Grimm gemeint haben musste. Denn die schlief, oder tat zumindest so, während Alice aufrecht in ihrem Bettchen saß und fasziniert auf ein Smartphone schaute, wo ein bunter Comic lief.

»Allerdings hab ich den Eindruck, dass es gar nicht wirkt.«

»Vielleicht ist sie dran gewöhnt«, sagte Bettina, und die Kollegin schenkte ihr einen tiefen Blick. Sie sah hübsch und patent aus, schlank, kurze helle Locken, Sommersprossen.

»Was passiert jetzt mit ihr?«, fragte Bettina.

»Na ja, wir übergeben sie den Angehörigen, wenn die wieder in der Lage sind, ein Kind zu versorgen.«

»Also Ina Rotas.«

»Der Großmutter, genau. Aber es ist fraglich, ob die nicht selbst ins Krankenhaus muss. Bis das geklärt ist, warte ich hier, und außerdem ist eine Sozialpädagogin aus der Notfallbereitschaft Landau bestellt, die müsste jeden Moment eintreffen. Die würde dann im Zweifelsfall eine Pflegestelle organisieren.«

Bettina sah Alice an. Sie war hübsch. Runde Ärmchen, ein ernstes Gesicht. »Gibt es nicht noch andere Leute hier, die mit ihr verwandt sind? Den Vater?«

Die Kollegin sah sie an. »Ich hab versucht, das zu checken, aber da sind die Verhältnisse nicht geklärt, und wir können nicht irgendeinem jungen Mann einfach so ein Kind in die Hand drücken. Zumal er ja vielleicht selbst noch minderjährig ist.«

»Wieso nicht geklärt, ich hab gehört, es gab sogar einen Vaterschaftstest?«

Die Kollegin blickte bedauernd. »Das ist egal, es kommt aufs Sorgerecht an. Ich hab versucht, da was rauszukriegen, aber so richtig weit bin ich nicht gekommen, offenbar lebt die Mutter in Berlin und ist zwar knapp volljährig, aber da ist noch die alte

Amtsvormundschaft für Ally in Kraft, das hört nicht mit dem achtzehnten Geburtstag der Mutter sofort auf.«

»Ihre Mutter befindet sich in einer Rehabilitierungsmaßnahme.«

»Ach so. Auf jeden Fall hat die Mutter wohl erst kürzlich dem vorläufigen Umzug der Kleinen hierher zugestimmt, weil sie Ally selbst nicht mehr versorgen konnte. Die Alternative wäre ein Heim gewesen, und dahin sollte die Kleine dann wohl doch nicht. Im Grunde bedeutet es, dass jetzt erst mal die Oma das Sorgerecht bekommt, aber das ist eben alles noch nicht in trockenen Tüchern.«

»Eine Amtsvormundschaft«, sagte Bettina nachdenklich.

»Das machst du normal nur dann, wenn du keinem aus deiner Sippe trauen kannst«, sagte die Kollegin sotto voce und warf einen Blick auf die kleine Alice. »Und dabei ist es hier so hübsch, was, meine Süße?«

»Das kann die Mutter bestimmen?«

»Ja, minderjährige Mütter kriegen kein Sorgerecht, dürfen aber dabei mitreden, wer es bekommt. Und wenn es niemand haben soll oder kann, gibt's eine Amtsvormundschaft.«

»Hm.« Apropos Sorgerecht, sie musste echt heim. Zumal sie zu Hause noch was zu klären hatte. Nur eine Frage noch … Sie trat auf den Schaukelstuhl zu und schubste ihn leicht an. Grimm schlug die Augen auf. Bettina war sich sicher, dass sie das Gespräch mitgehört hatte. »Frau Grimm, Sie haben mir von Pia und ihrem Auszug hier erzählt, erinnern Sie sich?«

»Natürlich«, sagte Grimm.

»Pia ist wirklich freiwillig in dieses Mütterheim gegangen?«

Ein ablehnender Blick traf sie. »Ja«, sagte Grimm zögernd.

»Wer wollte es mehr, sie oder der Pfarrer?«

Die alte Frau funkelte sie an, antwortete aber. »Hab ich Ihnen doch gesagt: Es war ihre eigene Idee.«

Barolo und seine Mannen hatten in der Küche die erwartbare Überschwemmung angerichtet. Erfreulicherweise war Meier II erschienen, um sich ein Bild davon zu machen, so konnte sie gleichzeitig die Asservatetüte abgreifen und sich beim Einsatzleiter mit brauchbaren Ergebnissen abmelden. Sie zeigte ihm das Subutex, riet ihm, es Manuels Ärztin zu melden – zur Vorsicht, auch wenn die Drogenabhängige in der Familie eigentlich die Schwester war –, und erzählte ihm von der verstorbenen Mira und den beiden unterschiedlichen Erbkrankheiten.

Darauf zog er sie in den dunklen Flur hinaus – wo es weniger feucht war – und sagte halblaut: »Ich hab nachgedacht.«

»Gut!«

Er sah sie grimmig an und sagte: »Das Problem ist: Was, wenn du recht hast?«

»Womit?«

»Dass diese Rotas eine Gefahr ist.«

Sie sah ihn an. »Hat irgendwer mit Manuel sprechen können? Gibt's schon Erkenntnisse über seine Krankheit?«

Meier II schüttelte den Kopf. »Alles in Arbeit, aber noch nichts sicher. Das Einzige, was ich weiß, ist, dass er in einem kritischen Zustand ist. Die Ärzte können nicht sagen, wieso, und zumindest mit einem hattest du wirklich recht: Akute krisenhafte Hypophosphatasie ist es nicht. Das gibt es nämlich nicht. Es ist eine schleichende Krankheit.« Er senkte die Stimme. »Die er eventuell überhaupt nicht hat. Es gibt seit neuestem wohl ein Medikament, das echt gut hilft. Die Leute können damit fast normal leben. Wenn er die Krankheit hätte, dann wüsste diese Mutter das.«

»Vielleicht wurde das Mittel erst entwickelt, nachdem die Familie angefangen hatte, an Hypophosphatasie zu glauben.«

Meier II rang die Hände. »Aber wieso? Die Krankheit ist ganz leicht nachzuweisen. Ein Gentest reicht. Morgen haben wir Gewissheit. Das hätten sie auch haben können! Schon vor Jahren!«

»Vor Jahren«, sagte Bettina langsam, »glaubten sie vielleicht, dass Manuel Muskeldystrophie hat. Zu der Zeit hatte er noch Kontakt zu seinem Vater. Der hat von dieser Dystrophie gesprochen, und vielleicht war das einfach damals die aktuelle Erzählung.«

»Wenn das auch eine Erbkrankheit ist, dann kann man das sicher genauso mit einem Gentest ausschließen.«

»Ist vielleicht passiert.«

»Du meinst, als die Leute einsehen mussten, dass es keine Muskeldystrophie ist, haben sie sich eine neue Krankheit gesucht?«

»Wie ein Einsiedlerkrebs«, sagte Bettina etwas unzusammenhängend.

Meier II atmete durch und straffte sich. »Was, glaubst du, wollte diese Frau ihrem Sohn spritzen, als du dich mit ihr – äh, als du ihr richtigerweise – du sie daran gehindert hast?«

»Ich weiß es nicht«, sagte Bettina. »Was hat sie denn gesagt?«

»Was sie uns davor auch schon erzählt hat. Notfallmedikament.«

»Dann müssen wir noch mal mit ihr reden.«

»Unbedingt, aber momentan ist die auch im Krankenhaus. Als ich sie damit konfrontiert habe, dass ihre Diagnoseordner futsch sind, ist sie ausgetickt.« Er wies auf zwei lange Kratzer an seiner Wange.

»O mein Gott!«

»Ach was«, winkte Meier II ab. Kampfnarben machten ihm nichts, die trug er sogar mit Stolz. »Dann hat sie einen ganz komischen Ausschlag gekriegt, Neurodermitis, hat die Ärztin gesagt, wir waren ja in der Ambulanz, aber ehrlich, ich hab schon Neurodermitis gesehen. Das war verschärft. Das ist ihr das Gesicht hochgewachsen, da konntest du zugucken. Knallrot. Die Hände ganz blutig. Die Ärztin hat gesagt, das müsste von einem Schock kommen und von einem ohnehin schon unerträglichen Stresspegel. Die Rotas hat echt geschrien. Da haben sie sie sediert und mitgenommen.«

»Oh Mann.«

Er fuhr sich über den fast kahlen Schädel. »Aber das Krankenhaus ist halt keine sichere Unterbringung«, sagte er dann. »Da kann sie jederzeit wieder gehen.« Er sah Bettina an. »Du hast mit ihr gekämpft.«

»Ja.«

»Wollte sie Manuel töten?«

Sie sahen sich an. Bettina merkte, wie sie unwillkürlich den Kopf schüttelte.

»Wenn dieser Junge«, sagte Meier II unzufrieden, »zwanzig Jahre umsonst im Rollstuhl gesessen hat und jetzt aus irgendeinem Grund drauf gekommen ist und drüber reden will, dann ist sie ruiniert. Dann war dieser Moment dort vor der Kirche vielleicht der letzte, um ihn aufzuhalten.«

Bettina seufzte.

»Was machen wir mit ihr? Hattest du schon mal so einen Fall?«

»Flohr muss das entscheiden.«

»Was sollen wir ihm sagen?«

»Hör zu«, sagte Bettina, »das Beste ist, wir schaffen es, Rotas oder ihren Sohn mit einem von unseren anderen Fällen in Verbindung zu bringen. Da muss es Zusammenhänge geben. Dann sehen wir klarer. Und wir haben was Konkretes.«

»Zu wem? Hansen? Polanski?«

»Vielleicht sogar zu beiden. Ich weiß es nicht. Und ich muss jetzt leider heim.«

Er sah sie entgeistert an.

»Ich habe Kinder. Ich muss echt nach Hause.«

Er musterte sie mit schmalen Augen. »Du hast gar kein Auto.«

»Da wollte ich grade drauf zu sprechen kommen«, sagte Bettina.

Es war halb sechs. Sie suchte Müller. Er stand vor der Kirche und packte Dinge in einen Koffer.

»Ich fahr dich nach Hause«, erklärte sie.

Er sah sie kurz an, nicht so befremdet, wie sie gedacht hatte, allzu abwegig schien ihm das Angebot nicht vorzukommen.

»Du bist mit Meier II gekommen«, gab er zu bedenken. »Du hast kein Auto.«

Sie holte einen Schlüssel hervor – Meier IIs Autoschlüssel, er fuhr einen Dienstwagen – und rasselte damit.

Müller schüttelte den Kopf. »Der Sturm hat uns ein halbes Zelt weggeblasen. Wir werden noch Stunden brauchen. Und Meier II will, dass wir dieses Wohnhaus untersuchen. Tut mir leid.«

»Kannst du dann bitte heute Nacht bei mir vorbeikommen?«, sagte Bettina.

Es kam so selten vor, dass er jetzt fast wie ein Fremder wirkte: Müller starrte sie offen an.

Bettina schloss die Augen. »Ich kann dir nicht sagen, wieso, aber du musst deinen Fingerabdruckpuderkoffer mitbringen«, sagte sie leise.

»Ich soll heute Nacht bei dir vorbeikommen.«

Sie sah einen hoffnungsvollen Ausdruck in seinem Gesicht, den sie nicht erwartet hatte.

»Willenbacher wird vielleicht auch da sein«, entfuhr es ihr.

Er wandte den Blick ab.

»Bitte«, sagte Bettina.

»Was ist passiert?«, fragte Müller.

»Bring den Koffer mit«, sagte Bettina.

»Tina, ich arbeite nicht für privat.«

»Das ist es nicht«, sagte sie.

Er schaute zu Boden.

»Also ja?«, fragte sie.

Einer von seinen gewohnten schnellen Blicken traf sie. Müller nickte. Und dann packte er seinen Koffer fertig.

Sie rief Willenbacher an, er ging dran.

»Wie geht's?«, fragte Bettina.

»Morgen bin ich wieder da«, sagte er, viel fester als heute früh, aber immer noch nicht ganz überzeugend.

»Wo bist du?«, fragte Bettina.

Er schwieg.

»Noch im Krankenhaus?«

»Zu Hause«, sagte er nach einer Pause.

»Oh, gut.« Ganz so gut fand sie das gar nicht, denn von zu Hause aus würde er vermutlich nicht mit ihr über den Tablettenblister sprechen wollen.

»Hör mal«, sagte sie. »Dieses Mittel, das du da genommen hast –«

»Ich muss jetzt Schluss machen«, flüsterte Willenbacher.

»Hast du es mitgebracht oder war es auf dem Dachboden?«, rief Bettina, doch sie hörte nur noch das Freizeichen.

Na super. Sie starrte ihr Telefon an. Frechheit, sich zu benehmen, als wäre sie seine Geliebte. Heimlichtuerei vor der Gattin und keine Antwort auf die wichtigen Fragen, und das ohne jede moralische Notwendigkeit. Ein Unding von Willenbacher, sie mit einem Selbstmordversuch in ihrem Haus zu erschrecken und dann ohne jede Erklärung allein zu lassen. Sie rief noch mal an.

Er ging nicht dran.

Noch mal.

Nur das Freizeichen.

Schließlich klackte es, und Willenbachers Stimme fauchte: »Was ist denn?«

»Das Mittel«, sagte Bettina betont ruhig. »Hast du es bei uns gefunden?«

»Ich weiß nichts von einem Mittel«, rief Willenbacher.

»Ich muss es wissen«, sagte sie ernst.

»Das klären wir morgen«, schnarrte Willenbacher und unterbrach die Verbindung.

Arschloch, dachte Bettina und war drauf und dran, ihm auf Whatsapp ein rotes Herz zu schicken. Wenn diese Annette so zuhörte und mitlas, wie sie vermutete, würde ihr das zu denken geben. Andererseits waren Bettinas rote Herzen kostbar und nicht für Willenbacher bestimmt und momentan sowieso die völlig falsche Botschaft. Sie schickte ihm also das Bild von dem

Tablettenblister und schrieb, sie werde sich bei der Drogenfahndung danach erkundigen. Im Zweifelsfall mit Namen.

Dann setzte sie sich in Meier IIs Auto und fuhr los, Richtung Ludwigshafen. Denn es war spät, und zu Hause war sie noch lange nicht, aber dort hatte sie *wirklich* noch was Wichtiges zu klären.

12

»Jemand da?«, rief sie, als sie das Haus betrat, sie hatte Essen dabei, Salat, Brot, Käse, Saft und Wein. Die Kinder antworteten nicht, doch die Küche begrüßte sie freundlich, hell und nach Tee und Rosinen duftend und von grünem Gegenlicht aus dem Garten erfüllt. Sie legte die Sachen auf den nicht allzu vollgeräumten Küchentisch, erkannte, dass sie noch gar nichts gegessen hatte, und machte den Camembert auf.

Immer noch keine Kinder. »Wo seid ihr?«, schrieb sie in die Familiengruppe (»Bolls Büro«), aber da war mit sofortiger Antwort eh nicht zu rechnen. Also nahm sie sich noch ein Stück Brot und machte eine Tour durchs Haus. Eingänge suchen.

Nach einer halben Stunde musste sie feststellen, dass sie nirgends, nicht von außen oder von innen, einen völlig ungesicherten Zugang finden konnte. Die Fenster im Erdgeschoss waren alle mit geschwungenem Schmiedeeisen ziemlich rostig vergittert. Diese Gitter wären für einen entschlossenen Einbrecher ganz sicher kein Hindernis, aber sie waren da und hingen vor den Fenstern wie Spinnennetze, die anzeigten, dass niemand hier ein und aus ging. Die Türen (es waren fünf) waren auch nicht übermäßig toll gesichert, aber allesamt absperrbar und ohne Einbruchsspuren. Ein heimlicher Besucher hätte einen Schlüssel benutzen müssen, wenn er keine sichtbare Spur hinterlassen wollte. Dann gab es noch den großen Balkon, der mehr eine Terrasse war, und den kleineren über der Eingangstür, beide mochten mit Leitern erreichbar sein, aber die zugehörigen Türen waren von außen gar nicht zu öffnen und außerdem so verzogen, dass jeder Versuch einen Mordskrach machte. Der Balkon an ihrem Schlafzimmer sah genauso aus, war überdies viel zu weit oben angebracht und nachts von ihr persönlich bewacht. Fassadenkletterei an irgendeinem Baum oder dem Weinlaub an der rückwärtigen Seite des Gebäudes schloss Bettina aus. Die Fenster waren teils seit Jahrzehnten nicht mehr geöffnet worden, man hätte sie einschlagen können, das wohl, aber sie waren alle intakt.

Es gab keinen Schleichweg in ihr Haus.

Was bedeutete …?

Bettina fühlte sich schlecht. Sie wollte nicht, dass es bedeutete, was es bedeuten musste, dass ein Drogenversteck hier im Haus eben von den Hausbewohnern unterhalten sein musste – oder jedenfalls von einem Hausbewohner. Irrsinnig, andererseits, etwas anderes anzunehmen.

Ihr Handy bingte, es war Enno, der wieder woanders übernachten wollte. Sammy dagegen hatte geschrieben, sie werde heimkommen, und was es zu essen gab? Konny und ihr Vater würden rasch eine alte Wii vorbeibringen, damit sie Karaoke üben könnten.

Wir haben keinen Fernseher!!!, schrieb Bettina, doch zu spät: Es klingelte bereits an der Tür.

»Reiner Selbstschutz«, sagte Julius etwas keuchend unter einem mindestens 50-Zoll-Flachbild-Monitor, »und wirklich nichts, wofür Dank nötig wäre, er hat bei uns im Keller herumgestanden.« Er sah sich um. »Wohin?«

»Keller ist keine schlechte Idee«, sagte Bettina wütend, wurde aber von Sammy und Konny schlichtweg überrannt. Sie geleiteten Julius mit dem Monster-TV ins offizielle Wohnzimmer, wo Willenbacher gestern kollabiert war, und bauten alles dort auf. Mitsamt einer Wii und Mikrofonen zum Singen.

»Es ist wirklich so«, sagte Julius schließlich zu Bettina, die nur mit verschränkten Armen dastand und diese nicht von ihr angenommene Leihgabe hasste. »Sie tun uns einen richtig großen Gefallen, wenn Sie uns erlauben, die Gesangsstunden auf diese Seite der Gärten zu verlagern. Wir arbeiten viel mehr zu Hause als Sie.«

»Wir brauchen aber keinen Fernseher«, log Bettina. Eigentlich stand der sehr weit oben auf der Liste, weil der alte nach dem Umzug umgehend seinen Geist aufgegeben hatte, aber das musste sie Julius nicht auf die Nase binden. Nur, vermutlich hatte Sammy es getan. »Die Kinder haben ihre Computer und ihre Handys«, sagte sie unzufrieden. »Das reicht!« Letzteres war an Sammy gerichtet, die es nonchalant überhörte.

»Ich finde, das Materielle wird immer überbewertet«, sagte Julius. »Ich bin dafür, die Dinge zu gebrauchen. Bei uns würde er nicht benutzt. Also steht dieser Bildschirm jetzt hier. Das ist doch keine große Sache.«

Bettina schüttelte den Kopf.

»Ich könnte sogar versuchen, ihn anzuschließen«, erbot sich Julius.

Sie sah ihn an und fragte sich, was er wollte. Er sah so eifrig aus wie ein Hund, aber sein Blick versteckte sich hinter den Lichtreflexen auf seiner Brille.

»Doch, das krieg ich hin«, sagte er. »Habt ihr einen Hausanschluss?«

»Wir sind bei der Telekom«, sagte Bettina vage.

Worauf er nickte und sagte: »Wo ist denn die Dose?«

»Ähm –«, machte Bettina.

Da stand er schon im Flur und an der Treppe. »Bei uns ist die auf dem Speicher, soll ich mal gucken?«

»Nein«, sagte Bettina.

»Ja«, riefen Sammy und Konny wie aus einem Munde.

»Es ist wirklich kein Aufwand«, sagte Julius und wandte sich um. »Ich hol das Werkzeug aus dem Auto.«

»Nicht nötig«, sagte Bettina.

»Wir könnten ja wenigstens mal nach der Dose gucken«, sagte Julius. Er gab den Plan mit dem Werkzeug auf und bewegte sich zur Treppe. Bettina hätte sich ihm vor die Füße schmeißen müssen, um ihn aufzuhalten, und das war ihr die ehrbare Armut dann auch nicht wert. Es nervte sie aber furchtbar, dass er das Kommando übernahm und ihr Haus einrichtete. Wo eine solche Optimierung endete, konnte man vermutlich im Anwesen gegenüber besichtigen: Pool, Park, fünfflammiger Herd, aber eine ungestillte Sehnsucht nach Freiheit und Abenteuern, die mit zunehmendem Besitz immer unwahrscheinlicher wurden.

»Wirklich«, sagte Bettina zu seinem Rücken, »ich möchte Ihren Fernseher nicht. Aus reinem Selbstschutz.«

Er stoppte mitten auf der Treppe und drehte sich um. »Es tut mir leid«, sagte er ernst. »Ich wollte Sie nicht überrumpeln, aber die Kinder haben sich so gefreut.«

Jetzt kam sie sich noch überrumpelter vor. »Okay«, sagte sie zähneknirschend.

»Ich weiß, es ist dekadent, aber wir haben uns fürs Wohnzimmer einen kleineren Fernseher angeschafft. Wir wollten eine Spur runterfahren, und, na ja, wir könnten den alten verkaufen, aber dafür kriegt man nichts mehr, und – es ist wirklich so. Sie tun uns einen Gefallen, wenn Sie ihn nehmen.«

»Hm«, machte Bettina. Sie beide wussten, dass sie das Teil nicht zurückgeben konnte, nicht jetzt, wo die Mädchen unten schon *Mamma Mia* intonierten.

»Also wollen wir mal gucken?«, sagte Julius.

Und Bettina seufzte und ging mit ihrem Nachbarn auf den Speicher.

Er sah sich voll Ehrfurcht alles an, war entzückt von den alten Sachen, öffnete die Kabuffs, die Schänke, nahm jedes Porzellanfigürchen in die Hand, redete über die Geschichte der Häuser. »Ihres war nach dem Krieg von Franzosen als Wohnraum requiriert, vom Kommandanten sogar, der hat bei Ihnen gewohnt, mit seiner Familie. Er hatte Frau und einen kleinen Sohn, also drei Personen im Haus und alle anderen auf dem Speicher.«

»Gemütlich.«

»Damals war es überall eng. Unser Haus war zwar nicht besetzt, weil es weiter abseits liegt, dafür hatten wir vermietet«, sagte er, das Räumchen mit dem Schrank und dem Feldbett inspizierend. »Was für ein Prachtstück.« Er öffnete den Schrank. »Wundervoll.« Er sah hinein und schloss ihn wieder. Der Raum war gefüllt allein mit seiner Präsenz und seinem Körper. Sein Blick streifte das Feldbett, wo noch Willenbachers Jacke lag. »Besuch?«

Geht dich nichts an, dachte Bettina, die beim Vorhang stehen geblieben war.

»Na gut, die Dose ist sicher weiter vorne.«

Sie verließen den ausgebauten Teil und standen kurz darauf im offenen Speicher, wo Bettina sich sofort wohler fühlte und wo auch der gesuchte Telefonanschluss – oder zumindest ein alter schwarzer Kasten mit Leitungen dran – an einem Pfosten klebte.

»Sie wollten mir sagen, was Sie über die – den Toten in unserem Keller wissen«, sagte Bettina. Dann haben wir das erledigt, dachte sie, und es gibt nichts mehr, worum ich dich angehen muss.

Julius lächelte etwas schief, er stand frei im Raum und betrachtete die alten Kabel. Bettina kannte sich nicht damit aus, doch inzwischen hatte sie eine deutliche Erinnerung daran, dass sie bei ihrem Einzug mit einer Telekomtechnikerin im Keller gewesen war. Nicht auf dem Speicher.

»Wir sollten uns duzen«, sagte Julius.

Sie bekam einen Schreck. Obwohl, er hatte sogar recht, dieses *Sie* war irgendwie zu flirty zwischen Leuten, deren Kinder praktisch zusammenlebten. Andererseits sah er nicht so aus, als ob er bei ihr in die *friend zone* wollte. Falls es so etwas überhaupt gab. »Okay«, sagte sie also ziemlich abweisend, »was weißt du über den Toten?«

»Oh! Nicht so schnell. Das sollte uns mindestens einen Schnaps wert sein.« Er sah sich um, als stünde irgendwo einer in der Ecke.

»Dann müssen wir beim Sie bleiben«, sagte Bettina ungeduldig. »Ich trinke keinen Schnaps.«

»Ein Glas Sekt?« Er kam näher.

Sie ging in Abwehrhaltung. »Ich hatte wirklich einen langen Tag.«

»Also dann«, sagte er samtig, »ich bin Julius.«

»Bettina«, knirschte Bettina. »Ich glaube, hier oben gibt es gar keinen Telefonanschluss.«

»Ja.« Julius lächelte.

Und von dem Toten weißt du vermutlich auch nix, dachte Bettina. Sie drehte sich um und ging.

Julius folgte, ohne beleidigt oder zurückgewiesen zu wirken. »Also Elfriede und ich«, sagte er, jetzt zu ihrem Rücken, »wir hatten ein kleines Ahnenforschungsprojekt.«

»Aha.«

»Wir haben zusammen Fotoalben geguckt und Sherry getrunken.«

»Sherry?« Bettina schloss die Tür zum Speicher hinter Julius, sie stand schon an der Treppe.

»Ja, na ja, es ging um Höheres. Jedenfalls, bei einem Thema wurde sie immer sehr einsilbig.«

Barba und die Kinder, dachte Bettina. Oder nein. Tante Elfriede hatte sicher keine Alben von Bettinas Schwester Barbara gemacht, obwohl die bei ihr gelebt hatte. Und von den Kindern noch weniger. Schon dass Sammy dunkle Haut hatte, war für Tante Elfriede ein Aufreger gewesen. Und davon mal ganz abgesehen hatte Tante Elfriede vermutlich niemals einen Fotoapparat bedient.

»Wenn es um die Franzosen ging, die hier einquartiert waren«, sagte Julius. »Der Krieg selbst scheint für sie ein Abenteuer gewesen zu sein, allerdings war sie da auch noch klein, gerade mal acht, als er aus war. Aber diese Franzosen, die haben sie beschäftigt.«

»Sie meinen – du meinst, der Tote in unserem Keller war ein Franzose?« Sie dachte an die Kinderschuhe. Mit französischer Aufschrift.

»Ja, ich hab recherchiert«, begann Julius, doch da schrillte die alte Türglocke wie Donnerhall durchs Haus.

»Oh, wer ist das denn«, sagte Bettina müde.

Julius schaute strafend in die Richtung, aus der der Ton kam. Es schrillte wieder.

Bettina lief rasch die vielen Treppenstufen hinunter und öffnete die Tür. Es war Müller. Mit seinem Köfferchen.

»Du bist aber früh«, sagte sie wenig charmant. Dass aber auch immer alles auf einmal kam!

»Ich kann auch wieder gehen«, sagte Müller nüchtern. »Seit wann fährst du einen SUV, ist das deiner, vor der Tür? – Großes Haus, Tina.« Er warf einen Blick über ihre Schulter in die Halle. Und auf Julius. Der war, wie Bettina erst jetzt im Vergleich auffiel, eine doch sehr elegante Erscheinung, richtig groß, ordentlich frisiert, die teuren Langweiler-Klamotten saßen und waren zumindest dunkel, der Gesichtsausdruck blank und abschätzig. Müller seinerseits musterte den anderen Mann aus den Augenwinkeln, er trug wie immer einen synthetischen Pullover und Bundfaltenhosen, schlechtsitzend und funkenschlagend, wenn man ihn nur ansah. Und er wirkte ein bisschen müde und verschwitzt.

»Nein, bitte«, sagte Bettina. »Komm rein. Magst du«, das hatte sie Julius nicht angeboten, »erst mal was trinken?«

»Ein Glas Wasser«, antwortete Müller mit zunehmender Irritation, vermutlich weil Julius so aussah wie ein Hausherr, der den unerwarteten Besuch zum Teufel wünschte.

»Es tut mir leid«, sagte Bettina jetzt zu dem Nachbarn, »aber das hier ist eine wichtige dienstliche Sache. Sie – du musst bitte ein andermal wiederkommen.«

»Dienstlich«, sagte Julius misstrauisch.

»HKK Müller, Julius Faffner«, sagte Bettina knapp. Und ging zur Tür. Öffnete sie. Sah Julius auffordernd an.

Dessen drohender Blick blieb an Müllers Koffer hängen. »Sucht ihr jetzt noch, nach all den Jahren, im Keller nach Fingerabdrücken?«, fragte er.

»Keine schlechte Idee«, sagte Bettina und hielt die Tür weiter auf.

»Ich könnte dir dazu die Zeitungsausschnitte bringen, die ich in der Stadtbibliothek kopiert habe«, sagte Julius. »Dauert nur fünf Minuten, und das hilft vielleicht zum Verständnis.«

»Gerne«, sagte Bettina.

Julius sah zu, wie Müller den Koffer abstellte und staunend durch die Halle wanderte. Das Haus verhielt sich indifferent, war hübsch, aber nicht sichtlich einladend. »Bin gleich wieder da«, sagte der Nachbar grimmig.

»Okay.« Bettina wartete, bis er draußen war. »Heute aber nicht mehr«, sagte sie dann. Und schloss die Tür, ohne eine Antwort abzuwarten.

»Wer war das?«, fragte Müller.

»Nachbar«, sagte Bettina knapp. »Vielen, vielen Dank, dass du da bist.«

»Was ist mit dem?«, fragte Müller weiter.

»Unsere Töchter sind Freundinnen«, sagte Bettina mit Blick auf den Flur, aus dem Gekicher und Musik ertönte. Inzwischen sangen die Mädchen Songs von Whitney Houston.

»Gehört das Haus ihm?«

»Nein«, sagte Bettina irritiert. Dann brachte sie Müller in die Küche, wo sie ihm ein frisches Glas Wasser gab. Und in einer Tüte das Glas, das Enno gestern Abend benutzt hatte. »Hier«, sagte sie und gruselte sich vor sich selbst. »Das ist zum Vergleich. Die Abdrücke, die da drauf sind –«

»Von wem sind die?«, fragte Müller.

Bettina schloss die Augen. »Ist das nicht egal?«

»Tina.«

»Ich sag's dir, wenn du welche findest.«

»Wo?«, fragte Müller.

Und Bettina brachte ihn auf den Speicher in das Kabuff mit dem so seltsam geputzten alten Schrank.

Zehn Minuten später klingelte es an der Tür, doch Bettina machte nicht auf. Sammy und Konny fühlten sich nicht zuständig, obwohl sie die Klingel sicher auch hörten. Bettina wartete, bis es aufhörte, und nahm das als Zeichen, den Mädchen Brote aufzuzwingen und sie ins Bett beziehungsweise Sammys Zimmer zu schicken.

Eine Stunde später erschien Müller wieder in der Küche und sagte: »Okay«.

Bettina sprang auf. »Und?«

»Du hast recht«, sagte er, »der Schrank ist geputzt worden. Sehr gründlich sogar, ich musste lange suchen.«

Sie gingen hoch auf den Speicher, inzwischen dämmerte es. Müller zeigte ihr die bepuderten Flächen. »Da habt ihr aufgesperrt, das sind drei verschiedene Sätze von Fingerabdrücken. – Ist halt schwierig«, sagte er strafend, »wenn du dann wieder jemanden drangehen lässt, denn du weißt, Tina, Abdrücke haben keinen Datumsstempel. Also gerichtstauglich ist hier nichts.«

»Ja.«

»Gut. Aber. Dieser Schrank wurde kürzlich geputzt, das heißt, in seinem Inneren könnte etwas Illegales versteckt gewesen sein.«

»Okay.« Bettina fühlte sich furchtbar.

»Und wir haben zwei Abdrücke, die vermutlich nicht vom Aufschließen und Reingucken stammen, das sind –«, er schloss die Schranktür auf, »zwei Daumenabdrücke an der Unterseite des zweitobersten Bodens. Den hat jemand umfasst. Beim Putzen wurde das vermutlich übersehen. Dafür spricht auch, dass die oberen Finger fehlen. Wenn ihr so an den Boden gegriffen hättet«, er machte eine kleine Pantomime in der Luft, »dann wären die oberen Fingerabdrücke natürlich auch vorhanden.«

»Stimmt«, sagte Bettina. »Und kannst du schon sagen, ob es dieselben von dem Glas sind?«

»Ich muss es vergrößern«, wiegelte Müller ab.

»Nur ein Tipp. Bitte.«

»Ich hab das Glas noch gar nicht untersucht.«

»Kannst du nicht …?« Sie sah an seinem Gesicht, dass er nicht konnte. Oder würde.

»Wen verdächtigst du?«, fragte Müller rundheraus.

Bettina seufzte tief.

»Diesen Nachbarn da?«

»Natürlich nicht.«

»Es war eins von deinen Gläsern.«

»Ja.«

»Deinen ...?«

»Müller«, sagte Bettina. »Das muss unter uns bleiben, hörst du?«

Er sah sie an. Länger. Mit so etwas wie Mitleid im Blick. »Geh vom erwünschten Szenario aus. Wenn es nicht dein Sohn war, wie ist die Einbrecherperson dann ins Haus gekommen?«

»Da war keine – Einbrecherperson«, sagte Bettina unglücklich.

»Lass uns nachgucken«, sagte Müller.

»Wie willst du das sehen?«

»Na, an den Türen.«

»Da sind keine Einbruchsspuren.«

»Ich glaube, deine Schlösser sind nicht so richtig schwer zu knacken.«

»Aber das wurden sie nie.«

Müller schüttelte den Kopf. »Wir gucken erst mal.«

Sie gingen in den dämmrigen Garten und begannen mit der kleinen Holztür, die direkt in den Gang zum Apfelkeller führte. Sie hatte einen Glaseinsatz in Augenhöhe. »Die würde ich nehmen«, sagte Müller. »Wenn ich bei dir einbrechen wollte. Zum Hof hin, von der Straße nicht einsehbar, und du erkennst, ob drinnen Licht brennt.«

»Aber du brauchst einen Schlüssel, um hier von außen aufzumachen, und den haben nicht mal wir!« Das Schloss war ein Schnappschloss, das von innen mit einem winzigen Hebelchen gesichert oder auf »offen« gestellt werden konnte, den Schlüssel dafür hatte es, zumindest in Bettinas Erinnerung, nie gegeben. Leichtsinnig, natürlich, aber nicht Bettinas Leichtsinn, Tante Elfriede war diejenige, die alle Schlüssel gesammelt und in

Gefäße gesteckt hatte, sodass sie kein Mensch mehr auseinanderhalten konnte.

Müller jedoch sagte: »Wir eruieren jetzt Möglichkeiten.« Damit bepuderte er den Knauf und das rissige Holz außen herum, fand aber nur verwischte Teilabdrücke und nicht mal eine kleine Schramme wie etwa von einem Dietrich. Bettina kam das Ganze unergiebig (und sehr traurig!) vor, aber da Müller extra in seiner Freizeit gekommen war, konnte sie ihn schlecht wieder rausschmeißen, bevor er das Projekt für abgeschlossen hielt. Es war ja auch süß von ihm, dass er ihr zuliebe einen Einbrecher suchte, an den sie selbst nicht glaubte. Nachdenklich sah er die Tür an.

»Du musst es mir zuerst sagen«, bat sie. »Falls es da irgendwelche Übereinstimmungen im AFIS gibt, soll das natürlich offiziell geklärt werden, aber ich will es wissen, verstehst du?«

Müller nickte, nahm seinen Puderpinsel und bearbeitete den Glaseinsatz. Der war geriffelt, die Oberfläche rau und uneben und sogar leicht bemoost, aber tatsächlich zeichneten sich bald mehrere große Flecken auf dem Glas ab. »Da«, machte Müller triumphierend. »Da ist die Einbrecherperson.«

Bettina verstand nicht.

Müller pinselte noch etwas mehr Graphitstaub auf das Glas und sagte schließlich: »Erkennst du es?«

Große Flecken, nicht so groß wie ein Handballen, aber viel größer als einzelne Finger, oval, länglich. In Kopfhöhe oder etwas drüber. Bettina starrte sie an.

»Lernt ihr beim K11 nicht, dass Ohrenabdrücke genauso individuell sind wie Fingerabdrücke?«, fragte Müller.

»Was?«

»Da hat jemand gelauscht! Und das machen nur Leute, die da nicht wohnen«, sagte Müller befriedigt. »So viel zu deinem Sohn. – Leider ist das Trägermaterial hier sehr schlecht. Wir werden das sichern, aber vielleicht gibt es bessere.«

Sie untersuchten die anderen Außentüren, doch da fanden sie nichts Vergleichbares.

Dann innen die Tür, die den Garderobenraum mit der Kellertreppe verband: ein wundervoller, sehr genauer Ohrabdruck und mehrere verwischte Gefährten von ihm. Spaßeshalber gingen sie die anderen Türen im Haus durch. Und fanden noch einen einzigen, sehr zarten und flüchtigen Ohrabdruck, ohne irgendwelche verwischten Zwillinge: an Bettinas Schlafzimmertür.

Sie war so erschrocken, empört, überdreht und vor allem: erleichtert, dass sie Müller ein Glas Wein anbot. Erstaunlicherweise nahm er es an, und so saßen sie in der jetzt von einer antiken Neonröhre grell erleuchteten Küche und ließen alles sacken.

»Die Einbrecherperson«, sagte Müller, »lebt nicht in deinem Haushalt, aber sie hat einen Schlüssel.« Einbrecherperson. Erstaunlicherweise war es Müller, der sich von allen Kollegen am leichtesten an die neue geschlechtsneutrale Sprache bei der Polizei anpasste. Vielleicht weil er nicht gewohnheitsmäßig sprach, sondern immer vorher nachdenken musste, jedenfalls hörte es sich so an. Da ließ sich dann wohl auch leichter etwas verändern. Außerdem schien er keine inneren Widerstände gegen die neue Regelung zu haben. »Denn du hast recht, wenn die Sperre drin ist, kann die Tür von außen so spurlos nur mit einem Schlüssel geöffnet werden.« Er sah sie an. »Ist die Sperre denn immer drin?«

Das konnte Bettina nun wirklich nicht genau beantworten. Die Kinder kamen und gingen, und sie versuchte, jeden Abend alles zuzumachen, aber daran dachte sie nicht immer. »Ich glaub schon«, sagte sie.

»Also muss die Einbrecherperson nicht mal unbedingt einen Schlüssel haben, es reicht das Wissen, dass da eine Tür ist.«

»Na ja, ständig offen steht sie auch nicht, ich würde mal schätzen, in siebzig Prozent der Fälle ist die Tür zu.«

»Für einen einzelnen Einbruch reicht das«, sagte Müller. »Aber das war es nicht.«

»Nein, da ist jemand ein und aus gegangen.«

Müller durchmaß die Küche mit einem Blick. »Dieses Haus stand eine Zeitlang leer, oder?«

»Ja, und davor hat meine Tante alleine hier gelebt, da war es fast so, als ob es leer gestanden hätte. Sie konnte das alles«, Bettina schluckte, als sie ganz plötzlich daran dachte, wie sie Tante Elfriede im Eingangsvestibül gefunden hatte, »nicht füllen.«

»Sie hat die Einbrecherperson vielleicht nie bemerkt. Und die hat den Schlüssel dann einfach mitgenommen, als er steckte. Oder deine Tante hat ihn verliehen.«

Bettina sah den Kollegen an. »Was glaubst du, wie lange das schon ging?«

»Das kann ich nicht sagen. Abdrücke haben keine –«

»Datumsstempel, klar.« Bettina nahm einen Schluck Wein, er schmeckte schal. »Weißt du, was«, sagte sie bitter. »Ich hab meine Tante nicht gemocht. Nachdem meine Eltern – gestorben waren, war sie die einzige Verwandte, zu der wir konnten, meine Schwester und ich. Aber sie wollte uns nicht. Schon gar nicht zusammen. Also musste ich ins Internat. Und Barba musste hierbleiben.« Jetzt sah sie sich in der Küche um, und aller Zauber, alle Versöhnlichkeit, die sie dem alten Haus gegenüber in der letzten Zeit empfunden hatte, waren verschwunden. Es war ein kaltes Loch. Hässliches Licht. Einsamkeit, Zwang und Trauer übernahmen wieder. Sie hätte gern geraucht.

Müller sah ein bisschen überfordert aus mit dieser Beichte, doch da musste er jetzt durch, er hatte ihren Wein angenommen.

»Tante Elfriede war gemein zu ihr. Sie hat ihr auch nicht beim Lernen geholfen oder so. Ich, ich hatte wenigstens die Nonnen, die wollten, dass aus mir was wird, die waren auch nicht ohne, aber die haben mir zumindest was zu tun gegeben. Barba dagegen, die wurde einfach nur … ich weiß nicht, ich hab mich kürzlich echt mal gefragt, warum sie Barba nicht einfach auch ins Internat gelassen hat, es hieß immer, sie wäre zu jung gewesen, aber das stimmte gar nicht. Barba hätte dorthin gekonnt.« Bettina nickte. »Nur, dafür hätten unsere Waisenrente und das Kindergeld nicht gereicht. Tante Elfriede hätte drauflegen müssen.« Sie trank ihr Glas leer. »Wahrscheinlich ging es einfach nur ums Geld.«

»Deine Schwester hat hier gelebt?«, fragte Müller vorsichtig. Er sah aus, als wäre ihm das Gespräch absolut nicht geheuer.

»Nicht lang. Nicht gern. Sie wollte hier nur weg. Hat sie dann auch bald geschafft, aber ihr Leben war nicht leicht und viel zu kurz. Dabei war sie so«, Bettina merkte, wie ihre Stimme versagte, »bunt. Sie war auch lustig, wenn sie wollte. Sie hatte so viele verrückte Dinge vor. Sie wollte die Welt sehen. Sie war schön.« Sie begann zu weinen. Konnte gar nicht anders. Barba redete nicht mehr mit ihr, im Geiste, so wie früher. Seit sie hier wohnten, war ihre Stimme verstummt. Vielleicht aus Protest gegen das Haus, die lieblose Jugend, vielleicht, weil es Zeit gewesen war zu gehen.

Unter Tränen sah Bettina, wie Müller ein ziemlich panisches Gesicht machte, sich halb erhob, wieder auf den Stuhl zurückfiel und schließlich zur Weinflasche griff. Er schenkte ihr ein und sah aus, als ob er noch nie Wein eingeschenkt hätte, schob ihr das Glas rüber und sagte: »Du vermisst sie.«

Bettina schniefte und versuchte zu lächeln und nickte und sagte danke und trank von dem Wein, der jetzt viel besser schmeckte, da Müller versuchte, sie damit zu trösten. »Was ich sagen wollte«, sagte sie und schluckte und schniefte noch mal, dann räusperte sie sich und war wieder einigermaßen klar, »also, nachdem Barba tot war, hab ich Tante Elfriede nicht mehr oft besucht. Ich hab sie ein paarmal gebeten, auf die Kinder aufzupassen, aber das war ein Krampf, und sie hat rassistische Bemerkungen über Sammy gemacht, also hab ich den Kontakt sehr reduziert. Nur: Tante Elfriede war allein, und sie hätte selber jemanden gebraucht. Dringend. Sie war zu stolz, um mich anzurufen, das hat sie erst kurz vor ihrem Tod getan. Da war es schon zu spät. Sie war krank und völlig verwahrlost.« Bettina schluckte, die Tränen kamen ihr wieder, als sie an den Anblick dieser alten hilflosen Frau im Eingangsvestibül dachte. »Du kannst dir nicht vorstellen, wie sie ausgesehen hat«, flüsterte sie.

»Ja«, sagte Müller.

»Was ich damit sagen will«, nahm Bettina einen neuen Anlauf, »falls hier wirklich jemand längere Zeit ein und aus gegangen ist, also: schon früher, dann muss derjenige gewusst haben, was mit Tante Elfriede war.«

Sie sahen sich an.

»Du hast einen Verdacht«, sagte Müller.

Bettina dachte an den Ohrabdruck an ihrer Schlafzimmertür. Wieso dort und nirgendwo sonst? Woher wusste der Einbrecher, in welchem Zimmer sie schlief? »Ja«, sagte sie. Und wenn ich recht habe, setzte sie im Geiste hinzu, dann hat derjenige die alte Frau im Eingang wissentlich vermodern lassen, weil es besser und sicherer für sein Geschäft war. Welches auch immer.

»Ich brauche Vergleichsabdrücke«, sagte Müller und erhob sich. »Am besten von dem Ohr. Es ist ein linkes.«

»Okay«, sagte Bettina und stand auch auf. »Ich guck mal, wie ich das kriege. Vielen Dank.«

»Langer Tag«, sagte Müller, ein bisschen verlegen.

»Ja.«

»Dann bis morgen.«

»Bis morgen, Müller.«

Sie war sehr froh, dass Sammy und Konny da waren, sie rechnete auch nicht damit, dass der Einbrecher jemals zurückkommen würde, jetzt, da der Schrank geräumt war. Was immer dort drin gelagert gewesen war, es befand sich höchstwahrscheinlich nicht mehr in ihrem Haus. Es gab keinen Grund, hier herumzugeistern. Trotzdem brachte sie es nicht über sich, ihr Zimmer zu betreten, sich auszuziehen und in diesem der Allgemeinheit so zugänglichen Raum zu schlafen.

Wo hatte Barba noch mal gewohnt?

Genau, ganz am Ende des Flurs, Eisenbett ohne Matratze. Auch so ein Ding, die Matratze war nach Barbas Auszug sofort verschwunden. Bettina holte ihre Decke und entschied sich für den Raum zwei Türen weiter. Das war Tante Elfriedes Zimmer, darin befand sich ein Bett mit hohem hölzernem Rücken und weiß gestickten Kissen. Sie schloss die Tür ab (dieser Schlüssel war noch vorhanden), legte sich hin und rollte sich zusammen wie ein Kind. Und dann dachte sie an ihre Mama, deren Bild sie nur noch ganz selten aus ihrem hintersten Gedächtniswinkel kramte, weil es jedes Mal schwächer wurde, und dann schlief sie in dem kalten Bett ihrer Tante.

13

Am nächsten Morgen hatte sie vier Nachrichten von Willenbacher auf dem Handy, eine, in der er sich entschuldigte, eine, in der er sich vielmals entschuldigte, und zwei, in der er sie aufforderte, noch vor der Besprechung im Büro zu sein. Sie schaute auf die Uhr und sah, dass sie verschlafen hatte und die Besprechung längst lief. Dann flog sie aus dem Zimmer, um Sammy und Konny zu wecken und etwas später zu erkennen, dass die beiden schon weg waren. Auf dem Küchentisch lag nur ein Zettel mit der Nachricht: »Kommen heute erst abends, Reiseplanung.« Aha. Was für eine Reiseplanung? Das würde sie noch klären, jetzt erst mal duschen und dann wenigstens den Rest der Besprechung mitkriegen.

Die Besprechung war schon vorbei, aber Willenbacher noch da, er saß in seinem Büro und schaute Grohs nach, der soeben aus seiner Tür dampfte. Und natürlich musste dieser alte Haudegen sie sehen, und natürlich war auch heute nichts mit »Wunderschönen guten Morgen, Frau Boll«. Grohs blieb vor ihr stehen und musterte sie von oben bis unten. Sie sind ja nackt, sagte sein Feldwebelblick, denn sie trug ihr übliches ausgewaschenes T-Shirt. Mit BH und Unterhemd sogar, da konnte sich also echt keiner beschweren, außer Grohs. »Sie!«, rief er. »Sie haben einer Berufsanfängerin eine mehrtägige Recherche in einem anderen Bundesland genehmigt! Für einen Vorgang meiner Abteilung!«

»Es war dringend«, sagte Bettina und schob sich an ihm vorbei. »Geht um unser Polanski-Tötungsdelikt, hatte mit Ihnen nichts zu tun.«

Grohs schaut demonstrativ zu Willenbacher. »Das ist es, was ich meine.«

Willenbacher machte ein steinernes Gesicht.

Grohs ging, aber Willenbachers Miene wurde nicht freundlicher. »Tina«, sagte er.

»Will.«

Er seufzte und entspannte sich, aber nicht sehr. »Waldstätten. St. Anton im Tale.«

»Ich hab die Hamm da nicht hingeschickt«, erklärte Bettina sofort. »Die ist eigenmächtig gefahren. Und sie hat sich auch bisher nicht gemeldet. Sie hat mich nur angerufen und mir erzählt, dass der Hansen bei einer großangelegten Geheimaktensichtung dabei war und jetzt vielleicht schreckliche Dinge über längst verstorbene Kirchenleute weiß. Dass er deshalb seinen Richterposten aufgegeben hat. Und ganz ehrlich –«

»Bei mir hat sie sich gemeldet«, unterbrach Willenbacher. »Sie ist unterwegs hierher.«

»Aha?«

Zu ihrem Erstaunen wurde er ein bisschen rot. »Wegen diesen Geheimakten, wir hatten ja überlegt, dass Hansen sich mit seinem Wissen darüber Feinde gemacht haben könnte.«

Wir hatten überlegt. Ich nicht, dachte Bettina.

»Es ist *zu* schwer zu glauben«, fuhr er fort, »dass auf dieser Kompetenzebene tatsächlich einer sitzt, der so spontan spirituelle Lebensentscheidungen trifft. Wieso kündigt ein Kirchenrichter? Das allein ist ein Affront gegen seine ganze Institution.«

Sie verschränkte die Arme. Mag sein, aber wir haben anderes zu klären, dachte sie. Tabletten auf meiner Treppe. Ärger mit Grohs.

»Aber jetzt wissen wir, warum er es gemacht hat.«

Sie holte Luft. »Lass mich raten: Er hat den Hebel gefunden, mit dem er die gesamte katholische Kirche zum Einsturz bringen könnte, und darum musste er erst degradiert und jetzt ganz unschädlich gemacht werden.«

Willenbacher starrte sie an.

»Ich nehme an, er sitzt im Vatikan in einer eisernen Jungfrau.«

»Was ist mit dir?«, fragte Willenbacher gereizt.

»Nichts, nur, die Hamm hat mich neulich mitten in der Nacht angerufen und mir erzählt, dass sie einer großen Sache auf der

Spur ist, die höchstens ein halbes Jahrhundert her ist, also praktisch gestern passiert, wenn du in Kirchenzeit rechnest, nur, dass wir hier als Polizistinnen angestellt sind. Dann ist sie nach Bayern gefahren, als ich gerade mal nicht aufpassen konnte, und jetzt kriege ich die Schererei.« Weil ich mich um die Beziehungskrise meines Vorgesetzten kümmern musste, setzte sie in Gedanken hinzu.

Willenbacher sah sie an. Ziemlich müde.

Sie seufzte. »Tut mir leid, aber du hast mir so einen Schrecken eingejagt.«

»Es tut mir auch leid«, sagte er leise. »Ich weiß nicht, was in mich gefahren ist.«

»Bitte sag mir eins: Woher hattest du die Tabletten?«

Er schüttelte den Kopf. »Ganz ehrlich, Tina, ich kann mich nicht mal erinnern, dass ich welche genommen habe.«

»Annette hat gesagt, du hättest gesagt, sie hätten neben deinem Bett gelegen.«

Er blickte auf. »Du hast mit Annette geredet?«

»Sie war im Krankenhaus, als ich dich besuchen wollte, aber sie haben mich nicht zu dir gelassen.«

»Sorry«, sagte er. Und: »Was hat sie sonst noch erzählt?«

»Nichts. Will –«

»Also wenn ich irgendwas eingenommen habe«, unterbrach er, »dann muss es von dir gewesen sein, denn mitgebracht hab ich nichts.«

»Oh.« Es traf sie. Obwohl sie längst wusste, dass es kaum anders gewesen sein konnte.

»Das ist kein Vorwurf«, sagte er sofort. »Ich bin dir wirklich dankbar, Tina.«

Oh super, Vorwurf wäre ja auch noch schöner, dachte sie, neu verärgert, doch sie ließ es gut sein, denn mehr Entschuldigung würde sie von Willenbacher nicht kriegen. »Okay«, sagte sie friedfertig. »Also, dann sag halt, warum hat Hansen hingeschmissen?«

Willenbacher nickte dankbar. »Irgendwas hat ihn schwer schockiert, so weit stimmt die Ausgangstheorie.«

»Bei der Aktensichtung?«

»Genau.«

»Aber alle anderen, die gesichtet haben, die haben ihre Stellen behalten, oder? Trotz Kindesmissbrauch und allem?«

»Die waren mental gewappnet. Da gibt es bewährte Narrative, die können sich ja auch die Kreuzzüge und die Inquisition verzeihen. Das ist der Punkt: Was den Hansen so ins Mark getroffen hat, wird viel unspektakulärer dahergekommen sein. Es muss ihn überrascht haben.«

»Aber wie kann die Hamm das gesehen haben? Wo doch das Gutachten bis heute unter Verschluss ist?«

»Sie hat nicht das Gutachten untersucht, sondern Hansens Leben. Und da ist uns beiden was entgangen, was wir eigentlich hätten sehen müssen.«

»Was?«

»Er wurde genau in dem Ort geboren, in dem Sebastian Amorth als Pfarrer gearbeitet hat. Das haben wir vor Augen gehabt, Waldstätten, steht auf dem Totenzettel und im EWOIS als Hansens Geburtsort.«

»Oh.«

»Ja. Aber gut, Amorth war schon tot, als der kleine Moritz Johann auf die Welt kam, allerdings nicht lang. Er starb gerade mal zwei Monate vor dessen Geburt.«

»Was willst du damit sagen?«

»Hansens Mutter hat damals keinen Vater für ihren Sohn angegeben.«

»Du meinst …?« Bettina kramte in ihrer Jeans nach dem Andachtsbildchen und fand es. Ziemlich zerknickt. Monster nach wie vor bunt. »Dann –«

»Juno hatte im Prinzip recht, da hinzufahren, du musst die Leute vor Ort befragen: Amorth war ein beliebter junger Gemeindepfarrer. Aber ausgerechnet dieser Hoffnungsträger fiel eines Nachts ganz plötzlich von der neuen Autobahnbrücke im Nachbarort.«

Juno …?

»Selbstmord?«

Willenbacher sah sie an. »Unfall. Hieß es. Allerdings ist er zu Fuß hingegangen, und die Absperrung auf der Brücke ist und war anderthalb Meter hoch.«

Bettina pfiff durch die Zähne.

»Genau. Aber unser Antoniusbildchen beweist, dass es eine ganz normale Totenmesse gab. Das war damals nicht selbstverständlich bei einem Suizid.«

»Hast du nicht eben gesagt, der wurde vertuscht?«

»Das ist nicht leicht, wenn die örtliche Feuerwehr die Leiche birgt«, sagte Willenbacher. »Im Ort wird es ein offenes Geheimnis gewesen sein. Aber in der Kirche läuft das nicht so einfach, da ist Selbstmord immer noch – zumindest war es mal so eine Art religiöser Straftatbestand. Vor dem Krieg hätte der Amorth keine Totenmesse bekommen, da wäre er nachträglich exkommuniziert worden wie alle Selbstmörder. Diese kanonisierte Vorgehensweise wurde erst in der Nachkriegszeit aufgegeben, aber Suizid ist nach wie vor ein spirituelles Problem, zumal bei einem Priester. Die müssen darauf irgendwie reagieren. Es muss Aufzeichnungen über Amorths Fall geben, Notizen und vielleicht Briefe. Und genau diese Sachen wurden für die Gutachten gesichtet. Hansen kann das Jahrzehnte später tatsächlich auf dem Tisch gehabt haben.«

»Was hätte ihm das gesagt?«

»Vielleicht den Grund des Selbstmords. Womöglich ist er auf den Namen seiner Mutter gestoßen. Oder sogar auf seinen eigenen. Vielleicht haben sie einen Abschiedsbrief gefunden und archiviert? Oder eine geheime Unterhaltsvereinbarung gemacht? Manche Pfarrerskinder bekommen das stillschweigend von der Kirche.«

»Wie großzügig.«

»Juno hat mit alten Leuten aus dem Ort gesprochen. Über den Tod von Pfarrer Amorth waren die Menschen vor allem eins: wütend.« Willenbacher deutete auf den Totenzettel. »Die suchten einen Schuldigen.«

Bettina sah den vorwurfsvollen Text an. »Jesus?«

»Nicht ganz ... Es hieß, dass jemand den Pfarrer verhext hätte. Eine Lehrerin. Aus dem Norden. Die auch noch ein uneheliches Kind bekommen hat, natürlich nicht von ihm, von niemandem wahrscheinlich, einfach nur selbst schuld ... Hansens Mutter hat in der Grundschule unterrichtet, wo der Pfarrer Religionsunterricht gegeben hat, und sie war aus Schleswig-Holstein. Weggezogen ist sie ein halbes Jahr nach seiner Geburt.«

»Die arme Frau.«

»Kommt wohl häufiger vor, als man meint. Auch heute noch.«

Sie hob den Totenzettel. »Wenn es so war, wie du sagst, dann klingt dieser Wisch fast, als wäre sie mit den Monstern gemeint ... Die Zettel hat sie wahrscheinlich nach der Totenmesse mitgehen lassen, um sich dran zu erinnern, wie der Ort über sie denkt.«

»Oder um sie aus dem Verkehr zu ziehen.«

»Wo ist diese Mutter?«

»Lebt nicht mehr.«

»Und nach so einem erzkatholischen Mobbing hat sie trotzdem einen linientreuen Katholiken erzogen ...?«

»Erst mal. Und das eine schließt das andere auch nicht aus.«

»Hm.« Bettina dachte nach. »Für all das gibt es keinen Beweis, oder?«

»Brauchen wir den?«

»Wär vielleicht günstig, falls der Grohs sich noch mal beschweren kommt.«

»Um den kümmer ich mich«, sagte Willenbacher ernst. »Lass dich einfach nicht von ihm ärgern.«

Sie sahen sich an. Er lächelte. Tat er sonst nie. Sollte wohl eine Art Wiedergutmachung sein.

Sie lächelte zurück. Aber ganz so dankbar alles auf sich beruhen lassen konnte sie dann doch nicht. »Noch was anderes«, sagte sie, »wie geht's eigentlich weiter mit Al-Afghani?«

»Wieso weiter?«

»Na ja, wir hatten das LKA da, das BKA informiert, ein Mordsaufgebot, den Anwalt rebellisch gemacht, dann mussten wir uns am heiligen Sonntag mit Flohr treffen –«

»Und du hast Suizid festgestellt. Fall abgeschlossen.«

»Einfach so?«

»Wir haben es geschafft, die Presse kurz zu halten, den Hansen hast du erfolgreich gebrieft, die Kirche sagt sowieso nichts, und Selbstmord ist zum Glück das Einzige, vor dem sogar die Revolverblätter haltmachen. Da schreibt niemand drüber. Jedenfalls nicht viel.«

»Ich hab den Hansen nicht erfolgreich gebrieft, der ist verschwunden.«

Er sah sie drohend an. »Hast du deinem Bericht noch was hinzuzufügen?«

* * *

Elle war unaufmerksam beim Frühstück, obwohl das eine wichtige Mahlzeit im Kräuterkurs war, sehr wichtig sogar, es galt, alle möglichst fett abzufüttern, damit sie bei der folgenden Exkursion keinen Hunger und dann schlechte Laune bekamen. Leider neigten Frauen in einer Gruppe dazu, möglichst zierliche Häppchen zu sich zu nehmen, um den anderen zu zeigen, an welchem Verzicht sie sich derzeit moralisch, ästhetisch oder gesundheitlich emporrankten. Dieses Verhalten war nervig und beim Frühstück gar nicht tolerierbar, im Namen der Göttin konnten sie das beim Abendessen auf einzelne Grashalme ausreizen (hatte sie alles schon erlebt), morgens aber musste Elle im eigenen Interesse für Appetit sorgen – und dafür, dass die Frauen auch aufaßen. Eigentlich kein Problem, wenn sie nur nachdrücklich genug den politischen Gehalt des Bodyshaming thematisierte und dann jede Einzelne persönlich zum Nachschlag aufforderte. Tat sie auch, aber die Frauen aßen nicht wie sonst. Weil Elle eben nicht bei der Sache war. Sie hatte nachts furchtbar geträumt: dass der Wind ihr die Luft aus dem Mund riss, dass sie keinen

Atem mehr bekam, wie damals als ganz kleines Kind, als sie die zugigen Ecken und alle starken Böen gefürchtet hatte. Sie hatte sich an ihrer Mama festgehalten, doch diese Mutter war der Sturm. Sie zog Elle ins Auge, das stille Zentrum, und ließ sie dort allein, wirbelte um sie herum, bis Elle schwindelig wurde und sie zu Boden sank, da hatte Elle gewusst, dass sie rausmusste, sofort raus, sie hatte einen langen, tiefen Atemzug genommen und war in den Wirbel gesprungen. War hochgetragen worden und niedergeschmettert. Hatte sich am Boden gefunden und aufgesehen. Da stand eine Silhouette.

Ein junger Mann.

Er ist in der Krypta, sagte der junge Mann. Mojo ist in der Krypta. Rate, woher ich das weiß.

Und darüber musste sie einfach nachdenken.

* * *

Manuel war jetzt ansprechbar, zumindest kurz, hatte seine behandelnde Ärztin verlauten lassen, und weil das Gespräch mit ihm ganz oben auf der Prioritätenliste stand, fuhren Bettina und Willenbacher nicht nach Frohnwiller, was sie vorgehabt hatten, sondern rasten in Willenbachers Toyota zum Krankenhaus.

Die Ärztin, Dr. Hashmal, war eine dunkelhäutige junge Frau mit schwarzen Augen, die sich ernst an Willenbacher wandte. »Gut, dass Sie da sind. Wir hatten heute Morgen Überraschungsbesuch, das hat mich beunruhigt.«

»Überraschungsbesuch?«

»Fünf Uhr, die Schwester macht einen kleinen Rundgang, sie schaut bei Manuel hinein, da sitzt jemand an seinem Bett.«

»Wer?«

»Die Mutter. Frau Rotas. Es hat sich herausgestellt, dass sie auch hier eingeliefert wurde, völlig andere Station zwar, aber irgendwie muss sie rausgekriegt haben, wo ihr Sohn liegt. Wir hatten Schwierigkeiten, sie zurückzubringen. Wobei, als nächste

Angehörige kann sie ihren Sohn theoretisch besuchen. Ich kann zwar versuchen, es zu verhindern, aber wir können die Patienten auch nicht rund um die Uhr bewachen.« Sie blickte von Willenbacher zu Bettina. »Das müssten Sie tun.«

»Hat Frau Rotas denn mehr getan, als ihrem Sohn die Hand zu halten?«, fragte Bettina.

»Nein, hoffe ich, aber dieser Fall ist supermerkwürdig. Ich würde diese Frau gern ganz fernhalten, solange nicht geklärt ist, was Manuel hat. Hypophosphatasie ist es nicht. Das Testergebnis ist da und eindeutig. Aber heute Nacht hätten wir ihn beinahe verloren.«

»Was? Wieso?«

»Weil wir erst eine organische Ursache für seine Beschwerden angenommen haben. Der Tipp mit dem Subutex war dann wahrscheinlich lebensrettend, denn so starke Entzugserscheinungen hätten wir sonst nie in Erwägung gezogen. Manuel könnte an einem Serotoninsyndrom leiden, ganz sicher aber an einer akuten Medikamentenvergiftung und gleichzeitig eben an diesem massiven Entzug. Wir bräuchten dringend seinen Medikamentenplan.«

»Den müsste die Mutter haben«, sagte Willenbacher.

»Ja, wir hatten sie ja da und haben sie dann auch direkt gefragt«, sagte Hashmal grimmig. »Die hat uns einen Vortrag über seltene Symptome gehalten und hat versucht, die Schwestern auszuhorchen und ihnen was von alternativen Mitteln erzählt. Und Manuel selbst weiß nicht, was er alles so eingenommen hat, der kennt nur die Farben von den Pillen. Wir bräuchten die Packungen. Die Mittel. Die müssten noch irgendwo im Umfeld des Patienten oder der Mutter zu finden sein. «

»Ihr Haus wurde durchsucht«, sagte Willenbacher. »Mehrfach inzwischen. Aber da war nur ein bisschen Hustensaft.«

»Und ein leergeräumter Schrank«, sagte Bettina. »Und eben das Subutex.«

»Können Sie die Frau nicht zwingen, mit uns zu reden?«, fragte die Ärztin mit schwarzem Blick. »Ich hab versucht, ihr klarzumachen, dass ihr Sohn leidet – vielleicht stirbt – und sie ihm helfen kann, wenn sie uns Auskunft gibt. Aber das hat sie nicht beeindruckt. Vielleicht wirkt es, wenn sie von den richtigen Leuten rechtliche Konsequenzen angedroht kriegt.«

»Machen wir«, sagte Willenbacher. »Aber zuerst müssen wir mit Manuel sprechen.«

»Bitte nicht allzu lang. Er ist gerade stabil, das soll er möglichst bleiben.«

Willenbacher sah Bettina an. »Wie hat die Rotas es nur geschafft, das Zeug zu vernichten? Die Kollegen haben heute Nacht noch das Haus komplett durchsucht.«

»Es kann nur gestern Morgen passiert sein«, sagte Bettina. »Ich wollte sie sprechen, da war sie nicht zu Hause. Kurz nachdem ihr Sohn auf der Wiese aufgegriffen wurde. Wahrscheinlich hat sie einen Schrecken gekriegt, als die Leiche auf dem Garagendach gefunden wurde, da muss sie erkannt haben, dass ihre Apotheke in ihrem Haus nicht mehr sicher ist. Ich glaube, ihr Auto war auch weg, da hab ich in dem Moment aber nicht genau drauf geachtet.«

»Oh … da müssen wir ja … alle Mülleimer im Umkreis von, sagen wir, zwanzig Kilometern absuchen –«

»Ich würde nicht in Mülleimern suchen«, bemerkte Hashmal.

Bettina nickte zustimmend.

»Was meinen Sie?«

»Den Symptomen und der Blutanalyse nach muss diese Mutter Manuel Opioide verabreicht haben, außerdem Antidepressiva und weiß Gott was sonst noch alles. Davon weiß der Hausarzt nichts – ich hab angerufen – und das kann nie und nimmer legal beschafft worden sein. Sie muss ein Vermögen dafür bezahlt haben. Oder sie hat eine Apotheke überfallen. Irgendwo wird sie einen Fundus haben … Das schmeißt man nicht weg. Schon gar nicht, wenn man so sehr von sich überzeugt ist wie diese Frau.«

Willenbacher furchte die Stirn. »Kann Manuel sich die Medikamente nicht auch selbst besorgt haben? – Ich meine, er ist volljährig! Er kann einen Computer bedienen …«

»Kann er das?«, fragte Hashmal und sah ihn an.

»Davon gehe ich aus!«

»Also ich hab ihn gefragt.« Die Ärztin verschränkte die Arme. »Und er hat gesagt, dass er kein Smartphone braucht und auch keins will, weil ihm die ›Gefahr der Überwachung‹ zu groß ist. Er ist zufrieden mit dem Familienfestnetzanschluss. Für PCs und alle sonstige Elektronik gilt das Gleiche, das einzige Gerät dieser Art, das sie besitzen, steht im Büro seiner Mutter, und da geht er nicht oft dran.«

»Gefahr der Überwachung«, wiederholte Willenbacher irritiert. »Durch wen?«

Hashmal sah ihn an. Hob die Hände.

»Den Teufel«, riet Bettina.

»Meine sind da ja anders«, sagte Hashmal kopfschüttelnd, »aber es gibt echt Kinder, die glauben alles, was sie zu Hause lernen.«

In dem Raum war es dämmrig, die Vorhänge zugezogen, Manuel Rotas sah schrecklich schmal aus in dem weißen Bett. Seine Arme waren mit einigen blauen Flecken verunstaltet. An der Linken war er per Kanüle mit einem Tropf verbunden, an der rechten Hand hatte er ein Pflaster, außerdem war sein Mittelfinger mit Klammer und Kabel an ein Gerät angeschlossen, das eine optische Anzeige hatte und dort ständig ein kleines Licht aufleuchten ließ.

Als sie eintraten, stöhnte er. Und schien Probleme zu haben, sich zu orientieren, dann blinzelte er wie in eine zu starke Helligkeit, er war blass und schwitzte.

»Wie geht es dir, Manuel?«, fragte Willenbacher. Die Anrede *Sie* schien bei diesem Häuflein Elend völlig unpassend.

»Wer bist du?«, fragte Manuel gequält.

»Wir sind von der Polizei, Manuel, und möchten dir ein paar Fragen stellen.«

Manuel versuchte sich aufzurichten und schloss dann die Augen. »Mir ist so schlecht.«

Willenbacher wartete einen Moment und sagte dann: »Wir müssen dich trotzdem ein paar Sachen fragen.«

»Wo ist Ally?«, fragte Manuel seinerseits.

»Die ist vorläufig in einer Pflegefamilie untergekommen.«

»Du bist die Polizei«, sagte Manuel, Augen geschlossen, durchatmend. Wurde, wenn das möglich war, noch blasser.

»Ja, also –«

»Hast du Mira gefunden?«

Willenbacher sah Bettina an.

»Mira ist leider verstorben«, sagte die leise.

Manuel schluckte, nickte, aber diese Kopfbewegung schien ihm nicht zu bekommen. Er bebte kurz am ganzen Körper und stöhnte.

»Es tut uns leid, aber je mehr wir von dir erfahren, desto eher kriegen wir raus, was mit Mira genau geschehen ist. Und wir können auch dir und Alice besser helfen«, versprach Willenbacher.

»Okay«, flüsterte Manuel.

»Gut. Normalerweise sitzt du im Rollstuhl, oder?«

Manuel schluckte wieder. »Da geh ich nicht mehr rein.«

Willenbacher nickte. »Seit wann gibt es diesen Rollstuhl?«

»Was meinst du?«

»Wann musstest du zum ersten Mal in einem sitzen?«

»Immer.«

»Wer hat gesagt, dass du in den Rollstuhl musst?«

»Der Arzt.«

»Welcher Arzt?«

Manuel schloss die Augen und schwieg.

»Du nimmst sehr viele Medikamente.«

Er sah auf, blinzelte. »Ich hab zu meiner Mutter gesagt, dass ich die nicht mehr will.«

»Und was hat sie gesagt?«

»Dass sie einen anderen Arzt findet, der mir bessere Medikamente verschreibt.«

»Wie heißt denn der Arzt, zu dem du normalerweise gehst?«

»Dr. Pausanias. Dr. Eigenbrod. Dr. Schlimmer. Dr. Alles –«

»Was sind das für Ärzte?«, fragte Bettina.

»Zahnarzt. Orthopäde. Hautarzt. Hals-Nasen-Ohren-Arzt.«

»Und die haben dir diese ganze Medizin verschrieben?«

»Ja.«

»Hilft die denn?«

Manuel stöhnte.

»Du willst sie nicht mehr.«

»Es ist zu viel. Mir ist oft schlecht. Und ich will nicht – ich will einfach nicht –«

»Was?«

»Ich will nicht, dass Ally genauso krank wird wie ich.«

An der Stelle wäre Bettina am liebsten aufgesprungen und hätte Manuel umarmt, doch Willenbacher redete einfach weiter. »Hör mal, wir müssten dich noch was anderes fragen, Manuel, was auch wichtig ist, kannst du dich an gestern erinnern? Und die Tage davor?«

»Ja.«

»Denk mal bitte an den Abend, als du zum ersten Mal den Jesus übermalt hast. Auf dem Marienbild. In der Kirche.«

»Ja.«

»Hat deine Mutter gar nicht gemerkt, dass du aus dem Haus gegangen bist? Die war an dem Abend doch da?«

»Nein.«

»Wo war sie?«

»Weiß ich nicht. Ich hatte … sie hat mir eine von den roten Kapseln gebracht, aber die sind wirklich furchtbar.« Er schloss die Augen.

»Wann hat sie die gebracht?«

Manuel zuckte die Achseln. »Zum Abendbrot.«

»Das war in deinem Zimmer?«

»Ja.«
»Du bist nicht zum Essen runtergegangen?«
»Ich sollte eigentlich auf dem Zimmer bleiben.«
»Aber das bist du nicht.«
»Ich hab sie angelogen«, flüsterte er.
»Du hast die Pille nicht geschluckt.«
»Ja.«
»Was hast du damit gemacht?«
»Ich hab sie aufgehoben.«
»Wo ist sie?«
»Nicht mehr da.«
Bettina und Willenbacher tauschten Blicke. Sie beugte sich vor. »Sag mal, kennst du jemanden, der sich mit Mojo geprügelt hat? Irgendwann?«
Manuel atmete schwer. Er sah aus, als ob er gleich kollabieren würde. »Du meinst gehauen?«
»Ja.«
»Gehauen hab ich ihn nicht.«
Oha.
»Was hast du denn mit ihm gemacht?«, fragte Willenbacher sanft.
Schweigen. Atmen.
»Wir haben gehört, bei euch zu Hause gibt es eine Ruhehaube«, versuchte es Bettina. »Kannst du uns erklären, was das ist?«
»Es ist – ist –«, er bebte, »man kriegt es über den Kopf.«
»Warum?«
»Wenn der Teufel kommt«, flüsterte er.
»Was passiert dann mit dem Teufel?«
»Er kriegt keine Luft mehr und er kriegt – manchmal wird er riesig groß. Dann geht er weg.«
»Er wird riesig groß?«, fragte Willenbacher.
Manuel warf Bettina einen gequälten Blick zu und sagte: »Er geht dann weg, okay?«
»Wie sieht diese Haube aus?«, lenkte Bettina von den schmut-

zigen Details ab, darum ging es hier nicht. Jedenfalls nicht um das riesig Große, was sie sich gerade vorstellte.

»Plastiktüte. Aber man muss sie unten abschneiden.«

»Und wer kriegt die über den Kopf?«

»Ich.«

»Du ziehst sie dir selbst über?«

»Nein.«

»Das macht deine Mama?«, fragte Bettina leise.

Kaum merkliches Nicken.

»Hast du auch schon mal jemandem diese Haube übergezogen?«, fragte Willenbacher.

»Nein.«

»Wir fragen uns nämlich«, übernahm Bettina, »ob Mojo vielleicht so eine Haube auch schon aufhatte.«

»Nein.«

»Niemals?«

»Ich weiß es nicht. Unsere hatte er nie auf.«

Unsere. »Glaubst du, Mojo hat eine eigene?«

»Wahrscheinlich.«

»Meinst du, ich hab auch eine?«, fragte Bettina.

Wieder so ein gequälter Blick. »Du bist kein Mann.«

Ach so. Bettina wies auf Willenbacher. »Glaubst du, er hat eine?«

Die beiden Männer starrten sich an. Lange.

»Sag mal«, schnarrte Willenbacher schließlich ziemlich unwirsch, »wann hast du Mojo zum letzten Mal gesehen?«

»Ich war in der Kirche, um –« Manuel brach ab.

»Du hast den Jesus bemalt.«

»Ja.«

»Da hast du Mojo gesehen?«

»Nein, als ich fertig war.«

»*Nach* dem Malen?«

»Ja.«

»Wie viel – war es da schon dunkel?«

»Ja.«

»Wo war das?«

Manuel schluckte. »In der Krypta.«

»Was hat er gesagt?«

Schweigen. Manuel zitterte jetzt am ganzen Körper.

»Was hat er gemacht?«

»Nichts«, flüsterte Manuel.

»Wieso warst du in der Krypta?«

»Da gehe ich oft lang. Das fällt nicht so auf.«

»Hast du mit Mojo geredet?«

»Nein.«

»Wie hat er ausgesehen?«

»Er hat da gesessen.«

»Nur gesessen?«

»Ja.«

»Da ist es doch dunkel, in der Krypta, wie konntest du ihn erkennen?«

»Ich bin dran gewöhnt.«

»Du bist dir ganz sicher, dass es Mojo war?«

»Ja.«

»Was hast du gemacht?«

»Ich –« Manuel schaute plötzlich Willenbacher an und sagte völlig klar, wie ein vernünftiger erwachsener Mensch: »Kann es sein, dass ich ihn getötet habe?«

Bettina hörte Willenbacher nach Luft schnappen.

»War er denn tot?«, fragte sie vorsichtig.

»Ich weiß es nicht!« Sein Zittern hatte aufgehört.

»Wieso glaubst du, dass du ihn getötet hast?«

»Mama hat gesagt, dass ich es nicht gewesen bin.«

»Wie kommt sie da drauf?«

Manuel schüttelte den Kopf, dann begann er plötzlich ganz entsetzlich zu zittern und übergab sich gleichzeitig. Das Gerät, an das er angeschlossen war, gab einen Alarmton von sich, er keuchte. Eine Schwester erschien und wies sie an, den Raum zu verlassen.

»Wann können wir das fortsetzen?«, fragte Willenbacher, doch als Antwort bekam er nur ein »… müssen ihn sofort stabilisieren« und einen Blick, der sehr deutlich sagte, dass er im Weg stand. Dann eilten Dr. Hashmal und ein Pfleger herbei, und sie waren draußen.

Sie riefen Flohr an. Noch auf dem Flur.

»Ich möchte diese Rotas direkt aus dem Krankenhaus mitnehmen«, sagte Willenbacher dem Staatsanwalt. »Die hat mehr als viele Fragen zu beantworten.«

»Ist sie verdächtig im Fall Polanski?«

»Bis jetzt nicht, aber –«

»Hat sie was mit Hansens Verschwinden zu tun?«

»Wahrscheinlich!«

»Was werfen wir ihr vor?«, fragte Flohr. Bettina konnte mithören, seine Stimme war ziemlich laut.

»Sie hat ihrem Sohn Drogen verabreicht und ihn vermutlich jahrelang umsonst in einen Rollstuhl gezwungen. Und Hansen. Über den weiß sie was.«

Flohr schwieg. Dann sagte er: »Dieser Sohn ist volljährig, oder?«

»Ja, aber –«

»Hat er Anzeige erstattet?«

»Nein.«

»Haben Sie die fraglichen Betäubungsmittel sichergestellt?«

»Nein.«

»Und der junge Mann hatte keine Gelegenheit, die Substanzen selbst zu erwerben?«

Willenbacher holte Luft.

»Ist er vernehmungsfähig? Besteht Fluchtgefahr?«

»Man kann kurz mit ihm reden, aber Fluchtgefahr, nein, es ist eher so, dass wir auf ihn aufpassen müssen«, sagte Willenbacher. »Diese Mutter sucht Kontakt zu ihm, und wir wissen nicht, was sie vorhat.«

»Sie soll erst mal bei den Ermittlungen helfen«, sagte Flohr. »Besteht denn die Möglichkeit, dass sie in den Fall Polanski verwickelt ist? Wollen wir sie später auch dazu noch befragen?«

»Und wie«, sagte Willenbacher ungeduldig. »Aber die können wir nicht draußen rumlaufen lassen, die ist eine Gefahr für ihre Kinder.«

Flohr seufzte. »Also dann Verdacht auf Körperverletzung«, sagte er. »Aber nur, wenn sie nicht kooperiert. Ich hab das Gefühl, mit der haben wir noch länger zu tun. Und wir brauchen sie redend.«

Ina Rotas befand sich in der Dermatologie, beziehungsweise dort war sie aufgenommen worden. Doch ihr Bett war leer. Daneben stand ein Tropf mit einem vollen Beutel irgendwas, aus dem ein Schlauch herabbaumelte.

»Die ist gegangen«, sagte die Frau, die im Nachbarbett lag. »Aber weit kann sie nicht sein, die hat furchtbar ausgesehen.«

»Wann?«, rief Willenbacher.

»Direkt nach dem Frühstück.«

»Wohin gegangen?«, fragte Bettina.

»Raus.«

»Hat sie was mitgenommen?«

»Ihre Tasche.«

Mist, dachte Bettina.

»Hätten doch zuerst hierherkommen sollen«, fluchte Willenbacher laut.

»Jetzt warte«, sagte sie, aber er stand schon wieder auf dem Flur und suchte nach Verantwortlichen. Fand eine Schwester.

»Nein, abgemeldet hat sie sich nicht«, sagte die Schwester. »Aber die hing doch am Tropf.«

»Den kann man abmachen!«, ranzte Willenbacher.

»Bin ich die Polizei?«, fragte die Schwester beleidigt und holte den diensthabenden Arzt.

»Ja, doch, ich hab das mitbekommen«, sagte der Arzt namens Habergeiß. »Dass sie bei ihrem Sohn war, mitten in der Nacht, das war merkwürdig. Dr. Hashmal war besorgt deswegen. Wir dachten aber nicht, dass sie das Zimmer jetzt noch einmal verlässt. Ehrlich gesagt war sie in keinem guten Zustand.«

»Wann haben Sie sie zuletzt gesehen?«

»Das ist – vor drei Stunden.«

»Verdammt. – Was hat sie?«

»Atopisches Ekzem, aber jemand mit so einem Schub hab ich noch nie hier gehabt. Der ganze Körper ist betroffen. Wir haben ihr Cortison-Infusionen gegeben, obwohl ich das wirklich nicht gern mache.«

»Atopisches Ekzem, das ist …?«

»Neurodermitis.«

»Wie gut kann sie sich damit bewegen? Wie weit wird sie kommen?«

»Kommt auf ihre Entschlossenheit an«, sagte Habergeiß. »Wir sprechen nicht von einer tödlichen Krankheit, es ist nur sehr unangenehm und schmerzhaft.«

»Sie hat aber keine Entzugserscheinungen? Oder eine Suchterkrankung?«

»Das weiß ich nicht«, sagte Habergeiß fast empört.

»Was hat den Schub ausgelöst?«

»Wolle«, sagte der Arzt. »Wasser. Irgendwas im Essen. Stress.«

»Stress«, sagten Bettina und Willenbacher wie aus einem Munde.

Habergeiß seufzte. »Für mich wär das auch keine Krankheit«, sagte er.

Willenbacher telefonierte einen Bewacher für Manuel herbei, Bettina überlegte, wo sie hingehen würde, wenn sie krank und verfolgt wäre und nicht mehr nach Hause könnte. Zu einem Freund? Willenbacher war zu ihr gekommen. Wohin würde Ina Rotas gehen?

Sie dachte an die Drogen. Hatte Ina Rotas die wirklich nicht entsorgt? Das wäre doch schlauer, und gab es nicht irgendwo dieses Bibelwort vom Himmelreich, das man nur haben konnte, wenn man sein ganzes Gut – Familie und ganz sicher auch Rauschmittel mitgemeint – aufgab und Christus nachfolgte?

Allerdings, der Typ aus der Bibel hatte es am Ende nicht geschafft, obwohl er ernsthaft um radikale Vorschläge gebeten hatte.

Konnte Ina Rotas alles hinter sich lassen und verschwinden?

Und wo würde sie hingehen, wenn sie ihr Gut *nicht* aufgab?

* * *

Sie war noch einmal zurückgekommen, um ihr gutes Messer mit dem Eibenholzgriff zu holen (was der goldenen Sichel von Miraculix entsprach, so jedenfalls erklärte sie es immer den Schüler*innen), sonst hätte Elle die Einbrecherin nicht gesehen, ja vielleicht nie getroffen, denn die wirkte nicht, als ob sie bleiben wollte: ein dunkler Schemen im Schatten der Tür, der Elle mit so etwas wie Panik im Blick fixierte. Ordentliche Panik, allerdings. Ina-Panik.

»Ina«, sagte Elle.

Ina trat aus dem Schatten, und da erschrak Elle richtig. Einen Moment dachte sie, jemand hätte ihre Freundin mit Blut übergossen. Dann erkannte sie, dass es ein scharlachroter Ausschlag war, überall, auch im Gesicht: trockene Haut mit blutigen Rissen. Ein Zombie.

»Wie siehst du denn aus?«, brachte sie hervor.

»Ich brauche deine Hilfe«, flüsterte Ina.

»Nein, da musst du echt zum Arzt. Ich weiß nicht, wie man das –«

»Es ist was anderes«, wisperte Ina. »Ich werde verfolgt.«

»Was? Von wem?« Trotz ihres vollen Hauses hatte Elle natürlich die Ereignisse an der Kirche halbwegs mitbekommen. Manuel hatte Alice entführt. Er hatte die Marias angemalt. Weiß Gott was mit Mojo gemacht. Aber diese Wendung war ihr neu: die verfolgte Ina, der die Haut aufplatzte und das rohe Fleisch aus dem Körper quoll, so sah es aus. Wahrscheinlich hatte sie

Manuel bei irgendwas Schrecklichem geholfen, eben doch. Am Ende waren es die Bullen, die sie suchten. »Du brauchst ärztliche Hilfe«, wiederholte Elle ziemlich hilflos.

»Ich brauche Cortisonsalbe«, sagte Ina lauter und besonnen. »Hast du welche?«

»Nein.« Elle überlegte. Egal was sonst mit Ina war, das durfte so nicht bleiben. Diese vielen Wunden konnten gefährlich werden. Multiinfektion. »Mal sehen … Ich hab Rescuetropfen und Kokosöl und Aloe Vera.«

»Vergiss es, sieht schlimmer aus, als es ist. Kann ich hierbleiben? Bitte.«

»Wer verfolgt dich?«, wiederholte Elle.

Sie sahen sich an.

»Ich hab einen Fehler begangen«, gab Ina zu und verstummte.

Elle wartete. »Hör zu«, sagte sie. »Ich hab da draußen einen Kurs. Die warten auf mich. Können jeden Moment hier reinkommen. Also wenn du nicht gefunden werden willst, mach es kurz.«

Ina atmete durch. »Kann ich nicht einfach bleiben und mich ausruhen und du hast mich nie gesehen?«

Elle merkte, dass sie in Abwehrhaltung ging, obwohl sie das gar nicht wollte: Ihre Arme waren plötzlich fest vor der Brust verschränkt. »Was ist mit deiner Haut?«, fragte sie.

»Wenn ich könnte, würde ich sie mir in Fetzen runterreißen«, sagte Ina gepresst.

»Wie konnte das so plötzlich kommen?«

»Ich hab das schon immer. Weißt du doch. Neurodermitis.«

»Das sieht nicht gut aus, Ina. Du musst das behandeln.«

»Kann ich jetzt hierbleiben oder nicht?«, schrie Ina plötzlich los.

Elle schaute zur Tür. »Was ist passiert?«, sagte sie ruhig.

Heilige Maria, Mutter Gottes, bitte für mich. Bitte für mich. Bitte, Elle, bitte bitte.

»Gestern auf dem Kirchplatz«, sagte Ina mit jetzt leicht zitternder Stimme, »da wollte ich Manuel eine Spritze geben. Aber die Po–, man hat mich dran gehindert. Ich hab versucht, ihnen weiszumachen, es wäre ein Mittel gegen seine – Hypophosphatasie drin.« Sie atmete durch. »Aber das hat nicht gestimmt.«

Maria. Du bist eine Mutter. Hilf mir. Hilf mir, hilf mir.

»Wie bitte?«, sagte Elle irritiert.

Ina kam auf sie zu und hob die Hände. »Manuel hat ein – Suchtproblem.« Das letzte Wort flüsterte sie. »Seine Krankheiten … die vielen Mittel … manche Ärzte haben ganz unverantwortlich verschrieben … es ging so schnell … ich wollte, dass es ihm gut geht, aber es wurde nur schlimmer … inzwischen braucht er diese Mittel. Wirklich, er braucht sie, er würde sterben, wenn er sie nicht kriegt.«

»Was willst du damit sagen?«, fragte Elle misstrauisch.

»Es war kein Mittel gegen Hypophosphatasie, was ich ihm spritzen wollte, er brauchte einfach nur den nächsten Schuss, um nicht zu krepieren«, sagte Ina, plötzlich hart. Und sehr erschöpft.

»Du gibst deinem Manuel Drogen?«, sagte Elle entsetzt.

»Wir wollten runterkommen, aber das geht nur langsam«, sagte Ina, jetzt viel leiser. »Der Entzug.«

»Wow«, sagte Elle und fiel auf den nächsten Stuhl. »Wo ist er jetzt?«

»Krankenhaus. Es geht ihm – okay. Sie wissen es. Er hat die Nacht überstanden. Den Rest schafft er auch.«

»Und du bist geflohen, weil du die Drogenmama bist.«

Ina sah auf, drohend.

Elle hob die Brauen.

»Ja«, sagte Ina da und senkte den Blick. »Kann ich bleiben?«

»Na gut«, sagte Elle.

Heilige Maria, Mutter Gottes, ich danke dir für diesen Stuhl. Ich danke dir für Elle. Danke.

O Maria, was soll ich nur tun?

Konzentrier dich gefälligst, sagte Elle zu sich selbst. Und »Tut mir leid« zu den Kräuterfrauen, die sehr unternehmungslustig durch Elles Garten lustwandelten. »Da ist zufällig noch eine Nachbarin vorbeigekommen, die konnte ich nicht einfach rausschmeißen.« Sie stellte sich fest auf beide Beine, spürte die Erdung an ihren Fußsohlen, das ganze Gewicht, schloss die Augen und tat einen tiefen Atemzug. Als sie die Augen wieder öffnete, hatten sich die Frauen im Kreis um sie versammelt und sahen sie erwartungsvoll an. Elle lächelte: Das war gut, das war spontan, das war eine Gruppe, mit der sie arbeiten konnte. Sie fassten sich an den Händen und atmeten. Spürten die Energie. Es heilte. Aber danach, auf dem Weg durch die Aue, konnte Elle nicht aufhören, an dieses schreckliche Bild zu denken: Ina, der die ganze Haut aufplatzte. Und die dunkle Krypta, in der angeblich Mojo saß.

* * *

»Hansen«, sagte Bettina unzufrieden, während sie hinter Willenbacher her in die Tiefgarage lief, wo sein Auto stand, »hatte nie mit Drogen zu tun. Jedenfalls nicht in Zusammenhang mit diesem Brief.«

»Welchem Brief?«

»Vor Jahren konnte hier ein Brief nicht zugestellt werden, der ans Jugendzentrum adressiert war. Er ging zurück an den Absender, der war aber fingiert, beziehungsweise die Adresse gab es, aber die Leute wussten von nichts. Sie haben den Vorfall gemeldet, und darauf gab es hier eine Untersuchung.«

»Stimmt, hab ich gelesen«, sagte Willenbacher und machte sich nicht mal die Mühe, auch nur über die Schulter zu schauen. Sie sah nur seinen Rücken.

»Das Ding ist«, fuhr sie fort, »weil's ans Jugendzentrum adressiert war, wurden die Jugendlichen befragt. JUZ als Adresse ist vage, und der Briefkasten, in den die ganze Post an die Pfarrei kommt, ist öffentlich zugänglich. Darum denkst du, das könnte jeder bestellt haben. Aber tatsächlich befindet sich dieser Briefkasten direkt vor Ina Rotas' Haus, und sie ist diejenige, die ihn leert. Die hätte es mitgekriegt, wenn sich jemand ständig an ihrem Briefkasten zu schaffen gemacht hätte.«

»Wieso ständig, war doch nur ein Brief.« Willenbacher klapperte mit den Autoschlüsseln: Sein Wagen war in Sichtweite.

»Aber wenn *ein* Brief zurückgeht, obwohl er richtig adressiert ist, wie viele andere sind dann vorher schon ganz heimlich, still und leise angekommen?«

Willenbacher drehte sich zu ihr um und entriegelte gleichzeitig das Auto. »Worauf willst du hinaus? Dass Ina Rotas regelmäßig Drogen gekauft hat? Das wissen wir doch!«

»Aber wir wissen nicht«, sagte Bettina unzufrieden, »wer dieses Mutterkorn in die Pfeffermühle gesteckt hat.«

»Sie«, sagte Willenbacher. »Die Rotas. Ist doch klar. Um abzulenken, falls noch mal so ein Verdacht aufkommt. Dann hätte es Drogentests gegeben, und dann hätten bestimmt ein, zwei Jugendliche was im Blut gehabt.«

»Aber damit hat sie ihren Bruder getötet!«

Willenbacher sah sie nur an.

»Von dem war sie immerhin finanziell abhängig!«

»Die konnte doch nicht ahnen, dass ihr Bruder an so einem Mickeferzje sterben würde! Wobei«, er nickte, »vielleicht war ihr das trotz allem nicht mal so unrecht.«

»Siehst du, und das kann ich mir einfach nicht vorstellen!«

»Dieser Bruder«, hielt Willenbacher dagegen, »wollte einen Exorzisten in seiner Diözese etablieren, dafür hat er Geld bezahlt. Er muss einen konkreten Fall vor Augen gehabt haben. Hat die Rotenmorgen selbst gesagt.« Willenbachers Handy klingelte. Er seufzte.

»Ist okay«, sagte sie. »Geh dran.«

Doch Willenbacher drückte den Anruf ungesehen weg. »Pfarrer Lux hat mit Ina Rotas und ihrem Manuel in einem Haushalt gelebt. Er *muss* etwas geahnt haben.«

»Aber dass sie ihn umbringt!«

»Wieso fällt es dir so schwer, das bei dieser Frau zu glauben, du traust doch sonst jedem alles zu?«

»Weiß ich nicht«, sagte Bettina frustriert.

»Ich hab gehört, du hast dich mit Rotas geprügelt. In einem Kampf auf Leben und Tod.«

Die Erinnerung daran war nach wie vor unangenehm. »Na ja, auf Leben und Tod ist übertrieben –«

»Und jetzt willst du mir erzählen, dass du sie für unschuldig hältst?«

Sie holte Luft. »Es hat sich angefühlt, als ob ich gegen mich selbst kämpfe! Die Rotas war gar nicht mehr da, verstehst du? So als ob ich in den Spiegel gucke und eine Fratze sehe und die Wut immer doller wird und du gar nichts machen kannst, und plötzlich merke ich, dass ich am Boden liege und mich mit aller Kraft total verkeilt habe.«

Er sah sie an, er sah sein Handy an. Es schwieg.

»Es war – spooky.«

»Kannst du denn echt immer spüren, wer der Täter ist?«, fragte er leise und ohne Ironie. »Hast du dich nie geirrt?«

Sie schüttelte den Kopf. »Das ist es nicht, ich irre mich ständig! Aber normal hab ich so was … irgendwann verdichtet sich alles. Und hier – fliegt es eher auseinander.«

»Die Rotas selbst glaubt nicht, dass sie irgendwas Unrechtes tut«, sagte Willenbacher. »Das ist eine psychische Störung. Ich hab einen Profiler angefordert, nach seiner ersten Analyse müssen wir von einer Krankheit ausgehen. Er sagt, möglicherweise kann sie sich bald nicht mal mehr dran erinnern, dass sie Manuel überhaupt eine Spritze geben wollte. Sie fühlt es nicht, echt nicht, sie ist anders als die anderen, die sich ihre Taten nur rationalisieren. Darum fühlst du es auch nicht.« Sein Smartphone vibrierte.

»Aber was hab ich dann gefühlt?«

Willenbacher hob die Hand und starrte auf das Telefon. »Wir haben einen Treffer!«, frohlockte er. Dann schaute er irritiert und ergänzte: »Nein, sogar zwei.«

»Wo?«

»Müller hat geschrieben. Dieses Plastikdings, Tatwaffe im Fall Polanski.« Er sah auf. »Die Ruhehaube.«

»Ja?«

»Da ist DNS von Rotas und von Manuel dran. Und Fingerabdrücke von beiden.«

»Oh.«

»Ich schreib die Rotas zur Fahndung aus«, sagte Willenbacher. »Das reicht. Und mit Manuel müssen wir jetzt sofort noch mal reden.«

Bettina ging schon vor, während Willenbacher telefonisch zu organisieren begann. Oben auf der Station erfuhr sie aber bloß, dass Manuel momentan nicht ansprechbar war und es vielleicht den ganzen Tag nicht sein würde. »Wie kritisch ist sein Zustand?«, fragte sie.

»Konnten Sie die Mutter überzeugen zu kooperieren?«, war die Gegenfrage.

»Die ist leider verschwunden«, sagte Bettina.

Dr. Hashmal schaute sie mit ihren dunklen Augen grimmig an. »Lassen Sie diese Frau nicht davonkommen«, sagte sie. »Dem Manuel erlaube ich das auch nicht. Der wird überleben. Das verspreche ich Ihnen.«

Auf dem Weg zurück in die Garage checkte Bettina kurz ihr Privathandy. Ob *ihre* Kinder noch lebten. Drei Nachrichten: »Tina, darf ich mit Konny in Urlaub?« und »Die nehmen mich mit!« und dann noch drei Emojis mit Sonnenschirm und Meer. Da fühlte Bettina sich plötzlich schwer, denn in Urlaub fahren, das würden sie selbst, als Familie, natürlich nicht. Konnten sie gar nicht, wovon?

Barba hätte es gemacht, dachte sie dann. Die hätte die Kinder ins Auto gepackt und wäre losgefahren.

Sie lief durch das dunkle Treppenhaus und dachte an Sonne. Wollte sie da wirklich hin? In die Sonne? Konnten sie nicht auch in die Berge, in einen Wald, an ein stürmisches Meer? Sie berührte die Betonwand. Bettina mochte Tiefgaragen, sie mochte den Metallgeruch, den Ruß, das Benzinaroma, die kalten rohen Flächen mit den Spuren der Schalung, mit den Graten und Maserungen. All das, dachte sie, das ganze schneckenartige Gebäude war mal ein Strand gewesen, irgendwo, an einem endlosen Gewässer, denn Beton konnte nur mit Meer- oder Flusssand hergestellt werden, und der war immer das Produkt jahrtausendelanger Bewegung im Wasser. Brandung. Fließen. Anders konnte das Material nicht entstehen, und darum war jeder Betonklotz auf dieser Welt ein Stück eingefangenes Ufer. Sie blieb stehen und tippte »Warte« in das Handy, und: »Darüber müssen wir reden.«

Dann erreichte sie Willenbacher und seinen Toyota und verließ mit ihm diesen neonbeleuchteten harten Strand.

Sie fuhren. Nachrichten kamen herein. Ina Rotas war frühmorgens am Ludwigshafener Hauptbahnhof gesehen worden, auch ihr Handy hatte man dort geortet, aber wohin sie gefahren war oder ob überhaupt – unbekannt. Das Mobiltelefon hatte sie vermutlich weggeworfen, das konnte in jedem Gully liegen, die Suche dürfte dauern. Im Bahnhofsgebäude gab es zwar ein paar Überwachungskameras, aber die Aufzeichnungen mussten erst gesichtet werden und mochten nur Zufallstreffer bringen.

»Ihr Auto steht in Frohnwiller«, sagte Willenbacher. »Und in ihrem eigenen Haus ist sie nicht, das wird überwacht.«

»Noch so ein Ding«, sagte Bettina etwas unzusammenhängend, weil sie immer noch nicht zufrieden mit der Geschichte war. »Warum sollte überhaupt einer von den Rotas die Polanski töten?«

»Vielleicht wollte Ina Rotas ihre eigene Scheidung torpedieren.«

»Nein«, sagte Bettina. »Da hätte es ja ein Annullierungsverfahren geben müssen, das über Polanskis Schreibtisch ging.«

»Das hat es.«

»Was?« Bettina richtete sich kerzengerade auf.

»Du musst zu den Besprechungen kommen, Tina.«

Und du ganz normal zur Arbeit, dachte sie, dann krieg ich mehr Schlaf.

Willenbacher seufzte. »Also, ich fass es dir zusammen, Andi aus der Spurensicherung hat begonnen, die Rotenmorgen-Akten zu sichten. Rotas' Ehemann hat tatsächlich ein Eheannullierungsverfahren angestrengt. Er arbeitet für eine katholische Institution, außerdem hatte er vielleicht noch persönliche Gründe. Jedenfalls waren damit standardmäßig Gutachten fällig. Wir haben da Aufzeichnungen drüber gefunden.«

»Oh Mann! Und was steht drin?«

»Nichts, beziehungsweise, es ist eins von den Gutachten, die die Polanski nicht fertigstellen konnte. Dieses hatte sie nicht mal begonnen. Sie hatte nur den Auftrag und die Aussagenprotokolle, aber es ist nicht ersichtlich, ob sie die überhaupt gelesen hat.«

»Und was steht in den Aussagen?«

»Das wissen wir nicht. Als sie verschwunden ist, hat das Büro Rotenmorgen keine Vertretung für die hochspezialisierte Stelle gefunden, darum haben sie die unbeendeten Vorgänge an den Auftraggeber zurückgegeben. Wir müssen da noch mal mit der Rotenmorgen ausführlich drüber reden, aber ich hatte sie heute früh kurz am Telefon, sie hat gesagt, ihres Wissens wären die Aufträge nicht an andere Büros weitergegeben worden, weil die Urteile sowieso recht vorhersehbar waren. Die üblichen Verfahrensdauern waren schon weit überschritten, weil sie ja auch abgewartet haben, ob die Polanski wieder auftaucht, da hat das Gericht die Fälle wohl einfach so abgeschlossen. Gutachten sind eigentlich optional. Es geht dabei ja nur darum, die Glaubwürdigkeit der Beteiligten und ihrer Aussagen zu bewerten, das kann der Richter bei sonst klaren Fällen auch allein.«

»Aber da muss ein Zusammenhang sein!«

»Kann«, sagte Willenbacher.

»Es war ein aktuelles Verfahren? Polanski ist verschwunden, als sie das bearbeitet hat?«

»Jap. Das und zwanzig andere Vorgänge.«

»Wir brauchen unbedingt diese Scheidungsakte.«

»Ich weiß«, sagte Willenbacher grimmig. »Das wird aber furchtbar schwierig. Ich setz mich da heute Abend dran, aber die Kirche rückt bekanntlich nichts raus, schon gar nicht solche heiklen Sachen, und wenn, dann dauert es. Halbes Jahr mindestens, falls wir überhaupt einen Beschluss kriegen, gehe ich von aus.«

Bettina ließ sich im Sitz zurücksinken. »Was wird da dringestanden haben?«

»Eine Chronik aller Intimitäten aus den Anfängen der Rotas-Ehe«, sagte Willenbacher, jetzt wieder mit dieser unterdrückten Wut in der Stimme. Scheidung war kein gutes Thema für ihn.

»Der Ausgang war erwartbar, sagst du? Ein einfaches Standardverfahren?«

»Denke schon.«

»Wie ist es ausgegangen?«

»Wissen wir nicht, vielleicht ist es noch offen, vielleicht wurde es abgebrochen. Oder mit einer offiziellen Entscheidung beendet. Wir werden den Ehemann dazu befragen.«

Bettina sah ihren Freund und Chef an. »Aber dann – ist das ja eigentlich noch schräger! Ich meine, was hätte die Rotas dazu bringen sollen, eine ihr völlig unbekannte Gutachterin umzubringen? Die wären sich doch im Normalfall nie begegnet!«

»Eben. Ich kann keinen Zusammenhang erkennen zwischen diesem Verfahren und Polanskis Tod. Andererseits, du hast recht, es ist unsere einzige Verbindung ... Vielleicht war es doch kein Standardvorgang. Vielleicht wollte die Rotas die Annullierung verhindern.«

»Könnte sie da nicht einfach nein sagen?«

»Nee, der zweite Partner muss mit der Annullierung nicht einverstanden sein. Das kann auch ganz ohne seine Zustimmung und sogar ohne sein Zutun durchgezogen werden.«

»Ich sehe nicht, wie diese Ehe überhaupt annulliert werden könnte. Hast du schließlich selbst gesagt: Den Fortpflanzungsaspekt haben sie berücksichtigt.«

»*Sie* hat ihn berücksichtigt.«

Bettina seufzte. »Ein Mann kann sich da jederzeit rausnehmen, wie?«

»Du weißt doch gar nicht, was der Rotas über sich selbst angegeben hat!«

»Also –«

»Die wollte es ihrem Ex so richtig zeigen«, knurrte Willenbacher. »Kenn ich. Erst ihn loswerden müssen, aber als er dann in die Trennung einwilligt, beschließt sie, dass er ihr gehört. Und dass sie ihm niemals ein neues Leben gönnt.«

Aha, dachte Bettina.

»Zumindest nicht spirituell.«

»Will.«

»Ist doch so!«

»Habt ihr euch wieder versöhnt? Du und Annette?«

Er holte Luft. »Wenn ich bleibe, muss ich in die Eheberatung«, sprach er bitter. »Die machen da Familienaufstellungen.«

»Was ist das?«

»Kennst du nicht?«

»Nein?«

»Gut, du hast ja auch keine Familie.«

Na besten Dank auch, dachte Bettina. »Eigentlich schon –«

Aber Willenbacher hörte gar nicht zu. »Das Schlimmste, was es gibt. Ein Heini, der vorher Versicherungen verkauft hat, gibt den Guru und zwingt dich, irgendwo im Raum zu stehen, damit deine Frau und deine Kinder die emotionale Entfernung zu dir körperlich ausloten können.«

Jetzt schwieg sie.

»Letztes Mal hat es damit geendet, dass meine Frau auf dem Schoß von dem Typen gesessen und geheult hat«, sprach Willenbacher.

»Du hast da mitgemacht?«

»Einmal, dann dachte ich, das ist vorbei, weil sie diesen – Pfarrer kennengelernt hat. Das war zumindest kein profitorientierter Esoteriker.«

»Und der …?«

»Ist Geschichte. Seit gestern. Die Fleischtöpfe Roms.«

»Ist das nicht gut?«

»Es ist traurig«, rief Willenbacher. »Glaub mir, ich hätte ihr das Drama sogar gegönnt.« Er schaute sie von der Seite an, wütend, ein bisschen schmal im Gesicht, aber er sah besser aus. Heute wirkte er wie ein Mensch, der mit sich im Reinen war und Entscheidungen treffen wollte. Der ihr zugehört hatte und ihre Zweifel ernst nahm. »Ich meine das gar nicht zynisch, echt! Ich weiß doch, wie toll sie das gefunden hätte, ein Priester, der alles für sie aufgibt, eine verrückte Liebesgeschichte, eine heimliche Flucht über alle Kontinente, und sie im Zentrum der Ereignisse, das hätte sie –«

Bettina begann zu lachen.

»Was?«, fragte Willenbacher beleidigt.

»Du hättest es romantisch gefunden, wenn deine Frau mit einem Pfarrer abhaut?«

»Besser als Familienaufstellung«, sagte er.

* * *

Elle hatte sich in einem beeindruckend großen Feld mit hüfthoher Pestwurz aufgestellt. Sie liebte diese Pflanze, aber sie musste ihre Kräuterfrauen vor deren Gebrauch warnen. Pestwurz half gegen Migräne und Ekzeme, konnte aber in ihrer Wildform leberkrebserregende Gifte enthalten. Schön und beeindruckend war sie trotzdem, die wagenradgroßen Blätter bildeten riesige Schirme, und Elle fantasierte immer, wie es wohl wäre, einfach unter diese samtige grüne Decke zu kriechen und da den Sommer zu verbringen.

Wunderbar … nass wäre es.

Die Pestwurz wuchs natürlich nur im Feuchten, und sie spürte den Matsch zwischen ihren Zehen in den offenen Sandalen. Es war ein schwieriges, ein kaum erreichbares Paradies, ein Ort, den sie sich geheimnisvoll und herrlich erträumte und der doch fast nicht begehbar war.

»Wo ist denn hier der Zufluss?«, fragte eine von den Frauen. Ihre Schülerinnen stiegen nicht zwischen die Monsterpflanzen, sondern umrundeten die Pestwurzwiese nur, um den Bach zu finden, und ließen Elle ein wenig hinter sich. Ob sie Ina von dem Kraut mitbringen sollte? Auf der Haut würde es ja wohl keinen Leberkrebs geben, und die aufgelegten Blätter halfen gegen Ekzeme. Wie konnte dieser Ausschlag nur so stark sein?

Die Psyche. Es musste mit Manuel zusammenhängen. Der Junge war außer Kontrolle geraten, er war drogensüchtig, wahrscheinlich unberechenbar, gefährlich. Natürlich musste das die Mutter fertigmachen, erst recht, wenn sie selbst als Co-Abhängige die Sucht organisiert und ermöglicht hatte.

Aber eins fragte sich Elle dann doch: Wieso hatte eine Fremde auf dem Garagendach gelegen? Und: Wenn Mojo nicht auf dem Dach war, wo war er dann?

»Er ist verrohrt«, rief eine von den Frauen enttäuscht aus Richtung des Baches.

»Wir müssen weiter vor«, rief Elle. »Das ist eine alte Begradigung, und dort vorne mündet sie in die Weißbach.« Sie wies auf eine Gruppe von Weiden, die die Einmündung markierten, und stapfte auf ihre Schülerinnen zu. Aber als sie dann das Rohr vor Augen hatte, aus dem die Weißbach in ihr Bett zurückfloss, da hatte sie ein Déjà-vu. Und eine seltsame Assoziation blieb in ihrem Kopf hängen.

* * *

In Frohnwiller war es knallvoll, alle suchten: nach Hansen, nach den Drogen, nach einer Lösung für den Fall Polanski. Und nach Rotas, das auch.

»Wo sonst kann sie sein?«, fragte Bettina.

»Überall«, sagte Willenbacher.

»Es ist ihr sicher nicht egal, was mit Alice passiert.«

»Alice wird sie nur noch durch eine Glaswand sehen.«

»Ob ihr das klar ist?«

»Ja, denn sie ist geflohen.«

»Ich wette, dass sie irgendwo in der Nähe ihres Hauses ist.«

»Dein Gefühl ist zurück?«, fragte Willenbacher, aber mehr über die Schulter. Seit sie hier waren, versuchten ständig Leute mit ihm zu sprechen. Momentan hielt ihm ein weißgekleideter Spurensicherer, den Bettina nicht kannte, ein Klemmbrett hin.

»Nicht wirklich«, sagte sie vage. »Und dann, weißt du, irgendwer hier muss doch wissen, woher der Hansen sein Veilchen hatte.«

»Dämon«, sagte Willenbacher ernst und unterzeichnete ein Papier auf dem Klemmbrett.

Sie holte Luft. »Und wenn er doch Streit mit der Polanski hatte?«

»Die hat ihn aber definitiv nicht verschwinden lassen.«

Bettina starrte ihn an.

Er warf ihr einen kurzen Blick zu und sagte: »Oh nein.«

»Hab ich irgendwas gesagt?«

»Bolle, das mit dem Dämon war ein Joke.«

»Natürlich.«

Ein anderer Spurensicherer kam auf Willenbacher zu.

»Die Polanski«, sagte Bettina, »hätte gewollt, dass Hansen sich an die Linie der Kirche und ihr Urteil hält. Das hätte sie sehr gewollt.«

»Ja«, sagte Willenbacher.

»Vielleicht hat sie Verdacht geschöpft, dass der Hansen es frecherweise umgeht. Er und die Person, die seine Dienste in Anspruch genommen hat. Diese Eheannullierungssache war

Zufall. Wegen so was hätte sie schließlich auch nicht freigenommen und wäre privat zu den Leuten gefahren. Das war ihr täglich Brot.«

»Ja, überprüfen Sie noch mal alle Anrufe«, sagte Willenbacher zu dem Kollegen. »Das kann wichtig sein. – Was?«

»Sie ist hergekommen, um nach dem Rechten zu sehen.«

»Aber die Tatwaffe, Tina. Da sind keine Fingerabdrücke von Hansen drauf. Von den Rotas schon.«

»Vielleicht war das Absicht? Er hat ihnen die Tüte geklaut und für sich selbst benutzt?«

»Wir gehen jetzt erst mal von dem aus, was wir haben.«

»Warum ist sie hierhergekommen?«

Willenbacher schüttelte den Kopf und wandte sich einem weiteren Kollegen zu.

»Moment«, sagte Bettina zu seinem Rücken. »Genau. Vielleicht hat jemand sie herbestellt. Jemand, der sich Sorgen gemacht hat über die Entwicklung in der Gemeinde. Jemand, der mit einer Unabhängigen drüber reden wollte.«

»Und wer soll das gewesen sein?«, fragte Willenbacher.

»Die einzige andere Person aus dem Ort, die erwiesenermaßen von Hansens Besuch bei der Polanski wusste, weil sie einmal sogar dabei war?«

»Diese, diese –«

»Grimm.«

»Okay, rede mit ihr. Die kann ja so schwer nicht zu finden sein.«

* * *

Die Sommersonnwende war vorbei, aber der Beifuß sah dieses Jahr wunderbar üppig aus, darum entschied Elle spontan, dass sich jede einen (schmalen) Gürtel flocht, einen Thor-Gürtel, der verstärkte alle Kräfte, auch noch ein paar Tage danach. Und sie würden es nötig haben. Elle band einen für Ina. Thor konnte ihr vielleicht helfen. Neuer Gott, einfach ausprobieren!

Dann suchten sie noch Erdrauch, Hauhechel und Kamille, und dann fand Elle, dass sie genug Begeisterung, Wissen, Liebe und Geheimnis beschworen hatte, und scheuchte die Frauen heim. Normalerweise waren in dem Stadium alle groggy und mussten erst mal bei einem Teechen die Beute sortieren. Im Grunde genommen war das der schönste Teil, da wurden Lebensgeschichten erzählt und Freundschaften geschlossen. Aber heute war Elle nicht bei der Sache. Sie parkte die Frauen in der Küche am großen Tisch, bat sie, schon mal Wasser aufzusetzen, und ging Ina suchen.

Die war nicht da.

Nirgendwo, nicht in den Gästezimmern, nicht in den Rumpelkammern.

Gegangen.

Elle war fast enttäuscht und ein bisschen beleidigt, aber auch erleichtert. Schließlich musste sie arbeiten, und nicht irgendwas. Das hier war ihr Lebensinhalt. Nur leider konnte sie sich überhaupt nicht mehr konzentrieren. Und da das so war, konnte sie genauso gut auch schnell mal googeln, ob sie im Netz irgendeine Erklärung für das Bild fand, das jetzt in ihrem Geist so lästig aufblinkte wie ein Warnschild: ein Bauteil an der Sakristeiwand von *Unsere Liebe Frau*, das sie sich noch nie hatte erklären können.

* * *

Frau Grimm finden. Gar nicht so einfach, wenn die Kirche nicht zugänglich war. Bettina schaute nach, wo die alte Dame wohnte, und machte eine kurze Tour durchs Dorf, bis sie die Adresse erreichte. Zu ihrer Überraschung bewohnte Grimm kein Hexenhäuschen unter schattigen Bäumen am Bach. Offenbar lebte sie in dem überaus nüchternen Mehrfamilienhaus, vor dem Bettina jetzt stand, ein Trumm von einem Gebäude mit langer Schotterfläche vor der Tür. Ein einzelner bedauernswerter Busch wuchs aus diesem Garten des Grauens und sah aus, als sei er sehr alt und ungeliebt: Irgendwer schien einen Eimer Säure über ihm ausgekippt zu haben, um ihm eine vollkommen runde Form zu geben. Dabei waren die Astspitzen und Blätter verkrüppelt. Es sah aus, als krümmten sie sich vor Schmerz. Bettina musste sich zwingen, ihn nicht anzufassen, um ihn zu, ja, trösten. Sie klingelte bei Grimm.

Tatsächlich war die alte Dame da. In ihrer Wohnung wirkte sie noch viel kleiner. Die Räume waren für einen so alten Menschen erstaunlich leer, geradezu karg. Im Wohn- und Essbereich befanden sich eine Couch, ein Fernseher auf einem Tischchen, ein Esstisch und zwei Stühle. Weiße Wände, helle Vorhänge, ein schlichtes Kreuz, ein einziges Bild von einem düsteren Blumenstrauß neben einer praktischen Stehlampe, sieben Bücher im Regal, für jede Lebensdekade eins. Trotzdem wirkte das Zimmer bewohnt, was vermutlich an der Anordnung der Dinge lag. Alles stand, lag oder hing genau da, wo es hingehörte, dort und nicht anders. Sogar die Lichtflecken, die durchs Fenster fielen, schienen im goldenen Schnitt angeordnet.

»Ich kann Ihnen leider nichts anbieten«, sagte Grimm und wies auf einen der beiden Stühle.

Bettina setzte sich. Auf dem Tisch vor ihr lag ein ordentlich aufgeschlagenes Amtsblatt, das auf unbestimmte Art gelesen aussah.

»Ich bin schockiert«, sagte Grimm indessen sehr ruhig, »über die offensichtlichen Unwahrheiten, die über unsere Ina verbreitet werden.«

»Was meinen Sie? Was haben Sie gehört?«

»Nichts Gutes«, sagte Grimm, nahm Bettina ins Visier, als sei sie die Quelle des fiesen Gerüchts, und setzte sich ebenfalls.

»Haben Sie die Frau Rotas öfter mit ihrem Sohn zusammen erlebt?«

»Ja, und ich kann mir keine bessere Mutter denken. Was im Dorf erzählt wird, halte ich für blanke Verleumdung.«

»Was wird erzählt?«

»Das werde ich hier nicht wiederholen. Ina ist eine gute Christin.«

Bettina betrachtete ihr Gegenüber aufmerksam. »Frau Grimm, ich muss mit Ihnen darüber sprechen, wie Sie mit Mojo Hansen nach Speyer in die Praxis Rotenmorgen zu Frau Dr. Polanski gefahren sind.«

Nun wurde Grimms Blick etwas lauernd. »Ist es denn wirklich wahr, dass Dr. Polanski die Tote von der Wiese ist?«

»Erinnern Sie sich an sie?«, fragte Bettina zurück.

»Natürlich. Eine gutaussehende Frau.«

»Erzählen Sie mir von Ihrer Begegnung.«

»Die war nicht sehr lang. Ich musste ihr nur sagen, wie ich Mojo einschätze.«

»Was haben Sie geantwortet?«

»Dass ich ihn für einen guten Christen halte.« Aus Grimms Mund hörte es sich an wie die höchste Auszeichnung, die hienieden zu haben war.

»Sie haben mir gesagt, dass Sie damals schon wussten, dass es bei der Untersuchung um eine Teufelsaustreibung für Herrn Hansen ging? Die er für sich selbst erwirken wollte?«

Diese Frage brachte Grimm leicht ins Straucheln. »Natürlich, aber – also, ich hab der Frau Doktor gleich gesagt, dass wir hier keine Dämonen haben.«

»Mit dem Projekt selbst waren Sie also nicht einverstanden?«

»Was heißt einverstanden, ich war bereit, Mojo zu helfen und ihm nach bestem Wissen und Gewissen ein Zeugnis auszustellen. Aber Dämonen …« Sie schüttelte den Kopf. »Wir wollen nicht in die Zeit zurück, in der das Realität war. Da könnten wir genauso gut wieder Scheiterhaufen errichten.«

»Sie glauben weder an Dämonen noch an Hexen?«

»Natürlich nicht«, kam es wie aus der Pistole geschossen.

»Was ist mit Svantje Noor?«

»Das ist was völlig anderes«, sagte die alte Frau prompt. »Diese junge Dame hat sich selbst so bezeichnet.«

»Sie hat sich Wicca genannt.«

»Das ist dasselbe, und ich muss sagen, dass ich diese Art Teufelsanbetung für falsch halte. Genauso wie jeden anderen Dämonenglauben auch.«

»Svantje war an ihrem Schicksal selbst schuld?«

»Sie hat es herausgefordert. Sie war sehr jung, schwieriges Elternhaus, aber am Ende ist das keine Entschuldigung.«

»Wissen Sie, was«, sagte Bettina leise, »die Kollegen, die Svantjes Feuerstelle damals untersucht haben, konnten kaum glauben, dass es keine Brandstiftung war.«

Grimm starrte sie an.

»Sie konnten es nur einfach nicht beweisen.«

Die alte Frau schüttelte den Kopf.

»Frau Grimm, Ihr Pfarrer ist gestorben, weil jemand ihm Mutterkorn verabreicht hat, Svantje ist vielleicht gestorben, weil irgendwer hier sie für eine Hexe hielt. Haben Sie irgendeine Idee, wer in Frohnwiller auf solche Gedanken kommt?«

»›Solche Gedanken‹ gibt es hier nicht.« Grimm betrachtete sie missbilligend. »Aber eins muss ich mal sagen, ich verstehe nicht, wieso ausgerechnet um diese Svantje immer so ein Gewese gemacht wird. Diese Trauermienen auf der Beerdigung! Dabei gibt es wirklich Leute mit Problemen hier. Manuel! Der ist krank! Svantje dagegen hat sich einfach immer nur schlecht benommen.« Sie senkte die Stimme. »Und die *hatte* einen schlechten Einfluss, ich weiß, heutzutage darf man das nicht mehr sagen, aber es war so. Meiner Meinung nach ist Svantje schuld, dass die kleine Pia abgestürzt ist.«

Bettina lehnte sich zurück. »Aha?«

»Pia war am Anfang so ein freundliches, braves Mädchen, aber Svantje hat sie gegen ihre Familie aufgehetzt und ihr Ideen in den Kopf gesetzt. Svantje war Gift. Auch für Manuel.«

»Wieso?«

»Svantje ... die hat auf der Wiese gehaust! Monatelang! Ständig war die Polizei da. Sie haben doch nach Drogen gefragt, also wenn hier irgendwer mit Drogen angefangen hat, dann diese Svantje. Wer weiß, was das ausgelöst hat. Ina war verzweifelt. Die Kinder wollten gar nicht mehr von der Wiese runter.«

»Ina Rotas war verzweifelt wegen Manuel und Svantje?«

»Sie sehen ja, was die bei Pia angerichtet hat. Das war so ein liebes, braves Mädchen – und dann plötzlich: in anderen Umständen.«

»Aber nicht von Svantje.«

Das brachte Bettina einen warnenden Blick ein: Witze auf meine Kosten werden Sie sich gefälligst verkneifen, Frau, hieß das. »Und jetzt Drogenentzug!«, fügte Grimm an.

»Also Svantje war gefährlich, und Sie wussten das damals schon?«

»Ja.«

»So gefährlich, dass man sie bekämpfen musste?«

Nun hatte Grimm die Falle offenbar erkannt. Sie verschränkte die Arme und schloss ihren Mund.

»Hatten Sie je persönlich mit Svantje zu tun, Frau Grimm?«

»Natürlich nicht.«

»Hören Sie«, sagte Bettina, »in Ihrer Gemeinde werden Exorzismen abgehalten.«

Grimm schwieg.

»Irgendwer ist der Meinung, dass es hier böse Mächte gibt. Sogar Pfarrer Lux hat das geglaubt! Er war bereit, seinen Ruf und sein Geld einzusetzen, um sie zu bekämpfen.«

»Ich weiß«, sagte Grimm grimmig. »Er war der Pfarrer, aber in dem Punkt war ich anderer Ansicht. Dämonen sind Aberglaube, und das ist nicht im Sinne der Kirche.«

»Also wenn jemand unbefugt schlimmen Aberglauben verbreitet, meinen Sie, die Kirche sollte davon erfahren?«

Sie sahen sich an.

»Wissen Sie, was Mojo Hansen oben in der Antonius-Kapelle gemacht hat?«

Grimm schüttelte stumm den Kopf.

»Wir vermuten, dass er Teufelsaustreibungen vorgenommen

hat, obwohl er vom Bischof nicht dazu befugt war«, versetzte Bettina.

»Davon weiß ich nichts.«

Oh doch, bestimmt, dachte Bettina. »Haben Sie Frau Dr. Polanski nach ihrem Besuch in Speyer jemals wiedergesehen?«

»Nein.«

»Haben Sie mit ihr telefoniert, sonst wie Kontakt aufgenommen?«

»Nein. Warum sollte ich?«

»Mit wem hat er es gemacht?«, fragte Bettina leise.

Grimm schwieg.

»Wer besuchte regelmäßig die Kapelle mit Mojo?«

Keine Antwort.

»Vielleicht – Manuel?«

Jetzt blickte Grimm ehrlich überrascht. »Da hätte Ina ja mitgemusst.«

»Ja, und?«

»Das hat sie natürlich nicht getan.«

»Einen Exorzismus macht man nicht mit sich allein.«

»Wissen Sie, was«, rief Grimm und erhob sich. »Die einzigen Menschen, die ich je hab zur Kapelle fahren sehen, sind der Lanz und Mojo und Ina. Weil die nämlich dort arbeiten.«

Und damit war Bettina entlassen.

Draußen neben dem verstümmelten Busch (ein Buchs? eine Fächermispel?) musste Bettina erst einmal all den burgfesten Glauben abschütteln. Dann versuchte sie, im Netz ein Bild der attraktiven Dr. Polanski zu finden. Das Foto, das ihr Handy schließlich anbot, war ein möglicherweise leicht retuschiertes Fotografenporträt einer tatsächlich jung wirkenden, sehr schlanken und sehr konventionell gekleideten Frau mit gepflegtem langem, nussbraunem Haar. Sie sah aus wie die älteste Tochter auf einer amerikanischen Familienweihnachtskarte. Ob sie schön gewesen war, konnte Bettina anhand dieser Aufnahme nicht feststellen. Zu viel Make-up. Was tragischerweise Polanskis Fall beeinflusst haben mochte: Wenn sie nur solche Fotos von sich hatte, dann boten die Aufnahmen nichts, wonach man suchen konnte. Sie sah austauschbar aus, irgendwie maskiert, und ein bisschen so, als wäre sie unter dieser Maske schon vor langer Zeit verschwunden. Bettina fragte sich, ob die echte Polanski nahbarer gewesen war. Was hatte sie bloß hierhergeführt?

Sie rief Müller an und fragte, ob es bei der Polanski Vergewaltigungsspuren gab.

»Das ist bei dem Zustand der Leiche nicht ganz so leicht zu sagen«, sprach Müller etwas abgehackt ins Telefon. »DNS-Spuren sind bis jetzt nicht entdeckt, aber die Obduktion läuft ja erst, da können noch Hinweise gefunden werden.«

»Hm«, machte Bettina und wollte gerade das Gespräch beenden, da sagte Müller: »Ich hab übrigens ein Match bei deinen Fingerabdrücken.«

»Was, echt? Wer ist es?«

»Unbekannt. Der Abdruck passt zu einem Fall, den die Kollegen vom K12 bearbeitet haben.«

Drogendezernat, natürlich.

»Die haben sich richtig gefreut«, sagte Müller.

»Wieso?«

»Ich glaube, nach dieser Person suchen sie schon länger«, sagte Müller. »Sonst noch was?«

»Nein –«

»Gut, die kommen auf dich zu.« Damit unterbrach Müller die Verbindung. Und Bettina schaute ihr Handy an und fragte sich, ob sie diese neue Entwicklung gut oder schlecht fand.

* * *

»Es geht darum, dass ich vielleicht einen Hinweis habe, weil ich ein unerklärliches Bauteil an der Kirche kenne«, sagte Elle ungeduldig zu der Polizistin am Absperrband. Sie war irre gewesen hierherzukommen, daheim wurde sie gebraucht, sie hatte die Bude voller Hallelujazwiwwele, wie der Lanz ihre Kursteilnehmerinnen einmal spöttisch genannt hatte, die vor lauter Erleuchtung und Entdeckerinnenfreude seltsame Dinge tun konnten, wenn sie unbeaufsichtigt waren, den Garten plündern, nackt um die Fruchtbarkeitsstele tanzen, die Vorratskammer mit den Chipstüten finden. War alles schon vorgekommen. Trotzdem hatte es Elle nicht im Haus gehalten, sie hatte den Frauen eine Meditation aufgedrückt und sich verabschiedet, um »Brot fürs Abendessen zu holen«. Und jetzt stand sie hier mit der möglichen Lösung des Falls an einer unüberwindlichen Absperrung und wurde nicht ernst genommen. Weil sie unangepasst aussah, vermutlich. Weil sie es wagte, Farbe zu tragen und den Kopf hochzuhalten. Ungeduldig stemmte sie die Fäuste in die Seiten.

»Bitte treten Sie zurück«, sagte die Beamtin sofort misstrauisch.

»Ich würde sehr gern mit einer Verantwortlichen reden. Ich hab die Leiche entdeckt«, sagte Elle, worauf alle Umstehenden sie sofort in den Blick nahmen und Stifte oder Smartphones zückten. Eine Kamera war auch dabei.

Die Beamtin musterte sie feindselig. »Einen Moment bitte.« Sie wandte sich ab und sprach leise in ein Funkgerät. Dann musterte sie Elle kritisch von der Seite und sagte »Ja« in das Gerät. »Gut, ich sag ihr, sie soll warten.« Sie beendete das Gespräch und betrachtete Elle womöglich noch unfreundlicher. »Sie möchten sich bitte gedulden, Kollege kommt gleich.«

»Ich hab's eilig«, sagte Elle.

»Hab ich das richtig mitgehört, Sie haben die Leiche entdeckt?«, erkundigte sich sehr höflich ein gutaussehender Mann neben ihr. »Darf ich mich vorstellen, Kukuth, wie kam es dazu?«

Elle ignorierte ihn und sagte zu der Polizistin: »Springt hier vielleicht irgendwo eine Kriminalkommissarin, äh, Boll herum?« Gut, dass ihr der Name eingefallen war.

Die andere dagegen schien ihn nicht zu kennen. Kein Wunder bei dem Aufgebot an Beamten. »Sind Sie von der Presse?«, fragte sie noch argwöhnischer.

»Nein, ich wohne hier!«, rief Elle. »Und ich arbeite in der Kirche.«

Kukuth rückte näher und fragte nach ihren Aufgaben in der Kirche. Hörte sich mitfühlend und ein bisschen verschwörerisch an. Lächelte einladend. Bedauerlich, dass dieser attraktive Mann vermutlich nur ein journalistisches Interesse an ihr hatte. Und schade, dass sie nie herausfinden würde, wie er wirklich über sie dachte, denn mit ihm konnte sie sich jetzt nicht auch noch abgeben. Sie war im Namen der Göttin unterwegs. Elle fixierte die Beamtin. Die verschränkte die Arme, schob ihr Waffenarsenal, das sie um die Hüfte gebunden hatte, etwas in den Vordergrund und bildete eine undurchdringliche Mauer.

Na gut, dachte Elle und fischte in der Tasche nach ihrem Handy. Letzter Versuch, bevor ich heimgehe. Ich hab ja die Nummer –

»Frau Kling?«, rief da eine Stimme über die Köpfe der anderen Schaulustigen hinweg.

Elle fuhr herum. »Frau Boll«, rief sie erleichtert.

»Gut, dass Sie da sind, zu Ihnen wollte ich heute auch noch.«

»Eigentlich kann ich nicht lang«, antwortete Elle. »Ich hab das Haus voller Leute.« Sie senkte die Stimme. »Aber ich hab auch eine verrückte Idee.«

»Kommen Sie erst mal hier weg.«

Die Boll. Rollte nicht die Augen, seufzte nicht, schaute sie nicht an, als ob sie behauptet hätte, sie würde irgendwas channeln. Sagte einfach nur: »Besprechen wir drinnen.« Und passierte die Absperrung.

Elle warf der blau gekleideten waffenstarrenden Bullin einen triumphierenden Blick zu und stieg ebenfalls über das Flatterband. Der Terminus »verrückte Idee« mochte für andere kooperationsbereite Bürger*innen ein Ausschlusskriterium sein, das sie hinter den Absperrvorrichtungen dieser Welt hielt, doch für sie, Elle Kling, gab es Ausnahmen. Sie konnte so reden, wie sie wollte, und wurde trotzdem ernst genommen.

»Können wir später ganz kurz reden, Frau Kling?«, rief der

hübsche Kukuth ihr hinterher, als wären sie alte Freunde. Und Elle dachte, dass Leichen finden auch für ihr Anahata-Chakra gar nicht schlecht war.

»Also?«, fragte Bettina, nachdem sie eine ruhige Stelle auf dem Kirchplatz gefunden hatten. »Möchten Sie Ihrer Aussage noch etwas hinzufügen, Frau Kling?«

»Meiner Aussage?«

»Von gestern Morgen, Sie erinnern sich?«

»Oh, die Garage, tote Frau, Manuel – äh – nein.«

»Sie wollten mich aber sprechen?« Bettina mochte die Kling, die verrückten knalligen hennaroten Haare, das ganze Silber, mit dem sie sich behängte, die – heute bunten – Klamotten, das freundliche Gesicht, den leicht durchtriebenen Blick. Natürlich konnte sie sich trotzdem gut vorstellen, was Barolo gemeint hatte, als er sie anstrengend nannte.

»Mir ist da was aufgefallen, und jetzt könnte es wirklich was bedeuten!«

»Bitte präziser, Frau Kling.«

Die holte Luft. »Ich putze doch in der Kirche. Und Manuel hat gesagt, Mojo wäre in der Krypta –«

»Was?« Bettina blickte plötzlich sehr wachsam. Diese Information konnte unmöglich zu Kling durchgedrungen sein.

»... und wenn das so ist, muss er noch dort sein!«

»Wie kommen Sie darauf, dass Mojo in der Krypta gesehen wurde?«

Kling runzelte die Stirn. »Manuel hat es mir gesagt.«

»Sie haben mit Manuel über Mojo gesprochen? Wann?«

»Ich hatte an der Tür geklingelt, Montagmorgen, ich dachte, ich bring ihm Brötchen.«

»Was hat er gesagt?«

»Dass Mojo in der Krypta wäre. Ich hab auch nachgesehen, aber da war er nicht.«

»Sie waren dort?«

»Sofort.«

»Und war irgendwas ungewöhnlich?«

»Ich weiß nicht, wie es da gewöhnlich ist, es war leer und gruselig.« Kling schaute sie aus ihren schwarz umrandeten Augen tiefsinnig an. »Mojo kann einfach nicht weit weg sein. Unser Manuel mag vielleicht laufen können, aber der ist – nicht kräftig.«

»Seine Mutter schon«, sagte Bettina.

Sie sahen sich an.

»Haben Sie irgendeine Idee, wo Ina Rotas ist?«, fragte Bettina sanft. Sie registrierte ein leichtes Flackern in Klings Augen.

»Nein«, sagte die fest.

»Wirklich nicht?«

»Wirklich nicht.«

»Na gut«, sagte Bettina. »Was ist Ihnen aufgefallen?«

Kling holte Luft. »Haben Sie schon mal was von einer Piscina gehört?«

* * *

Katholisch für Anfänger*innen: Das Gotteshaus. Elle kannte es, sie hatte schon auf seinem Boden gelegen und die Steinplatten geschrubbt, sie hatte von dort aus zur Decke mit dem spitzen Kreuzgewölbe aufgesehen wie in den Himmel, sie hatte Podeste gezählt, Hölzer poliert, Bilder geschaut und sich Geschichten vorgestellt. Sie wusste, was Monstranz, Aspergill, Custodie, Ziborium waren, sie hatte versucht, die Heiligkeit der einzelnen Raumabschnitte zu erfassen, die war nämlich unterschiedlich, was war näher an diesem Männergott: Altar oder Beichtstuhl? Oder vielleicht doch die Sakristei? Aber die Feinheiten der Liturgie, die kannte sie nicht, und so gab es in dem Haus eben doch immer noch Neues. Zum Beispiel das alte Bleirohr mit etwa fünf Zentimetern Durchmesser, das etwas weiter links vom Sakristeifenster einfach so aus der Außenwand des kleinen Anbaus ragte.

Sie standen in grünem Schatten, der Sommer war hell und warm, Lichter flirrten träge über die Kirchenwand, jetzt am Nachmittag wurden die Kontraste schwächer, hier in dem überwachsenen engen Zwickel neben der Kirche unter dem Lindenschatten war es seltsam ruhig im Vergleich zum Betrieb auf dem Platz. Es war eine schöne, wunderliche Stimmung, fast so, als ob die Göttin ihnen wohlwollend zusah. »Da«, sagte Elle. »Sehen Sie das?«

Die Polizistin Boll – olivgrünes Shirt, selbe Jeans wie letztes Mal, Cowboyboots (howdy!), aber diese zum Niederknien karamellfarbenen Haare, die sie total stilecht strähnig in den Nacken gedreht und ins Shirt gestopft trug – beugte sich vor und betrachtete das Rohr.

»Es kommt nicht von der Regenrinne«, sagte Elle. »Es ist einfach mitten in der Wand.«

Boll holte eine sehr wertige kleine Taschenlampe aus ihrem Rucksack und leuchtete in das schwarze, am Rand leicht verbogene Rohr hinein.

»Eine Piscina«, sagte Elle, »ist, soviel ich gelesen habe, ein Raum mit Loch im Boden in einer Sakristei.« Sie versuchte, neben der Boll in das Rohr zu gucken: nix. Es verschwand in irgendwelchen Tiefen, nur ein schwacher Widerschein wurde von den Bleiwänden zurückgeworfen. »Es ist so eine Art heiliger Ausguss, da kommt alles rein, was geweiht ist, aber nicht mehr gebraucht werden kann, also Messwein, Weihwasser, Hostien.«

»Das Zeug muss ja irgendwohin«, sagte die Boll und steckte fast ihre Nase in das Rohr.

»Genau. Und zwar nicht in den normalen Müll, sondern zurück zu Mutter Erde. Dafür gibt es diese Piscina. Die hat Verbindung zum Erdboden. Also entweder ein kleiner Raum mit Loch im Boden oder ein Becken, das eine Verbindung nach draußen hat.« Elle wies auf das Rohr.

»Und das nicht irgendwie in die Sakristei integriert ist? Sieht nicht aus, als ob es noch benutzt wird.« Die Boll trat einen Schritt zurück und betrachtete den Anbau.

»Heutzutage ist das nicht mehr so rituell, da werden die verdorbenen Wässerchen wohl einfach irgendwo draußen auf die Erde gegossen.«

»Hm.« Die Boll sah nach oben. »Da war mal eine Tür.«

»Das ist es, was ich meine, das ist da drin total verschachtelt und verbaut, die Sakristei ist winzig, und darum haben sie wohl irgendwann entschieden, dass sie zugemauert wird, sonst wäre sie nur ein kaum nutzbarer Durchgang mit einer großen Tür. Und wieder später haben sie den Innenraum vertäfelt und Schränke eingebaut.«

»Okay«, sagte die Boll und knipste die Lampe aus. »Schauen wir nach.«

* * *

Die Krypta war offen. »Das haben wir aber schon untersucht«, sagte der Kollege, dem sie Bescheid gab, dass sie dort noch einmal reinmussten.

»Mit Spurensicherung und allem?«, fragte Bettina.

»Morgen machen wir einen Luminoltest wegen Blutspuren, Anweisung von den 11ern, aber gesehen haben wir nichts. Echt nichts.«

»Na gut«, sagte Bettina. »Wir gehen trotzdem noch mal rein.«

* * *

Diesmal waren sie zu zweit, da war der niedrige Raum mit den wuchtigen Pfeilern nicht mehr halb so unheimlich. Er wirkte viel kleiner. Die Boll leuchtete alles ab und sagte: »Seltsamer Keller.«

»Da sind Gräber«, sagte Elle und wies auf die Grabplatten, vor denen sie sich neulich so gegruselt hatte.

»Sagen Sie mal«, sagte die Boll, »wie gut kennen Sie Ina Rotas?«

Elle seufzte. Das fragte sie sich momentan selbst. »Wir sind auf komische Art auf einer Linie«, sagte sie, während sie beiläufig einen Sandsteinpfeiler berührte. »Sie ist eine Feministin. Allerdings eine katholische, und darum darf frau sie um Gottes willen nie so nennen.«

Die Boll schnaubte, das war wohl ein Lachen.

»Ina«, sagte Elle ernst, »lebt ihre Spiritualität. Da bin ich total bei ihr. Ich mag sie.« Sie dachte daran, wie Ina in ihrer Küche gestanden hatte, wund an Körper und vermutlich hauptsächlich Seele: Sie war zu ihr, Elle, gekommen, als letzte Zuflucht. Hatte ihr vertraut. »Und sie mag mich«, sagte sie fest.

»Wir müssen unbedingt mit ihr reden«, sagte die Boll, die Lampe auf den Boden gerichtet, ihr Gesicht lag im Dunkeln.

»Ich weiß nicht, wo sie ist.« Elle war froh, dass sie nicht lügen musste. Die Boll hätte das gemerkt. Die merkte ja schon, dass sie nicht alles verriet.

»Wussten Sie«, sagte Boll, »dass Manuel keine Hypophosphatasie hat? Dass er vermutlich gar nichts hat?«

»Aber er ist im Krankenhaus«, widersprach Elle.

»Sie haben bisher nichts gefunden, was ihn zwingt, im Rollstuhl zu sitzen. Organisch ist beziehungsweise war er immer völlig gesund.«

Ein seltsamer Schwindel ergriff Elle, ganz kurz. »Nein«, rief sie. Das stimmte nicht. Manuel war ein Häuflein Elend, seit sie ihn kannte. Das konnte nicht alles an Drogen liegen, es musste irgendwo eine Ursache für diese ganzen Behandlungen geben.

»Doch. Der Rollstuhl war immer unnötig.«

»Den muss doch jemand verschrieben oder – angeordnet haben!«

»Ein Rollstuhl fällt nicht unter die Verschreibungspflicht«, sagte die Boll sanft. »Den kann man einfach selbst kaufen.«

»Aber die Diagnosen? Haben Sie den Ordner gesehen?«

»Ja, zwei sogar, aber wir wissen nicht, was da drin war.«

»War?«

»Die Ordner sind zerstört.«

Elle musste sich an einem Pfeiler festhalten. »Das glaube ich nicht. Manuel. Dafür muss es eine Erklärung geben.«

Die Boll gab ihr keine. Stattdessen sagte sie: »Übrigens müssten wir Manuels Medikamente dringend finden. Sind verschwunden. Aber solange die im Krankenhaus nicht wissen, was er eingenommen hat, kann er an den Entzugserscheinungen sterben.«

Er brauchte den nächsten Schuss, damit er nicht krepiert. »Oh Göttin«, sagte Elle und spürte den kühlen rauen Pfeiler hart unter ihren Fingern.

»Haben Sie irgendeine Idee, wo die Mittel sein könnten?«

»Nein«, flüsterte Elle.

»Na gut«, sagte die Boll abschließend. »Vielleicht finden wir sie ja hinter diesem Rohr.«

* * *

Da, wo es zur Sakristei ging, klaffte in der Wand des niedrigen Raumes eine Öffnung mit einer Sandsteintreppe. Tavanaianfar war über diese sich verjüngende Treppe hoch in die Sakristei gelangt, sie endete vor einer Holzwand, die nur durch ein sehr unauffälliges Schlüsselloch als Tür erkennbar war. Und durch die Tatsache, dass sie angelehnt war und sich zurückziehen ließ. Hinter der Tür erkannte Bettina erst mal eine Kleiderstange, rechterhand hingen zusammengequetscht einige Messgewänder auf Bügeln, vor ihr befand sich noch eine Holztür. Bettina drückte dagegen. Sie öffnete sich und gab Blick und Weg in die helle Sakristei frei. Sie schlüpfte durch und hielt Kling die Tür auf, das enge Räumchen mit dem Tisch und der Holzvertäfelung war wie eine Befreiung nach dem klaustrophobischen Schrank und Gang. Kling quetschte sich durch und schüttelte sich. Ihr hennarotes Haar leuchtete sogar in dem grünlichen Abendlicht, das durch das hohe Fensterchen in die Sakristei fiel. »So«, sagte Bettina. »Das Rohr war etwa einen Meter links vom Fenster, also hier drinnen rechts vom Fenster.« Sie betrachtete die Wandvertäfelung. »Also quasi da … im Schrank.« Sie sah Kling an. Die nickte: Ja, da musst du jetzt rein.

* * *

Sie holten alle Messgewänder aus dem Schrank und legten sie auf den Tisch. Dann stieg die Boll in den Schrank, machte die Lampe an und sagte: »Okay. Bin jetzt an der Wand. Hier ist auch alles mit Holz zu.« Sie klopfte. Es hörte sich hohl an, aber diese Vertäfelung hörte sich überall hohl an, das hatte nichts zu sagen. Wahrscheinlich waren die Wände krumm und bucklig, und dahinter hausten die Mäuse.

»Hier müsste es ja jetzt eigentlich sein«, sagte die Boll dann und klopfte und ächzte ein bisschen, »wenn man von der Breite der Treppe ausgeht und davon, dass das Gebäude auf dieser Seite länger ist, dann müsste da eigentlich – Frau Kling, könnten Sie mir einen Schraubenzieher besorgen?«

* * *

Sie wollte ihn gar nicht finden, den Hansen. Vor nicht mal einer Woche hatte sie ihn kennengelernt, lebendig, kämpferisch, bisschen seltsam, aber ein interessanter Typ mit einer tollen tiefen Stimme. Ein schöner Mensch, ein Bruder. Den mochte sie hier nicht in einen heiligen Mülleimer gestopft finden, kalt, tot und vielleicht schon angemodert. Riechen tat sie nichts, aber dieses Paneel vor ihr, das sie der Enge wegen kaum sehen, nur ertasten konnte, das hatte so etwas Glattes, es hatte auch rundherum einen kleinen Spalt, und es hatte – ein Scharnier. Zwei Scharniere. Sehr klein, sehr unauffällig, unter einer Kante, damit die Täfelung hübsch aussah.

Ein Schraubenzieher wurde ihr angereicht. Bettina holte Luft, setzte ihn an, drückte – und erkannte, dass diese winzige schwache Tür auch auf der anderen Seite gehalten wurde: von einem Schloss. Sie hielt den Schraubenzieher in den Spalt gedrückt und rief: »Ich brauche den Kirchenschlüssel.«

»Den Kirchenschlüssel, kriege ich den einfach so –?«

»Gehen Sie am besten zu dem Kollegen, den wir vorher wegen der Krypta angesprochen haben, der wird ihn –«

Das Schloss sprang auf. Vielleicht hatte sie es ungewollt aufgehebelt, vielleicht war es nicht richtig verschlossen gewesen oder überhaupt zu schwach. Und es war so eng in diesem Schrank, dass sie die neu entdeckte Tür kaum öffnen konnte, sie fluchte und stieß sich, und dann hatte sie das Ding offen und leuchtete hinein.

Heller Widerschein.

Dicke Plastikfolie, nein, Plane, irgendwas Dickes, Helles, Verkratztes, gewickelt und verklebt mit etwas, das sie zum Glück nicht sehen musste. Sie nahm nur die Gestalt wahr, eine Ahnung von einem Kopf, einem Arm, wie Körperteile unter einer dicken Eisschicht. Nichts roch. Das Ding lehnte in einer kühlen winzigen Steinkammer, neben ein kleines Becken gequetscht. Bettina schluckte. »Vergessen Sie den Schlüssel, gehen Sie raus und holen Sie irgendwen«, sagte sie. »Hansen ist da.«

»Hätte ich dir gleich sagen können«, sagte Willenbacher gefühlte Stunden später, offenbar waren alle rausgefahren, sogar Juno Hamm. Fehlte nur der Polizeipräsident. »Ich war doch Ministrant.«

»Ach, du hast es gewusst und nix gesagt?«

»Ich wäre drauf gekommen«, sagte Willenbacher würdig. Er war bester Laune: Endlich war Hansen gefunden. Jetzt waren die Pressekonferenzen kein solches Spießrutenlaufen mehr und den Grohs war er auch los. »Die Piscina! Natürlich! Wir hatten auch so eine! Mit Becken!« Er senkte die Stimme und grinste kurz. »Piss, Ina!, haben wir immer gesagt.«

14

Sie kriegte den Toyota. Diesmal war es Willenbacher, der bleiben musste, und erfreulicherweise machte er viel weniger Theater als Meier II, Bettina sagte nur: »Feierabend«, »Kinder« und »Autoschlüssel«, und schon hatte sie das Ding und konnte abfahren.

Allerdings fiel ihr, kaum dass sie losgefahren war, ihr Kryptagespräch mit Kling wieder ein. Dass die sich mit der Rotas gut verstand, dass diese Frauen sich im Notfall helfen würden – oder zumindest die Kling der anderen –, das war zu spüren gewesen. Und so leid es ihr tat, solch interspirituelles Vertrauen zu stören: Darum musste das Haus der Kling durchsucht werden. Sofort. Also hielt sie an, um zu telefonieren, und fand sich an der Bushaltestelle, an der Hansens Auto gestanden hatte. Es war inzwischen abtransportiert worden, der Ort lag einsam in der späten Nachmittagssonne, ein bisschen staubig, ein Schotterplatz mit Wanderweg unter dem satten Grün der Buchen, die hier den Wald begrenzten. Unten an der Straße waren noch ein paar Häuser zu sehen. Bettina erledigte ihren Anruf, dann überlegte sie, ob die Leute in diesen Häusern wohl mitbekommen hatten, wie Hansens Auto hierhergefahren worden war. Wenn Ina Rotas es gefahren hatte (und davon ging Bettina jetzt aus, auch wenn sie es immer noch nicht richtig fassen konnte), dann musste sie ja durchs Dorf wieder zurückgegangen sein. Vielleicht hatte man sie gesehen? Oder konnte sie auch durch den Wald zu ihrem Haus laufen? Über die Wiese vielleicht?

Bettina stieg aus und betrachtete die Gegend. Dann nahm sie ihr Handy und suchte in Google Maps den Weg zum Haus der Rotas. Er führte durchs Dorf, aber es schien nicht unmöglich, von hier aus durch den Wald zu der großen Brachwiese zu kommen. Vielleicht gab es Schleichwege, vielleicht konnte man einfach ein Stück querfeldein laufen. Dann sparte man den auffälligen Gang durch den Ort. Und kam, wenn man noch einen kleinen Schlenker machte, an der Kapelle vorbei.

Kapelle.

Einen Moment stand Bettina da und starrte den Weg an, der hochführte. Jetzt im milden Sonnenlicht sah er völlig anders aus als vor zwei Tagen im Nebel. Sicherer. Weiter. Freundlicher. Grünschattig. Ein Weg, der vielleicht zwanzig Minuten dauern würde, einfach nur den Berg hoch.

Netter Abendspaziergang.

Ich muss heim, sagte sich Bettina.

Doch ihre Füße steuerten bereits auf den Weg zu.

Ganz ehrlich gesagt ... hatte sie die Rotas erwartet. So wie man die Million erwartet, wenn man auf den Lottoschein guckt, sonst würde man es ja nicht machen, dieses Spiel. Andernfalls wäre Bettina nicht hochgelaufen, die halbe Stunde, die es dann doch gedauert hatte. Trotzdem war es angenehm, ja es war wundervoll, nach dem Aufstieg in diesen kühlen Raum zu kommen. Seine Schönheit symbolisierte vermutlich Gott, kein Schmuck, einfach nur Licht und Form. Ein strenger Raum, einer, dem man nichts hinzufügen durfte. Nicht sehr einladend. Bettina dachte an Grimms Wohnung: Die hatte auch nicht nach viel Besuch ausgesehen. Niemand kam in diese Kapelle, hatte der Lanz gesagt. Vielleicht wegen der anspruchsvollen Strenge, vielleicht, weil sie das wiedergab, was dem Jungen widerfahren war, für dessen Andenken sie stand. Der Junge war an Drogen gestorben, und was war freiwilliger Drogengebrauch anderes als der Versuch, Dimensionen zu sprengen, das Wesen der Dinge zu erfassen, Geräusche zu sehen, Farben zu schmecken, wunderbare Liebe zu erfahren? Einen schönen Tag zu haben? Aber das Wesen der Dinge war zu intensiv, um lange damit zu leben. Es zog einen fort, es brachte einen um. Sie betrachtete die Worte, die in die Wand gemeißelt waren: *pondus pueri.*

Und in dem Moment schlug die Tür, und jemand trat ein.

Heilige Maria, Mutter Gottes, hier bin ich – bist du da?

Rotas.

Bettina hatte noch nie einen lebenden Menschen gesehen, der so schrecklich aussah. Es war, als ob jeder Zentimeter ihrer Haut verbrannt war, die Augen schauten aus wunden Lidern, die Hände waren mit verschiedenen blutigen Binden umwickelt, alles war feuerrot, trocken, aufgerissen, schorfig, blutverkrustet.

Sie sahen sich an.

»Helfen Sie mir«, sagte Rotas schließlich.

Wie konnte sie diese Bitte abschlagen? »Was soll ich tun?«, fragte Bettina.

Heilige Maria, Mutter Gottes, dies ist dein Haus, hier bist du Herrin, du hast mir diese Frau geschickt, und ich nehme deine Gabe an. Ich danke dir. Sie wird mir helfen. Du wirst ihr sagen, was zu tun ist, wir werden es machen, so gut es geht.

»Kennen Sie ein Gebet?«, fragte die Rotas. Sie stand immer noch, nicht kampfbereit oder gekrümmt, eher so, als ob sie versuchte, sich in diesem Raum zu etablieren, ihn auszufüllen. Sie atmete schnell und angestrengt, es musste sie Mühe kosten, so zu stehen, es musste schrecklich wehtun.

»Ich werde einen Krankenwagen rufen«, sagte Bettina, denn das war ihre Pflicht als Mensch, Polizistin und Ermittlerin in Rotas' Fall.

»Ich sterbe«, sagte Rotas nüchtern.

Bettina schüttelte den Kopf.

»Schenken Sie mir ein Gebet«, bat Rotas.

Bettina sah sich um: Nirgendwo eine Waffe. Keine Gefahr. Sie stieg die drei hölzernen Stufen hoch und setzte sich auf die linke Seite der schönen polierten Holzbank. Rotas folgte und setzte sich auf die rechte. Dann sah sie Bettina mit so etwas wie einem dankbaren, erwartungsvollen Lächeln an. Als ob Bettina etwas getan hätte, das sie zum Fortfahren qualifizierte.

»Gegrüßet seist du, Maria«, sagte Bettina.

Rotas schloss die Augen.

»Voll der Gnade.«

Rotas schien sich zu entspannen, ihr Atem ging regelmäßiger.

»Der Herr ist mit dir«, sagte Bettina und wusste nicht mehr weiter. »Ähm – du bist gebenedeit unter den Frauen«, brachte sie nach einigem Nachdenken heraus, »und gebenedeit ist die Frucht deines Leibes.«

Jetzt begann Rotas die Lippen zu bewegen und mitzubeten, was Bettina größere Textsicherheit gab: »Heilige Maria, Mutter Gottes, bitte für uns Sünder, jetzt und in der Stunde unseres Todes.«

»Amen«, sagte Rotas und schlug die Augen auf. Bettina erschrak, weil ihr Blick so klar und wissend war. »Danke.«

»Wir haben Mojo Hansen gefunden«, sagte Bettina.

»Es tut mir leid«, sagte Rotas leise.

»Mir auch«, sagte Bettina. »Sie waren manchmal mit ihm hier, nicht wahr?«

»Ja«, sagte Rotas.

»Er hat mit Ihnen gebetet?«

»Ja.«

»Ein Befreiungsgebet?«

Rotas machte eine Bewegung, ein schreckliches Schaudern, als ob sie aus der Haut fahren wollte, als ob sie ihr ganzes Äußeres abzuschütteln versuchte. Ein langer Riss an ihrem Hals begann zu bluten. »Können Sie sich ein paar Worte merken?«, fragte sie gequält.

Heilige Maria, Mutter Gottes, danke für diese Frau. Danke für das Gebet. Danke für die Kraft, mit der es wirkt. Ich weiß, du kannst und du wirst mir helfen. Du wirst ihr die Worte schenken. Du wirst sie leiten. Du bist bei mir.

»Sie müssen es in einem Satz sagen«, sagte die Rotas beschwörend. »Und Sie müssen es meinen. Sie müssen ihn mit aller Kraft wegstoßen. Er wird kommen.«

»Wer?«, fragte Bettina.

Rotas sah sie an: Das merkst du, wenn er da ist. »Okay?«

»Ich versuche es«, sagte Bettina und sah in Rotas' Augen, die waren entschlossen und nicht halb so irre, wie der Rest ihres Körpers aussah. Sie würde jetzt einfach an allem vorbei in diese Augen blicken, denn wenn das hier irgendeinen Sinn haben sollte, dann musste sie da hinein, in diesen Blick, und ihn bannen, den Werauchimmer, der da drinnen saß und alles verbrannte und vergiftete und Rotas' Inneres nach außen drückte. Und während sie das noch dachte, sprach sie schon, sie sagte die Worte, mehrfach, sie wiederholte einfach Töne, ritt auf dem Klang, spürte die Wucht der Begriffe, und dann hatte sie alles beisammen und konnte es allein behalten und nahm alle Kraft, alle Würde, alle Trauer, alle Liebe und Wut zusammen und sagte:

»Ich beschwöre dich, alte Schlange, bei dem Richter der Lebenden und der Toten, bei deinem Schöpfer und dem Schöpfer der Welt, bei dem, der die Macht besitzt, dich in die Hölle zu schleudern: Weiche eilends und voll Furcht samt deiner wütenden Heerschar von dieser Dienerin Gottes Ina, die zum Schoß der heiligen Mutter Gottes ihre Zuflucht nimmt.«

Rotas saß da, mit geschlossenen Augen, atmete schnell. Nach einer Weile sagte sie: »Noch mal.«

Bettina sagte es ein zweites Mal.

Und ein drittes, viertes und fünftes. Dann hörte sie auf zu zählen und versuchte, Kraft und Wut zu bündeln wie ein Schwert und die Liebe wie einen Mantel um sich zu legen. Und sagte es noch einmal und noch einmal. Irgendwann, nach endlosem Bad in den Worten, spürte sie einen Widerstand gegen ihre Wut, eine Kraft, die sich ihr machtvoll entgegenstellte, und sie gab nicht auf und sagte es noch einmal. Da schrie Rotas plötzlich auf und fiel von der Bank zu Boden.

Und Bettina hielt inne und sah, dass es draußen dunkel war und dass Rotas blutüberströmt und bewusstlos vor ihr auf dem Boden lag.

Da bestellte sie den Krankenwagen.

Und Willenbacher.

Und alle.

15

Abend, einfach so. Sie stieg aus dem Auto, und es war eine andere Welt, eine andere Zeit, Sommer, Feierabend. Ihr Haus. Kinder. Zum Glück waren Enno und Sammy da, sonst hätte Bettina sich total fehl am Platz gefühlt. Was wollte sie hier, wer war sie überhaupt? Eine Mutter? Davon hatte sie heute echt genug. Aber sie war es halt, und egal, was passierte, es holte eine immer wieder ein.

»Es sind Ferien«, rief Sammy.

»Nein, erst morgen, aber ich freu mich drauf«, sagte Bettina. Sie hatte ihren Rucksack einfach fallen lassen und war in die Küche marschiert. Brot und Wein. Jetzt sofort. Wo war der Wein?

»Es ist nur, weil – wir machen doch nie Urlaub.«

»Du weißt genau, dass wir uns das –«

»Ich hab eine Einladung«, platzte Sammy fiebrig und strahlend heraus.

Bettina fand eine fast leere Flasche und goss sich den Rest in ein Wasserglas. Dazu zwei alte Kümmelstangen. »Hast du geschrieben«, sagte sie. »Hab ich gesehen.«

»Sie will mit Undertakers fahren«, sagte Enno. »Fliegen!«

»Nenn sie nicht so!«

»Oh, aber das sind sie doch, oder? Die Addams Family. Ganz schick, aber Addams. Nach Sardinien. Nicht Malle.«

Bettina schloss die Augen und trank den Wein. »Also Konnys wollen dich mit in Urlaub nehmen«, brachte sie dann heraus.

»Ja, und, Tina«, Sammy kniete allen Ernstes vor ihr nieder, »bitte, bitte sag ja. Das wäre so toll!«

»Nach Sardinien?«

»Da ist es wunderschön!«

Sie konnte nicht mehr. Es war zu viel.

»Die haben ein Haus, ich kann einfach mitkommen!«

»Das geht nicht.« Der Tag war zu lang gewesen, und sie wollte nicht, dass Sammy irgendwas mit den Nachbarn machte. Nicht, bevor sie einiges mit denen geklärt hatte.

»Der Flug war gar nicht teuer, und die haben ihn auch schon.«

Bettina stellte das Glas ab. »Wie bitte?«

»Last-minute-Sonderangebot, im Flieger war noch Platz frei, Julius hat einfach mal gebucht, morgen zwölf Uhr.«

»Morgen ist noch Schule.«

»Wir machen doch überhaupt nichts mehr!«

»Nein.«

»Ich hab's dir gesagt«, flötete Enno. »Hab's dir gesagt.«

Sammys Gesicht wurde schmal und hart. »Ich fahr da mit.«

»Schule ist Schule. Und es gefällt mir nicht, dass ich übergangen werden sollte.« Von dir nicht, und von diesem Julius erst recht nicht, setzte sie im Geist hinzu.

»Du warst nicht da! Julius hat fünfzig Euro bezahlt! Das ist nicht viel! Und das Angebot wäre sonst weg gewesen! Er musste es tun.«

»Ich rede morgen mit ihm«, sagte Bettina grimmig.

»Nein, jetzt.«

»*Jetzt* esse ich, und dann gehe ich ins Bett. So geht das nicht. Du kannst da nicht mit.«

»Ach so, du willst, dass ich den ganzen Sommer lang in diesem Gruselhaus mit 'ner Leiche im Keller sitze und zum Freak werde, weil wir nicht mal richtiges WLAN haben! Oder einen Herd!«

»Ich will, dass du jetzt in dein Zimmer und morgen in die Schule gehst!«

»Vergiss es«, fauchte Sammy. »Ich bin bei Konny.« Und so stürmte sie aus dem Zimmer und aus dem Haus.

Und Enno sah ihr nach und schüttelte den Kopf und sagte: »Sie will da wirklich hin, glaube ich.«

Also das Nachbarhaus. Es mochte baugleich sein und auf zwei ineinander übergehenden Grundstücken liegen, aber es grenzte an eine andere Straße, die nur über ein paar Ecken erreichbar war, kurzum: Bettina hatte das Haus nie gesehen. Oder doch, wo sie jetzt so davorstand, in der Dunkelheit, mitten in der Nacht, da war ihr, als ob sie in dieser Straße als Kind gespielt hätte, da war ein Brunnen, ein seltsames Türmchen am Straßenrand. Das Haus selbst allerdings weckte keine Erinnerung in ihr, es war ein Schmuckstück, nicht ganz so pompös, wie sie es sich vorgestellt hatte, aber höchst gediegen und solide renoviert, moderne Fenster, eine wundervolle neue Holztür und himbeerfarbener Anstrich. Mannshohe beschnittene Buchsbäume im hübsch gepflasterten Eingangsbereich. Schmiedeeisen am Gartenzaun, Rosen im Vorgarten, an der Seite ragten Obstbäume in die Finsternis und dahinter die Ahnung eines Parks. Der hauptsächlich aus meinem Garten besteht, dachte Bettina böse. Aber ihr war nicht wohl, ihr Tag war Hammer gewesen, und sie wollte nicht in diesem unglaublich charmanten Wohlstand als die Spaßbremse auftreten, der fünfzig Euro und die Chuzpe zum Schuleschwänzen fehlten, um ihrem Kind einen Urlaub im Süden zu ermöglichen. Nicht heute Abend. Was also?

Wie gelähmt stand sie da und merkte, dass ihr Tränen über die Wangen liefen. Sie musste rein in dieses Haus, das wusste sie, aber ihr war schwindelig, und es würde eine Szene geben. Vielleicht übers Handy?

Sie holte es aus der Tasche und wollte an Sammy schreiben – irgendwas –, als sie bemerkte, dass sie länger keine Nachrichten gecheckt hatte. Da waren nur schätzungsweise ein Dutzend Nachrichten über Sardinien von Sammy, eine von Enno, drei von Willenbacher, zwei von einem neuen Kontakt, der wahrscheinlich Juno war, und eine von – Mezkal. Vor nicht mal einer halben Stunde hatte er geschrieben. »Tina, bist du da?«, war die Nachricht. Sonst nichts.

Trotzdem sank Bettina zu Boden, direkt aufs Straßenpflaster. Mezkal, das war der einzige Kollege, von dem sie nicht hören und nie mehr hören wollte. Andererseits half da nichts. »Ja«, tippte sie als Antwort.

»Dann mach mir auf«, kam postwendend zurück.

Sie rannte zurück und sah jetzt etwas entfernt, vor einem anderen Gartentor, einen alten dunklen Hippiebus stehen, den sie kannte, der ihr aber vorhin nicht aufgefallen war. Ihre Haustür war nur angelehnt. Sie stürmte in die Halle und sah Enno, der Mezkal anlächelte. Vorsichtig. »Da ist sie!«, rief ihr Sohn spürbar erleichtert, als Bettina eintrat. »Gut, ich bin dann –«

»Du bleibst mal da, Bro«, sagte Mezkal freundlich. Er sah sehr lang und schmal aus in der großen Halle, abgeranzte Lederhose, Lederweste, Boots, lustiges Bärtchen, ein dicker Silberring am rechten Mittelfinger und mehrere silberne Ohrringe überall, wo Platz war.

Ausgehkluft, dachte Bettina. »Namd!«, brachte sie heraus. »Hast du dich für mich angezogen?«

Mezkal grinste sie an. »Yeah, Frau Boll, ich komm drauf zurück!«

»Hör zu«, sagte Bettina erschöpft.

»Ich weiß. Hab alles gehört. Du bist ’ne Heldin, du hast ’ne Leiche gesehen und die Verdächtige eingefangen und dein Tag hört auf, wenn meiner anfängt. Also entspann dich, wenn du willst, rede ich erst mal mit ihm.« Er klopfte Enno auf die Schulter.

Der sah ziemlich misstrauisch, aber zum Glück, wie Bettina fand, nicht schuldbewusst aus. »Nein!«, rief sie trotzdem. »Komm in die Küche.«

»Sorry, Tina«, Mezkal senkte die Stimme, »ich würde lieber deinen Speicher sehen.«

Sie sah Enno an und fragte sich, ob am Ende doch …? Dass vielleicht alles anders war und nur ein Spanner ins Haus geschlichen war und Enno trotzdem die Tabletten …?

»Du, also ich hatte gestern Müller hier, und der hat überall Abdrücke abgenommen und wir haben da eine Theorie –«

Mezkal schüttelte leicht den Kopf. »Deswegen sind wir hier.«

»Wer ist wir –« Bettina sah sich um und erkannte zwei Kollegen, die hinter ihr im Eingangsvestibül standen. Einer hielt einen Metalldetektor in der Hand. Sie musste große Augen gekriegt haben, denn der Kollege schüttelte entwarnend den Kopf.

»Ihr sucht bei mir nach Wanzen?«

»Du hast keine«, sagte Mezkal und zwinkerte ihr zu. »Jedenfalls nicht hier und im Treppenhaus. Allerdings, dein Schlafzimmer, Tina, da haben wir noch nicht geguckt.« Er grinste, und sie konnte nicht erkennen, ob er scherzte. Sie war einfach zu durch.

»Was wollt ihr?«, fragte sie schlicht.

»Wissen, wer da auf deinem Speicher war.«

Willenbacher, dachte Bettina. Enno. Ich. Mein Nachbar. »Warum?«

Mezkal musterte Enno und entschied zu sprechen. »Hat Müller dir das nicht gesagt? Wir haben eine Übereinstimmung. Zu einem Typen, den wir nicht persönlich kennen, aber schon lange suchen.« Er grinste. »Wunderhübscher Abdruck. Hast du uns doch gestern von Müller liefern lassen. Nicht von dir, nicht von deinem Filius und nicht von *Chapo* Willenbacher. Also, raus damit, Tina, wer läuft da sonst bei dir im Haus noch rum?«

Sie starrte Mezkal an. »Es ist nicht Enno.«

Der Kollege seufzte. »Handelst du seit etwa zehn Jahren mit Medikamenten, Bro?«

Enno verschränkte die Arme.

»Oh Mann – unser Nachbar«, rief Bettina. »Der hat uns gestern noch einen Fernseher geschenkt!«

»Der Undertaker«, wisperte Enno mit schiefem Grinsen.

»Geschenkt?«, sagte Mezkal mit hochgezogenen Brauen und sah sich um. »Wo ist das Ding?«

Bettina wies auf den Flur, und die beiden Wanzenkollegen machten sich reptilienhaft auf den Weg. »Also nicht, dass ich den gewollt hätte, aber unsere Töchter sind Freundinnen, die singen zusammen, die – oh Mann! Er will sie mitnehmen nach Sardinien!«

»Der scheint Abstand zu brauchen«, sagte Mezkal. »Hast du ihn erschreckt, Tina?«

»Nein, er mich. Er – die fliegen morgen um zwölf!«

Mezkal sah auf die Uhr. »Das schafft er nicht.«

»Er wohnt im Haus gegenüber«, sagte Bettina. »Und er hat meine Tochter. Sammy ist drüben. Die ist fest entschlossen, mitzufliegen. Ganz spontaner Entschluss. Weil, du hast recht, er hat gestern Müller gesehen. Und hat sogar erkannt, dass der Fingerabdrücke nehmen wollte!«

»Du hast ihn ja doch erschreckt, Tina.« Mezkal musterte sie anerkennend. »Und du weißt es genau? Dass er und niemand anders mit dir auf dem Speicher war?«

»Ja …« Sie begann nachzudenken.

»Können wir das mal sehen?«

»Natürlich.« Bettina wies auf die Treppe. »Aber dort oben – da wurde alles geputzt! Da ist ein Schrank, den muss er irgendwann in den letzten Nächten ausgeräumt haben. Und ausgewischt!«

Mezkal zuckte die Achseln und stand gleich darauf schon auf dem ersten Absatz. »Der hatte Angst, dass er was übersehen hat.« Er streifte Enno, der mitgekommen war, mit einem warnenden Blick. »Und er wollte wissen, ob du einen Verdacht hast.«

»So ist der Verdacht überhaupt erst entstanden.«

Mezkal lachte und bewegte sich die Treppen hoch. »Immer wieder dasselbe«, sagte er. »Sie kommen alle zurück. – Aber, ganz ehrlich, Tina, wie wahrscheinlich ist es, dass du für einen leeren Schrank einen Müller holst, der alles schön treu und brav ins AFIS einspeist …? Am selben Abend noch?«

»Hm.«

»In Wahrheit wollte der einfach mit dir auf den Speicher.«

Witzig. »Ich muss Sammy unbedingt da rausholen.«

»Jetzt chill mal, Tina, wir gucken erst das Lager.« Mezkal stieß die Tür zum Speicher auf und pfiff durch die Zähne. »Nette Spielzimmer, Tina … Und wo ist der Schrank?«

Sie entschieden, dass Bettina nicht ihre Tochter, sondern den Nachbarn aus dem Haus locken sollte. Das war vermutlich tatsächlich leichter. Außerdem blieben, wenn Sammy ausschied,

Konny und ihre Mutter als mögliche Geiseln zurück, auch an die musste gedacht werden.

Nur: wie einen Mann aus der Reserve locken, den frau davor eigentlich nur abgewiesen hatte? Jäger liebten es nicht, selbst gejagt zu werden, und wenn sie den Spieß umdrehte, würde er wissen, was die Stunde geschlagen hatte.

»Schaffst du das?«, flüsterte Mezkal ihr leise ins Ohr und sah sie an. »Kannst du noch? Ich kann auch selber klingeln gehen, wenn du willst. Oder das SEK bestellen.«

»Wegen diesem Typen?« Mezkal würde nicht das SEK anfordern. Nie und nimmer. Da musste ihm schon der Himmel auf den Kopf fallen.

Doch Mezkal sah sie kurz und ernst an, ja, hieß das. »Mit Kanonen auf Spatzen, Tina«, rief er dann. »Mit Kanonen auf Spatzen.« Und senkte die Stimme wieder. »Was wirst du sagen?«

»Ich schätze, ich muss improvisieren«, flüsterte sie. So wie den ganzen Tag schon. Eigentlich schon immer.

»Yeah«, sagte er. »Go for it, Baby.«

Sie klingelte an der wundervollen Tür und war einerseits voller Neid und andererseits froh, keine solche Tür, keinen solchen Garten und kein solches Himbeerrot zu besitzen, weil das alles mit Unglück erkauft war. Dann lieber die alten zugigen Flure und klemmenden Fenster. Die Tür öffnete sich, goldenes Licht fiel nach draußen, und eine Frau erschien. Eine freundlich aussehende dunkelhaarige Frau, zart, etwas blasiert, sie wirkte offen, aber in eigene Gedanken versunken. Die weiß alles, aber hat von nichts eine Ahnung, dachte Bettina und sagte hallo.

Die Frau sah sie an, öffnete den Mund, sagte: »Oh! Du musst – du musst Sammys Mama sein!«

Bettina nickte.

»Ich bin Anna. So froh, dass wir uns endlich sehen, wirklich! Es tut mir unendlich leid, aber ich war in der letzten Zeit beschäftigt, dabei ist es so wichtig, dass wir uns kennenlernen!

Jedenfalls jetzt vor der Fahrt!« Sie lächelte. »Wir sind mal wieder so spontan! Komm rein! Bitte!«

Bettina blieb stehen. »Ist Julius da?«, fragte sie ziemlich schroff.

»Ja«, sagte Anna lächelnd. »Drinnen.« Sie machte eine einladende Geste.

»Kann ich ihn sprechen?«, fragte Bettina. »Privat?«

Anna lächelte zögerlicher. »Ja … Warum?«

»Privat«, sagte Bettina provokant. Weil, für nette Spielchen hatte sie einfach keine Energie mehr. »Hier draußen. Ohne Sie.«

»Ähm«, machte Anna, schaute nach hinten in ihre wunderschöne Halle und schlüpfte dann raus aus der Tür. »Was wollen Sie?«, fragte sie misstrauisch. »Sind Sie wirklich Sammys Tante? Die Polizistin? Mit der Leiche im Keller?«

Jetzt wollte die andere sie ärgern. Und wenn sie ein bisschen nachdachte, dann würden ihr bald noch bessere Sachen einfallen: Jugendliche mit zu viel Freizeit ohne Mittagessen in einem renovierungsbedürftigen Haus. Was, um Himmels willen, sollte Bettina ihr sagen? Vielleicht die Wahrheit: »Ich möchte, dass Julius seine Geschenke zurücknimmt«, rief sie. »Es hat sich ausgeschenkt, ich will seinen Rasenmäher nicht! Keine Fernreise für mein Kind! Und auch keinen Fernseher!«

Anna seufzte und sah sich in der Straße um. »Komm doch rein«, bat sie.

»Nein danke!«

»Hör mal, das darfst du nicht so übelnehmen, das sind keine Almosen, echt nicht, mein Mann hat manchmal einfach so 'nen Helfertick!«

Mist, die wusste alles und fand es auch noch gut. »Ich finde, er ist zu hartnäckig damit«, sagte Bettina laut. »Ich brauche keinen Fernsehanschluss von ihm gebastelt kriegen, und ich mag es nicht, dass er ständig bei mir auftaucht und alle Zimmer besichtigen will. Vor allem die kleinen Schlafzimmer oben auf dem Speicher.«

Anna starrte sie an.

»Ah«, rief Bettina. »Und ich möchte auch keinen Wein gebracht haben und den abends mit ihm trinken, und ich will ihn nicht mitten in der Nacht vor meinem Balkon finden. Oder an meiner Schlafzimmertür.«

Anna musterte sie von oben bis unten und sagte: »Ich richte es aus.« Damit verschwand sie in ihrem Haus und schloss die Tür hinter sich. Soft, smooth und elegant.

»Was war das denn?«, ploppte gleich darauf auf ihrem Handy als Nachricht auf. »Bist du verrückt, Tina?«

»Folgt mir«, schrieb sie. Und sah sich in dem Vorgarten um, als ob sie vorhätte, was kaputt zu machen. Trat halbherzig gegen das Gartentor. Schaute auf zum Haus, in die hellen Fenster.

Ging.

Dachte, dass sie zumindest Sammy mit dieser Nummer wiederkriegen würde, irgendwann an diesem Abend, wenn auch nicht sofort.

Aber kaum dass sie vor ihrem eigenen verzogenen Gartentor unter ihren dunklen Bäumen stand, hielt ein SUV mit laufendem Motor. Ihre Tochter Sammy sprang heraus, blass vor Wut. Sie zog einen Riesenrucksack hinter sich her. »Du bist verrückt, Tina, total verrückt!«, fauchte sie Bettina an.

»Ins Haus!«, schrie die und zog Sammy mit sich.

Denn um den SUV hatten sich eidechsengleich drei Männer mit vorgehaltenen Waffen materialisiert.

16

Morgenbesprechung, diesmal eine große, alle da wie früher, das Konspirieren war vorbei, aber Bettina hörte nichts. Sie saß wie im Nebel. Den Rest ihrer kurzen Nacht hatte sie sich im Bett hin- und hergeworfen und immer wieder diesen seltsamen Widerstand gespürt, der sich ganz plötzlich gegen sie gestellt hatte, der versucht hatte, zu antworten, der sie vernichten wollte. Träumte sie das?

»Tina …?«

Viele Augen sahen sie an. Sie erschrak.

Da klatschten plötzlich alle und sie erschrak noch mehr, und dann sah sie, dass die Kollegen lächelten, und sie lächelte auch.

»Gut gemacht«, sagte Willenbacher. »Die Verdächtige und den Vermissten gefunden. An einem Nachmittag. Und abends dann als Krönung noch einen lang gesuchten Dealer, also, Frau Kriminaloberkommissarin, herzlichen Glückwunsch.«

Wieder Klatschen. Sie wäre fast in Tränen ausgebrochen.

Zum Glück ergriff Meier II, der auch ziemlich weit vorn am Tisch saß, mit rotem Kopf das Wort. »Apropos, ich muss mal noch erwähnen, wie toll ich es fand, wie der Kollege Tavanaianfar vorgestern die Geiselnahme beendet hat. Das war auch ganz groß.«

Tavanaianfar lächelte ein bisschen und sagte: »Das war ja gar keine Geiselnahme.«

»Du hast es so gedreht, dass es keine wurde«, sagte Meier II. Er sah Willenbacher an. Der war wieder im Stuhl zurückgesunken. »Und das ist die Kunst!«

Meier II klatschte, Bettina klatschte, fast alle klatschten. Auch Willenbacher. Jetzt.

»Und ich weiß aus sicherer Quelle, dass wir auf der Hotlist für die Toleranzmedaille der Stadt stehen!«

Gar nicht klatschten: Grohs, noch zwei andere aus der Vermisstenabteilung und Auermann als Vertreterin des Personalrats. Die saßen oder standen mit verschränkten Armen und ihre Gesichter sagten: Nicht mit mir.

Dann löste sich die Versammlung auf, und draußen auf dem Flur begann der unangenehme Teil: Grohs schnappte sich Willenbacher und redete wütend auf ihn ein, während sich die Anwesenden langsam zerstreuten. Bettina erhielt ein paar Glückwünsche und Schulterklopfer zur Beförderung. Meier II sah sie so tief und vertrauensinnig an, dass man hätte meinen können, er hätte ihren Aufstieg höchstpersönlich bewerkstelligt und dazu mindestens den Polizeipräsidenten bestochen.

Tavanaianfar reichte ihr ziemlich steif die Hand und sagte: »Herzlichen Glückwunsch zur Beförderung. War echt Zeit und verdient.«

Das machte sie verlegen, weil sie nicht aufgepasst hatte, ob auch er befördert worden war (was genauso fällig war wie bei ihr) und ob sie sich jetzt immer noch siezten, was in dieser aufgekratzten Runde ziemlich unentspannt rübergekommen wäre. Sie sagte also vage: »Vielen Dank. Das in der Kirche war ganz toll gemacht.«

Tavanaianfar nickte. Sie hörte Grohs im Hintergrund schnauben, sah sich aber nicht um. Juno Hamm trat auf sie beide zu und sagte zu Bettina: »Ich sitze jetzt in deinem Zimmer.«

»Hey.«

»Ich bin eigentlich gestern schon eingezogen. Will hat mir alles gezeigt.«

»Alles klar.« Sie blickte die neue Kollegin an. Eine hübsche, sportliche junge Frau, dunkle Locken, Sommersprossen, ernste, eifrige Züge. »Also ich bin Tina«, sagte sie. Auch in Tavanaianfars Richtung. Doch der war sichtlich abgelenkt, denn zwischen Grohs und Willenbacher wurde es lauter. Die Stimme der Personalrätin hob sich ebenfalls. »Suspendiert«, hieß es da, »Teufels Küche«, »rechtlich unsauber«, chaotische Verhältnisse«.

»Was ist mit denen los?«, fragte Bettina halblaut.

»Ich bin eigentlich noch suspendiert«, sagte Tavanaianfar im gleichen Ton, aber abgewandt, auf das Gespräch der anderen lauschend.

»Hat Willenbacher das nicht aufgehoben? Du warst doch am Tatort. Und hast super gearbeitet.«

»Willenbacher war nicht da«, sagte Tavanaianfar. »Meier II hat mich angerufen und später mitgenommen, er sagte, er macht das. Hat er auch. Ich dachte, alles ist erledigt. Ich hab mit dem Ersten Hauptkommissar gesprochen. Wir haben es geklärt. War dumm von uns beiden, aber ist aus der Welt. – Dachte ich«, fügte er an und hörte auf zu lauschen. Er sah Bettina und Juno an.

»Was haben die dann?«

»Der Personalrat hat der Aufhebung meiner Suspendierung nicht zugestimmt. Beförderung kann ich auch vergessen, da müssten die genauso ja sagen.«

»Was?« Bettina fuhr herum. Grohs, der sie offenbar beobachtet hatte, schenkte ihr ein biestiges Zähnefletschen und schimpfte weiter, jetzt leiser.

Indessen zupfte Juno sie ziemlich heftig am Ärmel. Bettina drehte sich wieder um.

»Wieso das denn?«

Tavanaianfar zuckte die Achseln. »Sie sind nicht gefragt worden«, sagte er. »Und jetzt wollen sie, dass der Weg der Instanzen ganz genau eingehalten wird. Jedenfalls sagen sie, dass das der Grund ist.«

»Das ist doch Irrsinn«, rief Bettina. Sie senkte die Stimme. »Wieso eigentlich gleich der ganze Personalrat, wer hat die überhaupt gefragt?«

»Ich«, sagte Tavanaianfar. »Ich dachte, die helfen mir. Ich find's zum Kotzen, dass ich hier heimlich Kanake genannt werde. Dass meine Beförderungen verschleppt werden. Und dass ich eine Aufpasserin kriege, nicht persönlich gemeint, wenn's heikel wird.«

»Das ist dein gutes Recht!«, sagte Juno und sah Bettina an.

»Ja, natürlich«, sagte die, verwirrter als zuvor. »Aber wieso dann jetzt das –«

»Weil das Rassisten sind«, zischte Juno sehr leise.

»Langsam.« Bettina hatte das Gefühl, jeder, aber zumindest Grohs müsste das gehört haben.

Tavanaianfar sah auch nicht supererfreut aus. »Ich will nicht, dass ihr meinen Kampf kämpft«, sagte er. »Aber tatsächlich haben die vom Personalrat nichts unternommen. Vielleicht mit Willenbacher geredet, das weiß ich nicht. Aber jedenfalls wollen sie jetzt nicht anerkennen, dass die Suspendierung aufgehoben ist. Die wollen erst eine Konferenz.«

»Geh zur Gleichstellungsbeauftragten«, riet Bettina. »Nimm sie mit.«

»Ich hoffe, es kommt nicht so weit«, sagte Tavanaianfar grimmig.

»Will hofft das auch«, sagte Juno.

Im Gegensatz zu Willenbacher, sah Bettina, wurde Juno nicht rot, als sie jetzt aus zwei Augenpaaren angestarrte wurde.

»Was?«, sagte sie nur stirnrunzelnd. »Ich hab gehört, wie er das zu Meier II gesagt hat!«

Tavanaianfar schüttelte den Kopf. »Ich muss jetzt gehen.« Er verschwand Richtung Treppenhaus.

Juno beugte sich zu Bettina vor und fragte: »War die Auermann auch bei dir?« KOK Auermann war die Vorsitzende des Personalrats.

»Warum?« Kaffee wäre jetzt gut. Hoffentlich war die Maschine heute nicht wieder auf schwach eingestellt. Bettina wandte sich ab. Das Ergebnis des Streits zwischen den Chefs würden sie eh erst später erfahren.

»Kurz bevor ich nach Waldstätten gefahren bin und noch keine Outlaw war, die unerlaubte Sachen macht, hat sie mich angesprochen. Wie es mir hier geht und ob ich mich wohlfühle.«

»Und fühlst du dich wohl?«

»Tina. Die hat mich gefragt, und zwar kurz nachdem Tava

sich bei ihr beschwert hat, ob sich die Kollegen mir gegenüber respektvoll verhalten. Vor allem die aus den anderen Kulturkreisen. Ich müsste mich nicht schämen, falls ich sexuell angegangen würde – und sei es nur ein Blick! –, das zu melden. Das wäre kein Kavaliersdelikt und es wäre auch kein Rassismus, drüber zu reden. Ich soll mich ganz vertrauensvoll an sie wenden, jederzeit, dazu ist sie schließlich da.«

»Was?«

»Ja. Und weißt du, was: Die Cheyenne und die Emilia aus meinem Jahrgang, die unten bei den Drogen sitzen, haben denselben Besuch gekriegt.«

Ich nicht, dachte Bettina. »Wirst du denn von irgendwem angegrabscht?«

Juno starrte sie an. »Nein!«

»Unglaublich.« Bettina suchte im Tassenregal nach ihrer schönen *Quiet, please*. Sie fand die Tasse und stellte sie in die Maschine.

»Sag ich doch!«, rief Juno. »Das ist Kuhmilch in dem Apparat, oder?«

»Denke schon.«

»Trinkst du das wirklich schwarz?«

»Wie trinkst du es denn?«

»Gar nicht«, sagte Juno. »Was machen wir jetzt wegen Tava?«

»Weiß ich nicht«, sagte Bettina. »Der Auermann die Reifen aufstechen.« Sie sah Junos Gesicht und sagte: »Joke. Nein, wenn's sein muss, dann gehen wir halt hin und nehmen diese fucking Toleranzmedaille.«

Juno sah unzufrieden aus.

»Und inzwischen arbeiten wir einfach weiter.«

»Mit Tava?«

»Auch.«

Juno hatte sich ausgebreitet, ganz schön sogar, Bettina fühlte sich an ihre ehemalige Zimmergenossin Nessa mit dem Drachenbaum erinnert. Aber es sah auch viel belebter aus. Nicht so staubig. Vielleicht gut, wenn mal frischer Wind reinkam. »Was machst du?«, fragte sie also und setzte sich.

Juno hibbelte am anderen Tisch vor sich hin. »Lese Rotenmorgen-Akten«, sagte sie. »Ist mühsam. Diese Polanski hatte den verrücktesten Beruf der Welt.« Ihr Computer gab Geräusche von sich und beleuchtete jetzt Junos Gesicht bläulich.

»Was schreibt sie über Hansen?«

»Exorzismus.« Juno hob die Hände. »Wobei, das hab ich wenigstens verstanden. Ich meine: was er wollte. Aber die anderen Sachen, diese Eheverfahren sind so schräg – ich hab erst mal beim Kirchengericht angerufen. Ich hab's nicht kapiert.«

Bettina dachte an Willenbacher.

»Und rate, die beim Kirchengericht sind, glaube ich, gar nicht so traurig, dass die Polanski nicht mehr für sie arbeitet. Die war denen nicht geheuer.«

»Wieso das?«

»So wie ich es verstanden habe, waren ihre Gutachten zu streng.«

»Zu *streng*?«

Juno nickte. »Sie hat den Leuten die Trennung vermiest.«

»Wie geht das denn?«

»Die möchten eigentlich selber nicht mehr, dass sich da mehrere Personen lange hinsetzen und nach verzwickten Gründen suchen, warum irgendeine längst geschiedene Ehe auf ihren Papieren weiter bestehen muss. Die kommen nur irgendwie aus dem Ding nicht mehr raus.«

»Beschäftigen diese Verfahren nicht mehrere Vollzeitrichter pro Diözese? Und ihre Mitarbeiter?«

Juno grinste mit ernsten Augen. »Jap. Klassischer Bullshit-Job. Ist auch ein irrer Aufwand. Kostet vermutlich einen Haufen Geld. Da werden seitenweise Aussagen aufgenommen. Über total intime Sachen. Befragt werden die Ehepartner und deren Zeugen, also standardmäßig sechs Personen für einen Fall. Die müssen auch lange Selbstauskünfte geben. Dann geht es zur Gutachterin, und danach zu einem Typen, der Ehebandverteidiger heißt. Das ist quasi der Staatsanwalt. Der versucht in diesen ganzen Aussagen die Fehler zu finden und alle Beteiligten unglaubwürdig zu machen. Der kommt auf Sachen, da rollen sich dir die Nägel hoch. Unterstellt den Leuten die miesesten Absichten, und das kriegen die hinterher auch zu lesen. Ich hab die beim Kirchengericht drauf angesprochen, es war ihnen fast peinlich, überhaupt drüber zu reden.«

»Aber Katerina Polanski wollte diese Verfahren … auskosten.«

»Die hat sich ja auch auf eine Diskussion über Dämonen eingelassen, und das finden die genauso wenig nice«, sagte Juno.

Beim Thema Dämonen wurde Bettina ein wenig flau. »Weißt du, wie es der Rotas geht?«, lenkte sie ab. »Ich hab bei der Besprechung nicht richtig zugehört.«

»Ist übern Berg. Morgen können wir mit ihr reden.«

»Manuel?«

»Nicht super, aber überleben wird er. Fragt sich nur, was überhaupt aus ihm wird.«

Bettina lehnte sich im Stuhl zurück und trank einen Schluck Kaffee. Zu mehr war sie heute eh nicht in der Lage. »Was ich immer noch nicht verstehe«, sagte sie dann doch, »wieso musste die Polanski sterben?«

»Hast du die Rotas das nicht gefragt?«

Bettina schüttelte den Kopf.

»Du warst ganz schön lang mit ihr – unterwegs …?«

»Ja«, sagte Bettina einsilbig.

Juno sah sie interessiert an, dann schaute sie wieder auf den Bildschirm. »Die Polanski hatte ja ein Gutachten über die Rotas-Ehe begonnen.«

»Stimmt, wie hat das Kirchengericht da eigentlich entschieden? Wurde die Ehe für ungültig erklärt?«

Juno zuckte die Achseln. »Wissen wir nicht. Noch nicht mal, ob das Verfahren überhaupt beendet wurde. Mit dem Ehemann Herrmann Rotas wollte ich deswegen einen Gesprächstermin ausmachen, aber der ist sehr unkooperativ. Eventuell müssen wir ihn einbestellen.«

»Kann der die Polanski gekannt haben?«

»Das ist nicht viel wahrscheinlicher als bei seiner Frau. Es gab keine persönliche Begegnung. Zumindest ist keine dokumentiert. Fürs Verfahren ist das auch nicht wichtig. Ist schon krass, oder, da beurteilt eine dein Intimleben, ohne dich je gesehen zu haben … Wobei, die Polanski kann echt nicht für das Urteil des Gerichts verantwortlich gemacht werden, die hatte noch gar nicht mit der Arbeit begonnen. Leider. Aus dem Grund fehlt uns ja die Akte, die wurde an die Kirche zurückgegeben.«

»Also Rache als Motiv fällt flach.« Bettina seufzte.

»Oh! – Aber vielleicht … ist dieses Verfahren erst durch Polanskis Tod im Sinne des Bestellers ausgegangen?«

»Du meinst, weil die strenge Gutachterin nicht mehr da war?«

Sie sahen sich an. Dann schüttelte Juno den Kopf. »Nein.«

»Das ist es nicht«, gab Bettina zu.

»Klingt absolut irrsinnig.«

Sie tauschten erneut Blicke.

»Wobei, ›Irrsinn‹ trifft das Kirchenrechtssystem eigentlich ganz gut …«

»Ich weiß nicht«, sagte Bettina verdrossen. »Es ist ja auch so, die Polanski ist aus eigenem Antrieb nach Frohnwiller gefahren. Niemand hat von Beschwerden, Briefen, Telefonanrufen in ihrem Büro berichtet. Auf ihrem Handy war nichts! Das würdest du doch zumindest probieren, bevor du jemanden auf gut Glück einfach umbringst! Zumal du nicht davon ausgehen kannst, dass die Nachfolgerin anders urteilen wird.«

Sie saßen kurz schweigend da, dann sagte Juno: »Okay, wir wollen diese Akte mit den Aussagen im Scheidungsprozess Rotas.«

»Die Kirche rückt die nicht raus«, antwortete Bettina. »Jedenfalls nicht zeitnah. Hat Will gesagt.« Lustigerweise schaute jetzt Juno *sie* prüfend an. Ja, ich nenn ihn auch Will, Frau Kollegin. Wahrscheinlich schon so lange, wie du lebst.

»Aber wenn wir Glück haben«, sagte Juno da plötzlich, »haben wir sie schon.«

»Wie meinst du?«

»Nimm doch mal an, das Annulierungsverfahren wurde ganz normal weiter durchgezogen. Das ist das Wahrscheinlichste, oder? Ohne Gutachten. Oder jemand anders hat eins gemacht. Ich glaube nicht, dass die Kirche so etwas einfach abbricht, nur weil eine der Beteiligten verschwunden ist.«

»Stimmt.«

»Und wenn das so war, dann wird es ein Urteil geben. Dieses Urteil bekommen die Beteiligten in Schriftform zugestellt. Also den Richterspruch mit ausführlicher Begründung. Das ist nicht die ganze Akte, aber es ist sehr viel. Und das heißt: Möglicherweise müssen wir nur Rotas' Unterlagen intensiver sichten, denn vielleicht liegt diese Urkunde –«

»Einfach in ihrem Haus herum!«

»Oh«, machte Juno. »Und noch was. Wir dürften noch Asservate aus dem Polanski-Fall haben, vielleicht wurden da ja Schriftstücke oder private Dateien aufgehoben, und da ist was dabei!«

»Gute Idee«, sagte Bettina.

»Ich fahr raus nach Frohnwiller«, sagte Juno, sichtlich erleichtert, den Computer und allen darin eingeschlossenen Trennungswahnsinn verlassen zu können. »Und wenn da nix ist, müssen wir halt an die Asservate. Kommst du mit?«

Bettina sah ihre Kaffeetasse an. »Heute nicht«, sagte sie.

Als Juno weg war, legte Bettina die Füße auf die Heizung und wäre nach zwei Minuten fast eingeschlafen, wenn nicht plötzlich der Kollege Recke im Zimmer gestanden hätte: sportlich, ordentlich frisiert, sauber angezogen, hatte irgendwo ein aufgeräumtes Zimmer. Sie dagegen … »Hallo«, sagte sie und nahm die Füße von der Heizung.

Recke lächelte. »Tina«, sagte er und sie merkte, dass sie seinen Vornamen immer noch nicht kannte. »Glückwunsch zur Beförderung.«

Sie nickte verlegen und lächelte auch. »Danke.«

»Der Fall Hansen ist ja jetzt eurer, und ich soll noch mal mit jemandem die Details durchgehen.«

»Oh, okay«, sagte Bettina. »Prima.«

»Steht auch alles in der Akte, aber wenn noch Unklarheiten sind …?«

»Ja! – Habt ihr rausgekriegt, wo sein Veilchen her war?«

»Leider nein. Wir haben jeden in Frohnwiller danach gefragt. Aber«, sagte Recke, »ich glaube, sein letztes Telefongespräch könnte einiges erklären.«

»Wieso?«

»An dem Freitag, als er verschwunden ist, wurde er aus Berlin angerufen. Längeres Gespräch. Mit –«

»Pia Rotas?«, riet Bettina.

»Du hast die Akte gelesen.« Das klang anerkennend.

»Öhm«, machte Bettina. »Worum ging es in dem Gespräch?«

»Wir haben die andere Teilnehmerin bisher nicht erreicht.«

»Sie ist in der Reha.«

»Genau. Da gibt es wohl bestimmte Regeln, aber wir haben die Zusage, dass wir sie heute sprechen können, wenn wir nicht während ihrer Therapiestunden anrufen.« Er lächelte wieder. »Also … du kannst sie sprechen.«

»Oh, okay«, sagte Bettina. »Vielen Dank.«

»Pia«, meldete sich Pia Rotas, sie hörte sich ein bisschen atemlos an, freundliche Stimme, ziemlich tief, leiser Ton.

»Frau Pia Rotas, hier spricht Kriminaloberkommissarin Boll aus Ludwigshafen«, sagte Bettina und wurde bei dem brandneuen »ober« ein klein wenig rot. »Danke, dass Sie sich Zeit nehmen. Wir haben Fragen zu den Vorfällen in Frohnwiller, davon wissen Sie, oder?«

»Nicht so richtig«, sagte Pia. »Ich krieg hier nicht viel mit, die haben mir nur gesagt, dass Ally vorübergehend doch bei einer Pflegefamilie ist. Und gehört hab ich außerdem, dass es Tote gegeben hätte. Aber nicht Mama oder Manuel.« Sie verstummte bang.

»Mojo Hansen ist leider verstorben«, sagte Bettina. »Wir müssen von einem Tötungsdelikt ausgehen.«

Tiefer Atemzug am anderen Ende der Leitung. »Mojo! – Das war ich nicht.«

»Nein.« Bettina sparte sich die Entfernungsangabe Frohnwiller-Berlin. »Das waren nicht Sie.«

Pia schniefte. »Was ist passiert?«

»Das versuchen wir gerade rauszukriegen. Sie könnten uns helfen. Sie haben mit Mojo an seinem mutmaßlichen Todestag gesprochen. Was haben Sie ihm gesagt?«

»Mojo …« Ein lautes Atmen war zu hören, dann fasste sich Pia. »Ich hab ihm gesagt, dass er auf Ally aufpassen soll. Ich – ich wollte nie, dass Ally nach Frohnwiller muss, aber die Reha – ich meine – ich bin keine gute Mutter, wenn ich – ich mach das für Ally.«

»Ja«, sagte Bettina.

»Die haben gesagt, dass Ally zu einer Pflegefamilie kommt, aber das ging dann wegen einem Notfall doch nicht, und sie wäre in eine Einrichtung gekommen, und da dachte ich – ich meine, es hat mir auch jeder gesagt!«

»Ja.«

»Die haben gesagt, dass Ally eine Oma hat, die sich wirklich gern kümmern würde, das will sie ja auch …« Schniefen.

»Frau Rotas, wir wissen, dass Manuel keine Hypophosphatasie hat und nicht im Rollstuhl sitzen muss«, sagte Bettina rasch, »und dass er von Ihrer Mutter unter Drogen gesetzt wurde. Wir wissen«, Bettina zögerte, sie wollte nicht zu sehr in quälende Details gehen, »alles.«

»Sie wissen es …?« Das klang sehr ängstlich und sehr dünn.

»Ja«, sagte Bettina fest. »Wir wissen, warum Sie Ally niemals in der Obhut Ihrer Mutter lassen wollten.«

Pia begann zu weinen. »Ich hab zugestimmt«, schluchzte sie, »weil ich dachte, ich kann sie ja bald wieder abholen, aber als es so weit war, da hab ich – hab ich –«

»Sie haben Angst um Ally gekriegt.«

Schniefen. »Genau.«

»Da haben Sie eine neutrale, hilfreiche Person angerufen, die Sie noch von früher gut kannten. Mojo.«

»Ja.«

»Was haben Sie Mojo gesagt?«

»Dass er auf Ally aufpassen soll.«

»Haben Sie Gründe genannt?«

»Ich hab ihm alles erzählt«, platzte Pia heraus und schniefte wieder. »Ich hab ihm gesagt, dass Manuel nicht krank ist und dass wir eine Schwester hatten, die Mira hieß und die gestorben ist, und – mein Vater, der hat mir früher immer Geschichten von ihr erzählt. Wie schön sie gelacht hat. Wie ähnlich ich ihr sehe. Manchmal hat er mich aus Versehen so genannt. Für ihn war ihr Tod …« Sie brach ab.

»Haben Sie den Verdacht, dass Mira – genauso nicht krank war wie Manuel?«

»Jetzt schon«, sagte Pia, plötzlich hart. »Ja, hab ich.«

»Und haben Sie das auch Mojo erzählt …?«

Pia schnaubte. »Der Arsch hat mir nicht geglaubt.« Sie hielt erschrocken die Luft an. »Oh! Ich meine –«

»Schon gut«, sagte Bettina. »Wie hat er reagiert?«

»Er hat gesagt, dass ich in der Reha sicher ’ne gute Therapie kriege, und dass ich meine Familie nicht verleumden soll, und dass er mir zuliebe das alles ganz schnell wieder vergisst.«

»Okay …«

»Er hat gesagt, dass Mama die beste Mutter ist, die er kennt, außer seiner eigenen, und dass ich nicht undankbar sein soll.«

»Sie konnten ihn nicht überzeugen?«

»No way. Der wurde richtig sauer.«

»Also hatten Sie nicht den Eindruck, dass Mojo sofort rübergehen würde ins Pfarrhaus und Ihre Mutter oder Ihren Bruder mit dieser Geschichte konfrontieren wollte?«

»Bestimmt nicht! Er hat mir Ärger angedroht, wenn ich das jemals wieder anspreche.«

»Hm«, machte Bettina.

»Wie geht es Ally?«, fragte Pia.

»Sie ist bei dieser Pflegefamilie«, sagte Bettina. »Ich werde gucken, ob es Kontaktmöglichkeiten für Sie beide gibt.«

»Ja bitte! – Was ist mit Manuel?«

»Wird durchkommen. Ist im Krankenhaus.«

»Und – Mama?«

»Ich weiß es nicht«, sagte Bettina ernst.

Pia holte tief Luft. »Sie – sie ist das nicht wirklich«, sagte sie dann gefasst. »Ich glaube, sie kann da nicht mal was dafür.«

17

»Dämonen«, sagte Willenbacher. Er hatte einen Klappkorb dabei. »Lassen Sie uns heute über Dämonen reden.«

»Mein Lieblingsthema.« Rotas saß an dem Tisch in dem kleinen Vernehmungsraum, vor sich eine Tasse Tee, sie sah ziemlich aufgeschwemmt aus, vermutlich vom Cortison, aber besser, viel besser als in der Kapelle.

Bettina hatte darum gebeten, zusehen zu dürfen, sie saß in der Supervision, einem engen dunklen Raum mit vielen Bildschirmen. Auf zweien davon sah sie, fast überlebensgroß, Ina Rotas. Ein kleinerer zeigte Willenbacher. »Ja, meins auch«, sagte der gerade. »Das ist übrigens meine Kollegin Juno Hamm.«

Rotas nickte ihr zu und hob etwas belustigt die Brauen, als Juno begann, Dinge aus dem Klappkorb zu räumen und vor sie hinzustellen. Rosenkranz, Kreuz, *Rituale Romanum*, Sprühflasche, Bild von Padre Pio. »Wollen Sie mich exorzieren?«

Juno verzog sich in die Ecke und setzte sich.

»Werden Sie das Böse rauslassen?«, fragte Willenbacher.

»Ich hab Ihnen alle meine Fehler gestanden.«

Willenbacher nahm das *Rituale Romanum* zur Hand. Er schlug es auf und las: »Adiuro te, serpens antique, per iudicem vivorum et mortuorum, per factorem tuum, per factorem mundi, per eum, qui habet potestatum mittendi te in gehennam, ut ab hac famula Dei Ina Rotas, quae ad Ecclesiae sinum recurrit, cum metu, et exercitu furoris tui festinus discedas.« Er ließ das Buch sinken. »Ich beschwöre dich, alte Schlange.«

»Schön gelesen«, sagte Rotas trocken. »Sie sollten sich in der liturgischen Bewegung engagieren.«

Er beugte sich vor. »Wofür ist die Sprühflasche?«, flüsterte er.

Machst du Witze, sagte Rotas' Gesicht, doch dann schien sie sich plötzlich zu zwingen, die Sache ernst zu nehmen. »Wenn das wirklich alles zusammengehört«, sagte sie, »würde ich es für Weihwasser halten.«

»In einer Sprühflasche?«

Rotas nahm die Flasche zur Hand und richtete sie gegen Willenbacher. »Weiche eilends und voll Furcht«, sagte sie und tippte leicht gegen den Sprühhebel. »Wenn Sie der Dämon sind, dann ist das Ihr Zeichen.«

»Wenn ich der Dämon bin«, sagte Willenbacher, »dann bin ich das, was niemals ausgesprochen werden darf. Was nicht mal gedacht werden darf. Was aber trotzdem da ist.«

»Gut erkannt«, sagte Rotas ernst.

»Ich bin der Fehler im System. Nur dass ich außerdem auch das System selbst bin. Oder zumindest ein Teil davon.«

Rotas seufzte.

»Also was«, fragte Willenbacher leise, »ist das Geheimnis, das Sie niemals aussprechen und denken dürfen?«

»Ich bitte Sie«, sagte Rotas. »Rufen Sie die Ärzte an, die ich Ihnen genannt habe. Die haben Manuel Mittel verschrieben, die ihm helfen sollten. Er wurde süchtig davon. Ich habe geglaubt, dass es hilft, ich dachte, mein Sohn ist krank. Und das ist er auch wirklich. Vielleicht anders, als ich gemeint habe ... Aber ich weiß, dass sein Leben in Gefahr ist und dass Sie sich schuldig machen, wenn Sie ihm die richtige Behandlung verweigern.« Sie starrte Willenbacher entschlossener an, als er je sein konnte, denn sie hatte eine Mission: ihr Kind.

Bettina fragte sich, wie er und Juno vorgehen würden. Sie hatte nur erzählt – in den Bericht geschrieben –, dass sie Rotas oben an der Kapelle aufgegriffen hatte. Was sie dort gemacht hatten, das hatte sie nicht erzählt. Niemandem.

»Wir wissen«, sagte Willenbacher jetzt, »dass Mojo Hansen in der Antonius-Kapelle oben in Ihrem Wald Exorzismen durchgeführt hat. Wir wissen von Zeugen, dass dort aber außer Ihnen und dem Gemeindearbeiter niemand gern hingegangen ist. Der Herr Lanz hat dort oben den Rasen gemäht. Sie dagegen sind mit Mojo Hansen hochgegangen, um sich Geister austreiben zu lassen.«

Rotas sagte nichts. Wird sie nicht, hatte der Profiler gesagt, den Willenbacher hinzugezogen hatte. Diese Frau wird nichts zugeben. Der können Sie ein Video vorspielen, wie sie ihrem Sohn die Todesspritze gibt, und sie wird es trotzdem leugnen. Wobei das mit der Spritze leider gar nicht so weit hergeholt war. Das Ergebnis der Analyse war sehr ernüchternd. Der Inhalt der Spritze, um die Bettina sich wie ein besoffener Matrose geprügelt hatte, wäre für einen Menschen ohne entsprechende Gewöhnung in jedem Fall tödlich gewesen. Manuel hätte es überleben können – aber nur mit viel Glück.

»Wo ist bei Ihnen der Fehler im System?«, fragte Willenbacher indessen.

»Hab ich eben gerade gesagt. Ich hab mich in den Ärzten geirrt. Den falschen Leuten vertraut.«

»Wenn Sie wirklich glauben würden, dass Sie sich nur geirrt haben«, sagte Willenbacher, »dann hätten Sie nie einen Exorzismus gebraucht.«

Rotas schwieg.

»Wo ist der Dämon?«

Schweigen.

»Möchten Sie ihn sehen?« Willenbacher machte eine Kunstpause. »Wahrscheinlich nicht, aber ich glaube, es gehört dazu, ihn rauszuholen, oder? Meine Kollegin wird Ihnen jetzt was vorlesen.«

Rotas blickte Juno an. Ein bisschen spöttisch.

»Diese Aussagen, die Sie gleich hören werden, haben wir aus den Akten der verstorbenen Katerina Polanski. Hatte sie bei sich privat aufbewahrt. Polanski war Mojo Hansens Gutachterin – und *Ihre* Gutachterin. Das wussten Sie aber gar nicht, oder? Dass Sie eine Gutachterin hatten. Sie wussten nicht mal, dass Ihr Exmann ein Annulierungsverfahren für Ihre Ehe beantragt hatte. Davon haben Sie erst gehört, als Sie um Mithilfe gebeten wurden und ablehnten.«

Rotas schüttelte den Kopf. »Ich hätte ihm wirklich gegönnt, wieder kirchlich zu heiraten. Aber dieses Prozedere ist antiquiert und schrecklich. Das wollte ich nicht mitmachen.«

»Gut, aber das Verfahren kann auch ohne Mitwirkung des zweiten Partners durchgeführt werden. Geprüft werden muss nur, ob Sie zum Zeitpunkt der Hochzeit willens und imstande waren, eine katholische Ehe einzugehen.«

»Das war ich.«

»Wir wissen nicht, wieso sich Ihr Exmann trotz Ihrer drei gemeinsamen Kinder Chancen ausrechnete, dass die Ehe annulliert werden könnte. Angegeben hat er, dass er von seinen Eltern massiv unter Druck gesetzt worden ist, weil Sie schwanger waren. Eigentlich habe er mit Ihnen nie Kinder gewollt.«

»Machen wollte er sie.«

»Weil Sie die Mitwirkung verweigerten, musste er auch Zeuginnen für Sie anbringen. Er hat Personen ausgesucht, die vermutlich bestätigen sollten, dass Sie Kindern gegenüber nur vordergründig positiv eingestellt waren.« Willenbacher holte Luft. »Oder er wollte sich selber weismachen, dass er keine Schuld an dem hatte, was in Ihrer Familie schiefgelaufen ist.« Der letzte Satz kam nicht ganz so nüchtern heraus.

Rotas verschränkte die Arme, ganz Herrin der Lage. »Ich hab meine Freundinnen und Eltern davor gewarnt, da auszusagen. Am Ende werden alle Zeugen auf ihren Leumund überprüft, und das ist nicht schön. Aber die Leute, die Herrmann ausgesucht hat, die hab ich kaum gekannt, und die haben gelogen. Oder ganz böswillig übertrieben. Das stand übrigens auch im Urteil. Der Annullierung wurde nicht stattgegeben. Der Richter war vernünftig und hat diesen Irrsinn nicht geglaubt.«

Willenbacher seufzte. »Ist auch schwer zu glauben.« Er blickte Juno an. »Würdest du?«

Juno räusperte sich, nahm ein Blatt aus einem Ordner, der auf ihrem Schoß lag, und sagte: »Eine Frau Dr. Leipold, Kinderärztin.« Räuspern. »Ihre Aussage lautet: *Wir sind eine Praxis mit naturheilkundlicher Ausrichtung und haben einen holistischen*

Ansatz. Frau R. war eine entfernte Bekannte von mir, ihren Mann hatte ich im Krankenhaus, wo ich ausgebildet wurde, kennengelernt und das Paar einige Male in meiner Freizeit getroffen. R. brachte die kleine Mira im Alter von drei Monaten zum ersten Mal zu uns, zu einer gesetzlich vorgeschriebenen Vorsorgeuntersuchung. R. erschien medizinisch sehr aufgeklärt und kompetent und war um Mira überdurchschnittlich besorgt. Wir machten eine ausführliche Anamnese, auch mit der Mutter, denn wir sehen bei Säuglingen noch eine Mutter-Kind-Einheit. R. klagte über Stillbeschwerden, war aber sonst gesund, das Kind ebenfalls, bei leicht verzögertem Entwicklungsstand. In der Folge brachte R. Mira häufiger zu uns, stets mit unklaren Symptomen: Atemnot, Verdauungsbeschwerden, Fieber. R.'s Befürchtungen gingen oft weit über die Schwere der tatsächlichen Befunde hinaus.

Als Mira anderthalb Jahre alt war, stellte R. sie mit einer deutlichen Bewusstseinstrübung in der Praxis vor. Sie schilderte einen Vorfall, der einige Tage zurücklag. Dabei habe sie den notärztlichen Dienst anfordern müssen, denn Mira habe nach einer leichten Erkältung plötzlich heftige Symptome gezeigt. Sie habe die Augen nach oben verdreht, sei ganz steif geworden, habe rhythmisch mit den Armen gezuckt und sei blau geworden. Nach fünf Minuten habe sie wieder angefangen normal zu schnaufen. Beim Eintreffen des Rettungsdienstes sei Mira bewusstseinsklar, aber hoch fiebrig gewesen. Aufgrund der Anamnese der Mutter war ein harmloser Fieberkrampf diagnostiziert und Mira kurzfristig stationär in die Kinderklinik aufgenommen worden.

Uns erklärte R., sie traue dieser einfachen Diagnose nicht, denn Mira sei immer noch wacklig auf den Beinen, sie sehe erkennbar schlechter, greife oft daneben und sei mehrfach gegen die Wand gelaufen. Außerdem habe sie seit dem Vorfall öfter wimmernd geweint, erbrochen, sei die ganze Zeit ungewöhnlich müde und jetzt kaum noch erweckbar. Wir konnten eine Epilepsie und (aufgrund des vorangegangenen Infekts) eine akute disseminierte Encephalomyelitis (ADEM) nicht ausschließen. Weniger gefährlich, aber möglich war außerdem eine Sehnerventzündung (Neuritis nervi optici). Wegen ihres Zustands und der schlimmen Verdachtsdiagnosen überwiesen wir Mira an die Uniklinik nach Homburg.

Vier Wochen später erschien R. wieder mit der inzwischen unauffälligen Mira in der Praxis und erklärte, sie wolle eine zweite Meinung von gegebenenfalls einer anderen Uniklinik, da ihr die Ergebnisse aus Homburg nicht aussagekräftig genug seien.

Ein Anruf bei den untersuchenden Ärzten im Uniklinikum ergab, dass Miras EEG ungewöhnlich gewesen war. Obwohl Mira zu dem Zeitpunkt komatös war, ließ das EEG eine ausgeprägte beta-Aktivität erkennen, das sind sehr schnelle Wellen. Ein Kind im Koma hat aber im EEG meist langsame Wellen. Die zuständige Kollegin teilte mir mit, dass sie die Mutter auf die Werte angesprochen habe und Mira daraufhin auffallend plötzlich aus dem Koma erwacht sei. R. habe das Kind sofort entgegen ärztlichem Rat mit nach Hause genommen. Bei den Untersuchungen seien alle drei Verdachtsdiagnosen nicht bestätigt worden, was bei einem so kleinen Kind zwar keine hundertprozentige Sicherheit bedeute, aber eben doch aussagekräftig und belastbar sei.

Ich sprach mit R. und riet ihr von der Einholung einer Zweitmeinung ab. Ich wies sie darauf hin, dass die erforderliche Diagnostik unter anderem erneut Lumbalpunktion, MRTs in Narkose, jeweils mit und ohne Kontrastmittel, außerdem die aufwändige augenärztliche Untersuchung bedeute, und dass diese Maßnahmen für eine so kleine Patientin extrem belastend seien. R. erklärte, dass sie sich große Sorgen mache und überzeugt sei, dass Mira die Untersuchungen brauche. Darauf sprach ich sie gezielt auf Miras ungewöhnliches EEG an. Ich sagte, dass ein Kind, welches ein Mittel wie Diazepam verabreicht bekommen hätte, bei einer Überdosierung genau so ein EEG produzieren würde. Diazepam steckt in den Minieinläufen, die den Eltern von Kindern mit Neigung zu Fieberkrämpfen oft gegeben werden, um einen Krampfanfall selbständig unterbrechen zu können. Ich fragte R., ob sie vielleicht vom Notdienst ein Rezept dafür bekommen und in ihrer Besorgnis Mira selbständig in der Klinik Fiebereinläufe verabreicht habe. Sie stand auf und verließ sofort die Praxis. Nach diesem Vorfall habe ich sie nie wiedergesehen.

Ich möchte mir nicht anmaßen, zu behaupten, R. habe ihrem Kind wissentlich und willentlich gefährliche und unnötige Medikamente gegeben. Ihre Sorge war echt und ihre Zuneigung zu Mira offen ersichtlich. Um die Bewusstseinstrübung aufrechtzuerhalten und die Untersuchungen in der Uniklinik tatsächlich so weit forcieren zu können, hätte R. die kleine Mira sehr lange und mit wenigen Unterbrechungen unter Drogen setzen müssen. Das traue ich ihr nicht zu. Ich denke, R. liebte Mira und wollte ihr Bestes.«

Willenbacher musterte Rotas scharf. »Trotzdem recht klare Worte.«

»Frau Dr. Leipold«, sagte Rotas nur kalt. »Eine Homöopathin. Eingebildete Medizin für eingebildete Krankheiten.«

»Aber Ihre Tochter Mira hatte keine eingebildeten Leiden«, sagte Willenbacher. »Sie ist wirklich gestorben.«

Rotas schloss ihren Mund und schwieg.

»Dazu die Aussage der Nachbarin von damals«, sagte Juno, jetzt mit sicherer Stimme. »Eine Frauke Mauss. Sie sagt: *Als wir noch in dem Mehrfamilienhaus in L. wohnten, haben wir uns mit der Familie Rotas eine Etage und einen Balkon geteilt. Die Rotas waren gute Nachbarn, freundlich und hilfsbereit. Ich habe oft mit Ina Rotas über Kinder geredet, weil mein Mann und ich gerne welche wollten, es aber noch nicht geklappt hatte, und Rotas schon die kleine Mira hatten. Mira war süß, aber oft krank. Ihr Vater war sehr selten zu Hause. Dass sie Schwierigkeiten in der Ehe oder mit Mira hatte, hat Ina nie gesagt, aber ich hatte oft den Eindruck, dass sie überfordert war und nicht recht wusste, was sie mit Mira machen sollte. Sie wirkte immer sehr aufgeregt mit dem Kind und konnte nicht einfach mal mit ihr spielen. Das hat sich verstärkt, als sie mit Manuel schwanger wurde. Darüber hat sie sich gar nicht gefreut, es hat sie nur nervöser gemacht. Einmal nachmittags hab ich vom Balkon aus zugehört, wie Ina die kleine Mira in den Schlaf gesungen hat. Zuerst hat es sich hübsch angehört, dann abgehackt. Ich war beunruhigt und wollte nachsehen, schließlich war Ina schwanger, also bin ich auf einen Stuhl gestiegen und hab über die Absperrung ins Kinderzimmerfenster geschaut. Dort hab ich Ina im Kinderbett liegen gesehen – auf der kleinen Mira. Die war ganz rot und hat schwer geatmet. Sie bekam keine Luft, weil Ina mit ihrem ganzen Gewicht auf sie drückte und sie sogar an den Armen festgehalten hat. Ich hab an die Scheibe geklopft, aber Ina ist nicht runtergegangen und hat einfach weitergesungen. Ich dachte, dass sie einen Anfall hätte und rannte raus, klingelte an ihrer Tür. Sie hat aufgemacht, war aber ziemlich sauer und wollte wissen, was denn los sei. Ich wusste nicht, was ich sagen sollte, und hab nach Mira gefragt. Wir also ins Kinderzimmer. Mira war total okay, hat nur schnell und laut geatmet. Ich hab dich durchs Fenster gesehen, hab ich gesagt, und Ina hat gesagt, dass sie mit Mira wegen der Herzprobleme Übungen machen müsste, Krankengymnastik, teilweise sei das kompliziert und unangenehm, aber notwendig. Ich hab mich mit der Erklärung zufriedengegeben und nicht weiter darüber geredet. Erst jetzt, wo ich drüber nachdenke, finde ich die Geschichte ein bisschen seltsam. Ich hätte sie aber sicher ganz vergessen, wenn ich jetzt nicht über Ina und ihr Verhältnis zu Kindern nachdenken würde.*«

Willenbacher sah Rotas ins Gesicht. »Ein Jahr später war Mira tot.«

Rotas' Blick driftete davon.

»Katerina Polanski«, sagte Willenbacher, »ist nach Frohnwiller gefahren, weil sie diese Aussagen, die später vom Ehebandverteidiger und dem zuständigen Kirchenrichter so skandalös ignoriert wurden, auf ihrem Schreibtisch hatte. Sie war eine Ärztin, eine Psychiaterin. Sie hat ein Krankheitsbild bei Ihnen erkannt. Und sie wusste, dass in Ihrem Haushalt noch mehr Kinder leben. Leider ist sie zu diskret vorgegangen. Ihren Kollegen und ihrem Ehemann hat sie nie viel anvertraut. Sie war eine zurückhaltende Person, und das Thema ist ja auch sehr heikel. Aber sie konnte das nicht auf sich beruhen lassen. Vermutlich hat sie bei Ihnen geklingelt und sich von Ihnen ins Haus einladen lassen. Wollte die Kinder sehen. Dann muss sie Sie mit dem Verdacht konfrontiert haben. Das war ihr Todesurteil. Sie waren sehr geübt mit der – Ruhehaube, so nannten Sie es, oder?

Sie müssen auch Manuel auf die Art öfters die Luft genommen haben. Wir haben seine DNS in dem Beweisstück gefunden.«

Rotas blickte auf die Dinge, die vor ihr auf dem Tisch lagen. Ihr Hals sah plötzlich feuerrot aus. An ihrem Kinn zeichnete sich eine hässliche Linie ab, an der Stelle, wo das Rot nach oben wuchs. Doch sie sagte nichts. Nicht mehr. Den ganzen Tag nicht, und den nächsten auch nicht. Und nicht an dem darauf.

An diesem Abend – es waren Ferien – fand Bettina auf ihrem Küchentisch einen großen Karton. Als sie ihn gerade aufmachen wollte, erschien Enno und sagte anklagend: »Das hat vor der Tür gestanden. Sammy hat es gefunden. Seitdem ist sie in ihrem Zimmer und weint.«

»Vor welcher Tür?«, fragte Bettina begriffsstutzig. Sie öffnete den Karton: Klamotten. Von Sammy.

»Haustür«, sagte Enno mit hochgezogenen Brauen. »Konstanze muss das gebracht haben.« Er verschränkte die Arme. Seit Julius festgenommen worden war, hießen die Nachbarn nicht mehr »Undertakers«. Enno sprach jetzt von »Konstanze« oder der »armen Konny und ihrer Mama« oder »unseren Nachbarinnen«. Und wer schuld an allem war, hatte sich inzwischen auch herauskristallisiert: Bettina. Ihr Verdienst war es, dass jetzt zwei bedauernswerte Frauen ohne Familienoberhaupt dasaßen und nicht wussten, wie es weitergehen sollte. Weil deren Welt – und damit auch Sammys – zusammengebrochen war.

»Hör zu«, sagte sie also ziemlich scharf, »ich finde es traurig, was passiert, ist, aber Julius ist dafür verantwortlich. Nicht ich oder wir.«

»War trotzdem irgendwie gemein von dir«, sagte Enno schmallippig.

»Was hätte ich anders machen sollen?«

Enno zuckte die Achseln. »Ist das wirklich so schlimm, ein paar alte Tabletten zu verkaufen?«

Sagte der junge Mann, der in den Userforen unterwegs war und genau wusste, was das Zeug anrichten konnte. Bettina starrte ihren Sohn an und erwiderte scharf: »Ist es.« Ich sollte dir Manuel vorstellen, dachte sie.

»Die es nehmen, das sind Leute, die das *wollen*«, erwiderte Enno mit der ungeheuerlichen Arroganz des Gesunden. »Als *experience*.« Er sah Bettinas Blick und hob die Hände. »Ich meine das nur theoretisch. Ich mache es nicht.«

»Hör zu«, sagte sie darauf leise und ernst, »wenn du noch einmal mit Drogen dealst, helf ich dir nicht mehr. Und ich mag dich dann auch nicht mehr.«

»Ich mach es nicht«, sagte Enno beleidigt. »Nicht nehmen und nicht dealen. Hast du nicht gehört?«

»Schon«, sagte Bettina. Sie sah ihren Sohn an: dunkle Augen, schmales Gesicht, kinnlanges Haar, düsterer Gesichtsausdruck. Sie kannte niemand, der sich von offensichtlichen Schwierigkeiten so unbeeindruckt zeigte wie er. Wahrscheinlich konnte er sich eine Sucht schlicht nicht vorstellen. »Weißt du«, fragte sie, »wie lange Julius schon gesucht wird? Und wie gefährlich der ist? Wir können froh sein, dass wir nie rausfinden werden, was er in Sardinien vorhatte.«

»Urlaub machen.«

»Sammy wäre seine Geisel gewesen.«

»Vielleicht hast du dich einfach geirrt.« So schnell gab Enno nicht auf. »Macht ihr denn nie Fehler? Am Ende habt ihr nur einen Bug im System, den falschen Fingerabdruck genommen, und jetzt ist Konnys Familie zerstört.«

»Nein.«

»Aber du bist befördert worden … als Belohnung.«

»Weil es längst fällig war!«

Sie sahen sich an.

»Pass auf«, sagte Bettina schließlich, »dieser Mann hatte ein Drogenlager auf unserem Speicher. Nicht erst seit wir hier wohnen. Das muss er schon viel früher eingerichtet haben. Er ist hier im Haus ein und aus gegangen, auch als Tante Elfriede noch lebte. Er hat mir von Gesprächen mit ihr erzählt.«

»Na und?«

»Ich sag dir jetzt was. Tante Elfriede war keine angenehme Person. Sie war die einzige Verwandte, die deine Mama und ich noch hatten, aber sie wollte uns nicht. Und als ihr dann da wart … Sie hat Bemerkungen über Sammys Hautfarbe gemacht. Es war für sie der Tiefpunkt ihres Lebens, eine schwarze Großnichte zu haben. Ein echter Abstieg. Dich fand sie zu laut.«

»Was soll das denn jetzt …?« Enno schüttelte angewidert den Kopf.

»Warte. Als ihr klein wart, hab ich sie manchmal als Babysitterin gebraucht, aber sobald ich konnte, hab ich den Kontakt abgebrochen. Ich hab mich nicht um sie gekümmert, hab gar nicht gewusst, wie es ihr geht. Und sie hat auch nie bei mir angerufen. Bis es zu spät war.« Bettina schluckte. »Ich hab sie halb verhungert vorn im Eingangsvestibül gefunden. Sie ist kurz darauf gestorben. Wenigstens in einem sauberen Bett.« Sie räusperte sich. Wollte nicht daran denken, wie es hier ausgesehen hatte. Wie Elfriede ausgesehen hatte. Auf keinen Fall.

»Und?«

»Und derjenige, der hier ein und aus gegangen ist – also Julius –, der muss Tante Elfriede bemerkt haben. Wenn du die Treppe hochwillst, musst du an diesem Eingang vorbei. Da hat Elfriede zum Schluss gelegen. Die ganze Zeit. Der muss gewusst haben, wie es ihr ging. Es müssen Wochen gewesen sein. Der hat zugeguckt, wie sie langsam verhungert ist.«

Enno trat einen Schritt zurück. »Das vermutest du doch nur.«

»Es ist eine begründete Vermutung.«

Und was sie dann wieder versöhnte: Enno erklärte nicht kaltschnäuzig wie zuvor, da sei doch nur eine alte Rassistin draufgegangen, die es wahrscheinlich verdient hätte. Er fuhr sich bloß durch das blauschwarze Haar und sah verwirrt aus. »Mir tut einfach Sammy leid«, sagte er leise.

»Mir auch«, sagte Bettina ernst. »Aber die Welt ist so. Wir können nur unser Bestes tun, hoffen, dass es gut geht, und für den Notfall einen Zusatzplan im Sack haben.«

Dann ging sie zu Sammy. Deren Zimmertür war verschlossen. Bettina hieb dagegen und rief: »Schatz! Mach auf!«

Keine Antwort.

»Hoffentlich tut sie sich nichts an«, sagte Enno, der ihr gefolgt war.

Ja, danke, dachte Bettina. »Komm, mach auf, Süße, es gibt Abendbrot!«, log sie.

»Kein Hunger!«, rief es von drinnen, mit einer Stimme, die sich immerhin nicht suizidal anhörte. Eher wütend.

»Hör mal«, rief Bettina, »was anderes, ich verdiene ja jetzt bald mehr Geld, da dachte ich, wir könnten in diesen Ferien mal ans Meer fahren.«

Die Tür schwieg, aber Enno grinste sie augenblicklich strahlend an.

»Nicht nach Sardinien«, sagte Bettina sofort.

»Wohin?«, fragte Enno.

»Niederlande?«, schlug Bettina vor.

»Nein, *echter* Atlantik!«

»Mal sehen –«

»Wie lang? Drei Wochen?«

»Eine!«

»Was, nur eine? Weißt du, wie lang man nach Portugal fährt?«

»Portugal ist viel zu weit. Und zu heiß.«

»Heiß? *Zu* heiß?«

»Ich gehe allerhöchstens mit bis zur Normandie.«

»Bretagne. Da kann man surfen.«

»Das ist auch ziemlich weit für eine Woche.«

»Dann fahren wir doch zwei.«

»Ich muss erst mal gucken, ob ich so lange Urlaub kriege«, sagte Bettina. Und ob Willenbacher mir noch mal Geld leiht, setzte sie in Gedanken hinzu. Nach allem, was war, schuldet er mir eigentlich was.

»Den müssen sie dir geben. Du arbeitest sonst rund um die Uhr.«

»Na ja –«

Ein Schlüssel wurde gedreht, die Tür öffnete sich. Sammy schaute geradewegs durch Bettina hindurch auf ihren Bruder.

»Zwei Wochen Bretagne«, teilte Enno ihr triumphierend mit.

»Das ist noch nicht fest«, warnte Bettina. Aber sie freute sich schon.

Nach dem gemeinsamen Abendessen räumte sie den ominösen Karton aus. Sammy hatte ihn völlig ignoriert. Es war aber auch fies, einer Freundin, die echt nichts dafürkonnte, das alles einfach wortlos vor die Bude zu knallen wie einem abgelegten Geliebten. Bettina wurde selbst ganz wütend und traurig, als sie das Zeug auspackte: Kleidungsstücke, zwei Pullis, eine Jacke, ein Nachthemd, Socken, ein Rock, alles zusammengeknüllt, dreckig und ineinandergestopft. Darunter ebenso unordentlich und wild gemischt ein Paar Sneakers, Bücher, Spiele, ein Kopfhörer und Kosmetika. Die Fläschchen teilweise offen. Extra aufgedreht …?

Sie fragte sich, ob wirklich Konny die Sachen gebracht hatte. Hatte die so heftige Rachegefühle Sammy gegenüber? Alle Dinge waren schmutzig und fühlten sich klebrig an. Eine halb ausgelaufene Sonnenmilchtube pappte auf einem uralt aussehenden Schreibheft. Da wollte es ihnen definitiv jemand heimzahlen. Bettina dachte kurz darüber nach, den ganzen Kram wegzuwerfen. Aber es waren Sammys Sachen, das konnte sie nicht einfach so entscheiden. Also brachte sie erst mal die Klamotten in den Keller und stopfte alles in die Waschmaschine, damit zumindest der Geruch weggewaschen wurde. Dann den Karton zum Papiermülleimer – draußen! –, sodass auch der aus den Augen war. Darauf sortierte sie den Rest. Pflückte die Sonnenmilchtube von dem Schreibheft. Öffnete es, um zu sehen, wie groß der Schaden war. Sah eine runde Kinderschrift, die aber verblasst und altertümlich aussah. Kein Sütterlin, doch nicht leicht zu lesen. Als Datum stand auf der ersten Seite der 17. Juni 1946. Und der Text, soweit Bettina ihn entziffern konnte, lautete: *1. Geheimnis. Elli hat Alleng im Keller in den Brunnen gestoßen. Alle haben ihn gesucht. Sein Vater der Komondo ist so böse. Ich habe Angst. Wenn er rauskriegt, wo Alleng ist, werden wir sterben. Weil er Franzose ist. Die Bolls haben einen Schrank vor die Brunnentür gestellt. Ich hoffe, der Komondo findet den Brunnen nicht. Nie, niemals!*

Sie schlug entsetzt das Heft zu. Starrte auf den Einband. Dort war etwas fein säuberlich auf das Namensfeld geschrieben, aber die Sonnencreme hatte es unleserlich gemacht. Bettina fischte ein altes Tempo aus ihrer Hosentasche und rieb so lange daran herum, bis sie einigermaßen erkennen konnte, was da stand: *Almut Faffner. Geheimnisse.*

Eine sehr dunkle Erinnerung regte sich in ihr: War hier nicht früher, sehr viel früher, manchmal die Rede von einer Nachbarin namens Almut gewesen? Die irgendwann, schon im fortgeschrittenen Alter, einen Orchestermusiker geheiratet hatte und mit ihm ausgewandert war? Eine Frau wie Elfriede, seit der Jugend freiwillig interniert im Elternhaus, deren Leben dann doch noch unerwartet anders und besser verlaufen war? Almut und Elfriede, waren das nicht Freundinnen gewesen?

Sie starrte das Heft an. Kriegte einen inneren Wutanfall, packte es und stapfte damit zu Sammys Zimmer. Machte die Tür auf, ohne zu klopfen, weckte Sammy, die schon schlief.

»Was …?«, flüsterte die schlaftrunken.

Bettina hielt ihr Almuts Heft vor die Nase. »Kennst du das?«

»Was … Tina, was ist denn …?«

»Kennst du dieses Heft?«

Sammy schüttelte den Kopf, kniff die Augen zusammen, gähnte. Schaute auf den sonnencremeverschmierten Einband. »Nein.«

»Nie gesehen?«

»Nein, Tina, wieso denn, was ist damit?«

»Nichts«, sagte Bettina erleichtert. »Schlaf weiter.«

Was Sammy augenblicklich tat.

Und Bettina ging und schloss die Tür hinter sich und atmete durch. Dann dachte sie, dass sie selbst jetzt zwar mit einer mutmaßlichen Mörderin in der Familie leben musste, aber zumindest nicht Sammy. Dass sie den perfidesten Teil dieser Rache vereitelt hatte. Dieses Heft in Sammys Retourenkarton musste Absicht gewesen sein. Ein solches Dokument würde niemand herumliegen lassen, seiner Tochter und deren Freundin zum Spielen geben und dann versehentlich mit in so eine Kiste packen. Ob Sammy das Heft gelesen und sofort die Zusammenhänge erkannt hätte, war noch eine andere Frage, aber dass hier eine Leiche im Kellerbrunnen gefunden worden war, das wussten alle. Wahrscheinlich hätte Almuts Geheimnis Sammy unvorbereitet treffen sollen, sodass sie das Heft als Kuriosum bei ihren Freundinnen herumzeigte und damit die Familie und sich selbst in ein schlechtes Licht rückte. Oder dass sie – im schlimmsten Fall – dieselben Schlüsse zog wie Bettina, beschloss zu schweigen und davon traurig wurde, weil das böse Geheimnis auf sie ausstrahlte. Damit auch sie jemand Kriminelles in der Familie hatte.

Nichts davon wird passieren, dachte Bettina in Richtung Nachbarhaus. Ich werde weiter auf meine Kinder aufpassen. Dann ging sie in die Küche, packte alles, was sonst noch in dem Karton gewesen war, in eine Tüte und schmiss es in den Müll.

Viel später am Abend, draußen, war die Luft so weich und schwer wie eine Samtdecke. Vorm Balkon herrschten die Bäume friedlich über den dunkelfeuchten Garten. Sterne, die sie zuvor nie gesehen hatte, glänzten weit oben. Das goldene Rechteck auf der anderen Seite blieb verschwunden. Dafür blinkte ihr Handy. Einen Moment lang dachte sie: Das kann nicht sein, er ist in der JVA!

Dann erkannte sie den roten Punkt.

Willenbacher.

Ein Bild auf Whatsapp. Sie machte es auf, obwohl das bekanntermaßen Arbeit nach sich ziehen konnte. Erst erkannte sie wieder mal gar nichts, schließlich ein dämmriges Interieur. Einen Eisenschrank. Mit geöffneter Tür. Darin Fläschchen und

Päckchen übereinandergestapelt, voll bis obenhin. Sie starrte das Bild an. Das waren Medikamente, eine schlechte Aufnahme, mit Blitz selbst fotografiert. Ina Rotas' Medikamente?

Sie wollte schon anfangen zu tippen, wo bist du, was ist das, meinst du überhaupt mich, da erkannte sie plötzlich die Form des Schranks: Das war nicht wirklich ein Möbelstück. Nein, es war der Opferstock aus der Kapelle.

Offensichtlich zog sich auch Willenbacher zum Nachdenken an wichtige Orte der Handlung zurück. Dabei hatte er Rotas' Apotheke gefunden. Die hatte sie schnell noch vor der erwartbaren Krise an den sichersten Ort gebracht, den sie kannte. Und darum hatte sie auch den Text nicht zur Hand gehabt, als sie Bettina dort oben traf: Rotas hatte gewusst, dass im Opferstock kein Buch mehr war. Sie hatten improvisieren müssen.

Aber hatte ja geklappt.

Bettina schickte einen erhobenen Daumen als Antwort. Wind kam auf. Sie fröstelte plötzlich. Ob Willenbacher ebenfalls einem Dämon begegnet war?

Am nächsten Morgen fragte Willenbacher, ob sie jetzt mal die Befragung von Rotas übernehmen wollte. Es war nicht so, dass die nicht redete, aber sie sagte nichts, und langsam schlichen sich Routine und Gewöhnung in ihre Treffen ein. Seit gestern hatte Rotas auch einen Anwalt, der zwar seine Mandantin nicht am Sprechen hinderte, doch allein seine Anwesenheit änderte die Atmosphäre, verschob das Gewicht der Schuld irgendwohin, weiter weg.

Zudem konnten die Sitzungen kaum je länger als eine halbe Stunde dauern. Rotas musste ständig unterbrechen, um zu ruhen, zu cremen, Schmerzmittel zu nehmen. Sie sah zum Erbarmen aus. Wie sie so rot, schorfig, blutig am Tisch der JVA saß, erkannte Bettina sie kaum wieder. Es schien, als ob sie auch ihre Haare verlieren würde. An manchen Stellen schimmerte feuerrot die Kopfhaut durch.

Der Anwalt wusste vermutlich selbst nicht recht, wie er mit

jemandem umgehen sollte, der so sterbenskrank aussah, und verfiel ständig in einen munteren Krankenschwestern-Plural, so wie jetzt: »Heute reden wir mal mit der Kriminaloberkommissarin Boll!«

Bettina trat ein.

Rotas blickte auf.

Bettina setzte sich.

Sofort umfasste Rotas mit einer vertraulichen Geste ihre Hände, was hinter der Glasscheibe sicher einige Unruhe auslöste. Sogar der Anwalt sprang auf. Doch Bettina ließ ihre Hände in den weiß behandschuhten der gequälten Frau.

Sie sahen sich an.

Hilf mir, sagte Rotas' Blick.

Bettina zog sanft ihre Hände fort. Das Monster saß vor ihr, und Ina Rotas auch. Was sollte sie fragen? Alles war schon gefragt worden, und die Antwort darauf war die heiße Röte auf Rotas' Haut: schuldig. Das erklärte ihnen aber nicht die Umstände von Mojo Hansens Tod. Hatte Ina ihn getötet und versteckt? Wie war es überhaupt dazu gekommen?

Hansen ist der Einzige, den sie vielleicht zugeben wird, hatte der Profiler gesagt. Falls er nicht direkt mit den Taten gegen ihre Kinder in Verbindung steht. Die Verdächtige ist Gewaltanwendung gewöhnt, so etwas durchdringt irgendwann die Persönlichkeit und wird dann in Stresssituationen nicht mehr richtig kontrolliert. Und wenn sie diese Tat nicht oder nicht sehr tief verdrängt, kommt man da vielleicht ran. Denn eins ist sicher: Sie taktiert nicht. Sie glaubt wirklich, was sie sagt.

»Warum hast du Manuel gesagt, er hätte Mojo nicht umgebracht?«, fragte Bettina schließlich. Das konnte ein sehr perfider Schachzug sein, falls Manuel unschuldig war. Es säte Zweifel. Und wäre dann aber so was von taktiert. Etwas, das vielleicht nicht die Rotas, aber ihr Dämon machen würde? Und immer noch: Waren die beiden zu trennen? Falls ja: Den Dämon siezte sie nicht.

»Niemand hat Mojo ›umgebracht‹«, sagte Rotas.

Bettina seufzte. »Weißt du«, blieb sie beim Du und beugte sich vor, »ich hab einen Sohn, der ist von der Schule geflogen, weil er mit Drogen gehandelt hat.«

Rotas' Gesicht konnte noch so aufgerissen und verletzt sein, sie schaffte es trotzdem, blasiert zu gucken: Soso. Könnte mir mit meinem nicht passieren.

Bettina atmete durch und versuchte den Gedanken an die vielen möglichen Zuhörer zu verdrängen. Ja, Leute, fragt Mezkal, ist alles wahr. »War eine einmalige Sache«, sagte sie fest. »Aber kurz darauf wurde in meinem Haus ein Drogenlager entdeckt. Dann hat jemand versehentlich etwas davon eingenommen und ist fast gestorben. Ich war entsetzt. Ich dachte, mein Sohn ist dafür verantwortlich. Ich hatte überhaupt keine Ruhe mehr.«

Jetzt schaute Rotas etwas verbindlicher.

»Ich hab immer gedacht, für meinen Seelenfrieden reicht es, wenn ich selbst ein guter Mensch bin. Aber es gibt eine Sache, die noch hundertmal schlimmer ist als Schuld auf dich laden: wenn deine Kinder das tun. Das zieht dir den Boden unter den Füßen weg.«

»Versteh ich«, sagte Rotas vage mitfühlend, eher höfliche Zuhörerin als eine Mutter, die das auch kannte.

»Du kannst dir nicht vorstellen, wie froh ich war, als sich herausgestellt hat, dass mein Sohn mit der Sache nichts zu tun hat.«

Rotas nickte.

Bettina legte den Kopf schräg. »Das Gefühl kennst du gar nicht, oder? Du musstest nie befürchten, dass dein Sohn etwas Schreckliches tut.«

»Stimmt«, sagte Rotas würdig.

»Aber wer hat dann Mojo Hansen getötet?«

Rotas seufzte und schwieg. Es war ja auch redundant. An der Stelle waren sie schon gewesen. Mehrfach. So ging es die ganze Zeit: »Mojo ist mit einem Messer aus deiner Küche verletzt worden.«

»Meine Tür steht ständig allen offen.«

»Er hat fünf tiefe Stiche abbekommen. Lunge, Herz, Bauchraum. Die Hände waren auch zerschnitten. Die inneren Blutungen haben ihn umgebracht. Aber er war nicht gleich tot, und mit einer Operation hätte er Überlebenschancen gehabt.«

»Das ist furchtbar.«

»Er ist in die Krypta gebracht worden. Aufgesperrt wurde mit deinem Kirchenschlüssel.«

»Ich weiß nicht immer, wo dieser Schlüssel ist.«

»Als er tot war, ist Mojo mitsamt seinem Handy, Autoschlüssel und Portemonnaie in eine Plane gewickelt worden. Die stammte aus dem Jugendhaus. Auch das muss mit deinem Schlüssel aufgeschlossen worden sein. Und das Klebeband ist aus deiner Garage.«

Das Ärgerliche war, dass auf dem Messer keine maßgeblichen Fingerabdrücke zu sichern gewesen waren. Sie hatten es anhand der Stichverletzungen und einiger versteckter Blutspuren zuordnen können, aber es war gespült und wieder in Rotas' Haushalt rückgeführt worden.

»Am schwierigsten muss es gewesen sein, den Toten in die kleine Piscina zu stopfen, aber das könnten sowohl du als auch Manuel irgendwie geschafft haben.«

»Ich hab einfach nur geschlafen«, sagte Rotas jetzt und wirkte erschöpft.

Bettina beugte sich vor. »Du hast einen tollen Sohn«, sagte sie leise. »Ich beneide dich um ihn.«

Rotas' Blick flackerte. Sie musterte Bettina stumm.

»Er hat Gewalt erfahren. Das geben die Leute oft weiter. Vor allem im Stress, und Manuel war im Superstress. Weil er keine Zukunft hatte. Er war alt, unselbständig, schwer zu versorgen, nicht mehr sehr mitleiderregend und, ja – austherapiert. Die nächste Krankheit hätte er selbst erfinden müssen, denn er war erwachsen. Die Ärzte hätten ihn zunehmend allein befragt. Das machte ihn zu einem Risiko. Du hättest ihn getötet, irgendwann.«

Rotas sagte nichts, schaute aber auch nicht weg. Sie war noch da.

»Dann kam auch noch die niedliche kleine Alice, ein so viel besseres Opfer als er selbst! Es ging um sie oder ihn. Hat er das gewusst, was meinst du?«

Keine Antwort.

»Er konnte nirgendwohin. Er musste Alice loswerden. Oder mitmachen und zusehen, wie sie gequält wurde. Eine Weile hätte er sicher überlebt, wenn er dabei geholfen hätte. Das wollte er aber nicht.« Bettina holte tief Luft, schubste jede Wut und alle Anklage aus ihrem Denken und sagte: »Zum Glück wusste er, dass er jemanden hat, der ihm beisteht. Das hat er von dir gelernt: dass er in der dunkelsten Stunde noch eine Schutzmacht besitzt, die ihm hilft, selbst nicht böse zu werden. Jemand, zu dem man schreien und flehen kann. Dein Sohn ist hingegangen und hat dieser Macht mitgeteilt, was er auf dem Herzen hatte. Er hat einfach mal mit dem geredet, den es anging. In der Kirche. Mit seinen Mitteln. Er hat sein Problem in Farbe gefasst und an die richtige Adresse geschickt: an Maria. Weil er Alice schützen wollte. Das war groß. Du hast einen wunderschönen, klugen und starken und herzensguten Sohn. Du kannst stolz auf dich sein.«

Rotas schloss die Augen. Eine Träne lief langsam ihre aufgerissene Wange hinab. Dann sagte sie plötzlich: »Er war die ganze Zeit in seinem Zimmer. Er hat nichts gehört …«

18

Elle hatte aufgehört, Zeitungen zu lesen. Unerträglich, was da drinstand, das war mit ihrem Glauben nicht vereinbar und schlecht fürs Karma. Es machte sie wütend. Dass Frauen auch Täterinnen sein konnten, dass sie destruktiv, gewalttätig, ja *böse* sein mochten: geschenkt. Wer das nicht anerkannte, war den Marginalisierungsmechanismen des Patriarchats auf den Leim gegangen. Aber dass sie selbst so unkritisch gewesen war, dass ihre Intuition völlig versagt hatte, dass sie nie gemerkt hatte, wie schlimm es wirklich um Manuel stand – das beleidigte sie. Dass sie im Pfarrhaus ein und aus gegangen war, ohne den leisesten Verdacht zu schöpfen. Dass sie mit Ina Kirchen-Revolutions-Pläne geschmiedet (na ja, wohl eher imaginiert) hatte, dass sie den Kuchen angenommen hatte. Ina war für sie fast wie eine Freundin gewesen, und dass da immer dieser kleine Vorbehalt geblieben war, dieses »fast«, hatte Elle auf den fundamentalen Glaubensunterschied zwischen ihnen geschoben, auf Inas abweichendes System.

Doch jetzt war dieses System implodiert. Immer neue gruselige Details wurden öffentlich verhandelt, alles Mutmaßungen, aber es musste ja doch was dran sein: was Ina ihrem Manuel alles verabreicht haben mochte, wie sie ihn an den Rollstuhl gefesselt, gefoltert, gehirngewaschen hatte. Und das Schrägste war: Plötzlich galt sie, die gottlose Elle Kling, als Ansprechpartnerin für alles und war die letzte bezahlte und damit halbwegs offizielle Instanz der katholischen Kirche in Frohnwiller. All die Vorgesetzten und Gemeindemitglieder, für die Ina davor so geackert hatte, waren in ihren Löchern verschwunden und gaben im Zweifelsfall höchstens fiese Interviews. Elle dagegen war diejenige, die den Mund hielt (von wegen Anahata-Chakra, und das Geld hatte sie auch nicht genommen, das ihr für die schmutzigen Details geboten worden war – das würde sie sicher noch bereuen!), aber angerufen wurde, wenn es darum ging, den Briefkasten zu leeren, Manuel ein paar Klamotten zusammenzupacken oder Alices Stoffgiraffe zu suchen. Sie war mit Polizist*innen, Sozialpädagoginnen und Kirchenmännern in Ina Rotas' Haus und dem JUZ gewesen, inzwischen verwahrte sie die Schlüssel bei sich, weil das einfacher war. Fahrdienste machte sie auch. Mal eben Müllsäcke holen, auf der Bank Geld abheben, damit Manuel sich einen Bademantel kaufen konnte, die angekommene Post weiter zustellen, das konnte ja nicht alles nur bei den Bullen landen, das musste irgendwie versorgt werden, bis die Zuständigkeiten geklärt waren. Am Ende blieben gute Taten eben immer an denen hängen, die nicht erst überlegten, ob es sich um welche handelte.

»Also hast du alles?«, fragte sie Manuel, der vor ihr auf einem Stuhl neben seinem Krankenhausbett saß und ausdruckslos auf die Reisetasche starrte, die gepackt zu seinen Füßen stand.

Fahrdienste, wie gesagt. Manuel war bislang, so gut es ging, vom Krankenhaus und den Bullen gegen die Öffentlichkeit abgeschirmt worden, aber die kritische Phase seines Entzugs war zum Glück überstanden, und nun sollte er – wie seine Schwester Pia in Berlin – in eine Reha verlegt werden, also ins einige Kilometer entfernte Klingenmünster. Hätten die Bullen organisieren können, hätte ein einfacher Krankentransport sein können, aber Manuel wollte noch mal zu Hause vorbei, um persönliche Dinge mitzunehmen, und das war dann Privatsache, das musste er selbst oder eine Angehörige machen, und wer wurde da wohl aktiviert?

»Komm«, sagte Elle, die kaum mitansehen konnte, wie schlaff der Junge da hing. Dabei sah er gut aus, eigentlich, viel besser, als sie ihn jemals gesehen hatte, die blauen Flecken kaum noch zu erkennen, das Haar voller, die Haut nicht mehr so totenbleich. Nur an der Hand hatte er noch ein Pflaster. Auch so was: Seine offenen Verletzungen heilten nicht, weil er zu schwach war, jetzt sollte er deswegen Antibiotika bekommen, aber diese Medikamente konnten sie ihm natürlich nicht einfach aus der

Krankenhausapotheke mitgeben, die musste er sich draußen selbst beschaffen.

Das fragliche Rezept hatte er mit Todesverachtung entgegengenommen, zusammengeknüllt und in die Hosentasche gestopft. Aus freien Stücken würde er sich vermutlich nie Medikamente besorgen und einnehmen. Die Ärztin, eine klug aussehende dunkelhäutige Frau, hatte nicht glücklich gewirkt, aber auf eine Ansprache verzichtet. Manuel hatte sie ohnehin kaum angeschaut, genauso wenig wie Elle, er sah niemanden an. Körperlich mochte er etwas stabiler sein, aber sonst total verloren. Eine Aura schien er überhaupt nicht mehr zu haben, nur ein schwaches Fahlgrau schimmerte kurz auf.

Sie dirigierte ihn also zu ihrem Auto, trug seine Tasche, öffnete die Beifahrertür, half ihm auf den Sitz und schloss die Tür wieder.

Dann fuhr sie zur nächsten Apotheke, hielt an und sagte: »Ich brauche das Rezept.«

Er blickte verständnislos.

»Dr. Hashmal hat dir einen Zettel gegeben«, sie wies auf seine Hosentasche.

Er kramte den Wisch umständlich hervor, riss ihn dabei ein, wollte nichts damit zu tun haben. Was soll das nur werden, dachte Elle, wenn du erst Konto, Versicherung, Rechnungen verwalten musst. Sie stieg aus, schloss nach kurzem Nachdenken den Wagen hinter sich ab, besorgte die Medikamente, bekam ein Päckchen Taschentücher geschenkt und wurde währenddessen unruhig, als ob Manuel in der kurzen Zeit abhauen oder von Paparazzi entdeckt werden könnte. Verrückt, wie erleichtert sie war, dass er noch im Auto saß. Sie reichte ihm die Taschentücher und behielt die Medikamente bei sich, die musste sie später irgendwem geben, der sie nicht sofort vergaß. Dann startete sie und fuhr los, Richtung Frohnwiller.

»Was hast du da eigentlich gemacht?«, fragte sie und deutete auf seine verpflasterte Hand. Eigentlich wollte sie nicht über Verletzungen mit ihm reden, um ihn nicht zusätzlich zu quälen, aber alle anderen Themen waren noch heikler. *Wie fühlst du dich? Was macht die Familie? Was willst du mal werden?*

»Geschnitten.«

»Hm«, machte Elle.

Er knibbelte das Pflaster ab. Was seinen Körper und dessen Funktionen betraf, war er befremdend distanzlos, fand Elle, die weder das alte Pflaster entsorgen noch die Wunde anschauen wollte.

Sie warf nur einen kurzen Blick hinüber: tiefe Schnitte am rechten Handballen, fies entzündet. »Wie hast du das denn fertiggebracht?«, entfuhr es ihr.

»Das war ich nicht«, sagte Manuel nüchtern und betrachtete die rote Stelle mit fast akademischem Interesse.

Oh nein, dachte Elle. Erzähl mir bitte nicht, wie sie es gemacht hat. Dann sah sie noch mal hin und hatte verrückterweise so etwas wie eine leichte Schwindelattacke. Gut, das hier war schrecklich, alles, was Manuel widerfahren war, war schrecklich, aber –

Sie kannte solche Schnitte. Aus … einem von ihren entgleisten Seminaren. An jenem verrückten Abend hatten sich zwei Frauen an Misshandlungen (oder sogar Missbrauch, egal) aus der Kindheit erinnert. Da nahm eine der beiden ein Küchenmesser vom Abendbrottisch und sagte, die Wut müsste jetzt raus, jetzt sofort, und die andere gab ihr ein Sofakissen (Elle hatte es nicht übers Herz gebracht, das danach auf die Rechnung zu setzen), und die erste packte das Messer und stach voller Rage auf das Kissen ein, sie hatten es auf den Esstisch gepackt, da waren jetzt noch Macken drin. Am Ende war das Kissen zerfetzt und die Frau euphorisch, obwohl sie sich selbst verletzt hatte: In ihrer Raserei hatte sie den Griff fester gepackt und war mit dem Handballen über die Schneide gerutscht. Sie sagte, sie hätte es kaum gespürt, doch die Schnitte waren tief und hässlich gewesen.

Elle schluckte. »Bist du eigentlich Rechtshänder?« Draußen flog sonnige Landschaft vorbei.

»Ja«, sagte Manuel.

»Wie ist diese Verletzung entstanden? Das ist ja ganz tief!«

Schweigen.

Elle hätte am liebsten das Auto angehalten, aber das würde eine noch offenere Situation ergeben. Besser weiterfahren, da konnte sie zumindest bestimmen, wo es hinging.

Sie schielte nochmals hinüber auf Manuels Hand. Hatte denn niemand mal dieses Pflaster gelüpft? Kein Arzt, kein Polizist? Andererseits waren es so unglaublich viele Verletzungen, die Manuel hatte. Innen und außen. Um Details war es nie gegangen, alle mussten erst den großen Schock verdauen. Vorher war die Wunde vielleicht auch nicht so entzündet und auffällig gewesen. Vielleicht hatte Ina sie gut versorgt.

»Wer, Manuel? Wer war das?«

»Der Teufel«, sprach Manuel.

»Wer ist das?«, fragte Elle sofort. »Deine Mutter?«

»Nein«, sagte Manuel missbilligend. »Natürlich nicht, das ist doch keine Person.«

»Aber er kann in jemandem drin sein?«

»Ja.«

Elle schloss die Augen, nur kurz (die Straße!), dann holte sie Luft und sagte: »Und als er Mojo umgebracht hat, da war er in dir.«

Schweigen.

So konnte sie nicht weiterfahren, unmöglich, Elle fuhr rechts ran, hielt, machte den Warnblinker an und schaute Manuel ins Gesicht. »War es so?«

»Ja.« Kam ganz nüchtern und umstandslos.

»Warum hat er das gemacht?«

Seufzen. Kopfschütteln.

»Erzähl mir, was passiert ist. Mojo ist zu euch gekommen. Es war in der Küche?«

Nicken.

»War deine Mama auch da?«

Manuel sah sie an, mit einem Blick, dass ihr grauste. »Nein.«

»Warum ist Mojo gekommen?«

»Er hat den Schlüssel gebracht. Das hatte er davor vergessen, aber er wollte weg.«

»Er war schon mal da?«

»Ja, da hat er Mama gesagt, dass er wegfahren will. Das hat sie nicht gut gefunden, und sie hat ihm gesagt, dass er dann wenigstens den Schlüssel dalassen soll.«

»Und dann?«

»Dann ist sie kurz rüber zur Irene vom Pfarrgemeinderat, den Sonntagsgottesdienst besprechen. Sie hat mir gesagt, dass Mojo noch mal kommt und sie die Tür offen lässt und ich nicht mit ihm reden muss und am besten gleich ins Zimmer gehe, aber ich bin unten geblieben.«

»Wolltest du mit Mojo reden?«

»Nein. Ich dachte –« Er schlug die Augen nieder und schüttelte den Kopf.

»Was?«

»Ich wollte die Schüssel auslecken. Da war noch Teig drin.«

Elle starrte ihn kurz an, dann sagte sie: »Okay, und dann? Ist Mojo gekommen?«

Nicken.

»War der Teufel da schon da?«

»Weiß ich nicht«, sagte Manuel nachdenklich.

»In dir?«

»Nein.«

»Was hat Mojo gesagt?«

Manuel begann zu zittern.

»Hat er dich geärgert?«

»Pia hat ihn angerufen«, presste Manuel heraus. »Kurz davor.«

»Deine Schwester Pia? Aus der Reha?«

»Ja.«

»Und was wollte sie?«

»Dass er Ally zu ihr zurückbringt.«

»Aber Alice war doch noch gar nicht bei euch.«

»Pia war – ich glaube, sie hatte Angst um Ally.«

Pia musste gewusst haben, was ihrem Kind bei Ina blühte, überlegte Elle. »Wovor hatte sie Angst?«

»Dem Teufel«, sagte Manuel prompt.

Ach, der. »Der ist manchmal auch in deiner Mama, oder?«

Manuel wandte den Kopf und sah aus dem Fenster.

Sie nahm es als Ja. »Pia hat Mojo von dem Teufel erzählt.«

Schweigen.

»Hat er mit dir darüber geredet?«

»Er hat gesagt, dass er es schön findet, dass wir beide mal allein zusammen sprechen können, und dass wir das noch nie gemacht haben. Ein Männergespräch.«

Aha. »Wolltest du denn auch mit ihm reden?«

»Ja. Nein – ich weiß nicht.«

»Wollte er über deinen Rollstuhl sprechen?«

»Er hat mich gefragt, wie es mir geht.«

»Was hast du gesagt?«

»Gut.«

»Und dann?«

»Hat er gesagt, dass er manchmal mit meiner Mama betet und spürt, dass sie eine schwere Bürde trägt. Dass sie manchmal jemand ganz anderes ist. Ob ich das auch spüre.«

»Und?«

Manuel holte Luft, sah zum Fenster hinaus und flüsterte: »Ich hab ja gesagt.«

»Und dann?«

»Ich glaube, er wusste gar nicht, was er sagen soll«, sprach Manuel leise. »Er hat geflucht.«

»Wie, geflucht?«

»Er hat fuck gesagt.«

»Okay, und dann?«

»Hat er gesagt, dass ich sein Auge angucken soll, das war blau. Also, blau geschlagen. Er hat gesagt, dass meine Mama ihm das gehauen hat, nicht weil sie böse ist«, hier drehte Manuel sich plötzlich um und fixierte Elle, »sondern weil da was in ihr drin ist, das ganz stark ist, und er versucht es aus ihr rauszuholen, aber das ist nicht einfach. Es wehrt sich. Es haut ihn.« Er schaute verständnisheischend.

»Ja.«

Manuels Augen füllten sich mit Tränen. »Dann hat er gefragt«, sagte er, »ob sie bei mir auch manchmal so ist.«

»Was hast du gesagt?«

»Ja«, flüsterte Manuel.

Fuck, dachte Elle.

»Er hat mich angeguckt«, sprach Manuel mit gebrochener Stimme. »Ganz lang!«

»Und du?«

»Ich«, er kämpfte mit den Tränen, »ich wollte nicht weinen. Ich wollte wirklich nicht. Aber er hat mich so angeguckt.«

»Und da hast du geweint.« Elle war selbst dem Losheulen nahe.

Manuels Schultern bebten, er konnte nur noch nicken.

»Hat er dich getröstet?«

»Er hat gesagt, dass ich ihm sagen soll, was mich bedrückt. Einfach von Anfang an.«

»Und du?«

»Ich konnte nicht. Ich hab nur –«

»Geweint.«

»Ja.«

»Und dann?«

»Hat er mich gefragt, ob ich manchmal rumlaufe. So heimlich, draußen.«

»Machst du das?«

»Nicht oft.«

»Hat Mojo dich beobachtet?«

»Nein, aber er dachte, dass. Er hat gesagt, dass er mich schon vor Jahren nachts über die Wiese hat schleichen sehen. Und dass ihm das eben gerade wieder eingefallen ist. Weil Pia gesagt hat, dass ich doch ganz gut laufen könnte.«

»Wann bist du denn über die Wiese geschlichen?«

»Gar nicht, aber Mojo hat gesagt, dass er immer gedacht hätte, dass ich damals beim Sprayercamp, als –«, er sah Elle gequält an, »da ist Svanni gestorben, weißt du?«

»Stimmt, da gab es mal ein Unglück.«

»Svanni war in mich verliebt«, sagte Manuel ernst und jetzt etwas gefasster. »Sie hat davor eine Zeitlang auf der Wiese gewohnt, und sie wollte immer, dass ich rauskomme.«

Ts, das kann deiner Mama nicht gefallen haben, dachte Elle.

»Ich bin aber nur manchmal mit dem Rollstuhl rausgefahren. Und nie nachts. Mojo hat dann gesagt, dass er in den Nächten vor dem Feuer öfters jemanden mit einer Taschenlampe auf der Wiese gesehen hat. Ein Licht. Und dieses Licht hat sich manchmal auf unsere Treppe am Pfarrhaus zubewegt. Nie auf die Treppe am JUZ. Dass es nicht Svanni war, wusste er, weil er sie vorn am Zelt sehen konnte. Also dachte er, dass ich es war.«

»Und wer war es wirklich?«, fragte Elle.

»Weiß ich nicht. Darum geht es nicht. Es geht darum, dass Pia ihm gesagt hat, dass ich laufen kann und schon immer konnte. Er hat mich gefragt, ob es stimmt.« Manuel schluckte. Sein Blick flackerte.

Elle kriegte plötzlich wieder so einen leichten Schwindelanfall. Vorsichtshalber packte sie mit der Linken hinter ihrem Rücken den Türgriff, um – wieso auch immer – schnell aus dem Auto springen zu können. »Was hast du geantwortet?«

»Nichts.« Manuel wurde zusehends unruhiger. »Ich konnte nicht. Da hat er mich gefragt, ob ich noch viel Kontakt zu Pia hätte, und ob – ob man ihr glauben kann.« Nervöses, flaches Luftholen. »Er hat meine Hand genommen und hat mir gesagt, dass ich ihm vertrauen kann. Dass er mir hilft. Dass ich ihm nur einfach die Wahrheit sagen muss.« Ganz plötzlich begann Manuel heftig zu schluchzen.

Oh Göttin, dachte Elle hilflos. »Aber die Wahrheit war … zu groß?«

»Natürlich«, brachte Manuel heraus. »Ich kann das nicht! Pia hat es öfter gemacht, aber ich hab ihr gesagt, sie soll es lassen, weil die Leute ihr nicht glauben, und danach bin ich – hat

Mama … danach musste ich immer ins Krankenhaus«, schloss er. »Das war furchtbar. Und es hat nie irgendwer geglaubt. Jedenfalls nicht lange. Mojo hätte das auch nicht. Der war viel zu freundlich.«

»Mit wem hat Pia denn sonst geredet?«

»Ihrer Lehrerin … der Mutter von ihrem Freund … unserem Vater.«

Elle wagte nicht, darüber nachzudenken, ob sie selbst es geglaubt hätte.

»Sie hat auch nie alles gesagt. Nur ein paar Sachen. Das mit dem Laufen und so. Pia hat zu mir gesagt, wenn sie alles erzählt, dann kommt Mama ins Gefängnis und wir ins Heim.«

»Und du wolltest nicht ins Heim.«

»Ich hab nie richtig drüber nachgedacht«, flüsterte Manuel. Er hatte sich fast ganz abgewandt und sprach nur noch zum Fenster. »Ich war dämlich.«

»Hast du Mojo verraten, wie es um dich steht?«

»Ich hab gar nichts gesagt.« Manuel schlug seinen Kopf gegen die Scheibe. »Ich dachte nur, dass ich nicht wegwill. Und dass Ally nie, nie zu uns kommen darf, damit sie gesund bleibt, dass sie aber auch nicht ins Heim soll, weil das noch schlimmer wäre, und dass Mojo unbedingt JETZT SOFORT aufhören muss, mich anzugucken, ich ihm das aber nicht sagen kann, dass wir verraten sind, dass Pia nichts dafür kann und Ally erst recht nicht, und dass Mama nicht ins Gefängnis soll und dass Svanni tot ist und ich ein Idiot bin, weil ich nicht zu ihr gegangen bin, nachts, nicht mal laufen konnte ich, und ich bin nicht in die Schule gegangen, und dass ich diese Gedanken, diesen Mist, dass ich das alles nicht WILL.«

Schweigen.

Schließlich holte Elle Luft. »Sieh es mal so. Du bist gesund. Du hast keine tödliche Krankheit. Du kannst einfach gehen.« Wohin, das mussten sie jetzt nicht erörtern.

»Doch, ich habe eine tödliche Krankheit«, sagte Manuel, richtete sich auf und sah seine Hand an.

»Wann hast du das Messer genommen?«
»Es hat auf dem Tisch gelegen.«
»Warst du sehr wütend?«
»Er hat gesagt, dass er Pia nicht ganz glauben kann, was sie gesagt hat, aber dass er es ernst nimmt und immer gesprächsbereit für mich ist«, sagte Manuel tonlos.
»Aber das war doch gut?«
»Nein, denn er hat ja gesagt, dass er ihr nicht glaubt. Und dann hat er gefragt«, Manuel begann zu zittern, »ob er sich mal beim Jugendamt unverbindlich schlaumachen soll, und ob ich es gut finden würde, wenn er versucht, mit Mama ein neutrales Gespräch zu führen.«
»Was hast du gesagt?«
»Nichts«, flüsterte Manuel. »Ich weiß, was passiert, wenn die Leute mit Mama reden.«
»Hast du Mojo nicht gebeten, es zu lassen?«
»Das hätte er nicht. Er hätte auch gar nichts sagen müssen. Sie hätte es gemerkt.«
»Und dann …?«, fragte sie.
Schweigen.
»Dann war der Teufel in dir?«
Nicken.
»Jetzt gerade ist er aber nicht da?«
Er sah sie plötzlich an, und sie kriegte Angst.
»Was ist weiter passiert?«, fragte sie schnell.
»Mama ist gekommen.« Manuel lächelte bei dem Gedanken, es wirkte gespenstisch, weil es so echt war. »Sie war überhaupt nicht böse. Sie hat mich umarmt. Sie hat gesagt, dass sie Mojo heilen kann.«
»War er denn nicht – wie doll hast du ihn getroffen?«
»Er hat am Boden gelegen.«
»War er – tot?«
»Mama hat gesagt, nein.«
»Und dann habt ihr ihn zusammen in die Krypta gebracht?«
»Mama hat ihm eine Spritze gegeben.«

Und war er dann tot?, dachte Elle, sagte es aber nicht.

»Da ist er aufgestanden.«

»Oh. Konnte er sprechen? Was hat er gesagt?«

»Nur gestöhnt. Dann hat Mama gesagt, dass sie ihn rüberbringt in seine Wohnung und einen Krankenwagen ruft und dass ich in mein Zimmer soll. Und dass ich niemals drüber reden soll. Dass es nur ein Traum ist.«

»Sie ist mit Mojo zur Tür rausgegangen?«

»Sie musste ihn stützen, aber ja, irgendwie ist er gelaufen.«

»Interessant.«

»Dann ist sie in mein Zimmer gekommen und hat mir eine von den roten ekligen Kapseln gegeben, die machen, dass mir eine Woche lang schlecht ist. Und ich vergesse dann, wo ich war … Sie hat gesagt, dass ich die nehmen muss, unbedingt.«

Elle sah ihn an und er sie. Sein Blick blieb fest.

»Hast du aber nicht«, sagte sie und dachte an Ina, die über ihren Esstisch gesunken geschlafen hatte. Den Tee. Diese Kapsel war woanders gelandet.

Kopfschütteln. »Ich kann diese Dinger nicht leiden.«

»Ins Bett gegangen bist du?«

»Ja, aber ich konnte nicht schlafen.«

»Und dann bist du irgendwann rausgeschlichen. Deine Mama war unterwegs, wahrscheinlich Mojos Auto wegbringen … alles leer, da hast du Farbe genommen und in der Kirche ein Zeichen gesetzt, dass Kinder hier nicht willkommen sind und besser schnell verschwinden, solange sie noch können.«

»Genau.« Er atmete auf, der Gedanke schien ihn zu beruhigen.

»Hast du Mojo danach noch mal gesehen?«

»In der Krypta«, flüsterte Manuel.

»Hat er da noch gelebt?«

Manuel schniefte plötzlich und sah wieder aus dem Fenster.

»Ich frag das, weil«, sprach Elle tapfer weiter und hielt den Türgriff fest umklammert, »diese Geschichte kann ich nicht für mich behalten.«

Manuel rührte sich nicht.

»Ich möchte sie aber auch nicht einfach so weitererzählen«, sagte sie und beugte sich ein wenig vor. »Es ist deine Geschichte, und ich kann dir versichern, jetzt werden dir alle glauben.«

Starrer Blick aus dem Fenster. *Zu spät …*

Quatsch, nix zu spät, dein Leben fängt erst an, rief Elle im Geiste. Sie senkte verschwörerisch die Stimme. »Ich hab noch nie jemanden bei den Bullen verpfiffen«, sagte sie. »Jedenfalls nicht wirklich. Und ich fange bei dir nicht damit an.«

Jetzt blickte er zu ihr.

Sie ließ den Türgriff los und reichte ihm die Hand. »Versprich mir, dass du selber mit den Bullen redest.«

Er sah die Hand an, sah sie an, legte seine entzündete Rechte in ihre.

Und dann startete Elle das Auto und fuhr nach Frohnwiller zurück.

Epilog

Jetzt war sie doch hier, im *Musée Unterlinden*, um den Isenheimer Altar und seine Dämonen im Original zu sehen. War nicht mal Absicht gewesen. Enno und Sammy hatten Geschmack am Reisen gefunden, und so waren sie in den Herbstferien ins Elsass gefahren: Burgen, Flammkuchen, Kletterpark. Dort hingen die Kinder jetzt an Bäumen und machten die ganz große Tour mit Rutsche über den See und Boulderfelsen, und weil das dauern würde, hatte Bettina sich abgesetzt und war losgefahren, die Gegend angucken. Dann war ihr auf der Straße dieser Wegweiser mit der Aufschrift *Le Retable d'Issenheim de Grünewald* begegnet. Es war wie ein Zeichen. Sie mochte keine Zeichen. Nur: Die Straße war schön, die Richtung gefiel ihr, und umkehren, bloß weil dort irgendein Ziel, das sie gar nicht anpeilte, ausgewiesen war, das ging auch nicht. Also fuhr sie weiter, bis sie eben doch vor dem Museum stand. Da fiel ihr ein, dass sie den Totenzettel mit dem Antonius irgendwo in dieses Auto gelegt hatte. Tatsächlich fand sie ihn zerknittert unter einem Päckchen Tempos in der Ablage überm Zigarettenanzünder. Die Monster waren kaum noch zu erkennen. Sie blickte hinaus in den goldenen Herbstsonnenschein und dachte, dass es vielleicht besser war, sie so in Erinnerung zu behalten. Aber wäre das nicht blanke Ignoranz?

Drinnen erkannte sie, dass nicht die Monster das Ungeheuerlichste am Isenheimer Altar waren, sondern die Auferstehung. Was für Farben, was ein Glaube, welche Kraft! Ein Bild, das älter war als die ganze Stadt Ludwigshafen, aus der sie kam, wie konnte das so modern und lebendig und gleichzeitig so geschlossen und verheißend sein?

Selbstverständlich zogen die Versuchungen des Antonius mit den bunten Ungeheuern die meisten Besucher an. Bettina erwischte trotzdem fünf Minuten für sich allein. Sie holte das Bildchen aus der Tasche, zum Vergleich: armselig, natürlich. Die echten Monster waren groß, brutaler, irrsinnig. Allein die glänzenden Augen, die aufgestellten Flügel und Halskrägen, die Geweihe, Zähne, all die Gewalt.

»Welches ist das schlimmste?«

Offenbar sah sie so deutsch aus, dass die Sprecherin es gar nicht erst mit Französisch versuchte. Bettina sah auf und erblickte eine Frau in schwarzer Schwesterntracht, die unbemerkt hinzugetreten war.

»Bin noch nicht sicher«, antwortete sie. Tatsächlich hatte sie gerade darüber nachgedacht und tendierte zu dem nackten Rasenden, der einen vergleichsweise riesigen gequälten Frosch erschlug. Nirgendwo sonst auf dem Bild waren Mordlust, Wut und Schmerz so deutlich. Aber die anderen Wesen hatten fiesere Waffen.

»Kennen Sie den Spiegel im Frankfurter Zoo, unter dem steht: Das gefährlichste Raubtier der Welt?«, fragte die Nonne.

»Ich seh mich hier nicht«, sagte Bettina abweisend.

»Das hab ich auch nicht gemeint«, sagte die Nonne fast belustigt. »Die Frage ist, was hat Meister Matthis gesehen.«

»Der Maler Grünewald?«

»Genau. Welches war das schlimmste Monster für ihn?«

»Das kann ich nicht sagen.«

»Sehen Sie den Kranken ganz unten links in der Ecke?«

»Ja.« Bisher hatte sie den nur merkwürdig gefunden, hier im Original war er ein schreckliches Bild des Leidens, aufgetriebener Bauch, faulig-blaue Haut voller Pusteln und Ausschlag, eine völlig verkrüppelte Hand hilfesuchend ausgestreckt, er schien jede Krankheit der Welt zu haben. »Aber das ist ein Opfer«, widersprach sie.

»Wenn er eins wäre, dann würde man ihn quälen«, sagte die Nonne nüchtern, »aber die anderen beachten ihn gar nicht.«

»Er ist gequält genug.«

»Hat das je ein Monster abgehalten?«

Bettina musterte die Frau von der Seite. Die trug einen Schleier. Nonnentracht. Aber war sie wirklich eine?

»Dieser Mann ist ein Mönch«, sagte die Nonne jetzt, »das erkennt man an der Kopfbedeckung und den Büchern, die er in seinem Sack hat.«

»Sie meinen, Grünewald hat den Klerus für verdorben gehalten und diese Meinung auf ein Altarbild gemalt?«, fragte Bettina herausfordernd.

»Nein, das meine ich nicht«, sagte die Nonne würdig, und jetzt durchdrang ein schwacher französischer Akzent ihre Worte. »Es ist komplizierter.«

»Vermutlich«, sagte Bettina. Das war es meistens.

»Sehen Sie die Füße?«

Bettina nickte. »Entenfüße.« Die waren ihr schon in der Nacht aufgefallen, als sie zum ersten Mal versucht hatte, in dieses wahnsinnige Bild einzusteigen.

»Zu Meister Matthis' Zeit«, sagte die Nonne, »gab es eine Gruppe von Menschen, die Cagots genannt wurden. Sie waren unberührbar. Es war bei Strafe verboten, engeren Kontakt zu ihnen zu haben. Sie lebten in Ghettos, waren geächtet, und in die Kirchen durften sie nur durch eine niedrige Extratür, damit sie sich demütig bücken mussten.«

»Warum waren sie geächtet?«

»Es hieß, sie würden Krankheiten übertragen. Aber das taten sie natürlich nicht. Wie ihre Zeitgenossen auf diese Idee gekommen sind, weiß kein Mensch mehr. Cagot sein war einfach eine Frage der Geburt. Es war grausam.«

»Was hat das mit dem Altar zu tun?«

»Diese armen Leute mussten ein Abzeichen aus Filz tragen, damit man sie auf der Straße erkannte. Das Zeichen war ein Entenfuß.«

Bettina starrte den kranken Mönch an. »Also ist das hier eine persönliche Anschuldigung von Grünewald an die Cagots?«

»Glaub ich nicht«, sagte die Nonne. »Natürlich weiß ich das nicht genau, aber ich vermute, ein Cagot wäre in keinen Orden aufgenommen worden. Und Grünewald hat hoffentlich offener gedacht.«

»Was bedeutet es dann?«

Die Nonne sah Bettina an. »Ich glaube, all diese Monster sind mitsamt ihrem Antonius nur das, was dieser Mönch träumt. Sie schweben über ihm wie ein Alp. Er ist der Einzige, der nicht handelt. Und sein ganzer Körper ist offen für das Drama über ihm.«

»Weil er krank und ausgestoßen ist.«

»Nein, weil er schuldig ist.«

»Wieso?«

»Sehen Sie es nicht?« Die Nonne lächelte ihr zu.

»Ich sehe, dass er leidet!«

»Weil er so sehr glaubt, dass es diese Dämonen gibt, dass er fast selbst einer geworden ist. Diese Füße, mit denen wurde *er* nicht geboren.«

Da hatte Bettina plötzlich das Bedürfnis, über ihre Trance in der Kapelle zu sprechen, das endlose Gebet und den schrecklichen Widerstand, den nicht nur sie, sondern den auch Rotas gespürt haben musste.

Doch die Nonne schenkte ihr zum Abschied nur einen ernsteren Blick, wandte sich ab und verschwand hinter der Tafel mit der Kreuzigung.

[1] (zu Seite 51) Manches Wort erweist sich als sperriger denn erwartet … und kriegt dann am Ende sogar Flügel!
Anmerkung Ulrike: sphinxhafte (?)
Monika: In diesem Fall wird doch die Mehrzahl benutzt? Du würdest ja auch nicht »tomatehafte Müller-Art« sagen, sondern »tomatenhafte«.
Ulrike: Also da würde ich glatt »tomatige Müller-Art« sagen. Hm, wenn das (auch) der Plural ist (was ich nicht wusste), dann geh ich davon aus, dass das nicht so ein verbreitetes Wissen ist und dass auch die meisten anderen sich dann fragen, was das überhaupt sein soll – »Sphingen«. Der Duden sagt: die Sphinx; Genitiv: der Sphinx, Plural: die Sphinxe. (Archäologie meist:) der Sphinx; Genitiv: des Sphinx, Plural: die Sphinxe und Sphingen. – Ergo ist das sehr spezielles Wissen, ich bin nicht alleine und wäre wieder bei sphinxhaft.
Iris: Geht beides, aber sphingenhaft klingt für mich hochgestochen. Damit lass ich euch jetzt alleine.
Else: Sehr hübsch, eure Erörterung. Ich finde, sphingenhaft hat so was Schwingenartiges, das find ich assoziativ lustig. Und in solchen Beschreibungen stört mich das gelegentliche Ungeläufige gar nicht. Aber ich hab auch nix gegen sphinxhaft (muss kein Plural sein, vgl. traumhaft).

Danke an

Dr. Maria Blandfort, Kinderärztin,
Dr. Anne Kuhlmeyer, Psychotherapeutin und Anästhesistin,
Dr. Hildegard Grünenthal, Diözesanrichterin
im Bistum Speyer,
Dr. Eckhard Türk, Sektenbeauftragter i. R. der Bistümer
Mainz und Speyer,
allen vier für gute Gespräche und Ratschläge,
Dr. Jörg Sieger für seine wunderbare Website über den
Isenheimer Altar,
Kriminalhauptkommissar i. R. Herbert »Schnully« Walter
für polizeiliche Beratung in echt allen Lebenslagen,
»den Doktor« Dong-Hoon Lee für seine hochgeschätzte
persönliche Anwesenheit,
meine Oma Franziska Hoffmann,
meine Mama Elisabeth Geier und alle Schwestern
des St. Franziskus-Gymnasiums in Kaiserslautern,
die meine katholische Bildung begründet haben,
meinen Vater Franz Geier, dessen Humor das alles
aufgelockert hat und der jederzeit Latein und Altgriechisch
beitragen konnte,
Dr. Harald Stockert, fürs Lesen, für alle Diskussionen
und dafür, dass es dich gibt,
Ariadne, die viele Welten kennt und auch diese in ihren
Kosmos aufgenommen hat,
und an meine wunderbare Lektorin
Ulrike Wand.

* * *

Dieses Buch entstand mithilfe der Förderung der VG Wort
im Rahmen des Programms »Neustart Kultur«
der Beauftragten der Bundesregierung für Kultur und Medien.

Die Beauftragte der Bundesregierung
für Kultur und Medien

VG WORT

NEU
START
KULTUR

Ariadne
Herausgegeben von Else Laudan

Lektorat: Ulrike Wand

Deutsche Originalausgabe
Alle Rechte vorbehalten
© Argument Verlag 2023
Glashüttenstraße 28, 20357 Hamburg
Telefon 040/4018000 – Fax 040/40180020
www.argument.de
Umschlag: Martin Grundmann, Hamburg
Vorsatzmotiv: Matthias Grünewald, Isenheimer Altar, um 1515, Unterlinden-Museum, Colmar. Versuchungen des hl. Antonius / Begegnung des hl. Antonius mit Paulus Eremita
© Foto: Jörgens.mi / Wikipedia / CC BY-SA 3.0
https://creativecommons.org/licenses/by-sa/3.0/de/legalcode
Satz: Iris Konopik
Druck und Bindung: CPI books GmbH, Leck
ISBN 978-3-86754-270-8
Erste Auflage 2023

Monika Geier bei Ariadne

Die Bettina-Boll-Serie:

Wie könnt ihr schlafen (Ariadne 1110)
Neapel sehen (Ariadne 1136)
Stein sei ewig (Ariadne 1150)
Schwarzwild (Ariadne 1174)
Die Herzen aller Mädchen (Ariadne 1184)
Die Hex ist tot (Ariadne 1216)
Alles so hell da vorn (Ariadne 1223)
Antoniusfeuer (Ariadne 1270)

Außerdem:

Müllers Morde (Ariadne 1200)

Voll fiese Flora
Einheimische Giftpflanzen schwesterlich betrachtet
Mit farbigen Illustrationen der Autorin
(Ariadne · Argument Literaturbibliothek)